Peter James né en 1948 à Brighton (Grande-Bretagne), est scénariste et producteur, et surtout l'auteur de thrillers à succès dont *Comme une tombe* et *Mort imminente*. Il est traduit dans vingt-neuf langues et a reçu le prix Polar International 2006 du salon de Cognac et le prix Cœur Noir 2007.

Du même auteur, aux éditions Bragelonne :

Alchimiste
Faith
Deuil

Chez Milady :

Possession
Mort imminente
Prophétie
Rêves mortels

Chez d'autres éditeurs :

Comme une tombe
La mort leur va si bien
Mort… ou presque

www.milady.fr

Peter James

Vérité

Traduit de l'anglais (Grande-Bretagne) par François Lasquin

Milady

Milady est un label des éditions Bragelonne

Titre original : *The Truth*
Copyright © Peter James/Really Scary Books Ltd 1997
Originellement publié en Grande-Bretagne en 1997 par Orion

© Bragelonne 2010, pour la présente traduction

ISBN : 978-2-8112-0413-6

Note de l'éditeur :
Malgré tous nos efforts, nous n'avons pas pu retrouver
les ayants droit de la traduction de cet ouvrage.
Nous nous tenons donc à la disposition de toute personne
souhaitant nous contacter à ce sujet, à l'adresse
des éditions Bragelonne ci-dessous.

Bragelonne – Milady
35, rue de la Bienfaisance – 75008 Paris

E-mail : info@milady.fr
Site Internet : www.milady.fr

*À Jon Thurley, conseiller avisé,
qui m'a donné la volonté, l'espoir, et surtout la foi.*

Prologue

Cimetière du Memorial Park, Hollywood, Californie, 1996.

Les lumières de la ville font régner un éclairage diffus qui n'arrange pas les trois hommes. Eux qui comptaient sur l'obscurité, ils se retrouvent dans un blême crépuscule de néons.

Le premier tient un porte-documents et la photocopie d'un fax, le deuxième une torche électrique, le troisième transporte deux pelles fixées l'une à l'autre par du ruban adhésif brun. S'étant introduits dans les lieux sans autorisation, ils ne sont pas tranquilles. Ils s'étaient imaginé tout autre chose, mais c'est ainsi, ils n'y peuvent rien. L'homme au porte-documents est le plus intelligent des trois. Il sait bien que dans la vie les choses ne sont jamais telles qu'on les imagine.

Ils viennent de faire un long voyage ; cet endroit les effraie un peu ; ils ont encore plus peur lorsqu'ils pensent à ce qu'ils vont accomplir. Mais ils redoutent plus que tout l'homme qui les a engagés pour cette opération.

Deux d'entre eux ne l'ont jamais rencontré, seulement ils ont entendu parler de lui, et les histoires qu'on leur a racontées sur son compte ne sont pas de celles qu'on raconte aux enfants pour les endormir. Tandis qu'ils explorent les lieux, ces histoires leur reviennent à l'esprit, et leur résolution s'affermit encore. Ils sont entraînés sur des rapides mentaux à bord d'un radeau précaire, branlant, et il porte un nom, ce radeau : il s'appelle *Hantise de l'échec*.

Fendant les poussiéreuses ténèbres, le faisceau de la torche électrique se pose sur une pierre tombale, révélant un nom gravé dans la pierre. Celui d'un être cher, passé de vie à trépas il y a bien longtemps. Mais ce n'est pas le bon. Ils poursuivent leur chemin, longeant un bouquet d'arbres et un petit tertre paysagé.

La pierre tombale suivante n'est pas non plus la bonne. Ils s'arrêtent, examinent le fax, qui n'est pas très lisible. Autour d'eux, ce ne sont qu'obélisques en marbre, chérubins taillés dans l'onyx, plaques de granit, urnes de porphyre, tout cela couvert d'inscriptions amoureusement ciselées – paroles d'affection, citations, poèmes. Mais ces hommes-là ne sont pas amateurs de poésie. À travers les ténèbres, les mots ne les atteignent pas.

— Vous vous êtes gourés d'allée, bande de cons. C'est dans la suivante. Regardez, c'est écrit noir sur blanc. Allée numéro trois. On est dans la deux.

Une fois dans la bonne allée, ils trouvent enfin la bonne pierre tombale.

« Hannah Katherine Rosewell, 1892-1993
Épouse et mère bien-aimée. »

L'homme vérifie son fax, en déchiffrant le texte peu lisible avec difficulté, ensuite il étudie de nouveau l'inscription de la pierre tombale. Il est d'un tempérament méthodique. À la fin, il hoche affirmativement la tête.

Ses deux acolytes découpent soigneusement le gazon, l'enroulent comme un tapis, puis se mettent à creuser. L'homme au fax les regarde travailler. Il écoute le bruit des pelles qui s'enfoncent dans le sol, le bourdonnement de la circulation sur Sunset Boulevard de l'autre côté du portail en fer forgé, explore l'obscurité du regard, à l'affût d'une ombre furtive, d'une silhouette suspecte. C'est une nuit chaude ; la terre est sèche, friable, on dirait un agrégat d'ossements calcifiés.

L'une des pelles heurte une pierre en crissant bruyamment ; un juron étouffé résonne dans la nuit moite. Au bout d'un moment, les deux hommes font une pause pour se désaltérer. Ils ont pensé à se munir d'une gourde.

Il leur faut près de trois heures de travail pour dégager le couvercle du cercueil. Il est intact, à cela près que le vernis en est écaillé. Il est en palissandre. Au fond de quelque forêt tropicale, un jacaranda a été sacrifié pour lui.

Debout sur le cercueil, les deux hommes lâchent leurs pelles, étirent leurs membres endoloris. Chacun fixe aux poignées du cercueil une cordelette de nylon munie d'un mousqueton. Ensuite ils se hissent hors de la fosse et s'étirent encore une fois, voluptueusement. L'un des deux s'est fait des ampoules. Il s'humecte la main de la langue, l'entoure d'un mouchoir.

Même en s'y mettant à trois, il leur faut dix bonnes minutes d'efforts pour extirper le cercueil de la fosse. Quand ils parviennent enfin à le hisser sur le sol, l'homme à la main bandée, exténué, s'affale dessus. Ils se passent la gourde en surveillant d'un œil inquiet les ténèbres autour d'eux. Un petit rongeur détale et s'engouffre de nouveau dans la nuit.

Maintenant qu'ils ont exhumé le cercueil, la hâte qui les animait pendant qu'ils creusaient les a abandonnés. Ils s'écartent de quelques pas, contemplent un moment les poignées en bronze, se regardent, chacun essayant de s'imaginer l'état d'un corps qui a passé trois ans sous terre.

Ils s'attaquent aux vis du couvercle, les retirent, les empochent pour être sûrs de ne pas les perdre. Après un instant d'hésitation, les deux fossoyeurs d'occasion essaient de soulever le couvercle, qui leur résiste. Ils redoublent d'efforts, le bois cède avec un claquement semblable à celui d'une détonation, et le couvercle se soulève de quelques centimètres.

Ils le laissent aussitôt retomber et, d'un pas chancelant, reculent.

— Pouah, quelle horreur! s'écrie l'homme à la main bandée.

La puanteur.

Rien ne les y avait préparés. On dirait qu'une fosse septique vient soudain de s'ouvrir à leurs pieds.

Ils s'éloignent mais la puanteur est partout, les ténèbres en sont imprégnées. L'homme à la torche électrique, pris de hoquets, réprime à grand-peine une envie de vomir. Ils reculent encore de quelques pas, en trébuchant.

La puanteur s'amenuise progressivement et ils finissent par revenir sur leurs pas. Cette fois, ils prennent leurs précautions et retiennent leur souffle avant de soulever le couvercle.

Le cercueil est tapissé de satin piqué. Du satin blanc, couleur de mort. Les cheveux de la vieille dame sont du même blanc que le satin, fins et légers, mais ils ont perdu tout éclat. La peau du visage, brunie comme du vieux cuir, laisse çà et là de l'os à découvert. Ses dents, qui forment un rictus, ont l'air d'avoir été brossées tout récemment. Si elle est si bien conservée, c'est grâce à la qualité du cercueil et au climat naturellement sec qui règne en Californie; le sol eût-il été un tant soit peu plus humide et le cercueil un tantinet moins luxueux, elle n'aurait pas si bonne mine.

L'odeur est devenue plus tolérable à présent. Elle se dilue dans l'air frais avec lequel le cadavre n'a pas été en contact depuis trois ans. Jetant un coup d'œil à sa montre-bracelet, l'homme au fax constate qu'il leur reste à peine trois heures avant le jour. Il relit les consignes par lesquelles se conclut le fax. Il les connaît par cœur, pourtant. Cela fait une semaine qu'il les passe et les repasse sans arrêt dans sa tête.

Il ouvre son porte-documents, en sort des ciseaux, un scalpel, un couteau à désosser et un de ces petits récipients métalliques nommés « cryostats » qui servent à la conservation par le froid dans les laboratoires. Avec des gestes rapides, il coupe une mèche de cheveux à la vieille dame, lui prélève un carré de chair au niveau de la poitrine, lui ampute l'index de la main droite. Lorsqu'il découpe, aucun écoulement ne se produit ; le doigt est desséché, il a la consistance du vieux bois. Après avoir placé ses trophées dans les cases aménagées à cet effet dans le « cryostat », il vérifie une fois de plus les consignes énumérées par le fax, les rayant mentalement l'une après l'autre.

Après avoir revissé le couvercle du cercueil, les trois hommes s'emploient à reboucher la fosse. Enfouir un cercueil dans le sol prend moins de temps que l'en extraire. Mais c'est assez long tout de même.

Dans la matinée, l'un des gardiens du cimetière passe dans l'allée. Il ne remarque rien d'insolite. Pourquoi soupçonnerait-il quelque chose ?

Chapitre premier

—Elle n'a pas de garage, observa John.
—On peut s'en passer. Combien de maisons à Londres ont un garage ?

John hocha la tête. Elle n'avait pas tort. Ça n'avait peut-être pas tant d'importance.

—Je l'adore, cette maison, pas toi ?

Perdu dans ses pensées, John fixait le panneau « À vendre » d'un œil vide. Il relut le descriptif détaillé qu'il tenait à la main, puis leva les yeux sur la grande véranda à colonnes qui semblait quelque peu pompeuse eu égard aux dimensions de la maison. Son regard glissa sur la façade en briques rouges tapissée de lierre et de clématites, puis se posa de nouveau sur la tourelle. Cette tourelle l'attirait irrésistiblement.

Dans son adolescence, il avait brièvement caressé l'idée d'être architecte, et s'il avait vécu au XIXe siècle c'est sans doute ce type d'habitation qu'il aurait conçu. C'était une maison de trois étages, la seule de la rue à ne pas être accotée à un autre bâtiment, un peu en retrait de l'alignement de pavillons victoriens en brique. Sa tourelle la distinguait, lui conférait un cachet particulier, un aspect à la fois imposant et excentrique.

Darren Morris, l'employé de l'agence immobilière, auquel John attribuait un âge mental d'environ douze ans, frétillait à l'extrême limite de sa vision périphérique. Sa manière de mâcher son chewing-gum en ouvrant une bouche béante, la frange de cheveux qui lui couvrait le front, la voussure des épaules, les membres allongés, tout en lui évoquait l'homme de Neandertal. Il semblait avoir une envie pressante, et même impérative, d'être ailleurs, et son attitude laissait supposer qu'ils l'avaient contraint à reporter un rendez-vous autrement important. John manœuvra subtilement de façon à se placer derrière lui et, se mettant le descriptif entre les dents, imita les gestes d'un singe qui se gratte les aisselles.

Susan détourna aussitôt les yeux, mais elle ne put se retenir de pouffer. L'agent immobilier se retourna, mais trop tard : John examinait la maison avec un air d'intense concentration.

— Le jardin est orienté plein sud, déclara Darren Morris.

Comme c'était la troisième, voire la quatrième fois qu'il leur faisait part de cette précieuse information, John l'ignora. Il regardait toujours la maison, s'efforçant d'en reconstituer mentalement la disposition intérieure.

Le soleil entrant à flots par la grande bay-window du salon, une pièce merveilleusement spacieuse, aérée et accueillante. La hauteur vertigineuse des plafonds. Le gigantesque hall d'entrée, grâce auquel on se sentait tout de suite le bienvenu. La salle à manger qui pouvait recevoir douze convives à l'aise (non qu'ils eussent déjà eu autant d'invités à la fois, mais sait-on jamais ?). La petite pièce attenante, donnant sur le jardin, dont Susan avait décidé incontinent de se faire un bureau. La cave, qu'un jour il équiperait de porte-bouteilles et remplirait de vins fins.

Une fois de plus, son regard se posa sur la tourelle. La pièce du haut, avec les fenêtres en rotonde, ferait une chambre à coucher sensationnelle. Sans compter les quatre autres pièces au premier et au deuxième, où ils pourraient installer une salle de télé, des chambres d'amis. Et le grenier, qu'ils n'avaient même pas visité.

— Le jardin me plaît vraiment beaucoup, dit Susan. À Londres, on en voit rarement d'aussi grands.

L'idée de disposer d'un jardin privatif plaisait aussi à John, d'autant qu'il était adossé à un très beau parc, avec courts de tennis et étang, dont les grandes pelouses poudrées de givre étincelaient sous le soleil matinal. Le seul vrai hic était que les réfections risquaient de coûter cher. Le toit n'avait pas bonne mine, il faudrait sans doute revoir de fond en comble l'installation électrique et la plomberie, sans parler de tous les vices cachés que peut receler une maison ancienne comme celle-ci. Rassembler la somme nécessaire à l'achat ne serait déjà pas une mince affaire. Où trouverait-il l'argent pour financer les travaux ?

La tourelle l'obnubilait. Il n'arrivait pas à en détacher son regard. Tout à coup, une envie irrésistible de vivre dans une maison à tourelle l'avait envahi. Mais la tourelle n'était pas seule en cause. C'était la première fois qu'il s'était dit en entrant dans une maison : *Voilà un endroit où je pourrais habiter jusqu'à la fin de mes jours.* C'était une demeure seigneuriale, mais avec un côté bohème. Elle était élégante, mais elle avait du caractère. C'était une maison de race. *L'endroit rêvé pour recevoir mes clients*, songeait-il. Il lui semblait presque voir inscrit sur son fronton, en lettres d'or : « Palais John Carter… »

Sauf qu'elle n'avait pas de garage.

Lui qui avait toujours rêvé d'une maison avec garage se mettait soudain à se dire : *Un garage, est-ce vraiment nécessaire ?* Devant la maison, il n'y avait qu'un petit rectangle de ciment, avec tout juste assez de place pour une voiture. Mais il devait y avoir moyen de se garer le long de l'étroite rue bordée d'arbres.

Elle était d'une tranquillité absolue, on n'entendait même pas le bruit de la circulation. C'était une oasis de paix.

Il s'imagina faisant l'amour avec Susan dans la chambre de la tourelle ; il s'imagina lui faisant l'amour dans le jardin, à l'abri des regards indiscrets, sous un éclatant soleil d'été. La dernière semaine de février était entamée, et l'été ne semblait pas si loin. Quatre mois. Le temps qu'il leur faudrait pour emménager.

— Je l'aime beaucoup, dit-il.

— Moi, c'est toi que j'aime beaucoup, dit Susan en l'enlaçant. Je t'aime plus que tout au monde.

En se serrant contre lui, elle dévorait la maison des yeux. Cette maison ressemblait à l'Angleterre de ses rêves, correspondait aux images qu'elle avait gardées de ses lectures anglaises. Jane Austen. Thomas Hardy. Dickens. Trollope. Thackeray. E.M. Forster. Graham Greene. L'une après l'autre, leurs descriptions d'hôtels particuliers londoniens et d'élégants manoirs campagnards lui revenaient à l'esprit.

Enfant, en Californie, elle avait passé le plus clair de son temps plongée dans des livres, et elle s'était souvent imaginée en Angleterre, menant la vie des personnages des romans qu'elle lisait. Elle se voyait tantôt recevant à dîner des invités élégants et pleins d'esprit, tantôt rendant visite à des amis et accueillie par un majordome en gilet rayé, ou bien encore marchant d'un pas pressé sous la pluie londonienne.

— Moi aussi, je t'aime, lui répondit John.

L'agent immobilier s'était dirigé vers sa voiture. Il consulta une fois de plus son bracelet-montre, et enfonça ses mains dans ses poches. Ils tombaient tous amoureux de cette maison, ils voulaient tous l'acheter, mais ils reculaient tous au dernier moment, épouvantés par l'état des lieux de vingt-neuf pages qui dressait la liste de ses défauts. Et comme en plus le prix que ses propriétaires s'entêtaient à vouloir en obtenir était beaucoup trop élevé, elle était rigoureusement invendable.

Il étudia le couple en essayant d'évaluer son potentiel. Susan Carter était américaine, à en juger par son accent. Un peu moins de trente ans, cheveux roux et longs, coiffés mode. Jean et bottes, mais le manteau était en poil de chameau. Elle lui rappelait une actrice, comment s'appelait-elle, déjà ? Il chercha le titre du film. Ah oui, *Gorilles dans la brume*. Et là, le nom lui revint. Sigourney Weaver. Oui, cette femme avait le même mélange de beauté et de puissance physique. Elle avait aussi quelque chose de la Scully d'*Aux frontières du réel*. Plus il la regardait, plus il lui trouvait de points communs avec Scully.

John Carter était anglais, un poil plus âgé, entre trente et trente-cinq ans. Un dandy : trench en tweed, costard de chez Hugo Boss, chaussures à boucles dorées. Vu la dégaine, il devait travailler dans la communication. La pub, probablement. Cheveux noirs soigneusement peignés en arrière, plutôt beau garçon, l'air angélique, mais il ne devait pas être du genre commode, il y avait en lui quelque chose de dur. Ses yeux se posèrent sur la BMW noire des Carter. Sa propreté immaculée s'accordait bien avec la tenue impeccable de John Carter mais, fait étrange, elle n'était pas munie d'une plaque personnalisée. Le numéro d'immatriculation trahissait son âge : quatre ans. Une bagnole de m'as-tu-vu.

Susan, toujours dans les bras de John, n'avait pas cessé de contempler la maison. D'une voix douce, sa bouche émettant un plumet de vapeur blanche, elle demanda :

— On aurait les moyens de se l'offrir ?

— Il faudrait qu'on soit fous.

Elle pencha la tête en arrière, et le soleil du matin lui colora les yeux en lapis-lazuli. C'est de ces yeux-là que John était tombé amoureux six ans plus tôt, et ses sentiments n'avaient pas changé depuis. Susan eut un large sourire.

— Et après ? fit-elle.

Les anciens propriétaires étaient partis à l'étranger, leur avait-on dit. Cette grande maison vide devait leur coûter les yeux de la tête. Ils accepteraient peut-être de transiger un peu sur le prix si on leur faisait miroiter une vente rapide.

John sourit à son tour. Pour lui aussi cette maison était un véritable supplice de Tantale. L'acheter eût été une véritable folie. Mais des folies, il en avait fait toute sa vie.

Chapitre 2

Cet homme tant redouté trônait dans son spacieux bureau, l'air à la fois seigneurial et débonnaire.

Son visage aristocratique s'était quelque peu émacié avec l'âge, mais il avait gardé le teint lisse, légèrement soyeux, qui est l'apanage des êtres bien nés. Ses yeux gris, clairs et vifs, débordant de sagacité et d'humour, n'avaient encore besoin ni de lunettes ni de verres de contact. Ses cheveux de jais, mêlés de quelques fils d'argent distingués, étaient peignés en arrière avec un certain panache.

Son costume sortait de chez un grand tailleur de Savile Row ; son élégante cravate en soie verte s'ornait de petits Pégases argentés ; ses chaussures noires, dissimulées par le bureau, étaient polies comme des miroirs ; ses doigts longs et fins, manipulant une liasse de listings, étaient impeccablement manucurés. Un sentiment de suprême assurance émanait de toute sa personne. On ne lui aurait pas donné plus de cinquante-cinq ans.

Son nom était Emil Sarotzini.

C'était un nom de légende. Toutes sortes de bruits couraient sur l'existence dorée qu'il avait menée dans l'immédiat après-guerre. Les fêtes à n'en plus finir sur la Côte d'Azur, les cocktails à bord du yacht de Niarchos, les dîners chez Brigitte Bardot à Saint-Trop', les déjeuners à Monaco chez les Grimaldi. Les États-Unis aussi, où il avait conté fleurette à des stars comme Jayne Mansfield et Marilyn Monroe, courtisé lui-même par les gens du grand monde appartenant aux cercles fermés où évoluaient les Vanderbilt, les Rockefeller et les Mellon. On disait qu'Andy Warhol avait peint pour lui une série de tableaux, et que M. Sarotzini avait toujours opposé une fin de non-recevoir aux galeries et aux musées qui souhaitaient les exposer. En Angleterre, on murmurait que seule la discrète protection de la famille Astor lui avait permis d'échapper aux retombées de l'affaire Profumo.

D'autres bruits, infiniment plus troublants, couraient sur son compte ; certains faisaient même froid dans le dos. Mais ses proches se gardaient bien de les colporter, car M. Sarotzini avait la réputation d'avoir des oreilles partout et de ne tolérer aucune déloyauté de la part des membres de son entourage.

Pas un seul aspect de sa vie n'échappait à la rumeur, mais c'était encore son âge qui l'alimentait le plus. Pour les uns, ce n'était qu'un objet de spéculations oiseuses ; pour les autres, une énigme profondément déroutante.

Ici, la réputation de M. Sarotzini n'épargnait personne. Elle exerçait un effet magnétique : tous ceux qu'il employait subissaient ce mélange de répulsion et d'attraction, en étaient influencés en bien ou en mal. L'intrigue, le mystère et le soupçon avaient suivi M. Sarotzini comme des ombres pendant toute sa vie. C'était un personnage fascinant, qui subjuguait presque tous ceux qui l'approchaient.

L'homme qui lui apportait l'information dont il avait un besoin urgent était sans doute l'être au monde qui en savait le plus sur son compte, et cela ne lui donnait que plus de raisons de le craindre.

Kündz poussa un panneau de la double porte et pénétra dans l'antichambre qui servait de repaire à la redoutable secrétaire – cerbère à qui il fallait obligatoirement montrer patte blanche pour accéder à M. Sarotzini, et dont le bureau était une sorte de saint des saints réservé à de rares élus. Elle ne lui accorda qu'un regard distrait.

Derrière elle, la porte grande ouverte laissait voir l'auguste silhouette de M. Sarotzini, aussi solennelle que celle d'un dieu égyptien dans un temple à colonnes. La pièce était plongée dans une demi-pénombre. Le seul éclairage provenait de la petite lampe en métal doré qui répandait une vive lumière sur la liasse de papiers posée à côté du sous-main en cuir du bureau. La pièce comportait une vaste fenêtre, mais les stores vénitiens en étaient orientés de façon à ne pas laisser pénétrer le soleil trop vif de ce milieu de matinée.

Kündz mesurait un mètre quatre-vingt-dix-huit. Il avait les épaules massives d'un joueur de football américain, les cheveux taillés en brosse, et une face carrée de boxeur. Il était vêtu comme à l'accoutumée d'un costume deux-pièces aussi peu voyant que possible, bleu marine ce jour-là ; son nœud de cravate était irréprochable et ses souliers bien cirés. Ses costumes sortaient de chez le même tailleur que ceux de M. Sarotzini mais, en dépit de la finesse du tissu et des multiples essayages, ils lui donnaient toujours l'air emprunté. À première vue, on aurait pu le prendre pour un videur de boîte de nuit ou pour un soldat en permission à qui un copain aurait prêté une tenue civile pour la journée.

Avant de se décider à esquisser un pas, il avala sa salive, vérifia son nœud de cravate, jeta un coup d'œil à ses chaussures, boutonna son veston. En matière d'élégance vestimentaire, il était loin de satisfaire aux critères de M. Sarotzini, et il le savait bien. Mais pour le reste, il avait tout lieu d'être fier de la manière dont il mettait en pratique les enseignements de son mentor et exécutait ses consignes.

C'est M. Sarotzini qui avait fait de lui ce qu'il était, mais il aurait pu réduire tout cela à néant en un tournemain, et la conscience qu'en avait Kündz l'emplissait d'une crainte permanente, source du dévouement servile qu'il témoignait à son seigneur et maître.

—Alors ? fit M. Sarotzini tandis que Kündz s'avançait vers son bureau.

Il arborait le sourire d'un homme qui s'attend à une heureuse nouvelle. En voyant ce sourire, Kündz se rasséréna et il éprouva envers son maître un élan d'affection si intense qu'il eut envie de se pencher par-dessus le vaste bureau et de le prendre dans ses bras. Mais il ne pouvait en être question, bien sûr. Des années plus tôt, M. Sarotzini avait définitivement proscrit toute espèce de contact physique entre eux. Kündz se contenta donc de lui tendre l'enveloppe et de se mettre au garde-à-vous.

—Assieds-toi, Stefan, dit M. Sarotzini en vidant l'enveloppe de son contenu, qui absorba instantanément toute son attention.

Kündz posa une fesse raide sur le bord d'un fauteuil qui avait jadis appartenu à un prince ottoman dont il avait oublié le nom. Le bureau de M. Sarotzini regorgeait de meubles précieux et d'antiques trésors, mais il contenait en plus quelque chose que l'argent seul ne permet pas d'acquérir : il s'en dégageait un sentiment d'extraordinaire puissance.

Kündz avait l'impression d'être Alice, la fillette qui a pénétré par mégarde dans un monde où tout est surdimensionné. Il avait l'impression d'être un nain au milieu de ces meubles imposants, les toiles de maîtres dont les murs étaient couverts lui semblaient aussi hautes que des gratte-ciel, les statues, les bustes et les figurines pesaient sur lui de leur taille immense, et les innombrables volumes en maroquin écrasaient de leur souverain mépris quiconque n'était pas aussi lettré que leur propriétaire. Kündz se risqua à lever un œil timide sur M. Sarotzini.

Son expression n'était pas facile à déchiffrer.

Une odeur de cigare un peu éventée imprégnait la pièce, bien que le cendrier en cristal taillé du bureau fût vide. M. Sarotzini avait des habitudes bien réglées. Kündz savait qu'il venait de fumer son premier Montecristo de la journée, et qu'il n'allumerait pas le deuxième avant une heure.

M. Sarotzini tenait le mince document, guère plus de six pages, entre ses longs doigts dont un léger duvet adoucissait l'aspect anguleux. Lorsqu'il eut achevé sa lecture, il eut une grimace de contrariété.

— Que veux-tu que je fasse de ça, Stefan ?

Kündz ne s'attendait pas à cette réaction. L'expérience lui avait appris qu'il valait mieux tourner sept fois sa langue dans sa bouche avant de répondre à une question de M. Sarotzini, même quand la réponse semblait aller de soi. Il prit donc tout son temps, ainsi que M. Sarotzini le lui avait enseigné, avant de se décider enfin à dire :

— Ça nous ouvre des possibilités illimitées.

Les traits de M. Sarotzini se durcirent. Il avait presque l'air irrité à présent, et Kündz sentit monter en lui un mélange de peur et de perplexité.

— C'est une liste de commissions, Stefan. Une liste de courses à faire chez l'épicier. Tu veux que je te la lise ? « Douze bagels, deux litres de lait, un paquet de beurre, une livre d'abricots secs, deux cents grammes de salami. » Pourquoi m'as-tu amené ça ?

Kündz fut pris d'une espèce de vertige. Non, c'était impossible, il n'avait pas pu faire d'erreur. D'où pouvait bien sortir cette liste ? Il réfléchit à toute vitesse. L'homme qui lui avait remis ce document était un très grand généticien. Les savants sont parfois distraits. Se pouvait-il qu'il se soit trompé de papier ?

Non, c'était exclu, puisqu'il l'avait vérifié et revérifié.

Tout à coup, la colère s'effaça du visage de M. Sarotzini et fut remplacée par un sourire bienveillant.

— Tout va bien, Stefan, ne te mets donc pas martel en tête. Tranquillise-toi, va. Ce n'était qu'une petite plaisanterie. Il faut bien que je t'apprenne à supporter la plaisanterie.

Kündz, incertain de ce qui allait suivre, le regardait d'un air inexpressif.

— C'est parfait, déclara M. Sarotzini en tapotant le document du bout des doigts. Absolument parfait.

Kündz fit de son mieux pour dissimuler son soulagement : il avait appris à ne jamais manifester aucune faiblesse face à M. Sarotzini. Et le soulagement est une forme de faiblesse. Étant censé savoir que le document était de bon augure, il n'avait aucune raison de réagir. Avec M. Sarotzini, l'enseignement était perpétuel, pareil à une spirale sans fin ; c'est un fait dont il avait dû s'accommoder toute sa vie.

Craignant que son regard ne le trahisse, il baissa le nez et s'attacha à la contemplation du tapis persan au poil lisse et doux, orné d'entrelacs compliqués. Les tapis de Perse racontent tous une histoire, mais celle que racontait celui-ci était du chinois pour lui. Il se mit à penser à Claudie, concentra ses pensées sur elle. Allait-elle lui permettre de l'attacher et de la fouetter ce soir ? Il décida qu'il le lui demanderait de toute façon, et que si elle refusait il le ferait quand même.

Sa peau était encore imprégnée de l'odeur de Claudie. Il eut la vision de son pubis aux poils drus et noirs, et la terreur que lui inspirait M. Sarotzini fut fugacement remplacée par un début d'excitation. Mais elle reprit vite le dessus.

Son regard se posa sur le tableau accroché au mur juste derrière M. Sarotzini. C'était une toile abstraite. Kündz ne comprenait rien à l'art moderne. Il aurait été bien incapable de décider si le tableau était bon ou mauvais. Tout ce qu'il savait, c'est qu'il devait être d'une extraordinaire valeur et d'une importance cruciale dans l'histoire de l'art, sans quoi il n'eût pas été accroché à ce mur-là. La voix de M. Sarotzini interrompit le fil absurde de ses pensées. Comme toujours, il s'exprimait dans un allemand impeccable. Pourtant l'allemand n'était pas sa langue maternelle, Kündz le savait.

— Trente années de recherches. On peut dire que nous y avons mis le temps. Trente années, Stefan. Tu te rends compte de l'importance que tout cela a pour nous ?

Kündz s'en rendait compte, mais il resta muet.

— As-tu un point faible, Stefan ?

La question prit Kündz au dépourvu. Ne pouvant se permettre de mentir, il essaya de tergiverser.

— Tout le monde a un point faible, énonça-t-il doctement.

M. Sarotzini parut satisfait de sa réponse. Il ouvrit un tiroir de son bureau et en sortit une enveloppe qu'il tendit à Kündz.

L'enveloppe contenait plusieurs photos. Les photos d'un homme et d'une femme. L'homme avait autour de trente-cinq ans. Brun, beau garçon, avec quelque chose d'un peu trop juvénile dans le visage. La femme avait quelques années de moins. Une rouquine aux cheveux longs, jolie, très moderne d'allure.

Une autre photo la montrait en jupe courte et débardeur. Elle avait des jambes superbes, fines, bien galbées, un poil trop musclées peut-être. Kündz s'aperçut que les jambes de cette femme l'excitaient. Ses seins ronds et fermes, visibles sous le tee-shirt, l'excitaient tout autant. Il se demanda si elle sentait aussi bon que Claudie. L'idée de l'attacher et de la fouetter lui traversa l'esprit, et elle fut loin de lui déplaire. Sous les yeux de son juvénile mari, ligoté et impuissant, peut-être. La voix de M. Sarotzini interrompit une nouvelle fois le cours de ses pensées :

— M. et Mme Carter. John et Susan Carter. Ils habitent une maison qu'ils viennent tout juste d'acquérir dans le sud de Londres. Il est propriétaire d'une petite société de communication ; elle travaille dans l'édition. Ils n'ont pas d'enfants. Je veux que tu découvres pour moi les points faibles de John et de Susan Carter. C'est clair ?

Kündz jeta un nouveau coup d'œil aux photos, et son excitation monta d'un cran. Son regard s'attarda sur celle qui montrait les jambes et les seins de Susan Carter, et il se demanda si elle était rousse de partout. Il l'espérait de tout son cœur.

M. Sarotzini lui avait offert Claudie pour le récompenser de sa bonne conduite. Peut-être que s'il continuait à lui donner satisfaction, il lui ferait cadeau de cette femme-là aussi.

— On ne peut plus clair, dit Kündz.

Chapitre 3

Tandis qu'il se précipitait vers l'entrée de sa banque, John Carter sentit qu'il avait l'estomac atrocement noué. En plus, il était trempé de sueur. Quand avait-il éprouvé cette sensation-là pour la dernière fois ? Pas depuis l'école, sans doute. L'école et les terrifiantes convocations chez le principal.

Sa chemise lui collait au dos, et sa cervelle avait cessé de fonctionner. La panne complète. Il s'escrima à vouloir pousser la porte alors qu'elle portait l'inscription « TIRER » en grosses lettres bien visibles, mais il était tellement à cran qu'il n'en éprouva même pas de honte.

Pendant la traversée du hall, sa terreur d'écolier pris en faute augmenta encore. En voyant les clients qui faisaient la queue devant les guichets, un début de calme lui revint. Il se dirigea vers celui qui était surmonté du panonceau « ACCUEIL ».

La femme assise de l'autre côté de la vitre leva les yeux sur lui et une gêne atroce l'envahit, comme si on avait fait circuler son nom et son signalement parmi les employés de l'agence en leur disant : « Méfiez-vous de ce gars-là, il est louche ».

— J'ai rendez-vous avec M. Clake, annonça-t-il.

Cette femme le regardait fixement, si bien que sa voix se cassa avant qu'il ait achevé sa courte phrase. Elle fronça les sourcils d'un air qui lui parut désapprobateur et il se dit qu'il avait peut-être écorché le nom du directeur.

— C'est bien ainsi que ça se prononce ?

Elle hocha la tête, l'air toujours aussi peu amène. John avait mis son costume le plus strict, en alpaga bleu marine, une chemise blanche, une cravate discrète, et des Church's noires à lacets. Il portait aussi un caleçon blanc à pois rouges, auquel il accordait une valeur de talisman. Il avait passé la soirée de la veille et une bonne partie de la matinée à mettre sa tenue au point avec Susan ; elle lui avait fait essayer trois cravates et quatre paires de chaussures avant de décréter enfin que l'image qu'il projetait était la bonne. « Il faut que tu sois élégant, lui disait-elle, mais sans ostentation. »

Pour la énième fois, il se demanda quel genre d'homme pouvait être ce Clake. Depuis que sa secrétaire l'avait appelé au téléphone, vingt-quatre heures plus tôt, cet individu occupait toutes ses pensées. Il pensait aussi à sa voiture, qu'il avait garée au beau milieu d'une zone de stationnement interdit, un peu plus bas dans la rue. Avec de la chance, il échapperait peut-être au sabot de Denver. Il chassa cette idée de son esprit ; il n'avait déjà que trop de soucis. Et qu'aurait-il pu faire d'autre ? Toutes les places de stationnement étaient prises, et il était déjà en retard d'un bon quart d'heure.

Subitement, John se rappela une blague qu'on lui avait racontée voilà peu. *Un gars confie à son copain que le directeur de sa banque a un œil de verre. Son copain lui demande comment il fait pour distinguer l'œil de verre de l'autre. « Facile, répond le gars, l'œil de verre, c'est le plus humain des deux. »*

La blague ne lui semblait plus tellement drôle à présent. John sortit son mouchoir de sa poche et le passa sur son front ruisselant de sueur tout en maudissant intérieurement les vieux réflexes ancestraux sur lesquels il n'avait aucun contrôle.

Tout ça, c'était la faute de l'adrénaline. L'adrénaline grâce à laquelle les hommes des cavernes échappaient aux griffes des grands prédateurs. Mais dont John, lui, se serait volontiers passé. Il n'avait pas besoin que ses surrénales sécrètent cette satanée hormone à tire-larigot, que ses muscles se gonflent, que les battements de son cœur s'accélèrent, que ses pupilles se dilatent, que ses glandes sudoripares ouvrent leurs robinets en grand. Il aurait fallu qu'il se calme, mais visiblement ses gènes n'étaient pas équipés pour ça.

Il s'épongea le front encore une fois. Son cou et sa nuque étaient gluants de sueur. *Non, pas de* sueur, se dit-il. *La sueur, c'est bon pour les chevaux. Les dames ont des vapeurs ; les messieurs* transpirent.

Les idées tournaient à toute vitesse dans sa tête. Il avait du mal à en garder le fil. Il pensa encore à sa voiture, et une brève vague de panique l'envahit. Combien de temps pourrait-elle rester sur un stationnement interdit, au cœur de Piccadilly ? Dix minutes ? Vingt minutes ?

— Par ici, monsieur.

John se pencha pour examiner son reflet dans la vitre, se lissa les cheveux, rajusta son nœud de cravate, puis il aspira une grande goulée d'air. Il fallait absolument qu'il se domine. Pendant toute sa vie professionnelle, il s'était dominé à merveille. Il usait sans vergogne de son charme naturel, et il était passé maître dans l'art de manipuler les gens. C'est comme ça qu'il était arrivé à mettre dans sa poche l'ancien directeur de sa banque, Bill Williams. Il suffisait qu'il se montre calme, aimable, sûr de lui, et M. Clake verrait aussitôt l'avenir en rose.

La secrétaire le précéda. Le bureau était toujours le même : moquette d'un bleu fade, boiseries sombres. La seule chose qui avait changé, c'était son occupant. M. Clake s'était substitué à Bill Williams.

Bill Williams était un passionné de technologie, et pendant sept ans John avait joué là-dessus au maximum. Ils disputaient des parties de golf virtuelles sur les ordinateurs de leurs bureaux respectifs, et de temps à autre John l'invitait à son country-club, à Richmond, pour passer du virtuel à la réalité. John lui avait appris à surfer sur le Net, l'avait aidé à y trouver des films porno (que Bill nommait les «films à foufounes») et lui avait montré comment les stocker sur son disque dur en les protégeant par un code secret.

John avait enseigné à Bill tout ce qu'il avait besoin de savoir (et plus encore) sur les ordinateurs. En échange, Bill avait fait preuve d'une rare largesse en matière de prêts bancaires, en prenant parfois de graves risques («C'est ma tête que je joue là», plaisantait-il).

Mais tout ça c'était de l'histoire ancienne. Bill avait subitement décidé de prendre sa retraite anticipée. Ça l'avait pris comme ça, du jour au lendemain. Il avait appelé John huit jours plus tôt pour l'en informer, en ajoutant d'une voix lugubre qu'il lui expliquerait tout un jour, mais que pour le moment il était tenu au secret. Il s'était répandu en excuses, mais il avait juré ses grands dieux que tout s'arrangerait pour John. Ils s'étaient promis de faire bientôt une petite partie de golf, sans aller jusqu'à arrêter un rendez-vous. Bill avait assuré John que la banque continuerait à être aux petits soins pour lui, qu'il n'avait rien à craindre. Mais son enthousiasme sonnait faux.

La poignée de main de M. Clake n'était guère engageante, et son expression faciale encore moins. Il était chauve comme un œuf, il avait une petite bouche tordue de pieuvre, et ses lunettes à monture carrée enlaidissaient son visage naturellement ingrat.

— Monsieur Carter, croyez que j'apprécie votre diligence.

Il parlait comme un ventriloque, en remuant à peine ses minces lèvres, lesquelles étaient un peu de guingois. On aurait dit qu'il tenait une épingle entre les dents.

Les deux hommes s'assirent. M. Clake ouvrit une chemise posée devant lui. John vit qu'elle contenait plusieurs pages de listings d'ordinateur, et il comprit aussitôt qu'il s'agissait des comptes de sa société. Une photographie trônait sur un angle du bureau. Apparemment, c'était celle de la petite famille de M. Clake. John étudia le visage de Mme Clake. Il était plutôt avenant, et il eut une faible lueur d'espoir. *Il est humain après tout*, se dit-il.

— Vous êtes spécialisé dans le multimédia, déclara M. Clake.

John hocha affirmativement la tête et il avala sa salive avec difficulté. Le langage corporel de ce Clake lui mettait les nerfs à fleur de peau, et sa manière de prononcer le mot *multimédia* avait quelque chose d'inquiétant.

— Ah, la technologie, dit M. Clake d'une voix sifflante en effleurant du regard le dossier ouvert devant lui. La technologie, répéta-t-il en souriant.

Ce sourire fit sur John l'effet d'une flamme d'allumette surgissant soudain au milieu d'un ténébreux désert arctique. Il pensa brièvement à sa voiture, en se demandant si ce petit conciliabule allait durer longtemps, mais chassa aussitôt cette idée de sa tête. Au diable la voiture. Il se concentra de nouveau sur M. Clake, repassant en esprit les réponses qu'il avait préparées à toutes les questions que le bonhomme était susceptible de lui poser.

— Pour ma part, les ordinateurs me laissent plutôt froid, dit M. Clake, raide comme la justice. La technologie ne m'emballe pas. Elle a un rôle à jouer, évidemment, et je peux comprendre que vous lui prêtiez des potentialités.

John regarda le complet bien coupé de M. Clake et le visage suffisant qui le surmontait, et il sentit la moutarde lui monter au nez. Comment ce bureaucrate propret, cadre supérieur dans une banque qui se voulait ultramoderne, pouvait-il se permettre de proférer de telles inepties ?

Là-dessus, il aperçut, posé sur le bureau, un objet qu'il n'avait pas remarqué jusque-là, et son regard s'arrêta dessus. Alors là, c'était la meilleure ! Une bible ! M. Clake avait posé une bible, bien en vue, au beau milieu de son bureau. *Mais qu'est-ce que c'est que cet oiseau-là ?* se demanda John. *D'où peut-il sortir ?*

— Ces projections sur cinq ans, dit M. Clake, qui les a calculées ?

Ça doit être un de ces néobaptistes fanatiques, se dit John. À présent, il en décelait les indices sur sa physionomie : ce type était un chrétien dévot, ivre de rage messianique, qui participait peut-être à une croisade destinée à sauver le monde du péril informatique.

John avait le cœur de plus en plus lourd, mais il luttait de toutes ses forces pour ne pas perdre son sang-froid. Il ne fallait surtout pas que sa façade de courtoisie se lézarde. Il plongea les mains dans sa serviette, en sortit son ordinateur portable et l'alluma.

M. Clake tiqua, et son air de contrariété s'accentua encore quand John l'assura que la mise en charge ne prendrait que quelques secondes. Il fallait à tout prix trouver un moyen de rompre la glace. De quoi pouvait-il parler avec cet homme ? Quels intérêts communs pouvaient-ils avoir ?

— Vous jouez au golf ? demanda-t-il gauchement.

Clake fit sèchement « non » de la tête.

— Ça fait longtemps que vous travaillez dans cette banque ?

— Quatorze ans. Elle va bientôt se décider, votre machine ?

— Il n'y en a plus que pour un instant.

John fixa l'écran des yeux, en l'implorant mentalement de s'animer. Quand l'image apparut enfin, il demanda :

— Qu'est-ce que vous vouliez, déjà ? Le plan de cinq ans, ou les prévisions sur cinq ans ?

— Le plan, vous dis-je, fit M. Clake, visiblement exaspéré.

John appuya sur deux touches, et l'ordinateur tomba en panne.

Cramoisi et transpirant de plus belle, il fut obligé de remettre l'appareil en charge. Le sol se dérobait sous lui ; il était à deux doigts de la catastrophe, il le sentait. Si la conférence au sommet virait au désastre, il n'y aurait plus aucun moyen de réparer les pots cassés.

Il pensa à Susan, à cette maison qui la rendait tellement heureuse, à tout ce qu'ils perdraient si Clake décidait de leur couper les vivres. Il pensa aussi à Gareth, son associé, à qui il avait cédé des parts de la société pour se l'attacher, huit ans plus tôt, et à leurs soixante employés, recrutés pour la plupart à leur sortie de l'université.

John avait beaucoup dépensé ces temps derniers. Il avait embauché de nouveaux salariés, s'était équipé de machines neuves, installé dans des locaux plus vastes, et avait acheté la maison. Mais sa boîte réalisait des affaires en or, pourquoi se serait-il serré la ceinture ? Il aurait voulu instiller un peu de son optimisme à Clake mais, maintenant qu'il était le dos au mur, sa foi commençait à vaciller. Il se tourna vers Clake et, avec un sourire contraint, lui demanda :

— Vous étiez... dans une agence... de province... avant ?

John s'entendit et se rendit compte qu'il parlait comme une bande magnétique qui tourne au ralenti.

M. Clake ne lui répondit pas. Il étudiait l'une des feuilles de son dossier avec une attention soutenue, et il n'avait pas l'air content.

Chapitre 4

— Où est-ce que je mets ça?

Harry, le peintre en bâtiment, fixait Susan de ses grands yeux mélancoliques. Avec sa moustache tombante, il ressemblait un peu à un acteur qui jouait le rôle du bandit mexicain dans un western qu'elle avait vu autrefois, lequel était-ce? Peut-être *Le Bon, la Brute et le Truand*, ou alors… Quelle importance, au fond?

Elle n'arrêtait pas de remuer toutes sortes d'idées biscornues, alors qu'elle aurait dû ne penser qu'à une chose: le manuscrit qu'elle était censée lire. Mais comment aurait-elle pu se concentrer sur son travail? Elle se faisait bien trop de mauvais sang depuis que John était parti à la banque pour rencontrer le nouveau directeur.

Comme elle n'arrivait pas à finir son épineux chapitre farci d'équations destinées à faire comprendre la théorie de Newton, elle avait décidé de venir superviser les travaux. C'était tellement plus facile de regarder Harry, d'imaginer des harmonies de couleurs, de feuilleter des albums d'échantillons de tissu et de papier peint, et d'aller de pièce en pièce pour marquer d'une croix l'emplacement des prises de courant et des radiateurs.

John lui avait promis de l'appeler à la sortie de son rendez-vous pour lui dire comment ça s'était passé. Leur tête-à-tête devait être fini à présent, mais le téléphone restait muet. Elle se disait que c'était peut-être bon signe, mais elle n'y croyait pas. Si les choses s'étaient passées correctement, John l'aurait appelée sur-le-champ. Elle lui aurait bien téléphoné elle-même, mais elle ne voulait pas qu'il se sente harcelé.

Lorsqu'il l'avait quittée ce matin-là, John était dans un triste état. Il n'était pourtant pas d'un naturel anxieux, au contraire. Ce qui l'avait le plus séduite en lui, c'était son assurance, sa maîtrise absolue de lui-même, qu'il conjuguait avec une énergie inépuisable. John avait toujours su ce qu'il voulait et ce qu'il fallait faire pour l'obtenir. La première fois qu'ils étaient sortis ensemble, il lui avait annoncé qu'il allait l'épouser. Ou, plutôt, il le lui avait hurlé, pour qu'elle l'entende à travers le vacarme du bar bondé de Westwood où ils s'étaient retrouvés. Un début d'hilarité l'avait prise mais, à voir la détermination farouche qui lui contractait les traits, elle s'était sentie envahie d'un trouble qu'elle n'avait encore jamais éprouvé.

Elle était déjà sortie avec d'autres garçons, mais aucun ne l'avait jamais désirée aussi passionnément. Le lendemain matin, elle avait découvert son bureau rempli d'une telle quantité de fleurs qu'elle avait eu du mal à ouvrir la porte.

Elle s'était toujours sentie en sécurité avec John. Il ne faisait pas de promesses en l'air, ne s'engageait jamais dans rien à la légère. Il n'était pas du genre à se miner pour quoi que ce soit. Susan n'avait fait ni une ni deux : quinze jours plus tard, elle avait tout plaqué en Californie et était venue s'installer à Londres. John était devenu pour elle le centre du monde.

Mais ce matin-là elle s'était retrouvée face à un complet étranger, un homme aux gestes mal assurés, changeant sans cesse de chemise, de cravate, de chaussettes, auquel elle avait dû se résoudre à composer elle-même une tenue avant de le pousser vers la porte, et depuis elle se sentait étrangement vulnérable.

Susan croyait qu'ils n'avaient pas de secrets l'un pour l'autre mais, après avoir passé la nuit à se tourner et se retourner dans son lit sans arriver à trouver le sommeil, il lui avait avoué, aux premières lueurs de l'aube, que sa dette envers la banque était plus importante qu'elle ne le pensait. En plus, il était terriblement tracassé par le procès qu'un compositeur de musique avait intenté à sa firme, bien plus tracassé qu'il ne l'avait laissé paraître jusque-là.

Susan se doutait qu'il avait des difficultés depuis quelques mois mais, chaque fois qu'elle avait essayé de l'interroger là-dessus, il s'était arrangé pour noyer le poisson. Plusieurs fois déjà, ces dernières années, il avait eu de mauvaises passes, et il s'en était toujours tiré. Cette fois aussi, il trouverait une issue. Il avait plus d'un tour dans son sac.

Mais s'il échouait ? S'il ne leur restait plus d'autre revenu que le salaire de Susan ? Il suffirait tout juste à payer les traites de la maison. Vu l'état de l'édition britannique, un emploi comme le sien était par définition précaire, et elle avait justement une épée de Damoclès au-dessus de sa tête en ce moment. Le bruit courait qu'un géant américain de la communication, qui venait d'absorber une grande maison d'édition londonienne, allait bientôt lancer une OPA sur la sienne.

Il y avait plus grave encore. Si leurs sources de revenus se tarissaient, comment Susan ferait-elle pour assurer les soins de Casey, sa sœur cadette ?

Se plaçant face à la bay-window, elle s'abîma dans la contemplation du jardin, en songeant à tous les projets d'aménagement qu'elle avait conçus à son sujet. John et elle aimaient tant cette maison. Était-il possible qu'on la leur retire avant même qu'ils aient eu le temps de l'installer ?

Il y avait aussi le quartier, qui lui plaisait autant que la maison. C'était un monde entièrement nouveau pour elle, et elle ne se lassait pas de l'explorer. Depuis qu'ils avaient pris possession des lieux, quinze jours plus tôt, elle y avait découvert une boulangerie géniale qui n'était qu'à deux pas de chez eux, un magasin de vins et spiritueux dont John était aussitôt devenu un client assidu, et un restaurant thaïlandais épatant qui livrait à domicile et dont le patron, qui les avait pris en affection, les régalait continuellement de petits cadeaux.

Susan avait aménagé la cuisine de ses propres mains. Elle avait retapissé les placards, et fixé au mur un tiroir à épices et un porte-rouleau pour l'essuie-mains en papier, en maniant la perceuse de John avec une adresse qui l'avait surprise elle-même. Elle avait écrit à ses parents, joignant à sa lettre des photographies de la maison (dont celles de l'intérieur AVANT et APRÈS). Elle avait aussi envoyé une lettre à Casey, en y joignant les mêmes photos. Bien sûr, Casey était dans l'incapacité de lire ou de regarder des images, mais pour Susan cela n'y changeait rien. Elle s'entêtait à informer sa petite sœur de toutes les menues péripéties de son existence.

Harry travaillait posément, avec des gestes très sûrs. Il plongeait et replongeait son rouleau dans le seau de peinture, et le faisait aller de haut en bas, puis de bas en haut en appliquant des couches bien égales. Le living changeait de couleur à vue d'œil, passant d'un beige pisseux à un blanc cassé satiné du plus bel effet. C'est Susan qui avait choisi la couleur. Tous les murs de la maison seraient du même blanc cassé, contrastant avec la laque noire des boiseries.

Le soleil éclatant de l'après-midi faisait luire le parquet en chêne ; dehors, le cerisier du jardin était en fleur. Les pièces étaient de grandes dimensions ; John et Susan, dont les goûts s'accordaient sur ce point comme sur tant d'autres, avaient décidé de ne pas trop les encombrer de meubles. Ils tenaient à préserver l'impression d'espace, d'air, de lumière.

Quand Harry poussait son rouleau vers le haut, la gravité jouait contre lui ; quand il le tirait vers le bas, elle jouait en sa faveur. Tout en le maniant, il réfléchissait à la question que lui avait posée Susan. À en juger par sa mimique, il avait une nette préférence pour le mouvement vers le bas. La gravité le secondait utilement dans ce cas-là, mais est-ce qu'il en avait seulement idée ? Susan n'en était pas sûre.

La gravité l'obsédait ces temps-ci, ce qui n'avait rien de surprenant puisqu'elle était plongée depuis dix jours dans un manuscrit qui traitait de ce sujet-là. Elle était raisonnablement compétente en physique, mais les lois de la gravitation lui avaient toujours donné du fil à retordre. Ce qui la rassurait, c'est qu'elles avaient aussi donné du fil à retordre à Einstein (quoique sans doute pas autant qu'à elle, comme elle l'avait concédé devant John).

Pour ne rien arranger, l'auteur, Fergus Donleavy, un de ses auteurs fétiches, dont la signature d'un contrat avec Magellan Lowry avait été le plus beau coup de sa carrière, en faisait tout de même un peu trop, et Susan n'était pas la seule à le penser : le lecteur spécialisé qui avait lu le manuscrit avant elle était du même avis. Harry sortit enfin de son mutisme.

— Vous n'avez qu'à le mettre là, près de la fenêtre, dit-il.

Sur quoi, il se lança dans des considérations sur l'équilibre du *feng shui*, auxquelles Susan ne comprit à peu près rien.

Elle traîna le grand cache-pot victorien jusqu'à la double-fenêtre. Harry avait vu juste, l'emplacement était parfait. Ils admirèrent un moment l'objet, que Susan avait acquis huit jours plus tôt chez un brocanteur du quartier. Ensuite elle prépara du thé pour Harry, se versa une tasse de café et regagna la petite pièce attenante au salon où elle avait installé son bureau. Elle s'attabla face à la fenêtre grande ouverte qui donnait sur le jardin, et se replongea dans la lecture du manuscrit.

Elle se força à déchiffrer trois interminables équations, mais l'air tiède qui lui caressait le visage et les odeurs suaves qui montaient du jardin ne tardèrent pas à la distraire. La douceur printanière lui rappelait sa Californie natale, son enfance à Marina del Rey, le campus de l'université de Los Angeles, à Westwood, où elle avait fait ses études. Des souvenirs heureux, auxquels se mêlait une pointe de tristesse. Ses parents s'étaient occupés d'elle avec autant d'amour que de dévouement, mais ils avaient raté leur vie. Ils ne s'étaient jamais remis de l'accident tragique de Casey, dont Susan elle-même continuait à souffrir.

Tout en sirotant son café, elle contemplait le cerisier en fleur, le banc de bois et le petit patio en brique avec son gril à barbecue, rêvant à d'odorants dîners en plein air où l'on versait à flots du rosé frais et pétillant. Son regard revint se poser sur le manuscrit. Elle remonta les manches de la chemise trop grande (une des vieilles chemises de John) qu'elle avait enfilée par-dessus son jean, empoigna son crayon, se mit à le mordiller, et fit de son mieux pour se concentrer.

« Le temps n'est pas une ligne droite, c'est une courbe. Le temps linéaire n'est qu'une illusion. Nous vivons dans un continuum spatio-temporel ; au sommet d'une montagne, les aiguilles d'une montre se déplacent moins vite qu'au fond d'une vallée. La cause n'en est pas la gravitation, mais la relativité. Toutefois, il existe un lien entre les deux. »

C'était l'un des points les plus importants de la théorie de Fergus, mais le livre était censé s'adresser au grand public, et ses explications n'étaient pas très claires pour un profane. Susan elle-même avait du mal à les suivre.

Au bout d'un moment, Harry vint frapper à sa porte pour lui annoncer qu'il s'en allait. Elle le salua d'un geste distrait de la main, sans lever les yeux de son manuscrit, avala le fond de café froid qui restait dans sa tasse et fit une marque au crayon dans la marge pour signaler la nécessité d'un alinéa supplémentaire. Un merle sautillait à la limite de la ligne d'ombre projetée par les arbres du parc voisin, picorant la pelouse avec des mouvements de tête saccadés. Susan se mit à l'observer, et aussitôt il s'envola, comme si ce regard posé sur lui l'avait dérangé.

John n'avait toujours pas appelé. N'y tenant plus, elle décrocha le téléphone, et à cet instant précis la sonnette de l'entrée retentit.

Susan alla ouvrir. Un homme en salopette brune se tenait sur le seuil. Dans son dos, elle aperçut, garée le long du trottoir, une camionnette de British Telecom.

— Je ne vous ai pas fait attendre trop ? demanda l'homme. Ma précédente intervention a duré plus longtemps que prévu. Ils vous ont appelée du bureau ?

— Non, personne ne m'a appelée, répondit Susan, l'esprit plus occupé par John et par son manuscrit que par son visiteur. Mais vous ne me dérangez pas.

L'homme parut soulagé. Il tenait une boîte à outils dans la main droite, et dans la gauche des câbles entortillés, reliés à une espèce de compteur. C'était un colosse, avec d'énormes épaules, une tête de boxeur et des cheveux taillés en brosse. Il n'avait pas l'air d'un Anglais, plutôt d'un Polonais ou d'un Russe. Pourtant, il avait l'accent londonien et une élocution traînante, comme s'il avait eu l'esprit un peu lent.

— S'il est trop tard, je peux revenir demain.

— Non, ce n'est pas la peine. Vous êtes venu faire quoi, au juste ?

— Je dois vérifier vos branchements. Quatre lignes ordinaires et une Numéris, c'est bien ça ?

— Oui, dit Susan. Entrez donc.

L'homme la détaillait du regard. *En chair et en os, elle est encore plus belle qu'en photo*, se disait-il. Il étudia soigneusement ses sourcils. Les sourcils, ça ne trompe jamais. Ils étaient du même roux que les cheveux.

À présent, il en était sûr : sous son jean, les poils de son pubis étaient roux aussi, et ça l'excitait terriblement.

Chapitre 5

— Qu'est-ce que c'est que ça, bordel ? s'écria John Carter.

— Un téléphone, répondit sa secrétaire d'une voix égale.

John la fusilla du regard.

— Je vois bien que c'est un téléphone, Stella. Mais comment se fait-il que ce ne soit pas le même que celui qui était sur mon bureau quand je suis parti ce matin ?

M. Clake était la cause principale de son humeur massacrante ; le contractuel qui avait fait poser un sabot de Denver sur sa voiture y était aussi pour quelque chose, sans parler de ce que lui avait appris son avocat, avec qui il venait d'avoir un long entretien. Mais c'est M. Clake qui lui avait vraiment gâché sa journée. L'objet de sa présente colère était le téléphone gris tout neuf, modèle CallMaster, qui n'était pas là lorsqu'il avait quitté son bureau sept heures plus tôt.

— Les télécoms l'ont remplacé, lui expliqua Stella. Un de leurs techniciens est passé. Il nous a changé tous nos appareils à l'œil. Les nouveaux sont du même modèle, conclut-elle.

Stella avait l'habitude des sautes d'humeur de John ; elle savait comment les tempérer.

John décrocha le téléphone et appuya sur une touche. En entendant la tonalité, il eut une hésitation. Il n'avait pas appelé Susan en sortant de chez Clake comme promis ; elle avait dû se faire un sang d'encre. Qu'allait-il pouvoir lui dire, à présent ?

Il raccrocha, ôta sa veste, la plaça sur le dossier de son fauteuil et s'assit.

— J'ai besoin d'une heure de tranquillité, Stella, annonça-t-il en fermant les yeux pour lutter contre le début de névralgie qui lui vrillait le crâne. J'étais censé faire une partie de squash à 19 heures avec Archie Warren. Appelez-le pour me décommander, vous voulez bien ?

— Je vous apporte quelque chose ? Un café ?

John fit un signe de dénégation. Quand la porte fut refermée, il resta figé dans une immobilité de pierre. Il avait les entrailles nouées, le cœur au bord des lèvres. John avait souffert d'acrophobie toute sa vie, et c'est ce qu'il éprouvait parfois sur un balcon trop haut, ou à bord d'un funiculaire : la même sensation de peur abjecte, irrépressible.

Il fallait qu'il rassemble ses idées, qu'il trouve une issue, qu'il résolve d'une manière ou d'une autre les deux problèmes sur lesquels il avait buté aujourd'hui. L'Interphone de son téléphone neuf se mit à bourdonner, mais il l'ignora. Une grosse mouche bleue se cogna contre la vitre. En bas, dans l'impasse, le moteur d'un camion de livraison ronronnait.

D'un œil morose, il contemplait le mur en face de lui. Sa vie entière s'y étalait. Les couvertures de ses logiciels, montées dans des sous-verres : *Le Bridge facile. L'Art de cultiver les plantes aromatiques. Construisez vous-même votre fusée lunaire. L'Électricité dans la maison. Le Kama-sutra des familles. L'Alimentation saine.*

John avait édifié sa société à partir d'une idée très simple. Elle proposait sous forme de logiciels des manuels pratiques en tout genre, en particulier dans le domaine médical. Les amateurs d'autodiagnostic n'avaient qu'à tapoter sur leur clavier pour obtenir les informations dont ils avaient besoin. Au début, sa boîte ne produisait que des CD-Rom, mais par la suite ils s'étaient branchés sur Internet, et c'est par ce canal qu'ils diffusaient désormais l'essentiel de leurs créations. Depuis deux ans, ils faisaient un vrai tabac sur le Net avec leurs programmes médicaux, surtout celui qu'ils avaient intitulé *Le Gynécologue virtuel*.

Le coup de génie de John avait été de s'assurer les services de Harvey Addison, l'obstétricien le plus en vue de Londres. Addison présentait un programme qui permettait aux femmes d'obtenir une réponse instantanée à n'importe quelle question, ce qui leur donnait l'illusion d'une consultation en direct. En fait, elles étaient raccordées à un logiciel d'un raffinement insensé, sur lequel les réponses d'Addison à toutes les questions possibles avaient été préenregistrées. Elles n'en ignoraient rien, mais elles étaient néanmoins enchantées, car pour la somme modique de deux livres sterling elles avaient droit à une consultation privée avec un spécialiste renommé, sans même avoir besoin de sortir de chez elles.

DigiTrak avait été un énorme succès, comme en témoignaient les innombrables CD d'or, plaques en bronze et statuettes qui encombraient le bureau de John. Sa boîte avait remporté une kyrielle de prix et de brevets décernés par des magazines d'informatique, des revues médicales et des chaînes de télé. La qualité de ses produits était partout reconnue, et elle jouissait d'une excellente réputation.

John avait été la cheville ouvrière de cette réussite. Non content d'avoir l'imagination fertile, il était doté d'une intuition très sûre qui l'avait beaucoup aidé dans le choix de ses collaborateurs. Les soixante personnes qu'il chargeait de perfectionner ses logiciels ou d'en concevoir de nouveaux sortaient pour la plupart des meilleures écoles d'informatique.

Il leur payait de bons salaires, les traitait correctement et ne leur ménageait pas les encouragements. Douze mois auparavant, il avait déniché des locaux de rêve, un petit immeuble de bureaux situé dans une impasse élégante de Kensington, précédemment occupé par une agence de publicité. L'immeuble était spacieux, moderne, et on accédait aux étages par des escaliers en colimaçon un peu biscornus. Ses employés s'y sentaient bien et ses clients étaient ravis de venir traiter des affaires dans un endroit pareil. John l'avait baptisé, un peu pompeusement, « DigiTrak House ».

Tout aurait été pour le mieux dans le meilleur des mondes si la firme n'avait souffert de continuelles difficultés de trésorerie. Plus elle réalisait de profits, plus les coûts augmentaient, angoissante spirale que connaissent toutes les entreprises en rapide expansion. John n'était pas le seul à devoir faire face à ce casse-tête permanent.

Mais à présent il allait devoir y faire face seul.

Bill Williams, son plus sûr rempart, n'était plus là pour lui prêter main-forte. Il avait été remplacé par l'intraitable M. Clake. Au rythme où DigiTrak progressait, l'entrée en Bourse était envisageable d'ici à un an ou deux, peut-être même moins. L'analyste financier que John avait consulté lui avait prédit que, s'il arrivait à maintenir son chiffre d'affaires, sa valeur en Bourse devrait s'établir aux alentours de vingt millions de livres. Mais, désormais, cette perspective lui semblait incroyablement lointaine.

Le regard de John s'arrêta sur la paperasse qui s'était accumulée sur son bureau : courrier à lire, lettres à signer, commandes à confirmer, chèques à approuver. Il effleura une touche de son clavier et l'écran de son ordinateur s'alluma. Un signal lui apprit que du courrier était arrivé pour lui. Il appuya sur une autre touche. Il avait un total de dix-sept e-mails en attente.

Sur la photo qui ne quittait jamais son bureau, Susan avait un sourire éclatant qui semblait lui crier : « Je t'adore ». Il l'adorait aussi, et jamais il n'avait eu autant besoin d'elle. Susan était intelligente, elle avait toujours des idées brillantes et ne perdait jamais le nord. *J'ai une femme formidable,* se dit-il, *il faut que je sois à la hauteur.*

Il appuya sur une touche de son téléphone tout neuf et écouta la bande du répondeur. Il y avait onze messages. Il nota sur son bloc les numéros des gens qu'il avait l'intention de rappeler dès que l'enthousiasme lui serait revenu – si tant est qu'il lui revienne un jour.

Il enfouit la tête dans ses mains et, tout en se pinçant l'arête du nez dans l'espoir de faire refluer sa migraine, il s'efforça de dresser mentalement la liste de ses relations dans les milieux de la banque et de la finance, mais son cerveau refusait obstinément de lui répondre. Il se leva et se mit à faire les cent pas en promenant son regard sur les plaques en bronze et les certificats. Il décrocha du mur l'un des CD d'or revêtus d'une gangue en plastique et l'examina : c'était celui du premier programme de médecine familiale qu'il avait produit.

Voilà le fruit de notre travail, monsieur Clake, se dit-il avec une rage amère. *On ne trouve rien de mieux sur le marché, et vous savez pourquoi ? Parce que c'est une œuvre de passion. Ma société n'emploie que des gens passionnés. Vous n'avez que mépris pour la technologie, mais les femmes dont nous avons sauvé la vie en leur apprenant à détecter un cancer du sein ne partagent pas votre mépris.*

Il raccrocha le CD et un noir désespoir s'empara de lui. Avec accablement, il parcourut la pièce du regard. Dans un mois, ce bureau ne lui appartiendrait peut-être plus. Peut-être même ne posséderait-il plus rien au monde.

Il souleva une lamelle du store vénitien et jeta un coup d'œil dehors. Un automobiliste klaxonnait rageusement pour protester contre la présence du camion qui obstruait l'impasse. La soirée s'annonçait belle. Tout comme lui, Susan se faisait une joie de passer l'été dans leur nouvelle maison. Comment lui annoncer qu'ils allaient sans doute être obligés de la revendre ?

D'autant que si l'OPA sur la maison d'édition aboutissait, ils ne pourraient même plus compter sur son salaire à elle.

Ils étaient dans un sacré merdier.

La maison. Chaque soir il la regagnait le cœur battant et, au moment de se garer devant, il fallait presque toujours qu'il se répète : *Non, je ne rêve pas, cette maison est vraiment à moi.* Il pensa aux innombrables cartes qu'ils avaient expédiées pour signaler leur changement d'adresse, aux amis à qui ils avaient fait visiter les lieux et qui s'étaient tous extasiés sur leur bonne fortune. Comment allaient-ils réagir en les voyant déménager aussi vite ? Il pensa aussi à ses employés. Pouvait-il leur annoncer froidement qu'il les mettait tous à la rue ? Comment oserait-il les regarder en face ?

Il s'affala sur le canapé et, assis sous le grand palmier en pot, ferma de nouveau les yeux. *Il ne faut pas s'avouer vaincu. Il y a forcément une issue. Les solutions, tu en trouves toujours. Tu le dis tout le temps toi-même : la meilleure vengeance, c'est la réussite. Si tu arrives à t'en sortir, Clake l'aura dans l'os.*

L'Interphone de son téléphone neuf se mit à bourdonner, mais il l'ignora. Le bourdonnement reprit ; il l'ignora encore. Il se leva et se dirigea vers son bandit manchot, une antique machine à sous mécanique qu'il avait achetée chez un brocanteur, glissa une pièce dans la fente, abaissa la manette. La machine fit un bruit de casserole. Cerise, citron, orange.

La grosse mouche bleue alla de nouveau buter contre la vitre. Elle était prise au piège et cherchait une issue. John eut un élan de compassion envers la malheureuse bestiole. N'étaient-ils pas dans la même galère tous les deux ? *Les mouches bleues se nourrissent de charognes*, se dit-il. *Elles pondent sur des cadavres.* Il se souvint que DigiTrak avait produit un CD-Rom intitulé *Comment momifier un corps*, qui avait rencontré un succès inespéré. Ils le diffusaient toujours sur Internet.

L'Interphone se remit à bourdonner. Dehors, l'automobiliste irascible continuait à jouer du Klaxon. Le cerveau de John tournait à plein régime, mais sans résultat. S'il était allé jouer au squash avec Archie Warren, ça lui aurait peut-être remis les idées en place. Mais ça ne lui disait rien de se retrouver avec Archie ce soir-là. De tous ses amis, Archie était celui qui avait fait la plus belle carrière. Comme il affichait sa réussite avec insolence, John se sentait toujours obligé d'en rajouter sur le succès de DigiTrak pour rester au diapason. Ce soir, il n'aurait pas eu le cœur à jouer les matamores.

Il prit une décision. Il quitterait le bureau de bonne heure, achèterait deux côtes de bœuf chez le boucher du coin, passerait prendre deux bouteilles de bon vin dans cette boutique fabuleuse que Susan avait découverte à deux pas de chez eux, et mettrait le barbecue en route. Une soirée de libations dans le petit patio en brique serait sans doute la meilleure manière de faire passer l'amère pilule.

L'idée de se pinter lui mit un peu de baume au cœur. Il se leva, enfila sa veste, fourra son portable dans sa serviette, sortit de son bureau et annonça à Stella qu'il rentrait chez lui.

Mais aussitôt qu'il arriva dans le couloir, son associé, Gareth Noyce, lui mit le grappin dessus. Gareth avait besoin de lui parler, c'était urgent. John avait aussi des choses à lui dire, mais pas tout de suite. Mieux valait éviter de mettre Gareth au courant tant que ce n'était pas indispensable, car ses nerfs n'étaient pas des plus solides. Gareth n'avait jamais été très doué pour les rapports humains. En revanche, dès qu'on lui mettait un ordinateur entre les mains, même si c'était une vieille machine pourrie, misanthrope et acariâtre, c'était l'idylle. L'ordinateur se mettait à ronronner comme un chaton et lui obéissait au doigt et à l'œil. Mais le charme de Gareth n'opérait pas sur les êtres humains.

Gareth était un grand escogriffe long comme un jour sans pain et, bien qu'il n'eût que trente et un ans, ses cheveux grisonnaient déjà. Il avait le teint blême et brouillé d'un cancéreux au stade terminal et s'habillait toujours de nippes informes dont il semblait n'avoir pas changé depuis des mois.

— Il faut qu'on parle, John, insista-t-il.

À contrecœur, John le suivit dans l'espèce de bric-à-brac qui lui tenait lieu de bureau et posa une fesse sur le bord d'une chaise. Gareth étant son associé, il eût été logique qu'il l'informât de ce qui s'était passé avec Clake et de ce que lui avait dit son avocat, mais Gareth ne comprenait rien aux problèmes financiers, et cela n'aurait eu d'autre effet que de l'affoler. Gareth avait une perception assez spéciale de la réalité. On aurait dit qu'il vivait sur une autre planète. C'est d'ailleurs pourquoi leur association était si harmonieuse. John s'occupait des finances et des ventes, Gareth se cantonnant quant à lui à l'aspect technique des choses, et ils ne se marchaient jamais sur les pieds.

Gareth se lança dans un de ses interminables discours-fleuves, tellement volubile que John avait du mal à en suivre le fil. Apparemment, l'un des jeux vidéo qu'il était en train de mettre au point achoppait sur un problème technique, mais John ne pouvait pas lui être d'un grand secours, et le problème était vraiment minuscule en comparaison de ceux qu'il remuait dans sa tête.

— Ce n'est pas qu'un problème de configuration, tu comprends, disait Gareth. D'autres paramètres entrent en ligne de compte, tu me suis ? Par exemple, il y a aussi la question des logiciels concurrents, et là tu vas bondir, chez Microsoft…

Gareth se mit à énumérer des données techniques dans un jargon tellement incompréhensible que John perdit pied au bout de quelques secondes, mais comme d'habitude Gareth ne s'aperçut de rien et continua à pérorer.

John le laissa parler ainsi, sans l'écouter, pendant un bon quart d'heure. Durant ce laps de temps, Gareth fuma deux cigarettes coup sur coup. L'odeur du tabac était un vrai supplice pour John, mais il résista à la tentation de lui taper une cigarette. Il avait arrêté de fumer trois ans plus tôt, et avait fait serment à Susan de ne plus jamais succomber à son vice. À un moment Gareth s'interrompit et John, sans même savoir s'il avait terminé ou s'il reprenait simplement son souffle, se leva et déclara :

— Il faut que j'y aille. On reparlera de tout ça demain.

— Ça risque de retarder le lancement, tu l'as compris ? fit Gareth, la mine sombre.

— Tant qu'il n'est pas au point, on ne peut pas le commercialiser.

Au moment où John posait la main sur la poignée de la porte, Gareth ajouta :

— Je crois avoir trouvé un moyen de contourner le problème.

John attendit la suite. Gareth avait retrouvé le sourire.

— La solution est en vue, dit-il. Je vais arranger ça, fais-moi confiance.

John le quitta sur cette promesse. Dans l'ascenseur qui le menait au rez-de-chaussée, il regretta que son problème avec M. Clake ne puisse être contourné aussi facilement que le petit problème technique de Gareth.

Chapitre 6

— Voici notre chambre, dit Susan. L'un des postes s'y trouve, ajouta-t-elle en désignant l'appareil.

Guider ainsi cet inconnu dans la maison l'emplissait d'une sorte de fierté. Pour elle tout cela était encore nouveau, elle se sentait un peu comme une fillette exhibant un jouet neuf. Elle aimait par-dessus tout faire découvrir à ses visiteurs la chambre circulaire de la tourelle, avec ses fenêtres en rotonde.

Kündz nota qu'en plus du téléphone posé sur la table de chevet la chambre comportait un bouton d'alarme encastré dans le mur, juste au-dessus d'une plinthe. Mais il était surtout occupé à s'imprégner des odeurs de la pièce, en s'efforçant de trier celles de la femme et celles du mari.

Son odorat exercé perçut les relents riches et musqués qu'avaient laissés dans l'air ses sécrétions vaginales. Il s'y mêlait une pointe d'acidité un peu métallique qui provenait à coup sûr du sperme du mari. L'odeur était encore fraîche. Ils avaient dû faire l'amour au réveil, ou en tout cas pendant la nuit.

— Ce téléphone est relié à deux lignes, lui expliqua Susan.

Deux lignes pour le téléphone, donc. La troisième était celle du fax de son bureau. La quatrième desservait la sirène d'alarme. Il y avait quatre boutons, que Kündz avait soigneusement repérés : un dans la chambre, un à côté de la porte de devant, un à côté de la porte de derrière, et le dernier dans la cuisine, sous le boîtier mural du téléphone sans fil. John Carter utilisait la ligne Numéris pour son courrier électronique.

Kündz dirigea ses pensées vers le grenier. Il avait remarqué la trappe au-dessus de l'escalier. L'idée de ce grenier l'excitait. Elle l'excitait même beaucoup, presque autant que les odeurs vaginales de Susan ou l'image de son pubis roux qui lui tournait sans cesse dans la tête. Il éprouva un élan de gratitude envers M. Sarotzini. Sans lui, il ne serait jamais venu dans cette maison. M. Sarotzini s'arrangeait toujours pour lui confier des missions excitantes.

Ils regagnèrent le palier et Kündz désigna la trappe.

— N'est-il pas d'autre accès ? interrogea-t-il.

— Pas à ma connaissance.

— Une échelle, vous avez ici ?

— Oui, au bout du couloir.

Ce colosse avait une syntaxe un peu étrange. Susan se demanda si son travail lui plaisait. On aurait dit qu'il le faisait un peu à contrecœur. Peut-être que ce n'était pas vraiment son métier, se dit-elle, peut-être que ce n'était qu'un bouche-trou, qu'il n'avait pris ce boulot que pour échapper au chômage, comme tant d'autres.

Susan gravit l'échelle la première. Kündz la regarda monter, et ce fut une torture pour lui : quand ses jambes lui effleurèrent le visage, un flot d'odeurs corporelles l'inonda. Au passage, il entrevit l'arrière de ses chevilles, et il en fut bouleversé. Jamais encore des chevilles ne lui avaient fait cet effet-là.

Il est vrai qu'il n'avait encore jamais fait l'amour avec une vraie rousse. Il se souvint du sperme du mari et il se demanda si elle en était encore lubrifiée.

Arrivée au sommet de l'échelle, Susan souleva la trappe et appuya sur un commutateur, faisant jaillir la lumière dans le grenier.

Kündz enroula son rouleau de câbles autour de l'épaule et, empoignant sa boîte à outils en tôle bleue, gravit l'échelle à son tour.

La voie sur berge était très encombrée. Confortablement calé sur le siège en cuir de sa BMW noire, John prenait son mal en patience. Un air tiède d'été entrait par le toit ouvrant, et un CD de Dave Brubeck jouait en sourdine.

Mais ni la douce brise ni le piano de Brubeck ne suffisaient à le rendre aussi serein qu'il l'eût souhaité. Pris d'un subit accès d'impatience, il donna un coup d'accélérateur. Le moteur rugit et l'aiguille du compte-tours entra dans le rouge. C'était puéril, mais il recommença. L'automobiliste qui le précédait jeta un rapide coup d'œil à son rétroviseur, mais il ne pouvait rien pour lui : ils étaient bloqués par un feu rouge, et il y avait quatre autres voitures devant eux.

À présent, John se mordait les doigts d'avoir annulé la partie de squash avec Archie Warren. Pas seulement parce qu'elle lui aurait permis de calmer ses nerfs, mais aussi parce que Archie, que les spéculations boursières avaient honteusement enrichi, disposait de multiples contacts dans les milieux de la banque et de la finance. John plaisantait volontiers sur son entregent : un jour, il avait même dit à Susan que, si elle voulait obtenir une audience du pape, Archie serait l'entremetteur idéal.

Il jeta un coup d'œil à la pendule du tableau de bord. 18 h 20. Il décrocha son téléphone et composa le numéro du portable d'Archie, mais le répondeur s'enclencha à la deuxième sonnerie. Il essaya d'appeler son bureau. S'il fonçait, il avait encore une chance d'arriver au club à temps.

Mais le téléphone avait déjà été basculé sur la messagerie vocale. Dépité, John raccrocha sans laisser de message.

Ses lunettes de soleil étaient un peu poussiéreuses. Il les ôta et souffla dessus. De l'autre côté de la rue, devant un pub, des hommes devisaient sur le trottoir, un verre de bière à la main, se délassant au sortir d'une rude journée de travail. *Ils ont de la veine*, se dit John, qui aurait voulu partager leur insouciance.

Un mini-attroupement s'était formé autour d'une Porsche décapotable toute neuve ostensiblement mal garée, avec deux roues sur le trottoir. *Ce n'est pas demain la veille que je pourrai m'offrir une bagnole neuve*, se dit John morose. Sa vieille BMW, qui avait plus de cent cinquante mille kilomètres au compteur, aurait bien eu besoin d'être remplacée, mais désormais il lui faudrait s'en contenter.

Quand le feu se décida enfin à passer au vert, John rétrograda, mit le pied au plancher et doubla la voiture qui le précédait en lui faisant une queue-de-poisson. Ignorant les appels de phares et les coups de Klaxon rageurs, il répéta la même manœuvre avec une autre voiture, puis une troisième.

Il zigzagua ainsi tout le long du chemin, et ce n'est qu'en arrivant devant chez lui qu'il s'aperçut qu'il avait oublié de s'arrêter pour acheter du vin.

En apercevant la camionnette des télécoms, il se dit que Susan devait être en train de s'éclater, puisque rien ne lui plaisait tant que de superviser la mise en œuvre de ses audacieux projets de décoration. Susan était très douée pour la décoration. Elle était aussi très dépensière, et ces jours-ci l'argent leur filait entre les doigts. De l'argent qu'ils n'avaient plus.

Il resta un moment dans la voiture, à contempler la maison, le cœur de plus en plus gros. Comment annoncer à Susan qu'ils allaient être obligés de tout abandonner ?

D'annuler la pendaison de crémaillère ? Elle avait déjà dressé la liste des invités, et les cartons étaient en cours d'impression. Après mûre réflexion, ils avaient décidé d'inviter tous leurs voisins, bien qu'ils aient quelques réticences au sujet des occupants de la maison d'à côté, les Walpole, à cause de leur âge. M. Walpole, officier à la retraite de son état, semblait un tantinet sénile. Quand il faisait beau, il restait des journées entières à fixer le vide, assis dans un transat, un chapeau de paille sur la tête, l'œil vide, criant parfois des injures aux arbres. De temps à autre, sa femme qui se déplaçait à l'aide d'un déambulateur s'aventurait hors de la maison, mais dès qu'il l'apercevait le vieillard se mettait à lui aboyer dessus et elle battait maladroitement en retraite.

John avait dit en plaisantant qu'avec des invités pareils la soirée promettait d'être animée. « Ne te moque pas d'eux, avait rétorqué Susan. Peut-être qu'un jour on sera comme ça, nous aussi. »

Cette remarque l'avait piqué au vif. Il n'avait que trente-quatre ans, et la vieillesse lui semblait encore lointaine. Moins lointaine toutefois qu'il y a quelques années. Autour de lui le monde changeait à une vitesse folle ; jamais il ne l'avait éprouvé avec tant d'acuité. Une vie pouvait basculer d'un coup, en quelques secondes.

La seule chose stable dans son univers, c'était Susan. Depuis leur première rencontre, elle n'avait rien perdu de sa beauté ni de son énergie. En se mariant avec lui, elle avait brûlé presque tous ses vaisseaux. Elle avait accepté de s'exiler loin des siens, pour venir s'installer dans un pays où elle n'avait aucune attache en dehors de John lui-même, et s'était adaptée à son nouvel environnement avec une aisance confondante. Elle avait séduit tous les amis de John, et s'était débrouillée pour trouver un super-boulot, ce qui ne l'empêchait pas d'être une parfaite femme d'intérieur. Susan était aimée de tous.

Elle était débordante de vie, bonne, généreuse, il n'y avait pas une once de perfidie en elle.

La seule chose qui perturbait un peu John était la facilité avec laquelle elle avait accepté sa détermination à ne pas avoir d'enfants, détermination dont il l'avait informée dès le début de leur liaison, bien avant de lui demander sa main. Parfois, quand Susan voyait des enfants chez des amis, ou lorsqu'ils croisaient par hasard une femme donnant le biberon à un nouveau-né, il lui semblait discerner une drôle de petite lueur dans son regard. Elle souffrait de cette situation, il en aurait mis sa main à couper. Pourtant elle ne s'en était jamais plainte.

Quand, lors d'un dîner en ville, on interrogeait Susan sur leurs éventuels projets familiaux, elle répondait invariablement que John et elle avaient décidé d'un commun accord de ne pas avoir d'enfants. Elle le disait d'une voix très calme, qui désarmait toute velléité d'insistance. À l'entendre, on aurait pu croire qu'elle exprimait sa conviction personnelle, alors que John savait qu'elle n'avait fait que s'incliner bon gré mal gré, et il était fier de sa loyauté.

Susan n'avait pas mérité M. Clake.

John avait les larmes aux yeux. Non, il ne laisserait personne leur prendre cette maison. Il ne permettrait pas à un directeur de banque chauve et bigleux, ce sale petit intégriste à bouche de pieuvre, de bousiller toute leur vie.

Il remit le contact, fit demi-tour, et alla acheter le vin.

Jadis, on avait isolé le grenier. Tous les interstices du toit étaient obturés par des restes de mousse jaunâtre, et ça arrangeait bien les affaires de Kündz. Avançant prudemment le long des solives, il enjamba les ossements desséchés d'une souris, encore prisonniers d'une tapette oubliée là depuis belle lurette. Quelques poils adhéraient au squelette, mais il n'en émanait plus la moindre odeur de décomposition.

Kündz flaira d'autres odeurs. Celles d'un oiseau crevé, qui ne devait pas être loin, de l'eau croupie d'une citerne, du bois qui pourrissait à l'endroit où des lattes s'étaient soulevées, sans doute du côté de la cheminée. Mais celle qui lui importait vraiment appartenait à Susan Carter. Plus il avançait, plus cette odeur devenait entêtante, et elle interférait avec ses pensées.

Seule l'image obsédante de M. Sarotzini lui permettait de ne pas perdre le nord. L'idée de ce qu'il lui infligerait si jamais il échouait, il lui arrivait de se demander ce que M. Sarotzini serait capable de lui faire subir s'il se mettait en colère pour de bon. Jusque-là, les châtiments qu'il lui avait infligés n'avaient jamais duré plus de quelques jours. Mais Kündz l'avait vu en faire torturer d'autres. Leurs supplices étaient interminables ; longtemps après avoir imploré qu'on les achève, ils continuaient à souffrir ; cela durait parfois des semaines, des mois.

On dit parfois : « J'ai vécu un véritable enfer. » Kündz avait souvent rencontré cette locution dans des livres ou dans des films, mais il savait que ce n'était qu'une métaphore. Même parmi les rescapés de l'Holocauste, rares étaient ceux qui avaient vécu l'enfer au même degré que les gens qui avaient provoqué l'ire de M. Sarotzini.

Susan Carter ne l'avait pas quitté d'une semelle. Ils avaient pénétré dans la partie ténébreuse du grenier à présent, et elle n'émettait aucune odeur d'angoisse. Il ne lui faisait pas peur. C'était de bon augure.

Assis dans sa voiture garée devant le magasin de vins et spiritueux, John fendit du pouce la cellophane du paquet de Silk Cuts. Il souleva le couvercle mobile, ôta le papier doré et sortit une cigarette du paquet. L'odeur du tabac fit remonter en lui des images d'enfance. Il revit, dissimulées au fond d'un tiroir à chaussettes, les cigarettes qu'il allait griller en douce sous les combles ou dans un blockhaus en ruine, au fond du parc de la pension.

Il alluma la cigarette et aspira une grande bouffée de fumée. Le sang lui monta aussitôt à la tête et un début de vertige le prit. À la seconde bouffée son vertige s'accrut, et une sueur glaciale lui emperla le front.

Dégoûté, il ouvrit la portière et jeta la cigarette dans le caniveau. Il regarda d'un œil coupable le paquet posé sur le siège du passager, descendit de voiture, alla le jeter dans une poubelle, et s'enfourna dans la bouche une tablette de chewing-gum au peppermint. Il s'affala sur son siège, au comble de l'accablement. Il ne pouvait pas rentrer comme ça. Jamais il n'aurait la force d'affronter Susan. Il avait besoin de boire un verre. Le pub le plus proche n'était qu'à une rue de là. Il démarra et mit le cap dessus.

L'attente peut être source d'un plaisir plus grand encore que le plaisir lui-même, Kündz l'avait maintes fois constaté. Selon la Vingt et Unième Vérité, le plaisir naît simplement de la réalisation d'une attente. Avec cette femme-là, ce serait l'inverse, il en était intimement persuadé. Avec Susan Carter, le plaisir dépasserait l'attente de très loin.

— Vous avez encore besoin de moi ? lui demanda-t-elle subitement.

Kündz ne répondit pas. Il était content d'être dans le noir avec elle, car cela créait entre eux une illusion d'intimité. Mais, d'une voix insistante, elle revint à la charge :

— Eh ! Vous avez encore besoin de moi ou pas ?

La voix de Susan avait monté dans les aigus ; Kündz aimait ça. Il persista un moment dans son mutisme, histoire de la taquiner un peu, avant de lui répondre enfin :

— Non, je me débrouillerai très bien tout seul, merci.

Kündz raccompagna Susan jusqu'à la trappe en la guidant du faisceau de sa torche électrique. Il la regarda descendre et resta un moment debout au-dessus de l'ouverture, à humer les odeurs qu'elle avait laissées dans son sillage, à s'en emplir les narines avec délectation.

Ensuite il revint sur ses pas et se mit au travail. Il posa sa boîte à outils par terre, s'agenouilla et prit dans le compartiment supérieur une petite boîte noire de cinq centimètres de long sur deux de large. Il déplia le double des plans de la maison qu'il s'était procurés auprès des services du cadastre. Une toile d'araignée flottait dans l'air juste au-dessus de sa tête.

Il explora les lieux avec des mouvements précautionneux, à la recherche du bon emplacement, puis, à l'aide d'un tournevis, fixa sa petite boîte à l'entretoise d'un comble. À cet endroit, à demi dissimulée par le matériau d'isolation, elle ne risquerait rien. La boîte noire capterait les signaux émis par les micros dont il allait munir tous les téléphones de la maison, et les transmettrait à un relais satellite.

De n'importe quel endroit au monde, Kündz pourrait entendre ce qui se dirait à l'intérieur de la maison, les conversations téléphoniques aussi bien que les discussions de vive voix. Il avait relié son dispositif au compteur électrique, en prévoyant un branchement de secours en cas de coupure de courant. La boîte noire était équipée de piles longue durée que, si besoin était, il viendrait changer au bout de trois ans. Il avait soigneusement noté la date.

La boîte noire une fois en place, il procéda à une ultime vérification avec son compteur portatif, et en jugea le résultat satisfaisant. Il se livra ensuite à un essai de transmission ; le signal était assez fort.

La première phase de l'opération était terminée. La seconde allait demander plus de temps, quarante-huit heures, si ce n'est plus. Mais ce serait un tel plaisir de travailler dans ce grenier, de baigner dans les odeurs de Susan Carter, entouré du souvenir de sa présence. Il se récita la Dix-Huitième Vérité, appréciant une fois de plus sa profonde sagesse : « *Si l'on rêve d'une chose, c'est qu'elle peut se réaliser.* »

Depuis que M. Sarotzini lui avait montré les photos, Kündz rêvait chaque nuit de Susan Carter. Parfois il se posait des questions sur le compte de M. Sarotzini. Ce dernier savait toujours comment appâter Kündz. Évidemment, un sacrifice était toujours exigé de lui en échange, mais Kündz l'acceptait volontiers. Pour avoir Susan Carter, il était prêt à tous les sacrifices.

Il remit la trappe en place et redescendit. Une dernière petite manipulation, et il s'en irait. Mieux valait ne pas prolonger inutilement cette première visite. Il aurait le reste de sa vie pour se repaître d'elle.

Chapitre 7

De la cuisine, Susan entendit la porte de devant s'ouvrir, et elle se précipita dans le couloir. En voyant la pâleur de John, elle comprit tout.

— Oh, mon pauvre chéri, s'exclama-t-elle d'une voix pleine de sollicitude.

Elle lui ôta sa serviette des mains, la posa sur le sol, le prit dans ses bras et l'embrassa. John ne lui rendit pas son baiser ; il était aussi inerte qu'une statue. Son haleine était chargée de relents d'alcool et de tabac. Du tabac, alors qu'il avait cessé de fumer depuis trois ans ? L'inquiétude de Susan monta d'un cran.

— Enfin, que s'est-il passé, mon chéri, parle-moi !

Elle colla son visage contre le sien et il lui sembla qu'il se décrispait imperceptiblement.

— Tu veux boire quelque chose ? demanda-t-elle en lui dénouant sa cravate.

Il hocha vaguement la tête.

— Je vais te préparer un scotch, dit-elle.

Sa voix était incertaine car elle se sentait un peu dépassée. Quelle attitude devait-elle adopter ? Que fallait-il lui dire ? Elle avait le sentiment d'avoir un étranger en face d'elle.

Elle regagna la cuisine et versa dans un verre une généreuse dose de Macallan, à laquelle elle ajouta quatre glaçons et une petite giclée d'eau du robinet. Au moment de se servir un verre de rosé, elle se dit qu'elle aurait sans doute besoin de quelque chose d'un peu plus fort, et se prépara un scotch aussi.

— British Telecom est passé ? demanda distraitement John en apercevant sur la table le double du procès-verbal d'intervention.

— Oui, le technicien vient de partir, dit Susan. Il nous a posé un convertisseur de sonnerie, enfin c'est ce qu'il m'a dit, je crois. Tu sais ce que c'est, toi ?

John haussa les épaules. Eût-il été dans une autre disposition d'esprit, il aurait sans doute mentionné le passage inopiné des télécoms à son propre bureau, car Susan adorait les coïncidences, mais il se tut.

Susan avait été sur des charbons ardents toute la journée mais à présent, par l'effet d'une étrange perversion, elle n'avait plus du tout envie que John lui raconte son entrevue avec le directeur de la banque. Visiblement, John n'était pas pressé de lui en parler non plus.

— Il va repasser demain pour t'installer ton modem, expliqua-t-elle. Il m'a dit qu'il devrait changer tous nos fils.

— Tant mieux, dit John, l'air absent. Je trouvais que la connexion n'était pas fameuse. Trop de parasites. Tu lui as fait vérifier les téléphones ?

— Il a tout examiné de très près.

Un ange passa.

John agita son whisky, faisant cliqueter les glaçons. Il tourna le dos à Susan, et il se plaça face à la fenêtre.

— Ça ne s'est pas bien passé à la banque. Le nouveau directeur est un…

Il grimaça, se força à avaler une gorgée de scotch, s'accouda au bar américain en pin et fit tourner son verre entre ses mains.

— Un connard. Un épouvantable connard. Il m'a… je n'arrive pas à y croire.

Inquiète, Susan l'enlaça et, avec des gestes très doux, l'obligea à se retourner vers elle. Il avait la voix mal assurée ; il était au bord des larmes. Jamais encore elle ne l'avait vu pleurer. Ôtant le verre d'entre ses mains tremblantes, elle se serra contre lui et dit :

— C'est pas grave tout ça, mon chéri. On s'aime, il n'y a que ça qui compte.

John sortit son mouchoir de sa poche et se tamponna les yeux en reniflant, mais il ne dit rien.

— Il t'a dit quoi, le nouveau directeur ? demanda Susan.

— Il m'a accordé un mois pour combler mon découvert, dit John.

Il renifla encore un coup, resta silencieux un instant, puis d'une voix très basse il ajouta :

— Si j'y arrive pas, tout est fichu.

À cinq kilomètres de la maison des Carter, Kündz quitta la route et parcourut cinq cents mètres sur un chemin de traverse, le long d'une voie de chemin de fer désaffectée. Il se rangea à côté de la Ford bleue d'aspect passe-partout qu'il avait louée pour l'occasion.

Conduire cette camionnette ne lui avait donné aucun plaisir, et l'idée de se retrouver au volant de la Ford ne l'enchantait pas non plus. Au mois d'octobre dernier, pour ses trente ans, M. Sarotzini lui avait fait cadeau d'une Mercedes 600 grand sport, équipée de sièges en cuir noir et d'un lecteur de CD Blaupunkt ultrasophistiqué. La Mercedes était au garage, dans le troisième sous-sol de son immeuble genevois, et elle lui manquait terriblement. Quand Kündz conduisait sa Mercedes, il avait l'impression de flotter sur un petit nuage. On n'a pas cette sensation-là au volant d'une banale Ford de location. Mais c'était l'un des sacrifices que

M. Sarotzini lui imposait en échange de Susan Carter ; il fallait bien qu'il l'accepte.

Il sortit de sa poche une épaisse liasse de billets de cinquante livres et la tendit au technicien des télécoms allongé à l'arrière de la camionnette, qui le regardait avec des yeux de lapin terrorisé.

— Le deuxième versement, lui dit Kündz. Je vous donnerai le solde quand j'aurai fini.

Le technicien était un petit homme au visage chafouin qui semblait proche de l'âge de la retraite.

— J'espère que vous n'avez pas fait de bêtises, dit-il.

Kündz lui certifia que non. Le technicien avait tort de se faire du souci. Dans quelques jours il se jetterait du haut d'une tour de HLM. Et si jamais on décelait quelque chose d'anormal dans l'installation téléphonique des Carter, c'est lui qu'on accuserait de l'avoir tripatouillée alors qu'il était mentalement perturbé.

Kündz s'installa à bord de la Ford, mit en phase l'antenne parabolique miniature montée dans la coque d'un téléphone mobile et déclencha le DAT à activation vocale. Il se colla l'écouteur à l'oreille, mit en route le modulateur de fréquences et se concentra. Après un dernier petit réglage, la voix de Susan Carter lui parvint, parfaitement claire.

Aussitôt l'excitation le reprit. Ses vêtements étaient imprégnés de l'odeur de Susan, qui emplissait toute la voiture. Il allait avoir du mal à se séparer de la combinaison que le technicien avait « empruntée » pour lui dans le vestiaire de British Telecom. Après tout, rien ne l'obligeait à la rendre.

— Non, ce n'est pas possible, John ! criait Susan Carter. Ils ne peuvent pas nous faire ça !

— Ils peuvent nous faire ce qui leur plaît, répondit John. C'est dingue, je le sais, mais cet argent leur appartient, ils peuvent en user à leur guise.

Susan s'était attendue que la banque lui tape un peu sur les doigts, pas à ce qu'elle se montre aussi inexorable.

— On n'a pas le droit de traiter les gens comme ça, dit-elle.

John avala une nouvelle rasade de scotch. Il regrettait d'avoir jeté les cigarettes.

— Par les temps qui courent, c'est devenu banal.

Susan ajouta un peu d'eau à son scotch et en but une gorgée. Elle cherchait quelque chose de rassurant à dire. Il devait bien y avoir une issue. On trouve toujours une issue, il suffit de garder la tête froide, de ne pas perdre les pédales. Il ne faut jamais perdre son assurance. Quand on a l'air sûr de soi, ça inspire confiance. Quand les gens lisent la panique dans vos yeux, c'est le sauve-qui-peut général.

— Allons nous installer au jardin avec nos verres, et discutons tranquillement de tout ça, dit Susan. Si tu veux, on ira dîner au restaurant thaïlandais.

— J'ai deux steaks, dit John. Ils sont dans la voiture.

— Des steaks?

— J'ai aussi acheté du vin. Je me disais qu'on pourrait peut-être faire un barbecue.

— Si c'est de ça que tu as envie, moi ça me va, dit Susan avec un sourire. Tu veux que je prépare des pommes de terre au four?

John eut un haussement d'épaules.

— De toute façon on dépense trop d'argent, dit-il. On peut se passer d'aller au restau.

Il ouvrit un placard, détailla son contenu, en sortit un bocal avec une étiquette de chez Fortnum et Mason.

— Qu'est-ce que c'est que ça? demanda-t-il.

— De la sauce au pesto.

— Ah bon?

— Elle était dans la corbeille de victuailles qu'Archie nous a offerte quand on a emménagé.

John continua à examiner le bocal, comme s'il espérait trouver une solution à ses problèmes en déchiffrant l'étiquette.

—On n'aurait jamais dû acheter cette maison, dit-il.

Susan but une autre gorgée de whisky et elle se mit à contempler le jardin. Dans le soleil de l'après-midi finissant, il était d'une beauté sublime. Elle se demanda ce qu'elle éprouverait en se retrouvant dans une petite bicoque comme celle qu'ils venaient de quitter, ou un appartement. S'il le fallait, ils s'en accommoderaient, et si leurs affaires s'arrangeaient, ils auraient peut-être de quoi s'offrir quelque chose de mieux au bout de quelques années.

Mais jamais ils ne retrouveraient une maison comme celle-ci.

—Tu en as parlé à Bill Williams? demanda-t-elle. S'il savait ce qui t'arrive, il serait aux cent coups.

—Bill n'a plus rien à voir là-dedans. Il joue au golf.

—Vous étiez amis, Bill et toi. Il venait dîner à la maison, on l'emmenait au théâtre, à Glyndebourne, à Ascot. Je faisais risette à sa demeurée de femme. Il pourrait te venir en aide. Il te doit bien ça.

John remit le bocal à sa place et s'empara de nouveau de son verre.

—À mon avis, Bill ne peut rien faire. C'est à cause de moi qu'on l'a évincé. Au moins en partie à cause de moi. L'attitude de Clake a suffi à m'édifier sur ce point.

Il finit son scotch et entreprit de s'en verser un second. Susan n'émit aucune objection : ce soir, il valait peut-être mieux le laisser boire. Quand le père de Susan buvait trop, ça le rendait agressif ; avec John c'était tout le contraire : l'ivresse le rendait doux comme un mouton. *Oui, on n'a qu'à se cuiter ce soir,* se dit-elle, *pour oublier nos ennuis.*

—Pourquoi est-ce qu'il s'acharne contre toi, ce M. Clake? Tu es un bon client. Qu'ont-ils à se montrer si durs, tout à coup?

— Tu veux connaître la version officielle ? D'après Clake, la banque s'est trop engagée dans le secteur de l'informatique multimédia. Plusieurs sociétés de ce type, dont deux étaient des poulains de Bill Williams, leur ont claqué entre les doigts, et ça les a échaudés. Notre bilan n'est pas fameux, et nos prévisions les laissent sceptiques. Comme ils sont sûrs qu'on n'arrivera pas à les rembourser, ils ont décidé qu'il valait mieux limiter les dégâts.

— Et la version officieuse, c'est quoi ?

— Clake est un chrétien fanatique, un de ces néobaptistes qui te sortent leur bible à tout bout de champ. Un de ces types pour qui l'informatique est l'œuvre de Satan, tu vois le genre ?

Quand il était question de religion, John prenait toujours des gants avec Susan, car elle croyait en Dieu. Dans les premiers temps de leur mariage, elle fréquentait encore assidûment l'église. John l'y avait accompagnée deux ou trois fois, à contrecœur, après s'être fiancé avec elle, pour amadouer le prêtre qui devait les marier, mais il n'y avait plus mis les pieds depuis. Susan elle-même n'y allait plus que de loin en loin.

Susan essayait de se figurer à quoi pouvait ressembler ce Clake. Elle eut l'image d'un être cadavérique, impeccablement peigné, avec un costume gris assorti à ses cheveux poivre et sel. Sans le connaître, elle avait peur de cet homme qui avait barre sur eux, peur de son pouvoir. Elle se souvenait du soir où Bill Williams était arrivé inopinément chez eux, à Fulham, avec une serviette bourrée de papiers qu'il voulait qu'elle signe. Il s'était répandu en excuses et l'avait assurée que tout cela était absolument provisoire, qu'il n'aurait plus besoin de sa caution dès que les affaires de DigiTrak iraient un peu mieux. En y repensant, Susan sentit un frisson glacé lui remonter le long de l'échine.

Le chiffre d'affaires s'était effectivement amélioré, mais là-dessus ils avaient acheté la maison, et John lui avait annoncé qu'il fallait encore qu'elle se porte garante un certain temps, pour que Bill puisse se justifier de ses largesses devant la haute direction de la banque.

Susan connaissait assez la loi pour savoir que, si elle n'avait pas signé ces papiers, la banque aurait été dans l'incapacité de saisir la maison.

Bill Williams passait ses journées à jouer au golf. Avec les généreuses indemnités qu'il avait perçues et sa confortable retraite de cadre, il pouvait s'en donner à cœur joie. Tout à coup, Susan se mit à le haïr avec passion. C'est lui qui les avait mis dans ce pétrin.

Kündz, tout en conduisant, écoutait leur conversation à l'aide de son téléphone espion. Il comprit qu'ils avaient de sérieux ennuis, et s'en félicita. M. Sarotzini allait être content de lui. Jadis, dans son vaste domaine des monts d'Écosse, M. Sarotzini lui avait appris à pêcher le saumon. Après lui avoir mis entre les mains une immense canne à pêche en bambou ultrasouple, munie d'un moulinet perfectionné, M. Sarotzini avait passé des heures avec Kündz au bord d'un torrent, lui montrant, sans jamais s'impatienter, les gestes qu'il fallait faire.

Quand M. Sarotzini s'estima satisfait, il attacha lui-même la mouche qu'il avait fait confectionner par Kündz et l'autorisa à lancer pour de bon.

C'était un moment dont Kündz se souviendrait toujours. Le fil zigzaguant au-dessus des flots noirâtres et écumeux de la Dee, la mouche effleurant à peine la surface de l'eau et, quelques secondes après, le geyser qui se soulevait autour, l'éclair argenté, la canne à pêche qui s'agitait follement entre ses mains.

C'est le même incroyable frisson qu'il éprouvait à présent.

Décidément, la chance lui souriait.

— De quelle somme as-tu besoin exactement ? demanda Susan. Ton découvert est de l'ordre de cinq cent mille livres, c'est ça ?

John fit tourner le verre en cristal entre ses doigts.

— Bill l'avait fait passer à sept cent cinquante mille il y a quelques mois. On a aussi un prêt à terme de deux cent cinquante mille livres qui arrive à échéance. Si Bill était encore là, il m'aurait accordé un nouveau délai. À quoi s'ajoute l'hypothèque sur la maison.

Susan avala sa salive avec difficulté. La situation était encore plus mauvaise qu'elle ne l'aurait cru. Un bruit d'explosion la fit sursauter.

Le verre s'était brisé dans la main de John.

Susan eut un mouvement de recul instinctif en voyant le mélange de whisky, de glaçons et de débris de verre s'abattre sur le carrelage. Un éclat s'était fiché dans la paume de John, qui saignait en abondance. Il le retira et resta là, les bras ballants, avec l'expression d'un petit garçon qui vient de faire une bêtise.

Après s'être assurée qu'il ne subsistait pas de bout de verre dans la blessure, Susan entoura la main de John d'un torchon humide et le pilota avec des gestes doux mais fermes jusqu'à une chaise.

— Essaie de te calmer, chéri. Ne bouge pas, je m'occupe de tout.

— Je ne veux pas me retrouver dans la misère, dit-il. J'ai déjà donné, pas question de remettre ça.

— On ne va pas être dans la misère, répondit Susan tout en fourrageant dans le placard à balais. On trouvera bien une issue. J'irai lui dire ma façon de penser, à ce M. Clake.

John esquissa un pâle sourire. Il imaginait Susan faisant irruption comme une furie dans le bureau de Clake, en hurlant des imprécations.

— Il vaudrait peut-être mieux s'adresser directement à ses supérieurs. Est-ce qu'ils sont au courant ? Est-ce qu'ils sont contents de perdre un de leurs meilleurs clients ?

— Sans doute, dit John, s'ils ont viré Bill parce qu'il se montrait trop coulant envers moi.

Armée d'une brosse et d'une pelle, Susan se mit à genoux et entreprit de réparer les dégâts.

— Tu as reçu un coup terrible aujourd'hui, c'est normal que tu n'aies pas les idées très claires. Va donc te changer, et viens me retrouver dehors. On va mettre le barbecue en marche et tâcher de décompresser. Ça te va ?

Vingt minutes plus tard, vêtu d'un vieux jean et d'un sweat-shirt, John tisonnait les charbons de bois qui flambaient gaiement dans le barbecue. Il s'affala sur le banc et avala une gorgée du scotch que Susan venait de lui préparer. Susan sortit de la cuisine, un saladier plein dans une main et des couverts dans l'autre, les posa sur la table et s'assit à côté de lui.

Du jardin mitoyen, la voix de leur vénérable voisin leur parvint.

— Va-t'en, femme ! vociférait-il.

Dans le parc, un chien se mit à aboyer furieusement. Un grondement pareil à celui du tonnerre se fit entendre. Levant la tête, John vit un gros-porteur qui venait d'amorcer sa descente sur Heathrow. L'énorme avion semblait effroyablement proche.

Bien que la soirée fût douce, il frissonna. Quand on est pauvre, on ne prend jamais l'avion. Quand on est pauvre, on est piégé, on passe sa vie à tourner en rond comme une mouche dans un pot de confiture vide, en quête d'improbables reliefs, trop affamé pour se soucier de savoir si on en ressortira ou pas.

Sa mère avait été prise au piège par son père, et à partir du moment où il était né le piège s'était refermé encore plus. Durant toute son enfance, elle s'était ingéniée à trouver, pendant qu'il était à l'école, de quoi compléter les maigres subsides que lui versait le bureau d'aide sociale, en recourant à des expédients peu reluisants. Quand on est pauvre, le monde entier peut vous mépriser, vous écraser, et on n'a aucun moyen de se défendre. Sa mère n'avait pas pu se défendre contre son père ; elle n'avait pas pu se défendre non plus contre les fonctionnaires de la DDASS quand ils étaient venus lui prendre son fils.

Et à présent il n'avait lui-même aucun moyen de se défendre contre Clake. Il lui semblait que Clake se tenait au sommet d'un haut mât enduit de graisse le long duquel il avait passé toute sa vie à se hisser, et qu'au moment où il arrivait en haut il l'avait repoussé en arrière, le précipitant de nouveau dans le cloaque dont il avait eu tant de mal à s'extirper.

— Dis-moi, chéri, fit Susan d'une voix très douce, DigiTrak se porte plutôt bien en fait, non ? Les carnets de commandes sont pleins, vous avez bonne réputation ?

John eut un instant d'hésitation avant de répondre :

— Oui, en effet.

— Il doit y avoir d'autres banques qui seraient enchantées de vous accueillir.

John resta muet. Le grondement de l'avion s'était éloigné. Le ciel était d'un bleu de cobalt tellement intense qu'il en paraissait presque factice. On aurait dit une toile de fond, au théâtre.

— Ce serait vrai s'il n'y avait pas ce maudit procès, dit-il.

— Le procès que vous a intenté le musicien ? Zak Danziger ? Je croyais que vous vous étiez arrangés avec lui, qu'il avait abandonné.

— Moi aussi, c'est ce que je croyais, dit John. Tony Bamford aussi le croyait. On avait accepté de lui verser un pourcentage sur les ventes.

Tony Bamford était l'avocat de John. DigiTrak avait engagé un débutant, que Gareth avait dégotté Dieu sait où, pour composer la musique d'un de leurs CD-Rom médicaux, et un passage de sa partition semblait bien être un plagiat d'une œuvre de jeunesse de Zak Danziger, l'un des musiciens les mieux payés d'Angleterre.

Le jeune compositeur avait farouchement nié ce larcin mais, lorsqu'on écoutait les deux morceaux l'un après l'autre, il y avait des similitudes troublantes. DigiTrak se retrouva donc poursuivi pour contrefaçon, et en cas de condamnation le jeune plagiaire ne serait sûrement pas en mesure de leur rembourser quoi que ce soit.

— Pourquoi est-ce que ça a rebondi ? demanda Susan d'une voix inquiète.

— Quelqu'un a mis Danziger en relation avec un grand avocat d'affaires, qui est sûr de pouvoir nous faire cracher entre trois et cinq millions de livres. On est assurés, mais la couverture ne va pas au-delà de un million, et les frais de justice vont déjà en grignoter la moitié. Personne n'a envie de se mouiller avec une boîte qui risque de se retrouver avec une créance de cinq millions de livres sur le dos.

John se leva et tisonna le charbon de bois d'un air morose. La délicieuse odeur de viande grillée n'entama en rien sa mauvaise humeur. Il retourna les steaks et les enduisit de la sauce barbecue qu'il avait confectionnée lui-même.

— Il t'a quand même accordé un mois, dit Susan. Nous avons du temps devant nous, au moins.

À l'intérieur de la maison, le téléphone se mit à sonner. John esquissa un mouvement, puis se ravisa. Susan se dirigea vers la porte en disant : « Ne bouge pas, chéri, j'y vais », mais la violence de la réaction de John la pétrifia sur place.

— Non ! s'écria-t-il. Qu'il sonne, ce putain de téléphone. On a un répondeur, merde !

Elle n'alla pas répondre. Au bout de cinq sonneries, le téléphone se tut.

— À ton boulot, toujours pas de nouvelles ? demanda John.

— Non, dit Susan.

Elle occupait les fonctions de directrice littéraire chargée des documents et des ouvrages d'actualité chez Magellan Lowry, maison d'édition réputée pour son sérieux, l'une des dernières à n'avoir pas été absorbée par un grand groupe.

— Rien depuis que Peter Traube est venu me donner l'assurance qu'il n'y aurait aucune réduction d'effectifs dans mon secteur si MIC réussit son OPA.

— Traube, c'est le big boss ?

Susan fit « oui » de la tête.

— Oui, c'est le directeur.

— Est-ce que c'est un homme de parole ?

Susan s'accorda quelques instants de réflexion avant de répondre.

— Non, dit-elle à la fin, je ne crois pas.

John avala une autre gorgée de scotch, et son regard se posa sur le bouquet d'arbres au fond du jardin, qui se prolongeait dans le parc, de l'autre côté de la clôture, alignement de silhouettes noires dressées contre le ciel. Il se torturait les méninges, cherchait désespérément le moindre brin d'herbe auquel il aurait pu se raccrocher. Même si la banque bloquait tout, ils arriveraient peut-être à payer les traites de la maison pendant quelque temps, à condition qu'il monnaie le peu d'actions et d'obligations qu'il détenait car le seul salaire de Susan n'y suffirait pas. Mais il resterait un problème de taille, qu'ils n'avaient encore abordé ni l'un ni l'autre. Casey, la petite sœur de Susan.

— D'accord, tu es endetté jusqu'au cou, dit Susan, mais tu as tout de même du répondant. Tes carnets de commandes sont pleins, les ordinateurs et le matériel de bureau sont à toi, ton bail doit valoir pas mal d'argent…

— On a payé un pas-de-porte beaucoup trop élevé, et le matériel usagé, ça ne vaut pas un clou. Il y aurait bien les voitures, mais on les a presque toutes achetées en leasing.

Il réfléchit un instant.

— La vente de tout ça ne nous rapporterait pratiquement rien, dit-il d'une voix pleine d'amertume. Ça ne vaut même pas la peine d'y penser.

— Tu sais, chéri, j'ai un compte d'épargne en Californie, dit Susan. Pas loin de dix mille dollars. Je te les donnerai, si ça peut t'être utile. S'il le faut, je vendrai aussi mes bijoux. Oh, je sais, ça n'ira pas très loin.

Elle prit la main bandée de John, l'attira à elle et lui effleura les doigts d'un baiser.

John secoua négativement la tête. Depuis neuf ans, Casey était dans une clinique californienne, plongée dans un coma profond, et elle risquait de survivre encore des années sans jamais sortir de son état végétatif.

— Cet argent, tu l'as mis de côté pour Casey, dit-il. Il faut que tu le gardes. Tu sais bien qu'au-delà d'un certain point son assurance ne la couvrira plus.

— Si tu en touchais un mot à Archie Warren ? dit Susan.

— Je lui en parlerai.

— On est mardi. Tu ne devais pas faire une partie de squash avec lui, ce soir ?

— Je me suis décommandé, je ne me sentais pas dans mon assiette.

— Archie pourra sûrement faire quelque chose.

Susan se rapprocha de John et elle s'assit sur ses genoux, le regardant droit dans les yeux. Il avait des yeux marron foncé, qui pouvaient paraître d'une dureté minérale, mais où flottait toujours une lueur de tendresse.

— On s'en sortira, dit-elle. On finira par trouver une solution. Et même si on n'en trouve pas, on sera toujours là l'un pour l'autre. S'il faut vendre la maison, on la vendra. On est encore jeunes – plus si jeunes que ça, d'accord –, on supportera bien de vivre dans un endroit plus petit, même si c'est un deux-pièces. On refera notre vie. Ce n'est pas la fin du monde.

— Non, ce n'est pas la fin du monde, admit John.

Il revit le visage de Clake, sa petite bouche aux lèvres inégales, la bible posée sur son bureau. Il aurait voulu donner raison à Susan, mais il n'y arrivait pas. C'était bel et bien la fin du monde.

Sa vie était fichue.

Chapitre 8

— Alors, qu'en penses-tu ? demanda Archie Warren.

Ils roulaient le long de Fulham Road à bord de l'Aston Martin décapotable grand sport flambant neuve d'Archie. Il en avait pris livraison le matin même, et elle n'avait que trente kilomètres au compteur. La capote était baissée et John était douillettement installé sur une banquette en luxueux cuir couleur beurre-frais à liseré rouge. L'odeur de cuir neuf l'entêtait un peu. La pétarade du pot d'échappement se mêlait au rock braillard de Dr Hook que diffusait le lecteur de CD.

— Être riche, quel pied !

Archie Warren était sur un petit nuage.

En temps normal, John était lui-même assez enclin à étaler sa réussite, mais aujourd'hui il n'avait pas le cœur à ça. Il avait un peu honte d'être dans ce monstrueux engin rouge sang, dont le tintamarre effrayait les piétons. En plus, il était jaloux.

Songeant à la question que lui avait posée Archie, il se dit qu'au volant de sa bagnole rouge Archie ressemblait comme un frère à Mister Toad, le crapaud nouveau riche des bandes dessinées de Bill Griffith. Il se garda toutefois de lui en faire la remarque.

Plus il le regardait, plus la ressemblance lui sautait aux yeux. Archie n'avait plus sur le crâne que quelques rares cheveux d'un blond cotonneux ; d'ici à quelques années il serait sans doute chauve comme un œuf. Il était vêtu d'un costume gris à fines rayures bleuâtres, d'une cravate en soie au coloris criard, et arborait de petites lunettes de soleil de forme ovale tellement branchées que ça en frisait le grotesque.

À trente-quatre ans, Archie avait déjà un ventre proéminent de magot chinois. Pourtant il écrasait régulièrement John au squash aussi bien qu'au tennis, nageait beaucoup plus vite que lui et ressortait de la piscine infiniment moins essoufflé. En dépit des vingt ou trente cigarettes qu'il grillait quotidiennement, ce qui faisait enrager John par-dessus tout.

John était d'un tempérament plutôt solitaire et, à force de ne s'occuper que de sa carrière, il s'était coupé progressivement de ses rares amis d'enfance. À la fin de ses études secondaires, il s'était inscrit dans un IUT pour étudier l'architecture, et la pratique du dessin assisté par ordinateur l'avait vite convaincu qu'il devait exister un vaste marché potentiel pour des logiciels pratiques conçus pour les utilisateurs de base.

Depuis, il s'était consacré corps et âme à l'édification de DigiTrak, si bien qu'à présent, par la force des choses, il ne fréquentait plus que des gens liés de près ou de loin à son affaire, à la seule exception d'Archie. Quant aux amis de Susan, ils avaient tous un pied dans l'édition.

John avait une sympathie particulière pour Archie parce qu'il sortait du lot, et qu'avec lui il ne s'ennuyait jamais. En plus, Archie était un garçon de bonne famille, issu d'une *public school* très huppée, et John admirait en lui cette nonchalance aristocratique à laquelle il aspirait secrètement.

Ils s'étaient connus sept ans auparavant dans une station de ski suisse. Ils étaient jeunes, pleins d'ambition, et ils aimaient autant faire la fête l'un que l'autre. Bien que né dans une famille de la *gentry* rurale, Archie était un self-made-man.

Son argent ne provenait pas d'un héritage, il l'avait gagné lui-même. Il possédait une panoplie complète de fusils de chasse Purdy, acquis lors d'une vente chez Sotheby's pour la somme extravagante de cinquante mille livres. Il était également propriétaire d'un fastueux manoir, d'une villa sur la Côte d'Azur, d'un jet privé, et tout le bataclan.

Archie était courtier en Bourse et gagnait des sommes indécentes en trafiquant avec des obligations et des actions japonaises. En temps ordinaire, il se faisait annuellement un bon million de livres avant impôts, plus encore les années fastes. Archie était un vrai panier percé. Ses petites amies lui coûtaient les yeux de la tête (il était encore célibataire), mais il se ruinait surtout en gadgets de toutes sortes et en virées gastronomiques.

Le restaurant où il avait invité John à déjeuner était comme de juste extraordinairement coûteux. L'assiette de fruits de mer, spécialité de la maison, était servie sur quatre plateaux superposés, abondamment garnis de glace et munis d'un incroyable assortiment d'instruments d'aspect chirurgical. John s'y attaqua sans trop d'enthousiasme car il n'avait pas faim. Il avait un peu l'impression d'être un archéologue face à des objets miraculeusement préservés dans la glace et témoignant des excès d'une civilisation antédiluvienne.

En cassant en deux la patte d'un tourteau, Archie fit gicler un jet de liquide que John reçut en plein visage, mais Archie ne s'aperçut de rien car il était trop occupé à avaler une dernière bouchée de son escargot de mer à l'aide d'une rasade de chablis pour faire de la place à la chair de crabe qu'il s'apprêtait à enfourner. John s'essuya discrètement la joue avec sa serviette.

— Ces bulots sont à toi, dit Archie. Et la langouste aussi.

— Merci, dit John en décortiquant une grosse crevette rose.

Mille questions lui brûlaient les lèvres, mais jusqu'à présent la conversation avait surtout roulé sur l'Aston Martin d'Archie et un nouveau restaurant qu'il comptait étrenner sous peu. Archie était resté évasif quant aux éventuels bailleurs de fonds dont John essayait de lui arracher les noms. Pendant le trajet, John avait évoqué à demi-mot la possibilité pour lui d'investir une certaine somme dans DigiTrak, mais Archie avait fait la sourde oreille. John se dit qu'il avait eu tort de vouloir brûler les étapes. Il fallait attendre le moment propice, et à présent il était peut-être venu.

Ils en étaient à leur deuxième bouteille de chablis, Archie ayant fait un sort à la première pratiquement à lui seul.

— Les contacts, je pourrais t'en filer autant que tu veux, déclara Archie à brûle-pourpoint. Il faut d'abord que tu te débarrasses de cette satanée action en justice.

— Oui, mais comment ?

Archie goba une crevette en vitesse avant de passer au crabe. Pendant qu'il parlait, la queue s'agita un moment entre ses lèvres avant de disparaître.

— Tu n'as qu'à lui proposer une transaction.

— Je n'en ai pas les moyens, et d'ailleurs…

— John, tant que tu auras cette épée de Damoclès au-dessus de la tête, personne ne sera prêt à se mouiller pour toi. C'est à cause de ça que tu es dans la merde. C'est ton problème numéro un.

John saisit un ustensile en inox au bout recourbé. Il en effleura les épines d'un oursin, mais le laissa sur son plateau. Il se dit que la moitié de ces créatures n'auraient jamais dû quitter les abysses auxquels on les avait ravies. Elles avaient l'allure de monstruosités génétiques, absolument impropres à l'alimentation humaine. Une araignée de mer le fixait de ses yeux vitreux.

— Nous avons un bon avocat, dit-il.

Archie arracha la tête d'une autre crevette, la jeta dans l'assiette à déchets, et trempa ce qui restait de la bestiole dans le pot de mayonnaise.

— Et si tu t'inclinais devant la fatalité ? demanda-t-il. Tu pourrais déposer ton bilan, et tout recommencer en changeant de raison sociale.

— DigiTrak n'est pas une société anonyme. Si la boîte coule, je coule avec. On perdra aussi la maison.

— Oh, merde !

— Et il y a encore plus grave.

Archie se décida enfin à s'arrêter de bâfrer.

— Tu es au courant pour Casey, la petite sœur de Susan ?

Le front d'Archie se plissa.

— L'invalide ?

— Oui. Sa pension coûte deux mille dollars par mois, et l'assurance ne court que jusqu'au mois de septembre.

Archie siffla entre ses dents.

— Ça fait un beau paquet. C'est toi qui vas raquer ?

— On s'y mettra tous les deux, Susan et moi. Susan paiera son écot.

— Elle a bien des parents à Los Angeles, non ?

John sourit et secoua la tête.

— Ils n'ont pas un radis. C'est tout juste s'ils arrivent à s'entretenir eux-mêmes.

Le sommelier vint remplir le verre d'Archie et versa une goutte de vin symbolique dans celui de John, qui était encore plein. John en profita pour lui commander une bouteille d'eau minérale. Archie désigna de la tête la montagne de crustacés empilés devant eux.

— Vas-y, dit-il, tu as pris du retard.

John jeta son dévolu sur une queue de homard. Le homard était son plat favori, mais il mastiqua sa première bouchée sans même en savourer le goût. Il était beaucoup trop préoccupé.

— Si je fais faillite, ce sera un choc terrible pour Susan, en plus de la perte matérielle qu'elle subira.

Archie hocha la tête.

— Je donnerai quelques coups de fil cet après-midi.

Il fit passer un tourteau entier dans son assiette.

Faisant fi de toute fierté, John bredouilla :

— Arch, qu'est-ce que tu dirais d'acheter toi-même des parts dans DigiTrak ? C'est une affaire qui marche du tonnerre. Il est même sérieusement question qu'on entre en Bourse d'ici un an ou deux.

Archie secoua la tête.

— C'est à voir, mais à ta place je n'y compterais pas trop. Ne le prends pas mal mais, tu comprends, moi ma partie c'est la Bourse, pas les investissements. J'ai mis de l'argent dans deux ou trois affaires, une société qui vendait du vin par démarchage, une boîte de téléphonie mobile, un magasin de pneus, et ça a foiré chaque fois. J'y ai laissé pas mal de plumes, je dois le dire, et en plus il faut que je sorte des traites comac pour cette foutue baraque. Je n'ai pas de sommes pareilles à ma disposition.

Il adressa à John un sourire plein de gentillesse.

— Enfin, si tu te retrouves vraiment dans la merde, fais-moi signe, je pourrai peut-être t'avancer un petit quelque chose.

— Merci, dit John, mais je ne voudrais pas t'infliger ça.

Archie, qui ne s'était jamais privé de rien, éventra son tourteau et conclut :

— On est tous obligés de se serrer la ceinture un jour ou l'autre.

Chapitre 9

— Laisse-moi t'expliquer comment je vois la chose, dit Susan. Si on fait geler de l'eau, elle se transforme en glaçons. Si on fait chauffer ces glaçons, ils se retransforment en eau. Les molécules retrouvent leur état antérieur, mais toute l'opération a lieu en temps linéaire.

Ses doigts jouaient avec l'étiquette accrochée au téléphone tout neuf qu'on lui avait installé le matin même, avant son arrivée au bureau. Apparemment, l'ancien fonctionnait mal, bien qu'elle ne s'en soit jamais aperçue.

L'expression de Fergus Donleavy était aussi indéchiffrable que celle d'un joueur de poker à qui l'on vient de distribuer un très mauvais jeu. Son immense carcasse tenait à grand-peine dans l'unique fauteuil du bureau de Susan, un minuscule cagibi encombré de livres et de manuscrits, dont la fenêtre aux vitres crasseuses surplombait les toits de l'Opéra de Covent Garden.

Fergus était vêtu d'une vieille veste en tweed culotté, d'une chemise à carreaux de flanelle, d'un Levi's serré aux chevilles et de santiags noires. Ses cheveux poivre et sel, trop longs, étaient taillés à la diable. Il avait une belle tête, maigre et burinée, qui évoquait irrésistiblement l'acteur des publicités

Marlboro. Pour la énième fois, Susan se dit qu'il avait l'air d'un vieux cow-boy blanchi sous le harnois.

Susan était sa directrice littéraire depuis cinq ans, et elle l'aimait vraiment beaucoup. Fergus était devenu pour elle comme un second père. Lorsqu'ils avaient décidé d'acheter la maison, elle lui avait aussitôt téléphoné, et il avait approuvé le choix du quartier, beaucoup moins mal famé d'après lui qu'il ne l'était il y a seulement vingt ans.

— Une fois qu'on a fait cuire un œuf, on n'a plus aucun moyen de le faire retourner à l'état d'œuf cru, dit-il de sa voix douce, presque murmurante. Une fois que l'ovule est fécondé par le sperme, il n'y a pas de retour en arrière. C'est linéaire, d'accord, mais c'est de chimie qu'il s'agit, pas de physique.

Fergus était un homme laconique, et sa manière de parler faisait sentir qu'il en avait vu des vertes et des pas mûres. Pourtant, il était loin d'être blasé. La vie le remplissait toujours d'enthousiasme.

— Ce que j'essaie de transmettre à mes lecteurs, Susan, c'est l'idée que le temps ressemble à cette eau. Tantôt c'est un liquide, un fluide, tantôt il est solide, durcit comme la glace, devient tridimensionnel. La perception que nous en avons varie suivant les moments. Le temps est à la fois linéaire et statique. Un peu comme le chat de Schrödinger, tu vois, l'onde et la particule…

Susan ne le laissa pas continuer :

— Fergus, si j'ai du mal à suivre ton explication, moi qui ai étudié la physique, comment va réagir un lecteur ordinaire, dépourvu de tout bagage scientifique ?

Il lui avait fallu deux longues semaines pour venir à bout du manuscrit. En dépit de tous les soucis qu'elle se faisait au sujet des déboires de DigiTrak, auxquels aucun semblant de solution ne paraissait encore se dessiner, elle avait réussi à s'immerger complètement dans sa lecture et son intuition lui disait que, dans sa forme présente, le livre ne passait pas la rampe. Si elle le laissait imprimer tel quel, c'est à elle qu'on ferait porter le chapeau.

Elle approcha la tasse de ses lèvres et avala une gorgée de café. C'était une tasse en céramique jaune, en forme de chope, que John lui avait offerte deux ans plus tôt pour son anniversaire. Elle portait, en grosses lettres bien lisibles, l'inscription suivante: «CAUSE TOUJOURS TU M'INTÉRESSES».

— Enfin, Fergus, tu sais que quand Einstein a publié son premier article sur la relativité, il n'y avait que quatre ou cinq individus au monde capables de le comprendre.

Le professeur Fergus Donleavy, titulaire d'une chaire de physique théorique à l'université de Londres, sourit de toutes ses dents.

— Pour autant que je sache, il y en avait six, très exactement.

— On espère battre les records de vente de Stephen Hawking avec ton bouquin, mais on n'y arrivera jamais s'il passe par-dessus la tête des lecteurs. Ce n'est pas ta théorie que je conteste, c'est ta manière de la formuler.

Fergus la considéra d'un œil pensif.

— C'est le chapitre dix-sept qui te tarabuste?

Susan croyait vraiment à ce livre. Elle pensait qu'il pourrait faire un tabac dans le monde entier. Fergus Donleavy avait un pedigree de rêve et il avait choisi le bon créneau. Du moins si l'on s'en tenait au synopsis en six pages qu'il leur avait soumis au départ. À présent, elle avait en face d'elle un pavé de onze cents feuillets, rigoureusement indigeste. Fergus allait être obligé de renoncer à toutes ses autres activités pendant six mois, car il fallait le récrire de fond en comble. Susan avait essayé de le lui faire comprendre avec beaucoup de tact, en manœuvrant subtilement, mais sa tactique n'avait jusqu'alors donné aucun résultat.

Elle avait toutes les raisons de se sentir impliquée: c'est elle qui avait suggéré à Fergus d'écrire ce livre, et elle s'était battue comme un beau diable pour le faire accepter à partir d'un résumé de quelques pages. L'accroche était réellement formidable : Fergus était censé démontrer que la physique prouvait l'existence sinon de Dieu, du moins d'une Intelligence supérieure. Il allait prouver par *a* + *b* que l'univers avait été créé par un Être suprême, bien plus malin que les hommes.

Dans ce livre, Fergus réduisait à néant la théorie du big bang. Il soutenait que le darwinisme n'expliquait en rien l'existence humaine. Il démontrait qu'il était possible de se déplacer à une vitesse supérieure à celle de la lumière. Et il prouvait irréfutablement que la Terre n'était pas l'habitat naturel de l'espèce humaine, dont les premiers représentants étaient des voyageurs venus d'une autre galaxie.

Susan eut une brève pensée pour John, qui avait rendez-vous ce jour-là avec un autre banquier, indiqué par Archie Warren, avant d'aller retrouver Archie lui-même. John essayait de mettre sur pied une espèce de consortium de soutien, animé par des gens auxquels le sort de DigiTrak aurait normalement dû tenir à cœur, comme le gynécologue Harvey Addison, présentateur de leur CD-Rom-vedette, mais pour l'instant ils se faisaient un peu tirer l'oreille.

C'est le procès que leur avait intenté Zak Danziger qui bloquait tout. John venait de recevoir une assignation à comparaître, et ça la fichait mal. Il essayait de faire bonne figure, mais il était aux abois, et Susan s'en rendait parfaitement compte. Pour ne rien arranger, la menace d'OPA qui planait sur Magellan Lowry faisait régner un climat d'angoisse parmi les salariés de la maison.

Demain ils devaient passer l'après-midi à Ascot, où Archie Warren les avait invités, et Susan était heureuse à la perspective de ce petit intermède de détente. Chaque année, Archie allait à Ascot, où il avait une loge à son nom, assez grande pour recevoir une brochette d'amis haut placés, parmi lesquels John dénicherait peut-être un richard disposé à parier sur son avenir. À moins – et c'était le plus vraisemblable – qu'il ne se borne à dilapider quelques centaines de livres en pariant sur des chevaux.

En tout cas, la présence d'Archie les égaierait un peu. Susan l'aimait bien, ce garçon. Avec lui, elle riait toujours beaucoup.

Peut-être même qu'une chance se présenterait dès ce soir. John et Susan étaient invités à un grand dîner à l'Hôtel de Ville. En quel honneur ? Ils ne le savaient ni l'un ni l'autre. Un carton leur était parvenu huit jours plus tôt, comme si on avait ajouté leurs noms à la liste au dernier moment. Apparemment, l'invitation avait un rapport avec un livre sur les antiquités orientales que Susan avait édité autrefois, mais tout cela n'était pas très clair dans son esprit.

Le banquet était offert par M. et Mme Walter Thomas Carmichael, qui n'étaient pas n'importe qui. Susan avait beaucoup entendu parler de Walter Thomas Carmichael. C'était un des hommes les plus fortunés d'Amérique, grand philanthrope, et important mécène. Si John s'était montré plutôt réticent au début, Susan l'avait convaincu qu'il valait mieux accepter d'y aller, soulignant qu'ils seraient entourés de gens riches, et qu'il s'en trouverait peut-être qui seraient susceptibles de l'aider.

Susan invita Fergus Donleavy à déjeuner en se disant que c'était sans doute la manière la plus délicate de lui annoncer la douloureuse nouvelle. Ils dégustèrent une darne de thon arrosée de sancerre dans la vaste salle vitrée du dernier étage de l'Opéra, en parlant de tout et de rien. Fergus annonça à Susan que sa fille unique, fruit d'un mariage qui s'était achevé en déroute quinze ans plus tôt, venait d'être acceptée par une grande université américaine, où elle entamerait des études de psychologie au mois d'octobre prochain.

— Votre immense maison va-t-elle vous inciter à avoir enfin un enfant ? lui demanda-t-il.

— Non, dit Susan sèchement.

Voyant que Fergus craignait de l'avoir heurtée, elle fit de son mieux pour le détromper.

— John et moi avons décidé de ne jamais avoir d'enfants. Je ne te l'avais pas dit ?

Fergus se coupa un morceau de thon et le fit tourner du bout de sa fourchette pour l'imbiber de sauce, mais au lieu de le manger il émit une sorte de grognement dont il aurait été difficile de dire si c'était un *oui* ou un *non*. Quand il se décida à parler, il n'y avait pas trace de dureté dans sa voix, bien que sa physionomie fût empreinte de gravité.

— C'est de l'histoire ancienne, tout ça, dit-il, les sourcils en accent circonflexe. Tu m'as expliqué que John ne voulait pas procréer parce qu'il avait eu une enfance épouvantable. Il m'avait semblé alors que tu t'étais accommodée de la situation, tout en espérant qu'il changerait d'avis un jour.

— Mais non, dit Susan, un peu mal à l'aise car Fergus venait bel et bien de mettre le doigt sur un point sensible. Le fait qu'on se soit installé dans cette maison n'y change rien.

— Vous avez de la chance que votre union soit solide.

Fergus parlait d'une voix si douce que Susan avait du mal à entendre ce qu'il disait à travers le brouhaha des conversations.

— C'est vrai, dit-elle entre ses dents.

Fergus connaissait toutes sortes de gens. L'idée lui vint qu'elle devrait peut-être lui toucher un mot des ennuis de John, mais elle décida que ça ne serait pas très déontologique, malgré l'amitié qu'ils se portaient. Ce déjeuner ne devait pas avoir d'autre objet que le livre de Fergus, il ne fallait pas le faire dévier sur une voie de garage.

— Beaucoup de couples décident d'avoir des enfants parce que le courant ne passe plus entre eux, dit Fergus.

— Tu dois avoir raison, dit Susan en souriant.

— Je suis content d'apprendre que vous avez encore des choses à vous dire, ton mari et toi. Vous avez tenu sept ans, donc ça va sans doute durer comme ça jusqu'au bout.

— C'est ce qui est arrivé avec ta femme ? lui demanda Susan. Vous n'aviez plus rien à vous dire ?

Fergus se mit le morceau de thon dans la bouche et le mastiqua d'un air morose. Une ancienne blessure venait de se rouvrir.

— S'il n'y avait eu que ça, dit-il.

Susan but un peu de vin et laissa la conversation s'éteindre d'elle-même.

— Je ne t'ai encore jamais posé la question, dit Fergus. Comment t'arranges-tu pour faire taire en toi l'instinct de procréation ? Se pourrait-il que tu en sois dépourvue ?

Susan jeta un regard circulaire sur la salle de restaurant pour s'assurer qu'il n'y avait pas de visages familiers à proximité. Ils discutaient de choses très intimes, et elle ne tenait pas à ce que des collègues de bureau surprennent leur conversation. Le chef du service de publicité était assis à une table proche de la leur avec trois hommes qu'elle n'avait jamais vus, mais ils étaient absorbés dans une discussion animée.

— Ça me travaille, bien sûr, mais ma vie n'est pas gouvernée par l'instinct, figure-toi.

Fergus but une gorgée de sancerre, reposa son verre, et émit un nouveau grognement.

— « Les étoiles gouvernent les hommes, mais le sage gouverne les étoiles. »

— Jolie phrase. Elle est de qui ?

— De John Fowles. C'est dans *Le Mage*.

— Je ne savais pas que tu t'intéressais aux sciences occultes.

Fergus hocha la tête.

— Tu ne me connais peut-être pas aussi bien que tu te l'imagines.

— Je ne te connais pas, dit Susan. Enfin, pas vraiment. Ça fait longtemps que nous sommes amis, mais je ne te connais pas.

Fergus esquissa une ombre de sourire.

— D'ailleurs, est-ce qu'on peut vraiment connaître quelqu'un ?

— Que veux-tu dire ?

— Ton mari, est-ce que tu le connais ? Est-ce que tu le connais vraiment ? Est-ce que tu te connais vraiment toi-même ?

Susan eut un geste d'impuissance.

— Il me semble que oui, dit-elle. Mais comment en aurais-je la certitude ?

— Aucun de nous ne sait ce dont il est capable. Jusqu'au jour où on est obligé de passer à l'acte.

Fergus saisit le quartier de citron vert posé au bord de son assiette et le pressa sur ce qui restait de sa darne.

— Je croyais que tu étais un homme de science, dit Susan. Les sciences occultes, elles, relèvent du *surnaturel*. Comment peux-tu concilier les deux ?

— « La magie n'est jamais qu'une forme de technologie très avancée », a dit Arthur C. Clarke. Je pense qu'il était dans le vrai. Nous accolons le terme de surnaturel aux phénomènes auxquels la science n'a pas encore trouvé d'explication.

— C'est réellement ce que tu penses ?

— Oui.

— Tu crois qu'un jour on arrivera à tout expliquer ?

— Oui. Mais je ne sais pas quand.

— Tu ne sais pas non plus comment ?

Fergus haussa les épaules.

— Tu veux que je te cite C.I. Lewis ? « Rien ne prouve *a priori* que lorsque nous découvrirons la vérité nous la jugerons intéressante. »

— J'espère qu'il se trompait, dit Susan en souriant.

Fergus la regarda d'un drôle d'air.

—C'est plus que probable, dit-il.

Susan leva son verre.

—Si nous ne savons pas ce dont nous sommes capables, faut-il en déduire que nous passons à côté de notre destinée simplement parce que nous ne la connaissons pas ?

Fergus resta silencieux un long moment, puis il déclara :

—Toi, tu accompliras la tienne.

Il l'avait dit d'un air tellement grave que Susan faillit éclater de rire, mais elle se contint car la gravité de Fergus la troublait un peu. Ses yeux étaient fixés sur elle, et on aurait dit qu'il voyait à travers elle, que son regard plongeait jusqu'aux recoins les plus secrets de son être. Et ce qu'il voyait semblait le remuer profondément. Et même l'effrayer.

Susan sentit un frisson glacé lui remonter le long de l'échine.

—Qu'est-ce qui te prend ? demanda-t-elle. Pourquoi me regardes-tu ainsi ?

L'effroi s'effaça aussitôt du visage de Fergus. Il retrouva le sourire et se mit à parler d'autre chose.

Chapitre 10

John n'avait pas vu l'enfant à bicyclette.

Il roulait pied au plancher, à plus de quatre-vingts à l'heure, dans une zone où la vitesse était limitée à cinquante. Il avait, comme chaque jour, fait un détour par un quartier résidentiel tranquille qu'il traversait en revenant du bureau pour échapper aux encombrements. D'habitude, il conduisait avec prudence, mais ce soir-là il s'était franchement laissé aller.

Vu la quantité d'alcool qu'il avait absorbée, il n'aurait même pas dû être au volant d'une voiture. Son « déjeuner sur le pouce » avec Archie s'était mué en un repas pantagruélique. Et tandis qu'ils engloutissaient une énorme quantité d'huîtres arrosées de champagne et de Guinness, Archie lui avait sapé le moral en lui annonçant qu'il n'avait toujours pas trouvé la queue d'un investisseur pour leur consortium.

Jusqu'à présent Harvey Addison avait été le seul à promettre sa participation, à hauteur de vingt-cinq mille livres, et à la condition expresse qu'ils parviennent à réunir le reste du capital nécessaire.

Tout ça, c'était à cause de ce satané procès. Zak Danziger était la source de tous ses ennuis. Pendant leur déjeuner d'aujourd'hui, Archie lui avait encore répété qu'il fallait absolument le convaincre d'accepter une transaction. Depuis quinze jours, John avait vainement tenté d'y parvenir. Il avait même accepté de rencontrer Danziger dans le bureau de son avocat, et il s'était retenu à grand-peine de lui voler dans les plumes. Ce sale petit rockeur gominé, boudiné dans un deux-pièces en tissu jean piqueté de strass, avec sa barbe de trois jours taillée par un coiffeur de luxe, était arrivé une heure en retard, et s'était aussitôt mis à injurier John, le traitant successivement d'enfoiré, de fumier de capitaliste et de voleur.

John avait expliqué à Archie que son propre avocat était d'avis qu'en dépit des apparences Danziger ne disposait peut-être pas d'arguments aussi solides que ça. Il pensait qu'il finirait par l'admettre et que, dans le souci de limiter les frais, il accepterait de transiger pour une somme raisonnable, inférieure au plafond de l'assurance, de l'ordre de quelques centaines de milliers de livres. « Moi je veux bien, avait répondu Archie, mais que se passera-t-il si Danziger refuse toute transaction ? »

À son retour au bureau, John s'était fait harponner par Gareth. Son cher associé était dans un état épouvantable. Il était secoué de tics et semblait au bord d'une des terribles crises de nerfs dont il était coutumier. Il annonça à John qu'il nourrissait de graves inquiétudes à son sujet.

C'était un comble d'entendre ça dans la bouche de Gareth, dont le comportement était une source d'angoisse permanente pour John, surtout quand les circonstances l'obligeaient à le laisser négocier en tête à tête avec un client important. Toutefois John l'avait écouté, car il savait que son inquiétude n'était pas dépourvue de fondement.

Apparemment, les commerciaux étaient venus pleurer dans le gilet de Gareth, parce qu'ils trouvaient que John était à côté de ses pompes. Depuis quelque temps, il oubliait tout. Quand on lui laissait des messages, il ne rappelait jamais ; il ne répondait pas non plus à son courrier, postal aussi bien qu'électronique.

Ils ont raison, s'était dit John, penaud. Depuis quinze jours, il n'avait rien fait d'autre que composer des suppliques à des banquiers et à des financiers, passer coup de fil sur coup de fil à tous les gens susceptibles d'être tapés ou de lui donner le nom d'un investisseur potentiel, et aller de rendez-vous en rendez-vous pour s'entendre invariablement répéter les mêmes phrases creuses : « Vous avez une boîte du tonnerre, vos produits sont du tonnerre, revenez nous voir dès que vous n'aurez plus cette procédure sur le dos. »

Il n'avait toujours pas dit la vérité à Gareth, car il était certain d'avance que, non content de flipper comme un rat, son associé irait aussitôt le crier sur les toits. Il était rigoureusement incapable de garder un secret. Quand on a un âge mental de sept ans et le développement émotionnel qui va avec, on n'est pas taillé pour les affaires. Les surdoués ont tous un point faible. Gareth était déficient de ce côté-là.

John craignait que si ses employés avaient vent de ce qui se passait ils se mettent en quête d'un boulot de rechange. Ses concurrents auraient aussitôt sonné l'hallali. Il était moralement tenu de les prévenir, afin qu'ils ne se retrouvent pas au chômage du jour au lendemain, mais il savait qu'il n'arriverait pas à s'y résoudre tant qu'il resterait la moindre lueur d'espoir. De l'espoir, il en avait encore, bon sang ! Sous l'effet des deux (ou trois ?) bières blondes qu'il venait de s'enfiler avec Gareth, John se sentit envahi d'une ondée d'optimisme, et il appuya sur l'accélérateur.

Harvey Addison leur avait promis vingt-cinq mille livres, c'était encourageant, non ? John aurait dû mettre son nom en avant plus qu'il ne le faisait. Harvey était un gynécologue célèbre. Il avait une émission quotidienne sur une grande chaîne publique, qui battait des records d'audience. Tout en roulant, il s'efforça de trouver une manière de tirer le meilleur parti possible de l'atout que représentait le nom de Harvey.

Une grosse goutte de pluie s'écrasa sur le pare-brise, et cela le fit sursauter. Le ciel était bas, lourd, couleur anthracite. Ce soir ils devaient aller à une espèce de grand raout mondain. Il savait que ça avait quelque chose à voir avec le travail de Susan, mais il ne se rappelait plus très bien quoi. La bière commençait à faire son effet, et dans son début d'ébriété il ne distinguait plus que des formes floues en avant du capot de la BMW. Il discerna le rectangle massif d'un camion de déménagement garé le long du trottoir. Tandis qu'il s'en approchait en roulant à près de cent à l'heure, un objet rouge, luisant, surgit brusquement de derrière le camion, juste devant lui.

C'était la roue avant d'une bicyclette.

Nerveusement, Susan jeta un nouveau coup d'œil à sa montre : 19 h 40. Ils étaient attendus à l'Hôtel de Ville à 19 h 30, et le trajet prendrait une bonne demi-heure. John lui avait promis de revenir de bonne heure pour qu'ils ne soient pas trop à la bourre, mais il ne se décidait toujours pas à rentrer.

Elle ferma les poings et les heurta l'un contre l'autre d'un geste impatient. *Dépêche-toi, chéri.* Elle tenait à ce qu'ils arrivent en avance, car c'est durant la demi-heure précédant le repas qu'ils auraient le plus de chances de rencontrer des investisseurs potentiels. Ils avaient mis au point toute une stratégie pour se partager les travaux d'approche.

D'un naturel beaucoup moins timide que John, Susan était à l'aise en société et engageait facilement la conversation. Elle passerait de groupe en groupe et, dès qu'elle mettrait la main sur un spécialiste de la finance, elle ferait signe à John, qui s'approcherait pour qu'elle fasse les présentations, et elle leur fausserait compagnie pour aller prospecter ailleurs.

Susan était en tenue de soirée. Elle avait mis sa robe de soie noire, tant de fois portée déjà qu'elle lui semblait usée, bien qu'elle n'en eût aucunement l'air. Avec un peu de chance, aucun des convives de ce soir ne l'aurait encore vue avec cette robe. Il était même probable qu'ils ne rencontreraient personne de leur connaissance.

Résolue à paraître sous son meilleur jour, elle avait changé plusieurs fois de boucles d'oreilles, de collier, de broche et de chaussures, jusqu'à ce qu'elle soit sûre de s'être composé une tenue élégante, mais sans ostentation.

Dépêche-toi, John chéri, dépêche-toi!

Elle avait essayé de le joindre sur son portable, mais il était déconnecté. Elle l'aurait bien appelé à son bureau, mais il en était sûrement déjà parti.

Elle s'assit sur le canapé du salon, face à la cheminée en marbre, et contempla d'un œil admiratif les murs repeints de frais. L'effet du blanc cassé qu'elle avait choisi était à la fois chaud et soyeux, et il contrastait admirablement avec les boiseries sombres. Une fois qu'ils auraient accroché leurs tableaux et leurs photos, ce qu'ils avaient prévu de faire ce week-end, et posé les rideaux à rayures grises et blanches qu'on devait leur livrer dans huit jours, la pièce se mettrait à vivre pour de bon.

Avec un petit pincement au cœur, Susan se dit que, s'ils étaient contraints de revendre, la maison serait magnifique, et que ce serait au moins ça. Mieux valait ne pas y penser. Il ne fallait pas voir les choses en noir. Il fallait rester optimiste. John en avait besoin. Elle en avait besoin elle-même. Quand on croit vraiment à une chose, elle devient possible. Si John et elle arrivaient à communiquer aux autres leur foi en DigiTrak, cela donnerait peut-être un résultat.

Elle prit sur la table basse les derniers numéros de *Publishing News* et du *Bookseller*, hebdomadaires professionnels dont elle héritait avec quelques jours de retard après qu'ils étaient passés dans les bureaux des cadres importants, et les feuilleta pour voir si l'on y parlait de la menace d'OPA qui pesait sur Magellan Lowry, et si l'une ou l'autre de ses relations n'avait pas été promue à un poste intéressant, ce qui aurait pu l'aider à trouver un nouvel emploi au cas où elle passerait à la moulinette.

Se rappelant tout à coup que les éboueurs venaient plus tôt que d'habitude le jeudi, elle se mit en devoir de remplir un grand sac-poubelle en plastique noir de tous les déchets de la maison et le traîna jusqu'à la porte de la cuisine.

En sortant, elle s'aperçut avec surprise que le vent soufflait avec violence, apportant quelques gouttes de pluie. Les propos que Fergus Donleavy lui avait tenus à déjeuner lui revinrent à l'esprit. Ils l'avaient tarabustée tout l'après-midi.

« *Toi, tu accompliras la tienne.* »

Fergus avait eu la vision de sa destinée, du moins à ce qu'il semblait, mais il avait refusé de lui donner la moindre explication là-dessus. Il lui avait simplement dit que ce n'était pas grave, qu'elle n'avait aucun souci à se faire.

Pourtant, Susan était soucieuse. Quelque chose lui disait que Fergus s'intéressait davantage aux phénomènes occultes qu'il ne voulait le laisser paraître. Elle était sortie de leur déjeuner glacée par une espèce d'obscure terreur, qui peu à peu tournait à la hantise.

Quand elle souleva le couvercle de la poubelle, un bout de papier s'envola et lui frôla le visage. En le ramassant, elle constata que c'était un billet de loto, dont toutes les colonnes avaient été cochées. Au moment de le remettre dans la poubelle, elle vit qu'il y en avait d'autres. Des dizaines d'autres.

Jurant entre ses dents, elle en préleva une poignée, mêlée de quelques débris d'œuf. Tous étaient datés du samedi précédent. Elle en fit un décompte approximatif. Il y en avait une quarantaine, à sept livres pièce. John avait claqué près de trois cents livres en billets de loto, et il ne lui en avait rien dit.

Avait-il eu recours à d'autres formes de jeu de hasard? se demanda-t-elle, inquiète. Pendant les deux premières années de leur mariage, John allait jouer au poker dans un club une fois par semaine, puis, comme DigiTrak l'accaparait trop, il avait dû y renoncer. Elle n'ignorait pas cependant qu'il pariait des sommes parfois extravagantes avec ses copains lors de leur rituelle partie de golf du samedi matin.

L'idée lui vint soudain que John lui avait peut-être menti au sujet de leurs ennuis financiers. Peut-être ses prétendus revers de fortune n'étaient-ils en réalité que des dettes de jeu.

Non, ça ne tenait pas debout. Elle connaissait John comme sa poche : le jeu l'excitait, soit, mais chez lui ça n'avait rien de pathologique.

Là-dessus, elle se rappela d'autres phrases que Fergus avait prononcées pendant le déjeuner, et son inquiétude la reprit.

« Est-ce qu'on peut vraiment connaître quelqu'un? Ton mari, est-ce que tu le connais? Est-ce que tu le connais vraiment? Est-ce que tu te connais vraiment toi-même?»

Fergus avait raison, elle s'en rendait compte à présent. Elle ne connaissait pas John, en tout cas elle ne le connaissait pas vraiment, et John ne la connaissait pas vraiment non plus. Ils ne percevaient l'un de l'autre que de petits morceaux, pareils aux pièces d'un puzzle qui prenait peu à peu une configuration, au fur et à mesure que leur vie commune se prolongeait. *Peut-être que c'est cela, un couple*, se dit-elle. *L'union de deux inconnus qui croient se connaître.*

La porte de la cuisine claqua, et elle regarda autour d'elle d'un air coupable, comme si on l'avait surprise à s'immiscer dans l'intimité de quelqu'un, ce qui était d'ailleurs vrai, en un sens. Elle posa le sac en plastique noir au-dessus des billets de loto et referma la poubelle.

En regagnant l'intérieur de la maison, elle se demanda une fois de plus pourquoi Fergus avait eu l'air aussi effrayé. C'était vraiment bizarre. S'agissait-il d'une sorte de jeu psychologique ? Elle en doutait. Fergus n'était pas du genre manipulateur.

Était-il médium ? L'expression qu'il avait eue la poursuivait sans trêve. Elle croyait encore voir ses yeux, l'espèce d'effarement qui s'y était peint.

Avait-il vu sa destinée ?

Malgré ses dénégations, il avait vu quelque chose, elle en avait la certitude.

Quelque chose d'épouvantable.

John vit le visage de l'enfant. C'était une petite fille, avec des cheveux blonds coupés à la Jeanne d'Arc. Elle, en revanche, ne le voyait pas. *Elle ne le voyait toujours pas.*

Il enfonça la pédale du frein et la voiture fut secouée de violents soubresauts. Il voulut donner un coup de Klaxon, mais ses doigts tâtonnants manquèrent leur cible et tambourinèrent bêtement sur le moyeu de son volant.

La petite fille surgie de derrière le camion avançait toujours, pédalant vaillamment, emplissant toute la chaussée en avant de lui.

Emplissant tout son pare-brise.

N'ayant pas le temps de réfléchir, John s'abandonna à ses réflexes, les oreilles déchirées par le hurlement de ses pneus qui patinaient sur l'asphalte. De l'autre côté de la rue, une benne pleine de débris de Placoplâtre accrocha son regard.

La petite fille l'avait enfin aperçu. La bouche grande ouverte, les yeux écarquillés, elle freina et s'arrêta net, posant les deux pieds sur la chaussée. *Petite idiote ! Voilà qu'elle pile à mort juste devant moi.*

Fiche le camp de...

Il donna un grand coup de volant et la voiture fit une spectaculaire embardée. La benne sortit de son champ de vision, puis il la revit, plus près, beaucoup trop près, et l'espace d'un instant il lui sembla qu'il était immobile et que la benne glissait vers lui à toute allure.

Il sentit l'impact avant même d'en avoir perçu le fracas, avant d'avoir eu le temps de braquer dans l'autre sens. La voiture rebondit en arrière comme une auto tamponneuse, fit un tour complet sur elle-même, puis un bruit épouvantable de tôles entrechoquées lui envahit les oreilles.

Ensuite ce fut le silence.

Secoué jusqu'à la moelle, John essayait désespérément de s'orienter, regardant dans tous les sens, cherchant la fillette des yeux.

Où avait-elle pu passer ?

Il la repéra enfin, debout derrière lui. Tenant son vélo par le guidon, elle le regardait avec des yeux ronds. Son visage n'exprimait aucune émotion, ni horreur, ni soulagement, ni surprise. Rien.

Il l'avait évitée.

Elle n'avait aucun mal.

Mais il avait heurté la benne de plein fouet.

Son cerveau revenait à lui par à-coups, rassemblant tant bien que mal des faits épars. Le fracas. Les habitants du quartier l'avaient sûrement entendu. D'un instant à l'autre ils allaient se précipiter dehors. Mais non. Il ne se passait rien. Il n'y avait que le silence, et cette fillette qui le regardait d'un air hébété.

Soudain il se souvint de l'alcool qu'il avait ingurgité, et la panique s'empara de lui.

Il faut que je sorte de la voiture pour m'assurer qu'elle n'a rien de cassé, se dit-il. Il essaya d'ouvrir sa portière, mais elle était bloquée. Il détacha sa ceinture, souleva la poignée, et appuya de tout son poids sur la portière. Elle céda.

Il se hissa dehors, les jambes flageolantes. La petite fille à la bicyclette rouge était toujours pétrifiée sur place. Il s'appuya à la voiture, le cœur au bord des lèvres, et posa un regard horrifié sur le flanc droit de sa BMW, qui n'était plus qu'un amas de tôle tordue, rayée, pleine de bosses. Le revêtement extérieur de la portière semblait avoir été soulevé à l'aide d'un ouvre-boîte, mettant à nu un méli-mélo de fils et le mécanisme du remonte-vitre.

— Tu n'as rien ? cria-t-il à la fillette.

Elle fit « non » de la tête, l'air abasourdi.

Le pare-chocs arrière s'était relevé comme le bras d'un sémaphore. John essaya de le remettre en place, mais pas moyen de le bouger. *L'Alcootest*, se dit-il. *Il faut que je me tire d'ici.* Il appuya encore une fois, sans plus de résultat. Affolé, il poussa de toutes ses forces, et le pare-chocs, pliant enfin, reprit une posture un peu plus normale. John entendit des pas claquer. Quelqu'un s'approchait, à toutes jambes.

Il fallait qu'il prenne ses jambes à son cou, lui aussi. Il fallait absolument qu'il décampe avant l'arrivée de la police.

Après avoir jeté un dernier coup d'œil à la carcasse rouillée de la benne, il s'installa derrière son volant et mit le contact.

Dans le rétroviseur, il vit l'homme qui courait s'arrêter brusquement, les yeux fixés sur lui, avant de porter une main à sa poche et d'en sortir un objet – calepin, ou téléphone portable.

John décrocha brutalement le levier de vitesse et démarra sur les chapeaux de roues.

Chapitre 11

La porte de devant s'ouvrit, et John parut enfin. Il avait une mine de déterré et sentait l'alcool à plein nez.

Il s'avança vers Susan en titubant et lui chut lourdement dans les bras. Elle dut faire un pas en arrière, sans quoi ils seraient tombés tous les deux.

— Chcuse-moi, bredouilla-t-il, je suis très en retard.

Il avait le visage baigné de sueur.

— Mon pauvre chéri, dit Susan.

Voir cet homme dont elle était ordinairement si fière dans un état pareil, ivre et hagard, lui poignait le cœur. Ça avait quelque chose d'un peu effrayant, aussi. Ce vivant pilier qui jusque-là avait toujours été pour elle un appui sûr s'effondrait, menaçant de l'entraîner dans sa chute.

Était-il lucide, au moins ?

— Chéri, tu te sens capable d'aller à cette soirée ? lui demanda-t-elle.

Il ne répondit pas.

— Je t'ai préparé ton smoking, lui dit-elle. Il est là-haut, sur le lit, avec ta chemise, tes souliers vernis et tes chaussettes.

Il la repoussa avec douceur et s'assit sur la première marche de l'escalier. Le visage enfoui dans ses mains, il resta un moment sans rien dire, puis d'une voix étranglée il articula :

— J'ai failli tuer un enfant.

Susan sentit sa nuque se hérisser.

— Que veux-tu dire ? Que t'est-il arrivé ? Où ? Quand ?

— Tout à l'heure. Je roulais trop vite. Quel idiot !

— L'enfant est indemne ?

— Oui.

— Tu ne l'as pas renversé ?

— Non.

— Ce n'est rien, chéri, ne te laisse pas abattre, dit Susan d'une voix apaisante. Tout va s'arranger, on s'en sortira, crois-moi.

Il leva les yeux sur elle, et hocha la tête. Il avait un peu l'air d'un enfant lui-même.

Il n'est pas aussi ivre que je le croyais, se dit Susan. *C'est le choc qui l'a mis dans cet état, plus que l'alcool.* Elle s'aperçut soudain qu'elle s'était engagée sur une pente glissante. Si elle se montrait trop compatissante, il risquait d'en tirer prétexte pour refuser d'aller à la soirée. Il fallait absolument qu'il reprenne ses esprits, et il n'en serait capable que si elle l'y encourageait.

— Tu tenais tant à aller à cette soirée, John. Tu étais sûr de pouvoir y nouer d'utiles contacts…

— Je sais bien, protesta-t-il. Mais je ne peux…

— Nous nous sommes engagés, nous devons y aller.

— Il faut que je prenne une douche.

Susan jeta un coup d'œil à sa montre.

— Trop tard. Débarbouille-toi en vitesse, et va te changer. Allez, quoi, c'est important pour nous.

— Je ne peux pas conduire… la limitation de vitesse… je ne… Tu veux qu'on appelle un taxi ?

— Moi, ça ne m'ennuie pas de conduire, dit-elle. Mieux vaut être économes. Ce n'est pas le moment de se lancer dans de folles dépenses.

— On s'en fout.

— Monte à l'étage, et plus vite que ça! Tu ne vas quand même pas te laisser marcher sur les pieds par ce Clake!

John la regarda, et elle comprit qu'elle avait fait mouche. La seule mention du nom de Clake avait fait jaillir une étincelle de détermination dans ses yeux.

— C'est ce que tu es en train de faire. Tu te laisses écraser par ce type. Il ne faut pas baisser les bras. Clake n'est pas de taille, tu sais pourquoi? Parce que même si nous perdons DigiTrak, même si nous perdons la maison, même si nous perdons tous nos biens, on continuera à s'aimer autant qu'avant, et ça aucun Clake au monde ne peut nous le retirer, tu comprends?

— Chcuse-moi, bredouilla John. J'ai eu une journée épouvantable. Je m'en sors pas. Tout tourne mal.

— On en parlera dans la voiture, dit Susan.

John redescendit au bout d'un quart d'heure, et Susan s'empara de ses clés de voiture, qu'il avait laissées sur la console de l'entrée.

— Prenons la tienne, dit-il, elle est plus facile à garer.

Il avait la voix nettement moins pâteuse.

Susan se demandait pourquoi il répugnait tant à prendre la BMW, mais en voyant l'état de la portière elle comprit aussitôt.

— Comment est-ce arrivé? demanda-t-elle.

Il lui raconta toute l'histoire pendant qu'ils roulaient. Elle l'écouta avec beaucoup de calme et, sans rien laisser voir de l'angoisse qui la rongeait, lui suggéra de faire un petit somme, histoire d'arriver à l'Hôtel de Ville en forme. Elle se garda de mentionner les billets de loto, sachant que ce n'était pas le moment de lui saper le moral avec des récriminations. Elle pressentait que le dîner de ce soir allait donner des résultats ; le seul fait qu'on les y ait invités lui semblait de bon augure.

L'invitation ne leur était arrivée qu'*in extremis*. Peut-être même par erreur. Néanmoins, Susan était décidée à tirer tout le parti possible de la situation. Après tout, ils n'avaient rien à perdre.

Susan roula à tout berzingue, si bien qu'ils n'arrivèrent à l'Hôtel de Ville qu'avec vingt minutes de retard, ce qui, selon John, n'avait rien d'indécent.

À l'entrée ils remirent leur carton à un majordome en livrée, et leurs noms furent annoncés à une salle pleine de gens en grand tralala qui s'en fichaient comme de l'an quarante. Leurs augustes hôtes, M. et Mme Walter Thomas Carmichael, étaient perdus Dieu sait où dans l'immense et somptueuse salle, décorée de lustres en cristal, de gracieuses sculptures, d'antiques armures et de plafonds moulurés.

L'espace d'un instant, Susan se sentit un peu écrasée par cet étalage de splendeur, et sa belle assurance se mit à s'effilocher. John et elle étaient beaucoup plus jeunes que la plupart des invités. Elle avait le sentiment de faire intrusion dans un club très sélect où ils n'étaient connus de personne.

John, pour sa part, n'éprouvait qu'une grande fatigue. Les effets de l'alcool et des émotions se dissipaient peu à peu, laissant place à un mal de crâne taraudant et à une soif irrépressible. Une soubrette leur présenta un plateau où les coupes de champagne alternaient avec les verres d'eau gazeuse. Ayant besoin de retrouver sa lucidité, John aurait dû se contenter d'un verre d'eau, mais il opta pour le champagne. Avant que la soubrette ait eu le temps de s'éloigner, il vida sa coupe d'un trait et en prit une seconde.

—John..., dit Susan.

À présent, il se sentait plein d'assurance, et même de pugnacité.

—En voilà des manières, ronchonna-t-il. Ne pas même accueillir ses invités à l'entrée! Et qu'est-ce qu'on vient faire là-dedans, nous deux?

Susan cherchait en vain dans la foule un visage familier. Ne voyant pas trace de l'auteur dont elle avait publié le livre sur les antiquités orientales chez Magellan Lowry six ou sept ans auparavant, elle se tourna vers John.

—Le dîner va bientôt commencer, dit-elle. On circule un peu? On essaie de lancer nos filets?

—Qui ne risque rien n'a rien, fit John en avalant une grande rasade de champagne.

Tandis qu'ils se frayaient un chemin dans la foule, John fit un crochet vers un plateau d'amuse-gueule et engouffra trois Saint-Jacques enroulées dans des tranches de bacon. Quand il se retourna, Susan avait disparu. Il but ce qui restait de champagne dans sa coupe et, au moment où il achevait de la vider, son regard tomba sur un homme de haute taille, d'allure distinguée, qui semblait venu sans cavalière.

L'homme lui sourit.

—Cette salle est superbe, dit John.

—Oui, elle est assez plaisante, dit l'inconnu d'une voix à l'accent patricien, où perçait une intonation vaguement étrangère.

La salle de banquet dans laquelle ils se tenaient était la plus belle de toute l'Angleterre (la reine mère y recevait volontiers), mais John perçut une pointe de dédain dans le ton de son interlocuteur. On aurait dit que cette salle lui paraissait d'une banalité affligeante, comme si lui-même avait dîné d'ordinaire dans des lieux bien plus imposants.

John, qui en temps normal avait la repartie plutôt facile, se trouva à court de mots. Il dévisagea l'inconnu en s'efforçant de lui donner un âge, mais ce n'était pas facile: il pouvait avoir une soixantaine d'années, plus peut-être. Il était assez bel homme, avec un visage aristocratique, un peu émacié. Ses cheveux d'un brun foncé, abondants, élégamment argentés aux tempes, étaient soigneusement peignés en arrière.

Il avait des yeux gris, très vifs, observateurs, dans lesquels dansait une petite flamme d'humour. Sa physionomie était celle d'un bon vivant qui prenait soin de sa personne, et son élégance immaculée avait quelque chose d'un peu suranné. Il arborait un smoking bordé de velours que John avait envié dès le premier regard, et un nœud papillon auprès duquel celui de John, d'un modèle courant, fixé à l'aide d'une agrafe, faisait franchement pâle figure.

— Vous êtes un ami des Carmichael ? se risqua-t-il à demander, saisissant au vol une nouvelle coupe de champagne sur un plateau qui passait à sa portée.

— Nous sommes de très vieux amis, dit l'homme d'une voix affable mais un peu distante, tout en explorant la pièce du regard comme s'il était à la recherche d'une compagnie moins fastidieuse.

— Ah bon, fit John.

Se retenant à grand-peine de vider sa coupe d'un trait, il but une délicate gorgée de champagne. Il aurait voulu en savoir plus sur le compte de cet homme, mais sa muraille d'indifférence lui paraissait infranchissable.

Il s'efforça de trouver une échappatoire polie pour s'éloigner, mais l'accident avait mis ses nerfs à rude épreuve, et rien ne lui venait. Il regarda autour de lui, cherchant Susan des yeux.

— Et vous ? interrogea l'inconnu, toujours aussi distant. Êtes-vous un intime de Walter et de Charlotte ?

— Euh… à vrai dire, non. Ma femme travaille dans l'édition. Elle s'est occupée d'un auteur qui… Les antiquités orientales. C'est pour ça que, euh… L'invitation…

La voix de John s'arrêta dans sa gorge.

Avec une brève inclination de tête, l'inconnu lui sourit poliment et dit :

— J'ai été ravi de faire votre connaissance. Je vous prie de m'excuser, j'aimerais circuler un peu avant de passer à table.

L'homme s'enfonça dans la foule, et John resta là à se morigéner intérieurement. Où diable était passée Susan ?

Il explora du regard l'océan de visages : elle n'était nulle part en vue. Il essaya de pénétrer dans la foule à son tour, mais se heurta à un mur impénétrable de gens plongés dans leurs conversations. Il stationna un moment à côté d'un groupe de trois hommes qui discutaient avec animation des cours de la Bourse, en essayant vainement d'accrocher le regard de l'un ou de l'autre.

Tournant les talons, il aperçut des gens agglutinés autour de ce qui semblait être une affiche placardée sur l'un des murs latéraux. Il s'approcha et vit que c'était le plan de table. En jouant des coudes, il parvint à repérer sa place et celle de Susan. Ils n'étaient pas à la même table et il s'en réjouit, se disant que cela leur permettrait de faire plus de rencontres.

Sa table portait le numéro quatre. Il était assis entre lady Trouton et un certain E. Sarotzini. Deux noms qui ne lui disaient strictement rien. À l'instant où il allait repartir en quête de Susan, on frappa les trois coups et une voix tonitruante annonça que le dîner était servi.

D'après le plan, la table numéro quatre était au fond de la salle. Lady Trouton était déjà à sa place. C'était une très vieille dame, au nez chaussé de lunettes teintées. John lui dit bonsoir, mais elle ne répondit pas à son salut. *Ça commence mal*, se dit-il en jetant un coup d'œil à la chaise vide à sa droite. Il espérait que son occupant serait d'un commerce plus agréable.

Quand il tendit le bras vers le menu, le monsieur corpulent qui lui faisait face lui adressa un signe de tête sans interrompre son conciliabule avec sa voisine, une femme aux cheveux gris fer. John prit le menu et le parcourut. Les vins étaient des meilleurs crus, et tous les plats décrits en grand détail. Le repas se conclurait par un *savory* typiquement britannique ; des anges à cheval, brochettes d'huîtres enrobées de bacon. Aucune allocution n'était prévue, et le menu ne donnait aucune explication quant à l'objet de cette réception. Seule une inscription en lettres d'or indiquait : « DÎNER OFFERT PAR M. ET MME WALTER THOMAS CARMICHAEL. »

Au moment où il reposait le menu sur la table, John perçut un mouvement à sa droite. Il se tourna vers son voisin dans l'intention de le saluer et s'efforça de masquer son désappointement par un sourire.

— Comme on se retrouve, dit M. Sarotzini en jetant un coup d'œil au bristol posé sur l'assiette de John. Monsieur Carter. Quelle agréable surprise !

On récita le bénédicité.

John tira la chaise de lady Trouton, mais elle ne le remercia pas, et quand il essaya encore une fois de se présenter elle le regarda d'un air soupçonneux.

— Vous êtes un ami de Walter et Charlotte ? s'enquit-elle avec hauteur.

— Non, répondit-il. Et vous ?

On leur présenta un plat sur lequel des tranches de saumon fumé étaient artistement disposées autour d'une mousse de légumes. Simultanément, une main gantée versa du vin blanc dans l'un des verres de John. Surgit ensuite un panier plein de petits pains ronds, que lady Trouton repoussa d'un geste dédaigneux, avant de se tourner vers John et de lui demander :

— Le chômage, cher monsieur, qu'en pensez-vous ?

Interloqué, John retira le papier doré qui enveloppait sa ration de beurre en réfléchissant à la question de la vieille dame.

— Il va fatalement augmenter, dit-il. La technologie va...

Elle leva la main pour le faire taire.

— Désolée, mon cher, je ne bavarde jamais en mangeant.

John prit une bouchée de saumon fumé et la fit descendre avec une gorgée de vin blanc. S'il avait bien lu le menu, ça devait être un bâtard-montrachet 1982. Il jeta un rapide coup d'œil à M. Sarotzini, qui n'avait pas encore touché à son assiette.

Sans le regarder, son voisin lui demanda :

— Êtes-vous venu seul ou avec votre épouse ?

John chercha des yeux la table où Susan était assise et pointa un doigt dans sa direction.

— Charmante, dit M. Sarotzini.

— Merci.

— Ça fait longtemps que vous êtes mariés ?

— Sept ans.

Un ange passa. Ils mastiquèrent sans mot dire pendant quelques instants, puis John demanda :

— Et vous ? Vous êtes marié ?

M. Sarotzini hocha gravement la tête.

— Oui.

— Votre femme est parmi nous ?

Une ombre de tristesse traversa son regard, et il répondit :

— Non, à mon grand regret.

John sentit qu'il n'avait pas envie de parler de sa femme. Peut-être qu'ils étaient séparés ou qu'elle était malade. Il en éprouva de la peine pour lui.

— Vous avez des enfants ?

M. Sarotzini ouvrit son petit pain en deux et en beurra soigneusement une moitié. Il avait des mains fines et élégantes, avec de longs doigts mais, comme ses gestes étaient un peu mal assurés, on aurait dit qu'elles appartenaient à un homme beaucoup plus âgé.

— Non, pas d'enfants.

Ses yeux gris se voilèrent un peu.

—Et vous, Dieu vous a-t-il accordé cette grâce ?

—Non. D'ailleurs, est-ce une grâce ou une malédiction ?

M. Sarotzini ne répondit pas. John saisit gauchement son verre mais, quand il le porta à ses lèvres, il s'aperçut qu'il était vide. À son insu, il avait bu tout son vin.

Il jeta un coup d'œil en direction de lady Trouton, qui découpait méticuleusement son saumon en minuscules carrés.

—Tout ça, c'est la faute des basanés, déclara-t-elle inopinément.

John mit un moment à comprendre qu'elle s'adressait à lui.

—Je vous demande pardon ?

—Dans les années cinquante, on les a laissé entrer parce qu'on avait besoin de chauffeurs d'autobus. Eh bien, on a eu tort. Maintenant, ils sont partout. Mountbatten leur a fait trop de concessions, à ces Indiens. À présent, il n'y a même plus de vendeurs de journaux de race blanche.

John la dévisagea, en se demandant s'il était possible qu'une créature pareille vive sur la même planète que lui. Mais il savait que c'était le cas, hélas.

Entre-temps, M. Sarotzini avait entamé une conversation avec son voisin de droite. John mangea son saumon en silence, tandis que lady Trouton, très absorbée, continuait à découper le sien en petits carrés, en en picorant un par-ci par-là.

—Une grâce, déclara tout à coup M. Sarotzini. Les enfants sont une grâce, incontestablement.

On leur apporta le potage dans une grande soupière en argent. M. Sarotzini attendit que John ait été servi avant de goûter à son potage. Le goût ne parut pas lui plaire, et il se borna à mâchonner un croûton.

—Les enfants, oui. Ne l'oubliez pas, monsieur Carter, nous n'avons pas hérité la Terre de nos ancêtres, nous l'avons simplement empruntée à nos enfants.

John commençait à le trouver plutôt sympathique.

—Si je peux me permettre de vous poser une question… Ma femme et moi, nous nous demandions quel pouvait être l'objet du dîner de ce soir.

—Les Carmichael adorent recevoir, voilà tout, répondit M. Sarotzini. Quand ils sont de passage à Londres, ils organisent toujours une petite réunion pour leurs amis. S'ils sont à Londres en ce moment, c'est à cause d'Ascot, bien entendu. Vous savez, ils sont du genre à organiser de grands dîners à tout bout de champ.

—Oui, bien sûr, renchérit John, en s'efforçant de donner l'impression qu'il n'était pas complètement étranger à la sphère où évoluaient les Carmichael.

—Fréquentez-vous les champs de courses ? demanda M. Sarotzini.

—Oui, mais je n'aime que les courses plates.

—Le steeple-chase est, comment dirais-je… ? (il esquissa un geste dédaigneux de la main)… un peu rustaud. Étiez-vous à Ascot cet après-midi ?

—Non, mais j'y serai demain.

John eut une pensée émue pour Archie et sa généreuse invitation.

Après qu'on leur eut servi le carré d'agneau, la conversation s'orienta sur les voyages. M. Sarotzini avait des maisons un peu partout. En Suisse, aux États-Unis, en Angleterre. Il avait beaucoup fréquenté la Californie, et connaissait même bien Venice, la petite station balnéaire proche de Los Angeles où Susan avait grandi.

—Où avez-vous connu votre ravissante épouse ? lui demanda M. Sarotzini.

— Nous nous sommes rencontrés sur l'un des campus de l'université de Californie, dit John. À Westwood. Je participais à une conférence internationale sur l'édition par Internet. Susan était l'assistante de l'un des délégués de Time Warner.

— La synchronicité, dit M. Sarotzini en posant sur lui un œil scrutateur. Peut-être que le sort vous a réunis. Peut-être que c'était écrit.

— Ma femme a une passion pour Jung. Elle croit à la synchronicité.

— Connaissez-vous le vieil adage chinois : « En entendant j'oublie, en voyant je me souviens, en agissant je comprends » ?

— Non, dit John, mais il me plaît bien.

— Et votre femme, dit M. Sarotzini, est-ce qu'il lui plairait aussi ?

— Probablement, dit John.

La question l'avait un peu déconcerté. Il se coupa un morceau d'agneau, le mit dans sa bouche, et l'arrosa d'une lampée de mouton-rothschild 1966. On vint aussitôt lui remplir son verre.

Ce soir, plus John ingurgitait d'alcool, plus son esprit se déliait. Cette conversation avec M. Sarotzini l'amusait prodigieusement, ils s'entendaient à merveille tous les deux, et pourtant ils ne s'étaient encore posé aucune question sur leurs occupations respectives. John avait de plus en plus le sentiment que, à condition de manœuvrer habilement, M. Sarotzini serait peut-être en mesure de lui venir en aide. Il se gardait soigneusement de mettre son affaire sur le tapis, de crainte de paraître trop pressant.

— Votre femme, dit tout à coup Sarotzini, lui arrive-t-il de souffrir de ne pas avoir enfanté ? À des soirées comme celle-ci, ne se trouve-t-elle pas quelquefois en face de gens qui lui font des remarques déplacées à ce sujet ? Des remarques blessantes ?

— Ça lui arrive, mais elle le supporte assez bien.

— Aucune raison biologique ne lui interdit de mettre des enfants au monde ?

— Nous n'avons jamais cherché à le savoir.

John jeta un coup d'œil furtif à lady Trouton. Oublieuse du monde, elle découpait son agneau en tout petits morceaux.

— Ne m'en veuillez pas d'être si curieux, dit M. Sarotzini. La curiosité est un de mes défauts.

— Ce n'est pas grave, dit John en souriant. Votre femme et vous, aviez-vous volontairement choisi de ne pas avoir d'enfants ?

Le visage de M. Sarotzini se rembrunit, et John regretta aussitôt de lui avoir posé cette question.

— Oui, répondit M. Sarotzini. Nous l'avons volontairement choisi.

Il semblait avoir brusquement vieilli de dix ans.

C'est au moment de l'arrivée de la tarte Tatin que M. Sarotzini se décida enfin à interroger John sur son activité professionnelle. John resta dans le vague au début puis, voyant que son interlocuteur semblait intrigué, il devint un peu plus précis. Et même beaucoup plus. Quand on leur servit le porto, destiné à accompagner le fromage qu'on venait de leur présenter sur un plateau, John s'était mis à narrer par le menu son entrevue avec M. Clake.

M. Sarotzini se montra extraordinairement compréhensif, et confia à John qu'il éprouvait un mépris viscéral à l'égard des grandes banques.

— Ces gens-là ne consentent à prêter de l'argent que quand on leur prouve qu'on n'en a aucunement besoin, fit-il observer sarcastiquement.

John eut un grand sourire et il se décida à demander :

— Et vous, que faites-vous dans la vie ?

M. Sarotzini lui rendit son sourire et répondit :

— Je suis banquier.

John dut faire un effort surhumain pour ne rien trahir de la profonde jubilation qu'il éprouvait.

—Ah bon? fit-il. De quel genre de banque s'agit-il?

M. Sarotzini lui tendit sa carte de visite. Elle portait pour toute inscription : « E. Sarotzini. Président-directeur général. Banque Vörn », suivie d'un numéro de boîte postale à Zurich.

John examina attentivement la carte. Il y manquait quelque chose.

—Pas de numéro de téléphone? demanda-t-il.

—Nous préférons choisir nos interlocuteurs, monsieur Carter. Nous sommes extrêmement sélectifs. Nous avons placé des capitaux dans un certain nombre de sociétés spécialisées dans la haute technologie et la biotechnologie. Nous pourrions peut-être poursuivre cette conversation un jour?

À son tour, John sortit sa carte de visite.

—J'en serais enchanté, dit-il.

Chapitre 12

Tout était calme chez les Carter. Ayant coiffé ses écouteurs, Kündz se livra à un contrôle de routine. Il ne capta que le bourdonnement du réfrigérateur dans la cuisine. Dans le reste de la maison, il n'y avait que le silence.

Le seul fait d'écouter ce silence était une jouissance pour lui, car c'était le silence de Susan Carter.

Ce soir, les Carter étaient les hôtes de M. et Mme Walter Thomas Carmichael. Kündz se demanda si le dîner se passait bien. M. Sarotzini était aussi parmi les invités, et Kündz ne savait pas au juste quelles étaient ses intentions. Parfois, M. Sarotzini se montrait évasif avec lui, le laissait dans l'ignorance de ses projets, comme pour le taquiner. Il semblait prendre un malin plaisir à jouer ainsi au chat et à la souris avec Kündz, mais celui-ci ne s'en formalisait jamais. L'expérience lui avait enseigné que M. Sarotzini agissait toujours à bon escient, même quand ses motivations n'apparaissaient qu'après coup.

Il continua à écouter le silence de Susan Carter, se représentant mentalement la position exacte de chaque objet dans la chambre à coucher circulaire de la tourelle, imprégnée de son odeur de femme.

L'appartement de Kündz, au dernier étage d'un immeuble de Pembroke Road, dans Earl's Court, était silencieux aussi. Il en avait insonorisé les murs, le parquet et le plafond à l'aide d'un matériau isolant. La petite pièce mansardée, sans fenêtres, où il avait installé son système d'écoute, était parfaitement sûre, et il y régnait un silence sépulcral.

La solitude y était sépulcrale aussi. À Londres, Kündz souffrait de son isolement. Son appartement genevois, seul vrai foyer qu'il ait jamais connu, lui manquait beaucoup, et l'absence physique de M. Sarotzini lui donnait le sentiment d'être vulnérable. Pourtant, M. Sarotzini n'était jamais vraiment loin de lui. L'éloignement physique ne comptait pas. M. Sarotzini était partout et toujours avec lui, constamment relié à lui par la pensée, lisant dans son esprit, en tenant parfois les rênes, lui laissant d'autres fois la bride sur le cou. Quel que soit l'endroit du monde où il se trouvait, M. Sarotzini semblait garder la faculté d'envahir son esprit quand bon lui semblait, et de le manipuler à sa guise.

De cela non plus Kündz ne se formalisait pas. M. Sarotzini avait toujours été son guide, et M. Sarotzini ne se trompait jamais. Kündz avait tacitement accepté de consacrer sa vie entière à servir son maître.

Il y avait été formé depuis sa petite enfance, dans le château où M. Sarotzini l'avait conduit, il y avait de cela tant d'années, ce château des rives du lac Léman où il avait été claustré toute sa jeunesse, sauf lorsqu'il accompagnait M. Sarotzini dans ses voyages. Dès sa prime jeunesse, M. Sarotzini lui avait inculqué l'idée qu'il était promis à une destinée hors du commun et, cette idée, Kündz ne l'avait jamais remise en question.

À présent qu'il était à Londres, Kündz craignait de ne pas être à la hauteur de l'importante mission que M. Sarotzini lui avait confiée. S'il échouait, M. Sarotzini l'en punirait physiquement, mais il ne s'en souciait pas. Ce qui l'épouvantait, c'était la perspective de perdre son affection.

Pourtant, jusque-là, leur opération londonienne s'était bien passée. M. Sarotzini avait été content des premiers résultats, plus content que Kündz n'eût osé l'espérer. Dans la pièce, autour de lui, la présence de M. Sarotzini était palpable. M. Sarotzini, assis dans la salle de banquet, pensait à lui. Kündz captait ses vibrations amicales, et du coup se sentait moins seul. Il était reconnaissant à M. Sarotzini de lui manifester ainsi sa bienveillance.

Kündz s'efforça de lui exprimer mentalement sa gratitude. M. Sarotzini lui avait appris que l'on pouvait communiquer télépathiquement, et qu'à condition de se concentrer très fort l'on pouvait même influer à distance sur l'esprit de quelqu'un.

Il se demanda si le signal qu'il venait d'émettre avait atteint M. Sarotzini. Il se demanda si ce dernier était assez près de Susan Carter pour sentir son odeur. Ensuite il reprit son livre et se replongea dans sa lecture. C'était l'*Iliade*, en grec. M. Sarotzini lui avait appris à ne jamais lire un livre en traduction, toujours dans son texte d'origine.

À Londres, ses livres lui manquaient beaucoup aussi. C'est la riche bibliothèque de M. Sarotzini, dont il avait absorbé le contenu entier sous la direction de son mentor, qui lui avait donné dès son plus jeune âge le goût de la lecture. Son propre appartement était rempli de livres, et les abandonner était toujours un vrai crève-cœur. Il préférait leur compagnie à celle des êtres humains, car ils recelaient des interprétations du monde, de son histoire et de son avenir sur la base desquelles Kündz se forgeait une conception personnelle de l'existence.

Conception de l'existence qu'il lui arrivait de transcrire dans des dessins compliqués, exécutés à l'aide d'un aérographe. Kündz était un dessinateur doué. M. Sarotzini appréciait son talent, et il en était fier.

D'autres choses lui manquaient : le gymnase où il s'entraînait quotidiennement, le muesli aux myrtilles de la *Konditorei* de la rue de la Confédération où il prenait son petit déjeuner, la brise revigorante qui montait du lac et sa Mercedes 600, voiture bien trop voyante pour Londres, où il fallait absolument qu'il passe inaperçu.

Sa garde-robe lui manquait aussi. Kündz avait de pleines penderies de costumes sur mesure, en alpaga, en soie ou en lin, des étagères couvertes de chemises faites main, et des rangées de chaussures qui sortaient toutes de chez de grands bottiers. M. Sarotzini lui avait enseigné qu'en matière de vêtements la qualité et le raffinement du détail primaient. Kündz ne s'habillait que chez les bons faiseurs et ne se déplaçait qu'avec de luxueuses valises, toutes du même somptueux box noir, cousu main.

Quand il s'était retrouvé seul dans la chambre de Susan Carter, il s'était livré à une rapide inspection des placards et des commodes, et il avait remarqué que John Carter ne portait que des costumes et des chemises de marque – Hugo Boss, Giorgio Armani, Jasper Conran. Il était peiné à l'idée que Susan Carter se faisait pénétrer par un homme qui s'habillait en confection. Elle méritait beaucoup mieux que ça. Les sages paroles de la Vingt-Troisième Vérité lui vinrent à l'esprit : « La médiocrité ne reconnaît rien de ce qui lui est supérieur, mais le talent reconnaît instantanément le génie. »

Dans son château, M. Sarotzini recevait d'éminentes personnalités venues du monde entier : chefs d'État, ministres, sénateurs, têtes couronnées, vedettes de cinéma, savants, industriels. Pour parfaire l'éducation de Kündz, M. Sarotzini lui avait dit qu'il devait s'imaginer tous ces gens aux toilettes, déféquant puis s'essuyant le derrière. Il voulait lui faire comprendre que le rang, les quartiers de noblesse ou la célébrité ne suffisent pas à vous retrancher complètement de l'humanité ordinaire.

Susan Carter n'était pas une femme ordinaire.

Elle n'était pas ordinaire du tout.

Tout à coup, Kündz se mit à penser à Claudie et il se demanda si M. Sarotzini lui avait mis cette idée dans l'esprit pour le détourner de Susan Carter. Il avait quelquefois du mal à distinguer ses pensées personnelles de celles que M. Sarotzini lui implantait dans le crâne.

Claudie. Il s'imagina dans son appartement, en train de faire des saletés avec elle. Claudie avait la lubricité chevillée au corps. Tant qu'il n'avait pas pénétré dans la maison de Susan Carter, tant qu'il ne s'était pas trouvé en face de Susan Carter, tant qu'il n'avait pas respiré son odeur, Claudie lui avait manqué ; à présent elle ne lui manquait plus.

Dans une enveloppe posée à côté de lui, sur le minuscule bureau, il y avait un billet pour la représentation de *Don Giovanni* qui devait avoir lieu ce dimanche-là à Glyndebourne. M. Sarotzini lui avait offert ce billet pour le récompenser de son beau travail. Il aurait tant aimé emmener Susan Carter à Glyndebourne. Après le spectacle, ils auraient fait l'amour, leurs deux corps vibrant encore de la passion torrentueuse de Mozart.

C'était impossible, bien sûr.

— Susan, murmura-t-il entre ses dents.

Susan était là, sur ses murs, et elle le regardait. Des photos qu'il avait prises avec l'appareil miniature caché sous l'écusson de son uniforme de British Telecom durant les trois mémorables journées qu'il avait passées chez elle.

Le grain des photos, trop visible, l'agaçait un peu. En plus, Susan était inanimée, et cela l'agaçait aussi. Il aurait voulu la voir bouger, se déshabiller, faire des saletés avec son mari.

Ça lui aurait donné une raison de plus de haïr cet homme qu'il exécrait déjà du fond du cœur.

Il changea de fréquence, se régla sur celle de son appartement de Genève, écouta. Il perçut un brouhaha de voix dans le living. La télévision. Il filtra le son, et le bruit de voix s'estompa. Il tendit l'oreille, essayant de capter une conversation, ou n'importe quel autre son qui aurait pu lui révéler que Claudie avait amené un homme chez lui.

Il passa la chambre à coucher au crible et, ne décelant rien de suspect, appuya sur une touche de son ordinateur. L'écran s'anima, et il vit apparaître l'image de Claudie qu'il préférait entre toutes. C'était une photographie en couleur, qui la montrait assise dans un fauteuil, nue, face à l'objectif, les cuisses largement écartées. Kündz imagina Susan Carter à la place de Claudie.

Il décrocha le téléphone, composa un numéro. Il imagina que ce n'était pas Claudie qui lui répondait, mais Susan Carter.

— Qu'est-ce que tu fais? demanda-t-il.
— Je regarde la télé.
— Qu'est-ce que tu as sur toi?
— Pas grand-chose, répondit-elle, mutine.
— Qu'est-ce que tu sens?
— Ton odeur.
— J'ai envie de te voir, dit-il.
— C'est réciproque.

Kündz composa un code sur son clavier et il fut aussitôt connecté au réseau Internet. Une nouvelle image apparut sur l'écran, celle d'une chaise vide, de face, plein cadre. Au bout d'un instant, Claudie, en tenue d'Ève, entra dans le cadre et s'assit sur la chaise. La transmission n'était pas parfaite, loin de là. Kündz la regardait bouger en temps réel, mais le temps qu'il fallait à l'image pour être véhiculée par câble de Genève à Londres rendait ses mouvements un peu saccadés, comme par l'effet d'un ralenti.

Kündz contemplait la vivante image de Claudie nue, ses longs cheveux châtains flottant sur ses épaules. Elle le fixait droit dans les yeux, sachant qu'il était en train de la regarder, ignorant qu'en imagination c'est Susan Carter qu'il voyait.

— Caresse-toi, dit Kündz.

Il la regarda se masturber. L'image un peu sautillante ne faisait que rendre le spectacle encore plus sensuel. Tandis qu'il la regardait enfoncer ses doigts en elle, elle changea d'expression. Ses doigts s'activaient, et elle s'abandonnait à une sorte de rêverie qui lui adoucissait les traits. Il se demanda si les choses se seraient passées ainsi avec Susan Carter.

Elle se mit à remuer les lèvres, formant des mots. *Oui, parle-moi, ma Susan adorée, parle-moi.*

— Maintenant, montre-toi, lui dit-elle.

Chapitre 13

John se sentait lourd, il avait le cœur au bord des lèvres et une violente migraine lui vrillait le crâne. Le porto ne lui réussissait jamais et, au cours du dîner de la veille, il en avait éclusé un nombre incalculable de verres.

Il avait au bout du fil un juriste spécialisé dans les dépôts de bilan que sa comptable lui avait conseillé. La consultation lui apprit que, si sa banque lui coupait les vivres, il n'aurait pratiquement aucun recours. Si John avait décelé les signes avant-coureurs de la catastrophe un an plus tôt, il aurait eu le temps de constituer une autre société et d'y transférer ses avoirs. Mais il n'avait pris aucune mesure pour assurer ses arrières.

En raccrochant, il avait la mine plus sombre que jamais. Sa secrétaire lui apporta une deuxième tasse de café. Elle le regardait d'un drôle d'air, et il se demanda si elle avait surpris sa conversation. Stella se doutait sûrement de quelque chose mais, comme la discrétion était une seconde nature chez elle, elle ne lui posa aucune question.

Elle l'avait fidèlement secondé depuis l'époque où son bureau n'était qu'un cagibi minuscule, au-dessus d'un magasin d'animaux de Marylebone. Gareth était encore officiellement employé comme dessinateur en PAO dans un cabinet d'architectes, et ne travaillait avec eux que quelques heures par jour. Stella était une jolie brune pleine de vivacité, aux cheveux coupés à la garçonne, toujours très élégante, affligée d'un petit ami acteur perpétuellement entre deux rôles et néanmoins très imbu de sa personne, qui vivait à ses crochets. Stella trouverait sans peine un nouvel emploi (qui aurait laissé passer une perle pareille ?), mais John savait qu'il souffrirait énormément de son absence.

D'ici peu, il ne lui resterait plus qu'à informer Gareth et l'ensemble de leurs employés de la situation. Pour l'instant, il ne s'en était ouvert qu'à Janet Pennington, sa comptable, qui était d'une conscience professionnelle irréprochable. C'est elle qui s'était chargée de préparer le dossier financier que John soumettait à ses éventuels investisseurs, et il savait qu'elle serait muette comme une tombe.

Il n'avait plus que treize jours avant la date butoir que Clake lui avait fixée. La veille au soir, le banquier suisse au patronyme bizarre lui avait fait entrevoir une première lueur d'espoir.

— Où en est votre migraine ? lui demanda Stella.

— Elle a empiré, dit John.

Ces temps-ci, le mal de crâne faisait plus ou moins partie de sa vie quotidienne, mais celui-ci battait tous les records.

— Vous n'aurez qu'à prendre deux aspirines avant de partir.

Il était 9 h 45. Dans une heure, John rentrerait chez lui, enfilerait une jaquette gris perle et un haut-de-forme et prendrait la route d'Ascot avec Susan pour aller se pavaner dans la loge d'Archie.

Il n'était pas mécontent de s'échapper du bureau (dans l'état où il était, sa concentration laissait beaucoup à désirer, de toute façon), et puis Susan n'avait pas tort : au champ de courses, ils rencontreraient peut-être des gens susceptibles de se laisser tenter par l'aventure que représentait DigiTrak.

La veille au soir, le banquier suisse lui avait conseillé de miser sur deux chevaux. Le journal du matin lui ayant appris qu'il s'agissait de deux outsiders, il avait décidé d'y mettre le paquet.

Sa névralgie redoubla, et il se massa les tempes dans l'espoir que la douleur s'amenuiserait. Levant les yeux sur Stella, il articula :

— Allez me chercher un Coca, vous serez un ange.

— Tout de suite.

Stella lui sourit avec commisération, sachant que s'il demandait un Coca, c'est qu'il devait être dans le trente-sixième dessous. Il n'avait recours à ce remède-là que quand il avait une gueule de bois vraiment féroce.

John ouvrit son portefeuille et en sortit la carte de visite du banquier. E. Sarotzini. Il entreprit de lui composer une lettre mentalement, puis s'empara de son dictaphone. Avant qu'il ait eu le temps d'ouvrir la bouche, son téléphone se mit à gazouiller. Stella lui annonça qu'elle avait en ligne un M. Sarotzini. John était-il disposé à lui parler ? M. Sarotzini se montra courtois, quoique beaucoup plus distant que la veille, comme pour marquer son souci de ne pas mélanger les affaires et l'agrément.

— J'ai passé un moment très plaisant en votre compagnie, dit-il.

John se souvint qu'il avait usé de la même épithète en parlant avec condescendance de la salle de banquet, et il eut un petit pincement au cœur. Le banquier le considérait-il lui aussi comme un individu médiocre ?

— Tout le plaisir a été pour moi, dit John.

— Peut-être nous verrons-nous à Ascot cet après-midi ?

À en juger par le ton de sa voix, ce n'était qu'une remarque de pure politesse, non une offre de rendez-vous.

— Je serai sur le qui-vive. J'ai pris bonne note de vos tuyaux.

— À votre place, je ne miserais pas ma chemise sur ces chevaux-là. Mais ils méritent quand même un petit effort.

M. Sarotzini avait une telle façon de dire cela que John décida incontinent de doubler la somme déjà rondelette qu'il avait prévu de miser.

Au bout d'un bref silence, M. Sarotzini reprit la parole :

— Je dois repartir en Suisse ce week-end. Est-ce qu'éventuellement vous pourriez déjeuner avec moi demain, monsieur Carter ?

John consulta son agenda. Vendredi 18 juin : déjeuner avec la comptable.

— Oui, dit-il. J'avais un rendez-vous, mais je peux le reporter, ce n'est pas un problème.

— Je passerai vous prendre au bureau vers midi.

— C'est entendu.

— Vous m'obligeriez beaucoup en faisant préparer d'ici là votre bilan comptable sur les trois dernières années, vos prévisions chiffrées, votre cash-flow, et un échéancier sur cinq ans.

John fit de son mieux pour que sa voix ne trahisse rien de l'intense excitation qu'il éprouvait.

Chapitre 14

Le révérend Ewan Freer, professeur de théologie comparée à l'université de Londres et chanoine honoraire à Oxford, était l'ecclésiastique le plus intelligent et le plus influent que connaissait Fergus Donleavy.

Fergus s'était assis dans un vieux fauteuil en cuir tout défoncé du petit salon de l'appartement de fonction que Freer occupait à l'université. Le mobilier décati, les tapis élimés, les rayonnages affaissés, la cheminée prussienne, tout ici signalait le célibataire endurci. Par la fenêtre à guillotine entrouverte, une douce odeur de gazon fraîchement tondu montait des jardins en contrebas.

Fergus mordit dans son biscuit sablé et avala une gorgée de café en savourant la fraîcheur des lieux, qui le changeait agréablement de la chaleur intense du soleil de juin. Freer était un très vieil ami, mais ils ne s'étaient pas vus depuis des lustres.

Ils se mirent mutuellement au courant de ce qui s'était passé dans leur vie depuis leur dernière rencontre. Fergus dit à Freer que l'état ecclésiastique l'avait aidé à conserver sa jeunesse (quoiqu'il eût pris quelques rondeurs et que ses cheveux fussent devenus blancs au-dessus de sa soutane noire).

Freer s'esclaffa et répondit que Fergus semblait lui-même dans une forme olympique.

N'eût-il opté pour la vocation de clergyman et le vœu de chasteté qui en était le corollaire, Ewan Freer aurait pu être un redoutable don Juan. C'était un bel homme brun, au teint un peu olivâtre, et bien des gens – Fergus était du nombre – trouvaient qu'il ressemblait de manière frappante à Robert De Niro.

Freer interrogea Fergus sur ses livres et lui demanda à quoi il travaillait. La gaieté de Fergus s'atténua brusquement.

— À un bouquin qui est un peu du même genre que la *Brève histoire du temps* de Stephen Hawking, expliqua-t-il. Mais qui va beaucoup plus loin.

— Quand doit-il paraître ?

Fergus haussa les épaules, et convint qu'il avait encore beaucoup de révisions à faire et qu'il n'était pas sorti de l'auberge.

Freer lui dit qu'il avait lui-même publié deux ou trois ans auparavant un livre sur l'histoire de l'exorcisme en Angleterre, et que son éditeur lui en avait fait remanier plusieurs chapitres de fond en comble. Les éditeurs sont une vraie plaie, conclurent-ils.

Fergus plongea son biscuit dans sa tasse, l'égoutta et se le mit en bouche.

— Cette Susan Carter, quelle enquiquineuse, dit-il. Je l'aime bien, c'est une fille intelligente, mais par moments elle me rend chèvre. Contrairement à moi, elle pense que mes lecteurs sont des demeurés, et elle veut que je leur explique tout comme à l'école maternelle.

— Tu te fies à son jugement ? lui demanda Freer en souriant.

— Oui, je suppose… Enfin, j'en suis même sûr, dit Fergus en haussant de nouveau les épaules. Elle m'énerve, c'est tout.

Il sortit son paquet de cigarettes et le tendit au prêtre. Freer fit un signe de dénégation.

—J'ai arrêté, dit-il. Je me contente d'une petite pipe par-ci par-là. Il y a un cendrier sur le guéridon.

Il se laissa aller en arrière dans son fauteuil tandis que Fergus allumait sa cigarette, et attendit la suite en souriant. Il savait qu'il ne s'agissait pas d'une simple visite de courtoisie.

—Eh bien? fit-il.

Fergus aspira une grande bouffée de tabac, leva le visage et souffla la fumée en direction du plafond.

—Nietzsche a dit que parfois, quand on regarde l'abîme, l'abîme vous rend votre regard.

Freer hocha la tête. Son regard, à la fois aigu et amical, était rivé sur Fergus.

—T'est-il déjà arrivé d'avoir le sentiment qu'un malheur allait arriver, Ewan?

—Tu veux dire un pressentiment? Une prémonition?

—Non, plus que ça. Je ne sais comment te l'expliquer. Enfin, tu vois, par exemple on pense tous les deux que Jésus est venu au monde d'une manière ou d'une autre, mais pour parvenir à cette conclusion nous avons pris des chemins différents, d'accord?

Ne sachant où il voulait en venir, Ewan Freer le regarda d'un air interrogateur.

—Les Rois mages, continua Fergus. Gaspard, Melchior et Balthazar. Ils ont vu une lumière étincelante dans le ciel, pas vrai? Un astre, un météore qui leur a appris la naissance du Messie, c'est ça?

Freer, toujours aussi perplexe, acquiesça d'un signe de tête.

Fergus faisait de grands gestes de la main, traçant de blancs entrelacs dans l'air avec la fumée de sa cigarette.

—Pour ma part, je suis persuadé que cette prétendue étoile était un vaisseau spatial venu d'une planète plus évoluée que la nôtre pour déposer Jésus sur la Terre. Toi, tu crois qu'il est né de l'Immaculée Conception. Quelle importance? Ce qui m'importe, ce que je voudrais que tu me dises, c'est ce que les Rois mages ont éprouvé en apercevant l'étoile.

— Ils ont deviné qu'il se passait un événement extraordinaire.

— Et que la force dont ils sentaient l'effet était bénéfique?

— Je n'y étais pas, dit Freer en souriant. Mais c'est ce qu'ils ont dû éprouver, en effet.

— Maintenant, nous approchons d'une fin de millénaire, et beaucoup de gens ont le sentiment que quelque chose de terrible va se produire. Toutes sortes de prédictions l'indiquent, certaines très anciennes.

Le clergyman remit du café dans leurs deux tasses.

— Jusqu'où veux-tu remonter? Nostradamus? La Bible?

— Peut-être même encore plus loin.

Fergus se leva, se mit à faire les cent pas, puis il posa les deux mains sur l'appui de la fenêtre et regarda dehors. Un jardinier à queue-de-cheval binait une plate-bande.

— Crois-moi, Ewan, je parle sérieusement.

— Je te prends toujours au sérieux, Fergus. Au point que j'ai même défendu l'article que tu as publié dans *Nature*.

Étonné, Fergus se retourna.

— Quoi, tu l'as lu? Ça doit dater d'au moins six ans.

— Bien sûr que je l'ai lu. Les auras. Tu penses toujours que nous avons tous une aura?

— Je ne le *pense* pas. C'est un fait scientifique prouvé.

— Et tu peux lire l'avenir des gens dans leur aura?

— Non, je ne peux pas faire ça. Ce n'est pas visuel ni physique. C'est une impression que j'éprouve.

— Tu l'as éprouvée souvent, cette impression?

— Ça a dû m'arriver cinq ou six fois déjà. La première fois, juste avant la mort de ma mère. Là, c'était on ne peut plus clair. Je voyais sans cesse l'accident dans mes rêves, je voyais une aura de mort autour d'elle, et tout s'est passé exactement comme dans ma vision.

— Et tu viens d'en avoir une autre ?

Fergus se rassit, écrasa sa cigarette, et lui expliqua par le menu l'impression qu'il avait eue, et la signification qu'il lui attribuait. Freer l'écouta en silence, sans l'interrompre. Quand Fergus eut achevé son explication, rien dans l'expression de son ami ne lui indiquait si Freer l'avait cru ou non.

— Dis-moi, Fergus, fit le prêtre. Ces prémonitions que tu as eues... est-ce qu'elles se sont toujours réalisées ?

— Oui, toutes.

Freer médita là-dessus pendant un long moment. Ensuite il demanda :

— Vas-tu en parler à cette femme ?

— Je n'ai pas d'image. Je ne peux rien lui dire.

— Veux-tu que nous priions pour elle ?

Fergus avait renoncé à prier depuis bien des années. Pourtant, dans ce moment-là, chez le chanoine Ewan Freer, il lui sembla que c'était parfaitement approprié.

Ils s'agenouillèrent et récitèrent le Notre Père à haute voix. Ensuite Freer ajouta :

— Seigneur, protégez cette malheureuse.

Et Fergus, ses mains nouées devant sa bouche, murmura :

— Susan, quoi que tu t'apprêtes à faire, ne le fais pas. *Je t'en supplie, ne le fais pas.*

Chapitre 15

La patte-d'oie argentée qui ornait le bouchon de radiateur de l'antique Mercedes Pullman noire de M. Sarotzini flottait avec la grâce surnaturelle d'une mire de fusil en quête d'une cible, tandis que le chauffeur pilotait la limousine à travers les rues encombrées de Londres avec des gestes d'automate.

Rongé par un trac épouvantable, John contemplait le panorama à travers la vitre fumée du pare-brise. Il y a trente ans, c'est à bord d'un engin de ce genre qu'un dictateur de république bananière se serait déplacé pour faire étalage de sa puissance. Si l'âge avait émoussé le côté tape-à-l'œil de la Mercedes, elle n'en avait pas moins gardé une sorte de noblesse imposante.

La mire s'arrêta sur un taxi, sur un cycliste au visage dissimulé par un masque antipollution, puis sur un feu rouge. Une femme élégante traversa la rue, les pans de son foulard flottant au-dessus de ses épaules. L'air matinal était sec, mais le ciel était couvert de gros nuages qui semblaient encore plus noirs à travers le pare-brise teinté, et la température avait brutalement baissé. Le climatiseur étant réglé sur le minimum, un froid hivernal régnait à l'intérieur de la limousine.

M. Sarotzini ne semblait plus avoir rien de commun avec l'affable commensal dont John avait partagé la table l'avant-veille. Il avait la même allure distinguée, la même physionomie hautaine, et il était toujours tiré à quatre épingles, portant ce jour-là un costume gris en fine laine peignée, admirablement coupé, et une rutilante cravate Hermès en soie jaune avec pochette assortie. Mais son expression était bien différente.

Au cours du dîner, il s'était montré disert, charmant, plein de l'aisance naturelle d'un bon vivant qui ignore les soucis du monde. Aujourd'hui il paraissait grave, distant, d'une dureté réfrigérante. L'humour léger et l'amabilité chaleureuse de l'autre soir s'étaient complètement évanouis. John avait plusieurs fois tenté de briser la glace, sans succès. Il fit une nouvelle tentative.

— Vos tuyaux étaient vraiment bons, dit-il. Je suis très impressionné.

M. Sarotzini ne détacha pas son regard de la vitre latérale qu'il n'avait cessé de fixer depuis le début du trajet, ne décroisa pas ses longs doigts élégants mollement posés sur son giron. Même sa voix avait changé. Au dîner, elle avait laissé percer une pointe chantante d'accent italien, tout à fait attrayante ; aujourd'hui l'accent italien avait fait place à des inflexions gutturales, germaniques, tout aussi distinguées mais nettement plus âpres.

— Le turf est un sport de rois, monsieur Carter, mais c'est aussi un sport imbécile. Si l'on vous donne un tuyau gagnant, ne l'imputez jamais à rien d'autre qu'à la chance ou à la malhonnêteté.

John le regarda, car le ton de sa voix ne permettait en rien de deviner laquelle des deux hypothèses était la bonne. Les deux chevaux que M. Sarotzini lui avait indiqués avaient gagné la veille à Ascot, le premier à vingt contre un, le deuxième à quinze contre un. Ayant misé deux cents livres sur l'un et l'autre, et cinquante livres de mieux sur une combinaison, John avait empoché douze mille livres.

Loin de ressentir la même euphorie que Susan (qui y voyait un merveilleux présage), il s'était mordu les doigts de ne pas avoir eu l'audace de miser plus gros. S'il n'avait pas été aussi poule mouillée (et s'il avait eu sur lui la somme nécessaire), il aurait pu résoudre toutes ses difficultés financières en pariant sur ces deux maudits canassons. Mais prendre un risque pareil était très au-dessus de ses moyens, évidemment.

— Votre bilan fait apparaître une perte de 48 751 livres étalée sur deux années successives, dit M. Sarotzini. Pourriez-vous m'expliquer la chose ?

— Eh bien, voilà, c'est assez simple…, bredouilla John en se creusant désespérément les méninges. Pour compenser la dépréciation d'ordinateurs graphiques provenant d'une société en liquidation, nous avons acheté simultanément des parts de la société, afin que cela apparaisse sous forme de pertes dans notre comptabilité.

— Votre dernier bilan annuel comportait une note de votre contrôleur financier faisant état d'un versement de 35 687 livres sur un compte de la succursale de Zurich du Crédit suisse. Je n'ai pas compris de quoi il s'agissait.

John se sentait un peu dans ses petits souliers, mais il se dit qu'étant lui-même suisse et banquier M. Sarotzini ne serait pas choqué.

— C'est un arrangement que nous avons conclu avec Harvey Addison. Vous savez, le gynécologue. Étant l'animateur le plus populaire de tous nos programmes Internet, il est très important pour nous, mais il tient à ce que nous égarions, ou plutôt à ce que nous fassions disparaître, une partie de son salaire à l'étranger.

John était de plus en plus stupéfié par la quantité incroyable de détails que M. Sarotzini avait mémorisés. Le banquier n'avait passé qu'une demi-heure dans le bureau de John, et s'était borné à parcourir rapidement les colonnes de chiffres, sans prendre de notes. Pourtant, il semblait tout avoir retenu par cœur.

— Et le compositeur ? dit M. Sarotzini. Zak Danziger ? Vous croyez que vous pourrez trouver un compromis rapidement ?

John réfléchit soigneusement à sa réponse, et décida qu'il valait mieux être sincère.

— Non, je ne crois pas. Peut-être qu'il acceptera de transiger, mais pas pour une somme modique.

John était tellement concentré qu'il ne s'aperçut même pas que la limousine venait de se garer devant l'entrée – on ne peut plus discrète – d'un club de Mayfair. L'immeuble, situé dans une petite rue qui donnait dans Curzon Street, était du XVIIIe siècle, relativement imposant, mais avec une façade plutôt décrépite. Pas de plaque, un simple numéro sur la porte. Pas de portier non plus, seulement une sonnette.

À l'intérieur, il fut tout de suite évident, à en juger par l'accueil déférent qui lui était réservé, que M. Sarotzini était un familier des lieux. Il connaissait tous les membres du personnel par leur prénom. Ils traversèrent l'antichambre et pénétrèrent dans le foyer, vaste pièce lambrissée aux murs couverts de portraits encadrés, avec une rangée de panneaux d'affichage en feutre vert.

Les garçons, qui n'étaient plus de la première jeunesse, montrèrent envers John une politesse exagérée, comme si sa visite leur faisait un grand honneur, et il se dit qu'ils devaient traiter tout le monde de cette façon. M. Sarotzini passa une porte et, au moment où John s'y engageait à sa suite, il y eut un silence subit, et il sentit peser sur ses épaules des regards curieux et évaluateurs.

Ils traversèrent une deuxième antichambre et arrivèrent dans une vaste salle à manger, richement décorée dans le style rococo, avec des colonnes dorées et de grands lustres en cristal taillé. En dépit de sa taille, la pièce avait quelque chose d'intime et, comme le reste du club, accusait une sorte de fatigue. La nicotine accumulée pendant de longues années avait fait prendre une teinte jaunâtre au haut plafond mouluré, les rideaux en velours vert étaient tout délavés, le tapis usé jusqu'à la trame. Les rares convives étaient tous des messieurs âgés, vêtus de costumes sombres, et ils avaient eux-mêmes quelque chose d'élimé.

La tenue de John ne tranchait pas trop sur le décor, et il s'en félicita. Il portait un costume bleu marine, une chemise blanche et une cravate de golf à rayures qui pouvait passer pour celle d'une école haut de gamme.

Le maître d'hôtel lui donna la carte, mais ne la proposa pas à M. Sarotzini.

— Je prends toujours la même chose, lui expliqua le banquier, raide comme la justice. Ne vous gênez pas pour moi, choisissez ce qui vous plaît. On mange plutôt bien ici.

John commanda du saumon fumé et une sole grillée. On lui servit le saumon presque aussitôt, et le garçon posa une assiette d'œufs de caille devant M. Sarotzini. Leurs verres furent remplis d'eau minérale et de graves blanc. John leva son verre de château-laville-haut-brion.

— À votre santé, dit-il.

M. Sarotzini eut un sourire poli mais, comme il ne faisait pas mine de vouloir trinquer, John reposa son verre, un peu confus.

— Il est très bien, ce club, dit-il. Le bâtiment est superbe.

M. Sarotzini écarta les doigts avec satisfaction.

— En tout cas, il me rend service.

— Comment s'appelle-t-il ?

— Son nom est confidentiel, connu des seuls membres. C'est une de nos règles.

M. Sarotzini sourit encore une fois, mais John décela un soupçon de froideur dans son expression.

— Que doit-on faire pour en devenir membre ?

Avec des gestes soigneux, M. Sarotzini forma un petit monticule de sel sur le bord de son assiette.

— La curiosité est un vilain défaut, monsieur Carter. Le temps nous est compté, donc si vous le voulez c'est moi qui poserai les questions. Si je ne fais pas mon rapport sur votre firme dès cet après-midi, nous aurons peut-être du mal à intervenir en votre faveur avant la date limite.

— Très bien, dit John.

Tandis qu'il pressait un demi-citron au-dessus de son saumon, son regard tomba sur un tableau accroché au mur. C'était une scène de déjeuner sur l'herbe : des chérubins festoyant au pied d'un viaduc. Leur gaieté contrastait d'une manière frappante avec l'atmosphère empesée qui régnait dans la salle à manger, et John se surprit à envier un peu la joie simple de leurs agapes rustiques.

M. Sarotzini cassa un œuf de caille, le décortiqua, l'enduisit de sel.

— À quelle religion appartenez-vous, monsieur Carter ?

John, qui était athée, réfléchit un bon moment avant de répondre à cette question, sentant qu'il était en terrain miné. Était-il tombé sur un deuxième Clake ? M. Sarotzini avait-il lui aussi la religion chevillée au corps ?

— J'ai les idées plutôt larges, dit-il à la fin.

— Qu'entendez-vous par « larges » ?

M. Sarotzini le regardait fixement, à présent. Sentant que le banquier lisait en lui comme dans un livre, John comprit qu'il valait mieux être franc.

— Disons que je cherche des explications dans la science plutôt que dans la religion, le mysticisme ou le surnaturel.

— Et votre femme ?

— Ma femme croit en Dieu. Elle est catholique pratiquante.

— Jusqu'où va sa pratique ?

— Elle va à la messe. Autrefois, elle y allait tous les dimanches. Aujourd'hui, elle n'y va plus qu'occasionnellement.

— L'incompatibilité de vos croyances n'a pas jeté le trouble dans votre ménage?

— Non, ce n'est pas un motif de mésentente. Nous nous sommes accommodés de notre divergence dès le début, et c'est un sujet que nous n'abordons pour ainsi dire jamais.

— Je vois. Pardon de m'être montré si indiscret.

Le repas se poursuivit en silence. John croyait que M. Sarotzini allait continuer la conversation, mais le banquier entreprit de casser un deuxième œuf de caille, s'absorbant complètement dans sa tâche. John se demandait s'il l'avait déçu, et il se creusa la tête pour trouver une manière de rétablir la situation en sa faveur. M. Sarotzini reprit bientôt la parole :

— Pardonnez-moi de vous harceler ainsi avec des questions personnelles, mais la religion a-t-elle été pour quelque chose dans votre décision de ne pas avoir d'enfants?

John avait le sentiment que M. Sarotzini faisait exprès de tourner autour du pot, et il avait hâte de revenir au seul sujet qui le préoccupait vraiment : la situation de DigiTrak. Il mourait d'envie d'informer le banquier d'un certain nombre de gros coups qu'il avait en vue, et de lui expliquer en long et en large comment ils allaient affecter les profits de sa société et amener un redressement spectaculaire de ses comptes en l'espace de deux ans.

— Non, la religion n'est pas une cause de dissension entre nous. Susan n'est pas vraiment à cheval là-dessus. Nous sommes parrain et marraine d'un petit garçon, et j'en suis ravi. Ça ne compte pas beaucoup dans notre vie.

— Et votre décision de ne pas avoir d'enfants, est-ce qu'elle compte beaucoup, monsieur Carter?

John essaya de noyer le poisson mais, comme M. Sarotzini se montrait inébranlable, il finit par lui expliquer en détail les raisons qui les avaient incités à prendre cette décision. Il arriva au bout de son récit à peu près en même temps que de sa sole grillée.

M. Sarotzini, qui pendant ce temps-là mastiquait posément son turbot poché, lui demanda :

— Si je comprends bien, c'est votre enfance qui est la cause de tout ?

— Exactement.

— Votre père était un instable. Il buvait. Il a été chauffeur de taxi, coiffeur, il s'est acheté une épicerie, a fait faillite, est devenu représentant de commerce, a tout plaqué pour aller garder des moutons dans une île perdue de l'archipel des Hébrides. Et quand il est revenu chez vous, c'était un homme déçu et amer, qui soutenait que votre venue au monde avait fait de lui un esclave et démoli son ménage.

John avait la gorge nouée. La souffrance ne l'avait jamais complètement quitté. Au fil des années, il avait essayé d'oublier son enfance, puis de l'affronter, il avait même tâté de la psychanalyse, en pure perte.

— Et il a fini par se tuer en se jetant sous le métro.

À l'époque, John n'avait que quatorze ans, et il était interne dans une école de la banlieue de Londres. Le journal local avait parlé du suicide de son père. Dans les couloirs, les autres élèves le montraient du doigt en chuchotant ; quand il s'approchait d'un groupe dans la cour de récréation, tout le monde se taisait. Quand on a un père qui s'est jeté sous le métro, c'est un stigmate. On vous croit atteint de la même maladie mentale que lui.

« Ne traîne pas avec John Carter, sinon tu finiras sous le métro avec lui. »

Le banquier extirpa une arête de son poisson.

— Et votre mère ? demanda-t-il.

John n'avait aucune envie de lui parler de sa mère. Il se souvenait des cadeaux dont elle le couvrait et des épouvantables disputes qui l'opposaient à son père à ce sujet. Il se souvenait de la maquette d'Apollo 11, au temps où il était obnubilé par les premiers hommes sur la Lune. De son G.I. Joe. Des avions en kit, des encyclopédies, des Lego.

Les cadeaux de sa mère avaient été le centre de sa vie pendant toute son enfance. Ils lui tenaient lieu de frère et de sœur, de meilleur ami, d'ouverture sur le monde. Il restait claquemuré dans sa chambre, lisant, apprenant, travaillant à ses maquettes, vivant par procuration la vie d'aventures frénétiques de son G.I. Joe, faisant comme s'il n'entendait pas les halètements de sa mère et des hommes qu'elle recevait quand son père était absent, ni ses cris et ses imprécations les jours où elle faisait irruption dans sa chambre pour l'accuser d'avoir gâché sa vie. Pourquoi avait-il fallu qu'il naisse, brisant l'harmonie de son ménage ?

John, pour échapper à tout cela, se réfugiait dans des mondes imaginaires. D'abord ce furent les jeux auxquels on joue seul, puis les Donjons et Dragons, et pour finir les ordinateurs.

Il servit à M. Sarotzini une version un peu édulcorée des événements.

Quand on leur apporta le café, ils n'avaient pas une seule fois abordé les questions financières. M. Sarotzini jeta un coup d'œil à sa montre, une Cartier ultraplate à l'ancienne mode. John tendit la main pour prendre son porte-documents sous la table.

— J'ai apporté la photocopie de nos documents comptables, dit-il.

Le banquier sortit un petit distributeur en or massif de la poche de son gilet et fit tomber deux sucrettes dans sa tasse.

— Vous êtes très consciencieux, mais c'est vraiment superflu.

John le regarda, effaré. L'espoir qui l'avait animé jusque-là se dissipa d'un coup. Qu'avait-il fait de mal ? En avait-il trop dit, ou pas assez ? Ce brutal changement d'attitude de la part de M. Sarotzini était inexplicable. Pourquoi s'était-il contenté de l'interroger sur sa vie privée et son enfance ? Il ne pouvait quand même pas s'être déplacé uniquement pour cela.

Le banquier se tamponna la bouche de sa serviette, puis se leva. John le regardait en se demandant s'il avait vraiment toute sa tête. Rien en lui pourtant n'indiquait la moindre déficience mentale, et il avait une mémoire prodigieuse des chiffres.

Tandis que la Mercedes roulait en direction du bureau de John, M. Sarotzini resta muré dans un silence glacial. Quand John essaya de remettre sur le tapis la possible intervention de la banque Vörn, M. Sarotzini lui assena le coup de grâce. À bien y réfléchir, l'obstacle que représentait Zak Danziger était beaucoup plus gênant qu'il ne l'avait d'abord pensé, expliqua-t-il.

Après avoir pris congé de lui, John se sentit envahi d'un profond accablement. M. Sarotzini n'avait emporté aucun document. L'affaire ne l'intéressait plus du tout, c'était évident.

Le calendrier de l'ordinateur de son bureau lui apprit qu'il n'avait plus que onze jours devant lui. Demain, on serait samedi. Aurait-il le cœur d'aller faire son golf avec ses copains ? Lundi, il ne lui resterait plus que huit jours. Au comble de l'abattement, il décrocha son téléphone et forma le numéro d'Archie Warren.

Archie était à court de suggestions.

Chapitre 16

De toutes les parties de la maison, la cave était celle que Susan aimait le moins.

Comme la lourde porte était affaissée sur ses gonds, il fallait toujours batailler avec pour la décoincer. Susan poussa de toutes ses forces, la porte s'ouvrit en raclant le sol, et elle se retrouva face à un gouffre noir qui sentait l'eau croupie. Elle alluma la lumière et descendit l'escalier en rentrant la tête dans les épaules. Elle haïssait par-dessus tout ce plafond bas, couvert de toiles d'araignée, qui la rendait claustrophobe.

Elle se fraya un chemin au milieu d'un amas de bouteilles poussiéreuses, de vieux tuyaux, de cartons vides et de bouts de tôle rouillée, atteignit enfin le congélateur et en souleva le couvercle. La bordure en caoutchouc grippée par le froid émit un grincement sinistre et un souffle d'air glacial lui balaya le visage. Elle examina le contenu, en se maudissant intérieurement de n'avoir pas eu la bonne idée d'étiqueter les produits avant de les entasser là-dedans. Elle souleva ce qui semblait être un gigot surgelé, essayant de repérer le sac de grosses crevettes roses qui devait être là, quelque part. Elle sortit plusieurs autres paquets. C'était une tâche des plus simples, mais aujourd'hui le moindre effort lui était pénible.

L'inquiétude qui la taraudait l'empêchait de se concentrer sur ses occupations ordinaires. Ce soir, ils avaient du monde à dîner. En temps normal, Susan adorait recevoir, mais ce jour-là ça allait être pour elle une vraie corvée.

La veille au soir, John était rentré du bureau plus abattu que jamais. Le banquier suisse qu'il avait rencontré au banquet de l'Hôtel de Ville lui avait fait miroiter l'impossible, et Susan elle-même s'était mise à y croire après la victoire des outsiders sur lesquels il leur avait suggéré de miser. Mais une fois de plus ils s'étaient heurtés à un mur.

À l'autre bout de la cave, la chaudière se mit tout à coup à ronfler, et elle tressaillit. Les mains engourdies par le froid, elle poursuivit sa fouille. Alex et Liz Harrison seraient là ce soir. Alex, qui avait été le témoin de John à son mariage, était le directeur commercial d'une grande firme de logiciels, et John espérait lui extorquer le nom d'une boîte susceptible de racheter DigiTrak. Liz était avec Kate Fox, sa collègue de chez Magellan Lowry, la seule vraie amie de Susan en Angleterre.

Harvey Addison et sa femme Caroline venaient dîner aussi. Susan n'avait guère de sympathie pour le gynécologue, qu'elle trouvait suffisant et affecté, mais John tenait absolument à le caresser dans le sens du poil, car il comptait lui proposer une nouvelle association si DigiTrak capotait.

Susan supportait mieux Caroline, quoiqu'elle ne s'intéressât qu'à son nombril. Caroline était une assez jolie femme du genre poupée Barbie, dont la conversation se limitait aux dressings qu'elle était perpétuellement en train de se faire installer, aux régimes qu'elle suivait et aux prouesses de ses enfants chéris, auxquels elle vouait, comme à son mari d'ailleurs, une adoration de vestale banlieusarde. En cinq ans, Caroline Addison n'avait jamais posé la moindre question à Susan sur elle-même.

Comme tous les samedis matin, John était allé faire son golf, et Susan en était heureuse. Il avait bien besoin de se détendre, et ça lui permettait au moins de s'oxygéner pendant quelques heures. Après, il avait rendez-vous au bureau avec un syndic de faillite qu'Archie Warren lui avait recommandé. « Tu verras, lui avait dit Archie, il n'a pas l'air commode, mais c'est la crème des hommes. » Le syndic allait lui suggérer quelques trucs, histoire de l'aider à sauver les meubles. Rien d'illégal, lui avait juré John, mais il avait dit ça d'une telle manière que Susan avait conclu qu'il devait y avoir anguille sous roche.

John était aux abois, et ça lui faisait peur. Jusqu'à cette alerte, elle s'était toujours fiée à son jugement, mais maintenant elle craignait le pire. Elle sentait qu'il était capable de faire des bêtises. Peut-être même d'attenter à ses jours.

Naguère, John et elle se parlaient toujours à cœur ouvert, mais depuis quelque temps la communication ne passait pour ainsi dire plus entre eux. Hier soir, il avait encore fait des excès de boisson, et quand Susan avait essayé de lui suggérer de prendre les choses autrement, il s'était mis à lui aboyer dessus avant de s'endormir devant la télé.

On peut être détruit ou gravement déformé par une enfance difficile, mais certains êtres y puisent de la force. L'enfance de John l'avait rendu fort. L'échec de son père lui avait donné une formidable soif de réussite, une formidable envie de prouver au monde qu'il n'était pas un raté congénital. Il s'était toujours battu jusqu'au bout, alors que, à présent, il semblait sur le point de baisser les bras. Susan ne l'avait jamais entendu parler comme hier soir. Il voulait en finir, on sentait que ce serait une délivrance pour lui, et c'était très inquiétant.

En un sens, Susan aurait été soulagée aussi que tout cela s'arrête. John pourrait repartir de zéro. Bien sûr, il lui faudrait du temps pour se remettre à flot, si toutefois il y parvenait complètement. Quitter cette maison allait lui fendre le cœur mais, s'il fallait le faire, elle le ferait. Le seul point noir, c'était Casey.

Si au moins son poste à elle n'avait pas été menacé.

Quand John lui avait demandé de l'épouser et de venir vivre à Londres avec lui, elle n'avait hésité à quitter Los Angeles qu'à cause de Casey.

Pour Susan, le rêve hollywoodien cousu de paillettes n'évoquait que des images tragiques. Son père, acteur de complément qui n'avait pas décroché un seul rôle en trente ans, s'était retrouvé pompiste à Marina del Rey, où il passait ses journées à faire le plein des yachts et des hors-bord appartenant à des gens riches et célèbres (ou à des petits-bourgeois prospères). À l'âge de cinquante ans, il s'était mis à l'aquarelle et rêvait à présent d'être découvert, sinon comme acteur, du moins comme artiste. Mais Susan savait bien qu'il n'arriverait à rien. Non qu'il soit dépourvu de talent, loin de là. Ce qui lui faisait désespérément défaut, c'était la rage de réussir.

Sa mère, dont le grand moment cinématographique avait été une brève apparition dans *L'Inspecteur Harry* (on la voyait dans un ascenseur aux côtés de Clint Eastwood, mais le plan avait été sacrifié quand on avait remonté le film pour la télé), travaillait comme caissière aux studios Universal, et ne rêvait plus depuis belle lurette.

Casey, gamine turbulente, pleine de vie, d'une beauté renversante, venait de fêter ses quinze ans lorsqu'elle avait ingéré une pilule d'ecstasy mal dosée pendant une soirée d'adolescents. Depuis, elle gisait sur un lit de clinique, réduite à l'état de légume. Les médecins avaient offert d'interrompre l'alimentation artificielle, mais sa mère ne voulait pas en entendre parler, et Susan et son père, faisant taire leurs réticences, s'étaient alignés sur la même position.

Susan se sentait responsable de ce qui était arrivé à sa sœur. Ses parents et ses amis avaient eu beau lui répéter que ce n'était pas sa faute, la culpabilité n'avait jamais cessé de la ronger. Alors que leurs parents s'étaient absentés l'espace d'un week-end, Casey avait été invitée à une soirée, et Susan n'était pas très chaude pour la laisser sortir, mais elle avait fini par céder aux supplications de sa sœur, qui lui avait promis qu'elle rentrerait de bonne heure.

Depuis, elle battait sa coulpe.

Durant les cinq années suivantes, Susan était allée voir Casey chaque jour. Elle restait assise à son chevet, lui parlait, lui passait ses disques de rock préférés. Peu à peu, ses visites s'étaient espacées. D'une heure par jour, elle n'était plus venue qu'une heure tous les deux ou trois jours, puis une heure par semaine.

Depuis qu'elle s'était installée en Angleterre, elle ne voyait plus sa sœur que deux fois l'an. Pour s'en consoler, elle se disait que seul l'argent que John et elle gagnaient en Angleterre permettait à Casey de rester dans sa luxueuse clinique privée de Pacific Palisades. Autrement, elle aurait fini par échouer dans un hôpital d'État. À présent, Susan se rendait compte qu'elle risquait de ne plus pouvoir venir en aide à Casey, et rien que d'y penser elle en était malade.

Elle trouva enfin les crevettes, au fond du dernier tiroir. En remettant de l'ordre dans le congélateur, elle pensa tout à coup à ce que c'était qu'avoir des enfants. Alex et Liz Harrison en avaient quatre, deux garçons et deux filles, chacun né à trois ans d'intervalle. Liz était une mère parfaite, attentive, intelligente, jolie, pleine de fantaisie. Susan, qui s'était toujours méfiée des êtres parfaits, fut prise d'un accès de haine virulente, totalement irrationnelle, envers son amie.

Sous la haine, il y avait de la frustration.

Une vieille ennemie, que Susan connaissait bien, car elle revenait la visiter régulièrement, une fois tous les deux ou trois mois peut-être. Chaque fois, elle parvenait à la faire taire, en raisonnant avec elle-même. Mais elle finissait toujours par resurgir.

Une fois de plus, elle eut recours aux mêmes vieux arguments éculés. Elle se dit que le monde n'était déjà que trop peuplé, que les enfants tuent toute passion dans un ménage, qu'ils réduisent leurs parents en esclavage, qu'ils coûtent une fortune, et que de toute façon rien ne prouvait que John et elle arriveraient à en avoir si le désir leur en venait. Elle s'était constitué tout un arsenal de justifications, dont pas une seule ne tenait debout.

Elle aimait John, et John ne voulait pas d'enfants. C'était la seule vraie raison. Et puis il y avait son travail, qu'elle aimait aussi. Même si elle avait voulu avoir des enfants, où aurait-elle trouvé le temps de s'en occuper ? D'ailleurs, elle n'avait que vingt-huit ans. Elle avait toute la vie devant elle. Qui sait, peut-être que John changerait d'avis ? Peut-être qu'avec le temps elle le ferait changer d'avis. Ou qu'elle en changerait elle-même, que cette idée cesserait de la travailler.

Vu leur situation présente, comment auraient-ils pu penser à faire des enfants ? Pourtant, elle y pensait bel et bien. Et même avec une force inaccoutumée.

Juste au-dessus d'elle, la sonnette de la porte de devant retentit, interrompant le cours de ses réflexions. Qui cela pouvait-il être ? Harry, le peintre en bâtiment ? Il avait promis de passer avec un ouvrier pour effectuer de menues réparations, remettre en état la porte de la cave, notamment. Ah non, c'est vrai, il était parti à la campagne. Il ne viendrait que samedi prochain.

Susan remonta l'escalier quatre à quatre. Au moment où elle arrivait dans l'entrée, la sonnette retentit de nouveau. En posant la main sur la poignée, la mémoire lui revint brusquement.

Le colosse à l'air un peu demeuré, en uniforme des télécoms, était debout sur le seuil, une boîte à outils dans une main, un gros paquet entouré de papier kraft dans l'autre. Sa camionnette était garée le long du trottoir, derrière la Clio de Susan.

—Je ne vous dérange pas? demanda-t-il.
—Pas du tout.
—Je me disais que vous aviez peut-être oublié.
—Non, c'est simplement que…

Elle s'aperçut qu'elle avait toujours le sac de crevettes surgelées à la main.

—J'étais à la cave, excusez-moi. Mais je n'avais pas oublié, non. Vous devez nous installer une nouvelle carte de périphérique, ou quelque chose dans ce goût-là, je ne sais pas si c'est le bon terme.
—C'est exactement le bon terme, dit Kündz en souriant.

C'était une joie pour lui d'être si près d'elle, de humer de nouveau son odeur. Cette fois, il n'y avait pas de relent de sperme, et il en fut heureux. À en croire ce que ses narines lui disaient, elle n'avait pas fait l'amour avec son mari depuis sa dernière visite, et il aurait voulu l'en récompenser aussitôt, ici, sur le pas de la porte, avant même d'entrer dans la maison. Ah, si seulement il avait pu.

Tu as été sage, ma Susan chérie.

Chapitre 17

« Le docteur Touvamal a bien besoin qu'on lui fasse un peu plaisir. Des trois cases que vous voyez sur l'écran, une seule lui fera plaisir. Si vous cliquez l'une des deux autres, il trépignera, éclatera en sanglots et actionnera le levier qui ouvrira une trappe sous vos pieds. La trappe vous précipitera dans un égout nauséabond, et vous serez pris au piège d'un dédale de tunnels infestés de rats monstrueux et de crocodiles mangeurs d'hommes.

L'une des cases apprend au docteur Touvamal que ce matin, à la récré de 10 heures, vous avez mangé une barre chocolatée. La deuxième, que vous avez mangé des chips. La troisième, que vous avez mangé une pomme. Si vous cliquez la case "pomme", il ne se tient plus de joie. Ses yeux s'illuminent, il remue les oreilles, entonne une petite chanson, et se met à faire des gambades. »

— Qu'en penses-tu ? demanda Gareth.

Puis avant que John ait eu le temps de répondre, il ajouta :

— Ça commence à prendre forme, tu ne trouves pas ?

— Je crois qu'il y a un os, dit John, et sans se laisser intimider par l'expression maussade et hostile qui s'était aussitôt formée sur le visage de son associé il continua : Si j'étais un enfant, je serais plus attiré par l'égout que par les simagrées du docteur Touvamal. Franchement, je trouve ça plutôt préoccupant.

— On pourrait l'améliorer, bien sûr, dit Gareth, mais ça retarderait le lancement, et on n'a déjà que trop traîné.

Avec une pointe d'acrimonie dans la voix, il ajouta :

— Les profs à qui on a fait lire notre avant-projet ne sont pas du tout du même avis que toi.

John était debout devant un des ordinateurs de la grande salle de travail. Vingt-cinq de ses employés planchaient autour de lui. En temps normal, il serait allé les saluer tour à tour, avec un mot aimable pour chacun. Aujourd'hui, il n'osait même pas les regarder. Et il n'était pas non plus d'humeur à se chamailler avec Gareth.

Cliff Worrols, un jeune chevelu au nez chaussé de petites lunettes rondes à fine monture, vêtu du tee-shirt et du jean qui constituaient la tenue de bureau habituelle chez DigiTrak, levait sur lui des yeux angoissés. Il s'était donné beaucoup de mal sur la conception graphique du logiciel Touvamal, et quêtait l'approbation de John. De la tête, John lui adressa un signe d'assentiment. C'était un logiciel à vocation pédagogique, visant à inculquer aux enfants les principes de l'alimentation saine. John se rendait compte de ses lacunes, mais il avait d'autres chats à fouetter. On était mercredi. Il ne lui restait plus que six jours de sursis, et il avait décidé de mettre Gareth au courant aujourd'hui, à l'heure du déjeuner.

Il faudrait aussi qu'il l'informe de son entrevue avec le syndic de faillite, et du plan de sauvetage qu'avait proposé celui-ci. Pour que le plan marche, il faudrait qu'ils fournissent quelques factures bidon, qu'ils changent quelques dates par-ci par-là, ce qui reviendrait à arnaquer quelque peu leurs créanciers. John craignait que Gareth trouve à y redire, car son associé était d'une honnêteté pointilleuse, qui confinait à la niaiserie pure.

S'il voulait emporter le morceau, il devait absolument insister sur un point crucial : il fallait s'assurer d'un minimum de disponibilités, car c'était leur seule chance de redémarrer et de faire face à au moins une partie de leurs créances – auxquelles John n'avait nullement l'intention de se dérober.

Son regard se posa de nouveau sur l'écran de l'ordinateur, puis sur les visages inquiets de Gareth et de Cliff.

Le téléphone se mit à bourdonner. Worrols décrocha, et se tourna vers John :

— C'est Stella. Un appel pour toi.

John prit l'écouteur, et Stella lui annonça que M. Sarotzini demandait à lui parler. John eut l'impression que le plancher se mettait à rouler et à tanguer sous ses pieds.

— Je le prends dans mon bureau, dit-il. Je te retrouve à 13 heures, Gareth. C'est du beau boulot, Cliff.

Sur quoi il quitta la pièce précipitamment.

Quand il décrocha le téléphone de son bureau, à l'abri des oreilles indiscrètes, l'image du banquier se confondait résolument dans son esprit avec celle du docteur Touvamal.

— Monsieur Carter ? Vous allez bien, j'espère ?

M. Sarotzini semblait d'humeur plus guillerette que le vendredi précédent. Sa voix évoquait davantage le convive sympathique et affable du banquet des Carmichael que l'individu sec et froid avec qui il avait déjeuné à Mayfair. Néanmoins, John avait les nerfs à fleur de peau.

— Oui, merci. Et merci encore de ce merveilleux déjeuner. C'était si aimable de m'accueillir à votre club.

Il avait adressé un mot de remerciement à la boîte postale dont le numéro figurait sur la carte de visite du banquier, mais l'avait-il reçu ? Il n'en savait rien. En tout cas, M. Sarotzini n'y fit pas la moindre allusion.

— Tout le plaisir a été pour moi. J'ai été enchanté de vous revoir et de faire un peu plus connaissance avec vous. C'est un lieu tellement intime. Il y a si peu d'endroits où l'on peut converser à l'aise, n'est-il pas vrai ?

— En effet, dit poliment John, qui, en son for intérieur, bouillait d'impatience.

M. Sarotzini allait-il cesser de tourner ainsi autour du pot ? À en juger par son ton, il y avait de l'espoir.

— Avez-vous avancé dans votre recherche de financement, monsieur Carter ?

— Nous avons éveillé un certain intérêt, mentit John, qui avait toutes les peines du monde à empêcher sa voix de trembler. Sans rien de concret pour l'instant.

— Oh.

Il y eut un long silence. John attendit que M. Sarotzini ajoute quelque chose, mais le silence s'éternisait.

— Avez-vous, euh… besoin d'autres renseignements ? demanda-t-il en cherchant désespérément une amorce quelconque.

— Non, à ce stade-là c'est inutile. J'ai informé mes collègues de la situation, et avant d'aller plus loin je voulais m'assurer que vos desiderata n'avaient pas changé.

— Non, ils n'ont pas changé, dit John.

Son cerveau tournait à toute vitesse. « Avant d'aller plus loin. » Cette phrase lui semblait riche de promesses. Que dire de plus à M. Sarotzini ? Avait-il omis quelque chose d'important vendredi dernier ? Y avait-il un élément nouveau ?

— À vrai dire, depuis notre dernière conversation, nous avons fait certaines avancées, qui pourraient peut-être vous intéresser.

— Ah bon ? Je vous écoute.

— Voyons, est-ce que je vous avais parlé de notre projet avec Microsoft ? Nous sommes sur le point de passer un accord de distribution absolument fumant. Pour la version enfantine de notre logiciel de médecine familiale. Ils nous ont rappelés lundi. Il est question de l'intégrer à un de leurs programmes Internet, qui s'appelle *Médecine à la carte*.

Apparemment, tout cela ne disait pas grand-chose à M. Sarotzini.

— Bravo, dit-il. Voilà qui me paraît fort encourageant.

Il marqua une assez longue pause.

— Donc, vos desiderata n'ont pas varié depuis la dernière fois ?

— Pas du tout.

— Rien de nouveau, côté procès ?

— Hélas ! non.

— Si vous le voulez, monsieur Carter, je reprendrai contact avec vous dans quelques jours.

M. Sarotzini ne se décidait toujours pas à appeler John par son prénom, et cette retenue contrastait bizarrement avec la jovialité de sa voix.

— Le délai que m'a fixé la banque expire mardi prochain, dit John.

— J'en suis conscient, bien entendu, dit le banquier d'un ton de doux reproche. Comment aurais-je pu oublier cette date fatidique ? Merci cependant de me l'avoir rappelée. Votre obligeance me permettra de vous secourir encore mieux. D'ici à mardi, vous entendrez de nouveau parler de moi.

Là-dessus, la panne. Il n'y avait plus rien au téléphone.

John regarda le combiné avec des yeux ronds, puis il le replaça sur son support. Il resta un moment immobile, passant mentalement la conversation au crible. Le fait que M. Sarotzini l'ait appelé était déjà en soi un point positif. Depuis que le banquier s'était déclaré préoccupé par l'affaire Danziger, John s'était dit qu'il ne se manifesterait plus.

Une onde d'optimisme monta en lui, et il appela Susan pour lui dire que tout n'était peut-être pas perdu. Comme elle était en rendez-vous, elle ne put lui parler qu'à demi-mot, mais son soulagement était perceptible. Après avoir raccroché, il décida que, tout compte fait, il valait mieux ne rien dire à Gareth tant que M. Sarotzini ne l'aurait pas rappelé.

S'il le rappelait.

Il le rappellerait, John en avait l'intuition. Et cette fois, il en était sûr, ce ne serait pas pour l'envoyer sur les roses, mais pour lui proposer quelque chose.

Ce soir-là, il proposa à Susan d'aller dîner au petit restaurant thaïlandais de leur quartier.

Le patron les reçut comme de vieux amis et, après leur avoir offert à chacun un cocktail bien tassé, passa la soirée à leur faire déguster de nouveaux plats de son invention. Le repas achevé, ils eurent encore droit à deux généreux pousse-café, cadeaux de la maison.

Ils sortirent du restaurant un peu avant minuit, ivres, hilares, gavés comme des oies. En arrivant devant chez eux, John se mit à marcher de long en large sur le trottoir en imitant cruellement la démarche dandinante du petit Thaïlandais : « Goûtez ça, tlès tlès bon, clevettes veltes au lait de coco ! »

Susan, malade de rire, le força à s'arrêter et l'entraîna vers la porte. Dans la chambre, ils se déshabillèrent avec des gestes tremblants, abandonnant leurs vêtements sur le plancher, et firent l'amour pour la première fois en presque quinze jours.

Kündz, qui avait dissimulé une caméra vidéo dans le plafond de leur chambre le samedi précédent, contemplait leurs ébats en silence sur le moniteur de sa mansarde, avec un mélange d'excitation et de colère.

Les voir se faire un soixante-neuf, avant que John Carter se couche de tout son long sur Susan pour s'accoupler à elle, stimulait sa libido, évidemment. Mais c'était une souffrance que de voir John Carter faire l'amour à sa promise. Kündz avait mal en voyant les mimiques de Susan, en la regardant mordiller l'oreille de son mari, en l'entendant haleter, gémir de plaisir.

Sa volupté était visiblement intense, et Kündz en souffrait.

Susan renversa John sur le dos et se mit à cheval sur lui. L'expression du visage de son rival était intolérable pour Kündz. Pourtant, il continua à regarder. Carter, la tête rejetée en arrière, la bouche grande ouverte, émit une suite de jappements brefs et aigus qui ressemblaient à des rires, et qui allèrent crescendo jusqu'à l'orgasme.

Quand Kündz éteignit enfin son moniteur, il en avait gros sur le cœur. Il espérait que M. Sarotzini allait bientôt lui permettre de prendre sa revanche sur John Carter.

Ce soir-là, Kündz avait tout de même une petite consolation. Près de lui, sur la table, à côté des vestiges de Kentucky Fried Chicken et des boîtes de Coca vides, était posée une enveloppe blanche oblitérée en Suisse. Dans l'enveloppe, il y avait un cadeau pour lui.

M. Sarotzini avait parfois des gestes comme celui-ci. Au moment où Kündz était sur le point de sombrer dans la dépression, M. Sarotzini lui donnait un petit coup de pouce. Ce qui ne faisait que le conforter dans l'idée que M. Sarotzini était toujours présent dans sa tête, attentif à ses humeurs, sentant venir le découragement.

Lissant l'enveloppe du doigt, Kündz se mit à fredonner tout bas entre ses dents.

Chapitre 18

La scène s'ouvrit, de hautes flammes jaillirent et Don Giovanni fut précipité en enfer. Kündz souriait jusqu'aux oreilles.

L'enfer.

Il se rappelait les vers de T.S. Eliot, poète dont M. Sarotzini lui avait fait étudier l'œuvre :

> *Qu'est-ce que l'enfer ? L'enfer, c'est soi-même,*
> *L'enfer est solitude, et les autres ne sont que des ombres.*
> *Il n'y a rien à fuir,*
> *Il n'y a rien pour fuir. On est toujours seul*[1].

Don Giovanni continuait à chanter, à se lamenter, tandis que les flammes de l'enfer le happaient. Tout seul. La voix tonitruante du ténor emplissait l'immense amphithéâtre. Ah, quelle musique sublime. Kündz était aux anges. Il occupait à Glyndebourne une loge où douze personnes eussent tenu à l'aise, mais qui ce soir était réservée à son plaisir solitaire.

---

1. T.S. Eliot : *La Cocktail-Party*, acte I, scène 3, traduction de Henri Fluchère, Paris, Éditions du Seuil, 1952.

Si Susan Carter avait été avec lui, elle aurait été heureuse. Il sourit de plus belle, s'abandonnant au niagara musical qui déferlait sur lui. Oh, comme elle aurait été heureuse ! Il faisait doux, et l'air était chargé des odeurs de toutes ces femmes en robe du soir. Elles ne sentaient pas aussi bon que Susan Carter, mais ce soir Kündz s'en faisait une raison. Ce soir, Mozart suffisait à son plaisir. Encore un peu de temps, et il pourrait jouir de Susan Carter jusqu'à plus soif.

Un homme qui tenait toujours parole le lui avait promis.

« *Beauté est Vérité, Vérité Beauté. Voilà tout ce que l'on sait sur terre, et c'est tout ce qu'il faut savoir.* » Keats. *Ode sur une urne grecque.* Kündz s'en souvenait aussi. C'est M. Sarotzini qui lui avait fait connaître Keats.

M. Sarotzini lui avait fait connaître tant de belles choses. Les joies sublimes de la musique classique, l'infinie richesse de la grande peinture, les délices de la gastronomie. Et M. Sarotzini lui avait aussi enseigné la sagesse. Il se souvenait d'un film qu'il avait vu un jour dans la salle de projection privée du château. Au moment où Orson Welles et Joseph Cotten se retrouvent dans une cabine de la grande roue, en plein ciel, au-dessus du Prater, le lunapark de Vienne, M. Sarotzini avait arrêté le projecteur, lui avait dit d'écouter très attentivement, puis il avait remis le film en route.

Orson Welles, qui jouait le rôle de Harry Lime, se tournait vers un Joseph Cotten au visage contracté par une colère rentrée, et lui disait : « Sous les Borgia, l'Italie a subi trente années de guerre, de terreur et de massacres sanglants, mais il en est sorti Michel-Ange, Léonard de Vinci et la Renaissance. La Suisse a vécu cinq siècles dans la fraternité, la démocratie et la paix, et qu'en est-il sorti ? Le coucou suisse. »

À cet endroit, M. Sarotzini avait de nouveau arrêté la projection, s'était tourné vers Kündz et lui avait demandé : « Tu as compris ? » Kündz, qui pour rien au monde n'eût osé lui mentir, lui avoua que non, à quoi M. Sarotzini répondit qu'il finirait par comprendre un jour.

Pendant que le rideau tombait, Kündz baissa les yeux sur le parterre. Le public applaudissait à tout rompre. Des gens se levèrent, et il les imita, frappant dans ses mains en cadence, comme eux, pour le rappel, criant : « Bis ! Bis ! » en même temps qu'eux. Il s'imagina qu'il était dans la cabine, en plein ciel, au-dessus du Prater, qu'il était Joseph Cotten et qu'il écoutait les paroles de Harry Lime.

Au-dessous et autour de lui, le public trépignait, scandait des vivats.

Kündz se joignit au chœur, et tout à coup des larmes de joie lui jaillirent des yeux, ruisselant le long de ses joues. Il pleurait parce que la musique était sublime, parce qu'elle avait réveillé en lui de puissantes émotions, et à cause du secret magnifique qu'il portait en lui, au fond de son cœur. Secret qu'il aurait voulu partager avec la foule que la splendeur de la musique avait enthousiasmée comme lui. Il aurait voulu monter sur la scène, les faire taire d'un geste et leur crier : « Le grand moment est proche ! Tout proche ! »

Mais M. Sarotzini ne le lui aurait jamais pardonné.

Aussi, il se contenta de les regarder, tandis qu'ils applaudissaient, délirants d'enthousiasme et de ferveur. Bien peu de spectateurs remarquèrent ce géant solitaire debout dans sa loge, et aucun ne soupçonna la véritable nature de la joie qui l'illuminait.

Ils ne savaient pas qu'il avait dans sa poche l'enveloppe blanche qui avait contenu le billet grâce auquel il avait accédé à cette loge. Et que recevoir une enveloppe blanche de M. Sarotzini était un insigne honneur.

Quelques instants plus tard, Kündz se fraya un chemin à travers la foule qui se bousculait vers les issues. Ceux qui le remarquèrent ne virent qu'un homme en smoking, de très haute taille, à la carrure de joueur de football américain, un étranger, probablement. Ils ne se doutaient pas que la musique de Mozart lui résonnait encore dans la tête d'une manière bien particulière. Ils ne savaient rien de l'enveloppe blanche au fond de sa poche. Ils ignoraient tout de ses pensées, du savoir qu'il portait en lui, de son secret.

Quelle chance pour eux qu'ils soient si innocents.

C'est ce que se disait Kündz tandis qu'il croquait le marmot à l'entrée de l'auditorium en attendant la Mercedes noire de M. Sarotzini.

Chapitre 19

Le vent ébouriffait les cheveux de John, et les embruns éclaboussaient ses lunettes de soleil. Fendant de sa proue l'eau bleue et transparente du Solent, le hors-bord d'Archie fonçait vers les remparts du fort de la Reine, à l'entrée du port principal de l'île de Wight. Les deux moteurs jumeaux produisaient un bourdonnement monotone et régulier, entrecoupé de claquements bruyants lorsqu'ils croisaient le sillage d'un autre bateau.

Archie s'était mué en une version aquatique de Mister Toad. Vêtu d'une chemisette à motifs de cordages, le nez chaussé de ses minuscules lunettes de soleil ovales, il trônait derrière son gouvernail, entouré d'une invraisemblable batterie de cadrans et de moniteurs, qui évoquaient plus un vaisseau intergalactique à la *Star Trek* qu'un modeste bâtiment de plaisance.

Derrière eux, sur le pont luxueusement capitonné de tissu éponge blanc, Susan et la petite amie d'Archie, Pilar, une ravissante Espagnole brune qui exerçait la profession de modèle, se doraient au soleil, les seins à l'air.

Archie plongea deux doigts dans son gin tonic, en sortit un glaçon et le jeta sur Pilar. Le glaçon fit mouche, la frappant exactement au nombril. Elle se redressa brusquement, cracha : « *Hijo de puta !* » et renvoya le projectile en y mettant toute sa force. John baissa la tête, évitant de justesse le glaçon, qui s'écrasa sur le pare-brise. Susan s'était-elle endormie ? Il n'aurait su le dire, ses yeux étant masqués par ses lunettes noires. Pilar lui adressa un geste d'excuse et, après y avoir répondu d'un sourire, il se retourna vers la mer, et se remit à contempler le paysage écrasé sous la lourde chaleur de l'après-midi de juin.

Il y avait des bateaux à perte de vue, des voiliers surtout, les uns isolés, d'autres alignés pour une régate. Ils étaient tous immobiles, leurs voiles pendant piteusement, dans l'attente d'une brise qui ne se décidait pas à se lever.

Il discerna en un éclair la silhouette d'un fortin. Une âcre odeur d'iode et de goémon, mêlée d'une pointe d'ozone, lui chatouillait les poumons, et une seule idée l'obsédait : demain on serait lundi, et M. Sarotzini ne l'avait toujours pas rappelé.

— Alors, dit tout à coup Archie, ton copain helvète, Sarotzini, il t'a lâché ou quoi ?

— Il était censé me rappeler avant la fin de la semaine, dit John.

— Je me suis livré à une petite enquête sur sa banque, dit Archie.

— Tu as fait ça ? dit John, estomaqué.

— Eh oui. Elle s'appelle bien la banque Vörn ? *V, o* tréma, *r, n,* c'est ça ?

— Oui. Merci, au fait. Qu'as-tu découvert ?

— J'ai fait chou blanc.

— Quoi, chou blanc ?

— J'ai trouvé que pouic. Mais ça ne prouve rien, bien sûr. « Vörn », ce n'est peut-être qu'une simple enseigne. Si ça se trouve, ils sont inscrits sous un autre nom au registre du commerce.

Ils croisèrent le sillage d'un ferry, et le hors-bord se mit à faire des bonds. Les embruns obscurcirent complètement les lunettes de John. Il les ôta et les essuya tant bien que mal sur son tee-shirt trempé.

— La moitié des banques avec lesquelles je traite n'existent que sur le papier, expliqua Archie. Quand on essaie de remonter la filière, on se retrouve avec des administrateurs fantômes domiciliés au Liechtenstein, qui représentent d'autres administrateurs fantômes domiciliés au Panama, eux-mêmes hommes de paille de la succursale d'une société-écran dont le siège est aux îles Caïmans. C'est la technique qu'emploie habituellement la mafia quand elle a des fonds à blanchir.

John fronça les sourcils.

— Tu crois qu'il pourrait s'agir de mafieux ?

— Et toi, qu'en penses-tu ? répondit Archie en sortant une cigarette de son paquet.

Il lâcha le volant pour prendre son briquet dans l'un des casiers du tableau de bord. Le bateau fit une brutale embardée, et Archie braqua subitement pour redresser, ce qui causa un fort roulis. Le verre de John déborda, lui éclaboussant les cuisses de gin tonic.

— Ça ne m'était pas venu à l'idée, dit-il.

— Drôle de pistolet, ce Sarotzini. Avec un nom pareil, il doit être italien, au moins d'origine.

— Peut-être. Je n'en sais rien. Je le croyais suisse. Son accent est plus allemand qu'italien.

— Avec lui aussi, j'ai fait chou blanc. Son nom ne dit rien à personne.

— Ça te paraît suspect ?

— Il y a des grossiums qui préfèrent rester incognito. Peut-être que ce n'est pas son vrai nom. Ce n'est peut-être qu'un pseudonyme. Tu ne lui as pas posé la question ?

— Bien sûr que si, dit John, caustique, en avalant une lampée de gin tonic. C'est comme ça que je l'ai abordé, Arch : « Pourriez-vous me prêter un million de livres, et au fait c'est votre vrai nom, Sarotzini ? »

Archie poussa un grognement. Un voyant orange s'était mis à clignoter sur un de ses écrans, lui faisant perdre le fil de la conversation.

— Qu'est-ce que ça veut dire, merde ? éructa-t-il en tripotant diverses manettes.

Il enfonça une touche pour obtenir un écran d'aide dans lequel il s'absorba.

— Fais le guet pendant ce temps-là, dit-il à John.

— Compte sur moi.

John ne quittait pas des yeux la mer devant eux. À la vitesse où ils allaient, un voilier était vite rattrapé.

Sans quitter son écran des yeux, et tout en manipulant d'autres commandes, Archie reprit :

— J'ai un client arabe qui pense sérieusement à investir dans la haute technologie. C'est pas tout à fait ton secteur, mais sait-on jamais ? Je lui ai fait tout un boniment à ton sujet.

— Merci, t'es sympa. Est-ce qu'il a mordu ?

Archie eut une brève hésitation.

— Pas vraiment, non. Mais il n'a pas vraiment baissé le rideau de fer non plus. On a encore une petite chance. Comment ça s'est passé avec Big Jim ?

C'était le surnom du syndic de faillite avec qui Archie l'avait mis en contact. Big Jim l'avait aidé à fabriquer un gros paquet de fausses factures antidatées, que John avait soigneusement classées après leur avoir apposé sa signature. C'était la première fois de sa vie qu'il fraudait, et ça lui fichait un trac sérieux, bien que le syndic lui ait juré ses grands dieux que tout ça était on ne peut plus normal, que toutes les sociétés en dépôt de bilan avaient recours à des subterfuges de ce genre.

L'Arabe d'Archie semblait si peu prometteur que John soupçonnait son ami de n'en avoir parlé qu'histoire de lui remonter un peu le moral. La perspective de ce qu'il aurait à affronter le lendemain et pendant le reste de la semaine le plongeait dans une véritable terreur. Avant de tout avouer à Gareth et à son équipe, il allait faire une ultime tentative de conciliation avec Zak Danziger. Il avait demandé à son avocat d'organiser une rencontre lundi matin, pour essayer de convaincre Danziger que ça ne l'avancerait à rien de mettre DigiTrak sur la paille.

La perspective de cette réunion ne l'enchantait pas non plus. À l'exception de Clake, Danziger était l'être le plus détestable qu'il ait jamais rencontré.

— Ah, j'ai compris! s'écria soudain Archie. Le clignotant orange, c'était un avion qui passait au-dessus de nous.

— Ouf! tu me rassures, dit John.

Archie lui lança un regard en coin pour voir s'il se payait sa tête ou s'il était sérieux.

En temps normal, John arrivait toujours au bureau à 8 heures tapantes, mais ce lundi-là il mit un temps fou pour s'habiller. Susan lui avait souhaité bonne chance avec des trémolos dans la voix et, pour une fois, avait quitté la maison avant lui.

Comme les rues étaient encore plus embouteillées à cette heure-là, il n'arriva au bureau qu'à 9 h 15, et ce fut pour s'entendre annoncer par Stella que M. Clake avait cherché à le joindre et le priait de le rappeler de toute urgence.

— Qu'il aille au diable! aboya John, la faisant sursauter.

Il claqua la porte derrière lui, s'installa à son bureau et alluma son ordinateur. En plus des lettres entassées devant lui, il avait reçu beaucoup de courrier électronique, qu'il n'avait pas envie de lire non plus. Son dos et ses épaules lui cuisaient, car il avait pris un coup de soleil la veille sur le bateau d'Archie.

Pourquoi Clake cherchait-il à le joindre ? Pour lui rappeler qu'il ne lui restait plus que quarante-huit heures avant l'expiration de son ultimatum ? Comme s'il avait pu l'oublier ! Ou simplement pour le faire enrager ? Quand sa fureur fut un peu retombée, il appuya sur le bouton de l'Interphone et demanda à Stella d'appeler le banquier et de le lui passer.

Quand il eut Clake au bout du fil, il eut du mal à reconnaître l'odieux personnage avec qui il avait discuté un mois auparavant.

— Ah, monsieur Carter, roucoula-t-il. Quelle excellente nouvelle !

John se demanda si Clake ne le confondait pas avec un autre Carter. Pour lui, la seule excellente nouvelle eût été que Clake soit à l'article de la mort ou qu'on l'ait muté dans une autre agence. Que pouvait-il avoir en tête ?

— Pardon, mais de quelle nouvelle s'agit-il ? demanda-t-il, circonspect.

— Je parle de la banque Vörn, évidemment, dit Clake. Du million et demi de livres.

C'est lui à présent qui semblait un peu interloqué.

John avait entendu ses paroles, mais il mit un moment à en saisir pleinement le sens. Tout à coup, son cœur se mit à battre très fort.

— La banque Vörn ? balbutia-t-il à la fin.

— Vous n'allez pas me dire que vous n'étiez pas au courant ? fit Clake d'une voix soudain moins amène.

— Bien sûr que si, improvisa John. J'étais en pourparlers avec eux, mais…

Ne sachant pas trop comment continuer, il s'interrompit. L'excitation lui brouillait un peu les idées.

— Je ne m'attendais pas à ce que les fonds arrivent aussi vite.

— M. Sarotzini m'a donné des consignes précises. La banque Vörn de Genève a viré une somme d'un million cinq cent mille livres sur un compte provisoire qui restera bloqué chez nous quelque temps en attendant d'être transféré sur celui de DigiTrak après qu'un certain nombre de formalités auront été réglées. Ils nous ont prévenus que ce transfert aurait lieu d'ici à la fin de la semaine. Étant donné les circonstances, il va de soi que je suis prêt à vous accorder un répit de quelques jours, si besoin est.

John avait du mal à en croire ses oreilles. Si M. Sarotzini avait été là, il l'aurait volontiers embrassé. Il avait les larmes aux yeux, la gorge serrée. Il avala sa salive et s'efforça de maîtriser ses émotions, afin que Clake ne se rende pas compte qu'il tombait complètement des nues.

— Merci, monsieur Clake, bredouilla-t-il. C'est très aimable à vous de m'accorder ce nouveau délai.

— Une banque ne peut être heureuse de voir un de ses bons clients mettre la clé sous la porte, dit Clake. Croyez-moi, monsieur Carter, cette péripétie me réjouit autant que vous.

— Je n'en doute pas, dit John, sans s'offusquer de sa duplicité car, à présent, il éprouvait envers lui presque autant de gratitude qu'envers M. Sarotzini.

Dès qu'il eut raccroché le téléphone, l'Interphone bourdonna et Stella lui annonça que M. Sarotzini le demandait.

— Ma banque vient de m'appeler, lui dit John. Merci, je vous dois une fière chandelle.

M. Sarotzini se montra poli, mais curieusement froid.

— Monsieur Carter, nous n'avons effectué ce dépôt que pour vous prouver notre bonne volonté, dit-il. Il vous reste encore à accepter nos conditions.

John fit à peine attention à ce qu'il disait. Il pensait à la tête qu'allait faire Susan quand il lui apprendrait la bonne nouvelle, à Gareth et à ses autres employés qu'il n'aurait plus besoin de réunir pour leur faire une déclaration solennelle, à la maison qu'ils ne risquaient plus de perdre désormais. Quelles que soient les conditions, il s'y plierait.

— Bien entendu, dit-il.

— Pourriez-vous venir dîner ce soir à mon club, avec votre femme ?

— Ma femme ? fit John, décontenancé.

— Je serais si heureux de faire sa connaissance.

En voilà une drôle de lubie, se dit John. Toutefois, Susan et lui n'avaient aucun engagement pour ce soir, il en était certain, et s'ils en avaient eu ils se seraient décommandés.

— Eh bien c'est d'accord. Elle en sera enchantée, j'en suis sûr.

— Parfait, dit M. Sarotzini, glacial. Mon chauffeur passera vous prendre chez vous à 19 h 30 précises.

John n'avait qu'une idée en tête : appeler Susan pour lui annoncer la bonne nouvelle. Son euphorie l'engourdissait à tel point qu'il ne s'aperçut même pas que M. Sarotzini ne lui avait pas demandé son adresse.

— Dix-neuf heures trente, dit-il. C'est entendu.

Chapitre 20

En voyant le peu d'animation qui régnait dans le club de M. Sarotzini, John se dit qu'il devait être plus fréquenté à midi que le soir. Il est vrai que le lundi est généralement un jour calme. Les tables étaient presque toutes inoccupées ; certaines n'étaient même pas dressées. Pour distraire son ennui, l'un des serveurs à cheveux blancs allait de table en table afin de réviser l'alignement des couverts.

—Ah ! la vallée de Napa, disait M. Sarotzini. Vous savez, les Français ont toutes les raisons d'être reconnaissants aux Américains. À la fin du siècle dernier, quand le phylloxéra a détruit la plupart des grands vignobles du Bordelais, ils n'ont pu redémarrer que grâce à des cépages importés de Californie. Avez-vous visité les régions viticoles de Californie, madame Carter ? Vous connaissez la vallée de Napa ?

Ils étaient attablés dans un recoin, loin des oreilles indiscrètes. Un vase en cristal taillé orné d'un bouquet d'œillets jaunes occupait le milieu de la table, faisant écran entre John et M. Sarotzini. Le banquier dégustait ses œufs de caille. Susan, qui mangeait un melon au jambon de Parme, lui répondit qu'effectivement elle connaissait la région.

Elle était très en beauté. John trouvait qu'elle ne lui avait jamais fait honneur comme ce soir. Elle arborait un tailleur flambant neuf, qu'elle était allée acheter aussitôt après que John lui eut annoncé la bonne nouvelle au téléphone. C'était un tailleur en soie grège, avec des motifs géométriques noirs sur les revers de la veste. En dessous, elle portait un chemisier blanc tout simple, à col ouvert, et un pendentif en argent attaché au cou par un ruban de velours noir. Susan était toujours très élégante, mais ce soir elle avait plus de classe que jamais.

M. Sarotzini énuméra les noms d'une suite de bourgs, de villages et de vignobles, que Susan reconnut avec un plaisir évident. Elle se mit à parler de sols, de coteaux, de canyons, de vallées, de degrés alcooliques, d'alcalinité, de millésimes. John se souvint alors que, deux ans auparavant, elle s'était occupée de la publication d'un livre sur les vins de Californie, une espèce de guide très pointu, farci de termes techniques.

Levant son verre, M. Sarotzini déclara :

— « N'abandonne pas ton vieil ami, car l'ami nouveau ne le vaudra jamais. L'ami nouveau est comme le vin nouveau : en vieillissant, il sera délectable. »

En disant cela, il fixait Susan d'un regard scrutateur.

— C'est dans l'Ecclésiaste, répondit-elle.

— Extraordinaire, dit M. Sarotzini en souriant, puis se tournant vers John, il ajouta : Vous avez épousé une femme exceptionnelle, monsieur Carter. J'espère que vous vous en rendez compte.

Susan éclata de rire.

— Il lui arrive de l'oublier, dit-elle.

John écarta poliment les lèvres, éplucha un œuf de caille, l'enduisit de sel et le mangea. C'était une première pour lui. En constatant que M. Sarotzini en consommait tous les jours, il s'était dit que ça devait être délicieux. Mais le goût le désappointa. Il ne différait guère de celui d'un œuf dur ordinaire.

Susan s'amusait beaucoup. M. Sarotzini lui avait plu instantanément. Elle le trouvait irrésistible avec son élégance patricienne, sa courtoisie un peu surannée, son élocution impeccable et la lueur de malice qui brillait dans ses prunelles, mais elle aurait été bien en peine de lui donner un âge. Tantôt il paraissait d'une fragilité extraordinaire, surtout lorsqu'il mangeait en prenant de minuscules bouchées, comme un vieillard qui craint de s'étouffer ; tantôt il dégageait une assurance tout aussi extraordinaire, conversant avec animation en balayant l'air de ses mains manucurées, son corps mince et droit rayonnant d'énergie. Dans ces moments-là, c'est de la puissance que Susan percevait en lui, souple et gracieuse comme celle d'un grand félin.

C'est un homme comme celui-là qu'elle eût aimé avoir pour oncle ou pour grand-père. Chez lui, l'érudition s'alliait à une vitalité souveraine. Il lui semblait qu'elle aurait pu lui parler ainsi pendant des heures.

Après les vignobles californiens, la conversation s'orienta sur l'opéra. John savait que, contrairement à lui, Susan en était très férue, mais il n'en fut pas moins stupéfait de l'étendue de ses connaissances. Dans ce domaine, la science de M. Sarotzini était encore plus encyclopédique que celle dont il avait fait étalage en œnologie, et Susan arrivait pourtant à lui rendre des coups. John, qui nageait complètement, se sentit vite exclu de la conversation mais, loin d'en prendre ombrage, il était enchanté. Susan et M. Sarotzini s'entendaient à merveille. Elle lui faisait un effet bœuf. Elle était en train de remporter haut la main la bataille du compte bloqué.

Tandis que John épluchait son dernier œuf de caille, ils discutèrent des opéras de Rimsky-Korsakov, plaidant à tour de rôle en faveur de celui qu'ils chérissaient le plus. Quand les côtelettes d'agneau arrivèrent, ils passèrent de l'opéra au ballet. John avait une sainte horreur du ballet, qu'il connaissait encore moins bien que l'opéra.

À en juger par la flamme qui dansait dans son regard, Susan était captivée pour de bon. Il ne s'agissait plus seulement pour elle de se montrer polie envers une relation d'affaires de son mari. Un véritable contact s'était établi entre eux. M. Sarotzini commença même à faire des projets (après avoir poliment demandé l'aval de John). Il offrit à Susan de l'emmener déjeuner dans quelques jours, et de lui faire visiter ensuite son musée préféré, dont l'une des salles recélait des chefs-d'œuvre méconnus de la Renaissance. Un concert aussi peut-être, un de ces soirs ? Glyndebourne, même, où la saison battait son plein. S'ils allaient à Glyndebourne, il faudrait absolument emmener John. Ils choisiraient une œuvre à sa portée. Du Mozart, peut-être. *Don Giovanni.* Cela lui dirait-il d'assister à une représentation de *Don Giovanni* à Glyndebourne ?

John se rendit soudain compte qu'ils le regardaient tous les deux, attendant qu'il réponde à une question qu'il n'avait pas entendue.

— Excusez-moi, dit-il, j'avais la tête ailleurs.

— M. Sarotzini veut nous inviter à Glyndebourne, lui expliqua Susan. Pour voir *Don Giovanni.* Ça te plairait, je crois, ça n'a rien de pesant.

John aurait préféré passer la soirée sur une table d'opération, à se faire retirer la vésicule biliaire sans anesthésie, plutôt que de se farcir un opéra dans son intégralité, mais il se garda bien de le dire.

— J'en serais ravi, répondit-il, poli.

Après le dîner, ils passèrent de la salle à manger au vaste salon du club, qui à part eux était désert, et s'installèrent dans de confortables fauteuils en cuir capitonné. On leur apporta le café. M. Sarotzini persuada John de prendre un armagnac, et en commanda un pour lui-même. On leur présenta une boîte de Montecristos. John eut un instant d'hésitation, puis comme le regard de Susan semblait lui dire : « Laisse-toi tenter, va, pour une fois », il choisit un cigare, et le banquier l'imita.

La conversation s'orienta sur les poètes romantiques anglais. M. Sarotzini, qui avait un faible pour Shelley, récita de mémoire le fameux sonnet sur Ozymandias, le « Roi des Rois ».

Avec la littérature, John était plus dans son élément. L'eût-il voulu, il aurait sans doute pu s'immiscer dans leur conversation. Mais il commençait à s'énerver. La question financière n'avait pas été abordée une seule fois depuis le début de la soirée, et il aurait bien voulu la mettre sur le tapis pendant que M. Sarotzini était d'humeur joviale. Son intuition le lui disait : c'était le moment ou jamais de négocier.

Comme s'il avait deviné ses pensées, M. Sarotzini s'interrompit brusquement, se laissa aller en arrière dans son fauteuil, et pendant un long moment tira sans rien dire sur son cigare, s'entourant d'un épais nuage de fumée. Ensuite il posa le cigare sur le cendrier en prenant garde à ne pas briser la cendre, s'empara de son verre d'armagnac et le berça entre ses mains entrelacées, en contemplant le liquide ambré d'un air méditatif.

— Je suis heureux que nous nous sentions si bien ensemble, dit-il.

Il releva les yeux et les regarda l'un après l'autre. Son regard était intense, perçant, et John en fut un peu mal à l'aise.

— Il m'est agréable que nous nous accordions sur tant de choses, continua le banquier, le visage illuminé par un sourire bonasse. Mais nous avons un autre point commun.

John attendit la suite en tétant son cigare éteint pour en ranimer la braise. Cela faisait des années qu'il n'avait pas fumé le cigare et, même si le goût était loin de lui déplaire, il avait la bouche en feu.

— Vous n'avez pas d'enfants, et c'est également notre cas, à ma femme et à moi. Toutefois, il y a une différence. Chez vous, il s'agit d'un choix délibéré, alors que ma femme et moi sommes victimes des circonstances.

Il s'arrêta pour boire une gorgée d'armagnac, et quand il reprit la parole il y avait une pointe de tristesse dans sa voix.

— Ayant été opérée d'un cancer voilà quelques années, ma femme ne peut plus procréer ni porter d'enfant.

John jeta un coup d'œil en direction de Susan, et il lui sembla qu'elle regardait le banquier d'un air apitoyé. En fait, elle essayait une fois de plus de lui donner un âge. *Il doit avoir une bonne soixantaine d'années,* se disait-elle, *peut-être même plus. Sa femme est sans doute beaucoup plus jeune que lui.*

Promenant le bout de son index sur le pourtour incurvé de son verre (on aurait dit qu'il caressait un chat), M. Sarotzini reprit :

— J'ai une proposition à vous faire. Monsieur Carter, je suis disposé à vous donner le million de livres dont vous avez besoin pour rembourser la banque, ainsi que le demi-million de livres qui vous permettra de solder le prêt de votre maison, à condition que vous cédiez cinquante et un pour cent des parts de votre affaire à la banque Vörn.

M. Sarotzini marqua une pause, le temps de récupérer son cigare dans le cendrier. Les idées se bousculaient dans la tête de John. En surface, tout cela semblait on ne peut plus équitable, il n'en aurait jamais espéré tant. En temps ordinaire, une banque qui prend une participation dans une affaire ne réclame que trente ou trente-cinq pour cent mais, compte tenu des circonstances, c'était une offre qu'on pouvait considérer comme très généreuse. Quelle autre banque lui aurait laissé la latitude de faire usage de sommes pareilles à des fins privées ? Là-dessus, M. Sarotzini reprit la parole :

— En échange, je voudrais que vous acceptiez de mettre au monde l'enfant qu'il m'est impossible de concevoir avec ma femme.

Il tira une grande bouffée de son cigare, et recracha un long panache de fumée blanche en direction des moulures en stuc du plafond.

John n'était pas sûr d'avoir bien entendu. Son regard accrocha celui de Susan, et il y lut la même incertitude.

— Mettre votre enfant au monde ? Qu'entendez-vous par là ? demanda-t-il.

M. Sarotzini, le regardant droit dans les yeux, lui répondit :

— Que Mme Carter subirait – en clinique, bien entendu – une insémination artificielle, le sperme étant fourni par moi. Elle ferait fonction de mère jusqu'à la naissance effective de l'enfant, et à ce moment-là vous nous le remettriez, à ma femme et à moi.

John se tourna vers Susan. Elle était livide de saisissement. Son expression semblait dire : « Qu'est-ce que c'est que cette histoire ? » D'une mimique, John lui fit comprendre qu'il était aussi stupéfait qu'elle. Il avait la sensation d'être un homme qui se noie et voit brusquement disparaître la gaffe qui se tendait vers lui. M. Sarotzini avait-il vraiment dit ça ? Il n'arrivait pas à y croire.

— Enfin, pourquoi ? balbutia Susan. Pourquoi m'avoir… nous avoir choisis, nous ?

Complètement désemparée, elle s'efforçait en vain de déchiffrer l'expression de son mari, et celle de M. Sarotzini.

Comme s'il avait prévu sa réaction, M. Sarotzini lui dit calmement :

— Madame Carter, je peux vous assurer que votre mari n'était pas au courant de ma proposition. Nous n'avons nullement conspiré, je vous en donne ma parole.

Luttant contre sa stupeur, Susan s'efforçait de garder la tête claire. Qu'aurait-elle pu dire pour éviter le naufrage complet à John ? Le monde est plein de femmes qui n'auraient pas demandé mieux que de porter l'enfant d'une autre si on les payait pour cela. Si le banquier ne désirait que cela, elle lui trouverait une candidate. Elle savait qu'il existait des agences spécialisées aux États-Unis. D'une voix faussement calme, elle déclara :

— Personnellement, cela ne me dit rien, mais je vous aiderai volontiers à trouver quelqu'un.

M. Sarotzini eut un sourire.

— Madame Carter, il n'est pas facile de choisir une mère pour son enfant lorsqu'on place la barre aussi haut que moi. Il me faut une personne physiquement attrayante, en excellente santé, et dotée d'une intelligence supérieure. Qualités que vous possédez.

Indignée par sa tranquille suffisance, Susan ne put réprimer la colère qui bouillonnait en elle :

— Qu'est-ce que vous en savez, d'abord ? Comment savez-vous que je ne suis pas née avec une case en moins, ou une déficience chromosomique ?

Le banquier subit cet assaut avec un flegme parfait.

— Je le sais, car je me suis renseigné sur votre compte. J'espère que vous ne me tiendrez pas rigueur de m'être immiscé ainsi dans votre vie privée.

Il lui adressa un sourire d'excuse, en levant défensivement les mains. Puis d'une voix grave, presque pénétrée, il déclara :

— Madame Carter, je me rends parfaitement compte de tout ce que cela implique et de l'émotion que vous devez éprouver. Je n'espérais pas une réponse immédiate. Si vous m'aviez répondu dès ce soir, j'en aurais été déçappointé. Il faut que vous y réfléchissiez à votre aise, que vous en discutiez avec votre mari. Je ne veux pas que vous me donniez votre réponse avant d'y avoir mûrement réfléchi.

Susan se tourna vers John et lui demanda d'une voix accusatrice :

— Que lui as-tu révélé sur mon compte ? Que lui as-tu dit ?

John secoua la tête et bredouilla :

— Rien du tout, chérie. Je suis comme toi, je tombe des nues.

Il y eut un long silence. Susan, fuyant le regard trop fixe de M. Sarotzini, s'absorba dans l'examen de la pièce, étudiant tour à tour les tableaux, le velours fané des rideaux, les meubles, le tapis élimé. Le sentiment d'un obscur danger l'oppressait. Elle fit discrètement glisser sa main le long du flanc de son fauteuil, cherchant à tâtons celle de John, mais ne la trouva pas.

Pendant le trajet du retour, à l'arrière de la Mercedes, elle resta un moment cramponnée à la main de John, puis la lâcha brusquement, s'écarta de lui, et se rencogna contre la vitre. Elle sentait le verre froid sur sa joue, et regardait les ombres et les lumières défiler alternativement dehors, en silence.

Ils étaient seuls dans la voiture avec le chauffeur. M. Sarotzini était resté à son club. Y avait-il élu résidence ? Susan n'avait pas saisi ses explications, trop heureuse de lui échapper pour prêter attention à ce qu'il disait. L'envie la prit de demander à John de faire arrêter la voiture, afin qu'ils ne restent pas un instant de plus sous la férule de M. Sarotzini, mais elle parvint à la réprimer. Son cœur battait la chamade. Elle en voulait à John de l'avoir entraînée dans ce piège. Il était forcément au courant. Il avait aidé M. Sarotzini à la prendre dans ses rets.

Pourquoi ne l'avait-il pas avertie ? Est-ce qu'il se figurait vraiment qu'elle allait répondre : « Bien sûr que je le ferai, mon chéri, je suis prête à tout pour t'éviter le dépôt de bilan. »

Tout à coup, elle se mit à le haïr.

Depuis qu'ils avaient quitté le club, John se taisait. Il la prit par l'épaule et essaya de l'attirer à lui, mais elle lui résista.

— Je suis navré, chérie, lui dit-il. Jamais je ne me serais imaginé une chose pareille. C'est vrai, je t'assure.

Il parlait d'une toute petite voix, comme un enfant pris en faute. *Peut-être qu'il est sincère*, se dit-elle. Elle lui prit de nouveau la main et la serra dans la sienne, l'étreignant avec force ; il répondit à son étreinte. Cet homme était son soutien, son vivant rocher.

La soirée avait commencé sous les plus riants auspices, et ils se retrouvaient dans le même horrible pétrin. La menace d'OPA à Magellan Lowry. Le poste qu'elle risquait de perdre d'un mois à l'autre. DigiTrak. La maison. Casey.

Un million et demi de livres...

Neuf mois, ce n'était pas le bout du monde. Et puis, qui sait, peut-être même qu'elle ne tomberait pas enceinte. Du moment qu'elle essayait, M. Sarotzini consentirait peut-être à leur laisser l'argent. Tout bien pesé, ce n'était pas si sorcier que ça d'accoucher. Elle mettrait l'enfant au monde, le remettrait à qui de droit, et leur vie reprendrait son cours.

L'idée lui vint ensuite que leur amour ne survivrait peut-être pas à la naissance de cet enfant. Si elle accouchait de l'enfant d'un autre, est-ce que ça ne changerait pas tout entre eux ? Elle se tourna vers John et étudia son visage. Elle l'aimait tellement. Il était tout pour elle. Pour rien au monde elle n'aurait voulu mettre leur amour en danger.

John, muré dans son silence, remuait des pensées analogues. Il se demandait ce qu'il éprouverait en sachant Susan chargée de la semence d'un autre homme, en voyant croître en elle l'enfant d'un autre homme. L'idée seule suffisait à le rendre malade. Il en voulait terriblement à M. Sarotzini, il lui en voulait de l'avoir manipulé, de l'avoir ridiculisé devant Susan.

— Pas question, dit-il.

Chapitre 21

« "Je veux savoir comment Dieu s'y est pris pour créer l'univers. Ce n'est pas tel ou tel phénomène qui m'intéresse. Je veux savoir ce qu'il avait en tête. Les détails m'importent peu", disait Einstein. » *Là, ça passe très bien*, se dit Susan, *je n'ai rien contre*. Elle poursuivit sa lecture :

« Einstein disait aussi : "Les gens de notre espèce, qui ont foi dans la physique, savent que la distinction que l'on opère ordinairement entre le passé, le présent et l'avenir n'est jamais qu'une illusion, qui persiste contre vents et marées." »

Elle frotta ses yeux endoloris. Elle avait des courbatures partout, à cause de la nuit blanche qu'elle avait passée à se tourner et se retourner dans son lit en réfléchissant à la proposition de M. Sarotzini.

Un moment elle se disait que, puisque John ne voulait pas entendre parler d'enfants, c'était pour elle une chance inespérée de faire l'expérience de la maternité. Aussitôt après, elle était envahie d'une horreur sans nom à l'idée de se faire instiller une semence étrangère, même si c'était par le truchement d'une seringue. Sachant que cela ne s'arrêterait pas aux neuf mois de grossesse, qu'elle devrait vivre avec ce souvenir jusqu'à la fin de ses jours, elle aboutissait invariablement à la conclusion que c'était impossible, qu'elle ne pouvait pas se prêter à ça.

Les bruits d'une conversation lui parvinrent du couloir. À l'extérieur du minuscule cagibi qui lui tenait lieu de bureau, des collègues à elle discutaient avec animation d'un livre qu'il fallait faire partir d'urgence chez l'imprimeur. Susan était elle-même entourée de montagnes de manuscrits qui attendaient d'être lus ou préparés. Elle avala une gorgée de café, aperçut l'icone qui clignotait sur l'écran de son ordinateur, signe qu'elle venait de recevoir un message par courrier électronique. Mais ce n'était qu'une note de service sans importance annonçant que la publication d'un ouvrage était reportée d'une quinzaine.

Dehors, il pleuvait des hallebardes. Une pluie d'été torrentielle s'abattait sur les toits de l'autre côté de sa fenêtre. Très au-dessus d'eux, une grue de chantier promenait une poutrelle d'acier en travers du ciel gris. Elle aimait bien son petit bureau sous les combles. Magellan Lowry avait élu domicile dans cet immeuble soixante-dix ans plus tôt, et à l'instar du sien la plupart des bureaux ne semblaient pas avoir été rénovés depuis. Ça ne la gênait pas, au contraire. La patine ne faisait qu'ajouter au charme de l'immeuble ; c'était un agrément supplémentaire. Les fissures, les plâtres écaillés et les taches d'humidité avaient été habilement masqués par des maquettes de couvertures, des essais de mise en page, des dessins humoristiques, et des photocopies d'articles louangeurs. *Et puis*, se disait-elle, *il ne doit pas y avoir beaucoup de gratte-papier à Londres dont le bureau est chauffé par une authentique salamandre à gaz.*

Elle essaya de se replonger dans le manuscrit de Fergus Donleavy, mais le téléphone se mit à sonner presque aussitôt et Hermione, la jeune assistante très BCBG qu'elle partageait avec Kate Fox, lui annonça que Mark Rivas demandait à lui parler. Comme c'était la seconde fois qu'il essayait de la joindre ce matin-là et qu'il disait que c'était urgent, Susan prit l'appel.

— Salut, Mark, dit-elle. Excuse-moi de ne pas t'avoir rappelé, j'ai été coincée par une réunion interminable.

Mark Rivas était l'un de ses agents littéraires favoris. Il lui amenait toujours des vulgarisateurs scientifiques de première bourre, et il avait un instinct très sûr quand il s'agissait de mettre le doigt sur les thèmes porteurs du moment.

— Où ça en est ? demanda-t-il. Comment s'annonce le… ?

Il laissa sa phrase en suspens, mais Susan n'avait pas besoin qu'il lui fasse un dessin. Comme tout le monde, Mark usait de prudentes circonlocutions pour désigner la menace d'OPA qui pesait sur Magellan Lowry.

— À l'ouest rien de nouveau. Rumeurs insistantes de licenciements. Démentis solennels dans la presse professionnelle.

— Oui, j'ai vu ça.

— Je t'écoute, dit-elle.

— Susan, j'ai un nouvel auteur pour toi. Absolument fabuleux. Il s'appelle Julian DeWitt. Le *docteur* Julian DeWitt. Beau comme un dieu, très charismatique, et la deuxième chaîne de la BBC vient de lui confier une série en sept épisodes sur l'histoire de la génétique qui débutera cet automne. Ça s'appelle *La Loterie de l'ADN*. Comme il vient d'écrire un livre grand public sur la génétique des maladies, j'ai immédiatement pensé à toi.

— À moi et à combien d'autres ? demanda-t-elle plaisamment.

— Quatre autres, dit-il.

Chiffre que dans son for intérieur Susan multiplia aussitôt par deux.

— Y a-t-il une offre plancher ?

— Je suis ouvert à toutes les propositions.

— L'avance serait de quel ordre ?

— Très, très élevée.

Susan n'y croyait pas trop.

— On a déjà publié un tas de bouquins sur l'influence des gènes dans les maladies, objecta-t-elle. Steve Jones a pratiquement épuisé le sujet, dans ses livres et à la télé. Sans parler de Dawkins.

— Julian les dépasse de cent coudées. Jette un œil à son manuscrit, tu m'en diras des nouvelles.

Susan l'assura qu'elle n'y manquerait pas et lui promit qu'au cas où l'affaire l'intéresserait elle lui ferait une offre dans les dix jours, en repoussant mentalement aux calendes la lecture des cinq manuscrits qui s'empilaient déjà sur son bureau.

Ensuite elle s'absorba de nouveau dans celle des six premiers chapitres de la version remaniée du livre de Fergus Donleavy. N'étant pas certain d'être sur la bonne voie, Fergus lui avait demandé de lui donner son sentiment le plus vite possible. Elle biffa d'un trait de crayon la deuxième citation d'Einstein, et nota en marge : «Superflu, tu l'avais déjà dit page 28.» Puis, comme la fatigue la rendait belliqueuse, elle ajouta : «Je me demande même si tout ce chapitre n'est pas superflu. Qu'apporte-t-il?»

Kate Fox entra dans la pièce, un livre à la main. Kate avait deux ans de plus que Susan, elle était mariée à un économiste et mère de deux enfants. Grande, athlétique, c'était une jeune femme dynamique et gaie, avec un joli visage et des cheveux bruns coupés court. Susan l'aimait bien, car elle appartenait à l'espèce peu répandue des gens qui ne perdent jamais le nord même au milieu des pires intempéries.

Lorsqu'ils avaient décidé d'acheter la maison, Kate avait été la première personne que Susan avait mise dans le secret. Profitant de l'heure du déjeuner, elle l'avait emmenée voir la maison, que Kate avait trouvée absolument sublime.

— C'est à celui-ci que tu pensais ? demanda Kate.

Susan jeta un coup d'œil au livre. La couverture était ornée de la photo du ventre d'une femme enceinte, la silhouette du fœtus, lové sur lui-même, apparaissant comme sur une radio. L'auteur en était le Dr Maria Anscombe, et il s'appelait *La Grossesse : mythes et réalités*.

Susan retourna le livre, parcourut la quatrième de couverture puis, relevant les yeux sur Kate, lui demanda :

— C'est bien celui dont tu as supervisé la publication ?

— C'est un livre formidable. Cette femme a le génie de la communication. Il m'a rendu bien des services. C'est le meilleur manuel de grossesse du monde.

Kate posa sur Susan un regard interrogateur, et sourit.

— Est-ce que tu me cacherais quelque chose ? demanda-t-elle.

Susan secoua négativement la tête, mais elle sentit le rouge lui monter aux joues.

— C'est pour une copine, dit-elle.

Dès que Kate eut refermé la porte derrière elle, elle écarta le manuscrit de Fergus Donleavy, ouvrit le livre et se plongea dedans.

— Alors ? demanda Archie en avançant le long du couloir tapissé de liège en direction de la salle de douches.

Il était nu comme un ver et dégoulinant de sueur. Son gros ventre adipeux tressautait mollement. Sa silhouette évoquait de plus en plus celle d'un lutteur de sumo. Pourtant il venait de battre John au squash. Plus que de le battre, même. De l'écraser littéralement.

Archie fit couler la douche, régla la température de l'eau, puis se plaça sous le jet, la tête renversée en arrière.

— C'est quoi, ses conditions, à ton pote Sarotzini ?

John avait les poumons douloureux. Il s'était démené comme un beau diable pendant la partie de squash, mais le cœur n'y était pas.

— Ce type-là débloque, dit-il. Il est complètement à côté de ses pompes.

Archie s'enduisit les cheveux de shampooing.

— T'as l'air de lui en vouloir, dis donc.

— Ça, pour lui en vouloir, je lui en veux. Il m'a fait passer pour un con.

— Qu'est-ce qu'il attend de toi ? Que tu l'autorises à s'envoyer Susan ?

Pour un peu John aurait tout dit à Archie, pourtant il se contint. L'idée qu'ils acceptent les conditions de Sarotzini était impensable, soit, mais pas pour autant exclue. Susan n'aurait pas aimé plus que John que leurs amis soient au courant. Du reste, un intrus venait de pénétrer dans la salle de douches.

— Non, il ne s'agit pas d'une combine de ce genre, dit-il. Il exige trop de garanties. Un gros pourcentage. La mainmise complète.

Archie remit la manette de la douche à zéro et entreprit de s'essuyer les cheveux.

— Il vaut mieux posséder dix pour cent de quelque chose que cent pour cent de rien, tu ne crois pas ?

John ne lui répondit pas. Ils regagnèrent le vestiaire et, après s'être rhabillé, John s'assit pour lacer ses souliers. Archie s'affala à côté de lui sur le banc, lui assena une tape amicale sur la cuisse et dit :

— Écoute, je comprends que ça te fasse un coup, depuis le temps que tu es propriétaire de ta boîte et que tu la mènes à ta guise. Mais faut pas rêver, John. Ce monde est sans pitié. On finit tous par boire le bouillon un jour ou l'autre. Si tu acceptais le marché que Sarotzini te propose, est-ce que DigiTrak serait sauvé ?

John fit « oui » de la tête.

— Est-ce que ça te permettrait de garder la maison ?

John eut un temps d'hésitation, puis il dit :

— Oui.

— Est-ce que tes revenus seraient maintenus à leur niveau actuel ?

— Je n'en sais rien. Probablement.

— Est-ce que tu conserverais une participation dans l'affaire ?

— Oui.

— Ben alors, pourquoi te ronger les sangs ? Accepte, merde ! Prends le sususcre et la main avec !

Une fois habillés, ils gagnèrent le bar du rez-de-chaussée pour siffler une petite bière, comme à l'accoutumée. John avala la sienne d'un trait et en commanda une seconde. Tout en tirant sur sa cigarette comme un malade, Archie lui répéta que M. Sarotzini était son unique planche de salut.

John le savait. La nuit dernière, il n'avait pas fermé l'œil à force de spéculer là-dessus, et il n'avait pensé qu'à ça toute la journée. Ce matin, au saut du lit, Susan lui avait dit qu'elle s'en sentait capable. Qu'elle en soit capable, il n'en doutait pas une seconde. Lui-même n'en serait pas affecté physiquement, mais...

C'est sur ce *mais* qu'il achoppait chaque fois.

Sa colère une fois retombée, Susan avait semblé prendre la proposition de M. Sarotzini beaucoup plus calmement que lui, et il fallait qu'il lui tire son chapeau pour ça. Il se demandait cependant si sa manière d'envisager la maternité avait évolué. C'est un sujet qu'ils n'avaient pas abordé depuis longtemps ; les rares fois où il menaçait de revenir sur le tapis, John s'empressait de faire dévier la conversation. Étaient-ils toujours du même avis là-dessus ?

Il n'en était pas si sûr. À l'époque de leurs fiançailles, il avait fait allusion à une éventuelle stérilisation de Susan, mais elle était restée sourde à ses appels du pied. Ce n'était pas la peine d'en faire un fromage, du moment qu'elle prenait régulièrement la pilule. Toutefois, depuis quelque temps, elle avait une manière de regarder les enfants en bas âge qui ne lui disait rien de bon. La semaine dernière, lors d'un barbecue chez Liz et Alex, elle avait pris leur dernier-né dans ses bras et l'avait tenu d'une drôle de façon. Et elle jouait un peu trop les tatas gâteau avec les deux gamins de Kate Fox. La proposition de Sarotzini arrivait peut-être à point nommé. N'était-ce pas pour elle l'occasion rêvée de tomber enceinte et d'accomplir sa destinée de femme ?

Et lui, est-ce qu'il était toujours du même avis ?

Cette idée le mettait mal à l'aise. Aussitôt il la chassa de son esprit, la repoussa avec la dernière énergie. *Qu'est-ce qui te prend, John Carter ? Serais-tu en train de perdre la tête ?*

En revanche, une autre idée restait accrochée en lui. Celle du magot. Du million et demi de livres prisonnier du coffre de l'abominable M. Clake.

Il leur suffisait de dire oui.

Mais Archie ignorait le fin mot de l'histoire.

Chapitre 22

Après que Susan fut montée dans la chambre avec le manuscrit, John s'attarda longtemps au rez-de-chaussée. Il alla s'asseoir au jardin et y resta un bon moment, passant et repassant dans sa tête les conseils que lui avait donnés Archie. Au ciel, les nuages s'étaient dissipés. L'air frais lui faisait un effet roboratif. Il se leva, gagna la cuisine, sortit des glaçons du réfrigérateur et se prépara un scotch. Entrant dans le salon, il contempla un instant d'un œil morose la pile de revues de décoration qu'un mois plus tôt Susan et lui avaient feuilletées avec frénésie, n'hésitant pas à arracher une page quand quelque chose leur plaisait particulièrement.

À la fin, il se résigna à monter dans la chambre et gravit l'escalier d'un pas accablé. Vêtue d'un tee-shirt blanc trop grand, Susan, le dos calé par plusieurs oreillers superposés, lisait son manuscrit. De toute évidence, elle avait du mal à se concentrer.

En voyant John entrer, elle eut un sourire. Elle était d'une pâleur cireuse, et elle avait les traits tirés. Des mèches folles qu'elle ne s'était même pas donné la peine de repousser lui retombaient sur le front. Elle avait l'air si perdue, si vulnérable, que John éprouva un élan de tendresse envers elle. C'était une créature adorable. Il l'aimait de toute son âme. Son amour pour elle n'avait pas diminué d'un iota depuis le jour où il l'avait rencontrée. Il l'aimait plus que tout au monde.

La carte qu'elle lui avait offerte quelques jours après leur mariage ne quittait jamais le porte-documents de John. C'était une carte de vœux dépliante, bien américaine, avec un ours à l'air énamouré en première page, et à l'intérieur deux lignes imprimées en petites capitales. Le texte disait : « Je t'aime plus qu'hier, mais moins que demain. »

John éprouvait exactement les mêmes sentiments. Sept ans s'étaient écoulés ; pourtant son amour pour Susan augmentait de jour en jour.

La présence de M. Sarotzini pesait dans l'air. Elle était aussi palpable que si son nom avait été inscrit en lettres géantes sur le mur de la chambre à l'aide d'un marqueur fluorescent. Toute la soirée, la conversation, entrecoupée de longues plages de silence durant lesquelles Susan lisait tandis que John zappait d'une chaîne à l'autre, n'avait roulé que sur la proposition de M. Sarotzini. Juste avant de monter dans la chambre, Susan avait déclaré qu'elle était décidée à l'accepter. John n'avait fait aucun commentaire.

Assis au pied du lit, il faisait tinter les glaçons dans son verre.

— Impossible, dit-il en lampant le reste de son scotch. Je vais refuser. Je trouverai bien des capitaux pour redémarrer. S'ils te licencient, tu n'auras qu'à travailler en free-lance. Si on doit quitter la maison, on la quittera. On s'en fout. On était heureux dans notre petite chaumière, non ?

— Et Casey ? dit Susan.

Sa manière de prononcer le nom de sa sœur le désarçonna. C'était une rebuffade. Elle lui rappelait que, pour elle, Casey passait avant tout, même avant lui.

Plus d'une fois il avait accompagné Susan lorsqu'elle allait rendre visite à sa sœur, et il revécut en esprit les moments qu'ils avaient passés à son chevet. Il revit ce spectre effrayant, gisant dans son lit, un tuyau enfoncé dans la trachée pour y amener l'air, un tube de perfusion fiché dans le poignet. La plupart du temps elle avait les yeux fermés, et même quand ils étaient ouverts elle ne voyait pas le superbe paysage montagneux sur lequel donnait sa fenêtre, et ne le verrait jamais. Au fond de lui-même, quoiqu'il n'eût jamais osé le formuler à haute voix, John était persuadé que, si on avait transféré Casey de cette luxueuse clinique dans un hôpital public, ça n'aurait rien changé pour elle. Casey ne savait pas où elle était, et ne le saurait jamais.

Le lendemain matin, à la table du petit déjeuner, Susan picorait son demi-pamplemousse. Le *Times* du jour, même pas déplié, était posé devant elle. Elle leva soudain les yeux sur John, qui était en train de verser du yaourt sur son muesli à la cannelle.

— Alors, chéri, fit-elle, tu lui diras que c'est d'accord ?

John inséra une tranche de pain complet dans la fente du grille-pain.

— Je t'en prie, insista-t-elle. Si tu ne veux pas le faire pour nous, fais-le au moins pour Casey.

Mais John était décidé à ne pas se laisser fléchir. Il n'était pas question qu'ils se prêtent à cette infamie. *M. Sarotzini a un cœur*, se disait-il. S'il lui laissait entendre que Susan et lui accepteraient peut-être un jour de passer sous ses fourches caudines s'il renflouait DigiTrak, il y avait des chances qu'il morde à l'hameçon.

Il feuilleta le *Times* pour en extraire la rubrique «Informatique» qu'il cala contre la barquette de beurre de tournesol. Ils n'avaient besoin que d'un bref sursis. Si le projet d'accord avec Microsoft aboutissait, DigiTrak serait hors de danger. Un mois, deux au plus, et tout s'arrangerait.

Sans jeter un regard à Susan, il parcourut les quatre pages consacrées aux ordinateurs et à Internet, en mastiquant soigneusement ses aliments. Il fallait qu'il reprenne des forces. Cela faisait plusieurs jours qu'il mangeait à peine, et il commençait à se sentir un peu à plat.

Aujourd'hui, il aurait besoin d'énergie. S'il n'arrivait pas à circonvenir M. Sarotzini, il ne pourrait plus faire d'autre tentative. Il allait falloir jouer serré.

Il avala son jus de pomme, prit ses vitamines, finit son thé, posa un baiser sur la joue de Susan et se dirigea vers la porte.

—Tu lui diras oui, hein ? fit-elle d'une voix implorante.

—On trouvera bien un *modus vivendi*, dit-il en sortant, les dents serrées.

À 10 h 05, M. Sarotzini appela John et lui demanda s'ils avaient pris une décision.

John, qui s'était pourtant juré de garder son flegme, se mit aussitôt à transpirer en abondance.

—Il faudrait qu'on se voie, dit-il. J'ai une proposition à vous faire.

Cette déclaration fut accueillie par un silence prolongé. Quand M. Sarotzini reprit la parole, sa voix était glaciale.

—Mon chauffeur passera vous prendre à 12 h 45, monsieur Carter. Nous déjeunerons à mon club, si vous n'y voyez pas d'inconvénient.

John se demanda s'il lui arrivait de prendre ses repas ailleurs. Il aurait préféré qu'ils se retrouvent dans un restaurant de son choix mais, au moment où il ouvrait la bouche pour le dire, le banquier raccrocha.

La Mercedes arriva à l'heure dite, et John fit le trajet avec pour seul compagnon le taciturne chauffeur. Au club, s'il était désormais en terrain connu, l'endroit ne lui procurait pas moins un malaise proche de l'angoisse, et son assurance le fuit instantanément.

Le personnel lui réserva un accueil des plus déférents, et on le pilota aussitôt vers la salle à manger, comme si tout cela avait été répété à l'avance.

Les convives étaient nettement plus nombreux que les fois précédentes, et de riches arômes d'ail et de viandes rôties flottaient dans la pièce. Le «plop» d'un bouchon de champagne fusa au milieu du brouhaha des conversations.

M. Sarotzini était déjà installé à sa table. Il examinait une épaisse liasse de documents en sirotant un verre d'eau minérale. Il se leva pour accueillir John, qui remarqua pour la première fois que sa poignée de main avait quelque chose de reptilien : froide, osseuse, un peu moite.

En revanche, et il en fut assez étonné, son expression était cordiale et sa voix vibrait de chaleur et de sincérité.

—Ah, monsieur Carter, que je suis heureux de vous revoir. J'ai été ravi de faire la connaissance de votre femme. Une jeune personne tout à fait remarquable.

—Merci, dit John, c'est aussi mon avis.

Le serveur le fit asseoir, déplia une serviette en lin damassé et la disposa sur son giron.

— Monsieur désire-t-il boire quelque chose ? demanda-t-il.

—De l'eau gazeuse, je vous prie, dit John. Perrier ou Badoit.

—Quelle chance vous avez, monsieur Carter, dit M. Sarotzini en se rasseyant. Vous ne connaissez pas votre bonheur.

Maintenant qu'ils étaient assis face à face, John n'éprouvait qu'avec plus d'acuité la présence magnétique du banquier. À quoi pouvait bien ressembler sa femme ? Il essaya vainement de se la représenter. Était-ce une grande dame aux cheveux grisonnants, une petite *Hausfrau* boulotte, ou une jeune et ravissante croqueuse de diamants ?

Il se força à se concentrer sur ce qui l'avait amené ici. M. Sarotzini avait l'air parfaitement détendu. Que DigiTrak capote ou non, la vie ne s'arrêterait pas pour lui, et il n'aurait sans doute aucun mal à dénicher une autre mère porteuse. Il n'était visiblement pas du genre tourmenté. Même si John et Susan sortaient de sa vie, cela ne l'empêcherait pas d'aller à Ascot, d'assister à des matchs de polo, de fréquenter l'opéra, d'être reçu chez de grands amateurs d'art, de banqueter et de festoyer.

La carte leur fut présentée, mais John la regarda à peine. Il n'avait aucun appétit. Les aliments ne l'intéressaient pas. Il commanda la même chose que la première fois, saumon fumé et sole grillée. M. Sarotzini lui demanda s'il voulait du vin, et il dit que non, quoiqu'il en eût volontiers sifflé un litre. Il fallait qu'il garde la tête claire.

Quand le serveur se fut éloigné, M. Sarotzini se pencha vers John et lui demanda :

— Verriez-vous un inconvénient à ce que j'emmène votre femme à l'opéra, monsieur Carter ? Vous ne semblez pas en être très amateur vous-même.

— Pas du tout, dit John.

Il était un peu interloqué, car il s'attendait que M. Sarotzini s'attaque d'emblée au fond du problème. Il se dit que c'était peut-être de bon augure.

— En effet, l'opéra ne me passionne guère, continua-t-il. Susan en serait sûrement enchantée. Si vous m'invitiez aussi, ce serait du gâchis.

— Dès ma prochaine venue à Londres, je me procurerai des billets, dit M. Sarotzini.

Il arborait une expression de joie presque enfantine. *Peut-être qu'il se sent seul*, se dit John. *Riche comme Crésus, mais solitaire. Accroché à ce club sinistre, pour la seule raison qu'il y est connu. Achetant des amitiés, et s'imaginant même qu'il pourrait s'acheter une famille. Laissons-le s'illusionner.*

Là-dessus, d'une voix très calme, M. Sarotzini dit :

— J'ai apporté tous les documents nécessaires.

Il répartit soigneusement ses papiers en plusieurs petits paquets. John le regarda faire en se demandant s'il s'était mépris sur son attitude.

— La banque Vörn possède une clinique à Londres, à deux pas de Harley Street. Il n'en existe pas de meilleure dans toute l'Angleterre, ni non plus de plus discrète. C'est là que nous procéderons à l'insémination.

On posa devant eux l'assiette de saumon fumé et les œufs de caille. M. Sarotzini reprit la parole, sans que John manifeste la moindre velléité de l'interrompre :

— Comme vous le savez sans doute, on peut légalement avoir recours à une mère porteuse en Angleterre, mais la loi prohibe strictement toute rémunération. Le remboursement des frais médicaux est seul autorisé.

Tout en arrosant de citron son saumon fumé, John hocha affirmativement la tête. Ayant interrogé son avocat à ce sujet, il connaissait la loi dans ses grandes lignes.

— Ces documents établissent que je suis légalement le père de l'enfant, ce qui nous permettra de contourner quelque peu la loi, vous me suivez ?

M. Sarotzini haussa les sourcils d'un air interrogateur, et John opina.

— Bien entendu, une grossesse peut réveiller des émotions insoupçonnées.

John ne dit rien. Il ne quittait pas M. Sarotzini des yeux, à l'affût de l'instant propice.

— Vous comprendrez que je tienne à protéger mon investissement, monsieur Carter. Aussi, votre maison et la totalité des actions de DigiTrak, hormis les dix pour cent détenus par votre associé, M. Gareth Noyce, resteront ma propriété tant que je n'aurai pas pris livraison de l'enfant. Ensuite, vous récupérerez votre maison, et trente-neuf pour cent des parts de la société. J'espère que cela vous paraît équitable.

John coupa en deux une tranche de saumon fumé, en prenant tout son temps. Il voulait mûrement peser sa réponse. Il reposa ses couverts et se mit à triturer sa serviette.

— Écoutez, il y a un hic, il faut que nous en discutions. Susan a du mal à se faire à cette idée. J'arriverai sans doute à la convaincre, mais cela prendra du temps. Inutile de prendre le mors aux dents.

M. Sarotzini, l'air toujours aussi détendu, secoua la tête.

— Ce n'est pas mon impression, monsieur Carter. Je ne crois pas que votre femme ait tant de mal que ça. C'est vous qui vous faites des idées. Je crois même qu'en fait les réticences viennent de vous.

Son ton de tranquille assurance déconcerta John. D'autant plus que c'était parfaitement exact.

D'un geste, le banquier désigna son assiette.

— Mangez donc, monsieur Carter, je vous en prie.

John se mit à mastiquer son saumon avec application, tel un petit garçon tancé par son père, tout en essayant d'imaginer de nouveaux arguments.

— Le procès que vous a intenté ce musicien me préoccupe toujours, monsieur Carter.

— Mon avocat dit que les conclusions de Danziger ne tiendront pas la route. D'après lui, nous sommes en mesure de prouver que nous ne nous sommes pas délibérément livrés à une contrefaçon.

— Mais à quel prix ?

John était surpris que le banquier remette cette affaire sur le tapis. Il lui résuma l'argumentaire de son avocat. En matière de propriété intellectuelle, la législation était assez vague, rien n'était vraiment tranché. En s'apercevant que DigiTrak disposait du soutien d'une banque comme la Vörn,

Danziger allait soit renoncer aux poursuites, soit transiger pour une somme raisonnable.

La question de la mère porteuse ne fut plus évoquée pendant un long moment, et au café John reprit espoir. Il avait réussi à circonscrire la conversation à l'avenir de DigiTrak, se livrant au passage à une vibrante apologie du potentiel de sa société. Après tout, M. Sarotzini était banquier. Aussi désespéré que pût être son désir d'enfant, il n'allait quand même pas laisser échapper une juteuse affaire. Depuis un mois, John avait eu plus d'une fois l'occasion de plaider sa cause et jamais encore on ne lui avait prêté une oreille aussi attentive. Certain d'avoir mis M. Sarotzini dans sa poche, de l'avoir convaincu des mérites intrinsèques de DigiTrak, il crut le moment venu d'abattre son jeu.

— Voici ce que je vous propose, monsieur Sarotzini. Si vous acceptez de renflouer DigiTrak, ne serait-ce qu'à titre temporaire, je vous donne ma parole que je ferai tout ce qui est en mon pouvoir pour convaincre Susan. Je suis sûr que j'y parviendrai ; il suffit d'être persévérant.

M. Sarotzini leva sa minuscule tasse de porcelaine. Il tenait l'anse entre le pouce et l'index, avec une délicatesse qui s'accordait mal à son expression. Son visage était d'une dureté minérale à présent ; sa voix se fit sèche, coupante, froidement impersonnelle :

— Apparemment, vous ne m'avez pas bien entendu tout à l'heure, monsieur Carter. Ce n'est pas votre femme qui renâcle à accepter ma proposition, c'est vous. Il faut que vous le compreniez clairement : mes conditions ne sont pas négociables. Si vous faites affaire avec moi, vous vous apercevrez que ma correction peut aller jusqu'à la générosité, mais que je suis aussi très opiniâtre. Je vous offre la solution à tous vos problèmes. C'est à prendre ou à laisser.

Écrasé par ce regard d'un gris métallique rivé sur lui, John se sentait penaud d'avoir été ainsi percé à jour. Penaud, et minable. Face à M. Sarotzini, même son complet, qui était signé Paul Smith et lui avait coûté une petite fortune, lui paraissait minable.

Il reprit son souffle, et il sentit une ondée de haine monter en lui.

— J'apprécie votre offre, dit-il, mais elle est inacceptable. Nous ne sommes pas à vendre, ma femme et moi.

Sans émotion visible, M. Sarotzini rassembla posément les papiers étalés devant lui et en fit un tas bien net. Il n'y avait pas la moindre trace de fébrilité dans ses gestes. On aurait dit que tout cela l'indifférait profondément. John observait son manège d'un œil consterné. Il s'était lourdement trompé sur le compte du banquier, à présent c'était clair.

— Sachez-le bien, monsieur Carter, je suis parfaitement conscient de la complexité des émotions qui entrent en jeu dans une situation comme celle-ci. Ce n'était qu'une idée, une manière que j'avais trouvée de vous tirer d'une passe difficile. N'en parlons plus. Je vais faire retransférer les fonds en Suisse, et les choses en resteront là.

Il s'interrompit le temps de congédier d'un geste le serveur qui s'avançait pour lui remplir sa tasse de café.

— Notre amitié n'aura été qu'un feu de paille, monsieur Carter, reprit le banquier avec un sourire. Je le regrette, croyez-le. Qui sait, peut-être que nos chemins se croiseront de nouveau un jour ?

M. Sarotzini prit l'élégant porte-documents en cuir noir posé au pied de sa chaise, l'ouvrit, y introduisit ses papiers, et fit jouer les deux fermoirs en métal doré. Ensuite il avala le reste de son café, adressa un signe de tête au maître d'hôtel et se leva.

John se leva à son tour, et il comprit alors que c'était sans retour. M. Sarotzini se dirigeait vers la porte en marchant à une vitesse surprenante, comme si John faisait désormais partie de son passé. John se précipita à sa suite en pensant à l'expression qu'avait Susan quand il l'avait quittée ce matin-là. Elle avait le visage de quelqu'un qui s'apprête à relever un défi.

N'avait-il pas été trop vite en besogne ? C'était peut-être un arrangement idéal : s'ils acceptaient, Susan pourrait connaître les joies de la maternité, et l'obligation d'élever un enfant leur serait épargnée. Leurs ennuis financiers seraient terminés. Et ils n'auraient plus aucun souci à se faire pour Casey.

De plus en plus paniqué, il suivit M. Sarotzini jusque dans la rue. Le banquier, qui montait déjà dans sa Mercedes, ne tourna même pas la tête vers lui. John se rendit soudain compte qu'il n'avait aucun moyen de le contacter, ni numéro de téléphone, ni fax, ni adresse de courrier électronique. Sa dernière chance de sauver son affaire, sa maison, voire son mariage, était sur le point de s'engloutir à tout jamais dans la circulation londonienne.

Au moment où le chauffeur refermait la portière, John bondit vers la voiture.

— Monsieur Sarotzini ! Attendez ! C'est d'accord !

Le chauffeur s'installa derrière son volant, et l'espace d'un instant John crut que la Mercedes allait démarrer. Puis, lentement, la vitre arrière s'abaissa, et le regard de M. Sarotzini accrocha celui de John. Il était d'une fixité effrayante.

— Je veux que ce soit absolument clair, monsieur Carter. Je vous donnerai un million et demi de livres. Votre femme portera l'enfant que mon épouse et moi sommes dans l'incapacité de concevoir. Le jour de sa naissance, vous nous le remettrez, et vous ne le reverrez plus jamais. Marché conclu ?

— Marché conclu, dit John.

Chapitre 23

« Nietzsche disait : "Tout ce qui ne me tue pas me rend plus fort." »

Sur le moniteur de sa mansarde, Kündz capta l'image de John Carter qui, debout au-dessus de la table de la cuisine, demandait à Susan :

— À quelle heure dois-tu y être ?

Bien calé dans son fauteuil, Kündz lut encore plusieurs paragraphes de l'étude sur Nietzsche, philosophe allemand que M. Sarotzini lui avait chaudement recommandé, avant de reposer les yeux sur l'écran du téléviseur.

C'était la tournure qu'avait prise son existence. Il surveillait son écran, lisait, dessinait, rédigeait ses rapports. Quand Susan Carter était en déplacement, il engageait des auxiliaires pour la prendre en filature. Il fallait absolument qu'ils soient au courant de tout : des endroits où elle se rendait, des gens qu'elle rencontrait, de ce qu'elle leur disait.

— À 10 heures, dit Susan.

— Tu ne veux pas que je t'accompagne, chérie, tu en es bien sûre ? dit John.

Susan était vêtue d'un jean, d'un tee-shirt blanc et d'une paire de Dockside. Tenue simple et pratique, que Kündz trouvait très attrayante. Elle était en train de préparer le dîner : poivrons aux anchois, côtes d'agneau, framboises au fromage blanc. John Carter n'appréciait pas à sa juste valeur le talent culinaire de sa femme, qui lui concoctait chaque soir des menus délicieux, et ce dédain faisait enrager Kündz. Susan avait un travail tout aussi prenant que celui de son mari, et c'est à elle qu'incombaient en plus les tâches ménagères. Kündz espérait que M. Sarotzini lui permettrait de faire expier cela à John Carter comme il le méritait.

Pendant que Susan se mettait en quatre pour lui, John Carter restait inactif, se contentant d'écluser scotch sur scotch. *Il continue à boire comme un trou*, se dit Kündz. *Quel manque de caractère. Il a eu ce qu'il voulait, à quoi bon s'enivrer ainsi ?*

Kündz n'était pas content des excès de boisson de John Carter car, quand il avait bu un coup de trop, il lui arrivait de parler durement à Susan, et dans ces cas-là le visage de Susan prenait une expression peinée qui faisait souffrir Kündz. Le mettait au supplice. Sa haine pour John Carter en était chaque fois décuplée.

John alluma le téléviseur de la cuisine mais, au lieu de le regarder, il se mit à feuilleter un magazine.

— Oui, j'en suis sûre, dit Susan. Lâche-moi un peu, tu veux ?

Elle venait d'abandonner son frichti et arrosait les plantes d'une jardinière fixée à l'appui de la fenêtre. S'agissait-il d'herbes aromatiques ? Kündz n'aurait su le dire. En matière de poésie, de philosophie, d'art ou d'opéra, sa science s'accroissait de jour en jour, mais il ne connaissait rien à la botanique. Un jour, M. Sarotzini lui enseignerait aussi la botanique.

« L'enseignement a ses limites, disait M. Sarotzini. Les choses vraiment importantes, on doit les apprendre seul. »

Pour illustrer son explication, M. Sarotzini lui avait dit de toujours se souvenir de l'adage : « En entendant j'oublie, en voyant je me souviens, en agissant je comprends. »

Cette phrase, Kündz l'avait sous les yeux à présent. L'ayant lue, il vérifia la date sur sa montre. On était le 21. Demain, ce serait le 22 juillet. Oui. Déjà trois semaines qu'il surveillait John et Susan Carter, épiant leurs conversations jour et nuit. Trois semaines qu'ils ne parlaient que de cela, trois semaines que leurs visites à la clinique étaient l'aliment principal de leurs discussions.

Ils en étaient à la onzième visite. John avait accompagné Susan à cinq reprises. Les autres fois, elle s'y était rendue seule, pour se faire injecter un produit destiné à stimuler sa fécondité. Kündz les avait entendus parler du personnel médical de la clinique, dont la compétence les avait favorablement impressionnés.

M. Sarotzini avait été très heureux de l'apprendre.

Demain, on serait le 22 juillet. Point culminant du cycle d'ovulation de Susan.

Oui, tout se déroulait magnifiquement bien.

Sortant de la cuisine, Susan passa dans le salon et Kündz changea de canal. Quand il capta son image, elle s'approchait d'une plante en pot, qui semblait être un palmier, armée du vase dont elle se servait pour arroser. Susan s'y connaissait en plantes. Peut-être que c'est à elle qu'il demanderait de lui enseigner la botanique.

Il continua à l'observer. Le livre sur Nietzsche lui plaisait, mais il pouvait attendre. La vision de Susan Carter en jean, tee-shirt et mocassins de yachting était infiniment plus plaisante.

John Carter entra à son tour dans le salon, enlaça Susan et l'embrassa sur la joue.

— On peut encore changer d'avis, chérie. Il est encore temps.

—On a signé un contrat.

—On s'en fiche, de leur contrat.

Susan aurait préféré que John ne la touche pas, mais ni John ni Kündz ne pouvaient le soupçonner. Elle aurait préféré qu'il s'abstienne de la bécoter, qu'il cesse de lui proposer de renoncer à tout bout de champ.

Elle avait pris sa décision, avait fait taire la voix intérieure qui lui criait « Ne fais pas ça ! », et tout ce qu'elle voulait à présent c'est qu'on lui laisse son espace vital. Si elle avait pu, elle se serait fabriqué une caisse, aurait cloué dessus une pancarte annonçant : « NE PAS DÉRANGER AVANT NEUF MOIS », s'y serait enfermée à double tour, y aurait accouché, aurait remis l'enfant à M. Sarotzini. Ensuite il ne lui serait plus resté qu'à en ressortir et sa vie aurait repris comme avant.

Ce n'était qu'un fantasme, tout à fait irréalisable. Elle n'avait aucun pouvoir sur le cours des événements, et c'est ce qui la mettait en colère. Le pouvoir, c'est M. Sarotzini qui l'exerçait pour l'instant. À partir de demain, ce seraient les médecins qui le prendraient, ensuite ce serait l'enfant, du moins si elle se révélait féconde. Qu'adviendrait-il de ses sentiments à elle ? Qu'adviendrait-il de son mariage ?

Les craintes qui la rongeaient n'avaient toutefois pas éteint en elle la curiosité. Depuis le début, elle n'avait cessé de se répéter qu'elle faisait cela pour Casey. Cependant elle le faisait aussi pour elle-même, il fallait bien l'admettre. Quelques jours plus tôt, elle avait trouvé dans un magazine un article selon lequel une femme ne saurait être en bonne santé si elle n'est pas tombée enceinte au moins une fois dans sa vie. Cet article lui avait mis du baume au cœur, et elle l'avait fait lire à John.

On lui avait strictement défendu de boire de l'alcool ce soir-là, mais ce fut plus fort qu'elle.

Consterné, Kündz la regarda se servir un verre de rosé. Pour lui, cela représentait un cas de conscience dont il se serait bien passé. Son devoir était de le signaler. Mais qu'arriverait-il alors ? Faudrait-il tout reporter ?

À présent, tout est en place, se dit-il. *Si je leur signale ce malheureux verre de vin, il faudra changer nos plans du tout au tout. Ce serait catastrophique.* En plus, M. Sarotzini risquerait de lui en vouloir, à lui, Kündz. De dire que c'était sa faute, qu'il aurait dû l'empêcher de boire.

Va pour un petit verre, Susan, mais pas plus !

Il se souvint d'une autre leçon de M. Sarotzini. L'histoire de l'homme qui disait : « Qu'on me donne un levier, et je soulèverai le monde entier. »

« Chacun de nous en est capable, lui avait dit M. Sarotzini. Ce levier qui permet de soulever le monde, il est en nous tous, nous devons simplement apprendre à le reconnaître et à l'utiliser comme il convient. »

Susan passa dans la salle à manger et Kündz, une fois de plus, changea de canal. La pièce ne contenait rien d'autre qu'un échafaudage et quelques rouleaux de papier peint. *Pourquoi y est-elle entrée ?* se demandait Kündz.

En la voyant s'approcher de la fenêtre et s'abîmer dans la contemplation du jardin, il comprit. Elle voulait être seule, simplement.

Tandis qu'il l'observait ainsi, en l'adulant de toute son âme, Kündz eut une subite illumination. Il en était sûr, à présent. Le levier qui allait soulever son monde, c'était Susan. Mais il restait des points d'ombre, et cela l'inquiétait. Des événements se préparaient. D'obscurs rouages se mettaient en place. Il se remémora une fois de plus la phrase de M. Sarotzini : « En entendant j'oublie, en voyant je me souviens, en agissant je comprends. »

Demain, on serait le 22 juillet.

L'excitation montait en lui, aussi torrentueuse qu'un opéra, aussi impétueuse que *Don Giovanni*. La musique éclatait dans sa tête, exaltante et folle, et il dut faire un terrible effort sur lui-même pour ne pas s'y abandonner.

Chez les Carter, le téléphone sonnait, Susan l'entendit et se précipita dans le salon en criant : « Ne bouge pas, John, j'y vais ! »

Quand elle décrocha, Kündz appuya sur un bouton de son tableau de contrôle, et la voix de l'homme qui appelait parvint à ses oreilles. Il la reconnut aussitôt. C'était celle de l'homme dont Susan était la directrice littéraire. Ils se parlaient régulièrement au téléphone. La voix laissait percer une pointe d'anxiété, détail qui n'échappa pas à Kündz.

— Susan ? Excuse-moi de te déranger, mais il faut qu'on se voie de toute urgence. On pourrait déjeuner ensemble demain, ou boire un verre, si tu es libre.

Tout en se montrant amicale, Susan resta évasive :

— Je regrette, Fergus, mais ce n'est pas possible. Je serai absente pendant deux jours.

— Prenons le petit déjeuner ensemble avant ton départ.

Susan s'esclaffa et dit :

— Tu n'as pas de chance, je m'en vais à l'aube.

Kündz fut sidéré par son naturel. Elle mentait avec un aplomb extraordinaire. Ah, quelle femme merveilleuse !

— C'est très important, Susan, il faut absolument que je te voie.

Elle lui promit de l'appeler à son retour, au cours du week-end. L'écrivain revint à la charge, essaya vainement de la persuader de lui accorder une entrevue avant son départ. Il essaya aussi de lui extorquer un numéro où il pourrait la joindre, mais elle lui dit qu'elle serait injoignable, et lui promit derechef de l'appeler dès son retour.

Bien joué, Susan.

Le taux d'adrénaline de Kündz avait atteint la cote d'alerte. Il fallait absolument qu'il parle, qu'il partage son excitation avec quelqu'un. Le fait qu'il ne pouvait se permettre de parler de Susan Carter ne le lui interdisait pas.

Il décrocha le téléphone et appela Claudie chez lui, à Genève. N'obtenant pas de réponse, il appela chez elle, tomba sur le répondeur et raccrocha aussitôt. L'absence de Claudie ne lui disait rien de bon. Bien qu'ils ne se soient pas parlé depuis dix jours, ça ne lui plaisait pas de la savoir dehors. Claudie était à lui, M. Sarotzini lui en avait fait cadeau. Bientôt Susan Carter lui appartiendrait aussi, mais en attendant Claudie était sa propriété privée, et sa propriété privée était dans la nature.

Après avoir reposé le combiné sur son socle, il se replongea dans son Nietzsche. Une fois de plus, la phrase de M. Sarotzini lui revint à l'esprit : « En entendant j'oublie, en voyant je me souviens, en agissant je comprends. »

Levant les yeux de son livre, il regarda Susan qui retournait les côtes d'agneau dans la poêle et se dit : *Demain. C'est demain que je comprendrai.*

Chapitre 24

La clinique WestOne occupait un immeuble moderne de quatre étages dont la façade ne jurait pas trop avec celles des maisons victoriennes en briques rouges de Wimpole Street. L'agencement intérieur était conçu pour évoquer le moins possible un hôpital. Le hall d'entrée était luxueusement moquetté. Il y avait des tapisseries aux murs, des vases débordant de fleurs fraîches, des bols de pots-pourris, et de grands divans voluptueux. On aurait pu se croire dans le hall d'un petit hôtel excessivement sélect, mis à part l'odeur.

Des relents d'antiseptique, de linge fraîchement lessivé et d'aliments trop fades flottaient en permanence dans l'air. Même les deux magnifiques bouquets de fleurs – l'un venait de John, l'autre, plus somptueux encore, de M. Sarotzini – ne suffisaient pas à masquer l'odeur dans la chambre de Susan, aussi spacieuse et confortable qu'une chambre de palace, dont les fenêtres sur rue permettaient d'apercevoir un petit bout de Regent's Park. Le jour déclinait. Dans quelques minutes, on viendrait la chercher pour la mener à la salle d'opération. Elle était un peu nouée, et se sentait très seule.

Deux heures plus tôt, John l'avait appelée pour lui souhaiter bonne chance, en lui proposant une fois de plus de venir lui tenir compagnie. Elle avait refusé tout net. Il n'était pas question qu'il soit présent pendant qu'on lui introduirait ce… cette chose. Elle avait l'impression de commettre une sorte d'adultère, et sa présence n'aurait rien arrangé. Seule, ce serait plus facile.

La porte s'ouvrit et une infirmière entra, un médecin sur les talons. Ils n'avaient de badge d'identification ni l'un ni l'autre et, bien qu'ils eussent été présentés, Susan n'avait pas retenu leurs noms. *Je préfère sans doute ne pas le savoir*, se dit-elle. Sa présence en ces lieux avait quelque chose d'irréel, et il valait mieux que ce sentiment persiste en elle. Ce n'était qu'un mauvais rêve, dont elle se réveillerait au bout de neuf mois. D'ici là, personne ne saurait le fin mot de l'histoire, à part elle, John et M. Sarotzini. Ses amis et ses collègues de bureau s'apercevraient forcément qu'elle était enceinte, mais ils ignoreraient la vérité. Dans neuf mois, ils viendraient tous lui présenter leurs condoléances, lui dire que cet enfant mort-né devait être un coup terrible pour eux deux. Elle jouerait la comédie de l'affliction, John aussi, et ça serait terminé.

L'infirmière tenait une seringue. Susan avait une sainte horreur des piqûres, et en temps ordinaire, quand son médecin traitant devait lui en faire une, elle était au bord de l'évanouissement. Mais elle en avait tant subi depuis quinze jours qu'elle n'arrivait plus à les compter.

—Prélude à l'anesthésie, dit l'infirmière.

—Allez-y, dit Susan.

Qu'ils me fassent ce qu'ils veulent, se disait-elle. *Pendant neuf mois, mon corps ne m'appartiendra plus.*

Elle sentit un picotement, et un flot de liquide lui envahit les veines. L'infirmière enfonça le piston jusqu'au bout, et elle éprouva une pression douloureuse le long du bras. Elle sentit sa main s'engourdir, comme quand on se cogne le petit juif.

L'infirmière s'effaça de son champ de vision, et c'est seulement alors que les traits du médecin lui apparurent clairement. Il avait la physionomie d'un acteur américain spécialisé dans les rôles de sénateur. Hâle tropézien, cheveux bruns artistement zébrés de mèches d'un noir de jais, sourire Colgate. Trop parfait, le sourire. Peut-être que c'était vraiment un acteur. Sa tête lui disait quelque chose. Mais oui ! Il jouait dans une série médicale américaine. *Urgences*. Le docteur Doug Ross !

L'infirmière en avait-elle fini avec elle ? Elle n'en était pas sûre. Le docteur Ross, exhibant sa dentition parfaite, ne la quittait pas des yeux. Elle lui aurait bien posé quelques questions sur son rôle dans *Urgences*.

Lui avait-on rendu son bras ou pas ? Au fond, ça n'avait pas d'importance. Elle flottait, paresseusement comme un canot, ou un matelas pneumatique. Elle était contente que le docteur Ross soit là, avec elle. Est-ce qu'on n'aurait pas pu envoyer une ambulance chercher Casey, afin que le fringant jeune médecin d'*Urgences* s'occupe d'elle ?

Quand elle ouvrit la bouche pour lui faire cette suggestion, le docteur Ross n'était plus là. L'infirmière s'était volatilisée aussi, et Susan ne reconnaissait plus sa chambre. Les murs se mirent à onduler, changèrent de couleur, s'effacèrent, et elle fut précipitée quinze ans en arrière. Elle était au Disney World d'Orlando, sa barque traversait une grotte, d'un moment à l'autre ils arriveraient au château de la Belle au bois dormant.

Elle essaya de se retourner, mais sa tête ne lui obéissait plus. C'était ennuyeux d'avoir la tête coincée, pas angoissant. Quelqu'un allait venir la réparer, sans doute le gentil médecin d'*Urgences*.

La barque se mit à tourbillonner, et Susan fut prise d'un vertige. Le mouvement était-il ascendant ou descendant ? Elle n'en était pas sûre. Elle sentait son esprit s'élever, alors que son corps s'enfonçait. L'instant d'après ce fut l'inverse : son corps s'élevait, tandis que son esprit partait vers le bas.

Elle ferma les yeux pour lutter contre le vertige. Ses yeux clos la coupaient du monde ; pourtant il s'en créait un autre à l'intérieur d'elle. Il y avait une foule de gens dans sa tête ; elle était cernée de toutes parts.

Son père et sa mère se détachèrent de la foule, puis Casey lui apparut. Debout. En bonne santé. Tirée d'affaire. John était là aussi mais, comme son visage était plongé dans l'ombre, elle n'arrivait pas à le repérer au milieu de tous ces gens. En revanche, celui de M. Sarotzini était bien net. Il lui souriait – un sourire rayonnant, chaleureux, qui semblait lui dire : « Vous êtes sur la bonne voie, continuez. »

M. Sarotzini était accompagné d'un homme dont le visage était familier à Susan, mais qu'elle n'arrivait pas à situer. Tout ce qu'elle savait, c'est qu'elle l'avait vu récemment. Qu'elle l'avait vu dans un passé très proche. C'était un homme de haute taille, avec une carrure de joueur de football américain.

Tout à coup, elle le reconnut. C'était le technicien des télécoms, celui qui était venu régler leurs téléphones.

Elle venait de pénétrer dans une région étrange de son esprit, sillonnée de traits lumineux, de longs éclairs acérés pareils à des lames de couteau. Des lasers. Il y en avait des centaines, leurs rayons traçant des figures étranges et compliquées sur les parois intérieures de son crâne. Entre les rayons il y avait des zones d'ombre où se mouvaient des silhouettes indécises. Ses parents et Casey avaient disparu, à présent. Où était passé le docteur Ross ? M. Sarotzini et le technicien des télécoms étaient toujours là, entourés d'autres gens, des inconnus qui s'étaient insinués dans sa tête. Debout au-dessus d'elle, ils la regardaient mais, à cause des lasers, leurs visages étaient à contre-jour, et elle n'arrivait pas à les distinguer. Elle ne voyait que leurs silhouettes, en ombres chinoises.

Les lasers découpaient les parois de son crâne. Peu à peu, une salle lui apparut. Elle perçut une odeur de brûlé, piquante, aromatique, qui évoquait un peu celle de l'amande amère. La salle était vaste, remplie de gens que la lumière des lasers éclairait par-derrière. Des objets métalliques jetaient des lueurs. Apparemment ces gens portaient tous des cols roulés noirs, et leurs visages lui étaient toujours invisibles. Elle ne voyait que des taches noires.

Elle reconnut M. Sarotzini. Même si son visage n'était pas visible, sa présence était palpable. Le technicien des télécoms se tenait en avant de lui, grande silhouette sans visage sur laquelle convergeaient les forces individuelles de tout le groupe assemblé à l'arrière-plan.

Où était donc le médecin d'*Urgences*? Où était le docteur Ross? S'il s'était enfui, c'était dommage pour lui. Susan se sentit soudain pénétrée de son importance. Si tant de gens s'étaient rassemblés à l'intérieur d'elle, ce n'était pas pour rien. Le technicien des télécoms se tenait toujours en avant du groupe, et à présent les lasers l'éclairaient comme des projecteurs. C'était un colosse, bien plus grand que dans son souvenir, une vraie montagne de muscles. Les autres étaient habillés, mais lui était entièrement nu. Un long serpent, jaillissant de la forêt de poils touffus de son bas-ventre, déplia ses anneaux et se dressa comme un cobra en colère, dardant sa tête vers elle.

Le serpent luisait, sa peau jetait des étincelles. Le technicien des télécoms, dont le visage n'était qu'une tache noire, n'eut pas besoin de s'approcher d'elle. Le serpent s'avançait, grandissait, il était entre ses jambes à présent. Susan sentit sa faim, et elle fut envahie d'un désir dévorant.

Elle voulait ce serpent.

Elle l'appela en criant à tue-tête.

Elle pria le ciel pour qu'il s'approche encore.

Sa prière fut exaucée. Il était si près maintenant qu'elle ne voyait plus sa tête. Elle ne la voyait plus mais elle la sentait et la sensation était d'une volupté indicible. Lentement, avec une délicatesse suprême, le mufle de la bête la pénétrait.

Elle voulut guider le serpent de ses mains, mais c'était inutile, il se débrouillait très bien seul. Il se fraya doucement un chemin, la chatouillant un peu au passage. Et tout à coup la frayeur s'empara d'elle. Il était trop gros, c'était impossible, il ne pourrait pas s'introduire en elle.

Susan poussa un hurlement.

Un rayon laser éclaira subitement le visage de l'homme. Dans cette lumière, il semblait d'une pâleur de mort. Pourtant son regard était parfaitement serein. Il riva sur Susan ses yeux bruns, et elle sentit que le serpent s'enfonçait en elle, la labourant, l'ouvrant toute grande. La sensation était invraisemblable, il était trop gros, il ne pourrait pas tenir en elle; pourtant il continuait, sans hâte, millimètre par millimètre, l'envahissant tout entière, et l'espace d'un instant la douleur fut si atroce qu'elle en eut le souffle coupé. Cependant presque aussitôt, la douleur se mua en jouissance. La tête du serpent ondulait en elle, faisait naître d'incroyables vagues de plaisir qui déferlaient en elle en se chevauchant.

Elle se mit à frissonner, à ondoyer comme l'air torride au-dessus des dunes du Sahara. Elle s'était transformée en air, son corps n'était plus qu'un fluide vaporeux, un agrégat de molécules bouillonnantes, parcouru de vibrations et d'ondes lumineuses. Elle reprit brutalement contact avec son corps, sentit de nouveau cette chose qui s'insinuait en elle. Elle voulait que la sensation ne s'arrête pas, qu'elle dure éternellement, qu'elle se prolonge jusqu'à la fin des temps.

Encore! Encore!

Le serpent s'enfonçait toujours en elle, l'emplissant de plus en plus. Où était la tête, à présent? Elle ne le savait pas au juste. Quelque part dans son ventre. Elle avait envie de lui crier de continuer, de lui crier qu'il y avait encore de la place, que s'il n'en trouvait plus elle lui en ferait, elle nageait, son corps était devenu liquide, il s'évaporait, une vague monta en elle, son corps devint un océan, une houle énorme la souleva, monta, monta encore, elle aperçut le visage pâle comme la mort du technicien des télécoms, son visage était tout près, elle ne voyait plus rien d'autre, elle ne sentait plus rien d'autre au monde que le serpent, la houle qui déferlait en elle, elle se sentit exploser, s'embraser, et les flammes lui étaient douces, un courant électrique violent lui parcourut les jambes, lui remonta jusqu'aux épaules, de formidables décharges électriques lui transpercèrent le cerveau, lui trouèrent le ventre.

Elle s'immobilisa, au fond d'elle une mèche s'alluma, une douce chaleur l'envahit, elle était si bien, elle se sentait si désirée, elle aurait voulu que cette sensation se prolonge, elle aurait voulu se blottir avec elle dans un coin et ne plus jamais la lâcher, passer le reste de sa vie avec elle, mais c'était impossible, elle ne pouvait plus retenir l'océan, il se désintégrait en elle, jaillissait au-dehors, elle chevauchait les vagues sous un soleil étincelant, elle surfait, les vagues étaient en elle, sous elle, elle se mit à hurler, son corps entier explosait de plaisir, l'océan envahissait chaque cellule de son corps, la faisait éclater en mille morceaux, et tout en éclatant elle hurlait : « Encore, oh oui, oh oui, oh oui, encore ! »

Il y eut un long silence.

Puis un mouvement. Susan eut la sensation qu'elle était dans un train, endormie sur une couchette. Elle comprit ensuite qu'elle était sur un lit roulant, que l'on poussait le long d'un couloir.

Un son désagréable lui froissa les oreilles.

Était-ce des volets métalliques ?

Un cliquetis.

Ensuite les ténèbres.

Chapitre 25

Quelque chose chiffonnait Kündz. Il y avait pensé souvent depuis mardi soir, et maintenant ça tournait à l'obnubilation.

M. Sarotzini lui avait appris qu'il fallait toujours écouter son intuition, et lui laisser la bride sur le cou afin qu'elle fleurisse librement. Donc il s'y abandonna, et les événements de mardi soir lui revinrent en mémoire avec précision. Le téléphone des Carter avait sonné. Susan avait décroché, et c'est la conversation qu'elle avait eue alors qui tarabustait Kündz.

Il enfonça une touche sur son clavier, la cassette se rembobina, s'arrêta à l'endroit voulu.

Il se repassa la partie qui l'intéressait, en tendant attentivement l'oreille.

« Susan ? Excuse-moi de te déranger, mais il faut qu'on se voie de toute urgence. On pourrait déjeuner ensemble demain, ou boire un verre, si tu es libre. »

Ce qui le tarabustait, c'est le ton sur lequel l'homme disait cela. Et qu'y avait-il de si urgent ? Susan l'avait obligé à réviser une bonne partie de son manuscrit, d'accord, mais elle ne lui avait pas imposé de délai précis. Tout ce qui lui importait, c'est que le livre devienne présentable.

Ce *ton* n'avait fait qu'aiguiser l'intuition de Kündz.

Il se repassa la cassette. La repassa encore une fois. « *De toute urgence.* » Oui, c'est bien cette locution qui lui avait fichu les boules.

Pour la deuxième nuit consécutive, Fergus Donleavy fut réveillé par le même atroce cauchemar.

Comme le cauchemar n'avait rien de compliqué, il n'eut aucune peine à s'en souvenir. Il voyait un enfant nouveau-né, minuscule, seul au milieu d'une nuit épouvantable. L'enfant pleurait, et le vrai cauchemar c'était de l'entendre vagir ainsi : il était en proie à une profonde terreur. Ensuite, dans son rêve, Fergus voyait Susan Carter : elle tournait en rond dans les ténèbres, une torche à la main, cherchant désespérément l'enfant. Le visage ruisselant de larmes, elle suppliait Fergus de l'aider.

Fergus lui répondait : « Non, ne t'occupe pas de cet enfant, n'essaie pas de le retrouver, laisse-le mourir. *Laisse-le mourir, je t'en conjure.* »

Et là-dessus il se réveillait.

Il jeta un coup d'œil à sa montre, posée sur la table de chevet. Une sourde névralgie lui vrillait le crâne. Avait-il bu un coup de trop hier soir ? Il projeta ses jambes hors du lit, et son corps suivit le mouvement. Ses jambes flageolaient un peu, mais il ne s'effondra pas. *Grâce à Dieu et à un demi-milliard d'années d'évolution, je suis un bipède*, se dit-il, un peu brumeusement, avant de tirer les rideaux.

Dehors, la Tamise était toujours là, et il en fut surpris comme chaque matin. Pourtant il habitait dans cet appartement au-dessus du port fluvial depuis dix ans, et jamais encore la Tamise ne lui avait fait faux bond.

Une allège rouillée passa en contrebas, lourdement chargée, sa calaison au plus bas. La péniche qui la halait était si peu agitée par le courant qu'on aurait pu croire qu'elle glissait sur des rails fixés au fond de l'eau. Fergus contempla un moment l'écume blanchâtre qui flottait sur les eaux couleur d'excrément, puis il tendit le cou vers la droite et parvint à apercevoir la silhouette du pont de la Tour, grise contre le ciel gris. Un ciel de bruine. La journée s'annonçait mal.

Il enfila sa robe de chambre, dénicha ses pantoufles, et gagna son cabinet de travail. Comme toutes les autres pièces de l'appartement, sauf les W.-C., celle-ci était jonchée de pages du foutu manuscrit que cette emmerdeuse l'avait obligé à revoir de fond en comble. Il en avait jusque-là de ce maudit bouquin et se mordait les doigts de l'avoir écrit, mais il lui fallait de l'argent pour payer les traites de son appartement, qui vu le taux du crédit lui revenait à une fortune, et son maigre salaire de prof n'y aurait jamais suffi. S'il avait restitué l'avance à Magellan Lowry, il se serait retrouvé à la rue.

Enfin, voyons, Fergus, ton livre est d'une importance capitale. Grâce à lui, l'humanité y verra plus clair.

Tu parles. Garde tes boniments pour les représentants, Fergus.

C'était vrai, et il le savait bien. Mais cette vérité, seule la partie modeste de son être était prête à l'admettre. Son être avait aussi une partie orgueilleuse, tellement bouffie de suffisance qu'elle prenait les proportions d'une montagne, et celle-là n'était nullement décidée à en rabattre. Celle-là était persuadée que le Dr Stephen W. Hawking s'était planté sur toute la ligne, et que le Dr J. Fergus Donleavy était le plus grand génie scientifique du siècle.

Il entreprit de se moudre une dose de café, en s'efforçant d'interpréter son rêve. Sa bibliothèque comportait un rayon entier d'ouvrages sur l'onirologie : il avait étudié toutes les clés possibles, pourtant aucune ne collait avec ce rêve-là. Il ne correspondait à aucune symbolique connue. Il savait pourquoi, et ça lui fichait une trouille bleue. Son rêve n'avait rien à voir avec les symboles.

C'était un rêve prémonitoire.

Depuis quelques semaines, le pressentiment qu'un horrible malheur allait s'abattre sur Susan ne le quittait plus, et son angoisse s'aggravait de jour en jour.

Aujourd'hui, elle l'oppressait encore plus qu'avant-hier, jour où elle était devenue tellement démesurée qu'il n'avait pu s'empêcher de lui passer un coup de fil.

Mais qu'aurait-il pu dire à Susan ? On ne peut mettre en garde contre un malheur consécutif à un accouchement une femme qui a fait vœu de ne jamais avoir d'enfants.

Elle l'enverrait sur les roses, en lui rappelant que son mari et elle s'étaient engagés à ne pas procréer.

Arrête de me prendre la tête, Susan Carter ! Il la revit assise en face de lui, la dernière fois qu'ils avaient déjeuné ensemble : ses cheveux roux lisses et brillants, son beau regard pétillant d'intelligence, d'humour, de curiosité et de... de quoi encore ?

Souhaitait-elle quelque part que leurs relations aillent plus loin que celles qui unissent normalement un auteur à sa directrice littéraire ?

Une idée encore plus absurde lui germa dans la tête. Était-ce pour combattre l'attirance qu'elle éprouvait pour lui qu'elle le forçait à récrire son manuscrit ?

Mon pauvre Fergus, tu as dû te bousiller un sacré paquet de neurones hier soir.

Il remplit de café la doseuse métallique, ajouta de l'eau dans le réservoir et appuya sur le bouton. Il ramassa son courrier et l'*Independent* du jour sur le plancher, jeta un rapide coup d'œil aux manchettes du quotidien et aux libellés des enveloppes et, ne trouvant rien d'intéressant à lire, se laissa retomber sur sa chaise.

Susan ne l'avait pas rappelé. Son coup de fil datait de mardi soir. On était jeudi matin. Elle lui avait promis de le rappeler, mais n'avait pas tenu parole. Au téléphone, elle s'était montrée très évasive. Elle lui avait dit qu'elle partait en voyage, sans mentionner sa destination. Quand on va à Manchester ou à Paris, on ne dit pas : « Je vais en voyage », on dit : « Je vais à Manchester » ou « Je vais à Paris ». Pourquoi faisait-elle tant de mystères ?

Nom d'un petit bonhomme ! Susan avait-elle un amant ? N'ayant jamais rencontré son mari, Fergus ne pouvait avoir une idée de son caractère, ni de la solidité de leurs liens. Une femme prend un amant quand elle est malheureuse en ménage. Les regards bizarrement appuyés de Susan étaient-ils une espèce d'appel du pied, ou d'appel au secours ? Fergus était-il bouché à l'émeri ?

Son angoisse augmenta d'un cran. Depuis leur première rencontre, Susan exerçait sur lui une forte attraction. Elle était belle, mais ce n'est pas seulement sa beauté qui lui plaisait. Il aimait tout en elle : ses gestes, son odeur, sa voix, son esprit, ses vêtements, son assurance, sa manière de se donner à son travail, aux autres, à la vie en général. Si elle avait un amant (là, il nageait en pleine conjecture), et si par conséquent il y avait de l'eau dans le gaz entre son mari et elle, c'était peut-être le moment de lui déclarer sa flamme.

Fergus secoua la tête. *Arrête de penser à ça,* se dit-il, *il faut que tu te concentres sur son manuscrit.* Pourtant son rêve s'accrochait obstinément et il n'arrivait pas non plus à chasser de sa tête l'image de Susan, de sa chevelure rousse, de ses jambes, de son sourire, de ses yeux bleus, de sa fraîcheur, de sa vitalité.

L'idée qu'à cet instant précis elle était peut-être dans un lit d'hôtel avec un amant lui faisait une peine immense.

Mais son rêve le tourmentait encore plus. Il ne le quitta pas un instant pendant qu'il prenait sa douche, mastiquait une tranche de pain trop grillée, et s'attelait enfin à son travail.

Il fallait absolument qu'il parle à Susan. Il fallait qu'il lui raconte son rêve, pour voir s'il faisait résonner quelque chose en elle. Si l'un ou l'autre de ses épisodes était parlant pour elle. Les ténèbres. L'enfant qui pleurait. Susan le cherchant avec sa torche. Et Fergus lui disant de le laisser mourir.

Il résolut de composer le numéro de son bureau, pour le cas où la secrétaire, qui lui avait affirmé hier qu'elle n'avait aucun moyen de joindre Susan, aurait eu de ses nouvelles depuis.

Au moment où il tendait la main vers le téléphone, il se mit à sonner. *Peut-être que c'est Susan*, se dit-il, le cœur plein d'espoir.

Ce n'était pas Susan. C'était un employé des télécoms, qui s'excusa très poliment de le déranger. Il y avait une anomalie sur sa ligne. D'après leur ordinateur, elle était causée par l'un ou l'autre des éléments de son équipement intérieur. Un de leurs techniciens viendrait vérifier sur place. Ils étaient prêts à l'envoyer dès ce matin, à condition que quelqu'un soit là pour lui ouvrir la porte.

Chapitre 26

Un rai de lumière fendit les ténèbres. Pâle, indécis. Il s'élargit un peu, sans toutefois s'intensifier. Engourdie par la torpeur, un peu hébétée, Susan le regardait sans comprendre.

Au bout d'un moment, elle saisit. C'était une fenêtre. Des larmes de pluie ruisselaient sur les vitres. Le ciel qu'elle voyait à travers était du même gris que l'écran d'une télévision éteinte. Cette fenêtre était celle de sa chambre. Mais elle avait bougé. John avait dû la changer de place. À moins qu'il ait déplacé le lit.

Elle referma les yeux, mais son trouble ne fit que s'accroître. Quelque chose ne collait pas. Rouvrant les yeux, elle regarda autour d'elle. Les murs étaient gris aussi. Un hôtel, se dit-elle. On doit être en voyage. Elle essaya de se retourner vers John. Au prix d'un énorme effort, elle parvint à mouvoir son cou sur quelques centimètres. Il ne lui en fallait pas plus pour s'apercevoir qu'elle était seule dans le lit.

Un frisson glacé la parcourut.

Ce n'est pas un hôtel, c'est une clinique.

Lui était-il arrivé un malheur ? L'opération avait-elle mal tourné ?

Elle essaya de remuer, mais elle se sentait lourde, comme si elle avait eu le torse lesté de plomb. Elle se força à tourner la tête encore une fois, cherchant une pendule des yeux, mais l'effort était trop grand et elle y renonça presque aussitôt. Son regard se posa de nouveau sur la fenêtre. Glissant sur le mur gris, il se déplaça vers un autre mur, et s'arrêta sur un tableau. C'était la reproduction d'une toile de Lawrence Lowry, une vue d'une ville industrielle sinistre, peuplée de petits personnages unidimensionnels. *Quelle bizarre coïncidence*, se dit-elle. *Je suis employée par un Lowry, et j'ai aussi un Lowry dans ma chambre.*

Le plafond était muni d'un détecteur de fumée, et le système d'arrosage pointait sur elle ses innombrables petits becs. Elle entendit un téléphone sonner au loin. Elle avait la bouche sèche, la gorge à vif. Elle essaya de rassembler ses souvenirs. Des bribes de rêve, ou d'hallucination, lui revinrent, confusément. Avait-elle fait un cauchemar ? Sa peur redoubla.

Du coin de l'œil, elle vit la porte s'ouvrir. Une infirmière entra dans la pièce. C'était une quadragénaire brune à l'air compétent, au visage un peu revêche. Elle s'approcha du lit, sa bouche s'ouvrit, ses lèvres sans couleur remuèrent et l'une après l'autre, très lentement, ses paroles parvinrent jusqu'à Susan. Une odeur d'aliments avait pénétré dans la pièce en même temps qu'elle. L'odeur de petit déjeuner – toasts et œufs brouillés – souleva le cœur de Susan.

—À la. Bonne heure. On s'est. Réveillée.

En entendant ces mots, Susan comprit qu'il y avait quelqu'un d'autre dans la chambre. Quelqu'un qu'elle ne voyait pas. Tout à coup, une silhouette masculine s'interposa entre la fenêtre et elle. Elle avait déjà vu cet homme-là quelque part. Cheveux bruns zébrés de mèches noires, hâle tropézien... Mais oui, c'était le médecin d'*Urgences* !

Le docteur Ross resta silencieux un moment, la fixant de son regard brun plein de sympathie. Puis il lui demanda :

— Comment. Vous. Sentez-vous ?

Susan avait la nausée, et elle mourait de soif, mais elle se tut. Elle était trop fatiguée pour parler. Se désaltérer lui aurait coûté un trop grand effort. Elle n'avait qu'un désir : qu'on la laisse dormir.

— Bien, mentit-elle.

— Vous allez être un peu dans les vapes pendant quelque temps. C'est l'anesthésie. Vous n'avez pas mal au ventre ?

Elle arriva à s'arracher un signe de dénégation. Peu à peu un souvenir lui revenait, remontant des tréfonds glauques de sa mémoire comme un cadavre gonflé d'eau.

Elle frissonna.

Le doux regard du docteur Saint-Trop' se voila un peu.

Tout à coup, Susan se souvint de la sensation violemment érotique qu'elle avait éprouvée quand le serpent du technicien des télécoms, cet énorme machin ithyphallique, était entré en elle. Elle revécut toute la scène, avec une intensité affolante, et sentit son visage s'empourprer. *J'ai fait un rêve*, se dit-elle, *ça ne peut être qu'un rêve, un fantasme freudien, ça ne peut être que mon imagination*.

Subitement, une douleur extraordinairement aiguë lui perça l'abdomen. On aurait dit qu'on la poignardait avec un kriss malais. Un cri s'étrangla dans sa gorge, et le kriss la frappa une deuxième fois.

— Ce n'est que l'incision, dit le médecin. Voyons où en est la suture.

L'infirmière rabattit le drap, délaça la chemise de Susan et lui ôta son pansement. Susan baissa les yeux. La chair de son ventre était blême et boursouflée, hérissée de fils noirâtres.

Le docteur Ross entreprit de lui exposer en grand détail en quoi avait consisté l'opération, mais elle ne l'écouta que d'une oreille. Tout cela, elle le savait déjà. L'obstétricien, le docteur Van Rhoe, n'avait pas été avare d'explications.

M. Sarotzini avait tenu à la faire traiter par Van Rhoe, et Susan en avait été plutôt flattée, elle était obligée de le reconnaître. Miles Van Rhoe était une sacrée pointure, au point que même Harvey Addison pâlissait à côté de lui. Depuis trente ans, il était l'accoucheur en titre de toutes les grandes familles d'Angleterre. Le gynécologue favori des riches et des puissants. À en croire la presse, même la famille royale ne jurait que par lui.

Le directeur de la clinique, le docteur Abraham Zelig, lui avait également fourni toutes les explications possibles. Selon M. Sarotzini, le docteur Zelig était l'un des meilleurs spécialistes au monde, voire *le* meilleur, en matière de fécondation *in vitro*.

Patiemment, le docteur Ross lui expliqua qu'après avoir pratiqué une incision, ils lui avaient prélevé des ovules, avaient sélectionné celui qui paraissait le plus sain, lui avaient incubé des spermatozoïdes fournis par M. Sarotzini, et l'avaient replacé dans l'utérus.

La douleur avait reflué, et Susan l'écoutait parler, fascinée par la douceur de son regard. Tout à coup, l'envie lui vint de protester, de lui dire qu'il se trompait, que le sperme ne venait pas de M. Sarotzini, qu'il venait du technicien des télécoms, mais elle la refréna. On l'avait opérée, indubitablement. La douleur et les points de suture le prouvaient bien. Tout cela n'était qu'un rêve. Un délire érotique. Une hallucination. L'anesthésie a parfois une action délétère sur le cerveau, c'est connu.

Les quelques minutes d'effort qu'elle avait dû faire pour ne pas s'assoupir l'avaient exténuée. Elle pensa au sperme de M. Sarotzini, et une ondée de dégoût l'envahit. Il était en elle, mêlé à l'un de ses ovules, qu'il était en train de féconder. Est-ce qu'elle était enceinte ?

Elle eut très chaud, puis elle eut très froid. Le visage du docteur Ross se mit à vaciller devant elle. Un instant il était là, l'instant d'après il disparaissait, puis reparaissait encore. Elle se rappela tout à coup que, dans *Urgences*, le docteur Ross n'était pas gynécologue, mais pédiatre.

Il est vrai qu'elle allait bientôt avoir besoin d'un pédiatre aussi.

L'infirmière la regardait d'un drôle d'air. Le visage du docteur Ross se désintégra, puis il se recomposa. Susan avait la tête qui tournait, et elle mourait de soif. Elle se décida enfin à réclamer un verre d'eau.

Ce soir-là, un peu après 18 heures, le chauffeur de M. Sarotzini raccompagna Susan chez elle. John n'était pas encore rentré, et elle en fut soulagée, car la perspective d'avoir à affronter ses questions ne l'enchantait guère. Il avait téléphoné à la clinique ce matin pour prendre de ses nouvelles, et elle n'avait même pas eu le courage de le rappeler.

À l'heure du déjeuner, M. Sarotzini était venu la voir, et l'entrevue avait été entachée d'un certain malaise. Il lui avait apporté une grande corbeille de fruits, qui à présent était dans le coffre de la Mercedes mais, malgré leurs nombreux intérêts communs, la conversation avait vite tourné court. Susan était trop lasse pour deviser, ou peut-être qu'elle n'avait pas les idées assez claires. Quand M. Sarotzini l'avait quittée, elle s'était sentie soulagée.

Le ciel était couvert, et il pleuvait toujours. Le chauffeur ne sortit de son silence d'automate que pour lui offrir de porter son petit sac en toile dans la maison. Elle déclina sa proposition, et le regretta presque aussitôt. Le sac était plus lourd qu'elle ne l'aurait cru, sans parler de la corbeille de fruits. À cause du poids, les points de suture mordaient la chair de son ventre.

Le docteur Saint-Trop' n'était pas très chaud pour la laisser rentrer si tôt. Il aurait préféré qu'elle passe la nuit à la clinique, mais il fallait absolument qu'elle soit au bureau demain. La direction de Magellan Lowry s'était décidée à entrer dans la bataille d'enchères qui s'était déclenchée pour le livre de Julian DeWitt et, si elle ne faisait pas son offre demain, il serait trop tard.

Elle mit sa clé dans la serrure et ouvrit la porte. Dès qu'elle eut mis le pied dans la maison, elle se félicita d'être rentrée ce soir. Depuis l'entrée, elle avait vue sur les baies vitrées du salon et, même sous cette pluie lugubre, la vision du jardin lui chavirait le cœur. Elle avait l'impression qu'il lui souhaitait la bienvenue. Cette maison était merveilleuse. Comment auraient-ils pu s'en séparer ?

À pas lents, elle inspecta les lieux. Elle n'était partie que depuis vingt-quatre heures, mais il lui semblait que son absence avait duré un mois. Rien n'avait bougé dans la maison. Elle remarqua simplement que les plantes avaient besoin d'être arrosées. Harry, qui en avait fini avec la salle à manger, venait de s'attaquer à l'une des chambres d'appoint du premier, celle dont John comptait faire son domaine privé, et elle avait hâte de voir où ça en était.

Se plaçant devant la cheminée de marbre, elle admira un moment le jardin, puis promena son regard sur les murs, en se répétant pour la centième fois que l'effet de contraste qu'elle avait choisi était admirablement réussi. Il y a des blancs qui sont insipides, ou trop roses, d'autres sont trop sévères, trop froids. Mais son blanc cassé à elle était léger, pimpant et pourtant chaud, même par une journée sombre comme celle-ci.

Il va falloir que je songe à choisir la couleur de la chambre d'enfant, se dit-elle. Laquelle des trois pièces dont ils disposaient encore à l'étage s'y prêterait le mieux ? se demanda-t-elle.

Et puis, tout à coup, elle se dit : *Où est-ce que tu vas chercher des idées pareilles ?*

Susan ne savait pas trop comment John se comporterait en rentrant du bureau, mais sa réaction déjoua toutes les prévisions qu'elle avait pu faire. Il ne lui dit strictement rien.

Susan était dans la cuisine. Malgré sa fatigue, elle avait décidé de préparer un bon petit dîner, pâtes garnies à l'italienne accompagnées de deux tranches de filet de lotte qu'elle avait dénichées au fond du congélateur. La porte de devant s'ouvrit et se referma, elle entendit le bruit mat du porte-documents de John tombant sur le parquet de l'entrée, et guetta son arrivée dans la cuisine. Il savait forcément qu'elle était à la maison : les tomates, les oignons et l'ail mijotaient sur le fourneau, et la radio était allumée.

Mais il ne se montra pas.

John n'était pas un homme d'habitudes. Il était imprévisible, énigmatique, spontané, mais en sept ans de mariage il n'avait pas dérogé une seule fois à son rituel vespéral : en arrivant à la maison, il allait aussitôt dans la cuisine et se versait deux doigts de scotch Macallan, toujours avec trois glaçons et une giclée d'eau plate. Le mardi, en revenant de sa partie de squash, il remplaçait le whisky par de la bière – Budweiser à tous les coups.

Au bout d'un moment, Susan baissa la radio et, à son grand étonnement, entendit le son de la télé. Elle sortit de la cuisine et gagna le salon. Affalé sur le canapé, John, la télécommande à la main, zappait d'une chaîne à l'autre. Il n'avait même pas enlevé sa veste.

— Bonsoir, fit Susan d'une toute petite voix.

Il ne quitta pas l'écran des yeux, passant toujours d'une chaîne à l'autre. Il s'arrêta finalement sur une course de camions que diffusait une chaîne câblée spécialisée dans les compétitions sportives.

Pour la première fois de sa vie, Susan resta décontenancée devant son mari. Était-il fâché parce qu'elle ne l'avait pas rappelé ? Quelque chose lui disait que ce n'était pas aussi simple que ça.

Elle tourna les talons, et regagna la cuisine, sentant une larme lui couler sur la joue. Elle l'essuya, ainsi que les suivantes, avec un essuie-tout en papier, remua la sauce qui mijotait dans la poêle puis, prenant appui sur le rebord de l'évier, s'abîma dans la contemplation du jardin.

Le gril à barbecue, la table et les deux bancs en bois étaient tout luisants de pluie. Une grive, celle qui leur rendait souvent visite, becquetait le gazon, qui aurait eu bien besoin d'être tondu. Baissant la tête, l'oiseau entreprit d'extirper un lombric du sol. Il bataillait, tirait de toutes ses forces, comme si quelque créature souterraine avait tiré aussi fort à l'autre bout du ver. La grive gagna la bataille et, après avoir gigoté un instant dans l'air, le lombric s'engloutit dans son bec. *L'éternel combat du prédateur et de la proie*, se dit Susan.

La pluie fouettait les flaques d'eau du patio, soulevant de minuscules gerbes. *Nous croyons que nous sommes les plus malins parce que l'espèce humaine domine tous les autres prédateurs.* Un rouge-gorge, autre habitué du jardin, traversa la pelouse en sautillant. Susan l'observa, apercevant par éclairs le plumage de sa poitrine, qui était d'un bel orange vif. *C'est un joli oiseau*, se dit-elle, *mais féroce aussi*. Les rouges-gorges sont connus pour leur méchanceté. Un oiseau plus petit a tout intérêt à s'en méfier comme de la peste.

Ne pas se fier aux apparences, se dit-elle. *Le monde est un grand miroir aux alouettes.* Elle écrasa une autre larme, poussa un grand soupir, et se dit : *Qu'est-ce qui m'a pris de faire ça, bon Dieu ?*

Un peu plus tard, en mettant le couvert, alors que John était toujours absorbé dans sa course de camions, elle se surprit à espérer que la fécondation *in vitro* n'opère pas, que cette mascarade à laquelle elle s'était prêtée n'aboutisse à rien.

Elle souhaitait que ça rate. Elle le souhaitait de toutes ses forces.

À son réveil, le lendemain matin, elle n'avait qu'une envie : rester au lit. Mais elle se força à se lever. Il ne fallait pas qu'elle manque la réunion, c'était très important.

Elle prit une douche et descendit au rez-de-chaussée. John était sur le point de sortir.

— Je t'ai fait du café, chérie, lui dit-il. Il est sur la table.
— Merci, dit-elle en l'embrassant.
— Comment te sens-tu ? lui demanda-t-il.
— Fatiguée.
— Tu es vraiment obligée d'aller au bureau ?
— Je rentrerai de bonne heure.

Elle l'embrassa encore une fois pour lui dire au revoir, gagna la cuisine, s'assit, ouvrit le journal. Tout en lisant, elle porta sa tasse à ses lèvres et but son café à petites gorgées.

Le café n'avait pas le même goût que d'habitude. Sa saveur légèrement métallique n'était toutefois pas déplaisante. Elle se dit que John avait dû changer de marque.

Une secrétaire arriva avec du café alors que la réunion du comité de lecture de Magellan Lowry battait son plein. Susan était en train de spéculer à haute voix sur l'identité du mystérieux adversaire qui venait d'enchérir contre eux. Elle soupçonnait HarperCollins, mais Transworld était candidat aussi, elle le savait, tout comme Random House, et peut-être aussi Little Brown. Son contact chez Simon & Schuster lui avait affirmé que la maison s'était retirée de la compétition et, d'après ce que lui avait laissé entendre l'agent de DeWitt, Viking Penguin n'était plus dans le coup non plus. En tout cas, cent soixante-quinze mille livres lui semblaient une somme exorbitante, d'autant qu'on n'avait mis aux enchères que les droits pour le Royaume-Uni et le Commonwealth.

Elle donna son avis sur le livre de DeWitt. Selon elle, il n'était pas si réussi que ça. Elle trouvait qu'il était trop ésotérique, trop technique, pas assez grand public.

— Je crois qu'il ne se vendra pas bien du tout, conclut-elle. On devrait jeter l'éponge.

Elle prit la tasse posée devant elle et but une gorgée de café. Il était tout à fait buvable, mais elle lui trouva aussi un bizarre arrière-goût métallique. Elle se demanda si c'était son imagination.

Chapitre 27

Comme tous les dimanches matin, John lui apporta le petit déjeuner et les journaux sur un plateau, gâterie dominicale qu'il n'avait oubliée qu'une seule fois en sept ans, un jour qu'il avait une gueule de bois vraiment carabinée.

Susan se sentait mieux, ce matin. Leurs relations semblaient revenues au beau fixe, et elle en était soulagée. John était en peignoir de bain, et ça lui mettait l'eau à la bouche. Refrénant son envie de glisser une main sous le peignoir, elle s'ébroua (un peu à regret) pour chasser un dernier reste de torpeur et se dressa sur son séant.

Les rideaux étaient ouverts, et le soleil éclatant du matin entrait à flots par les doubles fenêtres orientées à l'est. Susan adorait la chambre de la tourelle. Elle lui donnait toujours la sensation de s'éveiller dans un château, et d'ailleurs ils avaient tout fait pour que le décor rappelle celui d'un château. Le parquet de chêne, soigneusement poncé et ciré, était parsemé de tapis de petites dimensions. Le lit était surmonté d'une copie de lustre victorien que Susan avait achetée aux puces. Le mobilier, aussi succinct que possible, était en revanche authentiquement ancien.

Dès qu'ils en auraient les moyens, ils avaient l'intention de s'offrir un lit à colonnes, ou mieux encore de s'en faire fabriquer un sur mesure. D'après John, ce serait bientôt à leur portée. Dans le court laps de temps qui s'était écoulé depuis qu'ils avaient accepté la proposition de M. Sarotzini, DigiTrak avait accompli des progrès spectaculaires. Susan soutenait que cette prospérité subite était due au fait que John avait repris confiance en lui-même depuis qu'il n'avait plus une épée de Damoclès suspendue au-dessus de la tête. « Et tu communiques ta confiance aux autres », lui expliquait-elle.

Il avait tellement confiance en lui que, ces temps-ci, il ne pensait même plus à jouer au loto ou à parier sur des chevaux.

— Bonjour, belle endormie, dit-il en l'embrassant.

— Bonjour. Hum, ça a l'air bon, dit-elle en prenant le plateau qu'il lui tendait.

Depuis son retour de la clinique, trois jours auparavant, leur vie avait été un véritable enfer. John ne desserrait pratiquement jamais les dents, et hier soir il s'était mis dans une colère noire parce que Susan refusait de faire l'amour. Miles Van Rhoe avait été très strict sur ce point : elle devait absolument éviter tout rapport sexuel, même avec un préservatif, dans les quinze jours suivant l'incubation. Leurs regards se croisèrent fugacement, et Susan crut déceler une lueur de compréhension dans les yeux de John. *Le dégel est peut-être pour aujourd'hui*, se dit-elle. Il fallait absolument crever l'abcès. Ils ne pouvaient pas continuer à se battre froid ainsi. Il fallait qu'ils se parlent. Après tout, ils avaient pris cette décision ensemble. John n'allait quand même pas continuer à aller et venir dans la maison en faisant une tête de six pieds de long et en la traitant comme une pestiférée. Ils s'aimaient trop pour que cette situation s'éternise. L'amour prendrait fatalement le dessus.

— Tu as bien dormi ? demanda-t-elle.

— Pas trop mal, maugréa-t-il.

Et elle saisit aussitôt ce qu'impliquait ce ton bourru : « J'aurais mieux dormi si tu m'avais laissé tirer mon coup. »

— Et toi ? demanda-t-il.

— J'ai eu une nuit plutôt agitée.

John semblait avoir amené avec lui dans la pièce une bizarre odeur de caoutchouc brûlé. Peut-être que leurs voisins avaient fait un feu. La vieille dame était une vraie pyromane. Chaque semaine, elle faisait une flambée dans le jardin, un vrai feu de joie, balançant sur son bûcher toutes sortes de détritus, et son vieux barbon de mari jouissait du spectacle, assis sur son pliant, son panama sur la tête, poussant des clameurs dès que les flammes retombaient. À le voir, on aurait pu croire qu'il regardait un western à la télé. Susan avait plus d'une fois observé ce manège en douce du haut de sa fenêtre.

John lui remplit sa tasse de café, la posa sur la table de nuit, puis se remit au lit et s'absorba dans la rubrique « Technologies nouvelles » du *Sunday Times*. Susan prit elle-même les premières pages, et tout en parcourant les gros titres ingéra sa première gorgée de café.

Elle la recracha aussitôt.

John la regarda d'un air inquiet.

— Ça ne va pas ? fit-il.

Le goût était abominable. Elle n'en dit rien à John. Sa bonne humeur lui était revenue, ce n'était pas le moment de le mettre à cran. Ce café était vraiment infect. On aurait dit du métal rouillé. Elle savait maintenant d'où venait l'odeur de caoutchouc brûlé. Ce café puait.

— Susan ? Qu'est-ce qui ne va pas, ma chérie ?

Se disant que ça devait être son imagination, Susan essaya d'avaler une deuxième gorgée. Le café lui parut encore plus imbuvable, et son odeur lui mit le cœur au bord des lèvres.

Si John ne la débarrassait pas de cette abomination, elle allait être obligée de sortir de la pièce.

—Ce café, c'est une nouvelle marque? demanda-t-elle.

—Non, c'est le même que d'habitude. Ta variété favorite. Je l'ai acheté à la brûlerie, comme toujours. Pourquoi?

Susan se dit que Harry avait peut-être fait tomber quelque chose par mégarde dans le percolateur. De l'acétone, peut-être? Non, ça ne tenait pas debout.

—Il a un goût… particulier.

John but une gorgée de café dans sa tasse, en prit une autre dans celle de Susan, et fronça les sourcils.

—Il est excellent, dit-il.

Il reposa la tasse, puis leva le bras et ajouta :

—Ah, je comprends. J'ai lu un article là-dessus. Tu sais ce que ça veut dire? Ça veut dire que tu es enceinte.

Susan ne dit rien. Depuis vendredi, elle s'en doutait un peu. Mais était-ce possible, en si peu de temps?

Oh, mon Dieu, faites que ça ne soit pas ça.

—Il est encore trop tôt pour se prononcer, dit-elle.

Il fallait qu'elle échappe à la puanteur.

—J'ai besoin de m'aérer un peu, dit-elle. Si on allait prendre le petit déjeuner au jardin?

—Comme tu voudras, dit John en haussant les épaules.

Susan s'attabla dehors, en n'emportant qu'un verre de jus d'orange et un gâteau sec, ce qui lui suffisait amplement. Elle avait aussi apporté *La Grossesse : mythes et réalités*.

Le premier chapitre traitait de la période immédiatement consécutive à la fécondation. Susan apprit que les nausées matinales surviennent parfois au bout de vingt-quatre heures, et qu'il n'est pas rare que les sensations de dégoût devant les aliments, les boissons, les odeurs se déclenchent presque aussitôt.

Elle reposa le livre et elle souleva le haut de sa chemise de nuit pour inspecter la tuméfaction rougeâtre qui lui boursouflait l'abdomen. Les points de suture commençaient déjà à se dissoudre. Miles Van Rhoe lui avait certifié que l'incision ne laisserait pas de cicatrice.

Elle se remémora l'étrange rêve qu'elle avait fait sous anesthésie et, bien qu'elle fût en plein soleil, elle frissonna.

Elle avait rêvé, c'est tout. Ou elle avait eu une hallucination. Elle pensa au technicien des télécoms. C'était un type un peu bizarre, d'accord, mais pourquoi avait-elle rêvé de lui ? Dans les rêves, tout a un sens, et si on y rencontre quelqu'un il y a forcément une raison. Le technicien des télécoms aurait-il symbolisé pour elle la rénovation de la maison ? Si elle avait rêvé de lui, n'était-ce pas parce que c'était justement pour sauver la maison qu'elle avait accepté de subir cette opération ? Dans ce cas, pourquoi Harry n'avait-il pas aussi figuré dans son rêve ? Harry, ou n'importe lequel des artisans qui étaient venus travailler chez eux depuis deux mois ?

Autrefois, John et elle se racontaient volontiers leurs rêves. Elle caressa brièvement l'idée de lui parler de celui-là, mais y renonça presque aussitôt. C'était beaucoup trop intime, et la sexualité était un sujet beaucoup trop brûlant.

Chassant le rêve de son esprit, elle ouvrit de nouveau le *Sunday Times*. Après l'avoir parcouru, elle passa à l'édition dominicale du *Daily Mail*. Page sept, son regard s'arrêta sur un titre. Elle lut attentivement l'article, puis le relut.

— John ?

Il était plongé dans la lecture d'un des suppléments.

— Hein ? fit-il.

— Le musicien qui t'a traîné en justice, il s'appelait bien Zak Danziger ?

— Un connard de première, maugréa John sans même lever les yeux.

Susan lui tendit le journal, en frappant du doigt le haut d'une page.

— Lis ça, dit-elle.

John abandonna à regret la lecture d'un article qui décrivait par le menu la nouvelle BMW grand sport qu'il avait envie de se payer. Il se demandait si M. Sarotzini ne considérerait pas ça comme une dépense inconsidérée. La solution serait peut-être de l'acheter en leasing, ainsi l'importance du nombre sauterait moins aux yeux.

Là-dessus il vit la photo, et le nom de Zak Danziger accolé au mot *mort*.

D'une main fébrile, il s'empara du journal et lut l'article d'un trait. Il était bref et s'en tenait aux faits, annonçant simplement que Zak Danziger, ancien chanteur de rock et compositeur bien connu, avait été retrouvé mort samedi matin dans la suite qu'il occupait à l'hôtel Plaza, à New York, ayant apparemment succombé à une overdose. Librettiste de trois comédies musicales qui avaient triomphé dans le monde entier, Danziger avait composé la musique de plus de trente films. Deux fois divorcé, il était séparé de sa troisième épouse, et père de trois enfants, un fils et deux filles, de ses précédents mariages.

— Merde alors! fit John.

— Ça veut dire quoi? demanda Susan d'une voix douce.

— Que le procès est cuit et archicuit, répondit John en souriant. Pauvre type, j'aurais de la peine pour lui s'il ne s'était pas aussi mal conduit avec moi. Excellente nouvelle. M. Sarotzini sera aux anges.

Il lut l'article encore une fois, puis ajouta :

— Si seulement c'était arrivé il y a un mois! Ça aurait mis un terme à nos ennuis, et on n'aurait pas eu besoin de se prêter à…

Voyant le trouble de Susan, il s'interrompit brusquement.

— Excuse-moi, dit-il. Ce n'est pas bien, je sais. Je ne devrais pas me réjouir de la mort de quelqu'un, mais qu'est-ce que tu veux, c'était un tel salaud…

— C'est une sacrée coïncidence, tu ne trouves pas ? dit Susan de la même voix calme et posée.
— Quoi ?
— Sa mort. Elle tombe vraiment à pic. (Elle secoua la tête.) Non, c'est idiot, je me fais des idées.

John lui jeta un rapide regard, puis il relut l'article pour la troisième fois. Enfant, on lui avait inculqué le respect des morts, et pourtant il ne put empêcher son sourire de s'élargir en regardant la photo de Danziger et en le revoyant lors du rendez-vous chez son avocat, avec son deux-pièces en jean décoré de faux diams, sa banane et son air suffisant.

Susan leva les yeux vers le ciel. Comme il n'y avait pas le moindre nuage en vue, elle se demanda pourquoi le soleil la réchauffait si peu.

Chapitre 28

Susan avait vraiment beaucoup de mal avec le café. À présent, même le plus léger effluve suffisait à lui mettre l'estomac sens dessus dessous. Elle attendait Fergus Donleavy, il serait là d'un instant à l'autre. Or, Fergus carburait à la caféine. Elle se disait parfois que cet homme-là devait avoir du concentré de maragogype dans les veines à la place du sang.

On était mardi. Son passage en clinique avait eu lieu dans la soirée du mercredi précédent. N'étant plus qu'à une semaine de ses règles, elle se disait que cette histoire de café était peut-être une coïncidence. Mais elle n'avait pas ce problème qu'avec le café. L'alcool lui faisait le même effet à présent, le tabac aussi, et elle n'avait plus d'appétit pour rien à l'exception des gâteaux secs.

Peut-être que j'ai la grippe, se répétait-elle, sans y croire.

C'est ça, Susan Carter, tu as la grippe. Sacrée coïncidence, là aussi. Tu aurais attrapé une grippe dont les symptômes ressembleraient d'une manière troublante à ceux d'une grossesse, juste après être sortie d'une clinique où tu venais de subir une insémination artificielle.

Artificielle?

Chaque fois qu'elle s'aventurait dans les méandres de son cerveau, cette question se reformait obstinément au premier détour. Elle retrouvait invariablement le technicien des télécoms, qui surgissait des ténèbres, un large sourire aux lèvres, et s'avançait vers elle. Elle avait beau faire tout ce qu'elle pouvait pour chasser son image de sa pensée, elle n'y arrivait pas. Seul cet homme savait si elle avait eu une hallucination ou non.

Était-elle enceinte ou pas ? Dans une semaine, elle en aurait la certitude. Il ne lui restait plus qu'à serrer les dents en priant de toute son âme pour que ses règles se déclenchent.

En apprenant la mort de Zak Danziger, Tony Weir avait réagi comme John. Au téléphone, l'avocat était tout guilleret. Pourtant, il venait de perdre la poule aux œufs d'or, car cet interminable procès aurait pu lui rapporter une petite fortune sous forme d'honoraires.

Tony Weir était le seul à savoir la vérité sur l'accord que John avait passé avec M. Sarotzini, John lui ayant fait lire tous les documents contractuels avant d'y apposer sa signature. Juriste discret et avisé, Weir était une vraie bête de travail et il avait la tête sur les épaules. Il vivait modestement, bien qu'il appartînt à un très gros cabinet d'avocats londonien et qu'il empochât au bas mot trois cent cinquante mille livres par an en salaires et honoraires. John l'avait embauché comme avocat-conseil dès la création de DigiTrak.

— Susan a l'air de penser qu'il y a un lien entre la mort de Danziger et notre accord avec la banque Vörn, lui expliqua-t-il. Elle est bizarre en ce moment, un peu parano sur les bords.

Tony s'esclaffa, et répondit :

— D'après l'article du *Daily Mail* que tu m'as faxé, la police new-yorkaise n'a rien trouvé de suspect. Danziger avait rompu avec sa troisième femme, il venait de perdre la garde de ses enfants, il consommait toutes sortes de drogues – bref, le profil classique du dépressif grave. Les musiciens de rock sont de drôles de pistolets.

— C'est vrai, et d'ailleurs je m'en bats l'œil. Ce type a failli foutre mon affaire en l'air, et toute ma vie avec.

— Comment ça se passe avec tes associés ?

La question était judicieuse. Depuis que John lui avait remis les contrats signés, trois semaines auparavant, M. Sarotzini n'avait plus donné signe de vie. C'était un peu étrange qu'il disparaisse ainsi après avoir promis à Susan de l'inviter à l'opéra, à des concerts, à des expositions, mais rien ne pressait, il finirait bien par tenir ses promesses un jour. Ça n'avait pas tellement d'importance. La seule chose qui comptait, c'est que l'argent avait effectivement été versé, sur le compte de DigiTrak.

— Tout baigne, répondit John. Jusqu'à présent il n'y a pas eu la moindre anicroche.

Il y eut un silence.

Tony Weir avait émis des réserves sur leur accord. Il avait essayé de dissuader John de se livrer ainsi pieds et poings liés à Sarotzini, allant jusqu'à suggérer que Susan sollicite l'avis d'un psychiatre avant d'accepter. John lui avait objecté qu'il n'y avait pas d'autre solution pour sauver DigiTrak, et l'avocat avait été obligé d'en convenir. D'une voix presque chuchotante, il demanda :

— Alors ? Est-ce que Susan a… ? Tu vois ce que je veux dire ?

— C'est réglé. Elle y est allée mercredi dernier.

La bonne humeur de John s'était évanouie. Sa gorge s'était nouée et il avait un drôle de goût dans la bouche.

— Et tu t'y fais ?

John réfléchit. Il aurait volontiers avoué à Tony que tout cela était dégradant tant pour Susan que pour lui, qu'il avait le sentiment que sa femme avait une liaison sous ses yeux et qu'il ne pouvait rien faire pour l'empêcher.

Il lui aurait bien dit que chaque fois que ses yeux se posaient sur Susan, même en photo sur son bureau, il était obnubilé par l'idée du sperme de M. Sarotzini qu'elle portait en elle. Qu'il se sentait de plus en plus exclu de son existence. Elle était souriante, elle lui parlait, l'embrassait pour lui dire au revoir le matin, l'embrassait à son retour du bureau, mais il sentait qu'il y avait désormais entre eux une sorte de rideau de fer invisible.

Au lieu d'avouer tout cela à Tony Weir, John lui répondit simplement :

— Oui, je m'y fais très bien.

Kündz écoutait leur conversation en faisant son ménage. Enfin, *ménage* n'était pas le mot approprié. Cela tenait plutôt du rituel, presque de la prière.

C'était de la purification.

Kündz purifiait son appartement comme il s'était purifié lui-même, aussi méticuleusement, avec le même plaisir. Il était propre. Il avait nettoyé à fond tous les replis, tous les orifices. Il achevait de lessiver les murs de l'appartement. Ensuite, il les arroserait de désinfectant. Il fallait qu'il soit aussi immaculé qu'une salle d'opération.

Le monde avait besoin d'être purifié.

C'est une chose que M. Sarotzini comprenait.

Tout en purifiant son appartement, Kündz écoutait. Sur le canal numéro neuf, il captait le téléphone du bureau de John Carter. Sur le quatorze, celui du bureau de Susan Carter. Il n'avait aucun mal à les écouter simultanément. Il avait aussi écouté, sur le canal dix-sept, le studio de Fergus Donleavy, au bord de la Tamise, mais l'écrivain venait de sortir. Il avait rendez-vous avec Susan, qu'il avait invitée à déjeuner dans un restaurant français. Cette invitation ne plaisait pas à Kündz. Décidément, ce type serrait sa Susan de trop près. Les émotions s'enchevêtraient en lui. C'est la colère qui dominait, en même temps une douleur aiguë, indéfinissable, lui vrillait le cœur.

Kündz s'était naturellement empressé de réserver une table dans le restaurant en question. Une table pour une personne, au nom du docteur Paul Morris. M. Sarotzini lui avait appris qu'en ajoutant un titre à un pseudonyme on lui donnait toujours un supplément de crédibilité, si bien que le *docteur* Paul Morris dînait souvent au restaurant, toujours en tête à tête avec lui-même. De son vrai nom, il s'appelait Ricky Berendt. Déjà installé à la table que Kündz lui avait réservée, il avait ouvert devant lui un livre au format de poche, qu'il feignait de lire. Le livre contenait un micro directionnel miniaturisé et des photos de Susan Carter et de Fergus Donleavy. Mais son attente allait être déçue. Susan et Fergus ne viendraient pas.

Kündz eut du mal à dominer sa colère quand Donleavy fit son entrée dans le bureau et que Susan lui déclara :

— Fergus, ça t'ennuierait qu'on aille faire un tour au lieu de déjeuner au restaurant ?

Donleavy se racla la gorge et répondit :

— Pas du tout. Tu as un endroit particulier en tête ?

— Non, ça m'est égal. Un parc, peut-être ? Ou la promenade sur berge ?

Kündz composa un numéro de téléphone mobile. Dans le restaurant français, le seul couple déjà attablé gratifia d'un regard excédé l'homme bien mis que la tonalité d'un téléphone portable venait d'interrompre dans la lecture de son livre.

— Tu es loin du bureau de Susan Carter ? demanda Kündz.

— Il est à cinq minutes d'ici.

— Fonces-y.

Pareils à un couple de touristes, les appareils photo en moins, ils déambulaient d'un pas nonchalant sous le tiède soleil de midi. Ils descendirent St Martin's Lane et traversèrent Trafalgar Square, s'arrêtant au passage devant les lions festonnés de pigeons. La taille de ces lions étonna Susan, qui ne les avait jamais vus de si près. Elle se rendit subitement compte qu'elle n'avait encore jamais traversé Trafalgar Square à pied.

Elle portait un jean noir, un tee-shirt blanc et une légère veste en lin, tenue agréable par cette chaleur. Fergus arborait sa sempiternelle veste de tweed, une chemise à carreaux largement échancrée, un pantalon de velours côtelé couleur miel et des richelieus bronze. Apparemment insensible aux variations de la température, il ne mettait pas de pardessus l'hiver, et l'été on ne le voyait jamais sans sa veste.

Avant d'arriver au bord de la Tamise, ils n'échangèrent que des propos décousus. Fergus jouait son rôle de touriste avec une certaine délectation. Susan, un peu honteuse, s'apercevait qu'en sept ans elle n'avait pratiquement rien vu des monuments de Londres. En passant devant la colonne de Nelson, Fergus lui avait expliqué que la statue n'avait été placée si haut que pour être visible depuis le Mall par-dessus celle du duc d'York. Un peu plus tard, devant l'aiguille de Cléopâtre, il se lança dans un savant exposé sur l'art des obélisques égyptiens. Kündz entendit Susan lui répondre, avec une pointe de taquinerie dans la voix :

— Comment se fait-il que ces monuments phalliques t'intéressent tant que ça ?

Donleavy fit de nouveau étalage de sa science en expliquant à Susan que les prêtres égyptiens allaient se masturber à tour de rôle dans le sanctuaire de leurs temples.

Kündz bouillait de rage. Il aurait voulu saisir Donleavy à la gorge pour lui faire ravaler ses paroles. Comment osait-il tenir des propos salaces à Susan ?

Là-dessus, comme s'il avait deviné les pensées de Kündz, Donleavy passa brusquement à un autre sujet.

—Où es-tu allée la semaine dernière ? demanda-t-il.

—J'étais en clinique, répondit Susan sans détour. Pour une opération mineure. Une affection bien féminine. Je préfère ne pas en parler.

Elle avait trouvé la parade. Donleavy se garda d'insister. S'accoudant au parapet du quai, Susan se mit à admirer le fleuve.

—Tu as de la chance d'habiter au bord de la Tamise, dit-elle.

Fergus poussa un grognement. Peut-être s'éclaircissait-il simplement la voix. Kündz n'avait pas plus de moyens de le savoir que Susan. Le regard de l'écrivain s'arrêta sur un homme bien mis, assis sur le parapet, un livre ouvert à la main. Il avait l'air d'un avocat, ou d'un médecin, profitant de l'heure du déjeuner pour finir un roman. *S'asseoir sur un muret pour lire un livre, voilà un simple plaisir*, se dit Fergus. *Les simples plaisirs sont à la portée de chacun de nous, et pourtant combien sommes-nous à en profiter ?*

Susan commençait à s'impatienter. N'y tenant plus, elle décida de prendre le taureau par les cornes.

—De quoi étais-tu si pressé de me parler il y a huit jours ? demanda-t-elle.

Fergus émit le même bruit de gorge que tout à l'heure puis il s'assit, l'air un peu embarrassé. Après avoir renoué le lacet d'une de ses chaussures, il déclara :

—Tu sais que je suis un peu extralucide…

Susan hocha la tête. Fergus lui avait maintes fois parlé de ses prémonitions, de ses facultés télépathiques, des auras qu'il lui arrivait de distinguer autour de certaines personnes. En outre, elle avait lu tout ce qu'il avait écrit là-dessus.

—Ça va te sembler bizarre, et je crains de t'effrayer, mais…

Il laissa sa phrase en suspens.

Patiemment, Susan attendit qu'il retrouve la parole. Il fouilla dans ses poches, en sortit un paquet de Marlboro, se ficha une cigarette entre les lèvres et l'alluma à l'aide de son Zippo. Quand il recracha la fumée, les narines de Susan s'emplirent d'une odeur désormais familière de caoutchouc brûlé.

Il tira une autre bouffée de sa cigarette. Susan regardait les longs cheveux gris un peu hirsutes qui lui descendaient jusqu'aux épaules, encadrant son visage maigre, à la fois rude et doux, et elle se répéta pour la énième fois qu'il était le portrait craché du cavalier solitaire, perdu dans l'immensité de la prairie.

Elle avait foi en lui, en ses capacités, et sa compagnie la stimulait toujours. Il savait énormément de choses, et il avait toutes sortes d'idées plus singulières les unes que les autres. Elle aimait John de tout son cœur, mais elle s'était plus d'une fois dit que, si elle avait connu Fergus dans des circonstances différentes, il se serait peut-être passé quelque chose entre eux.

— Ces temps-ci, je fais le même rêve presque toutes les nuits, dit-il.

Il tira une nouvelle bouffée de sa cigarette, en évitant le regard de Susan.

— Je sais bien que vous avez pris la décision de ne pas avoir d'enfants, John et toi, mais dans mon rêve tu es enceinte.

— Et ensuite ? demanda Susan.

Il tourna la tête vers elle, plissant les yeux pour ne pas être ébloui par la réverbération du soleil sur le fleuve. La brise lui ébouriffait les cheveux.

— Je ne devrais pas te le dire, tu vas te faire un sang d'encre, c'est idiot.

Susan leva la tête, et le regarda de biais. L'expression de son visage était indéchiffrable.

— Il fallait que ça te tracasse beaucoup pour que tu me téléphones chez moi, dit-elle.

Il tira encore sur sa cigarette.

— Enfin, ça ne me regarde pas, et puis tu n'envisages toujours pas de devenir mère de famille, hein ?

Susan hésita et, voyant que son hésitation ne lui échappait pas, s'empressa de répondre :

— Non.

— Dans ce cas, tout va bien, dit Fergus en levant les mains.

— Mais si on changeait d'avis, si on décidait d'avoir des enfants, où serait le problème ? Qu'est-ce que tu as vu ?

Fergus réfléchit longuement, sans quitter Susan des yeux, respirant son parfum, suivant le mouvement de ses longues mèches rousses soulevées par le vent. Huit jours plus tôt, il avait éprouvé un terrible sentiment d'urgence. Ici, au soleil, c'était différent. Susan lui paraissait tellement inquiète et fragile, elle venait de lui certifier qu'elle n'avait aucune intention de mettre un enfant au monde. Il n'avait pas envie de la plonger dans l'angoisse, de lui communiquer sa paranoïa. Il n'avait envie que d'une chose : la prendre dans ses bras, pour voir si elle répondrait à son étreinte.

Parfois, entre deux personnes, un moment propice surgit. Une petite brèche s'ouvre, et l'on sent que dans un instant elle se refermera. Fergus vit que la brèche était là, devant lui.

La semaine dernière, il était sûr qu'elle était sur le point d'enfanter. Maintenant, certaines vibrations qui émanaient d'elle lui disaient qu'elle y pensait bel et bien. Pourtant, ils semblaient ne rien avoir programmé dans l'avenir immédiat. Pensait-elle à faire un enfant avec quelqu'un d'autre que John ? Avec son amant, peut-être ?

— Rien, dit-il à la fin. Si tu n'es pas enceinte, ça n'a aucun sens.

Susan hocha la tête, en évitant de le regarder.

C'est là que Fergus sauta le pas. Il lui entoura les épaules de ses bras. Elle eut un mouvement de recul, et il la retint maladroitement.

— Je t'aime, Susan, dit-il.

Susan, les joues en feu, le regarda d'un air effaré.

— Écoute, Fergus, je…, balbutia-t-elle en secouant la tête.

Il la tenait toujours par les épaules, gauchement, son visage tout contre le sien, lui masquant le soleil.

Brusquement, il la lâcha et fit un pas en arrière.

— Pardonne-moi, lui dit-il, mais c'était plus fort que moi. C'est vrai que je t'aime.

Il eut un sourire un peu penaud.

— Je ne sais pas si… est-ce que tu as des difficultés dans ton ménage ?

Susan ne voyait pas ce qu'elle avait pu dire pour lui donner des idées pareilles. Elle chercha un moyen de se sortir de cette situation délicate sans se montrer blessante envers lui.

— Excuse-moi, Fergus, mais ça m'est tombé dessus si brutalement…, dit-elle en souriant. C'est très flatteur, et j'ai énormément de sympathie pour toi. Mais il se trouve que je suis heureuse en ménage et que j'aime mon mari.

Fergus était rouge comme une pivoine, à présent.

— Je suis désolé, dit-il.

Susan sourit encore, un peu gênée, ne sachant trop s'il valait mieux le regarder ou baisser le nez vers le bitume.

— Je tiens à conserver ton amitié, Fergus. J'y attache beaucoup de prix.

Il tira une dernière bouffée de sa cigarette, jeta le mégot sur le trottoir et l'écrasa du pied.

— Je suis là, ne t'en fais pas. Tu peux m'appeler quand tu voudras, même en pleine nuit. Je veux que tu me promettes une chose. Si jamais tu éprouves le moindre début d'angoisse, il faudra me téléphoner tout de suite. C'est promis ?

Susan promit.

Et Kündz, qui avait toutes les peines du monde à réprimer sa fureur, sut qu'il fallait absolument faire écouter leur conversation à M. Sarotzini.

Chapitre 29

Sur l'écran du moniteur noir et blanc, l'image était un peu floue, grisâtre, si bien que Susan mit un certain temps à distinguer ce que Miles Van Rhoe lui désignait de l'index. Quand elle vit enfin, elle se demanda si elle ne se trompait pas.

— C'est ça ? dit-elle. Ce truc ovale ?

— La poche intra-utérine ! s'exclama l'obstétricien, dont la voix excitée évoquait un peu celle d'un enfant le matin de Noël.

Il avait du mal à suivre l'image de l'index gauche car il tenait la sonde de la main droite, et il ne fallait pas qu'elle bouge.

Susan était couchée sur le dos, les pieds dans des étriers. Une sonde vaginale enduite de gelée froide se promenait en elle, et elle devait se dévisser le cou pour apercevoir l'écran du moniteur.

Regardait-elle au bon endroit ? Elle n'en était toujours pas sûre.

— Ce truc sombre qui ressemble à une vessie, c'est mon bébé ?

— Oui. Félicitations, Susan, vous êtes enceinte de cinq semaines. Vous allez être mère.

Susan continua à regarder la vessie d'un œil fasciné. Ensuite, son regard se posa sur l'infirmière qui assistait l'obstétricien, une femme d'une cinquantaine d'années à l'air sévère, ses cheveux gris tirés en arrière par un chignon. Elle souriait, mais son sourire était froid, machinal. On aurait dit qu'elle était au courant d'une chose que Susan ignorait et qu'elle ne voulait rien en laisser paraître.

Susan en fut alarmée et, se tournant vers l'obstétricien, lui demanda :

— Il va bien ? L'enfant ? Il n'a rien ? Il… ou elle… est en bonne santé ?

— Oui, Susan, tout paraît on ne peut plus normal. Mais à ce stade, nous ne voyons que la poche, il est beaucoup trop tôt pour faire des pronostics.

Van Rhoe lui ôta délicatement la sonde, qu'il passa à l'infirmière. Il ôta ses gants en latex et se dirigea vers le lavabo. Susan prit le mouchoir en papier que lui tendait l'infirmière, remit sa petite culotte et sa jupe en lin et alla rejoindre Van Rhoe dans son minuscule bureau.

La taille des locaux avait surpris Susan. Van Rhoe était l'accoucheur préféré de la famille royale et de la jet-set, mais son cabinet, au troisième étage d'un immeuble de Harley Street, se composait de deux petites pièces à peine plus grandes que des placards à balais.

Cette simplicité ne lui déplaisait pas. Elle faisait paraître Miles Van Rhoe plus humain, moins inaccessible, et aux yeux de Susan cela ajoutait à son prestige. *Il faut qu'il soit vraiment très fort pour que sa clientèle huppée accepte de se faire examiner dans ce ridicule cagibi*, se disait-elle.

Van Rhoe avait en plus un côté mal dégrossi qui le lui rendait tout à fait sympathique. Elle ignorait son âge, mais à vue de nez il devait avoir dans les soixante ans. Bien que de forte carrure, il était de taille plutôt moyenne, et ses cheveux en brosse étaient taillés à la diable ; on aurait dit qu'il se les coupait lui-même. Ses costumes étaient d'excellente qualité, malgré leur air un peu élimé, et de coupe désuète, comme s'ils dataient tous de l'époque où il avait ouvert son premier cabinet. Néanmoins, il était très sûr de lui, et même imposant, avec ses mains soigneusement manucurées, ses yeux d'un bleu profond et son incroyable voix de velours. Elle se sentait à l'aise avec lui. Il était réconfortant. On aurait dit un gros nounours.

Son stylo-plume à la main (c'était un Parker vieux modèle), Van Rhoe récapitula :

— Donc, le thé et le café ont un goût métallique, et sentent le caoutchouc brûlé. La fumée de tabac vous incommode, et l'odeur de l'alcool vous donne la nausée. Perte d'appétit, hormis une appétence subite et inhabituelle pour les gâteaux secs.

Ayant noté tout cela sur une fiche en bristol, il ajouta :

— Quoi encore ?

— Les biscuits Oliver, dit Susan. C'est de ceux-là que je raffole le plus.

Van Rhoe nota ce détail en souriant, puis il la regarda par-dessus ses lunettes en demi-lune.

— À ce que je vois, vous n'avez pas de goûts de luxe.

Susan eut un sourire. Une question la démangeait, mais la poser n'était pas simple. Et même de moins en moins simple. En arrivant chez Van Rhoe, elle savait déjà qu'elle était enceinte. À l'insu de John, elle était allée s'acheter un test de grossesse à la pharmacie.

Sa décision était prise. Il n'était pas question qu'elle accouche. Hier soir, elle avait annoncé à John que, si elle était enceinte, elle se ferait avorter. Ils pourraient peut-être s'adresser à Bill Rolands, leur médecin traitant, qui était aussi un ami. Tout cela avait paru glisser sur John comme l'eau sur un canard. Qu'éprouvait-il vraiment ? Susan n'en savait rien. Ce qu'elle savait, c'est que cet enfant allait signer l'arrêt de mort de leur union, et qu'il ne fallait pas le mettre au monde.

Pourtant ses sentiments n'étaient plus les mêmes, à présent. Une douce chaleur irradiait de cet homme assis en face d'elle, en train de remplir sa fiche. Elle avait un peu l'impression d'être devant un prof qui venait de la féliciter d'avoir été si bonne élève. Comment aurait-elle pu lui causer une telle déception ? La vision de cette créature qui vivait en elle l'avait remplie d'une sorte d'excitation mêlée de fierté.

Elle en était profondément remuée.

Elle ne s'était pas attendue à éprouver pareil sentiment.

Elle ne se sentait plus capable de poser la question qui auparavant lui brûlait les lèvres. Elle aurait voulu savoir de combien de semaines elle disposait avant que tout risque de fausse couche soit écarté, mais elle ne pouvait plus le lui demander maintenant. L'image de cette poche s'était trop fortement imprimée en elle. *Dans cette poche, il y a ton enfant.*

Van Rhoe ouvrit un tiroir et en sortit une seringue dans son emballage en plastique.

— Je vais vous faire une petite piqûre, annonça-t-il. Ce ne sont que des vitamines, pour stimuler le développement du fœtus.

Susan retroussa la manche de son chemisier, oubliant sa phobie des seringues. L'enfant en avait besoin. Tout en lui frottant l'épaule d'un coton imbibé d'alcool, Van Rhoe lui dit :

— En sortant, vous irez voir ma secrétaire pour convenir d'un rendez-vous hebdomadaire, le jour qui vous arrangera le mieux.

— Hebdomadaire ?

— Jusqu'à ce que nous soyons sortis de la phase dangereuse.

—Elle dure combien de temps ?
—Deux mois.

Il laissa tomber la seringue dans une cuvette en émail, et Susan rabattit sa manche. Elle avait à peine senti la piqûre.

—Puis-je vous poser une question personnelle, Susan ? Comment votre mari prend-il la chose ?

Elle ne lui répondit pas tout de suite.

—Assez bien, je crois, balbutia-t-elle, puis, un peu rougissante, elle ajouta : Nous n'avons pas eu de rapports depuis…

—Ça vient de vous ou de lui ?

—Je ne sais pas trop. De nous deux, je crois.

Van Rhoe lui sourit.

—C'est une situation plutôt délicate.

—En effet.

—Mais vous êtes forte. Vous tiendrez le coup.

—Oui, dit Susan en lui rendant son sourire.

Van Rhoe nota encore quelque chose sur sa fiche, puis il releva les yeux et demanda :

—À votre avis, comment va-t-il prendre la nouvelle ?

—Je l'ignore, répondit Susan.

Et c'était vrai. Elle n'en savait strictement rien.

Chapitre 30

— Ça y est, on a le contrat ! annonça Gareth à John. C'est insensé, non ? En un mois, c'est la dixième fois qu'on offre nos services, et ils ont été acceptés neuf fois. On aurait même décroché la dixième commande si on y avait vraiment tenu. Qu'est-ce qui se passe ?

Assis en face de Gareth à une table du pub, John sirotait sa bière en tirant sur la cigarette qu'il venait de soutirer à son associé. Depuis quelques semaines il le tapait sans arrêt, à tel point qu'il avait pris le pli de lui acheter régulièrement des paquets neufs. Il préférait racheter des paquets à Gareth que de s'en acheter pour lui-même. Tant qu'il se contenterait de piocher dans les paquets des autres, il pourrait continuer à se raconter qu'il ne s'était pas remis à fumer.

Susan avait-elle remarqué qu'il sentait le tabac ? Ça n'avait pas pu lui échapper. Quelques jours auparavant, elle lui avait confié que l'odeur du café ne la dérangeait plus. Elle trouvait toujours au café un arrière-goût métallique, mais il ne puait plus le caoutchouc brûlé. Elle avait ajouté que l'odeur du tabac avait également cessé de l'écœurer.

S'agissait-il d'une allusion perfide ? Pourquoi ne lui disait-elle pas les choses en face ? C'est cela qui n'allait pas entre eux. Ils ne communiquaient plus. Ils étaient comme deux étrangers. C'était autant, sans doute même plus, sa faute que celle de Susan. Et il savait pourquoi.

— Quoi, qu'est-ce qui se passe ? fit-il.

Gareth, vêtu d'une veste en coton d'un rouge pétant et d'une chemise verte trop grande de deux tailles, écarquilla les yeux et dit :

— Enfin tout de même, c'est bizarre, reconnais-le !

John tira sur sa cigarette sans rien dire. C'était bizarre, en effet.

— Nos nouveaux actionnaires, ils doivent en être comme deux ronds de flan, non ?

Il était 18 heures, et le pub était en train de se remplir. Un type n'arrêtait pas de faire sonner la machine à sous, et le jingle mettait les nerfs de John à rude épreuve. Gareth l'énervait aussi. Il s'était remis à fumer, et ça l'énervait encore plus. Il s'en voulait de se montrer si faible.

Pourtant ce qui le tarabustait par-dessus tout, c'était Susan. L'état de son mariage. De sa vie. Si on pouvait appeler ça une vie. Susan était enceinte de huit semaines à présent. Dans quinze jours, tout danger de fausse couche serait écarté. John était tellement remonté contre elle qu'il l'aurait volontiers jetée du haut de l'escalier pour qu'elle la fasse, sa fausse couche.

Il écrasa sa cigarette. Gareth s'était lancé dans un discours-fleuve, auquel il ne prêta aucune attention. DigiTrak marchait si fort qu'ils auraient très bien pu se passer du soutien de M. Sarotzini. Si ce salaud de Clake leur avait laissé ne serait-ce qu'un mois de plus, ils n'auraient pas eu besoin de Sarotzini et de la banque Vörn. John ne désirait plus que deux choses au monde : que Susan fasse une fausse couche et que Sarotzini ne soit plus sur son dos.

L'ennui, c'est que M. Sarotzini ne se manifestait plus. John avait envoyé deux rapports successifs à la banque Vörn, mais ils étaient restés sans réponse. Il avait demandé à Tony Weir de trouver une ficelle légale qui lui permettrait de tourner leur accord. Weir lui avait dit qu'elle était toute trouvée, la législation anglaise interdisant qu'on verse une rémunération à une mère porteuse, mais que M. Sarotzini n'en resterait pas moins le propriétaire en titre de DigiTrak et de la maison aussi longtemps qu'ils ne lui auraient pas remis l'enfant. Les actions de la société, l'acte de propriété, tout était à son nom désormais.

Avant que la grossesse de Susan soit confirmée, ils avaient évoqué la possibilité d'un avortement, et c'est elle qui en avait parlé la première. Depuis, elle avait changé. À présent, elle jouait les mères poules et parlait de son bébé en prenant des airs pénétrés. Dès que John essayait de remettre la question de l'avortement sur le tapis, elle faisait brusquement dévier la conversation, ou sortait de la pièce.

Il vida sa deuxième pinte et en commanda une troisième, qu'il but tandis que Gareth s'extasiait sur les performances d'un nouveau serveur à circuit séquentiel. La rancœur qu'il éprouvait envers Susan enflait de plus en plus. Une fois qu'il eut fini sa bière, il prit congé de Gareth et se dirigea vers la sortie.

Je vais lui faire rendre gorge, à cette pétasse, se disait-il.
Je vais la faire avorter, qu'elle le veuille ou non.

— « Quiconque place la religion au-dessus de la vérité placera sa secte ou son Église au-dessus de la religion, et finira par se placer lui-même au-dessus de ses semblables », dit M. Sarotzini.

Kündz, assis en face de lui dans son somptueux bureau genevois, répondit :

— Coleridge, *Maximes morales et religieuses*.

M. Sarotzini, satisfait, se décida à parcourir des yeux la liste que Kündz venait de lui remettre.

— Archie Warren, Fergus Donleavy et Tony Weir ? Pourquoi seulement ces trois-là ? John Carter représente un danger pour nous, lui aussi. Pourquoi ne figure-t-il pas sur cette liste ?

Kündz réfléchit.

— Parce que, euh…, commença-t-il, avant de s'interrompre pour réfléchir encore un peu. Parce qu'il en a été décidé ainsi, dit-il, et aussitôt il s'en mordit les doigts.

M. Sarotzini n'était pas content de sa réponse. L'expression de son visage ne laissait aucun doute à ce sujet. Subitement, la peur s'empara de Kündz. Il sentait l'odeur de sa propre peur. Il sentait aussi l'odeur de cuir et d'encaustique qui émanait des meubles, et celle du produit chimique avec lequel on avait nettoyé la moquette. Mais il ne sentait pas l'odeur de M. Sarotzini.

Kündz avait depuis longtemps décelé cette particularité bizarre chez M. Sarotzini. Celui-ci était rigoureusement inodore et Kündz ne le supportait pas très bien. Il était persuadé que c'était une manipulation de sa part, qu'il faisait exprès de déjouer son sens olfactif en lui instillant dans l'esprit une sorte de déodorant mental.

M. Sarotzini venait de se lever, et à présent il se dirigeait vers un petit meuble à deux portes, à l'autre extrémité du bureau. Sachant ce que contenait ce meuble, Kündz se prépara au pire.

Écartant les battants en bois de teck, M. Sarotzini découvrit un écran de télévision grand format. Il effleura une touche, et l'écran s'anima. Kündz s'arc-bouta dans son fauteuil, et s'efforça de mettre en pratique la méthode que M. Sarotzini lui avait enseignée pour refréner ses émotions, mais ce n'était pas facile.

L'image de Claudie était apparue sur l'écran. Elle était assise, nue, dans le vaste fauteuil en rotin du salon de l'appartement de Kündz à Zurich, et elle se livrait à une activité que

Kündz appréciait entre toutes : elle se fourrait les doigts dans l'entrecuisse en s'enivrant de ses propres odeurs.

Elle arborait comme toujours un large sourire sensuel et provocant qui semblait dire : « Prends-moi, je suis à toi. » Claudie était jolie et espiègle, mais son type de beauté différait beaucoup de celui de Susan Carter. Susan avait le teint éclatant d'une Américaine habituée à vivre au grand air. Claudie ne mettait jamais le nez dehors, et ça se voyait. Ses cheveux d'un noir d'ébène étaient coupés au rasoir, à la mode punk, et sa peau était d'une blancheur diaphane. Ses chairs étaient douces au toucher. La minceur qui lui donnait l'air vulnérable se mariait en elle à une sorte de voluptueuse mollesse.

Susan Carter était enceinte, et elle aurait bientôt elle aussi des formes voluptueuses.

Claudie remuait sa main très lentement, enfouissant en elle ses longs doigts grêles, les portant ensuite à sa bouche pour les lécher, puis les promenant sur son ventre et ses cuisses. Mais le son qui accompagnait l'enregistrement ne correspondait pas à l'image.

Le son qui jaillissait des deux haut-parleurs latéraux encadrant l'écran était celui d'une scène qui se déroulait en ce moment même dans l'immeuble où ils se trouvaient.

C'était une particularité que Kündz n'avait rencontrée chez aucun autre être humain. Sans l'odorat, Kündz ne pouvait pas percer les sentiments de M. Sarotzini. Il était indéchiffrable pour lui, et en cela il était unique au monde.

En revanche, M. Sarotzini avait accès à toutes les cellules de son corps à lui, Kündz. Il lisait dedans, il les entendait. En ce moment même, elles lui parlaient toutes de la même chose : d'une peur viscérale.

— Qui en a décidé ainsi, Stefan ?

Kündz sentit la température de son corps se modifier. Elle s'éleva, puis retomba si brusquement que tous ses poils se hérissèrent et durcirent comme les piquants d'un hérisson.

— Je pensais que nous n'avions pas d'autre choix, dit-il.

Assis derrière son bureau, sanglé dans son costume impeccablement seyant, M. Sarotzini resta impassible.

— Éprouves-tu un attachement particulier envers John Carter, Stefan ? demanda-t-il en penchant imperceptiblement le buste en avant. Verrais-tu un inconvénient à le faire souffrir ?

Kündz était sur ses gardes. N'étant pas très sûr de la réponse que M. Sarotzini attendait de lui, il essaya de se souvenir de ses enseignements. L'une des Vérités était en jeu, mais laquelle ? La Troisième, ou la Quatrième ? Il n'arrivait pas à mettre le doigt dessus, et s'il se trompait M. Sarotzini le lui ferait payer chèrement. Il n'avait pas envie de souffrir.

— Quatrième Vérité, Stefan. « La seule vraie douleur est de faire souffrir ce qu'on aime. »

— Non, je ne verrais pas d'inconvénient à faire souffrir John Carter, dit Kündz.

Au fond, rien ne l'aurait plus réjoui que de faire souffrir John Carter, mais il étouffa cette idée dans l'œuf, sachant que M. Sarotzini était capable de déceler et de décoder instantanément n'importe quelle pensée qui se formait dans sa tête.

Claudie poussait des hurlements.

Des hurlements à vous arracher l'âme. Qui semblaient exprimer le summum de la souffrance. Sans parler de la terreur, du désespoir, de la supplication.

Kündz sentait le regard de M. Sarotzini posé sur lui. Il fallait qu'il subisse cette épreuve sans sourciller. C'était dur car, à la seule idée de ce qu'ils étaient en train de faire à Claudie, son estomac se soulevait. Pourtant, il en avait vu d'autres.

Claudie poussa de nouveaux hurlements, encore plus perçants, puis elle cria : « Non, pas ça, par pitié ! Nooooooooon ! »

Sa voix était montée si haut dans les aigus que Kündz eut envie de se boucher les oreilles et de tourner les talons. Pourtant il ne pouvait se le permettre.

Il était courageux, mais pas à ce point.

M. Sarotzini éteignit la télévision, et les haut-parleurs se turent. Après avoir refermé la porte en teck, il retourna s'asseoir derrière son bureau et demanda à Kündz :

— Aimes-tu assez Susan Carter pour souffrir à l'idée que tu pourrais lui faire du mal ?

Pour la première fois de sa vie, Susan avait le sentiment de faire quelque chose pour elle-même au lieu de se sacrifier pour quelqu'un d'autre. Elle faisait ce qu'elle avait *envie* de faire, et ça la grisait.

Juchée au sommet d'un escabeau, dans la petite chambre de façade repeinte de frais, un marteau à la main, les deux pointes d'un crochet X fichées entre les lèvres, elle était d'humeur euphorique. Était-ce dû au changement hormonal, ou était-elle encore sous le coup de la folle excitation qu'elle avait éprouvée cet après-midi quand Van Rhoe lui avait posé la sonde sur le ventre pour lui faire entendre les battements de cœur de son enfant ?

Si seulement John avait pris les choses un peu plus calmement, tout aurait été parfait. Ce n'est pas si dur que ça de mettre un enfant au monde, et puis c'est pour eux deux qu'elle le faisait, pour sauver leur mariage et le reste. L'enfant avait beau être d'un autre père, c'était un être vivant, qui méritait autant de soins et d'amour que s'ils l'avaient fait ensemble. C'était son devoir de se comporter ainsi, et elle l'accomplirait jusqu'au bout. Après tout, c'était une aventure. Qui en plus ne durerait que sept mois. Il ne lui restait plus qu'à convaincre John que cette manière de voir les choses était la meilleure.

Susan se faisait fort d'y arriver. Chez John, l'obstination était une seconde nature. Il avait dû se forger une carapace pour lutter contre les horreurs de son enfance misérable. L'attaque de front aurait seulement aggravé les choses. Il fallait qu'elle soit douce, patiente, qu'elle subisse ses insultes sans broncher, et avec le temps elle finirait par le gagner à sa cause.

Se guidant sur la croix qu'elle avait tracée au crayon, elle mit son crochet X en place et cloua l'une des pointes. À cet instant précis, la porte s'ouvrit avec fracas derrière elle. Elle tourna brusquement la tête, et la deuxième pointe, s'échappant d'entre ses lèvres, tomba sur le plancher avec un léger tintement métallique.

John était debout dans l'embrasure de la porte. En voyant l'expression de son visage, Susan fut effrayée. Une odeur mêlée d'alcool et de tabac parvint à ses narines. Il tenait à peine debout, et il avait le regard vitreux. *Comment peut-il conduire dans cet état ?* se dit-elle avec horreur. Cet homme-là était pour elle un inconnu. Ce n'était pas le John Carter solide comme un roc qu'elle avait épousé.

— Bonsoir, chéri, lui dit-elle, un peu circonspecte, car ces derniers temps il piquait des crises de rage à tout propos.

Sans lui répondre, il continua à la regarder fixement. Son regard la mettait terriblement mal à l'aise. Elle crut discerner dans son expression quelque chose qui ressemblait à de la haine, mais elle se dit que ça devait être son imagination.

John regardait cette sale étrangère qui s'était introduite chez lui. Il lui aurait suffi de flanquer un coup de pied dans l'escabeau pour la faire tomber, et ça aurait peut-être provoqué la fausse couche. Elle était debout au sommet, en équilibre précaire, un marteau à la main, le crochet X qu'elle n'avait pas fini de clouer suspendu en biais sur le mur derrière elle. S'il s'avançait vers elle et heurtait l'escabeau comme par mégarde, elle ne s'apercevrait même pas qu'il l'avait fait exprès.

Oui, mais si elle se cassait un bras ? Ou la nuque ?

Elle bougea la tête, et tout à coup John ne vit plus en elle une étrangère. Il vit sa femme, debout sur la dernière marche d'un escabeau. Il vit Susan, rayonnante de bonheur. Elle était dans la maison qu'elle aimait et se livrait à son occupation favorite, créant pour eux deux un décor enchanteur.

Prenant une profonde inspiration, John ravala d'un coup toute la haine qu'il avait accumulée pendant des semaines, et la mémoire lui revint.

Dans sept mois, tout sera fini, ne l'oublie pas.

Neuf mois, dans une vie, ce n'est pas grand-chose. Les deux premiers s'étaient déjà écoulés, il n'y en avait plus que sept à endurer. Ils étaient de taille à affronter ça. Il suffisait qu'ils brident leurs excès d'émotion. Sarotzini n'avait qu'à aller se faire foutre. Et le reste du monde avec lui.

— Tu as passé une bonne journée ? demanda-t-il.

— Je suis allée chez Van Rhoe pour une nouvelle échographie.

Jugeant que l'humeur de John était un tantinet trop versatile, elle évita de lui parler des battements de cœur du bébé.

— Ensuite je suis rentrée à la maison pour travailler sur le manuscrit de Fergus. Je me suis dit que ça ne serait pas un mal d'accrocher un ou deux tableaux dans cette chambre. J'ai pensé à cette petite marine du Suffolk, qui ne t'a jamais trop plu. Elle ferait plutôt bien ici, tu ne trouves pas ?

— Sûrement. J'ai droit à un baiser ?

Voyant qu'il s'était rasséréné, Susan en mima un d'un air mutin, puis elle lui dit :

— Si tu me donnes la pointe que j'ai fait tomber, je t'embrasserai pour de bon.

John s'agenouilla et ramassa la pointe. Quand Susan eut fini de clouer le crochet X, il lui tendit le tableau, une banale vue de port au soleil couchant, qu'ils avaient achetée quelques années plus tôt dans un vide-grenier.

— Que dirais-tu d'aller au cinéma ? Il y a plusieurs films que j'ai envie de voir.

— Si tu veux, dit Susan.

Elle n'avait pas l'air emballée.

— Non ?

— C'est une des dernières belles soirées de la saison. Le temps est encore assez doux : si on en profitait pour se faire un petit barbecue ? Ça fait des semaines qu'on n'a pas dîné dehors.

John médita un instant là-dessus et s'aperçut qu'elle disait vrai. L'été avait passé très vite ; la troisième semaine de septembre était déjà entamée.

— Il faisait un temps pourri, dit-il. C'est pour ça qu'on ne dînait pas dehors.

Pendant deux mois il avait pourtant fait un temps magnifique, ils le savaient tous les deux. Il avait plu un peu ces deux derniers jours, voilà tout. S'il y avait quelque chose de pourri, ce n'était pas le temps.

Susan accrocha le tableau, le redressa. John maintint l'escabeau pendant qu'elle en redescendait, et quand elle arriva en bas il la prit dans ses bras. Elle nicha sa tête au creux de son épaule. Ils étaient joue contre joue. John humait la douce senteur de noix de coco qui lui imprégnait les cheveux. Il aimait beaucoup son shampooing.

— Je t'aime, Susan, dit-il.

Il sentait l'alcool et le tabac, une odeur d'homme. Quand ils avaient commencé à sortir ensemble, John sentait toujours le tabac, et Susan aimait cette odeur, car elle lui rappelait celle de son père qui fumait beaucoup lorsqu'elle était petite.

— Moi aussi, je t'aime, répondit-elle. Je t'aime plus que tout au monde.

En guise de barbecue, ils montèrent dans la chambre et firent l'amour. Quelques heures plus tard, en émergeant de sa torpeur, John perçut un bruit de page qu'on tournait.

Susan était absorbée dans la lecture du texte révisé de Fergus Donleavy. Son sein gauche était juste au-dessus de la tête de John. La taille de ses seins avait augmenté, et il trouvait ça très excitant.

Il effleura le contour du sein du bout d'un doigt et traça un cercle autour du mamelon. Susan tressaillit, et elle émit un léger soupir d'aise.

—Tu n'as pas faim ? demanda-t-elle.

—Si. De quoi as-tu envie ?

—Je ne sais pas. Quelque chose de léger. Des œufs brouillés, peut-être.

—D'accord, je m'en occupe.

John l'embrassa et il se leva.

—Quoi, tu rebandes *déjà* ! s'exclama-t-elle.

Il eut un large sourire.

—C'est ta faute. Tu me fais toujours cet effet-là.

Sur quoi il s'entoura la taille d'une serviette éponge et descendit dans la cuisine.

Ce soir, en tout cas, notre vie est redevenue comme avant, se disait-il.

Chapitre 31

Dixième semaine. À présent, il n'y avait plus d'erreur possible. La preuve venait de lui en être administrée. Même sur cet écran grisâtre et flou, c'était très net. Susan avait vu deux bras, deux jambes et, en suivant les indications de Van Rhoe, était même arrivée à discerner la forme d'un pied.

C'est incroyable, se disait-elle. *Cet enfant est en moi. Il vit.*

Une jambe remua, puis l'autre. Elle aurait bien continué à regarder, mais Van Rhoe lui ôta la sonde, et elle se retrouva face à un écran vide.

L'obstétricien baissa les yeux sur elle. Il souriait.

— La viabilité ne fait aucun doute, Susan. Tout paraît normal. L'enfant est en bonne santé. Le taux de mucosité est satisfaisant, nous n'avons plus aucune raison de craindre un syndrome de Down. Et pour ce qui est de la fausse couche, nous sommes sortis de la passe dangereuse.

— Ah, parce que avant vous pensiez au syndrome de Down ? lui demanda Susan, soupçonneuse.

Il la rassura d'une voix melliflue.

— Non, mais nous n'avons pas pu procéder à cet examen plus tôt. C'est un examen de pure routine, Susan, et vu votre âge le risque était vraiment minime.

Susan avait entendu parler du syndrome de Down. À partir d'un certain âge, le risque de mettre au monde un enfant trisomique augmente sensiblement. Elle se demanda si l'âge de la mère était seul en cause. L'âge du père entrait-il aussi dans l'équation ? Tout à coup elle se mit à frissonner et une lueur d'inquiétude traversa le regard de Van Rhoe.

— Quelque chose ne va pas, Susan ?

Elle fit « non » de la tête. Elle avait été prise d'un subit dégoût à l'idée que l'enfant qu'elle venait de voir était de M. Sarotzini, et pas de John, qu'un morceau de M. Sarotzini était en train de croître en elle. Ce sentiment lui revenait régulièrement. Tout se déroulait le mieux du monde pendant quelques jours, puis une horreur sans nom s'emparait d'elle à l'idée qu'elle portait l'enfant d'un autre homme.

Cet enfant n'est pas seulement celui de M. Sarotzini, c'est aussi le mien, se dit-elle, cherchant à se rassurer.

Elle était arrivée au point de non-retour. Son corps n'ayant pas rejeté l'enfant, elle ne pouvait plus le rejeter qu'en esprit. Il lui aurait encore été possible d'avorter, mais elle se refusait à l'envisager. L'image qu'elle avait vue à l'écran lui repassa dans la tête. Ces deux jambes, la manière dont elles avaient bougé. C'était incroyable. Il n'y avait pas d'autre mot.

— Je peux écouter son cœur encore une fois ? demanda-t-elle.

— Bien sûr, dit Van Rhoe.

Il lui posa la sonde sur le ventre et la déplaça jusqu'à ce qu'il ait capté le son. Allongée, les yeux fermés, Susan se laissa bercer par la douce pulsation.

Ensuite, Miles Van Rhoe lui dégagea doucement les pieds des étriers et lui tendit un mouchoir en papier. Se levant, elle sentit qu'il émanait d'elle une énergie extraordinaire. Même la revêche infirmière avait le sourire aux lèvres.

— C'est une fille ou un garçon ? demanda-t-elle.

Au moment où elle posait cette question, il lui sembla surprendre un furtif échange de regards entre Van Rhoe et l'infirmière. Ou l'avait-elle imaginé ? Est-ce qu'ils lui cachaient quelque chose ?

— Sur ce point, nous n'aurons aucune certitude avant la seizième semaine, dit l'obstétricien. Êtes-vous sûre de vouloir connaître le sexe de votre enfant à l'avance, Susan ? La plupart des futures mamans ne le souhaitent pas.

— Non, je n'en suis pas sûre, dit-elle, toujours perturbée par ce regard qu'elle avait cru surprendre.

Qu'est-ce qu'il pouvait signifier ?

— Nous nous occuperons du sexe de l'enfant au moment voulu, continua Van Rhoe. Comme je le dis toujours à mes patientes, la seule chose qui importe, c'est que l'enfant se porte bien. Et pour qu'il se porte vraiment bien, il faut l'aimer de tout son cœur pendant qu'il est encore dans la matrice. Est-ce que vous aimez votre enfant de tout votre cœur, Susan ?

— Oui.

L'obstétricien sourit de toutes ses dents.

— Alors il sera en bonne santé, dit-il.

Susan regarda l'infirmière. Elle aussi souriait jusqu'aux oreilles. Ils rayonnaient tous les deux d'affection, et leur affection était contagieuse. Peu à peu, elle oubliait l'échange de regards qu'elle avait surpris, ou cru surprendre, et une douce euphorie s'emparait d'elle. Sa joie était telle que l'envie lui prit de sauter au cou de Miles Van Rhoe, et elle fut à deux doigts d'y céder.

Elle le suivit dans son bureau et s'assit en face de lui.

L'image des deux jambes remuant sur l'écran l'obnubilait tellement qu'elle eut du mal à se concentrer sur les paroles de l'obstétricien, qui à plusieurs reprises fut obligé de se répéter. Il lui conseilla de prendre un peu d'exercice, d'éviter de soulever des objets trop lourds, de se reposer souvent, de surveiller son alimentation. Ils avaient déjà passé tout cela en revue, mais

Susan comprit pourquoi Van Rhoe était si apprécié. Il était vraiment très méticuleux, et à sa manière de se comporter avec elle on aurait pu croire que l'enfant était de lui.

De fil en aiguille, elle en vint à penser à certaines précautions qu'elle allait devoir prendre. Il faudrait qu'elle se rende à des séances de préparation spéciales pour femmes enceintes. Si elle ne le faisait pas, ses collègues de bureau (Kate Fox en particulier) trouveraient ça étrange. Il faudrait leur jouer la comédie, pour ne pas éveiller leurs soupçons. Quand on attend un enfant, on lui achète de la layette, on lui prépare une chambre.

Miles Van Rhoe venait de lui poser une question, mais elle ne l'avait pas saisie. Elle releva les yeux et dit :

— Pardon ? J'avais la tête ailleurs.

Il réitéra sa question :

— Votre mari, comment prend-il tout ça à présent ?

Question sempiternelle, qui revenait chaque semaine. Susan commençait à en avoir l'habitude.

— Bien, dit-elle en souriant. Ça se passe de mieux en mieux entre nous. Il commence à s'y faire, je crois.

L'obstétricien croisa ses grosses mains.

— Ça ne doit pas être facile. Je suis de cœur avec lui.

— Ce n'est pas facile pour moi non plus.

Van Rhoe la fixait de ses grands yeux bruns, et son expression la déconcerta un peu. Il lui sembla déceler dans son regard une subtile lueur d'ironie, et elle comprit qu'il l'avait percée à jour.

C'était sa manière de lui dire qu'il savait qu'au fond elle jouissait de la situation. Susan aurait pu se récrier, lui certifier qu'elle vivait un véritable cauchemar, que si elle avait pu tout recommencer elle aurait refusé.

Pourtant elle se tut car, dans le secret de son cœur, elle éprouvait une joie sans mélange.

Kündz avait du mal à y croire, mais il fallait qu'il l'admette, puisque ça se déroulait sous ses yeux. Susan avait le visage vert à cause du filtre à infrarouges. Elle se retourna, lui montrant ses fesses. Elles étaient toujours aussi fermes. Elle n'avait pas grossi du tout. Jamais on n'aurait cru qu'elle était enceinte.

Ayant repoussé les couvertures au pied du lit, elle s'étala sur John et le prit dans sa bouche. Il triturait le drap du dessous de ses doigts arqués.

Kündz en avait mal au ventre.

Remuant avec autant de grâce et de souplesse qu'une ballerine qui fait le grand écart, elle se hissa le long des cuisses de John et se mit à califourchon sur lui. S'arc-boutant, elle le fit glisser en elle. Elle émit un gémissement étouffé. À en juger par son sourire, ce n'était pas un gémissement de douleur.

Kündz, lui, souffrait intensément.

Il vit le visage de John Carter. Aussi vert que celui de Susan, il arborait une expression lointaine, rêveuse. Son sexe était enfoui en elle, mais il avait la tête ailleurs.

À quoi rêves-tu, John Carter ?

Kündz faisait tout ce qu'il pouvait pour refréner la fureur qu'il sentait monter en lui. Ce n'était pas facile.

Tu t'envoies ma femme, mais tu as l'esprit ailleurs.
À quoi penses-tu, John Carter ? À une autre femme ?
Un jour, je saurai tout.
Un jour, je t'arracherai son nom.
Tu me l'avoueras en hurlant.

Kündz n'y tenait plus. Ce spectacle le rendait fou. Les cheveux de Susan s'agitant dans l'air comme des algues vertes, ses seins jetaient des reflets d'albâtre, leurs pointes dardées étaient d'un beau rouge vermillon, il avait une folle envie de les toucher. Il essaya de se persuader que ce que John et Susan étaient en train de faire n'était qu'un mirage, qu'il regardait simplement un film à la télé.

Kündz se souvint d'un autre des enseignements de M. Sarotzini. La Sixième Vérité disait : « La réalité n'est jamais que ce à quoi l'on croit. »

Sa souffrance en fut allégée, mais ne disparut pas complètement. Les Vérités n'étaient efficaces que si l'on était capable de s'en pénétrer totalement, et Kündz était loin d'avoir atteint ce stade, il le savait. M. Sarotzini ne le lui avait pas caché.

Susan jouissait-elle pour de bon, ou son orgasme était-il simulé ?

Kündz appuya sur la touche d'arrêt, et la fureur qui bouillonnait en lui retomba d'un coup. Il chercha le canal numéro neuf et, voyant ce qui se passait dans la chambre en ce moment, en temps réel, il se rasséréna un peu.

John lisait un magazine d'informatique. Susan était plongée dans un manuscrit. Ce soir, elle avait refusé de faire l'amour en prétextant qu'elle était trop fatiguée et qu'elle devait remettre son rapport de lecture demain. Kündz était fier d'elle. Son contentement était tel qu'il lui en aurait presque pardonné cet unique faux pas, qui remontait à bientôt quinze jours.

Mais il ne pouvait pas le pardonner à John Carter. John Carter avait grand besoin d'être purifié.

La purification ne tarderait pas. M. Sarotzini le lui avait promis.

John tourna une page de son magazine, sauta la page suivante, puis il leva les yeux vers le plafond et son regard rencontra celui de Kündz.

Étendu sur le lit, en robe de chambre, John eut soudain l'impression qu'on l'observait. C'était absurde, il le savait, sa gêne était pourtant réelle.

Il jeta un coup d'œil à Susan. Elle était absorbée dans sa lecture. Il se leva, marcha jusqu'à la fenêtre et écarta les rideaux. Il ne vit que les réverbères à l'autre bout du parc, des silhouettes sombres d'arbres et de buissons, et son propre reflet dans la vitre.

Il se retourna, leva les yeux au plafond, regarda les murs autour de lui.

—Qu'est-ce que tu fais, chéri ? lui demanda Susan.

—Il m'a semblé entendre un bruit bizarre, dit John, préférant ne pas lui avouer qu'il se sentait épié par des yeux invisibles.

Ils dressèrent l'oreille tous les deux.

—Ça doit être mon imagination, dit-il à la fin.

—Maintenant que j'y pense, dit Susan, j'ai entendu un drôle de bruit dans le grenier tout à l'heure. Je crois que nous avons des souris. Ou des rats, ajouta-t-elle avec une grimace.

John haussa les épaules.

—Si ça se trouve, ce n'était qu'un oiseau.

—On devrait peut-être poser des tapettes là-haut.

—Je m'en occuperai pendant le week-end, dit John. De toute façon, j'avais l'intention de farfouiller un peu au grenier. Je ne l'ai pas encore exploré sérieusement. Qui sait, peut-être que j'y dénicherai des toiles de maître.

—Ou que tu trouveras le Graal au fond d'un vieux coffre, dit Susan en souriant.

Kündz abandonna sa surveillance, livrant la maison des Carter à la caméra automatique à activation vocale, et reprit sa lecture (il venait de s'attaquer à *La Recherche du temps perdu* et en était déjà au tome sept). John Carter pouvait farfouiller au grenier tant qu'il voulait, ça lui était égal. Par acquit de conscience, il vérifia que le magnétophone était réglé sur la bonne vitesse avant de se plonger dans Proust.

Ce n'est que le lendemain matin, lorsqu'il scanna la bande vidéo avec son ordinateur pour le cas où il serait arrivé quelque chose après qu'il eut quitté l'écoute, qu'il entendit l'affreux hurlement de Susan Carter.

Chapitre 32

L'unique bougie tremblotait dans les ténèbres, traçant un pâle ruban de lumière sur le visage du vieil homme.

Les rideaux tirés empêchaient de voir qu'il faisait nuit dehors, mais le vieillard immobile sur le lit ne s'en souciait guère, ayant depuis longtemps perdu la vue. Depuis dix ans, il vivait dans une nuit continuelle. Pour lui qui en avait tant vu au cours de sa longue vie, c'était sans importance.

La seule lumière qui comptait était celle qui flamboyait dans son crâne, derrière le masque cruel, creusé de rides profondes, qui lui tenait lieu de visage. Ce feu intérieur était alimenté par le savoir inimaginable qu'il avait accumulé en lui. Il y avait plus de cinq mille volumes alignés sur les rayonnages de sa chambre, et il en connaissait le contenu par cœur, pouvait en citer de mémoire n'importe quel passage, aurait pu citer de mémoire n'importe quel passage de milliers d'autres livres.

Une imperceptible odeur, une variation subtile de l'air lui firent comprendre qu'un homme avait pénétré dans la pièce, et il l'identifia avant même qu'il eût refermé la porte derrière lui. Il lui dit poliment bonsoir, d'une voix très basse, dans une langue que moins d'un millier d'individus à travers le monde étaient encore capables de comprendre.

M. Sarotzini, tout en s'avançant vers le lit, lui rendit son salut dans la même langue, en s'inclinant, bien que le vieillard ne pût voir cette marque de respect. Il ne fit pas mine de s'asseoir. Dans cette pièce, même M. Sarotzini devait rester debout.

« Chacun de nous a peur de quelque chose. » Neuvième Vérité. M. Sarotzini connaissait la Neuvième Vérité. Sa seule peur à lui, c'était cet homme qui gisait devant lui, dans cette pièce qui sentait le vieux cuir et le papier moisi.

— Vous avez des nouvelles? demanda le vieillard.

— Nous en sommes à la dixième semaine. Le danger de fausse couche paraît écarté. Tout se passe bien.

Il avait dit l'essentiel, et il s'en tint là.

— Savons-nous de quel sexe il sera?

— Il est encore trop tôt pour le dire.

Le vieillard eut un sourire mauvais.

— Ce sera une fille. Ils attendent un garçon depuis vingt siècles, et nous allons leur donner une fille.

— Qui vous dit que c'est une fille?

— Je le *sais*.

— Bien sûr, maugréa M. Sarotzini, à qui cette réplique cinglante avait fait l'effet d'une gifle.

Il regarda le pâle ruban de lumière qui vacillait sur le visage du vieillard. La chiche lumière de la bougie permettait tout juste à ses visiteurs de le voir, mais un éclairage plus vif eût été néfaste pour sa peau si fragile. Jadis, le vieillard avait été d'une beauté remarquable, avec les traits finement ciselés d'un aristocrate d'Europe centrale ; pourtant sa peau tavelée d'éphélides était à présent ravagée par le cancer, et seule sa silhouette gardait les traces de son ancienne prestance. Malgré la peur sans nom que lui inspirait cet homme, M. Sarotzini avait toujours éprouvé pour lui une profonde tendresse, qui n'avait fait que croître avec les années.

— Quand reviendrez-vous?

— Bientôt. Dès qu'il y aura du nouveau.
— Vous êtes sûr que tout ira bien ?
— J'en suis absolument convaincu.
C'était la réponse que le vieil homme attendait de lui.

Miles Van Rhoe semblait très contrarié.
— Pourquoi ne m'avez-vous pas appelé sur-le-champ ?
Kate Fox fit irruption dans le bureau de Susan, un manuscrit corrigé à la main, et se planta là. Ses lèvres formèrent une question muette, mais Susan ne la comprit pas. Elle n'avait qu'une idée en tête : il ne fallait pas que Kate reste là pendant qu'elle parlait avec Van Rhoe.
— Ne quittez pas, dit-elle, puis, couvrant le téléphone de sa main, elle annonça à Kate qu'elle passerait la voir dans un instant.

Dès que sa collègue eut refermé la porte derrière elle, Susan découvrit le microphone et pria l'obstétricien de l'excuser pour cette interruption.
— Je n'allais quand même pas vous appeler à 23 heures. Du reste, la douleur n'a duré qu'un instant. Je me suis dit que ça devait être un spasme musculaire, une séquelle de l'examen que vous m'avez fait subir hier.
— Dans votre cas, l'autodiagnostic n'est pas du tout indiqué, Susan. Et je vous le répète, il ne faut pas vous soucier de l'heure qu'il est. Je vous ai donné tous mes numéros de téléphone. Vous devez m'appeler, quelle que soit l'heure, 23 heures, 3 heures du matin, 5 heures du matin, peu importe. La seule chose qui peut me déranger, c'est que vous ne le fassiez pas. Nous formons une équipe tous les deux, cet enfant sera notre œuvre commune, il faut qu'on se tienne les coudes. Je veux que vous me donniez votre parole de ne plus jamais me faire ce coup-là.
Susan bredouilla de vagues excuses.

— Je veux vous l'entendre dire, Susan. Je veux que vous me disiez, d'une voix claire et nette : « Monsieur Van Rhoe, si j'ai le moindre bobo, si je constate la moindre anomalie, si je me fais le moindre souci, aussi bête qu'il puisse me paraître, je vous téléphonerai aussitôt, même s'il est 23 heures, 3 heures du matin, ou 5 heures du matin. » Allez-y, répétez !

Susan répéta tout, et en arrivant au bout ne put se retenir de pouffer. Le signal lumineux de son téléphone lui disait qu'on l'appelait sur l'autre ligne, mais elle n'en tint aucun compte.

— C'est entendu, alors ? dit Van Rhoe. Nous nous sommes bien compris ?

— Oui.

— Vous n'avez pas eu d'autres douleurs depuis ?

— Non.

— Pas de saignements non plus ?

— Pas de saignements.

— Pas d'autres douleurs, c'est bien sûr ? Pas même de gêne ?

— Non.

— Absolument rien ? Un début d'élancement ?

— Non, rien.

Elle ne disait pas tout à fait la vérité, car elle ne tenait pas à ce que Van Rhoe l'oblige à passer à son cabinet. Elle avait d'autres chats à fouetter. En fait, elle avait encore un peu mal, mais ça n'avait plus rien à voir avec la douleur d'hier soir, tellement aiguë qu'elle en avait hurlé.

Elle n'avait aucune raison de se miner, après tout. L'échographie d'hier matin n'avait rien révélé d'inquiétant. Si quelque chose avait cloché, Van Rhoe ne se serait pas fait faute de l'en informer.

— Notre prochain rendez-vous est fixé à mercredi, dit l'obstétricien. Soit dans cinq jours. Je ne vous le cache pas,

Susan, tout ça ne me dit rien de bon. Faites donc un saut à mon cabinet. Il vaut mieux que je vous examine.

Susan commençait à regretter de l'avoir appelé.

— J'ai une réunion, objecta-t-elle.

— Cet enfant est plus important que toutes les réunions du monde, Susan.

— Je sais, dit Susan, contrite.

— J'insiste. Il faut absolument que vous passiez me voir. Sautez immédiatement dans un taxi. Je vous examinerai sur-le-champ, ça ne vous prendra pas plus d'une demi-heure.

Après avoir raccroché, Susan avala une gorgée d'eau minérale et appela Kate pour lui annoncer qu'elle s'absentait une demi-heure. Elle savait que ce n'était pas vrai. Les embouteillages aidant, ça lui prendrait une bonne heure, peut-être même plus.

Au moment où elle posait la main sur la poignée de la porte, l'Interphone bourdonna et sa secrétaire lui annonça que John la demandait au téléphone.

— Qu'il me laisse un message, dit-elle.

— Il veut seulement savoir si vous allez bien.

— Je vais bien, dit Susan d'une voix tranchante. Je ne me suis jamais si bien portée.

John avait entendu dire que le meilleur appât pour les souris n'était pas le fromage, mais le chocolat. À genoux dans le grenier, il en plaça un petit carré sur la pointe, fit jouer le ressort, et disposa la tapette au pied d'une solive. À côté de lui, le tuyau d'alimentation du ballon d'eau chaude produisait un « plic plic » continuel.

Se désintéressant du piège derrière lui, il se dirigea vers la zone de ténèbres où la lumière de l'ampoule nue qui pendait au-dessus de la trappe ne pénétrait pas. Le faisceau de sa lampe de poche dansant sur les solives et les arbalétriers, il explora méthodiquement les combles à la recherche du

Rembrandt oublié par les anciens propriétaires. Il en fut pour ses frais : ils n'avaient strictement rien laissé.

Un bruit suspect le fit sursauter et il se tendit. Le bruit se répéta, et il comprit que ce n'était qu'un oiseau qui se promenait au bord du toit. Au moment où il passait devant un conduit de cheminée, il fronça les sourcils : un peu en avant de lui, le jour entrait par une fissure.

En examinant les choses d'un peu plus près, il constata qu'à cet endroit l'isolant orange semblait beaucoup plus neuf, et il se demanda pourquoi. Les anciens propriétaires avaient-ils eu un pépin avec cette partie du toit ? Si c'était le cas, ils n'y avaient pas remédié comme il aurait fallu, car apparemment il manquait une tuile.

Son inspection une fois achevée, John redescendit, en prenant soin de bien rabattre la trappe.

Ce samedi après-midi-là, Susan profita du temps exceptionnellement doux pour nettoyer un peu le jardin. Elle passa un coup de râteau sur la pelouse jonchée de feuilles mortes, activité que Miles Van Rhoe n'eût sans doute pas vue d'un bon œil. Outre les feuilles, le râteau ramena les reliefs d'un dîner au McDo (un sac vide, deux emballages en polystyrène, deux gobelets et un demi-hamburger), cadeau d'un abruti qui avait pris leur jardin pour une décharge hier soir.

La rangée de hêtres était piquetée d'or à présent, et dans le parc les arbres commençaient à jaunir. Susan accueillait avec joie son premier automne dans cette maison. C'était un lieu idéal pour observer la métamorphose des arbres et des buissons. Pour elle, c'était l'un des grands charmes de l'Angleterre. En Californie, les changements de saison n'étaient jamais marqués d'une manière aussi nette.

Au moment où elle se baissait pour ramasser le petit tas de feuilles et de détritus, la douleur s'abattit subitement sur elle. On aurait dit qu'on lui arrachait les tripes. Elle poussa un cri, tomba à genoux, se prit le ventre à deux mains et ferma les yeux.

Je vais faire une fausse couche.

—Susan? Qu'est-ce que tu as, ma chérie?

John venait de se matérialiser à côté d'elle. Elle leva la tête. Elle avait les yeux écarquillés, les pupilles anormalement dilatées, et elle était d'une pâleur de mort. Lui posant une main sur le front, John constata qu'il était moite.

Retenant sa respiration, elle s'apprêtait à affronter le prochain coup de poignard.

—Susan?

Comme elle ne répondait pas, il insista:

—Ça va, chérie?

—Oui, ça va, haleta-t-elle.

Au bout de quelques instants, John l'aida à se relever et la fit asseoir sur une chaise de jardin.

—Ça va, répéta-t-elle.

John la regardait d'un air anxieux.

—Qu'est-ce qui te fait ça? demanda-t-il.

—Ça doit être un nerf, balbutia-t-elle. Un muscle froissé. Un spasme. De l'aérophagie. Peut-être que je suis un peu constipée. Va savoir.

—Van Rhoe t'avait dit que la douleur risquait de continuer?

—Il… Oui, il me l'avait dit.

—D'après lui, ce ne sont que des contractions mécaniques?

Susan fit «oui» de la tête. L'obstétricien l'avait assurée que tout était normal, qu'il s'agissait vraisemblablement de spasmes nerveux, et il lui avait prescrit des comprimés à prendre en cas de nouvelle crise. Un composé multivitaminé. Apparemment, c'était son dada. Son regard se posa sur le visage altéré de John, puis elle leva les yeux sur les arbres. Elle se sentait mieux à présent. La douleur avait reflué d'un coup.

Quand John avait prononcé le nom de Van Rhoe, Susan s'était souvenue que, quand elle avait appelé l'obstétricien la veille, il n'avait pas paru si étonné que ça, comme s'il s'était attendu qu'elle ait mal. *Bah, après tout, ça n'a rien d'extraordinaire*, se dit-elle. *Il doit être harcelé chaque jour par d'innombrables patientes qui l'appellent pour lui faire part de leurs terreurs et de leurs angoisses.*

— Tu as toujours mal ? lui demanda John, d'une voix pleine de sollicitude.

— Non, c'est fini.

— On lui passe un coup de fil ?

Elle hocha négativement la tête.

— Non, chéri, ce n'est pas la peine, dit-elle en esquissant un pauvre sourire. Tout s'est bien passé au grenier ? Les pièges à souris sont en place ?

— Ça va bien, tu es sûre ?

— Oui, ça va. Je n'aurais pas dû ratisser la pelouse. Il m'avait dit d'éviter les efforts.

— Dorénavant, tu observeras les consignes de la faculté.

Susan fit « oui » de la tête, et là-dessus leur conversation fut interrompue par les cris de leur vieux voisin, qui venait de se pisser dessus et braillait à tue-tête pour que sa femme vienne le nettoyer.

— Quand je serai dans cet état-là, tu auras des raisons de t'inquiéter, dit Susan avec un sourire.

— Ça ne va pas tarder.

— T'es sympa, dis donc.

John l'embrassa. Puis il lui dit :

— Tu ne saurais pas où on a rangé l'état des lieux ?

— Dans le dossier sur la maison. Il doit être dans l'une des piles que tu as entassées sur le plancher de ton futur bureau. Pourquoi me demandes-tu ça ?

John recula de quelques pas, essayant d'apercevoir la tuile manquante.

—Je voulais voir ce qu'il disait du toit.
—C'est grave ?
John secoua négativement la tête.
—Une tuile en moins, c'est tout.
—Harry a un copain qui pourrait nous réparer ça. Tu veux que je lui donne un coup de fil ?
—Non, reste tranquille.

John leva de nouveau les yeux sur le toit. Il ne connaissait rien au métier de couvreur, mais quelque chose le chiffonnait. Ce grenier avait quelque chose qui n'allait pas.

Quoi ? Il n'arrivait pas à mettre le doigt dessus.

Chapitre 33

Archie Warren était assis à son bureau, dans la salle des opérations de la Loeb-Goldschmidt-Saxon, au vingtième étage d'un gratte-ciel de la City. *Bureau* était un grand mot. On aurait plutôt dit la tablette d'un siège d'avion ; il avait juste la place d'étendre les jambes. La tablette supportait un ordinateur, deux téléphones, un cendrier, un paquet de cigarettes, un briquet en or de marque Dunhill et un gobelet de café.

Comme les soixante autres courtiers rassemblés dans cette salle, Archie jonglait avec ses deux téléphones tout en pianotant sur le clavier de son ordinateur. Il achetait et revendait des actions et des obligations japonaises, pour le compte d'une brochette de clients parmi lesquels figuraient des sociétés commerciales, des banques, des fonds de retraite, et une poignée de particuliers pleins aux as.

Il était 18 h 15. Archie avait pris son poste à 17 heures, et il avait déjà grillé deux cigarettes. En principe, l'usage du tabac était prohibé dans l'immeuble, mais Archie s'en battait l'œil. Oliver Walton, son voisin, n'observait pas non plus l'interdit, comme une bonne moitié des autres occupants de la salle, où tout le monde vivait sur les nerfs. C'est qu'on jouait gros chez

Loeb-Goldschmidt-Saxon. Archie alignait chaque jour un minimum de cent millions de dollars de transactions.

La section où travaillait Archie ne comptait que six courtiers. Au cours des trois dernières années, ils avaient généré à eux seuls quarante pour cent des profits de la société, dont le siège et les succursales employaient plus de deux mille personnes. Si Archie avait envie de fumer, rien au monde ne l'en empêcherait.

Les noms et les raisons sociales de clients prestigieux défilaient sur l'écran de son ordinateur : Morgan Grenfell, le Fonds des veuves écossaises, Newton's, Nomura, Sumimoto, Julius Baer, State Street, Soros. Dans le haut-parleur, une voix venue de Tokyo nasilla : « Yamaichi est preneur pour dix millions de dollars d'obligations convertibles Sumimoto à 99 1/2 ou mieux. »

Après la clôture de la Bourse de Tokyo, Archie alluma sa troisième cigarette et se livra à une rapide récapitulation pour mettre au point sa tactique du lendemain. En passant en revue les échanges qui avaient eu lieu à Tokyo pendant la journée, il fut intrigué par une opération d'un montant de cinq millions de dollars sur un titre ordinairement peu actif. Le nom du donneur d'ordre lui sembla familier, il ne savait pas au juste pourquoi. La banque Vörn. Il vit que l'affaire avait été traitée par Oliver Walton.

La banque Vörn. Ce nom lui rappelait quelque chose, mais quoi ? Archie étouffa un bâillement. S'il n'avait pas éclusé une telle quantité de porto hier soir, ses neurones se seraient peut-être un peu mieux reliés. Il se tourna vers son voisin.

— Eh, Ollie, c'est quoi, la banque Vörn ?

— Banque suisse, dit Walton. Tout ce qu'il y a de plus privé.

Archie savait ce que ça voulait dire.

— Gros poisson ?

— Très, très gros.

Archie se laissa aller en arrière sur son siège et tira sur sa cigarette en se creusant les méninges. Au bout d'un moment, une petite ampoule s'alluma dans sa tête.

John était au volant de la BMW qu'il s'était finalement offerte. Il pouvait largement se le permettre, vu l'état de ses affaires, et il s'était dit que M. Sarotzini ne lui en voudrait pas de cette unique extravagance.

En cinq mois, ses contacts avec le banquier s'étaient limités à une dizaine de coups de fil très brefs. M. Sarotzini s'inquiétait surtout de la santé de Susan, et ne faisait guère de commentaires sur les rapports que John lui expédiait régulièrement, se bornant à dire que les choses semblaient évoluer de manière satisfaisante.

Il semblait avoir tout oublié de ses projets de sortie avec Susan, qu'il n'avait pas appelée une seule fois. Se pourrait-il qu'il soit gêné ? se demandait John. Susan ne disait rien, mais elle était un peu déçue de n'avoir pas eu de nouvelles du banquier, John en aurait mis sa main à couper.

M. Sarotzini avait peut-être raison de se comporter ainsi, puisque de leur côté John et Susan s'accommodaient mieux de la situation en évitant d'en parler. Ils n'avaient plus que quatre mois à tirer, et ils s'en sortaient bien, tenant leurs émotions en bride. Susan endurait cela avec un stoïcisme admirable.

Tout allait pour le mieux dans le meilleur des mondes. Ils avaient gardé DigiTrak. Ils avaient gardé la maison. John s'était offert une voiture neuve. Il avait proposé à Susan de lui en acheter une aussi, mais elle avait répondu que sa vieille Clio lui suffisait amplement. Il s'était payé la décapotable de ses rêves, une BMW bleu pétrole avec sièges en cuir crème, équipée de l'air conditionné et tous les gadgets imaginables. Les gadgets fournissent une heureuse diversion quand on est coincé dans un embouteillage au milieu de l'Albert Bridge, ce qui était présentement son cas. À 7 h 30, ça aurait dû rouler, mais ces temps-ci le trafic était engorgé en permanence à cause des travaux de réfection du pont.

DigiTrak connaissait un tel afflux de commandes que depuis deux mois John était forcé d'arriver au bureau à l'heure du laitier. Ils étaient si débordés que Gareth était perpétuellement au bord de la dépression nerveuse.

John enfonça la touche « play » de son lecteur de CD, et la voix de Phil Collins se mit à tonitruer. Une émission de télé lui ayant récemment appris que la musique rock était un bon stimulant intellectuel, il avait pris le pli d'en écouter chaque matin en allant au bureau. Au bout d'un moment, ses idées bifurquèrent, et il se mit à penser à Noël, qui n'était plus qu'à trois semaines de là. Où passeraient-ils les fêtes ? Quel cadeau offrirait-il à Susan ? Questions qu'il se posait chaque année, mais auxquelles il lui était moins facile de répondre que d'habitude.

John serait volontiers allé aux sports d'hiver, comme les années précédentes. Archie lui avait proposé de venir les rejoindre à Gstaad, lui et Pilar, mais Susan n'était pas en état de skier. De toute façon, elle ne pouvait pas partir en voyage. Van Rhoe lui avait demandé de ne pas s'éloigner, et c'était sans doute plus prudent. John était inquiet pour Susan, qui continuait à être régulièrement prise de douleurs épouvantables. Après les avoir longtemps imputées à des spasmes d'origine nerveuse, Van Rhoe avait fini par diagnostiquer un kyste à l'ovaire, il y avait de cela quinze jours. Il soutenait que ce n'était qu'une affection bénigne, mais il aurait peut-être changé d'avis s'il avait assisté à l'une des crises de Susan.

Susan soutenait que Van Rhoe était le meilleur obstétricien de toute l'Angleterre, pourtant John en doutait un peu. Un jour il attribuait les douleurs de Susan à des spasmes nerveux, le lendemain c'était un kyste. Un peu étrange quand même, non ? Est-ce qu'il ne s'agissait pas plutôt d'une erreur de diagnostic ?

Et s'il n'avait été question que des douleurs, encore...
Le cours de ses pensées fut interrompu par la sonnerie de son portable.

—On a squash demain ou pas? lui demanda Archie.

—Oui, oui. Le court est réservé.

—Je viens de tomber sur un truc intéressant. Ta banque, celle qui t'a renfloué, c'est bien «banque Vörn» qu'elle s'appelle?

—Ouais.

—Figure-toi que ma boîte les a pour clients. Sacrée coïncidence, tu ne trouves pas?

John médita un instant là-dessus.

—Comment se fait-il que tu t'en sois pas aperçu plus tôt? demanda-t-il.

—Ils ne sont chez nous que depuis deux mois.

—Que sais-tu d'eux?

—Qu'est-ce que tu veux savoir?

—Bah, il est trop tard maintenant. J'aurais dû me renseigner avant de m'acoquiner avec eux.

—Tu t'es fait baiser jusqu'au trognon, c'est ça?

—Ta métaphore n'est pas des plus heureuses.

—Pourquoi dis-tu ça?

Archie n'était pas au courant de leur accord, bien sûr.

Tout à coup la ligne se mit à grésiller.

—Ça ne fait rien, oublie.

—Bon, dis donc...

John ne saisit pas la suite. À travers le bourdonnement des parasites, il ne perçut que trois mots : «... j'y aille... », puis, en clair cette fois :

—Vingt heures. Salut!

La circulation venait de reprendre. Tout en redémarrant, John appela Susan. Il savait qu'elle serait encore là, car ces temps-ci elle quittait rarement la maison avant 9 heures.

— Tiens, c'est toi, dit-elle, d'un ton à la fois surpris et heureux.

— Écoute, Susan, lui dit-il. Je viens d'avoir une idée, pour Noël. Les Harrison nous ont invités, je sais, mais je n'ai pas envie de m'appuyer leurs chiards pendant une soirée entière. Si on passait les fêtes à l'hôtel, rien que nous deux ? Une petite auberge sympa, pas trop loin de Londres ?

Susan resta silencieuse un moment avant de répondre :

— Que dirais-tu de fêter Noël en famille, à la maison ? Mes parents n'ont rien de prévu pour le réveillon. Si on leur offrait le billet d'avion ?

John sentit son cœur s'alourdir, puis il se mit à battre follement quand elle ajouta :

— Je me disais que maman pourrait peut-être m'aider avec l'enfant…

— Quoi ?

— Je suis sûre qu'elle sera folle de joie en apprenant qu'elle va être grand-mère. Si elle restait chez nous un mois ou deux après l'accouchement, ça pourrait m'être utile.

Au moment où John arrivait à l'extrémité du pont, le feu passa au rouge, mais il ne s'en aperçut pas et freina avec un temps de retard. La BMW pila net au milieu du carrefour, dans un grand hurlement de pneus. C'est à peine s'il remarqua les coups de Klaxon rageurs et les appels de phares. Il avait l'esprit trop occupé par ce que Susan venait de lui dire.

— Enfin Susan, de quoi parles-tu ?

— Ça se fait couramment, tu sais. Les nouvelles mamans se font aider par leurs mères, elles savent ce que c'est…

John haussa le ton.

— Susan, on ne garde pas l'enfant ! Le jour où il naîtra, M. Sarotzini nous le prendra. Tu ne vas pas embarquer ta mère là-dedans. C'est déjà assez pénible comme ça, pas la peine d'en rajouter.

Il y eut un silence. John attendit quelques instants. Le concert de Klaxons continuait, et les automobilistes qui devaient le contourner pour avancer lui adressaient des gestes obscènes. Il vérifia son téléphone. Il était toujours en ligne.

—Allô? dit-il. Tu es là?

Il y eut un reniflement, puis un second. Susan venait de fondre en larmes.

Chapitre 34

Pour aller à son travail, Susan empruntait toujours les transports en commun. L'autobus, puis le métro. Magellan Lowry disposait d'un parking, mais elle n'y trouvait jamais de place. Le trajet durait près d'une heure, cependant ça ne l'ennuyait pas car elle en profitait pour lire.

Ce matin-là, elle contemplait d'un œil morose la pluie qui ruisselait sur les vitres de l'autobus à impériale, incapable de se concentrer sur les derniers chapitres de son manuscrit. C'était encore un livre sur les pyramides d'Égypte. L'auteur avançait des preuves irréfutables selon lesquelles elles avaient été construites par des extraterrestres, théorie qui eût sans doute intéressé Fergus Donleavy.

Susan était la proie d'un grand trouble, et elle n'en pouvait plus de fatigue. L'entretien de la maison l'épuisait tellement qu'elle avait décidé de prendre une femme de ménage. Elle avait mis une annonce chez le marchand de journaux, mais pour l'instant personne n'y avait répondu.

On était lundi, elle avait toute une semaine de travail à affronter, et déjà elle n'avait qu'une seule envie : rentrer chez elle et se remettre au lit. Elle s'était réveillée avec une pesanteur inhabituelle dans l'abdomen, et elle craignait que la gêne se transforme en névralgie aiguë. Elle avait pris du poids, ce qui ne l'enchantait guère – bien que John trouvât son ample poitrine à son goût –, et le renflement de son ventre devenait difficile à cacher. Sa folie des gâteaux secs s'était muée en une boulimie de chocolat noir. Elle en sortit une tablette de son sac à main, en cassa un carré, et se le mit dans la bouche. Elle se força à le suçoter en résistant à l'impulsion de croquer dedans. Il ne fallait pas qu'elle se bourre.

Ce samedi-là, ils donnaient un grand dîner chez eux. C'est elle qui en avait eu l'idée ; elle tenait à mener une vie normale, à ne pas se laisser écraser par sa grossesse (les douleurs et la fatigue n'étaient-elles pas le lot de toutes les femmes enceintes du monde ?) ; du reste, la pendaison de crémaillère n'avait que trop attendu. Cependant, à présent elle avait envie de tout annuler.

Elle sortit son vieux Filofax de son sac et examina sa liste. L'année dernière, pour son anniversaire, John lui avait offert un agenda électronique Psion. C'était une machine d'un maniement délicat, et il lui avait fallu un certain temps pour apprendre à s'en servir. Toutefois, elle lui préférait son fidèle agenda en cuir, qui jusqu'à présent ne lui avait jamais failli. Sur les cinquante personnes qu'ils avaient invitées, douze s'étaient excusées, ce qui voulait dire qu'ils en recevraient trente-huit, ou peut-être seulement trente-six, puisque Harvey Addison et madame n'avaient pas encore daigné répondre. Susan avait dit à John qu'à son avis l'attitude du gynécologue frisait l'incorrection, et il avait promis de lui téléphoner ce matin.

Que lui restait-il à faire ? Pour le service, tout était au point. Le propriétaire du restaurant thaïlandais s'était engagé à leur fournir des serveuses en même temps que le repas – poulet à la citronnelle, accompagné d'un curry de légumes. Le magasin de spiritueux se chargeait des boissons (vin rouge, vin blanc et champagne australien), et fournissait aussi les verres. Les bouteilles devaient leur être livrées vendredi matin, avec faculté de retour.

Susan avait même voulu embaucher un disc-jockey, mais John s'y était opposé. La moitié des invités étaient des relations d'affaires, et il comptait mettre la soirée à profit pour parfaire ses contacts. Pour se consoler, elle avait commandé des centaines de mirlitons, de serpentins et de chapeaux en papier, ainsi qu'une bonne quantité de pétards.

Bien entendu, tout le monde allait la féliciter et lui demander pour quand était l'heureux événement, il fallait qu'elle s'en fasse une raison.

Elle tourna plusieurs pages du Filofax et passa à sa liste de cartes de Noël. Sachant que les délais postaux étaient assez variables, elle avait déjà expédié celles qui étaient destinées aux États-Unis (la plus belle allant naturellement à Casey). Il ne lui restait plus qu'à écrire les anglaises ; elle s'en occuperait cette semaine. Elle arriva ensuite à la page « cadeaux de Noël », et cela lui rappela qu'il faudrait penser aux étrennes des éboueurs et des postiers la semaine prochaine.

Elle relut la liste des cadeaux qu'elle comptait offrir à John. Trois livres qu'il avait envie de lire. Un gilet pour donner une touche de fantaisie à son smoking. Une statuette de cheval en bronze d'époque victorienne qu'elle avait dénichée dans une brocante, et un ingénieux petit appareil qui faisait émettre un « bip-bip » aux balles de golf perdues, qu'elle avait acheté par correspondance et n'avait pas encore reçu. Si John n'avait pas trouvé au moins un gadget dans son bas de Noël, il aurait été très dépité.

Elle expédierait un énorme bouquet de fleurs à Casey, et quant à ses parents, s'ils ne venaient pas à Londres, elle comptait leur faire un cadeau somptueux – un week-end dans un palace de Las Vegas, par exemple.

Sur ces entrefaites, comme pour lui rappeler qu'elle avait oublié quelqu'un sur sa liste de Noël, elle sentit un léger mouvement à l'intérieur d'elle. Depuis quelques jours, ça lui arrivait régulièrement ; c'était une sensation extraordinaire.

Elle se couvrit le ventre de ses bras, et murmura :

— Bonjour, Bobosse.

Elle avait donné ce surnom à l'enfant, John ayant fait remarquer que s'ils lui donnaient un vrai prénom, du genre Alice, Tom, ou Nick, ils risqueraient de s'y attacher trop.

— Ça va être ton premier Noël, Bobosse. Qu'est-ce que tu en dis ? Tu as écrit ta lettre au Père Noël ?

M. Sarotzini ne lui avait pas donné signe de vie depuis qu'il était venu la voir à la clinique, le jour de l'opération. Elle avait assuré John que ça ne l'ennuyait pas, que ça lui rendait même les choses plus faciles ; pourtant au fond d'elle-même elle en était malheureuse. Ça soulignait le côté clinique, froidement financier, de la situation.

Qu'allait-il devenir, son Bobosse ?

Quelle vie aurait-il avec M. Sarotzini ? Un homme de cet âge pouvait-il être un bon père ? Et Mme Sarotzini ?

À l'en croire, elle était atteinte d'un cancer, ce qui expliquait son incapacité à procréer. Était-elle réellement malade ? N'était-ce pas plutôt une de ces ravissantes créatures de la jet-set qui se font faire un enfant par quelqu'un d'autre parce que les défilés de haute couture ne leur en laissent pas le temps ? Il y a bien des femmes qui exigent d'accoucher par césarienne pour éviter d'avoir le vagin élargi. M. Sarotzini avait une immense fortune, certes, mais l'argent est-il vraiment l'essentiel ? Bobosse allait-il se retrouver captif de la luxueuse nursery de quelque manoir perdu au fin fond de la Suisse, dont on l'extrairait une fois par jour pour l'exhiber à ses parents, à la façon d'un trophée ?

Comme pour montrer qu'il partageait ses inquiétudes, Bobosse remua de nouveau.

L'autobus ralentit. Ils arrivaient à un arrêt. Les passagers semblaient plus nombreux que d'habitude. *Ce sont sans doute des gens qui vont faire leurs achats de Noël*, se dit-elle. Une femme assise à l'avant de l'impériale se leva et se dirigea vers l'escalier. Elle était enceinte jusqu'aux yeux. Susan lui sourit, essayant d'accrocher son regard, de provoquer une connivence entre elles, mais sans succès.

Tout à coup, des larmes lui brouillèrent les yeux. La terrible nostalgie du nid familial qui l'avait déjà fait pleurer tout à l'heure quand John l'avait appelée venait de nouveau de s'emparer d'elle.

Tout comédiens ratés qu'ils fussent, son père et sa mère n'en avaient pas moins été d'excellents parents pour elle et Casey – si tant est qu'une enfant soit capable d'en juger. Ils étaient toujours là quand elle avait besoin d'eux, ils avaient su créer un foyer accueillant, et ni l'échec de leurs carrières ni l'épouvantable tragédie qu'ils avaient vécue avec Casey ne les avaient aigris. Ils seraient ravis d'être grands-parents, Susan n'avait aucun doute à ce sujet. Quand elle leur avait annoncé, peu après son mariage, que John et elle avaient pris la décision de ne pas avoir d'enfants, elle avait bien vu qu'ils étaient cruellement déçus.

Maintenant qu'elle était enceinte, elle aurait tant aimé pouvoir partager cet événement avec eux. Elle aurait voulu voir leurs visages s'illuminer à l'annonce de l'heureuse nouvelle, aurait voulu communier avec eux dans ce… cette… quoi, au fait ?

Fallait-il parler d'allégresse ?

Ou est-ce que ce serait cruel de leur infliger ça, comme le soutenait John ? De leur donner de l'espoir, pour être obligée de leur annoncer ensuite que l'enfant n'était plus là, qu'il était mort-né ? Ne valait-il pas mieux leur cacher la vérité, comme le préconisait John ?

Non, c'était impossible. Et s'ils apprenaient d'une tierce personne qu'elle était enceinte ? Ou qu'elle l'avait été, mais ne leur en avait rien dit ? Ils en souffriraient encore plus, sans aucun doute.

Qu'est-ce qui lui avait pris de dire à John qu'elle voulait faire venir sa mère à Londres pour s'occuper de l'enfant ? Ça lui était sorti naturellement, comme si c'était l'évidence même.

Elle secoua la tête. *Il faut vraiment que j'aille mal*, se dit-elle.

Un peu avant 11 heures, Susan entreprit de composer une lettre de refus destinée à un jeune auteur qui venait de leur soumettre un manuscrit. Son livre, qui traitait de l'influence des gènes sur les pulsions criminelles, avait fait l'objet de plusieurs rapports favorables, et il était écrit d'une plume alerte. Mais il s'agissait visiblement d'une thèse de doctorat à peine retouchée, et le comité de lecture avait estimé sa terminologie scientifique par trop rebutante.

Au moment où elle s'efforçait de trouver une manière délicate de suggérer à l'auteur qu'il devrait revoir son texte de façon à le rendre plus accessible, l'Interphone se mit à bourdonner et sa secrétaire lui annonça qu'un M. Sarotzini demandait à lui parler.

Susan en resta confondue. *Voilà qui est bizarre*, se dit-elle. *Quand on pense au loup on en voit la queue.*

— Priez-le de patienter un instant, dit-elle avant de libérer la touche.

Tout à coup, elle se sentait dans ses petits souliers.

Absurdement, elle se passa une main dans les cheveux, les lissa, écarta une mèche qui lui barrait le front. Après s'être retournée pour s'assurer que la porte était fermée, elle enfonça de nouveau la touche de l'Interphone.

— Je le prends, Hermione.

L'instant d'après, elle entendit cette voix reconnaissable entre toutes, douce, polie, imperceptiblement plus guindée que dans son souvenir.

— Bonjour, ma chère Susan, dit-il. Je voulais simplement savoir si vous vous portiez bien. Et si l'enfant se portait bien aussi.

— Nous allons bien, merci, dit-elle, et vous-même ?

Elle avait la gorge un peu nouée.

— Moi, ça va très bien, merci.

Il y eut un long silence. Susan cherchait désespérément quelque chose à dire. Les mille questions qui se bousculaient dans sa tête chaque fois qu'elle pensait à lui s'étaient soudain évanouies. La seule chose qui lui vint à l'esprit fut :

— Et comment va Mme Sarotzini ?

M. Sarotzini eut une brève hésitation avant de répondre :

— Elle va très bien aussi, merci.

Après un autre long silence, il ajouta :

— J'espère que vous me pardonnerez d'être resté si longtemps sans vous donner signe de vie. Je vous avais promis de vous emmener au concert, à l'opéra, et de vous faire visiter quelques galeries de tableaux. Je n'ai pas oublié mes promesses, mais mes affaires ne m'ont pas laissé un instant de répit. Est-ce que par hasard vous seriez libre à déjeuner demain, ou mercredi ? J'aimerais vous faire admirer une collection très remarquable de tableaux impressionnistes. Si ma mémoire ne me trompe pas, vous m'avez dit que vous aviez une passion pour la peinture impressionniste.

Demain, Kate Fox et elle emmenaient Hermione au restaurant, car c'était son anniversaire.

— Mercredi, ce serait parfait, dit-elle.

— Vous ne pouviez mieux tomber, ce jour m'arrange également. Je passerai vous prendre à 12 h 45.

Chapitre 35

Ce mercredi matin-là, Susan fut sur les nerfs pendant toute la réunion hebdomadaire du comité de lecture. Elle avait toutes les peines du monde à se concentrer. Elle était arrivée en retard au bureau. Non seulement elle avait eu du mal à décider de ce qu'elle mettrait pour déjeuner avec M. Sarotzini, mais il avait fallu qu'elle se brosse longuement les cheveux après s'être lavé la tête, alors que d'habitude ils se remettaient en place d'eux-mêmes.

Pour ne rien arranger, John avait eu un comportement bizarre la veille au soir. On aurait presque dit qu'il était jaloux de ne pas avoir été invité. Après avoir paradé un moment à travers la chambre en mimant les expressions faciales de M. Sarotzini et en mettant grossièrement en doute sa virilité, il avait obligé Susan à faire l'amour alors qu'elle n'en avait pas envie, comme pour prouver sa supériorité, ou pour marquer son territoire.

Quand on l'appela du rez-de-chaussée pour lui annoncer que M. Sarotzini l'attendait, elle enfila son pardessus et descendit, aussi ravagée de trac que si elle allait subir un entretien d'embauche. Elle s'était pourtant mise sur son trente et un, et en temps normal cela lui donnait de l'assurance. Elle portait un tailleur noir très strict, avec un chemisier blanc à col montant, fermé à la gorge par une broche en argent. Ça ne l'empêchait pas de se sentir aussi empruntée qu'une petite fille.

M. Sarotzini l'attendait dans le hall, vêtu d'un long manteau en poil de chameau à col de velours. Son élégante silhouette paraissait un peu incongrue au milieu des présentoirs de livres. Le seul autre occupant de la salle d'attente était un illustrateur à catogan, venu déjeuner avec quelqu'un. Le banquier accueillit Susan d'un sourire affable, avant de lui tendre la main d'un air solennel, et même un peu compassé.

— Je suis si heureux de vous voir, Susan, dit-il en désignant la sortie du bras. Ma voiture nous attend dehors.

Revoir cet homme à l'allure tellement patricienne, à l'élégance tellement raffinée, en sachant qu'elle portait en elle son enfant – leur enfant – faisait un drôle d'effet à Susan. Elle n'arrêtait pas de lui lancer des regards de biais, pour bien voir son visage, saisir tout ce qu'elle pouvait de sa physionomie et la fixer dans sa mémoire. Une grande indécision l'habitait. Un instant elle se disait que cet homme était le père de son enfant, l'instant d'après il n'était plus qu'un parfait étranger sans aucun lien évident avec l'être qui croissait en elle.

Assis à l'arrière de la Mercedes, ils se mirent à parler de tout et de rien, du temps qu'il faisait, de la place de la Grande-Bretagne en Europe, des difficultés de la circulation à Londres. Pendant qu'ils échangeaient ces menus propos, Susan essayait d'imaginer à quoi ressemblerait son enfant, en attribuant mentalement à Bobosse certains de ses traits à elle et certains des traits de M. Sarotzini. M. Sarotzini avait le nez un peu trop busqué. *Ce nez-là irait bien à un garçon,* se dit-elle, *pas du tout à une fille*. En revanche, n'importe qui aurait été ravi d'hériter de ses magnifiques yeux gris.

Elle continua à l'étudier pendant le déjeuner, en s'évertuant en vain à lui donner un âge. C'était impossible. Quand il souriait, il semblait avoir la cinquantaine, mais pour peu qu'il tourne la tête à droite, il accusait vingt ans de plus. Quand il baissait le nez pour décortiquer son œuf de caille, elle lui donnait quatre-vingts ans. Qu'il se tourne vers la gauche, elle ne lui en donnait plus que soixante, à tout casser. S'il y a des signes qui ne trompent pas, Susan ne les décelait pas. Son cou n'avait pas de replis, il n'avait que de rares taches hépatiques sur les mains et n'en avait qu'une seule, à peine visible, sur la joue. Quand il souriait, des pattes-d'oie se formaient au coin de ses yeux, hormis cela il n'avait quasiment pas de rides. Ses gestes étaient vifs et assurés ; quand la conversation s'orienta sur la peinture et la musique, il parla avec animation. En dépit de l'énergie qui émanait de lui, une aura de vieillesse l'entourait constamment, aussi tenace que l'ombre de Peter Schlemihl.

Le trac de Susan s'était évanoui et elle se détendait peu à peu, trouvant la compagnie de M. Sarotzini aussi agréable que le soir où ils avaient dîné dans cette même salle avec John. Il la régala d'anecdotes et de ragots d'initiés sur de grands chanteurs comme Pavarotti et Callas, de grands chefs comme Karajan, Leonard Bernstein et Simon Rattle, de grands compositeurs comme Britten et Menotti. Son érudition en matière de musique classique semblait sans limites, et apparemment il en avait connu toutes les plus grandes figures.

Susan l'écoutait avec intérêt, malgré son attention quelque peu distraite par le fait qu'elle n'arrêtait pas de passer et de repasser dans sa tête les questions qu'elle avait l'intention de lui poser. N'ayant aucun appétit, elle toucha à peine à son potage, et n'avala pas plus de deux bouchées de son foie de veau sauté au bacon.

À un certain moment, la conversation bifurqua vers la peinture. M. Sarotzini dressa pour Susan un historique des œuvres d'art dérobées par les nazis et revendues en contrebande à des amateurs du monde entier, et lui raconta la carrière de quelques faussaires habiles qui avaient réussi à abuser de très grands collectionneurs, leur extorquant des sommes fabuleuses pour de pseudo-Vermeer ou de prétendus Cézanne, qu'aujourd'hui encore on tenait pour authentiques.

C'est seulement quand le café leur fut servi que Susan, voyant que le temps allait lui manquer, réussit enfin à soulever le problème de l'avenir de l'enfant. Elle demanda d'abord si Mme Sarotzini s'en occuperait elle-même, ou s'ils le confieraient à une nourrice. Le banquier ne se démonta pas, mais sa réponse fut des plus évasives :

— Rien n'est encore décidé sur ce point.

Il répondit de la même façon lorsqu'elle demanda où l'enfant résiderait, où il irait à l'école, s'il serait baptisé, s'il recevrait une éducation religieuse. À en croire M. Sarotzini, rien de tout cela n'était encore décidé.

Susan comprit vite que le banquier ne lui révélerait rien de ses intentions concernant l'enfant et, bien qu'elle s'efforçât de ne rien en laisser paraître, son attitude butée l'exaspérait. Il lui semblait pour le moins bizarre qu'un couple qui tenait tant à avoir un enfant ait fait aussi peu de projets sur son avenir. Et puis, même si M. Sarotzini avait déboursé une fortune pour cet enfant, il n'en était pas l'unique propriétaire. Susan était sa mère, c'était tout de même la moindre des choses qu'on l'informe de ce qu'il allait advenir de lui, et même qu'on lui demande son avis.

M. Sarotzini se leva.

— Vous êtes pressée, je crois, Susan. Vous avez une réunion, n'est-ce pas ?

— Oui, à 15 h 30.

— Ne vous faites aucun souci pour cet enfant. Nous prendrons soin de lui.

— Les enfants n'ont pas seulement besoin de soins, lui répondit Susan au moment où ils arrivaient sur le trottoir. Ils ont aussi besoin d'amour.

— Bien sûr, dit M. Sarotzini tandis que le chauffeur lui ouvrait la portière de la limousine. L'amour, cet enfant n'en manquera pas, vous pouvez me croire, Susan.

Il le dit d'une telle façon que Susan sentit un frisson glacé lui remonter le long de l'échine. Elle s'enfonça dans le cuir moelleux de la banquette, la portière claqua derrière elle, lui masquant le radieux soleil de décembre, et elle eut la sensation d'être prisonnière d'une crypte de verre fumé. Son regard se posa sur le visage de M. Sarotzini, et elle vit que ses traits s'étaient contractés. Elle se sentit encore plus frigorifiée.

« L'amour, cet enfant n'en manquera pas, vous pouvez me croire, Susan. »

Cet homme pouvait tout promettre. Il avait tellement d'argent. Quand on est aussi riche, on peut faire tout ce qu'on veut. Soudain, elle se souvint du lointain dimanche de septembre où elle avait appris dans le journal le décès de Zak Danziger. Sur le moment, l'idée l'avait effleurée qu'il y avait peut-être anguille sous roche. En regardant le visage de M. Sarotzini, qui à présent était d'une dureté minérale, le doute lui revenait avec une force redoublée. Son visage d'une suprême urbanité s'était soudain mué en un masque glacial. M. Sarotzini était-il capable de cruauté ?

— À présent, ma chère Susan, nous allons rendre visite à un de mes bons amis, Esmond Rostoff. Son nom vous dit peut-être quelque chose ?

Susan réfléchit un instant. Non, ça ne lui rappelait rien du tout.

— Non, je ne vois pas.

— Esmond était un joueur de polo légendaire. Il a participé aux plus grands championnats, a même été un temps propriétaire de la meilleure équipe de polo du monde. Mais le polo n'est peut-être pas votre tasse de thé ?

— Pas vraiment.

— Aujourd'hui il possède une superbe écurie de pur-sang, quoiqu'il préfère ne pas faire trop parler de lui, ajouta Sarotzini en souriant. Ce ne sont pourtant pas des chevaux que nous allons admirer. Esmond possède aussi une très belle collection de tableaux impressionnistes. C'est un homme qui ne supporte aucune intrusion dans sa vie privée, et il ne fait visiter sa galerie qu'à de rares intimes. J'ai donc dû le convaincre que vous m'étiez particulièrement chère.

Que lui a-t-il dit de moi ? se demanda Susan.

— Merci, dit-elle d'une voix un peu dubitative.

Son angoisse était si grande que toute espèce de curiosité envers les tableaux l'avait fuie.

La Mercedes s'arrêta à l'angle de Belgrave Square, devant un imposant hôtel particulier du XVIIIe siècle. Tandis qu'ils gravissaient les marches du perron, M. Sarotzini expliqua à Susan qu'Esmond Rostoff descendait en droite ligne du dernier tsar de Russie, et que sa collection de tableaux impressionnistes était l'une des plus belles du monde, peut-être même la plus belle, et qu'aucun musée n'en détenait d'aussi riche. Il laissa entendre que certains tableaux provenaient du musée de l'Ermitage, à Saint-Pétersbourg, d'où on les avait évacués *in extremis* quelques jours avant la Révolution.

Quand Susan lui demanda si le reste de la collection avait été constitué par des moyens légitimes, ou si elle faisait partie du butin des nazis, M. Sarotzini s'esclaffa.

— Esmond Rostoff est un monsieur très comme il faut, Susan. Un aristocrate comme lui n'aurait jamais recours à d'aussi vulgaires expédients.

Il sembla à Susan que l'expression de M. Sarotzini démentait ses paroles, et ses soupçons furent confirmés quand ils arrivèrent à la porte. Elle leur fut ouverte par un vigile en uniforme qui avait une tête de gangster libanais. Ils pénétrèrent dans un vaste hall moquetté de rouge, et un majordome leur ouvrit une porte qui menait à un grand et somptueux salon.

Susan n'avait jamais vu une pièce aussi richement décorée, sauf dans des bâtiments administrés par la Caisse nationale des monuments historiques. Les murs étaient couverts de magnifiques tableaux anciens: scènes de chasse, portraits, natures mortes. Le mobilier était parfaitement agencé, et tout aussi ancien. Les fauteuils, les chaises, les deux banquettes de la cheminée, la méridienne, le tête-à-tête étaient tous revêtus de tissus de diverses nuances de gris, assortis à la moquette et aux doubles rideaux. Il y avait aussi des meubles à hauteur d'appui, buffets sculptés, commodes, secrétaires, plus splendides les uns que les autres. Et pas de cordon de velours pour tenir les visiteurs à distance, se dit Susan. Ce salon était habité!

Sur ces entrefaites, Esmond Rostoff fit son entrée. Susan n'avait jamais vu personne qui ressemblât aussi peu à un aristocrate russe. Il était de petite taille, avec des traits allongés, le visage bouffi et blême, des cheveux blonds frisottés, aplatis sur son crâne à la gomina pour dissimuler sa calvitie, et un menton orné d'un bouc taillé en pointe. Il était vêtu d'un cardigan de jersey bleu blasonné aux armes d'un club nautique, d'une chemise monogrammée à col Danton, d'un ascot en soie, d'un pantalon de yachting et de mocassins en daim noir de chez Gucci. Il était couvert de bagues, de bracelets et de colliers, et répandait une odeur écœurante d'eau de toilette au jasmin.

Il se jeta au cou de M. Sarotzini en s'exclamant «Très cher, très cher!», roulant les *r* de la manière la plus emphatique, et l'embrassa sur les deux joues en répétant au moins six fois: «Comme je suis *content* de te voirrrr!» Ensuite il se tourna vers Susan, lui déclara: «Rrravi de faire votre connaissance, trrrès chère!», et la gratifia d'une poignée de main humide et molle. « Il paraît que vous êtes une grande experte en impressionnisme ? » dit-il, la fixant de ses petits yeux en boutons de bottine comme s'il était en train de lui faire part d'un secret intime. Cette soudaine familiarité la dégoûta encore plus que sa poignée de main.

Il était monstrueux.

Quel âge pouvait-il avoir ? C'était aussi difficile à dire dans son cas que dans celui de M. Sarotzini. À première vue, Susan lui aurait donné autour de soixante ans mais, ayant constaté qu'il avait le visage couvert de fond de teint, elle se dit qu'il était peut-être beaucoup plus âgé.

— Experte, ce serait beaucoup dire, répondit-elle. J'aime beaucoup cette période, c'est tout.

— Vous boirez bien quelque chose ?

Susan savait que le temps lui était compté. Il était déjà 14 h 45.

— Non, merci, par contre je serais enchantée de jeter un rapide coup d'œil à vos tableaux. Ensuite il faudra que je me sauve.

Il la regarda de nouveau droit dans les yeux avec le même air de secrète connivence. Fallait-il en déduire qu'il était au courant, pour l'enfant ? Susan en était réduite aux conjectures. Tout à coup, il se pencha vers elle et effleura du doigt la broche en argent épinglée à son col.

— Cette broche est absolument rrravissante ! Est-ce un bijou de famille ?

— Non. Mon mari me l'a offerte pour mon anniversaire.

C'était une broche en argent martelé, avec une monture en volute toute bête, mais à sa façon de la tenir on eût pu croire qu'il la convoitait plus que tout au monde. C'est alors que Susan remarqua que Rostoff avait les oreilles percées et ornées chacune d'un minuscule clou à tête de diamant, ce qui ne fit qu'accroître son dégoût. Il lâcha enfin la broche et, histoire de se montrer polie, Susan lui dit :

— Ce salon est une splendeur.

Il inclina la tête avec une déférence exagérée.

— Vous êtes trop aimable, ma chèrrre. Il aurait bien besoin d'une petite cure de jouvence, comme nous.

Il décocha un clin d'œil à M. Sarotzini, qui lui sourit d'un air un peu gêné.

Rostoff les mena jusqu'à un ascenseur d'aspect antédiluvien. Dans la cabine exiguë, l'odeur de jasmin était si forte que Susan eut le cœur au bord des lèvres pendant toute la descente, qui lui sembla durer une éternité bien qu'apparemment il n'y eût qu'un étage. Elle se demandait si tous les amis de M. Sarotzini étaient comme ça. Vu l'aisance de leurs rapports, Rostoff et lui devaient se connaître depuis longtemps. Était-ce cela, l'univers dans lequel son enfant allait grandir ? Un milieu où n'évoluaient que des individus fortunés, d'un âge plus qu'avancé, menant des vies de vieux célibataires ?

Il émanait d'Esmond Rostoff la même espèce de mélancolie qu'elle avait décelée chez M. Sarotzini lors de leurs précédentes rencontres. Pourtant ces deux hommes n'avaient pas en commun que la tristesse et la solitude. Ils étaient unis par des liens beaucoup plus profonds, elle le sentait. Que dissimulait leur connivence ? À quel jeu jouaient-ils ?

Lorsqu'ils émergèrent enfin de l'ascenseur, ils se retrouvèrent dans une vaste galerie souterraine, et Susan en eut le souffle coupé. Ses dimensions paraissaient considérables par rapport à la taille de la maison et, contrairement à celui du salon qu'ils venaient de quitter, le décor – marbre noir sur marbre coquille d'œuf – en était résolument moderne. Esmond Rostoff lui fit signe de le suivre et elle lui emboîta le pas.

— C'est la salle Van Gogh, lui expliqua-t-il.

Susan avait du mal à en croire ses yeux. Il y avait une trentaine de toiles de divers formats, sans compter les dessins, esquisses et ébauches. Pour autant qu'elle le sache, pas un seul de ces Van Gogh n'était répertorié.

Des faux, alors ? Non, impossible. Leur authenticité sautait aux yeux.

— Comment… ? bredouilla Susan. Comment avez-vous fait pour constituer un ensemble pareil ?

Rostoff eut un sourire avantageux et, tout en la menant vers la salle suivante, lui répondit :

— J'aime les belles choses, ma chère Susan. Ce sont les seuls trophées qui peuvent nous consoler des misères de l'existence.

Il la gratifia d'un regard long et lourd de sens.

— Ce sont mes enfants à moi.

Rougissant jusqu'aux oreilles, Susan franchit la porte de séparation derrière lui. La salle des Monet était plus spectaculaire encore. Tout à coup, Susan se sentit prise d'une espèce de panique. Elle n'avait encore jamais vu aucun de ces tableaux. Ayant étudié l'histoire de l'art, il n'était pas possible qu'elle voie une telle quantité d'œuvres de ces deux grands artistes sans en reconnaître aucune. Se pouvait-il qu'aucun de ces tableaux n'ait jamais été exposé ? La plupart des collectionneurs sont fiers de leurs trésors et les prêtent volontiers à des musées ou des galeries. À moins, bien sûr, qu'il ne s'agisse de tableaux volés. Si certains de ceux-ci avaient été décrochés des cimaises de l'Ermitage, d'où venaient les autres ?

Rostoff ne regardait pas les Monet. Il regardait Susan, se délectant de sa réaction. *Voilà pourquoi il collectionne*, se dit-elle. *Le plaisir trouble qu'il y prend ne vient pas des tableaux eux-mêmes, mais du fait qu'il peut jouir secrètement de leur possession. Il est comme un mioche qui entasse des friandises sous son lit.*

Elle jeta un coup d'œil inquiet en direction de M. Sarotzini. Pourquoi l'avait-il amenée dans cet endroit ? Voulait-il l'impressionner en lui montrant qu'il avait des amis dans les hautes sphères ? Ou pensait-il vraiment qu'elle s'intéresserait aux tableaux – ou aux *trophées* – d'Esmond Rostoff?

Elle se demanda soudain si ce n'était pas justement ce que l'enfant représentait à ses yeux. Si Bobosse n'était pas, comme ces tableaux, une sorte de trophée, prouvant qu'à condition d'être assez riche on pouvait se payer n'importe quel jouet. Même un jouet vivant.

Inquiet, Bobosse se mit à remuer en elle, comme s'il avait lu dans ses pensées.

Ne t'en fais pas, mon Bobosse. Tu ne seras le jouet de personne, je t'en donne ma parole.

Chapitre 36

Samedi après-midi, sur le coup de 17 heures, alors que Susan commençait à croire qu'il lui avait fait faux bond, l'aimable patron du restaurant thaïlandais, Lom Kotok, arriva à bord d'une camionnette de location, accompagné d'une ribambelle de serveurs des deux sexes. Susan, qui n'en attendait que deux, les regarda descendre de leur engin les bras chargés de plateaux et de récipients, et renonça vite à en faire le compte. Il y en avait un bataillon.

Kotok, resté à l'arrière de la camionnette, lui fit signe de s'approcher et, avec des airs de conspirateur, souleva un drap qui dissimulait un saumon en plein bond sculpté dans un bloc de glace.

— Cadeau pour vous, dit-il. Fera joli sur la table.

Elle l'embrassa sur la joue, ce qui eut l'air de l'effarer.

— Merci, vous êtes vraiment adorable avec nous.

— Vous être gentilles personnes, dit-il. Il en faudrait plus comme vous.

Le préposé au bar était un jeune Thaï beau comme un astre, mais terriblement empoté. À la troisième tentative, il brisa net le tire-bouchon automatique de John et s'en planta la pointe dans le pouce, si bien que Kotok fut obligé de l'emmener à l'hôpital. John dut achever le travail lui-même avec pour tout instrument le petit tire-bouchon de son couteau de l'armée suisse. Ensuite il se mit à tourner en rond dans la pièce en soufflant sur ses doigts endoloris, piochant au passage dans les plats, ce qui agaçait Susan au plus haut point.

Les invités étaient attendus pour 20 heures. À 19 h 30, tout était en place : on avait repoussé les meubles contre les murs, le lecteur de CD diffusait du Mozart, le saumon sculpté dans la glace trônait au milieu du buffet central, entouré d'appétissants plateaux de fruits de mer au curry, le barman avait été remplacé et le bataillon de serveurs et de serveuses était à pied d'œuvre.

La maison Kotok leur avait également offert des bols de noix et de fruits secs redoutablement épicés, que ses souriants employés avaient stratégiquement répartis pour combler les vides, comme autant de bombes à retardement. Susan les jugeait impropres à la consommation, mais elle n'en avait rien dit à Kotok, craignant de le froisser.

À 19 h 40, alors qu'elle venait à peine de prendre sa douche, Susan entendit tinter la sonnette de l'entrée. Quelques instants plus tard, John l'appela d'en bas pour lui annoncer que Caroline et Harvey Addison venaient d'arriver.

Susan accéléra le mouvement, en maugréant contre ces butors qui avaient le front de s'amener avec vingt minutes d'avance. Elle se mit à courir en tous sens, frénétiquement. Il fallait dissimuler les cernes noirs et les poches qu'elle avait sous les yeux, se mettre un peu de rouge aux joues pour raviver son teint blafard.

Elle s'aperçut avec horreur que sa robe du soir favorite, en faille noire, qu'elle avait disposée sur le lit, était devenue trop étroite. Retenant sa respiration, elle l'enfila malgré tout et parvint tant bien que mal à remonter la fermeture Éclair.

Hélas, c'était sans espoir. La robe la boudinait comme une combinaison de plongée. Elle jeta l'éponge et l'ôta.

Décidée à ne pas changer de couleur, elle se rabattit sur son tailleur-pantalon de velours noir, mais il ne lui allait plus non plus. Elle n'arriva même pas à boucler la ceinture. *Bon Dieu, qu'est-ce que je suis grosse !*

Finalement, elle dégotta au fond du placard une vieille robe chasuble qui, bien que n'étant pas des plus seyantes, était également noire et ne la martyrisait pas. Elle passa par-dessus un spencer à sequins dorés, mit une paire de grands anneaux d'oreilles en or, se noua autour du cou un foulard en soie peau-de-tigre de chez Cornelia James, et jugea que sa tenue était satisfaisante.

Quand elle gagna enfin le rez-de-chaussée, le scénariste de télévision Mark St Omer était arrivé aussi, accompagné de son petit ami, un svelte adolescent nommé Keith, dont le front était barré d'une mèche vermillon qui paraissait postiche. Ils avaient engagé la conversation avec le barman revenu de l'hôpital, qui arborait fièrement son pouce coiffé d'un doigtier bleu.

Susan s'approcha des époux Addison qui se tenaient un peu à l'écart, tandis que John, vêtu d'un costume anthracite et d'une chemise blanche à col Mao, débouchait les bouteilles de mousseux australien dans la cuisine, ayant dû là aussi se substituer au barman dont le pouce n'aurait pu supporter pareille épreuve.

— Ah, Susan, que vous êtes charmante ! s'écria Harvey Addison en l'embrassant.

Le gynécologue, comme toujours d'une élégance parfaite, portait ce soir-là un costume prince-de-galles et une cravate rose vif avec pochette assortie. Susan échangea un baiser des plus symboliques avec Caroline, et s'extasia sur son boléro noir brodé de fils d'argent.

— Je suis heureuse qu'il te plaise, minauda Caroline.

Elle remuait à peine les lèvres en parlant, comme si le seul fait d'articuler lui avait été pénible, et sa voix monocorde donnait toujours l'impression qu'elle s'ennuyait à mourir.

— Il m'a coûté les yeux de la tête.

— Où as-tu déniché cette merveille ?

— Dans une petite boutique de Beauchamp Place. Je préfère ne pas te dire combien il m'a coûté, ajouta-t-elle pour le cas où Susan n'aurait pas compris la première fois.

— Eh bien, ne me le dis pas, fit Susan, lui cassant sa baraque.

Caroline se tourna vers son mari avec un sourire dont la niaiserie écœurante hérissa le poil de Susan.

— Tu es tellement généreux avec moi, mon chéri, dit-elle. Tu ne me reproches jamais les sommes folles que je dépense pour m'habiller.

Le gynécologue était si occupé à admirer son reflet dans le trumeau de la cheminée qu'il fit à peine attention à ce qu'elle disait. Il lissa de la paume ses cheveux blonds au brushing impeccable, puis s'adressa discrètement un baiser, manège dont Susan ne perdit pas une miette.

— Que disais-tu, chérie ? demanda-t-il d'une voix distraite.

— Que j'avais le mari le plus généreux du monde.

— Ah oui, fit-il, puis, après avoir lancé un dernier regard furtif à son reflet, il se tourna vers Susan. Pardon d'être arrivés si tôt mais nous devons aller à une autre soirée ensuite. À Kensington Palace, ajouta-t-il, faraud.

— C'est gentil de nous avoir consacré un peu de votre précieux temps, dit Susan d'un ton plus acide qu'elle ne l'aurait voulu.

Harvey Addison avait beau ne pas lui être sympathique, elle aurait dû le ménager, vu ce qu'il représentait pour DigiTrak. Mais il lui tapait sur les nerfs, et sa femme encore plus.

— La princesse Margaret organise toujours une petite fête à l'approche de Noël, dit Caroline. Nous y allons chaque année.

— Eh bien, vous n'aurez qu'à vous éclipser au moment voulu, dit Susan.

La sonnette retentit, et l'une des serveuses alla ouvrir. Susan discerna les nouveaux arrivants par la porte entrouverte du vestibule : c'était Kate Fox et son mari, Martin.

Elle s'apprêtait à se diriger vers eux pour les accueillir quand Harvey, entre deux gorgées de mousseux australien, ajouta :

— Quelle adorable petite maison vous avez !

Cette fois, Susan sentit la moutarde lui monter au nez pour de bon. Addison, qui habitait lui-même un banal pavillon en brique, comme des millions de Londoniens, avait le front de dire que sa maison à elle était *petite*.

— Un amuse-gueule ? fit-elle en attrapant le bol de noix le plus proche, le tendant successivement à Caroline, qui déclina, et à Harvey.

Le gynécologue, visiblement affamé, prit une poignée de noix et se l'enfourna incontinent dans la bouche. Tandis qu'il jouait des mâchoires, Susan lui dit, avec un sourire mielleux :

— Je suis enchantée que la maison vous plaise.

Une expression de surprise, puis d'horreur, se peignit sur le visage de Harvey.

— Vous avez abattu un sacré travail depuis cet été, dit Caroline. J'aime beaucoup la couleur des murs. Le blanc donne rarement un effet aussi chaleureux.

— C'est parce que c'est un blanc cassé, expliqua Susan.

Elle coula un regard en biais en direction de Harvey, et constata avec satisfaction que la sueur lui perlait au front. Il continua à mâcher stoïquement, puis avala.

— Très pimenté, fit-il en fermant ses yeux larmoyants et en avalant d'un trait son reste de mousseux.

Les Fox venaient dans leur direction. Susan se retourna vers eux pour les saluer et les présenter. De nouveaux invités venaient d'arriver. Elle aperçut les Abraham, suivis d'un couple qu'elle ne connaissait pas. Ça devait être le cadre de chez Microsoft à qui John avait envoyé une invitation. Elle entrevit aussi Archie Warren.

— Salut, Kate ! s'écria Susan, et à ce moment précis la douleur s'abattit sur elle sans crier gare.

Elle se plia en deux, paralysée, incapable de penser clairement. Elle ferma les yeux, comme si ça avait pu la sauver.

Je vais faire une fausse couche, se dit-elle.

Elle rouvrit les yeux, posa sur Harvey Addison un regard implorant.

Oh, mon Dieu, aidez-moi, je vais perdre mon enfant.

D'un bond, le gynécologue la rejoignit et s'agenouilla à côté d'elle.

— Qu'est-ce qu'il y a, Susan ? demanda-t-il. Qu'est-ce qui vous arrive ?

Pour toute réponse elle émit un sourd gémissement qui, malgré ses efforts pour le réprimer, se mua en un long cri, presque un hululement. C'était de pire en pire. De toute sa vie, elle n'avait jamais eu aussi mal.

Le visage d'Addison était très près du sien. Elle sentit sur son haleine l'odeur des noix pimentées, mêlée à celle, un peu douceâtre, du mousseux.

Au moment où la douleur arrivait à la limite extrême du tolérable, elle reflua, puis s'évanouit d'un coup. Toujours accroupie, sentant qu'elle était au centre de tous les regards, Susan hoqueta :

— Je… Ça va… Je…

John avait surgi à côté d'elle.

— Ça va, chérie ? fit-il.

Elle hocha affirmativement la tête puis, retrouvant enfin sa respiration, répondit :
— Oui.
Harvey lui posa les mains sur les épaules et scruta son visage d'un air soucieux.
— Ne vous en faites pas, Susan, dit-il d'une voix douce. L'alerte est passée. Tout va bien à présent.
— Mon… mon enfant, bredouilla-t-elle. J'ai cru que j'allais le perdre.
Les yeux de Harvey s'agrandirent.
— Vous êtes enceinte ?
Elle fit « oui » de la tête.
— De combien ?
— Pas loin de cinq mois, fit la voix de John.
— Dix-neuf semaines, précisa-t-elle.
— Il faut vous allonger, dit Addison.
— Ça va bien, maintenant, ne vous inquiétez pas. Ça passe toujours très vite. J'ai des pilules là-haut.
Harvey et John la guidèrent jusqu'à un canapé, sur lequel elle s'affala lourdement. Harvey, penché au-dessus d'elle, la considérait d'un air soucieux. Touchée par sa sollicitude, Susan commençait à regretter le sale tour qu'elle lui avait joué tout à l'heure. Elle perçut un brouhaha de voix à l'arrière-plan. Les gens posaient des questions. John s'excusait, essayait de détendre un peu l'atmosphère. S'accroupissant pour se mettre à la hauteur de Susan, Harvey lui demanda d'une voix douce :
— Où aviez-vous mal exactement, Susan ?
Elle le lui dit, et l'informa ensuite que Miles Van Rhoe n'avait diagnostiqué qu'un petit kyste bénin, qui d'après lui n'avait rien d'inquiétant.
— Miles Van Rhoe est un très grand professionnel, mais un simple kyste ne devrait pas vous faire souffrir autant que ça, à moins qu'il y ait…

Il laissa sa phrase en suspens, et Susan le regarda d'un air anxieux.

—À moins qu'il y ait quoi ? demanda-t-elle.

—Oublions ça, dit-il. Je ne devrais pas m'en mêler.

Il fronça les sourcils et ajouta :

—Quand l'avez-vous vu pour la dernière fois ?

Susan réfléchit un instant.

—Mardi dernier, dit-elle.

—Ces douleurs, vous lui en avez parlé ?

—Oui.

John, qui s'était approché d'eux, intervint dans la conversation :

—Van Rhoe ne l'a pas vue pendant une de ses crises. Je crois qu'il ne se rend pas compte de leur gravité.

Susan essaya de se redresser. Elle ne voulait pas gâcher la soirée. Harvey voulut la retenir.

—Restez allongée, dit-il. Reposez-vous un peu.

Elle secoua la tête et se remit debout tant bien que mal.

—Ça va, dit-elle en souriant, je suis en pleine forme.

Comme Susan plongeait de nouveau dans la foule des invités, Kündz, qui suivait ses mouvements sur l'écran vidéo de sa mansarde, regretta de ne pouvoir la prendre dans ses bras pour la réconforter. Il souffrait avec elle, et la distance physique le chagrinait de plus en plus. Son chagrin était mêlé d'envie. Il aurait voulu participer à cette soirée élégante dont Susan était le centre, il enviait John, il enviait le couple qu'ils formaient, et il éprouvait une pointe de jalousie chaque fois que Susan embrassait l'un de ses invités. La voir souffrir le mettait au supplice. Mais la voir prendre du bon temps lui était tout aussi pénible.

Là-dessus, Harvey Addison entoura l'épaule de Susan d'un bras, et Kündz entendit sa voix qui disait :

— Susan, nous partons en vacances aux Caraïbes demain. Nous serons de retour début janvier. Loin de moi l'idée de marcher sur les plates-bandes de Miles Van Rhoe, mais si jamais vous aviez besoin d'un autre avis, n'hésitez surtout pas à me téléphoner.

Chapitre 37

Il lui semblait qu'un doigt se promenait doucement sur la paroi de ses entrailles. C'était comme une caresse. *Bobosse la caressait.*

Il faisait noir. La pendulette de la table de chevet lui apprit qu'il était 3 h 52. John, couché sur le dos, ronflait légèrement, mais ce soir ses ronflements ne la dérangeaient pas, au contraire. Leur familiarité avait quelque chose de rassurant.

De nouveau, le bébé la caressa.

— Salut, Bobosse, tu vas bien ? dit-elle à mi-voix. La soirée t'a plu ?

Comme pour lui répondre, il y eut une nouvelle caresse, encore plus nette. Un doigt minuscule effleurait la paroi de son abdomen. Bobosse allait bien. Bobosse s'était bien amusé. Il essayait de lui dire autre chose aussi, et elle reçut le message dix sur dix. Il lui disait : « Je t'aime, maman ».

— Moi aussi, je t'aime, murmura-t-elle.

Dehors, une pluie douce s'abattait avec un bruissement régulier. Une sirène criait au loin. Après un démarrage franchement malencontreux, la soirée s'était merveilleusement passée, et à présent Susan n'arrivait pas à trouver le sommeil, car elle avait des bulles plein la tête. Les invités avaient été très excités en apprenant qu'elle était enceinte, et tout le monde l'avait félicitée avec effusion, même le cadre de Microsoft et sa femme, qu'elle ne connaissait pourtant ni d'Ève ni d'Adam. Brandissant un index réprobateur, Kate Fox lui avait dit : « Je me doutais que c'était du flan quand tu m'as emprunté le bouquin sur la grossesse pour ta soi-disant copine ! »

De toute sa vie, Susan n'avait jamais éprouvé un tel sentiment de fierté, de plénitude.

On était le 11 décembre. Dans une semaine, Bobosse aurait cinq mois. La date fatidique du 26 avril se rapprochait à grands pas. De nouveau, Bobosse la caressa. Il savait.

Tout à coup, John revint à la vie.

— L'est quelle heure ? grogna-t-il.

— Quatre heures moins dix.

— J'ai mal au crâne.

— Tu as dû boire un verre de trop. Prends donc de l'aspirine.

Nouveau grognement.

— Contente de la soirée ?

— Très contente. Tout a marché comme sur des roulettes. Pilar est une vraie tigresse, tu as vu ça ? Dès qu'Archie engageait la conversation avec une autre femme, elle se précipitait vers lui et ne le lâchait plus. C'est arrivé au moins deux fois. Le type de Microsoft et sa femme m'ont paru sympathiques.

— Tom Rockney est un type en or, je suis sûr qu'on va décrocher le contrat. Par contre, le jules de ta copine Kate Fox, Marvin, n'est vraiment pas un cadeau.

— Pas Marvin, *Martin*. Il est un peu coincé, c'est vrai.

— Il n'a rien dans le cigare. Il est ennuyeux comme la pluie. Il est resté assis dans son coin toute la soirée, à s'empiffrer et à boire comme un trou, sans adresser la parole à personne. J'ai plusieurs fois essayé de le présenter à des gens, il restait là comme un ballot, muet comme une carpe. Qu'est-ce qu'elle peut bien lui trouver ?

— Je n'en ai pas la moindre idée, dit Susan, puis, taquine, elle ajouta : Tu crois que les gens se posent la même question à notre sujet ?

— Nous au moins, on est normaux.

— Ça, c'est toi qui le dis.

— Blahhh, rétorqua-t-il, avant de produire toute une série de bruits incongrus : Brouhhh, glahhh, blihhh, blohhh, bluhhh, fffirrrrpp.

Susan pouffa de rire.

— Qu'est-ce que c'est supposé représenter ? demanda-t-elle.

— Une conversation intelligente avec Martin Fox.

— Et si elle n'était pas intelligente, ça donnerait quoi ?

Tout à coup, Bobosse s'agita et elle poussa un petit gémissement.

— Qu'est-ce que t'as ?

— Bobosse remue. Tu veux toucher ?

Elle lui prit la main et se la posa sur le ventre.

— Tu le sens ? Hé, Bobosse, dis bonjour à ton p...

Elle se coupa, mais il était déjà trop tard.

John ôta brusquement sa main de son ventre.

— Il faudrait peut-être appeler M. Sarotzini ?

Susan resta coite. Elle était furieuse contre elle-même. Qu'est-ce qui lui avait pris de sortir une ânerie pareille ?

— Pardon, chéri, je ne voulais pas...

Sans dire un mot, John repoussa les couvertures, se leva et se dirigea vers la salle de bains. La lumière s'alluma, et Susan entendit le bruit de papier froissé de comprimés qu'on extrait de leur emballage. Ensuite l'eau du robinet se mit à couler. Quand John vint se remettre au lit, elle lui dit :

— Je suis navrée.

— Tiens donc ! Tu t'en es pourtant donné à cœur joie, ce soir.

— Il faut bien que je joue la comédie, protesta-t-elle, faisant de son mieux pour apaiser la colère qu'elle sentait monter en lui. Tu crois que c'est facile pour moi ?

— Et pour moi, alors ? Tu crois que ça m'amuse, de jouer au futur père débordant d'orgueil ?

— Je sais que c'est aussi dur pour toi que pour moi.

— Te fous pas de ma gueule, va ! Tu buvais du petit lait, je l'ai bien vu.

Susan se tut. Il avait raison, il fallait qu'elle en convienne. Pendant la soirée, elle n'avait pas pensé une seule fois à M. Sarotzini. Elle n'avait pensé qu'à son bonheur égoïste. Son bonheur d'être enceinte, de recevoir les félicitations de ses amis, de se sentir comblée dans sa féminité. C'était un tel soulagement de ne pas avoir à expliquer une fois de plus pourquoi John et elle avaient décidé de ne pas avoir d'enfants, de ne pas être malade de jalousie en voyant toutes ces mères de famille autour d'elle.

En lisant un livre sur l'argot, Susan avait appris que les femmes enceintes se saluaient en se disant : « Bienvenue au club ». C'était ce sentiment-là qu'elle éprouvait. Celui de faire désormais partie d'un grand club, dont tous les membres étaient liés par une complicité chaleureuse.

Elle repensa à l'après-midi passé en compagnie de M. Sarotzini et de son ami à la cave pleine de tableaux de maîtres, le répugnant Esmond Rostoff, et un frisson glacé lui remonta le long de l'échine.

Ce jour-là, en arrivant à la maison, elle avait voulu faire part à John de son inquiétude, mais il avait refusé d'en entendre parler. « Ce qui arrivera après la naissance de l'enfant ne nous concerne en rien », lui avait-il dit.

Sur ce point, il se trompait du tout au tout. C'était logique bien sûr, puisque l'enfant n'était pas de lui. Comment aurait-il pu avoir les mêmes angoisses qu'elle ?

— Harvey s'inquiète à ton sujet, dit-il soudain. Il sera absent pendant les fêtes mais, si tu as encore des crises douloureuses à son retour, il veut que tu ailles te faire ausculter par lui. Lundi, je dois appeler sa secrétaire pour prendre un rendez-vous. Si les douleurs cessent entre-temps, on n'aura qu'à l'annuler.

— John, Miles Van Rhoe est le meilleur spécialiste de toute l'Angleterre, Harvey le disait lui-même tout à l'heure.

— D'après Harvey, ce n'est pas normal que tu souffres comme ça. Il pense que quelque chose a dû échapper à Van Rhoe.

— Tu ne crois pas que ce serait incorrect de faire ça à l'insu de Van Rhoe ?

— Si c'est ce que tu ressens, tu n'as qu'à le prévenir. Dis-lui que tu as décidé de demander l'avis d'un de ses confrères. Ça se fait couramment, il n'y a aucune raison qu'il en prenne ombrage. Je ne veux pas que tu continues à souffrir comme ça. Je tiens à ce que tu te fasses examiner par Harvey.

— D'accord, dit-elle à contrecœur.

Pendant qu'ils attendaient leur tour à l'extérieur du court de squash, Archie grilla une cigarette en vitesse. De l'autre côté du mur, le court résonnait des chocs sourds et des crissements de semelles d'une partie acharnée.

— Super, votre soirée, dit Archie.

— Vous vous êtes bien éclatés ?

— Le pied. Et puis, c'est formidable pour Susan. Vous êtes de sacrés cachottiers, dis donc.

— Ça ne s'est pas très bien passé au début, expliqua John. Susan ne voulait rien dire tant qu'on n'était pas sûrs de... enfin, tu vois.

— Tant qu'elle n'avait pas passé le cap dangereux ? Oui, c'est pas con. Avoir un enfant, ça va drôlement changer votre vie. Je croyais que tu étais opposé à l'idée de te reproduire. Qu'est-ce qui t'a fait changer d'avis ?

— C'est arrivé comme ça, sans raison, marmonna John.

Archie tira sur sa cigarette et il eut un sourire sceptique.

— Sans blague ? T'es sûr que c'est pas Susan qui t'a fait flancher ? J'ai toujours trouvé qu'elle avait un tempérament de pondeuse.

Pendant que John se creusait vainement le crâne pour trouver une réplique cinglante, Archie passa brusquement à autre chose.

— Au fait, tes copains de la banque Vörn…

— Quoi ?

La porte du court s'ouvrit et deux types dégoulinants de sueur en sortirent.

— On vous laisse la place, fit l'un des deux.

Archie écrasa sa cigarette sous son talon.

— C'est vraiment des mecs graves.

— Pourquoi dis-tu ça ? demanda John en pénétrant dans le court à sa suite.

— Le nommé Kündz – tu le connais ?

John fit un signe de dénégation en s'enroulant une bande de tissu éponge autour du poignet.

— Non, qui est-ce ?

— Leur agent londonien. Il est passé au bureau aujourd'hui, pour qu'on lui fasse faire le tour du propriétaire. Ce mec-là est un vrai tordu, tu peux me croire, conclut-il en hochant la tête.

John commençait à être inquiet.

— Tordu dans quel sens ? demanda-t-il.

Archie tira sa raquette de sa housse.

— Cette banque Vörn est une vieille affaire de famille, dont la fondation remonte à Dieu sait quand, plusieurs siècles peut-être. Il y en a plein comme ça, en Suisse. Ils sont tellement discrets qu'ils en deviennent presque invisibles. La banque Vörn ne mise que sur des valeurs sûres, ils ne sont pas du genre flambeur.

— Je croyais que vous ne vous intéressiez qu'aux opérations hautement spéculatives, dit John.

— On a de tout. Donc, ce Kündz, tu ne l'as jamais rencontré ?

— Non, je n'ai eu affaire qu'à un certain M. Sarotzini.

— Le big boss. Ou un des big boss. C'est mon collègue Oliver Walton qui s'occupe de leur compte, mais il ne connaît même pas le nom de leur P.-D.G. Ils poussent la manie du secret jusqu'à la paranoïa, ces cons-là. La banque Vörn est un de nos plus gros clients, mais ils nous ont même pas donné leur numéro de téléphone. Tu te rends compte ?

— Je connais ça. « Pas besoin de numéro, c'est nous qui vous contacterons. »

Archie haussa un sourcil.

— Bon, maintenant, accroche-toi. Ce Kündz est une vraie armoire à glace, un mètre quatre-vingt-quinze, bâti comme un joueur de football américain, la bête, quoi. Il a plutôt l'air d'un videur de boîte de nuit que d'un banquier. Costard grand luxe, énorme diamant au doigt. Il me serre la louche et se met à me réciter un poème.

— Un poème ?

— Oui, et en latin en plus.

— Tu rigoles ?

— Un vers d'Horace. Comme j'ai passé le bac latin-grec, je connais ça, moi. *Si possis recte, si non quocumque modo rem.*

— Ce qui en bon anglais veut dire ?

— « Fais de l'argent honnêtement si tu peux, sinon par d'autres moyens. »

À son tour, John débarrassa sa raquette de sa housse.

— Tout ce que ça prouve, c'est que ce mec est cultivé. Je vois pas pourquoi ça t'ennuie.

— C'est pas ça qui m'ennuie. Je vais te dire ce qui m'ennuie. Il s'est planté à côté de mon bureau pour regarder l'écran d'Oliver, qui lui expliquait le fonctionnement de notre terminal. Je suis allé pisser un coup, et à mon retour mon briquet n'était plus sur le bureau.

John le regarda avec des yeux ronds.

— Quoi ?
— Mon Dunhill en or.
— Envolé ?
— Eh oui.
— Tu es sûr que tu l'avais laissé sur le bureau ?
— Il n'en bouge jamais.
— Il est peut-être tombé, je sais pas moi.
— J'ai tout mis sens dessus dessous dans mon bureau. J'ai interrogé tout le monde. Ça ne peut être que lui.

John réprima un début de fou rire. Il savait qu'il n'aurait pas dû trouver ça drôle, mais c'était plus fort que lui.

— Ça te fait marrer, toi ? fit Archie d'un air indigné.

La face fendue par un large sourire, John lui dit :

— Excuse-moi, mais c'est trop. Un mec t'achète pour cinq millions de livres d'actions, et ensuite il te barbote ton briquet ?
— C'est même pas un client à moi. C'est pas moi qui palpe la commission.
— T'as fait quoi, alors ?
— Qu'est-ce que t'aurais voulu que je fasse ? Ils ont plus de cinquante millions de livres placés chez nous. Je n'allais quand même pas le fouiller.
— Tu aurais pu lui demander s'il n'avait pas empoché ton briquet par erreur.
— Je le lui ai demandé. Il m'a regardé d'un air de souverain mépris et il m'a dit : « Vous vous trompez d'adresse, je ne fume pas. »

Archie lança la balle au-dessus de sa tête et tapa comme un sourd. Elle frappa le mur beaucoup trop bas et revint vers eux en roulant.

— Tu as vraiment des drôles d'amis, conclut-il.

Chapitre 38

Les nouveaux propriétaires de Magellan Lowry avaient annoncé des coupes sombres, et le personnel attendait en serrant les dents l'arrivée des lettres de licenciement.

Comme on était à neuf jours de Noël, il y avait des cartes de vœux punaisées partout, et les artistes du service des maquettes avaient festonné les bureaux de guirlandes et d'angelots rutilants. Un petit malin avait même fabriqué à l'aide de papier découpé une espèce de tableau en relief montrant un Père Noël bien membré qui s'envoyait en l'air avec un de ses rennes, mais ça n'avait pas suffi à faire renaître la bonne humeur. Chacun cependant essayait de montrer bonne figure et se disait en son for intérieur : *Peut-être que moi je serai épargné*, tout en faisant des pieds et des mains pour obtenir des cartons d'invitation aux cocktails et sauteries des maisons rivales, dans l'espoir d'y nouer d'utiles contacts. On prévoyait la suppression de cent postes. Or Magellan Lowry employait un total de cent cinquante personnes.

Susan était peut-être la seule à ne pas tirer une tête de six pieds de long. Son avenir ne la préoccupait pas. Elle avait décidé de prendre un congé maternité un peu prématuré à partir de Noël. Ensuite, il serait toujours temps de voir.

Après la naissance de l'enfant, une période d'incertitude s'ouvrirait. Elle n'était sûre que d'une chose : elle ne le livrerait ni à M. Sarotzini ni à personne d'autre. De jour en jour, sa résolution grandissait.

Elle se passa la main sur le ventre et murmura :

— Salut, Bobosse ! Comment ça va, aujourd'hui ? Tu attends Noël avec impatience ? Moi aussi, tu sais. Ce week-end, on achète le sapin. Tu ne le verras pas, évidemment, mais tu nous aideras à le choisir, d'accord ?

En guise de réponse, Bobosse rua un petit coup.

La porte du bureau s'ouvrit et Kate Fox fit son entrée.

— Tu m'as bien dit que vous n'avez rien prévu pour Noël, Susan ? Martin et moi, on va faire une super-fête avec toute la famille, si le cœur vous en dit vous n'aurez qu'à vous joindre à nous.

Susan lui sortit l'excuse que John et elle avaient concoctée ensemble :

— Ça tombe mal, cette semaine-là on sera chez les Harrison dans les Cotswolds. Mais c'est rudement gentil de me l'avoir proposé.

— C'est la moindre des choses. Vous n'aurez qu'à venir dîner début janvier.

— Ce sera avec plaisir.

— Comment se porte le petit monstre aujourd'hui ? demanda Kate.

— Comme un charme. Il rue beaucoup.

— Justement, je voulais t'en parler. Cette impression qu'on a la première fois qu'ils bougent, celle d'avoir un doigt qui vous chatouille à l'intérieur...

— Je vois ce que tu veux dire, fit Susan en hochant la tête. C'est exactement ce que j'ai ressenti.

— Eh bien, ça s'appelle « l'éveil ». C'est le terme consacré. Comme dans l'*éveil du printemps*, tu vois ?

Susan appliqua une très légère tape à son ventre.

— L'éveil, chuchota-t-elle. Tu entends, Bobosse ?
Bobosse fit signe que oui.
— Tu as raison, il faut leur parler autant qu'on peut, dit Kate.
— Je sais, Miles Van Rhoe m'a donné le même conseil. Il m'a aussi conseillé de lui faire écouter de la musique.
— Je l'ai fait avec les miens.
— Moi aussi, je m'y suis mise. Bobosse a un faible pour Mozart. Ça lui plaît mieux que le rock.
— Tu vas nous faire un petit être raffiné, dit Kate.
— Y a des chances.
Après le départ de Kate, Susan se remit à se caresser le ventre.
— T'as entendu, Bobosse ? Tu seras un être raffiné.
Nouvelle ruade.
— Oui, tu m'as bien comprise. Tu seras le bébé le plus raffiné que le monde ait jamais vu.
Là-dessus, l'Interphone se mit à bourdonner, et la réceptionniste annonça à Susan qu'on l'attendait en bas.
— Je descends tout de suite, dit Susan en étouffant un bâillement.
Ça ne lui disait rien de sortir déjeuner, elle aurait mille fois préféré faire un somme. Mais elle avait une question très importante à poser à la personne qui l'attendait en bas. Tout en s'efforçant de rassembler son énergie, elle dit :
— Tu as de la chance, Bobosse. Tu vas déjeuner avec un auteur célèbre. Ça te fait plaisir, dis-moi ?
Elle n'obtint aucune réaction.
— Donc, les gens célèbres ne t'impressionnent pas ? Moi, ça ne me dérange pas, au contraire. Quelque chose me dit que plus tard tu auras la tête sur les épaules.

L'auteur célèbre – veste en tweed et chemise chambray à col ouvert – était assis en face d'elle à présent. Depuis qu'il avait tenté de l'embrasser l'été dernier, il faisait preuve envers elle d'une réserve qui confinait à la froideur. La rebuffade qu'il avait essuyée n'était pas la seule explication de sa conduite. Il devait aussi être ulcéré des coupes drastiques que Susan avait continué à lui imposer au fur et à mesure qu'il lui remettait les chapitres remaniés de son manuscrit.

Aujourd'hui, il était un peu plus détendu. Elle retrouvait le Fergus d'autrefois. Le manuscrit prenait forme, ils avaient enfin trouvé leur vitesse de croisière. Le livre allait être du tonnerre, et elle le lui dit.

Ensuite elle se jeta à l'eau et lui annonça qu'à partir de Noël il aurait un nouveau directeur littéraire.

— Enfin, pourquoi... ? fit Fergus, puis ses yeux s'agrandirent et il s'écria : Oh, merde ! C'était pourtant gros comme une maison. Ta phobie du café, le tabac et l'alcool qui tout à coup te soulèvent le cœur – tu es enceinte, c'est ça ?

Susan fit « oui » de la tête. Le visage de Fergus se contracta, et tout lui revint d'un coup, leur conversation de cet été, durant laquelle il avait commencé à lui raconter son rêve et s'était brusquement arrêté. Elle piqua un ravioli au thon du bout de sa fourchette, mais le laissa dans son assiette. Elle n'avait aucun appétit.

— C'est formidable, dit Fergus avec un enthousiasme qui sonnait faux. Une grande nouvelle.

— Merci.

— Ton mari doit être... vous devez être fous de joie tous les deux.

Susan se força à arborer un sourire radieux. Il lui semblait qu'il était posé sur sa figure comme un masque.

— Tu penses bien, dit-elle.

— L'accouchement est prévu pour quand ?

— Le 26 avril.

— Il faut arroser ça. Je vais commander du champagne.

Susan ôta son masque, et fit un signe de dénégation.

— Merci, Fergus, mais je n'y tiens pas. Dans mon état, ce n'est pas très recommandé, et en plus je travaille cet après-midi.

— Une petite coupe, ce n'est pas le bout du monde.

— Ce serait du gâchis, dit-elle en souriant. Pour moi, à présent, le champagne a goût de métal.

— Allez quoi, c'est Noël, insista Fergus. Si tu en laisses, je le finirai.

Et il en commanda une bouteille. Il était d'une humeur exubérante. Son manuscrit serait prêt pour Noël, et il était décidé à convaincre Susan de continuer à s'en occuper, même si elle ne venait plus au bureau. Si elle passait ses journées seule chez elle avec son gros ventre, ça allait la rendre maboule.

— Tu sais bien que j'ai raison, dit-il.

— On a de super-conversations, Bobosse et moi, dit-elle.

Elle avait pris un ton si pénétré pour dire cela que Fergus la regarda avec des yeux ronds. Ensuite il fronça les sourcils. Bon Dieu, c'est qu'elle ne plaisantait pas.

Et tout à coup il se souvint de ce qui s'était passé vingt ans plus tôt avec sa propre femme, Suki, lorsqu'elle était enceinte de leur fille, Tammy, celle qui aujourd'hui était étudiante en psychologie aux États-Unis. Suki avait eu des réactions du même genre. Les femmes enceintes ont toujours des lubies bizarres. Les hormones les font toutes un peu déraper, mais dans la majorité des cas elles finissent par revenir sur terre.

Un autre souvenir remonta en lui, encore plus vivace.

— Susan, il y a quelques mois, nous avons discuté de ça et tu m'as dit que John et toi vous aviez pris la décision de ne jamais avoir d'enfants. Qu'est-ce qui vous a fait changer d'avis ?

Susan tenta de produire un haussement d'épaules désinvolte, sans grand succès.

— C'est la vie, que veux-tu, on évolue.

— Ah bon ? fit-il en posant sur elle un regard scrutateur.

Susan baissa les yeux. Sa feinte désinvolture ne l'avait pas abusé, elle le savait, mais il n'avait aucun moyen de lui tirer les vers du nez. La question qu'elle avait envie de lui poser depuis déjà un bon moment lui brûlait les lèvres. Elle ne put la retenir plus longtemps.

— Cet été, tu m'as parlé d'un rêve que tu avais fait, Fergus. Un rêve dans lequel je mettais un enfant au monde. Tu m'as dit que comme je n'étais pas enceinte, ce n'était pas la peine que tu me le racontes, tu te rappelles ?

Fergus se souvenait parfaitement de son rêve. Il était aussi frais dans sa mémoire que s'il l'avait fait la nuit dernière.

Un tout petit enfant, un nouveau-né, seul au milieu de ténèbres épouvantables, pousse de grands cris de terreur. Ces cris, il lui semblait les entendre encore. Ensuite il avait rêvé que Susan Carter errait dans les ténèbres, une torche à la main, cherchant désespérément cet enfant, et qu'elle le suppliait de lui venir en aide.

Dans son rêve, Fergus lui répondait : « Non, ne t'occupe pas de l'enfant, n'essaie pas de le retrouver, laisse-le mourir. *Pour l'amour de Dieu, laisse-le mourir.* »

À quoi cela l'aurait-il avancé de raconter son rêve à Susan à présent ? À quoi bon l'angoisser ?

— Je l'ai oublié, dit-il. Je ne me souviens de rien.

— Tu semblais attacher une grande importance à ce rêve.

— Pas tant que ça, dit-il, l'air gêné.

— Tu as vu quelque chose, admets-le.

Là-dessus, la douleur s'abattit sur elle. C'était pire que jamais. On aurait dit que quelqu'un lui plantait une baïonnette dans le ventre et remuait. Elle se plia en deux, heurta la table avec violence, la bouche ouverte, les yeux exorbités. La douleur frappa de nouveau, encore plus fort. Sa coupe de champagne s'écrasa au sol et vola en éclats, mais elle ne s'en aperçut même pas. Une lame chauffée à blanc lui fouillait les entrailles.

Fergus s'était levé. Elle entendit un brouhaha de voix surexcitées. Quelqu'un prononça le mot « médecin », quelqu'un d'autre le mot « ambulance ». Fergus dit : « Elle est enceinte », et une voix prononça les mots « fausse couche ».

La salle de restaurant tourbillonnait, il lui semblait qu'un manège détraqué l'entraînait dans une ronde folle. Tout en tournoyant, elle essayait de leur dire : « Van Rhoe ! C'est Van Rhoe qu'il faut appeler ! »

Et, comme toujours, la crise s'arrêta aussi brutalement qu'elle avait commencé.

La nausée reflua et il n'en subsista plus qu'une sueur glaciale, abondante, qui la faisait frissonner. Un reste de douleur, très émoussée, palpitait encore en elle. Une petite foule s'était rassemblée autour d'elle, formant un cercle compact dans lequel elle reconnut Fergus et le garçon. Un inconnu colla son visage contre le sien et lui dit qu'il était médecin.

— Ce n'est rien, lui dit-elle. Ce n'est qu'une petite crise, ça va passer, j'ai des comprimés.

— Vous avez souvent des attaques comme celles-ci ? lui demanda l'homme qui se disait médecin.

— Ce n'est qu'un petit kyste sans gravité. Je suis suivie par le docteur Van Rhoe. Ce n'est pas grave.

Le médecin la dévisagea avec attention.

— Miles Van Rhoe ? Le célèbre obstétricien ?

Susan fit « oui » de la tête.

— Vous êtes en bonnes mains. Je vous conseille d'aller le voir toutes affaires cessantes.

— Oui, merci, je l'appellerai.

— Je vais te ramener chez toi, lui dit Fergus.

— Non, dit-elle. J'ai rendez-vous avec un auteur. Il est en route, je ne peux pas annuler.

Fergus la regarda d'un air de reproche.

— Ta santé passe avant tout.

— La crise est finie, maintenant, tout va bien.

Elle se mit deux comprimés dans la bouche, et Fergus lui tendit sa coupe de champagne. Elle avala d'un trait pour ne pas sentir le goût du champagne qui, espérait-elle, l'anesthésierait un peu. Posant une fesse sur le bord de sa chaise, Fergus lui demanda :

— C'est un kyste, disais-tu ?

— Un kyste bénin, tout à fait insignifiant. Il me fait un peu mal de temps en temps, c'est tout.

Le champagne lui montait déjà à la tête. C'est vrai aussi qu'elle n'avait pas bu une goutte d'alcool depuis belle lurette.

— *Un peu* mal, Susan ? C'est un euphémisme. Ça dure depuis combien de temps ?

Elle hésita un instant avant de lui répondre :

— Trois mois, à peu près.

— Je ne veux pas me montrer désagréable, Susan, dit Fergus d'une voix douce, mais tu as vraiment une mine affreuse.

Elle ne dit rien. Fergus avait raison, elle le savait. Elle avait une tête de déterrée. Avec d'immenses cernes noirs sous les yeux. Les gens ne s'en apercevaient pas à cause du fond de teint, mais Fergus n'était pas dupe, lui. Il avait la vue trop perçante.

— Van Rhoe, ce nom-là me dit quelque chose.

— Toutes les femmes célèbres qui accouchent font appel à lui, expliqua Susan. Son nom apparaît souvent dans la presse.

Puis, sans se rendre compte de ce qu'elle disait, elle ajouta :

— M. Sarotzini tenait absolument que ce soit lui qui s'occupe de moi…

Une lueur étrange passa dans le regard de Fergus et elle se tut brusquement.

Ils tombèrent dans un profond silence. À la fin, Fergus le rompit.

— Sarotzini ? dit-il. Tu as bien dit « M. Sarotzini » ?

Sa manière de prononcer ce nom mit Susan mal à l'aise.

— Oui, dit-elle.

— C'est ton médecin ?

Elle s'était fourrée dans un beau guêpier. Il fallait trouver une échappatoire.

— Non, c'est un banquier. Une relation d'affaires de John. Il est souvent de bon conseil.

Fergus sortit un paquet de cigarettes de sa poche.

— Ça ne t'ennuie pas ? Je ferai attention à ne pas souffler la fumée vers toi.

— Non, vas-y, l'odeur du tabac ne me dérange plus tellement.

Après avoir allumé une cigarette, il lui demanda :

— Ça s'écrit *S-A-R-O-T-Z-I-N-I* ?

— Oui.

— Et son prénom, c'est quoi ?

Susan resta un instant déconcertée puis, à force de se triturer les méninges, ça lui revint.

— Emil, dit-elle.

Le visage de Fergus se rembrunit imperceptiblement.

— Pourquoi tu me demandes ça ? dit-elle. Tu le connais ?

Il tira une bouffée de sa cigarette.

— C'est un nom très évocateur, dit-il. En plus, il n'est pas très commun.

— Il évoque quoi ?

Là-dessus, le poignard lui fouilla de nouveau les entrailles. La douleur ne fut pas aussi vive que la fois d'avant et elle parvint à refouler le cri qui lui montait aux lèvres. Mais Fergus avait vu ce qui se passait.

— Ça ne va pas fort, hein, Susan ?

— Ça m'élance un peu, c'est tout.

Il la dévisagea un moment sans rien dire, l'air dubitatif, puis, d'une voix très douce, lui demanda :

— Vous faites quoi pour Noël, ton mari et toi ?
— On se met au vert. On va passer les fêtes chez un vieil ami de John, dans les Cotswolds. Il était témoin à notre mariage. Et toi ?
— Je n'ai encore rien décidé. Il y a bien la réunion annuelle du clan Donleavy à Waterford, mais moi, tu sais, le culte des ancêtres... J'irai peut-être à Prague, ou à Saint-Pétersbourg. Un endroit où il fait froid, où il y a de la neige, où Noël ressemble vraiment à Noël.
— Moi aussi j'aimerais passer Noël dans un endroit comme ça, dit Susan d'une voix pleine de regret.
Se souvenant soudain de l'enfant qui était en elle, elle baissa les yeux. Dans deux ans, Bobosse pourrait s'amuser dans la neige.
— C'est un garçon ou une fille ? demanda Fergus.
— Je n'ai pas voulu le savoir, répondit Susan, puis elle essaya de faire dévier la conversation : Pourquoi fais-tu tant de mystères, Fergus ?
— Que veux-tu dire ?
— Tu m'as parlé de ton rêve, et voilà que maintenant tu ne t'en souviens plus. Ou que tu ne veux pas me le dire. Tu me dis que le nom de Sarotzini est *évocateur*, mais tu refuses de m'expliquer ce qu'il évoque.
Fergus renversa la tête en arrière et souffla un long panache de fumée en direction du plafond. La fumée décrivit de lentes volutes au-dessus des têtes des autres clients du restaurant, puis l'air d'une bouche de chaleur la fit s'éparpiller comme une vague qui se brise.
— Il a quel âge, cet Emil Sarotzini ?
— Je ne sais pas au juste, une soixantaine d'années.
Fergus secoua la tête.
— Alors il ne peut pas y avoir de lien. Il doit s'agir d'une simple homonymie.
— Qu'est-ce qu'il a de particulier, ce nom ?

Pensif, Fergus secoua distraitement la cendre de sa cigarette au-dessus du cendrier.

—Dans les années vingt, c'était le nom d'un personnage énigmatique. Toutes sortes de rumeurs ont couru sur son compte à l'époque. On disait qu'il pratiquait la magie noire, le satanisme. Il était lié à Aleister Crowley, il faisait partie de ce milieu-là. Tout ça, c'est de l'histoire ancienne. Ce type-là est mort depuis belle lurette. Ton ami le banquier est bien vivant, j'imagine?

—Oui.

Fergus orienta de nouveau la conversation sur son livre, et Susan ne lui posa pas d'autres questions au sujet de M. Sarotzini. Ils n'étaient pas du tout d'accord sur l'un des chapitres. Susan aurait voulu le supprimer purement et simplement, mais Fergus ne l'entendait pas de cette oreille.

Une demi-heure plus tard, ils se levèrent de table et une serveuse les aida à enfiler leurs manteaux. Ils ne remarquèrent pas l'homme qui déjeunait seul à la table voisine, le visage enfoui dans un livre. Ayant réglé son addition depuis déjà un moment, il se leva, leur emboîta le pas le plus naturellement du monde et sortit à leur suite, sans se presser.

Chapitre 39

L'herbe poudrée du givre de janvier crissait sous les pas. En apercevant la silhouette solitaire qui venait dans leur direction, les canards se ruèrent en cancanant à qui mieux mieux vers le bord de l'étang. Cet homme en chaussures noires à épaisses semelles de crêpe, vêtu d'un gros pardessus pied-de-poule et d'une soutane, avec sa besace en cuir à l'épaule, en était venu au fil du temps à occuper une place centrale dans leur petit univers.

Le révérend Ewan Freer, professeur de théologie comparée à l'université de Londres, ôta l'un de ses gants en laine, plongea la main dans sa besace et en ramena une poignée de grains de maïs qu'il répandit sur le sol, près du bord. Les canards se précipitèrent dessus en se bousculant, et il les morigéna d'une voix douce :

— Allez, ne soyez pas si gloutons, il y en a pour tout le monde.

Ensuite il se livra à son décompte rituel pour s'assurer qu'aucun volatile n'était passé de vie à trépas depuis la veille. Ils étaient toujours vingt-deux, tout allait bien.

La matinée était belle. Par-delà les arbres, au loin, les silhouettes fantasmagoriques du Hilton et des autres gratte-ciel du centre de Londres se découpaient brumeusement sur le ciel. À cette heure-là, il n'y avait pas grand monde dans le parc : quelques joggers, des gens qui promenaient leur chien avant de partir au travail. Pour Freer, le petit matin représentait un peu l'innocence du monde, un bref îlot d'espérance, vierge encore de toutes les noirceurs de la journée qui débutait.

Il aurait voulu que le deuxième millénaire de la chrétienté débute ainsi.

Fergus Donleavy savait qu'il allait faire un tour au bord de l'étang de Hyde Park chaque matin après la messe.

— Bonne année ! lui cria-t-il de loin.

Le visage de Freer, toujours aussi De Niroesque, se retourna vers lui.

— Fergus ! Bonne année. Je pensais justement à toi, quelle coïncidence !

Fergus lui serra la main en souriant de toutes ses dents.

— Si tu as deux heures à me consacrer, je me fais fort de t'en trouver la formule mathématique.

— Même si les mathématiques peuvent expliquer une coïncidence, elle garde sa part de magie et de mystère, ce n'est pas toi qui me contrediras sur ce point.

Fergus haussa les sourcils, mais son sourire ne s'effaça pas. Ensuite, il rentra un peu les épaules. Sa veste en tweed ne le protégeait qu'imparfaitement du froid glacial du petit matin.

— Les habitudes ont la peau dure, à ce que je vois. Tu viens toujours ici chaque matin.

— Pourquoi me priverais-je de ce plaisir ?

Fergus promena son regard sur les eaux cristallines de l'étang où flottaient çà et là de fines plaques de glace, sur les vastes pelouses étincelantes de givre étalées à perte de vue, les grands arbres majestueux. L'air vif et frais lui piquait un peu les narines. D'invisibles oiseaux gazouillaient. Freer aurait eu tort de se priver de ça, en effet.

—Il faut que je te parle, Ewan.

Freer lança à terre une deuxième poignée de maïs. Les canards furent moins frénétiques cette fois. Du maïs, il y en avait toujours plus qu'assez, comme chaque jour, mais les canards ont la mémoire courte. De sa voix douce et mélodieuse, sans quitter ses amis à plumes des yeux, le prêtre répondit :

—Je crois savoir ce qui t'amène.

Surpris, Fergus fourra les mains dans les poches de sa veste et attendit la suite.

—Quand tu es venu me voir cet été, tu m'as parlé d'un enfant à naître, Fergus.

—Oui.

—Tu avais un pressentiment à son sujet, c'est ça ? demanda Freer en lançant une autre poignée de maïs.

Fergus fit « oui » de la tête. Un hélicoptère de la police passa dans le ciel en vrombissant.

—Tu n'es pas un cas isolé, dit le prêtre. J'ai entendu la même chose, venant d'autres sources.

—Sont-elles sûres ? demanda Fergus.

—Le Vatican est inquiet, dit Freer de sa voix douce. Des autorités ecclésiastiques du monde entier ont fait parvenir à Rome le même genre de récits. Partout, leurs ouailles sont assaillies de rêves et de visions. Les mêmes rêves, et les mêmes visions.

—C'est parce que nous approchons d'une fin de millénaire, dit Fergus. Tous les fêlés se mettent à battre la breloque.

—Tu bats la breloque, Fergus ?

Freer se tourna vers lui, un sourire sardonique aux lèvres.

—À ton avis ?

Freer éluda cette question.

—Que vois-tu quand tu regardes ces canards ?

Comme Fergus était naturellement porté à l'espièglerie, il fut tenté de répondre : « Des galettes, des petits oignons, des carrés de concombre, de la sauce pékinoise aux haricots noirs », mais il se contint. Ce n'était pas le moment de faire de l'humour. Il étudia les canards. Certains étaient des colverts, pas tous. Il n'était pas certain d'avoir saisi le sens de la question. À la fin, il dit :

— L'innocence ? Une forme d'organisation hiérarchique propre à la volaille ? L'assujettissement à un membre du clergé dont ils dépendent pour leur maïs quotidien ?

— Pourquoi pas des canards, simplement ?

Fergus sourit.

— Et eux, que voient-ils quand ils nous regardent ?

— L'incertitude. Je leur donne leur maïs, ça les rassure. Ils me connaissent. Ça fait des années que je viens ici. J'en ai vu défiler plusieurs générations, mais si j'essaie d'en toucher un, de faire quoi que ce soit d'inhabituel, regarde ce qui se passe.

Freer se livra à une démonstration. Il se baissa et tendit la main vers l'un des canards, aussitôt ce fut la débandade. Dans un grand concert de « coin-coin », battant follement des ailes, ils s'égaillèrent, les uns piquant une tête dans l'étang, d'autres s'envolant.

Fergus ne voyait toujours pas où le prêtre voulait en venir.

— L'instinct de survie ? proposa-t-il. Ils se fient aux choses familières, mais seulement jusqu'à un certain point ?

— *Familier*, c'est le mot-clé, dit Freer. Pour eux, il y a une frontière, une ligne de démarcation entre ce qui leur est familier et ce qui ne l'est pas. Si je franchis cette ligne de démarcation, si j'ai un geste qui sort de l'ordinaire, la panique les prend et c'est le sauve-qui-peut général. Fuir devant le danger est ce qui permet aux animaux de survivre. Pourquoi n'agissons-nous pas comme eux, Fergus ?

— Parce que l'évolution nous a fait perdre ces réflexes en nous plaçant au sommet de la chaîne alimentaire. Au lieu de fuir, nous sommes enclins à tenir bon, à défendre notre bout de gras.

Ce n'était pas la réponse que Freer attendait.

— Si ces canards se sentent menacés, ils ont toujours la possibilité de s'éparpiller à travers l'étang, ou de se réfugier dans un autre étang. Le seul moment où ils sont vraiment en difficulté, c'est quand ils procréent, ou quand ils ont des canetons à élever. Le reste du temps, ils sont suffisamment mobiles pour échapper à ce qui les menace.

Il retourna sa besace et répandit le reste de son contenu sur le sol.

— Tu n'as qu'à comparer notre planète à une mare aux canards, et tu verras tout de suite la différence, Fergus. Nous autres humains, nous ne pouvons aller nous réfugier sur une autre planète. Nous sommes obligés d'affronter ce qui nous menace.

Freer tourna les talons et s'éloigna de l'étang, lentement Fergus le rejoignit et, une fois arrivé à sa hauteur, adopta le même pas.

— Moi, je crois à l'Immaculée Conception. Toi, tu es persuadé que Jésus a été amené sur Terre par des extraterrestres. Cette divergence de vues ne m'a jamais dérangé, Fergus. L'important, c'est que nous croyions à *quelque chose*. L'un croit qu'un être humain est né, l'autre qu'un voyageur de l'espace est arrivé, cependant pour moi comme pour toi il est l'incarnation du *Bien*, d'accord ?

Fergus eut une brève hésitation.

— Oui, en un sens, dit-il.

Autour d'eux, le givre étincelait et l'air résonnait de chants d'oiseaux innombrables. Fergus eut le sentiment que ces chants étaient pleins d'une intense ferveur, d'un soupçon de désespoir même. À la façon dont ces oiseaux chantaient, on aurait pu croire que c'était le dernier jour de leur vie.

Freer marcha quelques instants en silence, puis il dit :

— Si tu peux accepter, *en un sens*, l'idée qu'il existe une force du Bien, peux-tu également accepter, toujours *en un sens*, celle qu'il existe une force du Mal ?

— Nous en avons déjà discuté cet été, observa Fergus.

— Je m'en souviens parfaitement, mais tu es resté un scientifique.

— Tu dis ça péjorativement ?

— Pas du tout, au contraire. Tu es un être rationnel. Les scientifiques sont tous chargés d'un lourd bagage. Pour faire face à la situation présente, il faudrait que tu te délestes de ton bagage scientifique. En es-tu capable ? Peux-tu admettre l'existence de quelque chose qui serait totalement irrationnel du point de vue de la science, du moins telle que nous la comprenons aujourd'hui ?

— Tu n'as qu'à me fournir une armoire de consigne suffisamment spacieuse.

Freer accueillit cette boutade d'un sourire indulgent.

— Mais tu n'oublieras pas ton savoir, tu l'auras toujours présent à l'esprit, tu ne pourras renoncer à ton besoin de tout voir à travers la même grille, de soumettre ton jugement à l'épreuve du laboratoire. Crois-tu que tu pourrais libérer ton esprit de ces entraves ?

— La religion pose la question du pourquoi, la science celle du *comment*. À mon avis, Ewan, le fossé qui les sépare n'est pas aussi profond que ça. Qu'importe la manière dont Jésus est arrivé sur la Terre. Qu'importe qu'il ait été ou non le fils de Dieu. L'important, c'est ce qu'il a accompli, c'est ce qu'il nous a laissé en héritage. L'influence qu'il a eue. Son charisme. L'essentiel, c'est que les hommes ont cru en son pouvoir, et qu'ils y croient encore.

— Ils ne se sont pas contentés d'y croire, ils ont agi en conséquence.

— Et ça dure encore aujourd'hui. Parle-moi de ces rumeurs qui sont parvenues jusqu'à toi, Ewan.

Freer fit quelques pas, puis s'arrêta.

— On dit que ces temps-ci beaucoup de prières s'élèvent un peu partout dans le monde. Dans des lieux qui ne sont pas les bons. Des prières qui ne sont pas de la bonne espèce.

— De quelle espèce sont-elles donc?

— Je ne pourrais pas te dresser un tableau précis de la situation, mais je trouve les nouvelles qui me parviennent tout à fait préoccupantes, et je suis loin d'être le seul. Il y a une subite recrudescence des profanations d'églises et la vogue des rituels sataniques, messes noires, et cetera, ne cesse de s'étendre.

— C'est la fin du millénaire, je te dis. Tous les barjots du monde s'en donnent à cœur joie.

Freer secoua la tête.

— Non, c'est beaucoup plus grave. On sent bien que tout cela tend vers le même objet.

— Oui, la fin du millénaire.

— Tu vois, c'est ton bagage. Tu n'arrives pas à t'en débarrasser. Tu ne peux pas te passer de ta grille. Sans elle, tu perds pied.

— J'ai une question à te poser. C'est pour ça que je suis ici.

— Je me doutais qu'il ne s'agissait pas d'une pure coïncidence, dit le prêtre en souriant. Vas-y, pose-la-moi, ta question.

— *Sarotzini*. Tu connais ce nom-là?

Freer fronça les sourcils.

— *Emil* Sarotzini? Évidemment. Il est connu comme le loup blanc.

— L'as-tu entendu prononcer ces jours-ci?

— Sarotzini est mort, Fergus. Depuis belle lurette. Je ne sais plus exactement quand, vers la fin des années quarante.
— Avait-il des enfants ?
— Non.
— Tu en es sûr ?
— Oui. Grâce au ciel, il n'en a jamais eu.
— Ewan… Y aurait-il la moindre possibilité qu'il soit encore de ce monde ?

Le prêtre le regarda d'un air intrigué.
— Aucune. S'il vivait encore, il aurait au moins… (Il réfléchit.) Il aurait plus de cent ans. Cent dix ans, peut-être même plus.

Fergus se tut. Il repensait à sa dernière conversation avec Susan, à la manière dont elle lui avait dit : « M. Sarotzini tenait absolument que ce soit Van Rhoe qui s'occupe de moi », avant de s'interrompre brusquement, comme si elle s'était rendu compte qu'elle en avait trop dit.

Cette conversation remontait à un mois, et depuis Fergus avait fait des pieds et des mains pour dépister Emil Sarotzini. Il avait chargé une assistante de recherche de vérifier tous les annuaires téléphoniques du monde, les registres de naissances, les listes électorales.

Le dernier Sarotzini dont il existait une trace, et qui se prénommait effectivement Emil, avait mis fin à ses jours à Florence en 1947, alors qu'il était sous le coup d'une série d'inculpations pour crimes contre l'humanité. Cet Emil Sarotzini était responsable de l'extermination de deux mille juifs italiens qui avaient tenté de se mettre sous la protection du pape pendant la guerre. Il avait monté toute l'opération avec l'accord personnel d'Hitler et, bien qu'elle ne l'ait pas officiellement sanctionnée, l'intervention du Saint-Siège dans cette affaire restait aussi énigmatique que controversée.

— Tu sais ce qu'on raconte ? lui demanda soudain Ewan. À propos de l'incinération de Sarotzini ?

— Je crois me souvenir qu'il s'est passé quelque chose, mais quoi ? dit Fergus.

— En ressortant du four crématoire où il était resté deux heures, on raconte que son cercueil était intact, et qu'il l'était aussi. Que ses cheveux n'étaient même pas roussis.

— Ah, c'était donc ça ? Qu'est-il arrivé ensuite ?

— Les employés du columbarium en ont été tellement épouvantés qu'ils ont refusé de le repasser au four une deuxième fois, si bien qu'en fin de compte on l'a enterré.

— Après lui avoir enfoncé un pieu dans le cœur ? demanda Fergus.

Le prêtre eut un sourire sarcastique.

— Ils auraient peut-être dû. Aux yeux de bien des gens, c'était le diable en personne.

Ils continuèrent leur marche en silence. Un cocker, guère plus grand qu'un chiot, se précipita sur eux en aboyant, puis s'enfuit à toutes jambes. Au loin, un sifflet pour chien se fit entendre.

— Ce Sarotzini exerçait la profession d'illusionniste, c'est bien ça ? demanda Fergus.

— Entre autres, oui.

— Les gens croient facilement aux miracles, surtout dans les pays où les traditions religieuses sont fortes, n'est-ce pas ?

— La statue de saint Patrick à Ballymena ? Les saintes qui versent des torrents de larmes ? Les bouddhas qui sécrètent du lait ? Bernadette Soubirous ?

Fergus hocha la tête.

— Si ça se trouve, l'appareil à gaz est tombé en panne. Les illusionnistes sont coutumiers de ce genre de tours de passe-passe. Il tombe en catatonie, fiche une frousse bleue aux employés d'un crématorium italien, acquiert une réputation de diable. Ne pas se consumer sous quatre cents degrés centigrades, que peut-on rêver de mieux, comme miracle ? On s'arrange pour qu'il n'y ait pas de gaz, et voilà, un mythe est né.

Freer resta un moment silencieux, puis il demanda :
— Pourquoi me poses-tu des questions sur Sarotzini ? Tu t'intéresses à lui ?
— C'est simplement que j'ai une intuition.
— Laquelle ?
Ils firent une dizaine de pas sans mot dire, puis Fergus répondit à mi-voix :
— Je ne peux pas te donner d'explication rationnelle, mais quelque chose me dit que Sarotzini n'est peut-être pas mort.

Chapitre 40

—Qu'est-ce que c'est que ce truc-là ?

John, qui n'avait pas encore ôté son pardessus, regardait d'un air ébahi le landau tout neuf. Il était rangé contre le mur de l'entrée, dans son emballage en plastique transparent couvert d'étiquettes roses et bleues.

Susan parut à la porte de la cuisine, vêtue d'un gros pull informe et d'un jean trop grand, les mains couvertes de farine. Elle s'avança vers John et l'embrassa sur la joue.

—Bonsoir, chéri, dit-elle. Excuse-moi, j'étais en train de me faire des pancakes.

Les horribles petites crêpes américaines imbibées de sirop d'érable étaient sa nouvelle marotte.

—C'est un cadeau. Il est beau, hein ?

—Qui nous a offert ça ?

—Maman. Enfin, je suppose que papa y a contribué. Il est arrivé cet après-midi.

—Charmant, fit John, sarcastique, en se débarrassant de son pardessus. Quelle touchante attention. J'espère qu'on arrivera à l'échanger contre un objet un peu plus utile, un meuble par exemple.

Susan jeta un coup d'œil au landau, puis son regard revint se poser sur John, mais elle ne dit rien.

— Tu crois que le magasin nous le reprendra ?

— Sans doute.

— Tu n'auras qu'à le leur rapporter demain, ce n'est pas le temps qui te manque à présent. Tu veux que je le mette dans ta voiture ?

Voyant son expression douloureuse, il prit son visage entre ses mains et lui effleura le front d'un baiser.

— Enfin, Susan, tu ne veux quand même pas qu'on garde ce truc ridicule !

Susan, la gorge serrée, le regardait avec de grands yeux. Elle s'était déjà habituée à la présence de ce landau dans l'entrée, comme s'il avait toujours fait partie de la maison.

— Ohé, Susan !

Pas de réaction.

— Susan, on n'a pas besoin d'un landau. Dès que l'enfant sera né, M. Sarotzini l'emmènera, comme convenu. Il se procurera un landau, tu peux lui faire confiance. Je vais le mettre dans la voiture, d'accord ?

— D'accord, fit-elle d'une toute petite voix.

Au moment où John tendait le bras vers le landau, Susan fut prise d'une espèce de panique. Elle avait soudain l'impression qu'il allait la priver injustement d'un bien qui lui appartenait en propre.

— Écoute, John..., commença-t-elle, mais à cet instant précis une douleur atroce lui tordit les entrailles.

Elle s'agrippa le ventre à pleines mains, poussa un cri et se plia en deux. Elle poussa un deuxième cri, puis un troisième, s'écroula, se pelotonna et se mit à crier de plus belle.

John s'agenouilla à côté d'elle. Ça le bouleversait de la voir souffrir ainsi, et ses crises douloureuses étaient de plus en plus violentes. Elle semblait avoir plus mal que jamais.

— Tu veux que j'appelle une ambulance, chérie ?

Il lut une terreur sans nom dans le regard de Susan, mais elle n'avait pas l'air de l'entendre. Son corps fut agité d'un spasme affreux, elle émit un gémissement sourd et ses yeux se fermèrent. Elle faisait tellement peine à voir que John en avait les larmes aux yeux.

—Chérie? répéta-t-il. Je vais appeler une ambulance.

Elle tendit le bras vers lui, lui saisit le poignet.

—Nnnnnnn, protesta-t-elle.

Sa respiration était brève, saccadée, et elle était blanche comme un linge.

—Non, non. Ça va. Ça ira. Ça va passer.

—Non, ça ne va pas, chérie.

Un long frisson la secoua. John, affolé, la voyait déjà morte. Avant Lister et l'invention de l'antisepsie, les femmes enceintes mouraient fréquemment en couches. C'était plus rare aujourd'hui, mais ça arrivait sans doute encore. *Oh non, mon Dieu, je vous en supplie, pas ça, pas Susan.*

Sans même s'en rendre compte, John s'était mis à prier.

Elle serra son poignet avec une force redoublée.

—N'appelle pas l'ambulance, dit-elle. Appelle le docteur Van Rhoe.

Elle rouvrit les yeux. Ses pupilles étaient dilatées par la terreur.

—Qu'il aille se faire mettre, ce con-là! s'écria John. Tu traînes ce truc-là depuis des mois, et il s'obstine à te dire que ce n'est qu'un petit kyste insignifiant. Ça ne peut pas continuer ainsi. Il est louche, ce mec-là. Je m'en tape, de sa réputation. Il n'y a aucune raison que tu souffres comme ça. Je vais appeler une ambulance.

—C'est passé, maintenant.

—Tu en es sûre?

Elle hocha vigoureusement la tête.

—Oui, ça va. Les crises passent toujours très vite. Je t'en prie, John, ne fais pas ça. Je ne veux pas aller à l'hôpital.

Sa voix était si implorante qu'il finit par fléchir.

— Harvey Addison est rentré des Caraïbes, à présent. J'ai pris rendez-vous pour toi demain après-midi, et nous irons. Je ne veux même pas qu'on en discute. Si Harvey dit que ces douleurs n'ont rien d'anormal, on en restera là. Mais je veux un deuxième avis, et je veux que ce soit le sien.

Susan secoua la tête.

— Non, ça va, il n'y en a plus que pour trois mois, je tiendrai le…

Là-dessus, son ventre s'arqua, elle rejeta la tête en arrière et poussa un terrible hurlement. Sa vision se brouilla, puis la douleur la frappa de nouveau, et cette fois ce ne fut pas un coup de poignard, mais deux, quatre, d'innombrables coups de poignard. Le visage de John était tout contre le sien, son haleine sentait le caoutchouc brûlé. La douleur reflua, remonta, s'engouffra en elle de nouveau. On aurait dit qu'une fournaise lui dévorait les entrailles.

Elle poussa un hurlement si assourdissant qu'il lui sembla que ses cordes vocales se brisaient.

À son réveil, elle était allongée, et elle avait affreusement mal au cœur. Elle crut d'abord qu'elle était à l'hôpital, et la panique la prit. Puis elle entendit la voix de John qui parlait avec quelqu'un au téléphone et elle comprit qu'elle était étendue sur le canapé du salon.

— Pardon de te déranger, Harvey, disait-il. J'ai pris ce rendez-vous un peu avant Noël, mais comme je n'en ai parlé qu'à ta secrétaire je voulais avoir confirmation. Tu étais au courant ? Bon, tout va bien, alors. Merci de ta sollicitude. Les crises empirent sans arrêt. Elle refuse d'aller à l'hôpital. Tes vacances se sont bien passées ? Tant mieux. Comment va Caroline ? Tant mieux. Entendu, 16 h 30 à ton cabinet demain. Je te l'amènerai moi-même.

Le cabinet de Harvey Addison occupait le rez-de-chaussée d'un ancien hôtel particulier du début du siècle, à Hampstead.

L'obstétricien s'engagea dans l'allée et se gara sur l'emplacement qui lui était réservé dans la cour de devant. Après avoir jeté un rapide coup d'œil au rétroviseur pour s'assurer qu'il n'était pas décoiffé, il descendit de la Porsche Carrera noire qu'il s'était offerte avec les royalties de son CD-Rom de chez DigiTrak. Il appuya sur le bouton de son porte-clés électronique, et la Porsche émit simultanément un «bip» et un signal lumineux indiquant que le système d'alarme fonctionnait bien.

Il faisait doux pour un mois de janvier, mais il était frigorifié, ne s'étant pas encore déshabitué du soleil tropical qu'il avait dû se résigner à laisser derrière lui. Pourtant, il était de bonne humeur. Les séquelles du décalage horaire, qui lui avaient empoisonné la vie depuis son retour des Caraïbes samedi matin, étaient en train de se dissiper, et il se sentait d'attaque.

En plus, le facteur lui avait apporté une très bonne nouvelle. Une lettre de la BBC lui apprenait que son audimat avait fait un bond spectaculaire, passant de 3,2 à 3,8 points d'audience en l'espace de quatre mois. Pour une émission de l'après-midi, c'était un score impressionnant. Sur la deuxième chaîne de la BBC, en prime time, *Aux frontières du réel* n'enregistrait que 6,3 points d'audience.

Il piqua un petit sprint pour échapper aux premières gouttes de l'averse qui était sur le point de s'abattre, les pans de son pardessus en cachemire flottant derrière lui, et entra par la porte de service afin de s'épargner la traversée de la salle d'attente. Il s'arrêta un instant pour contempler son reflet dans la vitre et constata que son bronzage avait tenu bon. Ensuite, il pénétra dans l'antichambre de son bureau et décocha à Sarah, son infirmière et réceptionniste, un regard langoureux, une flamme lascive dansant dans ses yeux d'un bleu céruléen. Sarah, qui avait elle-même les yeux bruns, lui rendit son regard. On aurait dit qu'un câble invisible, crépitant d'étincelles sensuelles, les reliait l'un à l'autre.

Un jour, tu y passeras, ma petite, se disait Harvey.

Tu as une femme superbe que tu adores, se disait Sarah, *trois enfants merveilleux que tu adores, quelle place est-ce que ça me laisse, à moi ? En outre, tout craquant que tu sois, tu ne peux pas t'empêcher de faire le joli cœur, est-ce que je pourrais m'en accommoder ?*

Dans sa tête, une voix qu'elle refusait d'écouter lui répondait : *Oh que oui, tu pourrais ! Et peut-être qu'un de ces jours...* Mais le moment n'était pas encore venu. Son carnet de rendez-vous était plein à craquer, il n'avait pas une seconde à lui.

— Bonjour, docteur, dit-elle.

— Salut, ma belle. Que dit notre agenda ?

Elle le tourna vers lui pour qu'il puisse le lire. Son œil glissa sur la date – jeudi 11 janvier – et il parcourut la page du regard.

— Seize heures trente, Susan Carter. C'est la femme de John Carter.

— Oui, je sais.

— Tâchez de lui faire bon accueil, hein ? Si je suis en retard, vous n'aurez qu'à lui offrir du thé, ou quelque chose.

— Ça va de soi.

Elle l'informa des messages les plus urgents, et lui rappela qu'une de ses patientes devait accoucher ce soir-là. Elle lui apprit aussi que les gens de la BBC avaient téléphoné, et qu'ils désiraient le voir pour discuter de la nouvelle série d'émissions qu'ils lui avaient proposées. Ensuite, en le regardant d'un drôle d'air, elle ajouta :

— Vous avez un visiteur. Un certain M. Kündz.

Le visage d'Addison se rembrunit.

— Qui est-ce ?

— Je n'en sais rien. Je croyais que vous le connaissiez. Lui, en tout cas, semble vous connaître. Je lui ai dit que vous ne receviez que sur rendez-vous, mais il tient absolument à vous voir. Il dit que c'est urgent.

— C'est un représentant?

— Je n'en ai pas l'impression.

— Qui peut-il bien être, alors? Ce n'est quand même pas le détraqué qui m'a écrit en proposant de me racheter les gants dont je me sers pour les touchers vaginaux?

Sarah eut un sourire et hocha négativement la tête.

— Il a dit que vous comprendriez sans peine l'importance de sa démarche.

Harvey se tapota la tempe de l'index et, baissant la voix, il demanda :

— Un cinglé?

Sarah eut un haussement d'épaules qui voulait dire : « Je n'en sais pas plus que vous. »

Tout à coup, Harvey fut pris d'un début d'inquiétude. Qui pouvait être ce Kündz? Un détective privé? Un enquêteur du ministère de la Santé? Il accrocha son pardessus dans son placard.

— Faites le numéro de Sally Hurworth, voulez-vous. Elle vous a dit quand les saignements avaient commencé?

— Elle s'en est aperçue ce matin au réveil.

Harvey ouvrit la porte de son bureau.

— Vous allez le recevoir, ce M. Kündz? demanda Sarah. Ou faut-il que je me débarrasse de lui?

Harvey réfléchit un instant. Il se demandait qui pouvait être ce visiteur intempestif, pensant aux nombreux cadavres qui s'entassaient dans son placard.

— Je lui accorderai deux minutes, mais pas tout de suite. Je veux d'abord passer quelques coups de fil. Il y a quelqu'un d'autre dans la salle d'attente?

— Non, votre première patiente de la journée est en retard.

Cinq minutes plus tard, un colosse au visage sévère poussa la porte et la referma derrière lui. Assis derrière son magnifique bureau ancien en acajou, Harvey Addison le dévisagea. L'inconnu était vêtu d'un trench Burberry, d'un costume de mohair bleu et d'un pull à col roulé, chaussé de luxueux bottillons en chevreau de type jodhpurs, et il portait en bandoulière un sac de voyage en cuir. Il n'avait l'air ni d'un représentant ni d'un détective privé. De quoi avait-il l'air ? Harvey Addison avait du mal à se prononcer. Il avait une carrure de joueur de football américain, mais sa dégaine évoquait plus l'homme de main que le sportif.

— Que puis-je pour vous, monsieur Kündz ?

Kündz s'assit face à l'imposant bureau et posa son sac par terre. Il toisa l'obstétricien sans mot dire pendant quelques instants puis, dans un anglais parfaitement modulé, mais à la syntaxe un peu biscornue, lui demanda :

— Monsieur Addison, êtes-vous connaisseur de l'œuvre de Thomas a Kempis, qui décéda en 1471 ?

Harvey Addison admit volontiers qu'il ignorait tout de Thomas a Kempis. *Ce type est un cinglé*, décida-t-il en son for intérieur. Toutefois, il resta sur ses gardes. C'était peut-être un fanatique. Une flamme inquiétante brillait dans son regard et, étant donné sa carrure, cela n'augurait rien de bon. Kündz reprit la parole :

— Thomas a Kempis a dit : « Il est plus sage d'obéir que de commander. »

C'est également ce que disait la Onzième Vérité, mais Kündz jugea qu'il n'était pas opportun d'en informer Harvey Addison.

Je n'aurais jamais dû accepter de recevoir cet olibrius, se disait celui-ci. Ses regrets augmentèrent encore lorsqu'il entendit la suite de ce que Kündz avait à lui dire :

— Monsieur Addison, selon ce que je sais, vous êtes un homme très occupé. Si vous acceptez de faire ce que je sollicite de vous, vous ne me reverrez plus, vous n'entendrez plus parler de moi, je ne vous ennuierai plus. Mais si vous n'êtes pas disposé à me satisfaire, je vous détruirai. Est-ce que vous me comprenez bien ?

Se pouvait-il qu'il soit armé ? Addison devait-il appeler Sarah sur l'Interphone pour lui demander de composer le numéro de Police Secours, ou valait-il mieux qu'il le compose lui-même ?

— Non, dit-il en s'efforçant de rester flegmatique, je ne vous comprends pas du tout.

Kündz ouvrit l'une des poches latérales de son sac de voyage et produisit une enveloppe en papier bulle. Il en sortit quatre photographies grand format, qu'il aligna sur le bureau. Toutes les photos montraient une femme et trois enfants, ceux-là mêmes dont les portraits souriants étaient posés sur le bureau dans des cadres d'argent. Au cas où Addison ne les aurait pas reconnus, Kündz lui fournit toutes les précisions nécessaires :

— Ici, c'est votre femme, Caroline. Là, votre fils, Adam. Voici votre aînée, Jessica. La gamine sur la bicyclette est votre fille cadette, Lucy.

L'obstétricien regarda les photographies avec une stupeur mêlée de crainte. Sa femme et ses enfants étaient bronzés, ce qui indiquait que les photos avaient été prises récemment. L'espace d'un instant, la colère qui le gagnait lui fit oublier sa peur. *Comment ose-t-il menacer les miens ?* se dit-il.

— Si jamais vous touchez à un seul cheveu de ma femme ou de mes enfants, je vous tuerai, monsieur Kündz.

Kündz s'empara de la photo du petit garçon de Harvey Addison.

— Adam, dit-il. Dimanche, il a eu cinq ans. Vous avez fait venir un montreur de marionnettes chez vous, au 14 Curlew Gardens, pour sa fête d'anniversaire. Adam a eu une indigestion, et vous l'avez disputé parce qu'il avait mangé trop de gâteau. Il est allergique aux cacahuètes. Il suffirait qu'il en mange une seule pour mourir, n'est-il pas vrai ?

Sans même laisser à Addison le temps de lui répondre, Kündz poursuivit :

— Votre fille Jessica, qui a sept ans, vous a réveillés cette nuit parce qu'elle avait peur de l'orage. Elle est venue vous rejoindre dans votre lit, votre femme et vous, à 3 h 15. Vous lui avez raconté l'histoire d'un mouton nommé Boris.

Kündz huma avec délectation l'odeur de peur qui commençait à émaner de son interlocuteur. *À la bonne heure*, se dit-il. L'odeur de la peur lui était toujours très agréable. Il s'y mêlait un soupçon de colère, mais c'était de peu d'importance.

— Où voulez-vous en venir, monsieur Kündz ? Pourquoi nous espionnez-vous ainsi ? À quel jeu jouez-vous ?

Kündz ne daigna répondre à aucune de ces questions.

— Monsieur Addison, la déontologie médicale vous impose le secret sur la vie privée de vos patients. C'est le serment d'Hippocrate. Vous devez vous y conformer, mais je veux que vous y dérogiez pour moi. La personne en question n'est pas encore votre patiente, elle ne le deviendra que cet après-midi, aussi nous pouvons en parler librement.

Ce Kündz s'exprimait d'une manière si filandreuse qu'Addison ne le suivait qu'avec une certaine difficulté.

— De qui parlez-vous ?

— Son nom est Susan Carter. Il faut que vous compreniez un point très important sur la situation avant votre consultation avec elle.

Addison haussa le ton. Il réprimait sa colère à grand-peine.

— C'est quoi, ce point très important ? demanda-t-il.

— Susan Carter est enceinte, mais l'enfant n'est pas de John Carter. Elle fait fonction de mère porteuse, ce pour quoi on lui paie une somme considérable. Je suppose que vous n'étiez pas au courant.

— Vous croyez que je vais avaler ça ?

— Elle est atteinte d'un kyste à l'ovaire, ce qui parfois lui occasionne des douleurs. Si elle était une patiente ordinaire, et si les circonstances étaient normales, le docteur Van Rhoe aurait procédé à l'ablation de ce kyste.

En entendant cela, Harvey Addison fut tellement surpris que sa colère diminua d'un cran.

— Quoi, une patiente ordinaire ? Qu'entendez-vous par là ? Et qu'est-ce que c'est que cette absurde histoire de mère porteuse ?

— Vous devez me croire sur parole, monsieur Addison. Susan Carter est une patiente tout à fait extraordinaire. Vous n'ignorez sans doute pas que l'ablation d'un kyste peut parfois entraîner un avortement. C'est un risque que le docteur Van Rhoe ne peut pas se permettre de courir.

— Monsieur Kündz, bien que je n'aie pas le droit de vous parler d'une de mes patientes, *a fortiori* d'une patiente que je n'ai pas encore examinée, je vous signale que l'on opère couramment des femmes enceintes de kystes à l'ovaire, le danger pour le fœtus étant extrêmement minime.

— Si j'ai bien compris, le risque n'est pas seulement de causer un avortement spontané. L'anesthésie est susceptible d'endommager gravement le cerveau d'un enfant à naître.

— Sans vouloir vous désobliger, monsieur Kündz, j'ignore d'où vous tirez vos informations, mais ça ne tient pas debout.

— Je ne suis pas venu pour avoir un débat théorique avec vous. J'ai reçu des consignes d'une autre nature. Permettez que je vous rappelle les justes paroles de Thomas a Kempis : « Il est plus sage d'obéir que de commander. »

— Je vais appeler la police, monsieur Kündz.

Kündz eut un sourire.

— Monsieur Addison, si vous voulez mon avis, ce n'est pas la solution la meilleure. Appelez donc plutôt un autre numéro. Celui de l'école où va Adam. Votre femme lui a donné un déjeuner pour l'école. Mais une erreur épouvantable s'est produite. La petite mallette que votre fils a emportée avec lui contient deux tartines de beurre de cacahuète. Ces cacahuètes qui peuvent le tuer en un clin d'œil, à cause de son allergie.

Harvey Addison pensa à son fils, ce petit garçon à la tignasse blonde, qui souriait sans arrêt. Adam, qui avait la passion des insectes et qui en ramenait tout le temps à la maison. Adam, qu'il avait embrassé lorsqu'il était parti à l'école, à peine plus d'une heure auparavant. Il fixait cet homme assis en face de lui, et il avait envie de lui faire mal. Cet être abject venait d'ouvrir une fissure dans le béton de la digue mentale qui empêchait ordinairement ses émotions de déferler.

L'obstétricien serrait les poings, ses jointures avaient blanchi, et cela n'échappa pas à Kündz, qui n'avait aucune peine à lire dans ses pensées : Addison avait une envie folle de lui tomber dessus à bras raccourcis, mais la peur le faisait hésiter. L'hésitation dura trop longtemps, il laissa passer l'occasion de s'abandonner à sa première pulsion, sa colère reflua et la peur reprit le dessus. Il craignait pour la vie de son fils.

Cette fois, Kündz respira sa peur à plein nez. Son odeur était si forte qu'elle en devenait presque palpable. À présent, elle avait envahi toute la pièce. Sans être aussi grisant que les odeurs corporelles de Susan Carter, l'arôme en était assez plaisant tout de même.

Quand Addison tendit la main vers le téléphone, celle de Kündz était déjà posée dessus.

— Rien ne presse, monsieur Addison, dit-il. Adam est en classe, il prépare un sujet de géographie. Sur le Serengeti. Vous êtes déjà allé en Tanzanie, monsieur Addison ?

— Je m'en fous, de la Tanzanie !

— Vous devriez vous informer sur le Serengeti, monsieur Addison. Qui sait, peut-être que ce soir en revenant de l'école Adam vous posera des questions. C'est un très beau parc naturel, voyez-vous. Il mérite une visite. On y trouve d'innombrables espèces d'insectes qui intéresseraient beaucoup Adam. Toutefois, il importe de bien choisir la saison. Vous devriez assister à la migration des gnous, monsieur Addison. Ah, ces immenses troupeaux en marche! Quel magnifique spectacle! Mais vous avez raison, je digresse trop. Revenons-en au sujet qui nous occupe. Adam. Après le cours de géographie, il a gymnastique. Ensuite il se douchera et c'est seulement après s'être douché qu'il ouvrira la mallette qui contient son déjeuner. À 12 h 45, précisément. Vous disposez de trois heures et demie pour lui sauver la vie, monsieur Addison. Je vous propose un marché très simple. Si vous sauvez la vie de l'enfant de Susan Carter, je vous aiderai à sauver celle de votre petit garçon.

Pendant le silence qui s'ensuivit, Kündz s'imbiba de l'odeur. Il se vautra dedans. Elle lui donnait de l'énergie et, comme toujours dans ces cas-là, ses pensées se tournèrent vers M. Sarotzini, envers qui il éprouva un grand élan de gratitude.

— Que dois-je faire pour sauver la vie de l'enfant de Susan Carter? Qu'attendez-vous de moi?

— Rien, monsieur Addison, dit Kündz en souriant. Tout cela est d'une simplicité merveilleuse. Ce que je vous demande, c'est de ne *rien* faire. Vous pratiquez une échographie, vous dites aux époux Carter que ce n'est qu'un petit kyste de rien du tout, que même si les douleurs sont pénibles elles n'ont aucune espèce de gravité, qu'elles ne sont pas plus graves qu'une piqûre d'insecte. C'est tout ce que vous avez à faire. Simple, n'est-il pas vrai?

— Et si l'échographie révèle quelque chose de sérieux? Je ne vais quand même pas me taire, vous ne pouvez pas me demander ça. Je ne veux pas avoir une chose pareille sur la conscience.

Kündz sortit de son sac de voyage en cuir un petit magnétoscope à piles, l'alluma, introduisit une cassette dans la fente, et plaça l'écran face à Addison.

L'image sautilla un moment, puis une femme d'une trentaine d'années apparut sur l'écran. Elle était allongée sur un divan, celui de la pièce où ils se tenaient présentement. Un homme à demi dévêtu se pencha au-dessus d'elle et fourra sa tête entre ses cuisses. Une date s'inscrivit en haut de l'écran, en surimpression : « mardi 9 janvier ».

Kündz laissa la bande se dérouler, en glissant de temps à autre un regard en coulisse vers l'obstétricien qui fixait l'écran d'un œil hébété.

Au bout d'un moment, l'homme changea de position et se mit en devoir d'enfourcher sa partenaire. Son visage, filmé de profil droit, était parfaitement reconnaissable. C'était le profil de Harvey Addison.

— Cette jeune personne est une de vos patientes, lui dit Kündz. Son nom est Charlotte Harper. C'est l'épouse du cardiologue Kieran Harper, lequel est l'un de vos plus vieux amis. Vous avez été témoin à son mariage. À mon avis, vous n'êtes pas homme à vous laisser trop tenailler par votre conscience, monsieur Addison.

Il éteignit le magnétoscope et attendit. Au bout d'une minute, les yeux d'Addison se détachèrent de l'écran vide et se posèrent sur Kündz. C'étaient des yeux d'animal aux abois.

— J'ai d'autres consignes à vous transmettre, monsieur Addison. Si vous ne tranquillisez pas définitivement les époux Carter cet après-midi, votre famille en paiera le prix et cette fois je ne pourrai rien empêcher. Votre fille Lucy, qui est si jolie, sera à ce point défigurée par un jet de vitriol que vous ne la reconnaîtrez plus. Votre fille Jessica aura les deux yeux arrachés, et Caroline, votre femme, fera une mauvaise chute et restera paralysée.

Après avoir remis le magnétoscope et les photos dans son sac, Kündz se leva.

— Je vous conseille une fois de plus de vous rappeler les sages paroles de Thomas a Kempis. Je ne vous demande pas votre réponse. Nous la connaîtrons à 16 h 30, cet après-midi.

Au moment où il atteignait la porte, Kündz se retourna et il ajouta :

— Au fait, n'oubliez pas de passer un coup de fil à l'école. Bonne journée, monsieur Addison.

Chapitre 41

Quand John passa prendre Susan pour l'emmener à la consultation de Harvey Addison, il était en retard et d'une humeur épouvantable. Aussi épouvantable que la journée, une journée comme seul le mois de janvier peut en produire. À 16 heures, il faisait déjà nuit, la pluie tambourinait sur la capote de la BMW et, quand il roulait sur des flaques, de grandes gerbes boueuses giflaient le pare-brise, telles les vagues d'un océan furieux montant à l'assaut d'une jetée.

À présent, il se faufilait tant bien que mal à travers les rues encombrées du centre-ville. Susan, assise à côté de lui, un plan de Londres ouvert sur ses genoux, se taisait, pensant que son silence l'aiderait à se rasséréner. Elle avait réglé la radio sur une station qui ne diffusait que de la musique classique.

Loin de le calmer, le mutisme de Susan l'exaspérait, et la musique de Mendelssohn lui sciait les nerfs. La mélodie était lugubre et le violon grinçait comme un portail rouillé. Il passa sur Radio Virgin, tomba sur du rock techno, augmenta le volume, puis se tourna vers Susan. Si elle osait lui dire que Bobosse aimait mieux le classique, il lui collerait une beigne. Mais elle n'ouvrit pas la bouche.

Ils roulèrent en silence pendant quelques minutes, puis John demanda :

— Tu as rapporté le landau au magasin ?

Susan resta muette.

Comme la radio diffusait des pubs à présent, il baissa le son. Puis il donna un coup d'accélérateur brutal, et répéta :

— Tu as rapporté le landau ? Tâche de bien repérer la rue dans laquelle on doit tourner, je la rate à chaque coup. Arthur Street. C'est juste après Vane Place.

Susan consulta l'index et s'efforça de discerner le nom des rues qui défilaient à leur gauche.

— Je le rapporterai demain. Aujourd'hui, il a plu sans arrêt.

— Tu leur as téléphoné ?
— À qui ?
— Au magasin.
— C'est la prochaine à gauche. Ralentis ou tu vas la rater. Ralentis, je te dis !

C'est ainsi qu'ils ratèrent Arthur Street.

Lorsqu'il eut posé la sonde sur le ventre de Susan, Harvey Addison fut sidéré par l'image que l'écran lui renvoyait. La boule était de la taille d'un pamplemousse.

Le kyste était soit un simple tératome, tumeur bénigne composée d'un agrégat de peau et de poils, soit une tumeur cancéreuse très avancée. Seule une biopsie permettrait de tirer ça au clair, mais pour pratiquer une biopsie il aurait fallu opérer, et dans le cas de Susan Carter il ne pouvait en être question.

Désormais, Harvey savait ce qui provoquait les crises douloureuses. La tumeur se repliait sur elle-même, puis se dépliait ; chaque mouvement de torsion entraînait une névralgie. La douleur devait être très pénible à endurer, sans pour autant constituer un risque majeur. Mais si jamais la tumeur restait coincée en pleine torsion, elle ne serait plus alimentée en sang par les vaisseaux, ce qui était susceptible de provoquer une nécrose ischémique, puis une gangrène. Là, ça deviendrait vraiment très grave.

Voyant que John faisait mine d'approcher, Addison régla la sonde de façon que l'image devienne aussi floue que possible.

— Qu'as-tu découvert ? demanda John en regardant l'écran.

Sachant que l'image était parfaitement indéchiffrable pour lui, l'obstétricien lui répondit, en haussant la voix pour être sûr que le micro invisible de Kündz capterait ses paroles :

— Rien. Ça doit être un kyste minuscule, je n'arrive même pas à le voir. Même aussi petit que ça, un kyste de l'ovaire peut être extraordinairement douloureux.

Harvey éteignit sa machine et dit à Susan qu'elle pouvait se rhabiller.

Il retourna s'asseoir derrière son bureau et, après avoir gratifié Susan et John d'un sourire rassurant qui, au fond de lui-même, l'emplissait de honte, il leur expliqua qu'ils n'avaient aucune raison de s'inquiéter. Miles Van Rhoe ne s'était pas trompé dans son diagnostic, ce n'était qu'un kyste bénin, absolument minuscule, qu'il n'était pas nécessaire d'opérer. Il conseilla à Susan de prendre son mal en patience, de serrer les dents, d'avaler un comprimé quand la douleur devenait intolérable.

Ensuite il les raccompagna jusqu'à la porte.

Une fois seul, il s'abîma dans ses pensées, s'efforçant de dresser un bilan de la situation.

Si la tumeur était cancéreuse, Susan était en danger de mort. Si on n'opérait pas, l'issue fatale ne faisait aucun doute. Si la gangrène dont il avait décelé les signes avant-coureurs se déclenchait, elle perdrait l'enfant, et si on ne l'hospitalisait pas d'urgence, l'inévitable péritonite la tuerait peut-être aussi. Si la tumeur était bénigne, les choses en resteraient peut-être là. Elle continuerait simplement ses mouvements de torsion, provoquant une douleur continuelle, mais sourde, entrecoupée de crises aiguës qui la feraient souffrir atrocement.

On était le 11 janvier. L'accouchement était prévu pour le 26 avril. Dans deux mois, il arriverait peut-être à convaincre Kündz de la nécessité d'une césarienne. Kündz était fou, mais il y aurait peut-être moyen de lui faire entendre raison. À huit mois, un prématuré s'en tire généralement bien. Mais Susan supporterait-elle de souffrir ainsi deux mois de plus ? C'était inhumain de lui infliger cette torture.

Comment s'y prendre pour faire avouer la vérité à John et à Susan ? S'agissait-il vraiment d'un bébé-éprouvette ? S'il n'arrivait pas à y croire, il n'avait pu se résoudre à leur poser la question de but en blanc pendant la consultation. Il interrogerait John à ce sujet dès qu'il aurait l'occasion de lui parler seul à seul.

Et Miles Van Rhoe ? Comment s'était-il mis dans ce guêpier ? Son diagnostic avait forcément été le même que le sien. Kündz avait-il barre sur lui aussi ?

Harvey Addison était indigné du fond du cœur. Ne pas opérer ce kyste eût été plus qu'une faute, un véritable crime. Vingt années de pratique médicale le lui criaient. Tout à coup il leva les yeux au plafond. Il avait passé le bureau au peigne fin pendant la pause de midi, sans découvrir ni micro ni caméra cachée.

Harvey Addison mourait de peur.

On avait bel et bien trouvé les tartines de beurre de cacahuète dans la mallette d'Adam. Quand Harvey avait appelé Caroline pour l'en informer, elle lui avait dit que c'était impossible. En tout cas, ces tartines ne venaient pas de chez eux. Elle veillait toujours scrupuleusement à ce qu'il n'y ait pas de beurre de cacahuète à la maison, ni du reste aucun autre produit de ce genre.

Harvey aurait aimé avoir une petite discussion avec Van Rhoe, mais il ne pouvait pas l'appeler d'ici, puisqu'on l'espionnait. Et qui sait, peut-être Van Rhoe faisait-il également l'objet d'une surveillance.

Aussitôt après le départ des Carter, une vague de dégoût envers lui-même l'avait envahi. Il était décidé à se racheter en leur disant la vérité le plus vite possible. Tout à l'heure, en sortant de son cabinet, il foncerait chez lui, ferait monter Caroline et les enfants dans la voiture, les conduirait au commissariat le plus proche et informerait la police de la situation.

Il expédia ses autres rendez-vous. À 17 h 50, il enfila son pardessus (sa secrétaire était déjà partie) et se précipita dehors.

Sa Porsche noire l'attendait à sa place habituelle, dans la cour enténébrée, sous une pluie battante. Il appuya sur le bouton de son porte-clés, et elle émit son « bip » rassurant en faisant clignoter ses phares. Quand il ouvrit la portière, le plafonnier s'alluma, et c'est alors qu'il vit l'homme assis sur le siège du passager.

Il sursauta violemment.

— Bonsoir, monsieur Addison, dit Kündz. Avez-vous passé une bonne journée ?

Harvey Addison s'était pétrifié sur place. Son instinct lui disait de prendre ses jambes à son cou, mais ça ne l'aurait avancé à rien. Kündz connaissait son adresse. Il ne trouverait pas son salut dans la fuite. Il restait une seule solution : parlementer.

Il s'installa derrière le volant et referma la portière. Le silence subit le dérouta un peu. Comment Kündz s'était-il introduit dans sa voiture ? Il était sûr d'avoir mis l'alarme. Ce type s'était tranquillement installé dans la voiture, et le système de détection ultrasensible n'avait pas réagi.

Serait-il magicien ?

— Vous vous êtes bien comporté, monsieur Addison, dit Kündz. Je suis content de vous et, quand je ferai mon rapport à M. Sarotzini, lui aussi sera content de vous. Mais il y a un détail qui m'embête, je vais vous expliquer ça pendant que nous roulerons. Veuillez démarrer, s'il vous plaît.

L'obstétricien supputait ses chances. Il essayait de réfléchir, mais la terreur lui brouillait les idées.

— Où allons-nous ?

— Je vous guiderai. M. Sarotzini m'a enseigné l'art du pilotage.

— Qui est M. Sarotzini ?

— Tournez à gauche. Vous avez un excellent véhicule. J'ai une voiture allemande aussi. Une Mercedes. Modèle grand sport. Je l'aime beaucoup. Toutefois, mon équipement stéréophonique est plus perfectionné que le vôtre. Vos haut-parleurs sont trop petits. Je peux vous en recommander d'autres, d'une qualité bien supérieure. Vous n'avez présélectionné que des stations de musique classique. Ces haut-parleurs sont plutôt faits pour la musique de rock.

— Je ne peux pas m'attarder, monsieur Kündz. J'ai une patiente qui doit accoucher dans quelques heures, il faut que je mange un morceau avant d'aller m'occuper d'elle.

— Cette dame a de la chance d'avoir un obstétricien aussi dévoué à son service, monsieur Addison. Continuez tout droit après le feu rouge. Monsieur Addison, à l'heure du déjeuner vous n'êtes pas sorti. Vous avez fouillé partout dans votre bureau. Que cherchiez-vous ? Un micro ? Une caméra ? Qu'auriez-vous fait si vous aviez découvert quelque chose ?

Kündz parlait d'une voix égale, mais terriblement menaçante en même temps. Addison sentit son estomac se nouer.

— J'étais curieux, c'est tout. Je me demandais comment vous aviez fait pour vous renseigner sur moi, pour me filmer.

— La curiosité est un vice néfaste. C'est là une des Vérités, monsieur Addison.

— Je vous demande pardon ?

— Prenez à droite après le feu, je vous prie. Vos actions, votre manière de fureter, tout cela me chiffonne quelque peu. La confiance ne se divise pas, monsieur Addison.

Un plan un peu fou était en train de germer dans la tête de Harvey. Il donnerait un brusque coup d'accélérateur, patinerait sur la chaussée mouillée et le flanc gauche de la Porsche heurterait un réverbère de plein fouet.

— Le besoin de purification, monsieur Addison, est-ce un concept que vous comprenez ?

— Dans mon métier, on parle plutôt de stérilisation, d'asepsie.

— Mieux vaut ne pas caresser l'idée de me tuer, monsieur Addison. Si vous causez l'accident auquel vous pensez, vous constaterez en arrivant chez vous que votre femme et vos trois enfants ont subi le sort que je vous ai décrit. Après le prochain feu, vous continuerez tout droit. Après la purification, la confiance peut enfin devenir absolue.

La conversation n'alla pas plus loin. Au fur et à mesure qu'ils avalaient des kilomètres, Addison sentait la terreur s'enfler en lui. Ils prirent l'autoroute en direction du nord et continuèrent à rouler en silence. Ils pénétrèrent dans le Bedfordshire et, au bout d'une dizaine de kilomètres, Kündz ordonna calmement à Addison de quitter l'autoroute.

Ils sortirent à Brogborough et se retrouvèrent sur une route de campagne obscure. Loin des lumières de l'autoroute et de la présence rassurante des autres voitures, la terreur de Harvey s'accrut encore. Elle monta d'un cran quand Kündz lui fit emprunter un chemin de terre qui aboutissait à une carrière déserte. La lumière des phares révéla une voiture garée au milieu, une Ford.

— C'est ma voiture, dit Kündz. C'est fort aimable à vous de m'avoir amené jusqu'ici. Garez-vous à côté, je vous prie, et coupez le contact, ne polluons pas plus qu'il n'est besoin.

Nous devons penser à préserver l'environnement, la couche d'ozone. Est-ce que vous vous faites du souci pour la couche d'ozone, monsieur Addison ?

L'obstétricien coupa le contact et, d'une voix un peu chevrotante, assura Kündz que la couche d'ozone le préoccupait énormément. Puis il ajouta :

— Je croyais que vous aviez une Mercedes ?

Il tremblait comme une feuille.

Kündz lui sourit.

— J'en ai bien une, mais elle est en Suisse. À Genève. Cela vaut d'ailleurs mieux, je l'aurais souillée dans ce bourbier. Allumez votre plafonnier, voulez-vous.

Harvey Addison s'exécuta. Sans les essuie-glaces, le pare-brise avait rapidement été obscurci par le givre, et il se sentait pris au piège. Kündz sortit de son sac de voyage une blague à tabac en cuir dont il tira la glissière. Elle renfermait un rectangle de bristol fort, un tube de stylo à bille et une pochette de Cellophane pleine d'une fine poudre blanche.

Avec des gestes soigneux, sans aucune hâte, Kündz plia légèrement le bristol. Ensuite il versa la poudre blanche dans le pli.

— C'est de la cocaïne, monsieur Addison. Vous aimez beaucoup la cocaïne, n'est-il pas vrai ?

Harvey fut stupéfait que Kündz soit au courant de sa petite faiblesse, mais ce n'était vraiment pas le moment de s'y laisser aller.

— Merci, ça ne me dit rien.

Kündz parut déçu.

— Monsieur Addison, c'est pour vous récompenser de l'excellente conduite qui a été la vôtre aujourd'hui. Profitez-en, je vous en prie, nous avons tout notre temps, la nuit est encore jeune. Ainsi, vous vous purifierez.

L'obscurité, le silence, l'isolement... Comment Harvey s'était-il laissé entraîner dans ce guêpier ? À Londres, il aurait pu faire quelque chose. Prendre ses jambes à son cou. Crier, ameuter les passants. Ici, c'était sans issue. Pourquoi diable avait-il obtempéré ?

Il était au bord des larmes. Pourquoi ce fou avait-il menacé de s'en prendre à Caroline et aux enfants ? Pourquoi l'avait-il amené dans cette carrière ? Où voulait-il en venir ?

— Allons, monsieur Addison, faites-vous plaisir. Elle est d'une qualité exceptionnelle, vous verrez.

D'une main tremblante, Harvey Addison saisit le tube en plastique. Il inspira une très petite quantité de poudre et, au bout de quelques secondes, il se sentit mieux. Incroyablement mieux. Ses intestins se dénouèrent, une grande vague de chaleur irradia de son ventre et monta en lui avec une force irrésistible, envahissant tout son corps. Il éprouvait une volupté sans mélange, aussi enivrante qu'un orgasme, un orgasme qui se serait prolongé indéfiniment, aurait enflé par ondes successives, de plus en plus intense, de plus en plus profond.

— C'est génial, bredouilla-t-il. Je n'ai jamais rien éprouvé de pareil.

Kündz opina du bonnet, ravi. Il fit signe à Harvey de renifler encore un peu de poudre.

L'obstétricien hocha négativement la tête.

— Je vous en prie, dit Kündz. Faites-le pour moi. Le deuxième sniff sera encore meilleur.

Harvey Addison se laissa faire cette douce violence. Cette cocaïne était décidément trop géniale. Il enfonça le tube en plastique dans sa narine gauche, appuya de l'index sur la droite et aspira un bon coup. Instantanément, il fut au septième ciel.

Kündz ne regretta que la délicieuse odeur de sa peur qui, à présent, s'était complètement dissipée. Mais la purification de cet individu valait bien ce petit sacrifice. Harvey Addison avait besoin d'être purifié pour parvenir au stade de la confiance totale.

Pour y parvenir, il était indispensable qu'il mette en pratique la Cinquième Vérité, qui énonçait : « La vraie purification passe par l'éradication. »

Kündz éclairerait l'obstétricien sur ce point d'ici quelques instants.

Chapitre 42

Assise à son bureau, face à la fenêtre, Susan passait en revue les choses qu'elle avait à faire. *Le papier peint*, se dit-elle soudain, et elle en prit note. Elle inscrivit aussi : « Landau à rapporter au magasin. » Le curseur de son ordinateur clignotait, et son ventilateur laissait entendre un bourdonnement continu. Elle ajouta : « Gymnastique prénatale. »

Il pleuvait toujours à verse. La pluie n'avait pas cessé depuis vingt-quatre heures. Le jardin détrempé faisait peine à voir. Les arbres n'avaient plus de feuilles, la pelouse était jonchée de branches et de brindilles mêlées de détritus divers que le vent balayait çà et là.

À midi, en revenant de ses courses, elle avait vu son voisin d'à côté, le vieux M. Walpole, partir dans une ambulance. Ne sachant pas ce qu'il avait au juste, elle était allée sonner à la porte un peu plus tard pour s'assurer que Mme Walpole n'avait besoin de rien, mais la vieille dame n'était pas venue lui ouvrir.

On était vendredi, et la proximité du week-end la soulageait, car la solitude lui pesait. Elle était heureuse aussi d'avoir à s'occuper du manuscrit de Fergus Donleavy. Elle n'avait pas prévu que les contacts humains et la stimulation intellectuelle que lui apportaient ses journées au bureau lui manqueraient à ce point.

Elle avait bien quelques copines avec qui il lui arrivait de déjeuner ou de prendre le thé, des piles et des piles de livres à lire, une quantité d'émissions de télé et de radio qui lui faisaient paraître le temps moins long, sans parler de la cuisine et du ménage, elle ne s'habituait cependant pas à rester des heures entières en tête à tête avec elle-même.

Comme s'il avait deviné qu'elle était d'humeur chagrine, Bobosse ne cessait de s'agiter, de ruer et de cogner comme un beau diable. Le lecteur de CD diffusait du Vivaldi. Bien que Mozart restât numéro un à son hit-parade, Bobosse commençait à prendre goût aux *Quatre Saisons*.

— Tu l'aimes, Vivaldi, hein mon Bobosse ? demanda-t-elle d'une voix douce.

Elle n'obtint pas de réaction.

— Tu dors ou quoi ?

Toujours rien.

— Oui, tu dors. Ah, si seulement je pouvais dormir autant que toi. Si seulement je pouvais m'endormir et ne me réveiller que le 26 avril…

Elle s'arrêta là, car tout à coup elle n'était plus aussi certaine d'en avoir le désir. Toutes sortes de pensées lui tournaient dans la tête, et il y en avait certaines qu'elle ne reconnaissait pas, comme si on les lui avait fait germer dans la cervelle à son insu.

Une pensée prenait plus de place que les autres, et elle se tenait toujours là, harcelante, têtue : M. Sarotzini ferait-il un bon père pour Bobosse ?

Son autre problème, c'était l'insomnie. Malgré sa fatigue perpétuelle, elle avait du mal à dormir. Depuis quelque temps, elle faisait quantité de rêves étranges. La nuit dernière, elle en avait fait un de plus, dont le souvenir la hantait encore.

Elle avait rêvé qu'elle était dans une vaste maison dont toutes les pièces étaient peintes en noir. Elle cherchait son enfant partout et, ne le trouvant pas, courait d'une pièce vide à l'autre, complètement affolée. À la fin, elle tombait sur un M. Sarotzini tout sourire, qui lui disait qu'il ne fallait pas s'inquiéter, que l'enfant se portait à merveille, mais elle n'en croyait pas un mot.

Elle avait essayé de trouver une explication à ce rêve dans plusieurs ouvrages d'onirologie, qui proposaient tous des interprétations différentes, si bien que sa perplexité n'avait fait que grandir. Du reste, elle n'avait pas besoin d'une explication scientifique pour comprendre son rêve : au fond d'elle-même, elle savait très bien ce qu'il signifiait, mais elle était prête à se raccrocher à n'importe quoi pour ne pas avoir à le regarder en face.

Elle cliqua avec sa souris, et passa sur le Web. Cliquant une deuxième fois, elle entra sur le serveur Yahoo, tapa les mots « mère porteuse », cliqua encore une fois. Une longue liste de rubriques apparut sur l'écran :

« Centre pour le parentage assisté et le don d'ovule.

Centre interféminin pour la fertilité.

Réseau international des mères porteuses. »

Elle parcourut des yeux les dix premiers intitulés, puis les dix suivants, sans trouver ce qu'elle cherchait. Elle changea de serveur, entra sur un site d'informations générales, tapa de nouveau « mère porteuse ». Au bout d'une demi-heure, après s'être engagée sur un bon nombre de voies de garage, elle tapa dans le mille :

« Mères porteuses. Questions juridiques. »

Cette rubrique comprenait une bonne quarantaine de thèmes, dont deux attirèrent particulièrement son attention. Elle vérifia d'abord le premier, qui permettait de consulter la totalité des procès-verbaux d'audience de tous les litiges sur lesquels les tribunaux anglais et américains avaient été appelés à trancher en la matière.

Le second, qui s'appelait « SOS-Mères porteuses », se révéla nettement plus intéressant, puisqu'il proposait des moyens d'action. Les battements de son cœur s'accélérèrent. Elle avait enfin trouvé ce qu'elle cherchait.

Elle composa mentalement son message avant de le taper, le relut soigneusement et cliqua avec la souris pour l'expédier. Aussitôt après, elle l'effaça, pour le cas où John rentrerait inopinément à la maison.

À cet instant précis, le téléphone sonna. C'était John.

— Harvey Addison est mort, dit-il. Caroline vient juste de m'appeler.

Assis dans sa mansarde d'Earl's Court, Kündz regardait Susan taper sur son clavier et se réjouissait qu'elle passe cette musique-là. Elle avait raison de faire écouter du Vivaldi à son bébé ; à sa place il aurait agi de même. L'écran de l'ordinateur était trop brillant pour que l'objectif de sa caméra lui permette de déchiffrer ce qu'elle tapait. Tout ce qu'il savait, c'est qu'elle surfait sur le Web. Il ignorait tout de l'objet de sa recherche, c'était un mystère pour lui.

Le seul indice dont il disposait était l'expression de son visage, et elle ne lui disait rien de bon.

— J'espère que tu ne fais pas de bêtises, Susan, dit-il du ton qu'il aurait pris pour tancer une fillette turbulente.

Il entendait cliqueter les touches du clavier. Elle tapait vite, en usant de ses dix doigts. Kündz était toujours heureux quand Susan utilisait son ordinateur. Elle semblait avoir une parfaite maîtrise de sa machine, et c'était un des enseignements du Zen que lui avait transmis M. Sarotzini. On doit être maître de son outil, on doit le connaître à fond, et on doit l'aimer aussi, car les objets sont sensibles à l'amour.

On doit aimer même les objets que l'on hait, même les êtres que l'on hait. Kündz aimait ses ennemis, et il gardait toujours présents à l'esprit les vers fameux de lord Byron : *La haine est le plus durable des plaisirs. L'amour est passager, mais on hait à loisir.*

Kündz trouvait ces vers d'une sagesse profonde. Il continua à observer Susan. Elle n'avait pas eu de crise aujourd'hui, et il en était heureux car il n'aimait pas entendre ses cris de douleur. Il espérait de tout son cœur qu'elle ne lui donnerait pas de raison de la haïr, haïr cette femme eût été pour lui un vrai déchirement.

Il étudia son visage, s'emplit les narines du souvenir de ses odeurs. Il les aspira encore une fois, goulûment, et un regret douloureux grandit en lui. Il contempla son visage sérieux et concentré, la peau douce et laiteuse de sa gorge, qu'il aurait aimé couvrir de baisers. Il aurait voulu la tenir dans ses bras, sentir sa tiède haleine sur sa peau. Comment avait-il pu penser que cette situation finirait par lui devenir moins intolérable ?

Il regarda ses doigts qui couraient sur le clavier et se demanda si elle était en quête de sagesse. Il n'était pas le seul à écouter le cliquetis de sa machine : son ordinateur l'écoutait aussi. Mais son ordinateur n'entendait pas le son, il ne percevait que les impulsions électriques de l'ordinateur de Susan (impulsions que ne peut saisir l'oreille humaine), et les traduisait instantanément en mots et en phrases qui s'inscrivaient sur l'écran de Kündz, lequel put bientôt lire le message suivant :

« bonjour, j'ai besoin d'aide, je voudrais qu'on m'éclaire sur ma position juridique, je suis mère porteuse, enceinte de bientôt six mois, mon mari et moi avons accepté d'être rémunérés pour cela, je voudrais savoir s'il me serait possible d'obtenir officiellement la résiliation de l'accord si j'offrais de rembourser l'argent que j'ai touché. pourriez-vous me mettre en rapport avec un juriste compétent en la matière ? »

Se parlant à lui-même, Kündz dit à mi-voix :

— Susan, ma chérie, mon amour, *meine Liebe*, que fais-tu là ?

Il secoua la tête d'un air désolé.

Il serait obligé d'en rendre compte à M. Sarotzini, et il en redoutait les conséquences pour Susan. M. Sarotzini serait très en colère, et Kündz s'en serait bien passé. Il ne voulait pas, vraiment pas, que M. Sarotzini soit en colère contre Susan, mais il fallait pourtant qu'il le mette au courant. Avait-il le choix ? Non, il ne pouvait agir autrement, c'était impossible.

La main de Susan se crispa sur le téléphone. Elle avait parfaitement entendu ce que John venait de lui dire, mais elle s'exclama :

— Qu'est-ce que tu racontes ?
— Harvey est mort.

Elle revit l'obstétricien tel qu'il lui était apparu la veille tandis qu'il lui plaçait la sonde sur le ventre, grand, élancé, avec un sourire qui adoucissait l'arrogance habituelle de ses traits.

— Je... oh mon Dieu, ce n'est pas possible ! Comment est-ce arrivé ?

— Je n'ai pas bien compris, dit John. Caroline n'était pas très cohérente. On l'a retrouvé mort dans sa voiture.

— Enfin, hier il se portait comme un charme. Il a eu un accident ?

— Je ne crois pas. Pas un accident de voiture, en tout cas. Plutôt un infarctus, une embolie, une rupture d'anévrisme, ou un truc comme ça.

— Faut-il que j'appelle Caroline ?
— Tu te sens capable d'affronter ça ?

— Oh oui. Je lui ai parlé hier au téléphone. Elle devait venir prendre le petit déjeuner avec moi mardi prochain.

— Il faut que j'aille à mon rendez-vous chez Microsoft, dit John. Je rentrerai à la maison aussitôt après.

— C'est affreux, dit Susan. Je n'arrive pas à y croire.

— Moi non plus.

Ce n'est qu'après avoir raccroché que la réalité de cette affreuse nouvelle frappa Susan de plein fouet. Elle revit Harvey tel qu'il était hier après-midi, lui tenant la sonde sur le ventre. Comment se pouvait-il qu'il soit mort ?

Bouleversée, elle ouvrit son carnet d'adresses d'une main tremblante, trouva le numéro des Addison et le composa.

Caroline décrocha aussitôt. Elle avait tant pleuré qu'elle en était presque aphone. Toute tête de linotte qu'elle fût, c'était un être humain. Susan avait énormément de peine pour elle. Elle lui parla avec beaucoup de douceur.

— Caroline, dit-elle, c'est Susan Carter. Je viens d'apprendre la nouvelle. Je suis bouleversée.

Il y eut un long silence, puis Caroline reprit la parole, d'une voix un peu plus assurée :

— Ça n'a ni queue ni tête, Susan. Qu'allait-il faire dans cette carrière perdue au beau milieu du Bedfordshire ?

— Quelle carrière ?

— Une de ses patientes était sur le point d'accoucher, il aurait dû être à la clinique Sainte-Catherine à 21 heures. Je n'y comprends rien. Nous avons passé de merveilleuses vacances, il était en pleine forme, débordant d'optimisme. C'est absolument inexplicable…

— Qu'est-ce qui est arrivé au juste, Caroline ? Il a eu un accident de voiture dans une carrière ?

Il y eut un autre long silence, puis Caroline Addison dit :

— John t'a parlé des tartines de beurre de cacahuète ? Comment Harvey pouvait-il savoir qu'elles étaient dans la mallette que j'avais préparée à Adam pour son déjeuner ?

Susan avait entendu parler de l'allergie dont souffrait leur fils. Quel rapport cela pouvait-il avoir avec la mort de Harvey ?

— Comment ça, du beurre de cacahuète ?
— Les policiers ont dit qu'il était… qu'il avait…
Caroline Addison fondit en larmes.
— Tu veux que je vienne te voir ? demanda Susan.
— Non, ma mère est en route… ma sœur aussi. Je peux te rappeler demain ? Je… Excuse-moi.

Là-dessus elle raccrocha, et Susan l'imita. Elle regrettait d'être enceinte, car elle se serait volontiers préparé un scotch bien tassé.

Il était à peine plus de 16 heures, et la nuit tombait déjà. Ces journées d'hiver trop brèves lui avaient toujours sapé le moral, et sa nostalgie des longues soirées d'été était plus aiguë que jamais. Harvey Addison, mort ? C'était invraisemblable. Elle n'arrivait pas à s'habituer à cette idée. Pour elle il était toujours là, tel qu'elle l'avait vu la veille à son cabinet, debout, tenant sa sonde. Il lui avait semblé un peu nerveux, mais elle avait mis sa nervosité sur le compte de la gêne. Un médecin n'est jamais très à l'aise lorsqu'il examine une personne de connaissance.

Elle le revoyait aussi dans le salon, ici même, en décembre dernier, quand il lui avait parlé avec suffisance de son « adorable petite maison ». Elle lui en avait énormément voulu à cause de ça, mais quand elle avait eu sa crise il avait fait preuve envers elle d'une sollicitude infinie, et hier aussi il s'était montré très délicat.

Une carrière. Du beurre de cacahuète. Elle passait et repassait dans son esprit les phrases confuses qu'avait prononcées Caroline, sans parvenir à leur trouver un sens.

Elle avait besoin d'être réconfortée. Il fallait absolument qu'elle parle à quelqu'un. Il était 16 h 05 ; c'est-à-dire 8 h 05 du matin à Los Angeles. Ses parents se levaient toujours de bonne heure. Elle avait une chance de les attraper avant qu'ils partent travailler. Elle voulait seulement entendre leur voix, avoir une preuve que son existence possédait encore des fondements solides.

Quand John revint à la maison, Susan l'accueillit dans l'entrée. Il avait une mine à faire peur, et tenait dans la main gauche un exemplaire de l'*Evening Standard*.

— Regarde-moi ça, dit-il en dépliant le journal dont il frappa du dos de la main la première page.

— Qu'est-ce qui s'est passé ? demanda Susan. J'ai téléphoné à Caroline, mais elle ne m'a pas dit grand-chose.

Il secoua la tête et dit :

— Il faut que je boive quelque chose.

Ils entrèrent dans la cuisine.

— Je vais te préparer un scotch, dit Susan.

— Je m'en occupe. Toi, lis l'article.

Susan posa le journal sur la table de la cuisine et, sans s'asseoir, le parcourut. Le gros titre était consacré à la découverte d'un arsenal secret de l'IRA. La première page s'ornait en outre d'une grande photo de Harvey Addison surmontée d'un titre qui annonçait : « La mort mystérieuse du "gynécologue virtuel" ».

La photo était immense, mais l'article des plus brefs. Il disait simplement que le docteur Addison, le populaire animateur de deux émissions médicales qui battaient des records d'audience sur BBC2, avait été retrouvé mort à bord de sa Porsche dans une carrière de craie du Bedfordshire. Sa voiture contenait une importante quantité de cocaïne. La police attendait les résultats de l'autopsie. Le docteur Addison était marié, père de trois jeunes enfants et, comme on pouvait s'y attendre, sa femme était sous le choc et n'y comprenait rien.

Quand Susan releva les yeux du journal, John était en train de mettre des glaçons dans son verre.

—Tu savais qu'il prenait de la cocaïne, toi?

—Non, mais ça ne m'étonne pas.

Il plaça son verre sous le robinet et ajouta une petite giclée d'eau plate.

—L'article insinue qu'il a succombé à une overdose, dit Susan.

—Que t'a dit Caroline?

—Je crois qu'elle divaguait un peu. Elle m'a tenu un discours sur le beurre de cacahuète. Adam, leur fils, est allergique aux cacahuètes.

—Je ne vois pas le rapport.

—Je ne le voyais pas non plus.

John avala une lampée de scotch, s'attabla et fit pivoter le journal vers lui.

—Est-ce qu'ils sous-entendent qu'il se serait suicidé? lui demanda Susan.

—Va savoir.

—Tout ce que m'a dit Caroline, c'est que Harvey avait passé d'excellentes vacances et qu'il avait entamé l'année d'un bon pied.

—C'est un rude coup pour DigiTrak, dit John. En dehors de la sympathie que j'avais pour lui, Harvey était une sacrée vache à lait.

Il avala une deuxième lampée de scotch.

—Tu sais comment c'est, avec les drogues, dit Susan, on les achète à un dealer et on n'est jamais trop sûr du dosage.

—Il était médecin, dit-il. Il pouvait se prescrire tout ce qu'il voulait, pourquoi aurait-il eu recours à des drogues de contrebande? Enfin, avec la cocaïne c'est peut-être différent. Et pourquoi serait-il allé se planquer au fond d'une carrière pour se chnouffer à la coco?

— Peut-être qu'il avait une liaison. Peut-être que c'est là qu'il retrouvait sa maîtresse.

John la regarda d'un air songeur.

— Tu crois? dit-il. Ils prennent de la cocaïne ensemble, John fait une crise cardiaque, et la fille, prise de panique, se sauve? (Il secoua la tête.) Il n'en était quand même pas réduit à ça. Une carrière, en plein hiver? Il avait de quoi se payer l'hôtel.

— Harvey était célèbre, après tout, dit Susan. Peut-être qu'il craignait d'être reconnu…

John avala ce qui lui restait de scotch, puis agita les glaçons contre les parois de son verre. Dans la seconde qui suivit, tel un instrumentiste qui eût attendu ce signal, le vent fit trembler les vitres. Là-dessus, Bobosse rua.

On aurait dit qu'il exprimait une protestation muette.

Tu lis dans mon esprit, Bobosse, se dit Susan.

Kündz, qui avait écouté attentivement leur conversation, était aux anges. Il en oubliait presque les noires pensées qu'il avait nourries en regardant Susan s'activer sur son ordinateur. *Brave petite!* se disait-il. *Voilà qui est mieux. Ah, ma Susan, si tu savais comme tu me fais plaisir.*

Si seulement je pouvais passer l'éponge sur ta petite incartade! Je ne demanderais pas mieux que de l'oublier, mais hélas! je suis obligé d'en informer M. Sarotzini, je ne peux pas agir autrement.

Il me donnera l'ordre de te châtier.

Kündz regarda la photo de la sœur de Susan, Casey, qu'il tenait à la main. Un châtiment idéal. Susan en serait inconsolable.

Elle lui serait pourtant reconnaissante de cette punition. La Treizième Vérité ne disait-elle pas : « La gratitude sincère ne peut naître que du châtiment » ?

Chapitre 43

Les résultats de l'autopsie ordonnée par le coroner dans le cadre de son enquête sur la mort du docteur Harvey Addison n'eurent droit qu'à des entrefilets dans les quotidiens du mardi 12 mars.

Van Rhoe, sa sonde posée sur le ventre enflé de Susan, souriait jusqu'aux oreilles.

— J'ai une excellente nouvelle, annonça-t-il. Votre kyste se résorbe. Il n'en reste pour ainsi dire rien.

À 4 heures, ce matin-là, Susan avait eu une crise qui lui avait fait éprouver une tout autre impression – celle qu'elle avait le ventre rempli de pierres chauffées à blanc qui lui incendiaient les entrailles. Depuis plusieurs semaines, elle souffrait en permanence d'une sourde névralgie que la moindre toux, le moindre éternuement transformaient en véritable supplice. Elle dormait mal, et aujourd'hui elle se sentait dans le trente-sixième dessous.

— Dans ce cas, pourquoi est-ce que la douleur empire ? maugréa-t-elle en se rajustant.

Miles Van Rhoe s'assit derrière son bureau, empoigna son Parker et griffonna quelques lignes sur une fiche en bristol.

—Malheureusement, la grossesse est souvent douloureuse à ce stade-là. Les douleurs ligamentaires sont fréquentes, les ligaments qui soutiennent l'utérus étant constamment distendus. Une douleur lancinante, sourde mais continuelle, c'est bien ça ?

Susan hocha affirmativement la tête.

—Plus prononcée du côté droit ?
—Oui.
—Avec des pointes brutales et aiguës ?

Nouveau hochement de tête.

—Qui ont tendance à s'aggraver quand vous vous redressez après une station assise prolongée ?
—Oui.

Van Rhoe eut un sourire.

—Ce sont les symptômes typiques des douleurs ligamentaires. Toutes pénibles qu'elles soient, elles ne peuvent avoir de conséquences graves ni pour vous ni pour l'enfant, et elles vont s'atténuer progressivement. D'autres troubles ?

—J'ai souvent mal au dos.
—C'est normal.
—J'ai des nausées.
—Évidemment, fit-il en inscrivant ces détails sur sa fiche.

—Et puis…, commença Susan en rougissant un peu. J'ai des hémorroïdes.

—Hélas ! ma chère, cela n'a rien d'inusité non plus.

Van Rhoe reposa son stylo et lui adressa un sourire chaleureux.

—Je sais que toutes ces petites misères n'ont rien d'agréable, Susan, mais je suis ravi que vous en fassiez état, car elles indiquent que votre enfant se porte bien.

—À la bonne heure, dit-elle en lui rendant son sourire.

Elle haussa les épaules et ajouta :

— Il est en bonne santé, c'est sûr. Il me flanque de ces coups de pied ! Quand il sera grand, il sera champion de foot. Je l'imagine déjà dans l'équipe d'Angleterre…

Elle se coupa brusquement et corrigea d'une voix nettement moins joyeuse :

— Enfin, plutôt dans l'équipe suisse.

Une ombre passa fugacement sur le visage de Van Rhoe.

— En tout cas, je vous promets une chose, Susan, c'est que je ne vous laisserai pas souffrir plus qu'il n'est nécessaire. En ayant recours à une césarienne, nous ne serons pas obligés d'attendre jusqu'au terme naturel de la…

— Une césarienne ? s'exclama Susan, lui coupant la parole.

— Bien sûr, dit-il. Avec ce kyste, vous ne pouvez pas…

Elle secoua résolument la tête.

— Non, dit-elle. J'ai lu des livres sur la méthode naturelle, et les témoignages des femmes qui ont accouché de cette manière m'ont convaincue. Je ne veux même pas de péridurale.

Van Rhoe lui adressa un sourire débonnaire.

— Vous savez, Susan, je ne suis pas partisan de cette méthode. Pour moi, c'est celle qu'employaient les sauvages au temps où il n'y avait pas encore d'obstétrique ni de maternités, et elle comporte des risques que je juge inacceptables. Je vais être obligé d'opérer pour vous débarrasser des restes de votre kyste, et il serait tout à fait logique de pratiquer une césarienne par la même occasion.

Il pencha le buste en avant, croisa ses longs doigts velus.

— Susan, la césarienne est sans risque, aussi bien pour la mère que pour l'enfant. De toutes les méthodes d'accouchement, c'est la plus sûre.

Elle secoua encore une fois la tête.

— C'est décidé. Je veux un accouchement naturel. Je veux être consciente quand mon enfant viendra au monde.

Je veux qu'il se crée aussitôt un lien fort entre lui et moi – ou entre elle et moi.

Van Rhoe écouta ses déclarations d'un air très attentif et sans aucune animosité.

— Susan, même si j'étais partisan de l'accouchement naturel, je vous le déconseillerais vivement dans les circonstances présentes. Vous êtes une personne très attentionnée et pleine de dévouement, je le sais, prête à vous donner corps et âme à votre enfant, mais vous ne devriez pas trop songer à tisser des liens forts avec lui, car vous n'en souffrirez que davantage quand le moment viendra de vous en séparer.

— J'en souffrirai de toute façon.

— Bien entendu. L'instinct maternel est extrêmement puissant. Il n'existe peut-être même rien de plus puissant au monde. (Il se frappa le front de l'index.) Susan, il faut que vous creusiez là-dedans pour trouver un moyen de réduire votre attachement au lieu de le laisser grandir.

— La méthode d'accouchement n'aura aucune incidence sur son avenir, dit-elle. Même si je dois le remettre à M. et à Mme Sarotzini une fois qu'il sera né, il vaut mieux qu'il naisse dans l'amour que dans la violence. Puisqu'il faut que j'affronte ces douleurs atroces, que ce soit au moins avec l'idée que le jeu en vaut la chandelle, puisque ainsi j'accoucherai dans la joie et dans la beauté.

— Si vous voulez accoucher dans la joie, si vous voulez être certaine que votre enfant ne subira aucun traumatisme, la césarienne est vraiment la méthode idéale.

Susan se dit tout à coup que Harvey Addison aurait sans doute employé les mêmes arguments.

— Vous connaissiez Harvey Addison ? demanda-t-elle, faisant brusquement dévier la conversation.

Van Rhoe la regarda d'un drôle d'air, et elle se demanda s'il avait appris qu'elle était allée consulter Harvey Addison à son insu. Non, c'était impossible.

— Nous nous sommes croisés quelquefois. Pourquoi, il était de vos amis ?

Il eut une brève hésitation, puis il ajouta :

— Oui, forcément, puisque votre mari et lui concevaient des logiciels ensemble. J'ai vu le rapport d'autopsie dans le journal ce matin. Mort accidentelle. Apparemment, le coroner a préféré passer l'éponge.

— Pourquoi dites-vous ça ?

— Sans vouloir vous offenser, j'ai du mal à croire qu'un médecin aussi compétent que lui ait pu se tromper dans le dosage de sa cocaïne.

— Qu'insinuez-vous par là ?

Van Rhoe se contenta de hausser les sourcils.

— Qu'il s'est suicidé ?

— Ça m'en a tout l'air, dit-il. Vous n'êtes pas de cet avis ?

— J'en ai discuté avec sa femme – enfin, sa veuve, commença Susan.

Elle n'en dit pas plus. Caroline en revenait toujours à l'histoire des tartines de beurre de cacahuète. Elle semblait avoir un rapport avec la mort de Harvey, mais lequel ? Les services du coroner avaient refusé de se pencher sur le problème. Pour eux, il se pouvait très bien qu'Adam ait été victime d'une farce d'un de ses camarades. Plusieurs élèves de sa classe avaient des tartines de beurre de cacahuète dans leurs mallettes-repas ce jour-là. Quel lien les policiers auraient-ils pu opérer entre une tartine de beurre de cacahuète et un obstétricien mort d'une overdose de cocaïne ? Le coup de fil que Harvey avait passé à l'école ne leur semblait même pas suspect. Pour eux, ce n'était qu'un banal accès d'anxiété paternelle.

— Et que vous a-t-elle dit ? demanda Van Rhoe.

Susan ne se sentait pas le courage de remettre sur le tapis cette histoire insensée de tartines. Peut-être que Harvey avait eu un subit accès de démence. Peut-être qu'il avait voulu tuer son fils, changé d'avis au dernier moment puis, bourrelé de remords, mis fin à ses jours.

Le rapport entre la tartine de beurre de cacahuète et la mort de Harvey semblait des plus ténus, mais Susan n'arrivait pas à se défaire de l'idée qu'il existait bel et bien. La coïncidence, comme toujours, la troublait.

Elle prit congé de Van Rhoe et se retrouva sur le trottoir de Harley Street.

On était à la mi-mars, mais l'hiver ne semblait pas pressé de finir. Il faisait un froid de canard. Susan releva le col de son manteau, et chuchota :

— Ça va, Bobosse ? Tu es bien au chaud, là-dedans ?

Bobosse n'eut pas de réaction. *Il s'est assoupi*, se dit-elle. Pourquoi pensait-elle à lui au masculin ? Elle n'avait pas voulu que Van Rhoe lui révèle le sexe de son enfant, mais une obscure intuition lui disait que c'était un garçon.

Il n'était pas loin de midi. Elle avait garé sa voiture dans un parking souterrain, un endroit sûr. Malgré sa fatigue, elle n'avait pas envie de rentrer tout de suite. Elle décida d'aller faire un tour au Marks & Spencer d'Oxford Street.

La distance qui la séparait du magasin était plus longue qu'elle ne pensait, et elle dut dépenser beaucoup d'énergie pour se frayer un passage à travers la foule compacte qui obstruait le trottoir. Épuisée, elle s'acheta un jus d'orange au rayon alimentation, se traîna jusqu'au rayon vêtements pour hommes et s'affala sur une chaise.

Elle dévissa le bouchon de sa petite bouteille de jus d'orange et la vida d'un trait. L'hostilité que Miles Van Rhoe avait manifestée vis-à-vis de l'accouchement naturel la contrariait énormément. *Cet enfant est le mien*, se disait-elle avec une rage amère. *C'est à moi de décider.*

Bobosse lui donna un coup de pied. Pas comme s'il shootait dans le ballon qui allait marquer un but décisif pour l'Angleterre, non. Un tout petit coup de pied, timide, pour se rappeler à son bon souvenir. On aurait dit qu'il était inquiet de son avenir, et Susan se sentit aussitôt gagnée par son inquiétude. Les yeux soudain pleins de larmes, elle murmura :

— Je t'aime tant, mon Bobosse. Jamais je ne pourrai me séparer de toi.

Au bout de quelques minutes, elle se sentit un peu ravigotée et se dirigea vers le rayon enfants. La collection de printemps venait d'arriver. Elle déambula parmi les présentoirs de layette, échangeant des regards de connivence mal assurés avec les femmes enceintes qu'elle croisait. La vision de ces femmes qui se dirigeaient vers les caisses, les bras chargés de vêtements de bébé, ne fit que l'attrister encore plus. Elle aurait tant aimé les imiter.

Pour la énième fois, elle calcula les dates. On était le 12 mars. La naissance de Bobosse était prévue pour le 26 avril. Soit dans six semaines à peine. Qu'arriverait-il ensuite ?

Elle avait les coordonnées d'une avocate spécialisée que le serveur Internet de SOS-Mères porteuses lui avait obligeamment fournies, mais, en dépit de la méfiance que lui inspirait M. Sarotzini, elle n'avait pas encore trouvé le courage de téléphoner à son cabinet.

Elle n'arrivait pas à s'y résoudre. John et elle avaient passé un marché avec M. Sarotzini, il fallait le respecter. Il fallait qu'elle se force à aller jusqu'au bout, qu'elle chasse de son esprit cet absurde désir de garder l'enfant. Dans six semaines, tout serait fini. Six semaines. Six petites semaines de rien du tout.

Le visage ruisselant de larmes, elle promena le doigt sur une rangée de barboteuses aux couleurs pimpantes avec socquettes assorties, puis fit de même avec une rangée d'ensembles en coton, s'arrêtant sur un minicostume de marin. Elle le décrocha, le remit en place, le décrocha de nouveau. C'était plus fort qu'elle. Elle le prit sous son bras et se dirigea vers la caisse d'un pas résolu.

Ce n'est qu'un petit cadeau, se disait-elle. *Un cadeau d'adieu pour Bobosse.*

Chapitre 44

— Alors, comment va-t-elle ?
— Pas bien. Pas bien du tout, même.

M. Sarotzini, assis dans son bureau genevois, un grand agenda en cuir ouvert devant lui, tenait le téléphone contre son oreille en le caressant d'un pouce distrait.

— Ses chances de survie sont-elles bonnes ?

— Je préfère ne pas me prononcer là-dessus, Emil. Son état se dégrade de jour en jour. Je suis très inquiet. Si c'était une patiente ordinaire...

— Ce qu'elle n'est assurément pas.

— Si les circonstances n'étaient pas ce qu'elles sont, je la ferais entrer en clinique dès aujourd'hui, dit Van Rhoe. Je n'attendrais même pas vingt-quatre heures de plus. Je dirais que nous ne pouvons pas courir ce risque.

— Je comprends. Nous sommes le 15 mars aujourd'hui. Il nous reste donc six semaines.

— À quelques jours près.

— Quels risques encourons-nous ? demanda M. Sarotzini, en se remettant à caresser le téléphone du pouce.

— Le kyste est tellement gros qu'il n'aura bientôt plus la place de se mouvoir. Si jamais il reste bloqué en pleine torsion, il ne sera plus irrigué par les vaisseaux et la gangrène s'installera au bout de quelques jours. À ce moment-là, si nous n'intervenons pas, Susan Carter mourra et l'enfant aussi.

— Dans combien de temps te sera-t-il possible de provoquer l'accouchement sans danger ?

— Ce ne sera pas possible avant un mois. Autrement, les poumons ne seraient peut-être pas assez développés, et le risque serait trop grand. À huit mois et demi, tout danger sera écarté.

— Ce serait dommage de perdre Susan Carter.

— Je suis bien de ton avis, mais ce n'est pas notre priorité numéro un.

M. Sarotzini resta silencieux un moment, puis il dit :

— Si tu décèles le moindre signe de danger, tu la feras entrer en clinique sur-le-champ ?

— Oui. J'ai la situation bien en main. Kündz a affrété une ambulance privée qui se tient prête à intervenir vingt-quatre heures sur vingt-quatre. Nous devons parer à toute nécessité d'hospitalisation.

— Parfait. Tu me tiendras au courant ?

— Ça va de soi.

Chapitre 45

Susan n'avait pas prévu qu'elle reviendrait à la maison avec les carnets d'échantillons. Mais la jeune et accorte vendeuse s'était montrée très persuasive. « Madame, lui avait-elle dit, ces carnets sont là pour ça. Si vous voulez vous rendre compte de l'effet, il faut faire des essais sur vos murs. Il n'y a pas d'autre moyen. »

C'est ainsi que Susan se retrouva à quatre pattes au milieu de la plus petite de leurs chambres d'appoint, entourée de carnets pleins d'échantillons de papiers peints pour chambres d'enfant. La radio était allumée, mais elle ne l'écoutait pas vraiment.

On était le lundi 18 mars. Jadis, elle était on ne peut plus inattentive aux dates, mais depuis qu'elle était enceinte elle en avait une conscience aiguë. Chaque matin, elle vérifiait le calendrier de son livre et comparait l'état de son ventre à celui du modèle qui avait posé pour la photo, pour s'assurer que tout correspondait bien. Elle savait que la peau de Bobosse était recouverte de vernis, substance onctueuse et blanchâtre qui lui évitait d'être imprégné par le liquide amniotique dans lequel il baignait. Son livre lui avait également appris qu'en cas d'accouchement prématuré ses chances de survie étaient désormais de quatre-vingt-quinze pour cent, soit cinq pour cent de mieux qu'il y a quinze jours. Il (ou elle) mesurait environ trente-sept centimètres et pesait à peu près neuf cents grammes.

Elle avait expliqué tout cela à Bobosse.

La semaine promettait d'être longue. John, qui était en voyage d'affaires, ne serait de retour que mercredi soir. Susan supportait très bien d'être seule à la maison, mais les allées et venues de John, qui rythmaient ses journées, lui manqueraient tout de même. Elle devait aller voir un film avec Kate Fox demain, et elle avait proposé à Caroline Addison de l'emmener déjeuner au restaurant mercredi, mais Caroline lui avait dit qu'elle n'était pas certaine d'en avoir la force.

La sonnette de la porte de devant retentit.

Un peu agacée, Susan consulta son bracelet-montre. Il était 16 h 30. Elle n'attendait pas de visiteur, et son émission littéraire favorite débutait dans un quart d'heure. Pour rien au monde elle n'aurait voulu rater celle d'aujourd'hui, car on devait lire un texte d'un écrivain qu'elle connaissait personnellement. En même temps, l'idée de recevoir une visite n'était pas pour lui déplaire, surtout une visite imprévue, car il n'y a rien de tel pour rompre la monotonie d'une journée solitaire. Elle alla ouvrir la porte, prête à se coltiner des Témoins de Jéhovah ou un représentant en brosses et plumeaux bègue et boutonneux.

Et se retrouva en face de Fergus Donleavy.

Il était debout sur le seuil, le col de sa veste relevé pour se protéger de la bise, les mains enfoncées dans les poches de son pantalon, le visage ravagé d'angoisse.

— Tu as eu mon message, Susan ?

À la fois heureuse et étonnée de le voir, Susan répondit :

— Quel message ?

— Sur ton répondeur. Je t'ai appelée ce matin.

Elle porta une main à sa bouche.

—Oh, mon Dieu! s'écria-t-elle. J'étais sortie. Un rendez-vous chez le médecin. J'ai complètement oublié d'écouter mes messages. Entre donc. Tu veux du thé?

—Je rentrais chez moi. J'ai fait un petit crochet. Je ne te dérange pas, au moins?

—Pas du tout, je suis contente de te voir, protesta Susan. En fait, tu tombes à pic, j'avais justement des questions à te poser sur ton manuscrit. J'étais sur le point de t'appeler.

Ils gagnèrent la cuisine et Susan mit de l'eau à bouillir.

—Comment vas-tu? lui demanda Fergus.

—Ça peut aller, dit-elle.

Fergus accueillit cette réponse par une moue dubitative. Il commença à faire les cent pas dans la cuisine, comme s'il avait du mal à tenir en place. Quand la bouilloire siffla, Susan sortit une tasse pour Fergus et un verre pour elle, et posa sur la table une boîte de sablés écossais. Fergus s'attabla, prit un sablé dans la boîte et croqua dedans. Son regard se dirigea vers la fenêtre, et il demanda:

—Cet arbre, là, c'est un cerisier?

—Oui.

—Est-ce qu'il donne des fruits?

—L'été dernier il n'en a pas donné, en tout cas. Ça doit être un arbre d'ornement.

Fergus prit un autre sablé dans la boîte mais ne le porta pas à sa bouche.

—Tu es déjà allée à la fête des cerisiers à Washington? Elle a lieu tous les ans au mois de mai.

Susan secoua la tête.

—Non, je ne suis jamais allée à Washington. J'ai un peu honte de te l'avouer, car après tout c'est la capitale de mon pays.

Fergus hocha distraitement la tête. Visiblement, quelque chose le préoccupait, mais il ne se décidait pas à en parler. Il regarda de nouveau par la fenêtre.

— Je n'avais encore jamais remarqué ce cerisier.

— Il était pourtant là la semaine dernière.

Il eut un sourire, mordit dans son sablé et contempla la moitié qui en restait comme si ç'avait été un objet d'art ou une précieuse relique. Quand il eut fini de mastiquer, il s'éclaircit la voix et dit :

— Où en es-tu, avec tes douleurs ?

— C'est supportable.

Il la dévisagea d'un air soucieux.

— Tu n'as toujours pas très bonne mine. Tu es enceinte de sept mois, tu devrais avoir un teint superbe. En principe, entre le cinquième et le septième mois, une femme doit être rayonnante.

— Je sais. J'ai lu ça dans mes livres.

— Que dit ton obstétricien, Miles Van Rhoe ? Il est satisfait de ton état ?

— D'après lui, le kyste est en train de se résorber. Pour tout te dire, on s'est un peu disputés lui et moi la semaine dernière.

Elle versa de l'eau dans la tasse de Fergus, et fit tourner le sachet de thé avec une cuiller pour qu'il infuse plus vite.

— Il veut absolument me faire accepter une césarienne, mais je veux accoucher naturellement. Je ne veux même pas de péridurale. Tu mets du lait dans ton thé ou pas ? J'ai la tête pleine de trous, je n'arrive pas à m'en souvenir.

— Oui, s'il te plaît. C'est ton enfant, Susan, si tu veux accoucher naturellement, c'est ton droit. Dis-lui que c'est ta volonté et, si ça ne lui plaît pas, va voir un autre obstétricien.

Susan se versa un jus de pomme, posa la tasse et le verre sur la table et s'assit.

— C'est plus compliqué que ça.

—Ah bon ?

Susan rougit.

—Excuse-moi, je me mêle de ce qui ne me regarde pas, dit Fergus.

—Ce n'est pas ça, dit-elle. Seulement, tu comprends...

Laissant sa phrase en suspens, elle porta le verre à ses lèvres et avala une gorgée de jus de pomme.

Le regard de Fergus s'était de nouveau tourné vers la fenêtre. Susan regarda dehors à son tour. Le rouge-gorge picorait sur la pelouse les derniers reliefs de la poignée de miettes qu'elle y avait jetée un peu plus tôt.

—La dernière fois que nous avons déjeuné ensemble, un peu avant Noël, tu m'as parlé d'un certain Sarotzini, dit Fergus.

Susan essaya de prendre un air dégagé, mais elle n'y réussit guère.

—Oui ? fit-elle.

—Si tu me dis que ce ne sont pas mes oignons, je n'insisterai pas, dit-il.

—Ce ne sont pas tes oignons, dit Susan.

Il y eut un long silence. Susan était étonnée de sa propre réponse. Elle lui était venue aux lèvres spontanément, et à présent elle la regrettait un peu. Elle fit tourner son verre entre ses doigts, puis elle poussa la boîte de sablés vers Fergus.

—Tu en veux un autre ? demanda-t-elle.

À en juger par l'expression de Fergus, il ne s'en tiendrait pas là, et tout au fond d'elle-même elle souhaitait qu'il revienne à la charge.

Sans la quitter des yeux, il fourra une main dans la poche de sa veste et en tira ses cigarettes et son briquet.

—Tu le trouves comment, Miles Van Rhoe ?

—Sympathique, dit Susan. Il est très consciencieux, très gentil. Enfin, depuis la semaine dernière, ma sympathie a diminué d'un cran. (Elle eut un sourire.) Son infirmière est une vraie gueule de raie, mais je le trouve vraiment très compétent. Pourquoi me demandes-tu ça ?

— Il a un dossier à Scotland Yard.

— Un dossier ? fit Susan, éberluée. Quel genre de dossier ?

Fergus touilla son thé, qui n'avait pourtant nul besoin d'être touillé.

— Scotland Yard a une section spécialisée dans les sciences occultes. Elle dépend de la brigade mondaine et a pour tâche essentielle de surveiller les cultes sataniques, les adeptes de la magie noire, les organisateurs de sabbats, et tutti quanti. Elle est spécialement attentive aux rumeurs de sacrifices humains et de pédophilie. La pédophilie l'intéresse par-dessus tout.

Susan sentit un frisson glacé lui remonter le long de l'échine.

— Qu'est-ce que Miles Van Rhoe vient faire là-dedans ?

— Il y a quatre ans, les policiers de cette section ont organisé une descente chez des satanistes de King's Cross, parce qu'on les avait avertis qu'ils s'apprêtaient à sacrifier un nouveau-né pendant une messe noire, expliqua Fergus.

Il posa sa cuiller sur la table et, regardant Susan droit dans les yeux, il ajouta :

— Miles Van Rhoe participait à cette messe noire.

— Miles Van Rhoe ? *Mon* Miles Van Rhoe ?

Tout à coup, Susan eut l'impression que la cuisine n'était plus la même. Tout changeait de forme, comme si elle avait vu la pièce dans un miroir déformant. Les murs se rapprochaient, le plafond s'éloignait.

— Oui, Miles Van Rhoe, l'accoucheur des grands de ce monde, dit Fergus en soulignant ses paroles d'un haussement de sourcils.

Susan hocha la tête d'un air hébété, et il poursuivit :

— Les policiers n'ont rien trouvé et ils en ont conclu que les satanistes avaient été informés de leur venue.

— Il était là ? Van Rhoe était là ? Tu en es sûr ?

— Sûr et certain.

— Comment sais-tu tout cela ?

Le regard de Fergus ne lui laissa aucun doute à ce sujet. Fergus connaissait beaucoup de monde, elle ne l'ignorait pas.

— Vendredi, j'ai déjeuné avec le commissaire principal adjoint de la P.J. Dans l'un des salons privés de Scotland Yard, à l'abri des oreilles indiscrètes.

Susan accueillit cette déclaration d'un sourire distrait.

— Cette descente a-t-elle eu des suites ? demanda-t-elle.

— L'un des inspecteurs de la section spéciale a rancardé un journaliste de l'*Evening Standard* en lui donnant le nom de Van Rhoe en pâture. Le journaliste s'appelait Ben Miller. Son rédacteur en chef a refusé de passer l'information, craignant sans doute un procès en diffamation. Miller a décidé de s'adresser à *Private Eye*. Il a téléphoné au journal pour annoncer sa venue, mais n'est jamais arrivé au rendez-vous. Il s'est suicidé en se jetant sous une rame de métro.

Susan avala sa salive. Elle avait la gorge nouée.

— Où veux-tu en venir, Fergus ? demanda-t-elle.

— Tu permets ? dit-il en lui montrant son paquet de cigarettes.

— Je t'en prie. Tiens, voilà un cendrier.

Fergus sortit une cigarette du paquet.

— As-tu entendu parler des sectes sataniques qui ont proliféré dans toute l'Europe depuis le début du siècle ?

— Quand j'ai débuté chez Magellan Lowry, on m'a chargée de la préparation d'un manuscrit sur l'histoire des sciences occultes.

— As-tu retenu un nom en particulier ?

— Aleister Crowley.

— Pourquoi celui-là plutôt qu'un autre ?

— Crowley est une figure de légende. On le surnommait « la Bête de l'Apocalypse ».

— C'est ainsi qu'il se plaisait à se nommer lui-même, en effet. Ton livre ne parlait pas de Sarotzini ?

— Non. J'en suis certaine.

— Son nom ne figure jamais nulle part. Il s'est arrangé pour qu'aucun livre ne mentionne son véritable patronyme, et du reste son existence elle-même n'était connue que d'une poignée d'initiés. Il usait de multiples pseudonymes. Pour beaucoup, Sarotzini était l'Antéchrist. Le diable en personne. Quand Aleister Crowley s'est attribué le titre de Bête de l'Apocalypse, c'est à Sarotzini qu'il pensait. Sarotzini était une sorte d'idéal pour lui. Quel âge a l'Emil Sarotzini que tu connais ?

— La soixantaine, peut-être. On a du mal à lui donner un âge.

Fergus alluma sa cigarette et en tira une bouffée.

— Emil Sarotzini aurait, dit-on, passé de vie à trépas en 1947, mais ce n'était peut-être qu'un stratagème pour éviter d'être traduit devant un tribunal en tant que criminel de guerre.

— Quel âge avait-il ? demanda Susan.

— Soixante ans, peut-être plus. Il a toujours eu l'art de s'inventer un passé en effaçant ses traces.

Susan se livra à un rapide calcul. Cent dix ans ? Il était difficile de donner un âge à M. Sarotzini, certes, mais tout de même pas à ce point. Il ne pouvait pas être centenaire, c'était exclu.

— Il doit s'agir d'une homonymie, dit-elle.

— Sans doute.

Susan avala un peu de jus de pomme, pour humecter ses lèvres, sèches. Cette conversation la troublait profondément, en même temps elle avait quelque chose d'irréel. À quel jeu jouait Fergus ?

— Fergus, est-ce que tu veux me faire croire que Miles Van Rhoe a l'intention de me prendre mon bébé pour se livrer à je ne sais quel sacrifice rituel ? C'est ça, ta théorie ?

Une lueur de désespoir passa dans le regard de Fergus.

— Je n'ai pas de théorie, Susan. Je ne sais pas ce que je suis venu faire ici. Je ne sais pas pourquoi j'essaie de te farcir la tête de ces absurdités. Je ne veux pas t'angoisser. Je n'aurais pas dû te parler de ça, excuse-moi. Je ne sais pas ce qui m'a pris.

Il savait bien ce qui l'avait poussé à dire tout cela à Susan, mais lui-même avait du mal à croire à la réalité de la situation. Il avait dû faire une erreur, tout ça n'avait ni queue ni tête. Il avait commis une énorme bévue. Il n'était qu'un idiot, un parfait abruti.

Il fallait pourtant qu'il lui dise ce qu'il avait sur le cœur. Il ne pouvait pas agir autrement.

Un mélange d'informations confuses et contradictoires s'agitait dans la tête de Susan. On aurait dit que des milliards de créatures minuscules couraient en tous sens dans sa cervelle, essayant vainement de mettre bout à bout des bribes d'informations, de leur donner une forme reconnaissable. Elle ne savait pas pourquoi Fergus lui avait fait part de tout cela. Mais elle pensait toujours à Harvey Addison, le mystère de sa mort continuait à la tarabuster, et le nom de Zak Danziger, le compositeur qui avait causé tant d'ennuis à DigiTrak un an auparavant, flottait aussi quelque part au milieu de ce chaos, comme la conversation qu'elle avait eue avec Fergus le printemps précédent.

« Est-ce que nous passons à côté de notre destinée simplement parce que nous ne la connaissons pas ? » lui avait-elle demandé.

Et Fergus lui avait répondu : « Toi, tu accompliras la tienne. »

Là-dessus, une pensée remonta à la surface de son esprit tel un cadavre blême et bouffi surgissant d'on ne sait quelles profondeurs glauques : *M. Sarotzini et Miles Van Rhoe vont sacrifier mon enfant.*

C'était impossible. Absurde. Ça ne tenait pas debout. Miles Van Rhoe était l'obstétricien le plus respecté d'Angleterre. Le Sarotzini maléfique dont parlait Fergus était mort en 1947, et même s'il avait survécu il serait âgé de cent dix ans. Elle ferma les yeux et se concentra sur le souvenir visuel qu'elle avait gardé de M. Sarotzini. Se pouvait-il qu'il soit aussi vieux ? Que grâce à la chirurgie esthétique, à un régime très étudié, à l'emploi des vitamines, ou de Dieu sait quelle eau de jouvence, il ait réussi à préserver une apparence de jeunesse ? Non, c'était invraisemblable. La chirurgie esthétique permet de rajeunir de dix ans, dans le meilleur des cas. De cinquante ans, non. Ce serait de la magie.

Fergus était un peu surmené, voilà tout. La révision de son manuscrit l'avait épuisé. Des fils s'étaient mélangés dans sa tête, il avait court-circuité. C'est pour ça qu'il avait essayé de lui faire du gringue. À force de bouillir de la cafetière, il avait craqué. Il avait perdu les pédales, pauvre garçon.

Dans son ventre, Bobosse s'étira voluptueusement. Il était du même avis.

Pourtant, un trouble obscur persistait en elle, et elle se sentait coupable. Elle n'avait pas dit l'entière vérité à Fergus. Tout à coup, son secret lui pesait. Il fallait qu'elle le mette au courant. Ainsi, il s'en voudrait moins.

Et s'il savait, il pourrait peut-être la rassurer, lui confirmer que tout allait bien, que M. Sarotzini était un homme de cœur, un être plein de mansuétude, que le Miles Van Rhoe qui assistait à des messes noires n'avait aucun rapport avec celui qui s'occupait d'elle. Si elle lui révélait la vérité, il oublierait une fois pour toutes ses théories délirantes, elle n'en entendrait plus jamais parler.

Elle voulait faire taire la peur qui, d'une infime palpitation au fond de son cœur, s'était muée à présent en un martèlement assourdissant qui lui emplissait la poitrine.

— Fergus, dit-elle, il y a une chose dont je ne t'ai pas parlé. Je n'en ai parlé à personne, pas même à mes parents.

Il secoua la cendre de sa cigarette, modifia légèrement sa posture et la regarda d'un air interrogateur.

— Ce que je vais te dire doit rester strictement entre nous, d'accord ?

Il hocha gravement la tête.

— L'enfant que je porte…, commença-t-elle.

Elle hésita, puis avoua :

— Il n'est pas de John.

Fergus ne cilla même pas.

— J'ai été inséminée artificiellement par M. Sarotzini. Si nous n'avions pas accepté, DigiTrak aurait fait faillite et nous aurions tout perdu, y compris la maison.

Tout à coup, Susan éprouva un immense soulagement, comme si l'enclume qu'elle avait eue sur la poitrine pendant des mois, jour après jour, s'était enfin soulevée. Elle avait avoué son secret ! Elle l'avait confié à quelqu'un. Il ne lui pesait plus.

L'exaltation la rendait volubile.

Fergus ne dit rien. Sans la quitter des yeux, il l'écouta, fuma une deuxième cigarette, se bornant à hocher la tête quand Susan lui expliqua qu'ils n'avaient pas eu le choix, qu'à sa place n'importe quelle femme aurait agi de la même façon.

En arrivant au bout de son discours, elle se sentait libre, légère comme une plume. Elle regarda Fergus et, lui souriant d'un air un peu coupable, conclut :

— John et moi, nous nous étions fait le serment de ne jamais en parler à personne.

— Je suis heureux que tu me l'aies avoué, Susan, dit Fergus dont le trouble n'avait cessé de grandir pendant qu'elle parlait. J'en suis très heureux.

Il fallait qu'il réfléchisse posément à tout cela, pour décider de ce qu'il fallait dire à Susan. Il se sentait complètement dépassé par les événements. Il fallait qu'il en parle avec Ewan Freer. Il fallait qu'il le voie le plus vite possible.

Sans rien lui dire de ce qu'il éprouvait, il prit congé de Susan.

Chapitre 46

« En ce monde, disait M. Sarotzini, il est fatal que les choses perdent de la vitesse, puis s'arrêtent. C'est inéluctable. C'est l'une des grandes lois de la nature, qui s'appelle l'entropie. » Kündz l'avait très bien compris.

M. Sarotzini lui avait également expliqué que, pour Siddhārta Gautama, la quête de la vérité était pareille à une grande roue qu'il fallait remettre en branle tous les vingt-cinq siècles. L'an 2000 marquerait le passage d'une période de vingt-cinq siècles qui avait débuté en l'an 500 avant Jésus-Christ. Il fallait remettre la roue en branle. « Le moment de la remise en branle approche, avait ajouté M. Sarotzini, tu vas y participer, tu peux en être fier. » Kündz en était fier, en effet.

Il était fier aussi de la photo qu'il tenait à la main. C'était une photo de Casey, la petite sœur de Susan. La Treizième Vérité ne disait-elle pas : « La gratitude sincère ne peut naître que du châtiment » ?

Susan allait éprouver de la gratitude envers lui, mais elle ne l'éprouverait pas tout de suite car le moment n'était pas encore venu. Le problème qu'il avait à régler maintenant portait un autre nom. Il s'appelait Fergus Donleavy.

C'est pour cette raison que Kündz attendait, assis dans un fauteuil près de la fenêtre qui donnait sur la Tamise, un gros sac posé par terre à ses pieds. Le sac contenait une batterie de voiture et un jeu de pinces crocodiles. L'appartement de Fergus Donleavy était plongé dans le noir.

Il contemplait le fleuve. D'ici, la vue était infiniment plus belle que celle qu'il avait de son appartement d'Earl's Court, d'où on ne voyait que la façade arrière de l'immeuble voisin. Il discernait la forme d'une barge vide ancrée près de la rive, qui tanguait sur les flots agités, sa silhouette se découpant en ombre chinoise. La lueur orange des réverbères dansait sur l'eau, lui donnant l'aspect d'une feuille de plastique.

Le téléphone se mit à sonner. À la quatrième sonnerie, le répondeur s'enclencha. Kündz jeta un coup d'œil à sa montre : 21 h 15. La voix enregistrée de Fergus Donleavy annonça qu'il était absent pour le moment, il y eut une série de déclics, la tonalité se fit entendre, puis une voix d'homme, douce et richement timbrée, déclara : « Bonjour, Fergus, ici Ewan Freer. J'ai bien eu ton message, mais je n'ai pas pu te rappeler plus tôt, excuse-moi. Tu peux m'appeler chez moi ce soir, même très tard. Sinon, je serai à mon bureau demain. » Il y eut un autre déclic, suivi du bruit du répondeur qui se rembobinait.

Je sais tout de toi, Ewan Freer, se dit Kündz.

Il s'amusait comme un fou. S'immiscer ainsi dans la vie des gens, en partageant leurs menues préoccupations quotidiennes, lui donnait toujours beaucoup de plaisir. Il posa les yeux sur le détecteur du système d'alarme, dont la lumière rouge aurait dû s'allumer au moindre mouvement. Mais la présence de Kündz n'était pas décelable, car il était aussi immobile qu'une statue.

Avant de pénétrer dans les lieux, quatre heures plus tôt, il avait désarmé le système d'alarme à l'aide du code qu'il avait établi en calculant le nombre d'impulsions électroniques que l'appareil émettait quand Fergus le réglait. Ensuite il l'avait réarmé, et depuis il n'avait pas fait le moindre geste. Kündz avait la faculté de rester immobile pendant des heures sans en être incommodé le moins du monde. Enfant, dans le village africain où il avait grandi, les chasseurs lui avaient appris à se mettre à l'affût sans bouger un poil, en se fondant complètement dans le paysage. Ils ne lui avaient rien appris d'autre, et quand M. Sarotzini était venu le chercher son savoir se limitait encore à ça. Dans les moments comme celui-ci, il était heureux qu'on lui ait enseigné cette discipline. Un objet immobile passe plus facilement inaperçu qu'un objet en mouvement.

Il se demandait si Susan allait bien. Avait-elle eu des douleurs aujourd'hui ? Il espérait que non. C'était le seul côté déplaisant de la situation. Sans ses appareils de contrôle, il ne pouvait plus écouter Susan ni la voir, et il en était réduit à faire des conjectures sur ce qui lui arrivait, si bien qu'elle lui paraissait plus inaccessible que jamais.

L'événement qu'il attendait se produisit enfin. Il entendit le bruit d'une clé tournant dans la serrure, la porte s'ouvrit et l'alarme se déclencha, mais son « bip-bip » cessa presque aussitôt. La lumière s'alluma soudain, mais Kündz ne fut pas pris au dépourvu. Il ne fut pas ébloui non plus, car il avait pris soin de régler l'intensité de l'éclairage sur le minimum.

Il faisait juste assez clair pour que Fergus Donleavy discerne Kündz – et le pistolet que Kündz braquait sur lui.

Kündz sortait rarement avec son pistolet, M. Sarotzini l'ayant averti que la loi anglaise réprimait très sévèrement le port d'armes illicites. Fergus Donleavy se rendait-il compte qu'il avait droit à un traitement de faveur ?

À en juger par son expression il ne devait pas en être si heureux, mais au fond quelle importance ? Kündz était là pour s'amuser, et M. Sarotzini lui avait donné carte blanche. Il se délectait par avance de ce qu'il s'apprêtait à faire. Fergus Donleavy avait eu le front de prendre Susan par la taille, il avait eu le front d'essayer d'embrasser *la femme de sa vie*, et il allait le payer cher. Kündz se concentra, il fallait qu'il jugule ses émotions, qu'il garde la tête froide. S'il laissait libre cours à sa colère, son plaisir serait moins pur.

Fergus avait passé la soirée à boire. Bouleversé par ce que Susan Carter lui avait appris, il s'était arrêté dans un pub, s'était assis seul dans un coin, et avait ingurgité double scotch sur double scotch. Tout en essayant d'apaiser sa soif inextinguible, il s'était abîmé dans de sombres réflexions, en faisant tout ce qu'il pouvait pour en esquiver l'inévitable conclusion.

Emil Sarotzini. Miles Van Rhoe. Une insémination artificielle.

Pourquoi avaient-ils jeté leur dévolu sur Susan ? Ils ne pouvaient se passer d'une mère porteuse, bien sûr, mais pourquoi elle ?

Elle faisait aussi bien l'affaire qu'une autre.

Il aurait tant aimé que tout cela ne soit qu'un fantasme. Et c'était vrai pourtant. Il n'y avait plus moyen de le nier.

Il leur fallait une mère porteuse. C'était indispensable.

Il avait appelé Ewan Freer à quatre reprises, et chaque fois il était tombé sur son répondeur. Peut-être qu'Ewan était rentré depuis. Peut-être qu'il avait essayé de le rappeler. Peut-être qu'il lui avait laissé un message. Il l'espérait de tout son cœur. Il fallait qu'il le voie, c'était impératif.

Maintenant qu'il se retrouvait face à face avec cet intrus, son cerveau embrumé par l'alcool lui transmettait des signaux contradictoires. Sa raison lui disait que, puisque l'alarme était branchée, cet homme ne pouvait pas être là, qu'il devait s'agir d'une hallucination. Pourtant sa mémoire répondait qu'il avait déjà vu cet homme-là quelque part. C'était le technicien qui était venu réparer son téléphone quelques mois plus tôt.

Sauf qu'à présent ce n'était pas une boîte à outils qu'il tenait à la main, mais une arme à feu. Ça ne collait pas du tout. Fergus sentit l'instinct de conservation se réveiller en lui. Il en connaissait un rayon sur l'instinct de conservation, lui ayant consacré un livre entier. Face à une agression extérieure, un animal se met dans un état d'extrême tension et n'a plus devant lui qu'une alternative : le combat ou la fuite. S'il n'opte pas rapidement pour l'un ou pour l'autre, l'afflux d'adrénaline peut causer un grave malaise, voire un terrible stress.

Fergus ne choisit ni le combat ni la fuite. Comme le pistolet braqué sur lui ne lui permettait ni d'avancer ni de reculer, il se pétrifia sur place et, sentant une colère irrépressible monter en lui, s'écria :

— Qu'est-ce que tu fous là, ducon ?

— Voulez-vous boire un verre, monsieur Donleavy ? répondit Kündz d'une voix tranquille. Un whisky, peut-être ?

Fergus n'ignorait pas que ses réflexes étaient émoussés par l'alcool. La douceur de la voix de ce type et la naïveté de sa proposition le désarçonnèrent. Peut-être qu'il était simplement un peu fêlé. Il décida que le mieux était sans doute d'entrer dans son jeu.

— Merci, ce n'est pas de refus.

Il tourna la tête vers le buffet où il rangeait ses alcools, et constata que tout était déjà en place. Le verre, la bouteille de Bushmills, le seau à glace couvert d'une serviette blanche, les olives dans leur coupelle en cristal.

Sidéré, il se retourna vers l'intrus. Les yeux de l'homme étaient braqués sur lui. Le canon de son arme aussi. Était-il victime d'une blague idiote ? Ses amis avaient-ils décidé de le surprendre en organisant une petite fête ? Quels amis ? Et en quel honneur ? En tout cas, c'était un coup monté. *La Caméra invisible*, peut-être, ou un truc dans ce goût-là. Il déboucha la bouteille, et se versa deux doigts de whisky.

— Remplissez-le, dit l'homme. À ras bord.

Sa voix était plus dure, et tout à coup Fergus se sentit beaucoup moins rassuré. D'une main tremblante, il remplit le verre. La décharge d'adrénaline avait pris la force d'un raz de marée, et son pouls s'était dangereusement accéléré.

Il ne s'arrêta de verser que quand le verre fut sur le point de déborder.

— Buvez-en un peu, dit l'homme, sans quoi vous n'aurez pas de place pour les glaçons. Mangez donc une olive. Ce sont celles que vous aimez, avec anchois dedans.

Fergus obtempéra, tout en se creusant désespérément les méninges. Qui était cet homme ? Que lui voulait-il ? Comment avait-il pu le confondre avec le technicien des télécoms ? Il l'avait connu ailleurs, mais où ? Dans un endroit où on consomme des olives ? Un bar, peut-être ?

Où avait-il vu cet homme ?

Une idée était en train de germer en lui. Il avait beau la repousser de toutes ses forces, elle devenait plus lumineuse de seconde en seconde.

Oh, mon Dieu, non !

Non, ce n'était pas possible. Il venait à peine de la quitter. Cet homme-là avait autre chose en vue, mais quoi ? Qu'est-ce qui l'avait amené chez lui ?

Il songea un instant à briser le verre pour s'en faire une arme, mais il était trop tard et il le savait bien. Il n'avait opté ni pour le combat ni pour la fuite, et maintenant il était pris au piège de sa propre adrénaline. Son cerveau était sur le point de se tétaniser.

Il aurait pu utiliser son verre comme arme de jet.

Mais ça n'aurait eu pour résultat que de mettre l'homme en colère, et c'est justement ce qu'il fallait éviter à tout prix. Mieux valait ne pas le contrarier, tout faire au contraire pour l'amadouer, lui parler gentiment, essayer de lui tirer les vers du nez. Était-ce un lecteur irascible qui venait lui demander des comptes sur quelque chose qu'il avait écrit ?

— Veuillez boire encore, je vous prie.

Fergus avala une nouvelle rasade de whisky et l'homme approuva de la tête avec un grand sourire. Le scotch commençait à l'assommer. Son verre était à moitié vide à présent, et il voyait double. Si c'était une blague, elle n'était pas du meilleur goût.

— Buvez tout, je vous prie, jusqu'à la dernière goutte.

Fergus le fixa de ses yeux vitreux. C'était impossible, il ne pouvait pas boire une goutte de plus, il était déjà plein comme une outre. Pourtant le regard de l'homme était tellement aimable, tellement chaleureux, qu'il n'eut pas le courage de lui désobéir. Il ne voulait pas le froisser.

Il fit donc cul sec, et aussitôt après le verre se volatilisa. Il lui avait glissé des doigts. Il perçut, comme de très loin, un vague tintement de verre brisé.

— Veuillez prendre un autre verre dans le buffet, dit l'homme.

— J'en peux plus, bredouilla Fergus d'une voix pâteuse.

Il chercha à tâtons son paquet de cigarettes. Dans quelle poche avait-il pu le mettre ?

— Vous voulez une cigarette ? proposa-t-il.

— Le tabac est très mauvais pour la santé, dit Kündz.

Fergus sourit jusqu'aux oreilles. Tout à coup, il se sentait pris d'une absurde bonne humeur.

— L'alcool aussi, observa-t-il.

— Le tabac est pire que tout, monsieur Donleavy. Vous pouvez me croire, j'ai sérieusement étudié la question. La santé est un don du ciel, ne la gaspillons pas. Buvez un autre whisky, je vous en prie.

D'un pas titubant, Fergus s'approcha du buffet, en sortit un autre verre et, empoignant la bouteille, le remplit d'une main tremblante.

Pendant qu'il avalait la première gorgée de son second scotch, la pièce se mit brusquement à tournoyer autour de lui. Il essaya de boire une autre gorgée, et sur ces entrefaites il lui sembla que le plancher se précipitait sur lui.

Quand Fergus émergea de sa torpeur, il ne savait pas combien de temps il était resté dans le cirage. Tout ce qu'il savait, c'est qu'il faisait encore nuit. Son crâne l'élançait, il avait la bouche toute desséchée, et il se rendit vaguement compte qu'il était en mouvement, qu'on le déplaçait en le poussant du pied, ou en le portant. Ensuite le mouvement cessa.

Et la douleur s'abattit.

Son bas-ventre éclatait. Des griffes d'acier remuaient en lui. Il lui semblait qu'elles lui déchiraient le cerveau, qu'elles essayaient de le détacher des parois de son crâne, de le faire passer à travers son gosier. D'autres griffes lui lacéraient le ventre, le foie, les reins, des gouges arrachaient les chairs qui adhéraient à ses côtes, à ses hanches, à son bassin.

Le hurlement qui explosait dans sa poitrine ne monta pas plus haut que sa gorge. Il était arrivé quelque chose à sa bouche ; il ne la sentait plus, comme si un feu invisible l'avait calcinée, et l'impossibilité de crier rendait la douleur plus cruelle. D'instinct, il voulut se replier sur lui-même, mais il ne pouvait pas bouger. Quelque chose pesait sur lui, l'immobilisait. Il ne savait pas quoi, mais ça lui était égal. Ses idées étaient confuses, brouillées. Une seule chose était claire : la douleur.

Elle s'abattit de nouveau, encore plus forte que la première fois. Son corps entier se convulsa, et la convulsion propagea la douleur à son ventre, à ses cuisses. Elle gagna ses bras, sa tête, et reflua vers le bas, contractant ses muscles, ses tendons, les garrottant, puis relâchant brusquement sa pression, ce qui lui donna la sensation qu'on lui avait tiré un boulet incandescent dans le ventre. Il sentit la sueur lui jaillir simultanément par tous les pores, une nausée atroce lui monta dans la gorge, mais resta coincée dans son gosier. Il n'arrivait plus à respirer. Il allait mourir asphyxié.

Il finit par vomir par le nez, et une névralgie terrible lui vrilla le crâne. Il réussit à aspirer une infime quantité d'air, et une toux le secoua. Ses poumons altérés criaient au secours. Il ouvrit les yeux et vit le visage de l'homme dans lequel son cerveau s'obstinait à reconnaître le technicien qui était venu réparer son téléphone.

Kündz souriait. Ainsi ligoté sur son lit, une chaussette roulée maintenue dans la bouche par une bande de Scotch, son pantalon et son slip entortillés autour des chevilles, Fergus Donleavy avait perdu toute sa superbe. Kündz avait pris soin de doubler ses liens avec des serviettes, afin de ne pas laisser de marques.

Les pinces crocodiles reliées à la batterie qu'il avait fixées à son scrotum ne laisseraient pas de marques non plus.

— Vous êtes revenu à la conscience, monsieur Donleavy? demanda-t-il. Il y a un certain nombre de choses dont je ne suis pas sûr, mon cher. Il y a des lacunes. Voudriez-vous m'éclairer la lanterne? Il y a des endroits où je n'ai pu vous capter. Les fréquences n'étaient pas bonnes. Commençons par votre déjeuner à Scotland Yard, si vous le voulez bien. Je ne sais même pas de quoi le repas se composait. Était-il bon? Le pain était-il assez frais? Selon M. Sarotzini, la fraîcheur du pain est le plus sûr indice de la qualité d'un restaurant.

Fergus expectora. De nouveau il étouffait. Malgré sa confusion, le nom de Sarotzini lui avait fait l'effet d'une onde de choc. Kündz ne voulait pas aller trop vite en besogne. Il fallait qu'il fasse partager son plaisir à Fergus Donleavy le plus longtemps possible. C'était un homme intelligent, un intellectuel même. Il souhaitait de tout son cœur lui impartir un peu de sa sagesse, et surtout un peu de la sagesse de M. Sarotzini, qui était bien supérieure à la sienne. Ce soir, il arriverait peut-être même à lui inculquer le sens profond de la Treizième Vérité, celle qui dit : « La gratitude sincère ne peut naître que du châtiment. »

Il désirait sincèrement que Fergus Donleavy éprouve de la gratitude envers lui.

Car si Fergus Donleavy éprouvait de la gratitude envers lui, et si sa gratitude n'était pas feinte, sa purification serait vraiment complète.

Au milieu de la brume douloureuse qui l'enveloppait, se substituant progressivement à celle de l'alcool, Fergus frissonna. Il avait vu l'aura qui entourait Kündz. Une terreur sans nom s'empara de lui et un autre frisson le parcourut, beaucoup plus long encore que le premier. Cette aura était d'une couleur qu'il n'avait encore jamais vue.

L'événement qu'il redoutait par-dessus tout était sur le point de se produire, il en était sûr à présent.

Chapitre 47

Le papier peint cloquait obstinément. Susan avait beau passer et repasser dessus avec un fer chaud, la cloque se reformait un peu plus loin. En plus, les lés étaient mal alignés. Elle regrettait à présent de ne pas avoir demandé à Harry de le poser à sa place.

Elle s'était entêtée à vouloir le poser elle-même car cette chambre lui tenait particulièrement à cœur. Elle voulait mettre la main à la pâte. La veille, elle y avait travaillé jusqu'à une heure avancée, et elle aurait aimé en venir à bout avant le retour de John, qui était prévu pour ce soir. Et voilà qu'à présent ces satanées bulles d'air risquaient de tout compromettre.

La sonnette de l'entrée retentit. Sa montre marquait 11 h 20. C'était sans doute le copain charpentier de Harry, qui avait promis de passer ce matin de bonne heure pour jeter un coup d'œil à la toiture. Il y avait une auréole humide dans le plafond d'une des chambres d'appoint, que John attribuait à un défaut d'étanchéité du toit. Désormais ils avaient de quoi payer les réparations.

Susan alla ouvrir et se retrouva nez à nez avec un homme petit et mince, qui avait l'air d'un baba cool sur le retour. Ses cheveux filasse étaient noués en queue-de-cheval, et son maigre visage était fendu en deux par un large sourire. Son regard débordait d'une telle joie de vivre que sa bonne humeur se communiqua instantanément à Susan, qui fut à deux doigts d'éclater de rire.

— Pardon d'être en retard, dit-il avec un geste d'excuse. Je n'ai pas entendu le réveil.

— Vous êtes Joe, c'est ça ?

— C'est bien moi, madame Carter.

— Je commençais à m'inquiéter, dit Susan en jetant un coup d'œil à sa montre. J'ai rendez-vous chez le gynécologue à 13 h 30. Entrez donc.

— C'est au sujet du toit, à ce qu'il paraît ?

— En effet.

— Harry dit que les devis que vous avez fait établir vous ont paru un peu salés.

— C'est vrai.

— Je vais d'abord regarder ça de l'extérieur. J'ai apporté une échelle.

Il désigna de son pouce recourbé une vieille camionnette déglinguée garée le long du trottoir.

— Vous voulez une tasse de thé ?

— Ça serait pas de refus, dit-il en se frottant le front. J'ai une gueule de bois des familles.

— Je peux vous donner de l'aspirine, proposa Susan en souriant.

— J'en ai déjà pris deux, merci.

D'un pas nonchalant, il se dirigea vers sa camionnette et en ouvrit les portes arrière avec des gestes gourds. Il portait une grosse veste de coutil bleu et des tennis trouées. Son pantalon tire-bouchonnait, et il agitait gaiement la tête au rythme d'une musique qu'il était seul à entendre.

John arriva un peu avant 8 heures. Tout en faisant un créneau pour garer la BMW sur son aire de stationnement, il se livra à un rapide calcul mental. On était mercredi 20 mars. Dans cinq semaines très exactement, Susan accoucherait, ils remettraient le bébé à qui de droit, et leur vie reprendrait enfin son cours normal.

C'était ce qu'il désirait plus que tout au monde. Comme DigiTrak réalisait des affaires en or, ils n'auraient plus à se priver de rien. Ils pourraient payer les réfections dont la maison avait le plus grand besoin, s'offrir des vacances, des week-ends de luxe dans des auberges campagnardes, et autant de dîners au restaurant que cela leur chanterait. Ils auraient pu jouir pleinement de leurs moments de liberté, surtout depuis que Susan n'allait plus au bureau, mais la situation le leur interdisait.

On aurait dit que le temps était en suspens, qu'ils vivaient dans des espèces de limbes et que leur vie ne reprendrait qu'une fois l'enfant né. Par moments, il lui semblait que Susan était devenue quelqu'un d'autre. Elle lui faisait toujours fête quand il rentrait à la maison et lui concoctait de succulents dîners (un peu trop riches en pancakes toutefois) ; pourtant c'était désormais l'enfant qui tenait une place centrale dans ses pensées. Sa vie entière tournait autour de lui.

Ses crises étaient toujours aussi affreuses, mais Harvey Addison leur avait affirmé qu'ils n'avaient aucune raison de s'en inquiéter, et d'après Miles Van Rhoe le kyste se résorbait et les douleurs n'avaient rien d'anormal. Néanmoins, John n'était pas entièrement rassuré. Il avait interrogé deux employées de DigiTrak qui avaient eu des enfants, et aucune des deux n'avait eu aussi mal que ça pendant sa grossesse. Susan en avait parlé avec Liz Harrison et Kate Fox, qui n'avaient jamais rien connu de pareil non plus. Van Rhoe avait expliqué à Susan que les comparaisons ne rimaient à rien, que les femmes enceintes avaient chacune des réactions différentes. C'était peut-être vrai, mais John n'en continuait pas moins à se faire du mauvais sang pour elle.

De toute évidence, Susan était de plus en plus attachée à l'enfant, et ça le tarabustait aussi. Cet attachement se manifestait par toutes sortes de détails. Par exemple, l'histoire du landau que ses parents lui avaient offert. Il l'avait mis lui-même dans le coffre de la voiture de Susan, et quinze jours après il s'était aperçu qu'il y était encore. Susan prétendait qu'elle l'avait tout bonnement oublié, mais il n'y croyait pas. Et puis, le samedi précédent, alors qu'il fouillait dans la poubelle pour retrouver un article de journal qu'il avait jeté par mégarde, il était tombé sur une feuille de papier sur laquelle Susan avait noté une liste de prénoms des deux sexes. Elle en avait souligné trois : *Julian*, *Oliver* et *Max*.

John ne lui avait pas parlé de sa découverte, car elle avait continuellement les nerfs à fleur de peau et il préférait éviter toute friction. Mais il sentait que quelque chose couvait en elle, qu'au fond de son subconscient elle commençait à refuser l'idée de se séparer de l'enfant.

Il avait décidé d'avoir un entretien en tête à tête avec Miles Van Rhoe, pour voir s'il avait des suggestions à lui faire sur la meilleure manière d'aider Susan pendant la période qui suivrait l'accouchement. Ils n'avaient encore jamais discuté ensemble de ce qu'elle risquait d'éprouver après le départ de l'enfant.

Les journaux étaient pleins d'histoires de mères porteuses ces temps-ci, et apparemment il existait des psychologues spécialisés en la matière. Peut-être qu'en cherchant sur Internet il trouverait l'adresse d'une association susceptible de lui en indiquer un.

En entrant dans la maison, il ne vit pas trace de Susan. Il la héla, sans résultat. Il posa ses bagages dans un coin, accrocha son pardessus dans la penderie, et cria :

— Je suis là, chérie !

Avait-elle eu une nouvelle crise douloureuse ? Quand il l'avait appelée de sa voiture quelques heures plus tôt, tout allait bien. Elle venait de rentrer de son rendez-vous hebdomadaire chez Van Rhoe, et l'obstétricien lui avait dit que tout baignait dans l'huile. Sa voiture était dehors, elle était forcément là. Quand sa voix lui parvint enfin de l'étage, il éprouva un vif soulagement.

— J'ai presque fini !

John gravit l'escalier et cria :

— Où es-tu ?

— Je suis là !

Une forte odeur de colle flottait sur le palier, la porte de la plus petite des chambres d'appoint était entrebâillée, et il y avait de la lumière à l'intérieur. John se dirigea vers elle.

— Susan ?

— Viens voir !

Il entra dans la chambre et se figea, complètement abasourdi.

Les murs étaient tapissés de scènes enfantines. Susan, vêtue d'une salopette, debout sur une planche placée en équilibre sur deux escabeaux, lissait à l'aide d'un rouleau le lé de papier peint qu'elle venait de poser.

— Ça te plaît ? demanda-t-elle avec un sourire radieux.

— Qu'est-ce que c'est que ça, Susan ?

— La chambre de Bobosse. Je me suis dit qu'il valait mieux la préparer tout de suite, au cas où… (Elle contrefit un sourire d'arriérée mentale.) Il pourrait être prématuré, après tout, sait-on jamais.

John regarda les petits personnages qui gambadaient sur un fond jaune vif. Avait-elle perdu les pédales pour de bon ?

Faisant un immense effort pour garder son sang-froid, il s'approcha d'elle.

— Écoute, chérie…, dit-il d'une voix très douce.

Lui tournant le dos, elle se remit à jouer du rouleau, en s'efforçant de masquer le raccord.

— Ça te plaît ? répéta-t-elle.

Sa voix était étrangement lointaine. On aurait dit qu'un ventriloque parlait à sa place.

— C'est joli, tu ne trouves pas ? J'ai acheté des rideaux assortis, et j'ai pris quelques mètres de tissu en plus pour le couvre-lit et les coussins. Cette chambre est ensoleillée le matin, mais il y fait frais dans l'après-midi, c'est vraiment ce qu'il y a de mieux pour un…

— Susan, écoute-moi, ma chérie, dit John d'une voix un peu plus véhémente. Cet enfant, nous ne le garderons pas. Dès qu'il sera né, M. Sarotzini l'emportera. Tu reviendras seule de la clinique. Nous n'avons pas besoin d'une chambre d'enfant.

— Je croyais que nous étions censés préserver les apparences, rétorqua Susan avec une pointe d'indignation dans la voix. On était d'accord là-dessus, non? Mes amies n'arrêtent pas de me demander dans quelle chambre je vais l'installer. Kate Fox m'a même dit que ce serait de la folie de ne pas lui préparer sa chambre tout de suite, qu'en cas d'accouchement prématuré je serais prise de court.

— Tu aurais pu te contenter de peindre. En choisissant des couleurs gaies. Le papier peint, tu aurais pu t'en passer.

Elle se retourna vers lui, et son expression fit peur à John. Jamais elle ne l'avait regardé avec des yeux aussi pleins de haine. Elle jeta son rouleau dans le seau de colle et descendit de son perchoir. John se contracta. Elle avait les poings serrés, et l'espace d'un instant il crut qu'elle allait le frapper.

Elle s'arrêta à un pas de lui et déclara :

— Je suis allée voir Elizabeth Frazer cet après-midi. Elle est avocate au cabinet Cowan-Walker, tu connais?

John la regardait avec ahurissement. Avait-elle décidé de divorcer?

— Bien sûr, c'est l'un des plus grands cabinets d'avocats de Londres.

— La presse parle beaucoup d'Elizabeth Frazer ces jours-ci. Elle est spécialisée dans les affaires de mères porteuses, c'est pour ça qu'on me l'a recommandée. Tu sais ce qu'elle m'a dit ?

John eut l'impression que le sol se dérobait sous lui.

— Qui te l'a recommandée ? demanda-t-il.

— SOS-Mères porteuses, dit-elle d'une voix neutre. Je les ai trouvés sur Internet.

John posa les yeux sur une fillette bouclée qui levait la tête vers une araignée. L'araignée avait l'air adorable, aucun bébé au monde n'en aurait eu peur. Il n'avait aucune envie de savoir ce que maître Frazer pensait de tout ça.

— D'après elle, n'importe quel tribunal nous donnerait gain de cause, dit Susan.

John prit Susan par les épaules et l'attira doucement à lui. Ses cheveux sentaient un peu le suint, ce qui ne lui ressemblait guère. D'habitude, elle était très propre, très soucieuse de son apparence. Elle allait donc si mal que ça ?

— Chérie, nous n'irons pas au tribunal. Je ne veux pas hériter de l'enfant d'un autre, tu ne peux donc pas le comprendre ?

Elle s'arracha à son étreinte avec une brutalité qui lui fit froid dans le dos. Cette femme-là n'avait plus rien de commun avec la Susan qu'il connaissait.

— Ce n'est pas l'enfant d'un autre, c'est le mien ! Tu le vois bien, ajouta-t-elle en posant la main sur son ventre protubérant. C'est moi, ça. Cet enfant provient d'un de mes ovules, tu comprends ? C'est dans mon corps qu'il est en train de grandir. Les douleurs, c'est moi qui les endure. Mon corps m'appartient. C'est à moi de décider.

John avança vers elle et essaya de la reprendre dans ses bras, désireux de calmer cette bête sauvage, de la faire revenir à la raison, mais elle le repoussa avec une telle violence qu'il perdit l'équilibre, trébucha sur un seau de colle et s'affala de tout son long sur le parquet.

Susan sortit de la chambre.

John se redressa tant bien que mal, abasourdi, un peu hébété, une écharde fichée dans le pouce. Il suça son doigt endolori en se posant mille questions. Quelle mouche avait piqué Susan ? Ses trois nuits de solitude l'avaient-elles fait craquer ? Avait-il commis une bêtise en partant en voyage et en la laissant seule avec ses pensées ?

Il redescendit au rez-de-chaussée et la trouva dans la cuisine, occupée à sortir des tomates du réfrigérateur. Pendant qu'elle rinçait les tomates sous le robinet, il s'efforça d'extirper l'écharde de son pouce en se pinçant la peau et en essayant d'en attraper la pointe ; entre ses dents. Après avoir rincé les tomates, Susan les plaça sur la planche à découper et entreprit de les trancher.

— Les tomates sont efficaces contre le cancer de la prostate, dit-elle sans lever les yeux. J'ai lu ça dans un magazine. Il faut en manger le plus souvent possible. On n'en consomme pas assez, je suis décidée à y remédier.

Elle maniait son couteau-scie avec une dextérité redoutable ; néanmoins John s'approcha d'elle, lui entoura la taille de ses bras et lui effleura la nuque d'un baiser.

— Je t'aime, Susan, dit-il.

Elle se décontracta un peu et son dos s'incurva pour mieux épouser la forme du corps de John. Elle lâcha son couteau, mais ne se retourna pas.

— Je ne veux pas que cette chose nous détruise, Susan.

— Ce n'est pas une *chose*, objecta-t-elle d'une voix calme d'institutrice corrigeant un élève. C'est un enfant.

— Si tu tiens tant que ça à avoir un enfant, nous n'avons qu'à en faire un nous-mêmes.

— C'est celui-là que je veux.

— Je ne comprends pas ce que tu as, chérie. C'est cette avocate qui t'a mis ces idées-là dans la tête ?

— Elle ne m'a mis aucune idée dans la tête. Elle m'a dit ce qu'il en était, c'est tout. Une mère porteuse a le droit de se faire rembourser ses éventuelles dépenses, mais rien d'autre. Nous n'aurions aucune peine à prouver devant un tribunal que l'argent qui a servi à solder ta dette à ta banque et à payer les traites qui restaient sur la maison nous a été versé illégalement en paiement du service rendu. Si le tribunal se prononce en notre faveur, M. Sarotzini sera obligé de nous restituer ses parts de DigiTrak et l'acte de propriété de la maison. Dès que Bobosse sera né, nous pourrons nous pourvoir en référé, et obtenir une ordonnance provisoire pour que Bobosse soit placé sous tutelle judiciaire en attendant un jugement sur le fond.

Ce jargon juridique passa un peu au-dessus de la tête de John.

— Je comprends ce que tu éprouves, Susan. Tourne-toi, regarde-moi.

Elle fit comme si elle ne l'entendait pas.

Il voulut resserrer son étreinte, mais elle se dégagea.

— Je t'en prie, ma chérie, ne me repousse pas. Tu te souviens de ce que tu m'as dit quand nous avons fait l'amour ensemble la première fois ?

Silence.

— Tu m'as regardé dans les yeux et tu m'as dit : « Promettons-nous de toujours nous dire la vérité, quoi qu'il arrive. » Tu te rappelles ?

Elle resta murée dans son silence.

— Tu n'es pas sincère avec moi, en ce moment. Tu aurais dû en parler avec moi avant d'aller tout déballer à ton avocate.

Il la reprit dans ses bras, et cette fois elle se laissa faire.

— Ton corps est en proie à une formidable transformation biologique. C'est normal que l'instinct maternel se réveille en toi. On ne peut pas y échapper. Mais ça te perturbe. Au lieu de consulter des avocats, on devrait peut-être s'adresser à un psychologue spécialisé. Tu ne veux pas qu'on en cherche un ?

Jugeant que son silence était de bon augure, il resserra son étreinte et continua d'une voix encore plus douce :

— Chérie, je sais ce que tu as subi. Tu as fait preuve d'un cran admirable. Tout ça sera bientôt fini. Oublie ce maudit contrat. C'est à nous deux qu'il faut penser. À ce que j'éprouve, moi. Tu crois que je supporterais de passer le reste de ma vie avec cet enfant, et avec l'adulte qu'il deviendra, en sachant qu'il est de M. Sarotzini ?

Susan se taisait toujours.

— Rongé par l'idée que nous n'avons pas respecté nos engagements ? Et que nous avons privé M. Sarotzini et sa femme d'un enfant auquel ils tenaient tellement ?

— Fergus Donleavy pense que M. Sarotzini va le tuer au cours d'un sacrifice rituel, dit Susan d'une voix presque chuchotante.

John crut qu'il avait mal entendu.

— Qu'est-ce que tu racontes ? dit-il.

— Scotland Yard a un dossier sur Miles Van Rhoe. Fergus dit que M. Sarotzini est mort en 1947. M. Sarotzini veut que j'accouche de cet enfant pour que Miles Van Rhoe et lui le sacrifient pendant une messe noire.

— *Quoi ?*

— Il me l'a dit.

John s'écarta d'elle. C'était tellement absurde qu'il ne put se retenir de sourire.

— Quand t'a-t-il sorti cette perle ?

— Avant-hier.

John chercha des yeux la bouteille de scotch, et l'ayant trouvée s'en versa trois doigts dans un verre, puis sortit le bac à glaçons du réfrigérateur.

— Je croyais que Fergus était un homme raisonnable. Pourquoi te raconte-t-il des sornettes pareilles ?

— Parce qu'il est notre ami.

John fit couler un peu d'eau du robinet dans son verre, remua le mélange, en but une gorgée, puis se remit à sucer son pouce douloureux.

— Tu y crois, toi, à ces fadaises ?

Susan hésita. Elle s'en voulait d'avoir révélé leur secret à Fergus et elle ne savait pas vraiment qu'en penser. Ces dernières quarante-huit heures, elle avait essayé de joindre Fergus à plusieurs reprises, mais chaque fois elle était tombée sur son répondeur. C'était étrange que Fergus ne l'ait pas rappelée. D'habitude, il ne tardait jamais à se manifester quand elle lui laissait des messages.

Depuis sa dernière conversation avec lui, elle avait tourné et retourné dans sa tête la question que John venait de lui poser. Elle ignorait si ce que lui avait dit Fergus était vrai ou non ; pourtant elle était certaine qu'il ne lui avait pas dit tout ce qu'il savait sur le compte de M. Sarotzini et de Miles Van Rhoe. Il lui avait caché quelque chose. Elle n'aurait peut-être pas dû révéler leur secret à Fergus. Oui, elle avait eu tort de lui en parler. Si elle avait tenu sa langue, il lui en aurait peut-être dit plus. Mais pourquoi faisait-il tant de mystères ?

Ses idées devenaient de plus en plus confuses, et elle était incroyablement lasse. Le seul fait de réfléchir lui était pénible. Cependant dès qu'elle se mettait à repenser à tout ça, elle sentait la terreur grossir en elle.

— Je ne sais pas, dit-elle à la fin. Je ne sais plus à quoi je dois croire. L'année dernière, j'ai eu une conversation très étrange avec lui, un jour que nous déjeunions ensemble. Tout à coup, à brûle-pourpoint, il m'a annoncé que j'allais accomplir ma destinée.

— Accomplir ta *destinée* ?

Elle hocha affirmativement la tête.

— Qu'est-ce que c'est que ces conneries New Age ?

— Fergus n'est pas du tout branché là-dessus.

— Je ne sais pas sur quoi il est branché, en tout cas il est complètement siphonné.

Susan baissa les yeux sur les tomates.

— Tu préfères manger ici ou devant la télé ?

— Mangeons ici, la conversation n'est pas finie. Que t'a-t-il dit exactement au sujet de cette histoire de sacrifice ?

Susan lui fit part de tout ce que Fergus lui avait appris sur le compte d'Emil Sarotzini. Qu'on disait qu'il était l'Antéchrist, le diable en personne, qu'il avait été le modèle d'Aleister Crowley, qu'il était supposément passé de vie à trépas en 1947 à l'âge de soixante ans, mais que sur ce point personne n'était sûr de rien.

— Donc, M. Sarotzini serait un surhomme âgé de cent dix ans ?

— Ça ne tient pas debout, dit Susan avec un sourire.

Heureux de constater qu'elle n'avait pas perdu tout sens de l'humour, John sourit aussi.

— Pas du tout. Et s'il a vraiment cent dix ans, je veux qu'on me dise quel genre de pilule il prend, car j'en prendrais volontiers moi-même.

Susan lui parla ensuite du dossier de Miles Van Rhoe à Scotland Yard, et de sa participation supposée à une messe noire au cours de laquelle un groupe de satanistes auraient prévu de sacrifier un nouveau-né.

John secoua la tête, un sourire incrédule aux lèvres.

— Excuse-moi, mais tu ne me feras pas avaler ça. D'accord, la réputation de Van Rhoe n'est pas un critère. Le monde est plein de gens d'apparence respectable qui mènent une double vie et se livrent à toutes sortes d'abominations. Pourtant là, c'est trop absurde.

Il se remit à sucer son pouce douloureux.

— Gardons un peu la tête froide, tu veux. Il ne s'agit pas de n'importe quel quidam, mais de l'obstétricien le plus illustre d'Angleterre, de l'accoucheur favori de la famille royale. Tu voudrais que je croie que les flics ont organisé une descente chez des satanistes, qu'ils l'ont trouvé en train de danser à poil autour d'un pentacle, et que la presse a mis le boisseau dessus ? C'est du pipeau, tout ça. Les flics se seraient fait une joie d'en informer le monde entier. S'ils avaient pris Van Rhoe la main dans le sac, tu peux être sûre qu'une heure après le coup de filet tous les journaux de Londres auraient été mis dans la confidence.

— Fergus m'a dit qu'un journaliste de l'*Evening Standard* avait essayé de transmettre l'information à *Private Eye*, mais qu'il était mort en chemin. Ça fait froid dans le dos, tu ne trouves pas? Tu préfères ne pas y croire, avoue-le. Tu aimes mieux t'aveugler. Ça t'est égal. Tout ce qui t'importe, c'est de te débarrasser de cet enfant, le reste tu t'en laves les mains. Pour moi, ce n'est pas aussi facile.

John s'assit d'une fesse sur le bord d'une chaise.

— Je sais, ma chérie. Mais tenons-nous-en aux faits, tu veux? Notre M. Sarotzini ne peut pas avoir cent dix ans, c'est impossible, tu es d'accord?

À contrecœur, Susan fit «oui» de la tête.

— Donc, Fergus a tort de te mettre des idées délirantes dans la tête à son sujet. Et c'est le même Fergus qui te raconte que Miles Van Rhoe se double d'un adorateur de Satan tueur de nouveau-nés.

— Je connais Fergus depuis longtemps, dit Susan. C'est un homme droit et honnête, universellement respecté. Il n'est pas du genre à lancer des accusations à la légère.

— Moi aussi, j'ai beaucoup d'estime pour Fergus. Si ça peut te rassurer, je veux bien l'appeler pour lui toucher un mot de tout ça. À mon avis, il s'est un peu mélangé les pédales. Il doit s'agir d'une simple homonymie. D'ailleurs, pourquoi est-ce qu'ils t'auraient choisie, toi? Chaque jour, il naît des milliers, peut-être même des millions d'enfants non désirés un peu partout dans le monde. S'ils veulent sacrifier des nouveau-nés, il y a plein d'endroits où ils peuvent s'en procurer à bon compte. Pourquoi débourseraient-ils des sommes pareilles? Pourquoi M. Sarotzini se serait-il donné toute cette peine pour si peu?

— C'est le problème, dit Susan. Pourquoi moi ?
— On le sait, voyons. M. Sarotzini nous l'a expliqué. À cause de ta beauté, de ton intelligence, de ton pedigree.

Il se releva, la reprit dans ses bras, tourna doucement son visage vers le sien.

— Peut-être que Fergus est un peu surmené. Le stress provoque parfois des réactions bizarres. Tout le monde peut craquer, même les êtres les plus solides. Personne n'est à l'abri d'une dépression nerveuse. Il déraille, voilà tout. Il ne peut s'agir que d'une homonymie.

— Sur ce point, nous sommes foncièrement différents, dit Susan. Tu prends les coïncidences comme elles viennent. Elles n'ont aucune signification pour toi. Tu penses qu'elles ne sont que le fruit du hasard. Eh bien, pas moi. Et celle-ci a un sens, j'en suis persuadée. Fergus est parfaitement sain d'esprit, j'en suis certaine.

Ce soir-là, Susan essaya par deux fois de joindre Fergus Donleavy au téléphone. Un peu après 22 heures, alors qu'elle venait de se mettre au lit, sombrant instantanément dans un sommeil agité, John essaya à son tour, tomba lui aussi sur le répondeur et laissa un message.

Chapitre 48

Susan entendait Joe aller et venir d'un pas pesant dans le grenier, juste au-dessus de sa tête. Elle vérifiait le papier peint dans la chambre de Bobosse, redressant les coins qui avaient corné depuis la veille, repassant un rouleau humide sur les cloques qui subsistaient.

Le téléphone sonna, et elle s'élança hors de la chambre. Elle se précipita à travers le palier, passa devant l'échelle que Joe avait placée contre la trappe pour monter au grenier, et se rua dans la chambre de la tourelle, essayant de prendre le répondeur de vitesse. Elle décrocha au moment précis où la machine s'enclenchait, si bien que la personne qui l'appelait entendit simultanément sa voix et le message enregistré.

— Ne quittez pas! dit-elle.

La personne au bout du fil attendit patiemment la fin du message, et Susan reprit la parole :

— Allô? Excusez-moi.

C'était Kate Fox qui l'appelait du bureau.

— Susan? dit-elle d'une voix bizarrement solennelle.

— Salut, Kate. Ça m'a fait plaisir de te voir la semaine dernière.

— Ton déjeuner était du tonnerre.

— Comment as-tu trouvé les poivrons grillés aux tomates et aux anchois ? Je n'avais jamais essayé cette recette.

— Délicieux.

Au bout d'un bref silence, elle reprit :

— Susan, je ne sais pas si tu as appris la nouvelle...

— Quelle nouvelle ?

— Au sujet de Fergus Donleavy.

— Que lui est-il arrivé ? demanda Susan, qui sentit ses nerfs se tendre comme si on les avait raclés avec un archet.

— Je l'ai appris par un journaliste qui nous a appelés pour solliciter une déclaration de son directeur littéraire. Ensuite deux policiers sont venus nous poser des questions. Je me disais que tu en saurais peut-être un peu plus.

— Je ne sais rien. Des policiers ? Pourquoi ? Qu'a-t-il fait ? Que lui est-il arrivé ? Explique-toi !

Il y eut un autre silence, beaucoup plus long que le premier, puis Kate dit :

— Il est mort.

Susan eut l'impression qu'une grande chape de ténèbres venait de s'abattre sur elle.

— Fergus est mort ?

— Oui, hélas !

Les genoux de Susan se mirent à flageoler, et elle tomba assise sur le bord du lit, qui grinça imperceptiblement sous son poids. Rien de tout ça ne lui semblait réel. Kate devait se tromper. Oui, forcément, c'était une méprise.

— Nous nous sommes vus lundi, balbutia-t-elle. Ça fait deux jours que j'essaie de le joindre. Je lui ai laissé des messages. Je...

Sa voix se brisa, et des larmes lui jaillirent des yeux.

— Un instant, dit-elle en reniflant, cherchant un mouchoir du regard.

Elle en trouva un dans la poche de sa salopette et s'en servit pour s'essuyer les yeux. Un affreux sentiment de solitude s'était emparé d'elle.

Fergus, mort ?

Au-dessus d'elle, des pas lourds résonnèrent, suivis de coups de marteau puis du hululement aigu d'une perceuse. Elle frissonna. Il ne faisait pas chaud dans la chambre. Non, ce n'était pas possible, ça devait être une erreur. Fergus ne pouvait pas être mort. On ne meurt pas si jeune, surtout quand on a un tel intellect, et autant de caractère.

— J'ai donné ton numéro aux policiers. Ça ne t'ennuie pas, j'espère ? L'un d'eux s'appelle Shawcross. Le sergent Shawcross. Ils voulaient les coordonnées de toutes les relations de Fergus.

— Qu'est-ce qui... ?

Encore une fois, la voix de Susan se brisa. Elle avait la gorge serrée, elle ne parvenait pas à parler. Elle regarda autour d'elle en reniflant. Les larmes lui brouillaient la vue.

— Que lui est-il arrivé, Kate ? Comment est-il... ?

Kate resta silencieuse un moment, puis elle répondit :

— Une de ses petites amies l'a trouvé mort hier soir. Elle était inquiète de ne pas avoir de ses nouvelles, et comme elle avait la clé elle a fait un saut chez lui.

Voilà pourquoi il ne l'avait pas rappelée. Susan avait le cœur au bord des lèvres.

— Comment est-ce arrivé ? Est-ce qu'il a eu une crise cardiaque ?

— On n'a pas encore les résultats de l'autopsie, mais d'après les flics ce serait dû à l'alcool.

— À l'alcool ?

— Apparemment il était ivre mort et il s'est étouffé avec son propre vomi. Le décès remontait à au moins quarante-huit heures.

Susan s'abîma dans la contemplation du plancher. La perceuse se remit à hululer au-dessus de sa tête. Elle revoyait Fergus assis en face d'elle dans la cuisine, tellement vivant, tellement présent. Son cerveau tournait à toute vitesse. C'est vrai qu'il levait facilement le coude (à leur déjeuner d'avant Noël, il avait sifflé une bouteille de champagne à lui tout seul), mais il ne lui avait jamais donné l'impression d'être un véritable alcoolique. Il est vrai qu'en dehors du travail elle ne le fréquentait guère.

— Je n'arrive pas à y croire, Kate. Je n'arrive pas à croire qu'il est mort. Dis-moi que ce n'est…

— Je regrette, Susan. Il avait l'air d'être un type bien.

Il était même mieux que ça, pensa Susan, sans le dire à haute voix. Elle n'avait plus envie de parler. À cet instant, elle ne désirait plus qu'une chose : le silence, le calme. Elle voulait être seule avec ses pensées.

« *Le décès remontait à au moins quarante-huit heures.* »

Fergus était venu la voir lundi après-midi. On était jeudi matin à présent. À quel moment s'était-il mis à boire, et pourquoi avait-il bu autant ?

— Les policiers t'ont-ils dit si la date des obsèques était déjà fixée ?

— Je ne leur ai pas posé la question, dit Kate. Il avait de la famille ?

Susan se souvint qu'à leur déjeuner d'avant Noël Fergus lui avait parlé d'une réunion de famille en Irlande à laquelle il préférait ne pas participer, n'étant guère porté sur ce qu'il nommait « le culte des ancêtres ».

— Oui, en Irlande, dit-elle. Il a aussi une ex-femme aux États-Unis. Je tâcherai de me renseigner. Il y a sûrement des gens de chez Magellan Lowry qui voudront venir à son enterrement.

Après avoir remercié Kate de l'avoir mise au courant, Susan raccrocha. Elle se leva, s'approcha de la fenêtre qui donnait sur le jardin et regarda dehors, les yeux toujours brouillés de larmes. Il avait gelé la nuit dernière, et une partie de la pelouse, celle que le soleil n'avait pas encore atteinte, était couverte de givre.

Son regard se posa sur le cerisier, et elle revit Fergus assis dans la cuisine, une tasse de thé au creux de ses mains, tourné vers la fenêtre. Elle croyait encore entendre sa voix : « *Cet arbre, là, c'est un cerisier ?* »

Étouffé par son propre vomi.

« *Je ne sais pas ce que je suis venu faire ici, Susan. Je ne sais pas pourquoi j'essaie de te farcir la tête de ces absurdités. Je ne veux pas t'angoisser. Je n'aurais pas dû te parler de ça, excuse-moi. Je ne sais pas ce qui m'a pris.* »

Étouffé par son propre vomi.

« *Est-ce que nous passons à côté de notre destinée simplement parce que nous ne la connaissons pas ?* »

« *Toi, tu accompliras la tienne.* »

Étouffé par son propre vomi.

Elle n'arrivait pas à chasser de son esprit cette phrase et la vision grotesque et désolante qu'elle faisait naître en elle. Ça ne rimait à rien. Fergus était un homme intelligent, c'était impensable qu'il se soit étouffé dans son vomi comme un clochard ivre au coin d'une rue.

Quelque chose ne collait pas.

Harvey Addison, qui était médecin, et donc forcément compétent en matière de drogues, était mort d'une overdose. Là non plus, ça ne collait pas.

Et la mort de Zak Danziger, n'était-elle pas également suspecte ?

Une voix la héla, l'arrachant tout à coup à ses réflexions.

— Madame Carter, vous êtes là ? Hohé ! Pollop !

La voix venait du rez-de-chaussée. Elle descendit l'escalier, et trouva Joe debout dans l'entrée.

—Ah, vous étiez là-haut? dit-il. Pas étonnant que je vous aie pas vue. Je suis tombé sur un truc vraiment insensé, au grenier. Vous allez voir, ça va vous éclater.

Il disait cela en roulant les yeux, et Susan se demanda s'il avait fumé un joint.

—Ah bon? fit-elle d'une voix circonspecte.

Elle aurait préféré poursuivre ses réflexions sur Fergus sans être dérangée, et Joe était un vrai moulin à paroles, une mine d'érudition en matière de maisons victoriennes. Il lui avait appris un tas de choses intéressantes, mais elle n'avait aucune envie de bavarder avec lui pour l'instant.

—Quelque chose ne va pas? dit-il en la dévisageant.

Elle secoua la tête, ravala une larme.

—Si, ça va, dit-elle. Je viens d'apprendre une terrible nouvelle, c'est tout.

Elle se rendit soudain compte qu'il était déjà plus de midi et qu'elle ne lui avait même pas proposé un casse-croûte.

—Vous voulez boire quelque chose?

—Une tasse de thé ne me ferait pas de mal. Ça va, vous êtes sûre?

—Oui, merci, dit-elle. On vient de m'apprendre la mort de quelqu'un.

—Quelqu'un de proche?

—Un excellent ami.

—Toutes mes condoléances. C'est moche, la mort. On est peu de chose. Vaut mieux profiter de la vie, nos jours sont comptés.

—Vous avez raison, dit Susan.

Pendant qu'elle mettait la bouilloire sur le feu, Joe aborda un autre sujet.

—Vous habitez cette maison depuis combien de temps? demanda-t-il.

—On a emménagé en avril dernier. Donc, ça va faire bientôt un an.

Joe s'installa sur une chaise et accepta avec une délectation visible le sablé qu'elle lui offrait. Il désigna le plafond de l'index et dit :

— Dites, ces machins là-haut, c'est pas rien !

Il siffla entre ses dents.

Étouffé par son propre vomi.

Susan avait du mal à se concentrer sur ce que disait le charpentier.

— Le toit est en si mauvais état que ça ? demanda-t-elle.

Joe mordit dans son sablé.

— Non, le toit, ça va. Il manque deux tuiles et le mastic s'est soulevé par endroits, je vous arrangerai ça sans problème.

Il fit une pause.

— C'est les trucs que j'ai trouvés qui me scient la nouille.

Toujours hantée par l'image de Fergus Donleavy étouffant dans son propre vomi, Susan le regarda sans comprendre.

— Qu'avez-vous trouvé, Joe ?

— Si je pensais que ces trucs-là sont à vous, je vous en parlerais pas.

Il avala le reste de son sablé et Susan lui en offrit un second.

— Mais ils sont pas à vous, c'est vraiment pas votre genre.

La bouilloire se mit à siffler. Susan versa de l'eau dans la tasse et remua le sachet de thé avec la cuiller.

— Qu'est-ce qui n'est pas notre genre ? demanda-t-elle.

Joe commençait à l'agacer sérieusement. Pourquoi tournait-il ainsi autour du pot ? Il croqua dans son sablé et le mastiqua.

— L'occultisme.

Susan renversa la tasse et fit un bond en arrière, éclaboussant de thé bouillant les jambes de sa salopette.

Joe se leva précipitamment et l'aida à éponger la paillasse.

— Merci, lui dit-elle. Qu'entendez-vous par *occultisme* ?

— Ben, ce qu'il y a au grenier, dit-il.

Les sourcils froncés, elle lui prépara une autre tasse de thé.

— Au grenier ? Je ne vous suis pas très bien.

D'une main tremblante, elle ajouta un doigt de lait et lui tendit la tasse.

— Vous prenez du sucre ?

— Oui, trois, s'il vous plaît.

Il fit fondre le sucre avec la cuiller, puis il reprit :

— Vous connaissez les gens qui vous ont précédés dans la maison ?

— Non, ils vivent à l'étranger. Nous ne les avons jamais rencontrés.

Joe hocha la tête.

— Vaut mieux que vous veniez jeter un coup d'œil. Vous pouvez grimper à l'échelle ?

— Ne vous en faites pas pour ça.

Il lui tint l'échelle pendant qu'elle montait. En arrivant au sommet, elle s'aperçut qu'il fallait encore qu'elle se hisse au-dessus de la trappe, et se dit qu'elle n'aurait peut-être pas dû jouer les fortiches. Elle se souleva précautionneusement, en prenant garde à ne pas exercer de pression excessive sur Bobosse, opéra tant bien que mal un rétablissement et rampa jusqu'à la solive la plus proche.

Elle se mit debout en s'aidant d'un chevron comme point d'appui. Elle chancelait un peu, et redoutait à présent une chute qui aurait pu avoir des conséquences graves pour son futur enfant. Joe gravit l'échelle à son tour. Il était équipé d'une puissante torche qu'il alluma. Le faisceau tomba sur la dépouille d'une souris prisonnière d'une tapette, qui semblait être là depuis un bon moment. L'année dernière, John avait capturé un assez grand nombre de souris. Sans doute avait-il oublié de venir relever ses pièges ces temps-ci. Susan se promit de lui en toucher un mot.

Transpirant abondamment sous l'effort, redoutant de perdre pied, redoutant tout autant le spectacle qui l'attendait, elle mit ses pas dans ceux de Joe en faisant attention à ne marcher que sur des solives, ainsi qu'il le lui avait recommandé. Ils longèrent l'étroit boyau qui passait devant la cheminée et arrivèrent dans la partie la plus ténébreuse des combles. C'est à cet endroit-là que Joe effectuait ses réparations. La perceuse était posée par terre, des lambeaux de mousse arrachés pendaient du toit. Susan remarqua qu'un pan entier de matériau d'isolation avait été soulevé.

Joe dirigea le faisceau de sa torche sur un endroit d'où la mousse avait été ôtée, et Susan discerna les contours d'un dessin tracé à l'aide d'un feutre noir, ou peut-être d'une bombe aérosol. En s'approchant, elle vit qu'il s'agissait d'un pentacle.

Elle n'arrivait pas à en croire ses yeux. Si c'était une blague, elle était vraiment d'un goût douteux. Elle avala sa salive avec difficulté. Elle avait la gorge nouée, et d'imperceptibles spasmes la secouaient, comme si elle avait été branchée sur une dynamo. L'encre du pentacle – à moins que ce soit de la peinture – luisait encore. On l'avait tracé récemment.

Joe braqua sa torche sur un autre carré de la toiture, et elle vit qu'il était orné lui aussi d'un emblème dont la forme lui était familière. C'était une croix ansée. Le troisième emblème, qu'elle ne reconnut pas, était d'aspect plutôt macabre. Sa forme évoquait une girouette surmontée d'un crâne.

Joe éclaira ensuite un interstice entre deux solives d'où il avait ôté le revêtement isolant, révélant un svastika aux branches orientées vers la gauche. Dans un autre interstice, Susan aperçut encore une tête de bouc à l'intérieur d'un pentacle inversé. Ce qui l'étonna par-dessus tout, c'est l'incroyable précision des dessins. Ce n'étaient pas des barbouillages d'enfant. Ils avaient été tracés amoureusement, par la main d'un authentique artiste.

Les paroles de Fergus Donleavy lui revinrent à l'esprit en un flot torrentueux. Il lui avait parlé des liens que M. Sarotzini et Miles Van Rhoe entretenaient avec les milieux satanistes et occultistes, et sur le moment elle n'y avait vu que des chimères fumeuses. Et voilà qu'à présent elle découvrait ces terrifiants symboles occultes dans sa propre maison.

Se pouvait-il qu'il y ait un lien ? Non, c'était impossible. Il ne pouvait s'agir que d'une coïncidence.

Une coïncidence. Un long frisson la traversa. À présent, c'est elle qui tombait dans ce travers qu'elle avait toujours reproché à John, c'est elle qui essayait de fuir une réalité trop difficile à affronter en l'imputant à une coïncidence. Elle avait tort d'agir ainsi, son intuition le lui disait.

Le charpentier la regardait.

— Alors, qu'en pensez-vous ? lui demanda-t-il.

— Et vous, vous en pensez quoi ?

— C'est vraiment craignos. Et vous n'avez pas encore vu le plus saignant.

Il s'agenouilla, souleva un autre pan de matériau isolant, et braqua sa torche sur un boîtier métallique d'environ huit centimètres sur quatre, hérissé de fils électriques.

— Qu'est-ce que c'est que ça ?

— Ça fait partie de votre installation téléphonique. Je ne sais pas à quoi ça sert exactement. Un genre de transformateur. Vous avez plusieurs lignes dans la maison ?

— Oui.

— Dans ce cas, ça doit être un convertisseur de tension.

Susan se souvint tout à coup du technicien des télécoms qui avait travaillé au grenier. Avait-il vu les dessins ? Et s'il les avait vus, qu'avait-il pu penser ?

Là-dessus, une image enfouie fit brusquement irruption dans sa mémoire. C'est cet homme-là qu'elle avait vu dans son rêve ou son hallucination, à la clinique, ce fantasme érotique dans lequel le technicien des télécoms lui faisait l'amour.

De nouveau elle regarda les dessins à ses pieds, puis releva les yeux et en aperçut d'autres sur les panneaux du toit. Ils étaient innombrables, et le plus souvent indéchiffrables. Bobosse se mit à remuer, pris d'une subite agitation. *Lui ai-je communiqué mon angoisse?* se demanda-t-elle.

Je délire complètement. Le technicien des télécoms. Les symboles. Mon rêve. Il s'agit forcément d'une coïncidence.

Une coïncidence dépourvue de sens.

Oh, mon Dieu, faites qu'il en soit ainsi.

— L'important, ce n'est pas ce gadget, dit Joe.

Il souleva le boîtier métallique avec précaution, découvrant dans le plancher une petite cavité qu'il dissimulait. Une cavité de forme oblongue, tapissée de velours noir, qui avait exactement la forme d'un cercueil.

— C'est ça qui m'a vraiment éclaté.

Susan examina la cavité de près. Un objet long et mince était posé sur le velours. Bien qu'il soit desséché comme du vieux cuir, il n'y avait pas à s'y tromper: c'était un doigt humain.

Susan sentit un frisson glacial lui remonter le long de l'échine et son cuir chevelu se mit à la picoter. Il lui semblait que l'air se raréfiait autour d'elle. Ce doigt coupé lui soulevait le cœur, mais elle ne pouvait s'empêcher de le regarder. Elle aurait voulu le toucher, s'assurer que ce n'était pas un doigt en plastique comme on en vend dans les magasins de farces et attrapes, mais elle avait trop peur. De toute évidence, le doigt n'avait rien de factice, et apparemment c'était un doigt de femme. Elle releva les yeux et considéra longuement les emblèmes occultes qu'on avait méticuleusement tracés sur la paroi intérieure du toit, sous la mousse isolante.

— Il y en a tout le long du toit? demanda-t-elle.

— Non, dit Joe. J'ai regardé partout. Il n'y en a qu'à cet endroit, au-dessus de la chambre que vous êtes en train de tapisser avec votre papier peint spécial bébé.

Chapitre 49

Kündz suivait attentivement les faits et gestes du sergent Rice. C'était un enquêteur consciencieux, qui faisait très bien son travail.

Susan avait été bouleversée par ce que cet idiot de charpentier lui avait montré. Kündz était en colère contre ce Joe. Pourquoi lui avait-il fait ça ? Quand une femme enceinte se ronge les sangs, l'enfant en est obligatoirement perturbé aussi. À quoi bon causer de l'angoisse à un bébé ? Le sergent Rice, campé au milieu du salon dans son bel uniforme, était une vivante incarnation de l'autorité. Sa présence rassurante avait un effet bénéfique sur les nerfs de Susan. Il faisait vraiment honneur à sa corporation.

Ils étaient entrés dans la phase finale, à présent. M. Van Rhoe venait d'informer M. Sarotzini que le kyste de Susan s'était complètement retourné et que le sang ne circulait plus. La gangrène allait bientôt s'installer.

Kündz sortit d'un tiroir la photo de Casey et l'étudia encore une fois. Elle était presque aussi jolie que sa sœur. C'était malheureux d'en être arrivé là, mais Susan ne lui avait pas laissé le choix.

Il sortit du même tiroir un briquet Dunhill en or, qui portait le monogramme AW. Un très beau briquet, finement ouvré. Son raffinement lui faisait presque regretter de ne pas être fumeur. Il aurait eu plaisir à faire usage d'un briquet comme celui-ci. Il en souleva le capuchon, écouta un instant le sifflement du gaz, puis le rabattit. Ce briquet était un chef-d'œuvre de design. À sa façon, il était aussi parfaitement conçu que sa Mercedes, sa Rolex, ou ses Church's. Kündz appréciait de plus en plus les objets de qualité. La qualité est facteur de beauté et, comme disait le poète anglais Keats, « beauté et vérité sont sœurs ».

— Avez-vous inspecté le grenier au moment où vous avez acquis la maison ? demanda le sergent Rice à Susan et à John.

— J'ai jeté un rapide coup d'œil, sans plus, répondit John. La dernière fois que j'y suis monté, il m'a semblé que l'isolation du toit avait un aspect anormal, mais je ne suis pas arrivé à déterminer de quoi il s'agissait. Maintenant je comprends. Quelqu'un l'avait trafiquée.

— Vous ne savez pas quand ?

— Non.

— Le relevé que vous a donné l'agence ne le mentionnait pas ?

John lui montra l'état des lieux, qui ne faisait nulle part allusion à des graffitis.

— Quelqu'un s'est-il rendu dans le grenier depuis que vous êtes arrivés dans la maison ?

John et Susan s'entre-regardèrent.

— Un technicien des télécoms, dit Susan.

— Personne d'autre ?

— Non, à part Joe, bien sûr, dit Susan.

— Peut-être que le corps auquel appartient ce pouce est enterré dans le jardin, dit John.

Il regretta aussitôt sa boutade, car le policier sembla prendre son hypothèse très au sérieux.

— Si vous le souhaitez, monsieur Carter, nous pouvons procéder à des fouilles, dit-il.

— Ce n'est vraiment pas la peine, dit Susan.

Le sergent Rice considéra le doigt d'un œil dégoûté.

— Je vais l'envoyer au labo, dit-il, peut-être qu'ils en tireront quelque chose.

— Il doit avoir une signification occulte, dit John. Peut-être qu'ils ont amputé quelqu'un pendant un de leurs rituels.

— À moins qu'il ait été prélevé sur un cadavre, rétorqua le policier. À la morgue, ou dans un cimetière.

Après avoir soigneusement enveloppé le doigt dans le carré de velours noir, il demanda encore :

— Vous ne savez rien des gens qui vous ont vendu cette maison ?

— Non, dit John.

Le policier hocha la tête et fit la moue.

— Peut-être qu'en les cuisinant un peu on arrivera à tirer ça au clair. Tout permet de supposer qu'ils s'intéressaient aux sciences occultes.

— Il ne nous reste plus qu'à faire exorciser la maison, dit John.

— Si vous croyez que ces choses-là sont efficaces, dit le policier d'un air dédaigneux.

Son talkie-walkie se mit à crépiter et une voix nasillarde en sortit. Kündz ne comprit pas un traître mot de ce qu'elle disait. Le sergent Rice inscrivit ses coordonnées sur une page de son calepin, qu'il arracha.

— Au cas où vous auriez des informations complémentaires à me fournir, vous pouvez me joindre à ce numéro.

Après l'avoir raccompagné à la porte, Susan s'approcha de John d'un air menaçant. Sa voix, d'abord posée, s'éleva rapidement dans les aigus :

—Tu le savais. Tu es de mèche avec eux, hein ?

—De mèche avec qui ?

—Vous avez combiné tout ça ensemble, je le sais. Ne me mens pas, John, c'est inutile.

—Enfin, chérie...

—Ne me mens pas !

John leva les bras au ciel et s'écria :

—Comment pourrais-je te mentir ? Je ne sais même pas de quoi tu parles.

—Tu sais très bien de quoi je parle. Vous avez tout mis au point ensemble. Tu vas donner mon enfant à M. Sarotzini, et ils vont l'immoler, lui et Van Rhoe. Tu es de mèche avec eux !

John essaya de la prendre dans ses bras, mais elle fit un bond en arrière, se rencogna contre le mur et vociféra :

—Ne t'approche pas de moi !

John s'immobilisa.

—C'est Fergus Donleavy qui t'a mis ces conneries dans la tête, dit-il. Je t'avais bien dit qu'il délirait, et maintenant ses beuveries ont fini par le tuer. Il perdait complètement les pédales, tu le vois. Ses nerfs l'ont lâché, ou il a eu un accès de démence. Sa mort m'a fait énormément de peine, j'avais beaucoup de sympathie pour lui, mais pour te sortir les trucs qu'il t'a racontés lundi, je regrette d'avoir à te le dire, il fallait vraiment qu'il soit givré.

Susan le toisa d'un air de mépris glacial.

—Tu n'y es pas du tout, dit-elle. Fergus voulait me mettre en garde contre M. Sarotzini et Van Rhoe, c'est pour ça qu'ils l'ont assassiné. Comme ils ont tué Harvey Addison. Et ce musicien, comment s'appelait-il déjà... ? Zak Danziger. Tu finiras par comprendre.

Désemparé, John recula de quelques pas.

— Qu'est-ce que tu racontes ? Qu'est-ce que Harvey vient faire là-dedans ?

— Ça, c'est à toi de me l'expliquer ! vociféra-t-elle. Explique-moi pourquoi on a tracé des pentacles au-dessus de la chambre de mon enfant ! Parce que pour une coïncidence, c'en est une !

John alla chercher refuge dans la cuisine, se laissa tomber sur une chaise et s'enfouit la tête dans les mains. Susan le suivit et se tint debout dans l'encadrement de la porte. Elle était blanche comme un linge.

— C'est toi qui as choisi cette chambre, chérie, lui dit John à mi-voix. Tu aurais pu prendre n'importe laquelle des quatre, mais tu as choisi celle-là.

Elle resta silencieuse un moment, puis elle dit :

— Pourquoi est-ce que tu ne veux pas y croire ? Est-ce que tu es aveugle, ou est-ce que tu me mens ?

— Je t'en prie, Susan, ne me fais pas ça, implora John. Je t'aime plus que tout au monde.

— Mais tu n'aimes pas mon enfant. Si tu m'aimais vraiment, tu aimerais aussi mon enfant. Soit tu me mens sur toute la ligne, soit tu es complètement bouché.

John se leva brusquement, envoyant promener sa chaise. Sans prononcer une parole de plus, il se rua hors de la cuisine et décrocha son pardessus du portemanteau. Ensuite il sortit de la maison et claqua la porte derrière lui.

Susan s'assit, entoura son ventre de ses bras et étreignit Bobosse. L'enfant lui fit un câlin en retour.

— Ça ne fait rien, va, murmura-t-elle. Je t'aime, c'est ce qui importe. On s'aime tous les deux, pas vrai ? Je te protégerai, tu ne crains rien avec moi. Jamais je ne t'abandonnerai. Je découvrirai le pot aux roses, fais-moi confiance. Avant tout, il faut que je te mette à l'abri.

Elle entendit la voiture de John démarrer.

Elle décrocha le téléphone mural, composa un numéro.
—Allô? dit-elle. Pouvez-vous me donner le numéro de British Airways, service des réservations?

Chapitre 50

—Que dalle, dit Archie.
—Absolument rien ?

John posa son sac de sport sur le banc en bois du vestiaire. Bien qu'il n'eût pas particulièrement envie de jouer au squash ce soir, il se disait que ça ne lui ferait pas de mal de se dépenser un peu. Ça lui éclaircirait les idées, et ça atténuerait un peu la tension qui s'était accumulée en lui depuis quelques jours.

—Comment va Susan ? demanda Archie en ôtant son veston.

John réprima un soupir et répondit :

—Très bien. Et Pilar, comment va-t-elle ?

Archie grimaça tout en déboutonnant sa chemise.

—Elle est dingue. La nuit dernière, elle a failli me couper le bout du sein avec ses dents. Tiens, regarde. Elle m'a mordu jusqu'au sang, tu vois ?

En temps ordinaire, le corps d'Archie n'était déjà pas des plus harmonieux ; la croûte noirâtre au-dessus de son mamelon gauche n'arrangeait rien. Toutefois, John aurait mille fois préféré se faire mordre le sein par une Espagnole folle de son corps plutôt que de ne pas faire l'amour du tout.

Non content d'être condamné à la chasteté, il fallait qu'il partage le lit d'une femme qui était enceinte d'un autre homme et qui débloquait parce qu'elle s'était mis en tête que son bébé allait être immolé par des satanistes. Il avait beau essayer de la raisonner, rien n'y faisait, d'autant que lui-même commençait à flairer du louche dans tout ça.

Il avait réussi à joindre les anciens propriétaires de la maison, un architecte à la retraite et sa femme, qui avaient décidé de finir leurs jours en Australie, où leurs enfants avaient émigré il y a longtemps. Il leur avait parlé à tous les deux, et à en juger par leurs voix c'étaient des gens charmants, tout ce qu'il y a de plus normaux. Les apparences sont parfois trompeuses, certes. Mais quand John leur avait appris la présence des graffitis et du doigt coupé dans le grenier, ils avaient vraiment eu l'air de tomber des nues.

Ils lui avaient fait remarquer que, la maison étant restée vide pendant près d'un an, il n'était pas impossible que des squatteurs s'y soient livrés à des activités douteuses. Susan avait aussitôt rejeté cette hypothèse. Pour elle, il n'y avait pas de doute possible : ces graffitis étaient la preuve que Fergus Donleavy avait dit vrai.

Fergus aurait mieux fait de se taire, se disait John. Depuis qu'il lui avait tenu ces discours, Susan vivait dans une angoisse permanente, et la découverte des pentacles avait été la goutte d'eau qui fait déborder le vase. Elle était déjà fragile avant la mort de Fergus, qui l'avait terriblement secouée, et depuis elle s'était mise à divaguer pour de bon.

Incontestablement, ces graffitis avaient quelque chose de troublant. Le soin avec lequel on les avait exécutés était déjà extraordinaire en soi. On s'était donné beaucoup de mal pour les tracer, et tout autant pour les dissimuler. Leurs auteurs avaient également dépensé beaucoup d'ingéniosité pour dissimuler la tombe miniature dans laquelle gisait le macabre doigt coupé. John trouvait que l'hypothèse des squatteurs tenait debout. Pourtant, malgré ses efforts pour rejeter l'autre hypothèse, celle qui faisait de M. Sarotzini et de Miles Van Rhoe des amateurs de messes noires, les circonstances dans lesquelles Zak Danziger, Harvey Addison et Fergus Donleavy étaient morts continuaient à jeter le trouble dans son esprit. Tout cela était lié, il le sentait bien. Aucun fait matériel ne le prouvait, mais Fergus Donleavy était un savant respecté, et la manie du secret de M. Sarotzini avait tout de même quelque chose de suspect.

John avait demandé à Archie de se livrer à une discrète enquête sur la banque Vörn, espérant qu'il lui fournirait des indices susceptibles de démontrer que les angoisses de Susan et ses propres soupçons étaient dépourvus de fondement.

Le week-end avait été particulièrement pénible. Susan, qui avait aussi peur de rester dans la maison que d'en sortir, s'était murée dans un silence continuel. John n'arrêtait pas de se demander ce qu'il ferait s'il lui était possible de revenir en arrière. S'ils avaient refusé l'offre de M. Sarotzini, comment s'en seraient-ils sortis? Et comment allaient-ils s'en sortir maintenant? Leur amour renaîtrait-il de ses cendres? La passion qu'ils avaient éprouvée l'un pour l'autre était-elle à jamais compromise? Cette épreuve les avait transformés. Ils n'étaient plus les mêmes. La transformation serait-elle définitive?

C'était de la folie pure. DigiTrak faisait des affaires en or, mais au bureau John avait constamment la tête ailleurs, il n'arrivait pas à se motiver. Les bénéfices qu'ils engrangeaient lui semblaient dépourvus de sens. Bien sûr, ils n'étaient plus dans le rouge à la banque, et à présent M. Clake débordait d'une amabilité sirupeuse chaque fois qu'il l'avait au téléphone. Il lui avait même offert deux places de choix, pour lui et pour Susan, au prochain tournoi de Wimbledon, dans la loge de la banque.

— Comment font-ils pour être invisibles à ce point? demanda-t-il à Archie.

— C'est l'enfance de l'art. Les administrateurs ne sont que des hommes de paille, les actionnaires aussi. La banque Vörn est probablement la filiale d'une autre banque, dont le siège est aux îles Caïmans et qui n'est elle-même qu'une filiale d'une troisième banque dont le siège est au Liechtenstein, filiale d'une quatrième banque dont le siège est aux Antilles néerlandaises, et ainsi de suite. Quand on dispose de gros moyens, c'est facile de se rendre invisible. Tiens, tu devrais inventer un jeu Internet : retrouvez les vrais propriétaires des sociétés-écran.

John ôta sa cravate et l'accrocha à une patère.

— Si je comprends bien, le briquet que t'a soi-disant fauché leur agent londonien a plus ou moins fait le tour du monde ?

— Très spirituel, répondit Archie en enfilant son maillot de squash. J'en ai encore gros sur la patate, tu sais. Si jamais je retrouve ce gorille, comment s'appelle-t-il déjà… ? ce Kündz…

— Tu ne devrais pas en parler comme ça, c'est un gros client.

— Gros client ou pas, je l'inviterai sur mon bateau un jour de gros temps, et pendant qu'il rendra tripes et boyaux par-dessus le bastingage je lui demanderai des nouvelles de mon briquet. Tiens à propos, cet été… (Il s'interrompit le temps d'enfiler ses chaussettes en tissu éponge.)… si la météo est bonne, on pourrait aller faire un petit tour en France. On emmènerait les filles, et on passerait une semaine à caboter le long des côtes de Normandie et de Bretagne, avec peut-être un saut à Jersey. Ça te botterait ?

— C'est très alléchant, dit John.

La solution, se disait-il, *c'est de vivre normalement*. Il fallait avoir des projets. Expliquer à Susan qu'après l'accouchement leur vie continuerait comme avant. Lui faire miroiter des perspectives intéressantes. Participer à tous les événements de la saison. Le derby d'Epsom, Ascot, Wimbledon, les régates de Henley, Glyndebourne, le rallye automobile de Silverstone, les régates de l'île de Wight, les concerts de l'Albert Hall. Pourquoi pas ? Susan avait toujours adoré ça.

— Tu n'as pas entendu de rumeurs bizarres sur le compte de la banque Vörn ? demanda-t-il en sortant ses chaussures de son sac.

— Comment ça, bizarres ?

— Une banque suisse qui a pignon sur rue n'emploie pas des chapardeurs de briquets.

Archie le dévisagea.

— Dis donc, elle te tarabuste drôlement, cette banque. Explique-moi pourquoi.

Comme quelqu'un venait d'entrer dans le vestiaire, John prit soudain un ton de conspirateur.

— Tu vas peut-être me croire fou, mais je me demande s'ils n'auraient pas des liens avec les milieux occultistes.

— Occultistes ? fit Archie en achevant de nouer ses lacets. Tu penses à la magie noire, la sorcellerie, ce genre de trucs ?

— Exactement, dit John en tirant sur ses propres lacets.

Archie se releva et étira ses membres engourdis.

— C'est curieux que tu me poses cette question, dit-il.

Il fouilla dans son sac, en sortit une balle de squash et la pressa entre ses doigts comme pour évaluer la force de son poing. John attendait la suite.

— On ne peut plus curieux, vraiment.

— Allez, accouche ! Tu veux me rendre chèvre, ou quoi ?

Archie empocha la balle, empoigna sa raquette et en examina les cordes.

— On les appelle comment, leurs symboles ?

— Quels symboles ?

Archie promena ses ongles sur les cordes de sa raquette, et elles émirent un son grêle qui parut le satisfaire.

— Ces figures géométriques qui forment comme des étoiles à cinq branches. Je sais qu'elles ont un nom.

— Des pentacles ?

— C'est ça. Eh bien, figure-toi qu'Oliver Walton, le type qui occupe le bureau voisin du mien…

Il approcha la raquette de son oreille et fit tinter les cordes une seconde fois avant de continuer :

— L'été dernier, comme le climatiseur était tombé en panne en pleine canicule, il a retroussé ses manches et j'ai vu un truc noir sur son avant-bras. J'ai d'abord cru que c'était un grain de beauté, mais en y regardant de plus près je me suis aperçu qu'en fait il s'était tatoué un de ces machins-là.

— Un pentacle ?

— Oui. Je lui ai demandé ce que ça voulait dire, il a pris un air coincé et rabattu ses manches en me répondant par des faux-fuyants.

— Qu'est-ce qu'il t'a dit exactement ? demanda John, troublé.

— Il m'a dit que c'était son affaire personnelle, ou quelque chose dans ce goût-là. Je n'ai pas insisté, on était vraiment trop débordés ce jour-là.

— Vous vous entendez bien, Oliver Walton et toi ?

— Avec lui, c'est boulot boulot, répondit Archie avec une grimace. Je ne le fréquente pas en dehors des heures de bureau, alors je ne sais pas à quoi il occupe son temps libre. Il n'est pas très loquace.

— Il se fait beaucoup de thune ?

— Des tonnes.

— Autant que toi ?

— Oui, mais moi, mon pognon, je le dépense. Le sien, qu'est-ce qu'il peut en faire ? Il doit le planquer sous une latte de parquet.

— Enveloppé de velours noir ?

Archie ne saisit pas l'allusion.

À 21 h 30, en arrivant chez lui, John constata avec étonnement que la voiture de Susan n'était pas garée devant la maison. Il inspecta la rue du regard, n'en vit pas trace.

Lorsqu'il ouvrit la porte, un silence de plomb l'accueillit. Susan n'était pas là. Elle n'avait pas préparé le dîner, ne lui avait pas laissé de mot.

Il écouta le répondeur. Il n'y avait qu'un seul message. Un certain sergent Shawcross voulait s'entretenir du décès de Fergus Donleavy avec Susan. Le message avait été enregistré à 16 h 45.

De plus en plus inquiet, John visita chaque pièce de la maison une par une, au cas où Susan aurait perdu connaissance. Dès qu'il pénétra dans la salle de bains, il sentit ses tripes se nouer. La brosse à dents de Susan n'était plus là, ses flacons de parfum avaient disparu des étagères et la robe de chambre qu'elle accrochait toujours à la patère de la porte n'était plus là.

La porte de l'armoire de la chambre était entrouverte.

Les pantoufles de Susan n'étaient pas sous la table de chevet.

Inspectant le sommet de l'armoire, il constata que la grande valise bleue de Susan ne s'y trouvait plus.

L'accouchement s'était-il déclenché prématurément ? Il n'était pas impossible que les crises douloureuses aient accéléré le processus.

Si cette hypothèse était la bonne, qu'aurait fait Susan ? Aurait-elle appelé une ambulance ? Non, elle aurait appelé Miles Van Rhoe. Il lui avait donné un numéro d'urgence où il était possible de le joindre de jour comme de nuit. Où John l'avait-il vu pour la dernière fois ? Il n'arrivait pas à s'en souvenir. Pourtant, si Susan était partie en ambulance, où était passée sa voiture ? Peut-être avait-elle décidé de se rendre à la clinique par ses propres moyens. Dans ce cas, pourquoi n'avait-elle pas essayé de le joindre ? Elle aurait au moins pu laisser un message sur son portable.

Sur ces entrefaites, le téléphone se mit à sonner. John se précipita dessus, et à son grand dépit c'est la voix de Kate Fox qu'il entendit. Il lui dit que Susan était sortie, et elle le pria de lui faire part du lieu et de la date des obsèques de Fergus Donleavy. Un crématorium du nord de Londres, mardi prochain. John nota tout cela sur un bout de papier et il promit à Kate de transmettre le message à Susan dès son retour.

Il posa le message sur la table de la cuisine, usant du moulin à poivre en guise de presse-papiers. Ensuite il se mit à la recherche du numéro de Van Rhoe. Au bout d'un moment la mémoire lui revint et il le trouva épinglé à une étagère de la cuisine, à côté de la carte du restaurant thaïlandais.

Il composa le numéro. La ligne était occupée et il raccrocha. Il gambergeait à plein régime. Susan avait-elle eu un accident ? Avait-elle tourné de l'œil en faisant ses courses ? Il composa de nouveau le numéro de Van Rhoe et cette fois obtint une sonnerie. Il entendit un coup de gong, et une voix enregistrée lui annonça que son appel était transféré. Il y eut une nouvelle sonnerie, plus grêle que la première, et l'instant d'après une voix melliflue fit : « Miles Van Rhoe. » John perçut un brouhaha de conversations à l'arrière-plan.

Il se sentait un peu ridicule. Peut-être que Susan dînait dehors avec une amie ce soir-là, et qu'il l'avait simplement oublié. D'une voix un peu indécise, il dit :

—Allô, ici John Carter, vous savez, le mari de Susan.

—Oui, bonsoir, lui répondit Van Rhoe d'une voix très aimable. Que me vaut le plaisir de vous entendre ?

L'obstétricien était si calme que John comprit aussitôt qu'il venait de commettre un impair.

—Écoutez, je suis un peu inquiet. Je viens de rentrer, et Susan n'est pas là. Elle ne m'a pas laissé de mot, rien. J'ai pensé que vous aviez peut-être été obligé de la faire entrer en clinique d'urgence.

— Je n'ai pas été en contact avec elle depuis notre dernier rendez-vous, il y a deux jours, dit Van Rhoe.

Tout à coup, il paraissait soucieux, lui aussi.

— Se pourrait-il qu'elle ait tourné de l'œil quelque part ? demanda John. Que les premières contractions aient commencé prématurément ?

Malgré la pointe d'anxiété qui perçait dans sa voix, Van Rhoe garda son calme.

— Ce n'est pas impossible, monsieur Carter, dit-il. Mais si Susan avait eu des contractions, elle m'aurait certainement appelé. Elle ne perd pas facilement le nord, vous savez.

John se garda de le contredire sur ce point.

— Vous avez raison, concéda-t-il.

— Avez-vous appelé la police ? Les hôpitaux ?

— Non, pas encore.

— Vous devriez peut-être y songer. Par malheur, je suis en plein milieu d'un banquet professionnel, et je dois prononcer une allocution dans quelques instants, sans quoi je vous proposerais de vous prêter main-forte.

— Je me débrouillerai très bien seul, ne vous en faites pas. Je suis sûr qu'elle va bien. J'ai cédé à la panique, c'est tout.

— Moi aussi, je suis sûr qu'elle va bien. Vous n'avez qu'à me rappeler d'ici une heure, pour m'en donner confirmation.

Après avoir promis à Van Rhoe de le rappeler, John s'assit à la table de la cuisine et appela les renseignements pour demander les numéros des commissariats et des hôpitaux du voisinage. Le *Daily Mail* du jour était posé sur la table avec le courrier du matin. Il y avait une lettre de la mère de Susan, décachetée, quelques lettres administratives adressées à John et une note d'électricité.

Après avoir noté les numéros que lui débitait la demoiselle des renseignements, il les composa l'un après l'autre. Aucun des commissariats n'avait dressé de P-V au nom de Susan Carter. Aucun des hôpitaux ne l'avait admise.

Devait-il être soulagé, ou redoubler d'inquiétude ? Il n'en savait rien.

À 23 heures, il rappela Miles Van Rhoe pour lui dire que ses investigations n'avaient rien donné. Le brouhaha des conversations à l'arrière-plan était devenu tonitruant, et il avait du mal à entendre. L'obstétricien semblait passablement éméché, et John en éprouva un certain agacement. Il le remercia de l'avoir tenu informé et lui suggéra d'élargir ses recherches à d'autres hôpitaux et d'autres commissariats.

John reprit ses investigations, sans plus de résultats. Ensuite il appela tous leurs amis, même Caroline Addison, qu'il tira du lit, mais personne n'était au courant de rien.

Susan semblait s'être volatilisée.

Chapitre 51

C'est après le passage de la douane que le danger était le plus grand. Susan franchit le sas qui menait au hall des arrivées en poussant devant elle son chariot à bagages. Accablée de fatigue, elle transpirait sous l'effort.

Elle scruta la foule du regard, déchiffrant les panneaux que l'on brandissait çà et là. Elle cherchait un visage, mais elle ne savait pas lequel. Moins celui de M. Sarotzini que celui d'un inconnu qui, lui, la reconnaîtrait au premier coup d'œil.

Même à huit mille kilomètres de Londres, elle restait sur ses gardes. Elle détaillait chaque visage avec une attention soutenue, son regard courait d'un endroit à l'autre, elle cherchait autour d'elle, s'arrêtant sur des gens qu'elle avait entrevus dans l'avion. Pendant le trajet, elle avait repéré cinq suspects possibles, des hommes voyageant seuls, qui auraient pu la filer. Elle avait fait exprès de s'attarder à la réception des bagages, afin de suivre leurs mouvements des yeux, et elle avait attendu qu'ils soient tous partis avant de sortir à son tour. Aucun des cinq n'était plus en vue.

Elle avait eu de la chance que personne ne l'interroge sur son état lors de son passage au comptoir d'enregistrement. En principe, une femme enceinte de plus de six mois ne peut monter à bord d'un avion sans présenter une lettre de son médecin traitant. Heureusement, son visage s'était à peine empâté, et le gros pardessus dans lequel elle s'était emmitouflée dissimulait son ventre proéminent.

Bobosse avait passé le plus clair du voyage assoupi, mais à présent il ne dormait plus et il était perturbé, elle le sentait. Susan scruta le hall une deuxième fois. L'angoisse de Bobosse lui pesait, elle avait la gorge nouée. Elle décida de ne pas s'attarder.

L'après-midi était chaud et humide, le ciel bas, d'une couleur vaguement brunâtre. Dans le parking, elle ne repéra aucune présence inquiétante. Tout était tranquille. Un groupe de touristes embarquait dans un autocar, et deux jeunes mariés entassaient leurs bagages dans le coffre d'une décapotable. Le visage ruisselant de sueur, Susan s'escrima un moment avec la ceinture de sécurité de sa voiture de location, la tirant au maximum pour l'adapter à son ventre. Puis elle démarra et mit le cap sur la sortie de l'aéroport.

— Bienvenue à Los Angeles, Bobosse, dit-elle quelques instants plus tard en s'engageant sur la rampe qui menait à l'autoroute.

En guise de réponse, Bobosse changea de position. Maintenant qu'ils étaient sur la route, il avait retrouvé son calme, mais Susan avait toujours les nerfs à vif. Elle ne quittait pas son rétroviseur des yeux, à l'affût d'éventuels poursuivants.

— Ils veulent se servir de toi pour je ne sais quels rituels abominables, mais je ne les laisserai pas mettre leurs sales pattes sur toi. Tu vas naître en Californie. Ici, tu seras en sûreté. Tes grands-parents m'aideront à t'élever. Ils te plairont, j'en suis sûre. Ils ont raté leur carrière, mais ils ont réussi leur vie, enfin, ils l'auraient réussie si Casey n'avait pas eu cet accident.

Susan se tut. Le va-et-vient des essuie-glaces l'hypnotisait un peu. Un camion la doubla dans un rugissement de tonnerre, la frôlant de si près qu'elle fit une brusque embardée qui lui valut un coup de Klaxon furieux d'une Range Rover qui roulait dans la file de droite. Elle s'aperçut alors qu'une voiture la suivait depuis déjà quelques minutes. Elle accéléra, et la voiture accéléra aussi. Elle ralentit, et elle ralentit aussi.

Le conducteur était seul dans la voiture. Susan retint son souffle. Puis son poursuivant bifurqua brusquement vers une sortie et disparut. Elle respira et se concentra de nouveau sur la route. Au bout d'un moment, elle se remit à parler.

— Casey aussi te plaira, dit-elle. C'est ta tante. Pas le genre de tante qui t'emmènera promener et te couvrira de cadeaux, mais ça ne l'empêchera pas de t'aimer, tu comprends ?

Bobosse remua pour lui signifier qu'il comprenait. Il allait adorer Casey, elle en était sûre.

Susan se mit à songer à l'aspect médical de sa situation. Il faudrait qu'elle se fasse recommander un obstétricien. Ça ne serait pas compliqué. Elle avait beaucoup d'amis à Los Angeles. C'était sa ville natale, après tout. En l'espace de vingt-quatre heures, elle serait inondée de suggestions et d'adresses.

Elle quitta l'autoroute à Venice. Encore trois kilomètres, et elle serait chez elle. Londres était loin derrière. Il lui semblait avoir changé de planète. Peut-être que tout cela n'avait été qu'un cauchemar, que Londres n'existait pas vraiment, ou n'existait que dans un univers parallèle. Peut-être que dans cet univers-ci Fergus Donleavy vivait encore.

Sa réalité à elle était ici, maintenant. Une larme lui coula le long de la joue et elle l'essuya du dos de la main. Bobosse était réel, c'était son unique certitude. De toute sa vie, rien n'avait jamais eu autant de réalité.

Dans quelques minutes, ils seraient chez eux, en sûreté.

Il ne lui restait plus qu'à réfléchir à une chose. Une chose à laquelle elle n'avait pas suffisamment pensé jusque-là : comment allait-elle expliquer tout ça à ses parents ?

CHAPITRE 52

Les ordinateurs se parlent. Ils échangent des poignées de main par le truchement des lignes téléphoniques et des ondes radio. Ils se transmettent des informations dont ils sont les seuls à avoir la clé.

Cette idée échauffait beaucoup l'imagination de Kündz. L'idée d'un univers invisible enfermé dans des boîtes. C'était aussi magique que la télépathie, mais beaucoup plus précis, beaucoup moins volatil, beaucoup plus facile d'emploi.

Il trouvait cela incroyable.

Les trois ordinateurs discutaient entre eux. Ça ressemblait un peu à une conférence téléphonique. Le premier était dissimulé dans un petit boîtier métallique fixé sous le plancher de l'Aston Martin d'Archie Warren ; le deuxième tournait autour de la Terre à bord d'un satellite ; le troisième faisait partie de la batterie d'ordinateurs qui couvrait tout un mur de la mansarde sans fenêtres où Kündz avait installé sa salle de contrôle.

Son ordinateur était visiblement mécontent. Il clignotait follement et émettait un signal de danger. Au sortir de la partie de squash hebdomadaire, l'Aston Martin d'Archie Warren n'avait pas emprunté son trajet habituel. Au lieu de rentrer chez lui, comme à l'accoutumée, Archie avait fait demi-tour et se dirigeait à présent vers l'immeuble qui abritait les bureaux de la Loeb-Goldschmidt-Saxon.

Archie s'engagea sur la rampe qui menait au parking souterrain en faisant délibérément hurler ses pneus, pour en mettre plein la vue au gardien de nuit. Avec l'Aston Martin, il se comportait comme un gosse exhibant fièrement un joujou neuf.

Le gardien de nuit, qui d'après l'écusson cousu à sa veste se nommait Ronald Wicks, le salua d'un signe de tête de derrière la vitre de sa guérite. Pour lui, Archie n'était qu'un gros con dans une bagnole de m'as-tu-vu. Il ne savait pas ce que c'était qu'une Aston Martin. Les voitures ne l'intéressaient pas. Une Aston Martin ou une Toyota, c'était exactement pareil à ses yeux : un amas de tôle.

La seule chose qui importait à Ronald Wicks, c'était que sa femme, Minnie, survive assez longtemps à son cancer du sein, qui s'était mis à métastaser, pour être présente lors de la naissance de leur premier petit-fils, prévue pour le mois de septembre. C'était le dernier désir de Minnie, et elle s'y accrochait désespérément. L'arrivée d'un agent de change à 21 h 30 n'avait rien de particulièrement insolite. La société réalisait des opérations dans le monde entier, vingt-quatre heures sur vingt-quatre. Ces types sapés comme des milords allaient et venaient jour et nuit à bord de leurs bagnoles de m'as-tu-vu.

Motivé à la fois par la curiosité et un sincère désir de venir en aide à John, qui lui avait paru très miné, Archie emprunta l'ascenseur aux parois en similibronze pour monter au vingtième étage. À en juger par l'état de John, son accord avec la banque Vörn avait dû tourner au vinaigre. Archie avait essayé plus d'une fois de lui tirer les vers du nez à ce sujet, mais John se montrait toujours très évasif. Archie ne voyait qu'une seule explication possible : la banque avait peut-être des liens avec la pègre, et recourait à des méthodes de persuasion un peu brutales pour obliger John à rembourser ce qu'il lui devait, ou quelque chose de la même eau. Si c'était le cas, pourquoi John faisait-il tant de mystères ?

La porte de l'ascenseur s'ouvrit, et Archie sortit. Le couloir était plongé dans l'obscurité, mais dès qu'il mit le pied dehors la lumière s'alluma. Des capteurs spéciaux, sensibles à la chaleur corporelle, réglaient automatiquement l'éclairage dans tout l'immeuble.

La salle des opérations était déserte. Quand Archie poussa la porte, il perçut un infime déclic et la lumière s'alluma. Les gens de l'équipe de nettoyage avaient déjà fait disparaître les détritus accumulés pendant la journée. Débarrassés de leurs gobelets en carton et de leurs boîtes de Coca et de Seven Up, les bureaux étaient d'une propreté immaculée et dégageaient une piquante odeur d'encaustique. Seuls les ordinateurs ne dormaient pas. Des images incongrues vacillaient sur leurs écrans phosphorescents et multicolores. Sur l'un, des grille-pain ailés flottaient gracieusement. Sur un autre, des poissons rouges brassaient le vide de leurs nageoires.

Archie s'assit à son bureau et machinalement, tel un junkie incapable de résister à sa seringue, composa son code et se brancha sur le Dow Jones pour s'assurer que la Bourse de New York n'avait pas été l'objet de fluctuations inopinées. Pendant qu'il y était, il consulta aussi les indices du marché à terme de Chicago. Il constata avec soulagement qu'il ne s'était pas produit de mouvements notables depuis qu'il avait quitté son bureau, et il pria le ciel pour que les choses continuent ainsi jusqu'à l'heure où il reprendrait son poste l'après-midi suivant.

Après avoir jeté un coup d'œil furtif en direction de la porte, il se glissa sur le siège voisin du sien, celui d'Oliver Walton. Si le fauteuil de Walton était pareil au sien, il lui donna une sensation bien différente. Et le clavier de son ordinateur, du même modèle que le sien, lui parut plus léger. Il entra en communication et, quand l'ordinateur lui demanda de s'identifier, il tapa : « owalton ».

La machine lui demanda alors son code, et Archie ne fut nullement pris de court. Il avait mille fois suivi les mouvements des doigts d'Oliver Walton, et savait exactement sur quelles touches ils se posaient, et dans quel ordre. Jamais il n'aurait pensé que le code d'Oliver Walton pourrait lui servir à quelque chose un jour ; à présent il allait en faire son miel. Il tapa : « vérité ».

Pourquoi *vérité* ? se demanda-t-il au passage, sans s'y attarder davantage. Il était entré dans le logiciel d'Oliver Walton. Il étudia attentivement l'écran, en faisant de son mieux pour s'orienter parmi les colonnes d'icones, qui étaient de modèle standard et ressemblaient beaucoup à celles de son propre logiciel. Tous les employés de la firme en utilisaient de semblables. Au sommet de l'écran, une rangée de pendules analogiques correspondant aux principaux fuseaux horaires du globe. À gauche, une page d'agenda donnant la liste des choses importantes à effectuer le lendemain.

Il parcourut rapidement les titres du fichier puis, après avoir jeté un autre coup d'œil inquiet en direction de la porte, il tapa « Vörn », demanda une recherche, et appuya sur la touche « envoi ».

L'instant d'après, une liste qui ressemblait à des titres de fichiers apparut sur l'écran, mais elle était rédigée dans un alphabet incompréhensible. C'était peut-être du grec et il essaya de rassembler quelques bribes du peu de grec qu'il avait acquis au lycée. Il chercha des lettres qui lui étaient familières – alpha, bêta, gamma, delta, oméga –, sans en déceler aucune. C'était peut-être un code, mais ça ne ressemblait pas à un code.

Il déplaça le curseur en forme de sablier vers le haut de l'écran et cliqua deux fois. Il y eut une courte pause, puis l'écran s'emplit de données, une invraisemblable masse de chiffres, de lettres, de symboles, tous rigoureusement incompréhensibles. Il ouvrit successivement les autres fichiers, obtenant chaque fois des gribouillis cryptiques qui semblaient tous codés de la même manière.

Archie jeta un coup d'œil à sa montre. Pilar allait sûrement lui jouer la grande scène du trois à cause de son retard, mais il n'y pouvait rien. Il reporta son attention sur l'écran, cliquant sur un icone après l'autre dans l'espoir qu'un des fichiers lui donnerait la clé du code. Sans succès.

Les ordinateurs n'avaient jamais été son point fort. Sans doute lui aurait-il suffi d'une manipulation toute bête pour arriver à ses fins. Peut-être que s'il lui décrivait la chose, John trouverait la solution. Il tendit la main vers le téléphone puis, se souvenant de l'heure qu'il était, il hésita. Sur ces entrefaites, une idée lui vint.

Il ouvrit un nouveau fichier, cliqua un titre au hasard et en transféra le contenu dans le fichier vierge. Il le copia sur un de ses propres fichiers, fit disparaître toute trace de son passage sur l'ordinateur de Walton, et sortit.

Il retourna s'asseoir à son bureau, composa rapidement une correspondance électronique destinée à John, et lui annexa le fichier. Il l'expédia, arrêta la connexion, puis appela Pilar pour lui dire qu'il arriverait dans vingt minutes. Elle lui répondit par un torrent d'injures.

—Calme-toi, enfin.

—Pourquoi je me calmerais ? Tu me dis que tu seras là à 20 heures, je prépare le dîner pour 20 h 30 et tu sais l'heure qu'il est maintenant ? Vingt-deux heures !

—J'ai dû aller à l'hôpital d'urgence.

Le ton de Pilar changea subitement du tout au tout.

—À l'hôpital ? Qu'est-ce qui t'est arrivé, mon chéri ?

— Je me suis fait recoudre le téton.

Il y eut un bref silence. Pilar en avait le sifflet coupé.

— Mon pauvre trésor, balbutia-t-elle, puis tout à coup elle comprit qu'il la faisait marcher et se mit à brailler : Espèce de salaud ! Tu me fais tourner en bourrique !

— Je serai là dans vingt minutes, dit Archie. Tu peux déjà te mettre à poil !

— On baise pas ! glapit-elle. On bouffe !

Lorsqu'il s'engagea dans le couloir pour gagner l'ascenseur, la face fendue par un large sourire, Archie ne remarqua pas que la lumière était restée allumée dans la salle des opérations. Si elle ne s'était pas éteinte automatiquement, c'est que quelqu'un d'autre s'était glissé dans la pièce à son insu.

Oliver Walton s'assit à son bureau et se livra à quelques vérifications sur son ordinateur. En moins d'une minute, il trouva ce qu'il cherchait, saisit son téléphone et composa un numéro.

Kündz décrocha dès la première sonnerie. Il se borna à dire : « Oui » à deux reprises, souleva du pouce le capuchon du briquet Dunhill en or qu'il tenait à la main gauche, écouta le sifflement du gaz qui s'en échappait, rabattit le capuchon et reposa le combiné. Le métal guilloché du boîtier n'était pas lisse, la surface en était inégale, un peu comme celle du verre cathédrale. Il chatoyait imperceptiblement. Kündz souleva et rabattit le capuchon encore une fois. Le briquet était si merveilleusement équilibré que ce simple geste lui donnait du plaisir.

Il composa le numéro du domicile privé de M. Sarotzini en Suisse.

— J'ai besoin de votre énergie, lui dit-il. Il faut que nous entrions en communication.

— Tu ne devais m'appeler que demain matin, Stefan.

— C'est une urgence. Ce n'était pas prévu.

— Tu as besoin de mon énergie maintenant et tu en auras encore besoin demain matin ? Ça ne me laisse guère de temps pour reconstituer mes forces.

— C'est indispensable, dit Kündz.

— Tiens-tu un objet personnel à la main ?

— Oui.

— Bien. Je suis avec toi, maintenant. Tu le sens ?

— Je le sens.

La sensation était puissante, en effet. Kündz se concentra, et au bout de quelques instants la communication entre eux devint totale. On aurait dit que M. Sarotzini était sorti de son corps et qu'à présent il occupait celui de Kündz.

— Branche-moi sur cet objet maintenant, dit M. Sarotzini. Traite-le avec douceur, qu'il me parle.

Kündz lui obéit. Il tenait le briquet au creux de sa large paume, évitant de le serrer, laissant sa main s'imprégner peu à peu des sentiments, des vibrations, des souvenirs de son propriétaire. De petites impulsions électriques lui remontèrent le long du bras et il les sentit s'étendre à tout son corps. Il était devenu une espèce de modem humain. Il tenait la main du propriétaire du briquet dans sa main, se réglait progressivement sur la même fréquence que lui... le contact s'établissait... les signaux se rencontraient. Oui... ils étaient en contact... une image se formait.

Kündz vit un parking souterrain. Un homme qui aurait eu besoin de perdre du poids marchait le long d'une allée. L'homme dégageait une forte odeur de tabac. Le parking ne contenait qu'une demi-douzaine de voitures. L'homme se dirigeait vers l'une des voitures, une décapotable rouge.

Kündz souleva le capuchon du briquet d'un geste sec du pouce, produisant un déclic nettement audible. Il le rabattit, et le déclic se répéta. De nouveau il le souleva et le rabattit, produisant chaque fois le même déclic. Tant de perfection mécanique l'enchantait.

Il était entré dans le corps du propriétaire du briquet, en éprouvait jusqu'au moindre atome.

Archie ouvrit la portière de l'Aston Martin, se hissa sur le siège avant, et la referma. La portière produisit un claquement assourdi. Ses charnières étaient parfaitement ajustées. Cette portière était une merveille mécanique. Archie tourna la clé de contact, il y eut un déclic et le circuit électrique s'alluma. Il y eut un deuxième déclic, indiquant que le lecteur de CD était branché. Il y en eut un troisième, tout au fond de la tête d'Archie, tellement loin au fond de sa tête qu'il ne s'en aperçut pas.

Le moteur se mit à gronder, tel un orchestre se lançant dans les premières mesures d'une symphonie. Archie battit la mesure du pied sur l'accélérateur, et l'Aston Martin vrombit, emplissant le parking de l'harmonieuse musique de ses pistons.

Archie appuya du pied gauche sur la pédale d'embrayage, mais rien n'arriva. Interloqué, il répéta la manœuvre. Son cerveau ordonnait à son pied de bouger, mais son pied refusait d'obtempérer. Il fit une troisième tentative, sans plus de résultat.

— Mon pied s'est engourdi, dit-il. Il ne me répond plus.

Il voulut changer de position, quand à leur tour ses bras refusèrent de lui obéir. C'était bizarre. L'aiguille du compte-tours tremblotait dans le bas du cadran. Archie entendait le ronronnement du moteur, le bruit de l'échappement, et il n'avait pas perdu le sens de l'odorat puisque la riche odeur de cuir des banquettes imprégnait ses narines.

Un autre déclic se produisit dans sa tête, et cette fois il le perçut clairement.

Quelqu'un cognait à la vitre. Archie voulut regarder à sa droite, pourtant quand il essaya de tourner la tête ses muscles ne lui obéirent pas.

Une voix – sans doute celle du gardien – se mit à vociférer :

— Eh ! Vous m'entendez ?

Est-ce qu'il veut du feu ? se demanda Archie.

À 23 h 30, le téléphone sonna. John, qui regardait la télé dans le salon, se précipita sur l'appareil, pensant que c'était peut-être Susan, espérant de tout son cœur que c'était elle.

Ce n'était pas Susan. C'était Pilar. Une Pilar inquiète, furieuse et un peu éméchée.

— C'est toi, John ? dit-elle. Je sais qu'il est tard, mais je me fais du mauvais sang. Vous avez joué au squash ce soir, Archie et toi ?

— Oui.

— Il m'a appelée il y a près de deux heures en me disant qu'il serait là dans vingt minutes. J'ai essayé de le joindre partout, chez lui, au bureau, sur son portable, mais ça ne répond pas. Où peut-il être ?

John lui dit qu'il avait quitté Archie à 21 heures, et sur ce point il ne lui mentait pas. Mais il se garda bien de lui apprendre qu'Archie avait cinq ou six autres petites amies. Il n'était donc pas impossible qu'il soit allé s'offrir une partie de jambes en l'air avant de rentrer à la maison.

Il évita aussi de lui dire que Susan n'était pas là. Jalouse comme elle était, Pilar aurait été capable d'en conclure que Susan et Archie s'étaient enfuis ensemble. Il fit de son mieux pour la tranquilliser, en l'assurant qu'Archie ne pouvait pas être loin, et lui conseilla d'appeler les commissariats et les hôpitaux, au cas improbable où il aurait eu un accident.

Après avoir raccroché, il se servit un brandy et se décida à ouvrir le paquet de cigarettes qu'il trimballait dans son attaché-case depuis deux mois.

D'abord Susan s'était envolée avec armes et bagages, et à présent Archie avait disparu.

L'espace d'un instant il se dit que ces deux événements étaient peut-être liés, mais c'était trop absurde. S'ils avaient décidé de s'enfuir ensemble, Archie ne serait pas venu jouer au squash avec lui comme chaque mardi. Du reste, Archie était sincèrement attaché à Pilar. C'était la première fois que John le voyait s'éprendre pour de bon d'une de ses petites amies.

Susan était enceinte de huit mois. Il était exclu qu'elle s'enfuie avec quelqu'un. Sauf peut-être avec M. Sarotzini.

Non, elle n'aurait jamais fait ça.

Archie l'avait-il prise sous son aile ?

Ça ne tenait pas debout non plus. Il alluma sa cigarette, et dès la première bouffée la tête se mit à lui tourner. Il en tira une seconde, et aussitôt se sentit mieux. Le goût était délicieux, grisant, réconfortant. Il avait l'impression d'inhaler de l'adrénaline.

Archie ne pouvait pas être mêlé à ça. Il était trop franc du collier. Si Susan lui avait demandé de l'aide, Archie s'en serait aussitôt ouvert à John. Archie était son copain à lui. Il n'était pas le copain de Susan. Archie était allé sauter une gonzesse quelque part, il n'y avait pas d'autre explication.

Mais où était passée Susan ?

En tirant sur sa cigarette et en sirotant son brandy, John passa pour la centième fois en revue toutes les hypothèses possibles.

Il en eut vite fait le tour.

Chapitre 53

— Il est comme ça depuis une heure, expliqua Ronald Wicks.

Il se tenait à côté de l'Aston Martin d'Archie, en compagnie de deux policiers en uniforme qui venaient d'arriver. Le moteur tournait toujours, et le gaz d'échappement avait formé un nuage épais. L'un des policiers ouvrit la portière, et effleura l'épaule d'Archie.

— Excusez-moi, monsieur, dit-il.

Archie n'eut aucune réaction. L'œil fixe sous la lumière éclatante du plafonnier, il regardait droit devant lui.

— Il ne vous a rien dit ? demanda le deuxième policier.

— Pas un mot.

— Il est catatonique, dit le premier policier. J'ai déjà vu ça une fois. Un type dont la petite fille venait d'être décapitée dans un accident de la route.

— À moins que ce soit une attaque d'apoplexie, dit le deuxième. Vous avez appelé une ambulance ?

— Non, dit Ronald Wicks. Je ne savais pas si c'était à moi de le faire.

— Je m'en occupe, dit le policier.

Il gagna la voiture de patrouille et se mit à parler dans son micro.

Le pouce droit d'Archie s'agita alors bizarrement.

— C'est ce geste-là qu'il n'arrête pas de faire ? demanda le deuxième policier.

— Oui, répondit Wicks. Vous croyez qu'il essaie de nous communiquer quelque chose ?

— Je sais pas, dit le policier en fronçant les sourcils. C'est curieux. On dirait plutôt qu'il essaie d'allumer une cigarette.

Si la maison n'était qu'à trois cents mètres de la plage, la distance qui la séparait des luxueuses villas du front de mer n'était pas seulement topographique.

C'était un modeste pavillon en bois d'un étage, coiffé d'unique pignon, dont la façade aurait eu grand besoin d'un coup de peinture. Jadis, la maison avait été blanche. À présent, elle était d'un jaune pisseux. Sur la boîte aux lettres en tôle galvanisée, un ruban de plastique à moitié décollé annonçait : « CORRIGAN ».

Les deux véhicules garés devant étaient eux aussi en piteux état. Le pick-up du père de Susan donnait de la bande, et la Corolla de sa mère avait triste mine. Un étranger qui serait venu promener son chien dans les parages aurait sans doute cru de prime abord que cette masure était occupée par une famille de paysans du Sud transplantés, et il ne serait revenu de son erreur qu'en voyant le jardin qui se dissimulait derrière.

L'étranger au chien aurait été abasourdi par les plates-bandes et les arbres fruitiers soigneusement entretenus, et il l'aurait été plus encore s'il avait pu voir l'intérieur de la maison, pleine de meubles d'époque, de bibelots précieux, de livres et de tableaux – surtout des marines peintes par le père de Susan.

Susan gravit les marches du perron en traînant sa lourde valise. Arrivée en haut, elle s'immobilisa. Elle avait les nerfs à vif, la gorge nouée. Ça lui faisait drôle de débarquer ainsi, à l'improviste, telle l'enfant prodigue regagnant le nid familial. Ce retour à Los Angeles serait-il définitif ? Les sept années de vie commune avec John n'avaient-elles été qu'un interlude ? Elle était en plein désarroi, épuisée de fatigue, assommée par l'effet du décalage horaire. À Los Angeles, il était 18 heures. À Londres, 2 heures du matin. Son ventre la faisait atrocement souffrir. On aurait dit qu'une lame chauffée à blanc était enfoncée dans ses entrailles ; la douleur ne la quittait plus à présent, et semblait empirer sans cesse.

Elle avait la clé de la maison dans son sac à main, mais elle renonça à en faire usage. Elle n'allait quand même pas leur jouer un tour pareil. Elle ouvrit la porte à claire-voie, pénétra dans la véranda et appuya sur la sonnette.

C'est sa mère, Gayle, qui vint lui ouvrir. En la voyant, sa bouche s'ouvrit toute grande et elle resta pétrifiée sur place. Susan la dévisagea, un peu mal à l'aise. Sa mère était vêtue d'un jean, d'un sweat-shirt et de ballerines. Elle s'était un peu empâtée depuis la dernière visite de Susan, un an plus tôt. À part cela, elle n'avait guère changé. Les rides de son visage s'étaient peut-être imperceptiblement creusées et ses cheveux blonds en bataille avaient peut-être un peu plus de mèches grises qu'il y a un an. Autrefois, la mère de Susan avait été très belle, avec une taille de sylphide, mais après l'accident de Casey elle avait pris du poids et ne l'avait plus jamais reperdu. Elle ne soignait plus son apparence ; son vernis à ongles était tout écaillé.

Une bonne odeur de cuisine s'échappait de la porte ouverte. La mère de Susan passait sa vie à mijoter des ragoûts et la maison était imprégnée en permanence d'odeurs alléchantes. Susan sentit monter en elle un flot de nostalgie.

En fixant les prunelles bleues de sa mère, dont les yeux étaient démesurément agrandis, Susan comprit que mille questions se bousculaient dans sa tête. Sa fille enceinte venait soudain de se matérialiser devant sa porte, à des milliers de kilomètres de chez elle. C'était forcément signe que quelque chose n'allait pas.

— Qu'est-ce que tu fais là, ma chérie ?

Susan déglutit, et arriva à s'arracher un sourire. Pourtant, au moment où elle ouvrait la bouche pour répondre, elle fondit en larmes. L'instant d'après, elle fut dans les bras de sa mère. Elle n'était plus qu'une petite fille qui s'est écorché le genou en tombant, maman la serrait sur son cœur, l'étreignait de toutes ses forces par-dessus l'énorme ventre qui s'interposait entre elles ; et elle comprit qu'en un rien de temps elle cesserait d'être malheureuse.

Tout allait s'arranger.

Après s'être douchée, Susan prit un peu de repos. Ensuite ils se retrouvèrent tous trois dans la salle de séjour. Susan s'assit sur le canapé victorien, face à ses parents installés dans deux vieux fauteuils au cuir élimé. Susan se souvenait encore du jour où sa mère avait acheté le canapé, dans un vide-grenier, à Santa Monica. Dick, son père, avait un visage émacié, buriné par les intempéries, des sourcils broussailleux, l'œil vif et un sourire un peu mélancolique qui rappelait celui de Henry Fonda. Sa salopette en coutil bleu délavée sentait la térébenthine. Les yeux fixés sur la bouteille de bière qu'il serrait dans sa main constellée de taches de peinture, il écouta le récit de Susan avec attention.

Susan, qui s'était crue plus forte que ses parents, avait de plus en plus l'impression d'être redevenue l'enfant qu'elle pensait avoir définitivement laissée derrière elle une éternité auparavant. Une enfant qui avait fait une bêtise, et devait subir un interrogatoire en règle de ses parents.

— John est de mèche avec eux, affirma-t-elle.

En entendant ça, une expression d'horreur se peignit sur leurs visages. D'horreur, ou peut-être d'incrédulité, Susan n'aurait su le dire avec certitude.

— Donne-nous un peu plus de détails sur ce que tu as trouvé au grenier, lui dit sa mère.

Susan leur décrivit aussi précisément que possible les pentacles et les autres symboles. Ensuite elle leur parla du doigt coupé. La description du doigt parut les troubler plus que tout.

— Quand John a passé cet accord avec la banque, est-ce que tu as eu ton mot à dire ? lui demanda son père.

— J'ai accepté de mon plein gré, dit Susan avec un haussement d'épaules. Si j'ai accepté, c'est parce que...

Elle hésita.

— Parce que tu faisais confiance à John ? suggéra sa mère.

— J'ai beaucoup de sympathie pour lui, dit son père, mais il a les dents trop longues. J'ai toujours pensé que son arrivisme lui jouerait des tours.

Susan éprouva un élancement subit et elle grimaça. Ce n'était peut-être que l'enfant qui s'agitait.

— Tu ne veux pas qu'on t'emmène chez un médecin ? lui demanda sa mère, inquiète.

Susan secoua négativement la tête.

— Je suis très fatiguée, c'est tout. Ça ira mieux demain, une fois que j'aurai dormi un peu.

— Demain matin, je t'emmènerai au dispensaire. Je demanderai au docteur Goodman de t'examiner. Il est gentil, tu verras.

Susan avala une gorgée de jus de pomme. Elle sentait une étrange lourdeur dans l'air, et se demandait si tout cela n'était pas un rêve. Ça lui faisait un drôle d'effet de se retrouver seule dans cette pièce avec ses parents. La pendule en métal chromé de la cheminée avait été récupérée sur l'épave d'une vieille

Packard ; la pile électrique qui l'actionnait était dissimulée derrière. Elle marquait 19 h 25. À Londres, il était 3 h 25 du matin.

Tout à coup, elle se sentit coupable de n'avoir même pas laissé un mot à John. L'idée lui vint qu'elle pourrait peut-être l'appeler pour lui dire qu'elle allait bien et qu'elle avait décidé de rester à Venice jusqu'à ce que l'enfant soit né et qu'elle l'ait placé sous la protection de la justice américaine.

Mais si elle lui disait où elle était, il en ferait part à M. Sarotzini et à Van Rhoe, et ils viendraient la chercher.

Assis à son bureau, dans l'appartement d'Earl's Court, Kündz entendit Susan expliquer :

— Je ne peux pas les laisser prendre mon enfant. Ils le tueront.

Puis il entendit sa mère lui répondre :

— Si jamais ce Sarotzini ose se montrer ici…

Le père de Susan, Dick Corrigan, intervint :

— Ce n'est pas le moment de monter sur tes grands chevaux, Gayle. Susan est fatiguée, bouleversée. Tous ces événements l'ont gravement secouée, et elle vient de faire un long voyage. Un vol transatlantique, c'est toujours épuisant, même quand on est jeune et vigoureux. Tu te souviens de l'état dans lequel nous étions à notre retour d'Europe ? Les décisions, on les prendra plus tard. Pour l'instant, il faut que Susan se restaure et qu'elle passe une bonne nuit de sommeil. On reprendra notre conférence demain matin.

— Je peux te certifier une chose, Dick, dit la mère de Susan, c'est que, quoi qu'il arrive, je ne laisserai personne lui enlever cet enfant.

— Pour l'instant, il vaut mieux ne pas prendre de décisions précipitées. Tu peux compter sur nous, Susan, nous serons toujours là pour te défendre, mais je crois que tout cela doit avoir une explication plus rationnelle.

— La télé parle beaucoup du problème des mères porteuses ces temps-ci, dit la mère de Susan. La semaine dernière, la neuvième chaîne leur a consacré un dossier. Peut-être qu'on devrait contacter un groupe d'entraide, la faire conseiller par des gens compétents.

Dick Corrigan haussa le ton.

— Enfin, si John ne veut pas de l'enfant, Susan ne peut pas l'obliger !

— Il changera d'avis, dit Susan d'une voix pleine d'assurance tranquille. Une fois que l'enfant sera né, il verra les choses autrement.

Kündz sourit. Tout marchait comme sur des roulettes. *Ah ma Susan,* se dit-il, *je suis si fier de toi.*

John arriva à son bureau à 7 h 30, exténué et malade d'angoisse.

Il n'avait pas fermé l'œil de la nuit. À 3 h 30, alors qu'il commençait enfin à s'assoupir, le téléphone l'avait réveillé en sursaut. C'était Pilar, au bord de la crise de nerfs, qui l'appelait d'une cabine de l'hôpital Saint-Thomas pour lui annoncer qu'Archie était en réanimation.

John s'était rendu sur-le-champ à l'hôpital, où il s'était heurté violemment à l'infirmière en chef, qui refusait de les laisser accéder à la chambre d'Archie, Pilar et lui, sous prétexte qu'ils n'étaient pas de la famille. Quand il arriva enfin au chevet d'Archie, il se trouva face à un spectacle consternant. Son malheureux ami fixait le vide d'un œil vitreux et ne semblait rien entendre de ce que John lui disait. De temps en temps, son pouce droit était agité d'un étrange mouvement spasmodique.

Après avoir soumis John à un interrogatoire serré, un petit interne mal embouché se mit à lui faire la morale. Il lui expliqua qu'Archie était obèse, qu'il fumait beaucoup trop, et qu'il souffrait de surmenage. Après avoir disputé une partie de squash épuisante, il avait imbibé une quantité exagérée d'alcool et était retourné à son bureau pour travailler. L'ensemble faisait de lui un candidat parfait pour une série d'affections et de malaises, au premier rang desquels figurait la congestion cérébrale. Le diagnostic ne serait établi avec certitude que le lendemain matin, quand les résultats d'analyse reviendraient du labo.

John s'assit à son bureau. Toute sa vie était en train de s'écrouler. Il se faisait un sang d'encre au sujet de Susan, et l'accident d'Archie l'avait bouleversé. Archie avait le même âge que lui, et il lui avait toujours semblé invulnérable. John n'était pas obèse, évidemment, et il ne fumait plus que très occasionnellement, mais il se surmenait autant qu'Archie. Ce qui était arrivé à Archie pouvait lui arriver aussi.

Il ferma les yeux. *Où es-tu, Susan, ma chérie? Où te caches-tu?*

Il essaya d'imaginer ce qu'il aurait fait à sa place. Susan était enceinte, elle s'était mis en tête que Sarotzini et Van Rhoe voulaient sacrifier son enfant, les graffitis occultistes qu'ils avaient trouvés au grenier l'avaient rendue complètement parano, la mort de Fergus Donleavy lui avait fichu un coup terrible, et à présent elle se méfiait même de John.

Elle était intimement persuadée qu'une conspiration se tramait contre elle, ou plutôt contre son enfant.

Il fallait absolument qu'il arrive à la raisonner.

Où était la raison, dans tout cela ? Il n'en était plus très sûr. Les graffitis du grenier l'obnubilaient. Il pensait sans arrêt au collègue d'Archie qui avait un pentacle tatoué sur l'avant-bras et s'occupait du compte de la banque Vörn. Il pensait à Zak Danziger, qui était mort à point nommé aussitôt après que la banque avait décidé d'investir dans DigiTrak. À Harvey Addison, mort après que Susan et lui avaient été le consulter, à Fergus Donleavy, mort après avoir mis Susan en garde contre Sarotzini. Et à présent, c'était au tour d'Archie d'être victime d'une congestion cérébrale, ou de quelque chose d'approchant.

Se pouvait-il qu'il existe un lien entre tous ces événements ? Non, c'était impossible. Il ne fallait pas se laisser aller à la paranoïa ; il fallait garder la tête froide, et c'était bien plus difficile. Ce n'était peut-être qu'une série de coïncidences. Susan était obsédée par les coïncidences, et c'est son obsession qui l'avait fait sombrer dans cette espèce de hantise. John avait beau se le répéter, il n'arrivait pas à s'en persuader, en tout cas pas complètement. L'inquiétude qui grandissait en lui sapait lentement mais sûrement toutes ses certitudes.

Où es-tu, Susan ?

Aucun de leurs amis n'avait de ses nouvelles. Où était-elle allée se réfugier ? Où serait-il allé à sa place ? Quand on se sent persécuté, vers qui se tourne-t-on d'instinct ? Où se sent-on en sécurité ? Chez papa et maman, bien sûr.

Était-elle partie en Californie ? Comment serait-elle arrivée jusqu'à Los Angeles ? Elle était enceinte de huit mois. Jamais on ne l'aurait laissé monter à bord d'un avion.

Si elle avait quitté le pays, c'est Van Rhoe qui allait être content, lui qui ne voulait même pas qu'elle s'éloigne de Londres, ne serait-ce que quelques heures. John consulta sa montre. Huit heures moins le quart. Il était donc minuit moins le quart à Los Angeles. Un peu tard pour téléphoner, mais après tout que diable. Il chercha le numéro des parents de Susan dans son fichier d'adresses, et le composa.

C'est son beau-père qui décrocha. Il avait une voix ensommeillée. Il se montra d'une froideur inaccoutumée. John se dit qu'il avait dû le réveiller.

— Pardon de vous déranger, Dick. C'est que la situation est grave. Ça m'embête de devoir vous dire ça, mais je crois que les nerfs de Susan ont craqué. Quand je suis arrivé à la maison hier soir, elle avait disparu. Apparemment, elle est partie en voyage, puisqu'elle a pris sa valise. Elle n'a pas essayé de vous contacter, par hasard ? Je me demandais si elle n'avait pas décidé de s'installer chez vous.

Il y eut un bref silence, puis Dick Corrigan répondit :

— Non, nous n'avons pas eu de ses nouvelles depuis une quinzaine. La dernière fois qu'elle nous a appelés, c'était un dimanche. Elle avait l'air un peu fatiguée, à part ça elle allait bien.

John le pria de le rappeler si jamais il avait des nouvelles. Corrigan lui dit qu'il n'y manquerait pas, lui demanda de faire de même de son côté, et raccrocha.

John resta un moment assis la tête dans les mains, puis l'idée lui vint que Susan avait peut-être essayé de le joindre par courrier électronique, et il consulta sa messagerie. Il y avait une vingtaine d'e-mails, comme d'habitude. Il en parcourut rapidement la liste et s'aperçut que l'un d'eux émanait d'Archie Warren. Il avait été expédié à 21 h 47, la veille, et comportait une pièce jointe. Il cliqua deux fois et le mot d'Archie apparut sur l'écran :

« john, tout ce que nous avons sur la banque vörn est en langage crypté, si tu arrives à décoder le fichier ci-joint, contacte-moi et je t'enverrai le reste, bonne lecture, arch. »

John réfléchit longuement, sans quitter le message des yeux. Au club de squash, Archie ne lui avait pas parlé de ça. L'heure à laquelle le message avait été envoyé indiquait qu'il était repassé au bureau après l'avoir quitté. Archie avait mis la main sur le dossier de la banque Vörn, et avait eu une attaque aussitôt après.

Était-ce de la folie d'imaginer qu'il pouvait exister un lien entre ces deux faits ?

Ou la folie n'était-elle pas plutôt de refuser d'en établir un ?

John cliqua deux fois pour faire apparaître le document qu'Archie avait joint à son message. L'instant d'après l'écran de son ordinateur se couvrit d'un invraisemblable fouillis de lettres, de chiffres et de symboles qui n'avaient pour lui aucun sens. Il composa le numéro de Gareth et lui demanda de venir le rejoindre dans son bureau.

Quelques minutes plus tard, Gareth entrait. Comme d'habitude, il avait une mine de déterré et ses vêtements semblaient sortir d'un panier de linge sale oublié dans un coin depuis des lustres. Il jeta un rapide coup d'œil à l'écran et déclara :

— C'est du PGP.

Le PGP – *Pretty Good Privacy* – était l'un des systèmes de codage les plus pratiqués par les usagers d'Internet.

— Tu pourrais me décrypter ça ? demanda John.

Gareth le gratifia d'un regard dédaigneux.

— Bien sûr, répondit-il. Procure-moi un ordinateur géant du genre de ceux qu'utilise le Pentagone, donne-moi quatre ans de vacances, et avec un peu de chance j'y arriverai.

— Merde, c'est à ce point ?

Le regard de Gareth se reposa sur l'écran.

— D'où est-ce que ça émane ?

— Comment ça ?

— Est-ce que ça émane de gens compétents ?

— Je crois.

Gareth alluma une cigarette.

— Dans ce cas, nous avons affaire à des polynômes variables.

— Tu peux me traduire ça en anglais ?

— Ça veut dire que t'es dans la merde jusqu'au cou.

— Gareth, tu es vraiment d'un concours précieux.

— Pour déchiffrer ça, il faudrait que tu aies le code. La personne qui l'a émis doit l'avoir, et le destinataire aussi. Quand on se sert de ces systèmes pour coder quelque chose, on fournit une clé qui peut être représentée par un, deux, quatre octets ou plus, selon la qualité du matériel dont on dispose. C'est basé sur la progression algébrique, comme le grain de riz sur l'échiquier.

—Quel grain de riz?

—Tu places un grain de riz sur la première case, deux sur la deuxième, quatre sur la troisième, huit sur la quatrième, seize sur la cinquième et ainsi de suite. Quand tu arrives à la soixante-quatrième case, tu te retrouves avec la totalité de la production mondiale annuelle de riz, ou quelque chose d'approchant. Leur système de codage est fondé sur le même principe.

John le regarda d'un air accablé.

—Autrement dit, on n'a aucun moyen de le déchiffrer, c'est ça?

Gareth chercha un cendrier des yeux et, n'en trouvant pas, secoua sa cigarette au-dessus de la corbeille à papier.

—C'est urgent?

—Excessivement.

Gareth se mit à arpenter le bureau en agitant les bras.

—Écoute, dit-il, j'ai un copain, tu vois?

Il s'approcha de John et baissa la voix, en jetant des regards inquiets autour de lui.

—On était à la fac ensemble. Il travaille pour les services de renseignements d'État, à Gloucester. Ce sont les grands spécialistes des écoutes. Ils disposent d'un ordinateur géant, et il m'a confié qu'ils avaient les clés de presque tous les codes Internet. Tu le gardes pour toi, d'accord? Il a une passion pour l'ale artisanale. Je pourrais peut-être l'inviter à boire un verre avec moi ce week-end.

John secoua la tête.

—C'est vraiment très urgent, Gareth. Il n'y a pas moyen de faire plus vite?

Gareth jeta un nouveau coup d'œil à l'écran, poussa un soupir et répondit :

—Bon, tu n'as qu'à me copier ça. Je vais tenter le coup, mais je ne te promets rien.

Kündz, confortablement installé dans la cabine classe affaires d'un vol British Airways à destination de Genève qui avait quitté Londres de très bonne heure ce matin-là, dégustait un copieux petit déjeuner à base d'œufs brouillés, de chipolatas et de cèpes.

Chapitre 54

De sa chambre, on avait vue sur les vignes et les champs d'oliviers qui couvraient les pentes méridionales des contreforts des Alpes liguriennes. Au fond de la vallée, les vestiges calcinés d'un des derniers convois de Mussolini encombraient encore la petite route qui sinuait le long des méandres du fleuve.

Il avait treize ans. La guerre était finie depuis vingt-quatre mois. Les gamins du voisinage, les garagistes et les ferrailleurs avaient depuis longtemps dépouillé les carcasses des camions et des half-tracks de tout ce qui valait la peine d'être revendu ou conservé comme souvenir, les réduisant à l'état de squelettes rouillés.

Cette chambre était toute sa vie. Elle avait un plafond bas et incliné, les murs en étaient ornés d'insipides peintures de fleurs, et de son étroite fenêtre on apercevait la vallée et un angle du firmament. L'été, la vallée était couverte d'une végétation luxuriante; l'hiver, elle était aride et pelée. Cette chambre et ses livres, c'est tout ce qui comptait pour lui. Elle était sous les combles, et donnait sur la façade arrière, juste au-dessus d'un escarpement qui s'étendait sur une centaine de mètres. Personne ne pouvait l'apercevoir de l'extérieur.

Dans le village, personne n'était au courant de sa présence, à l'exception de l'homme et de la femme qui l'hébergeaient. Ils étaient les propriétaires de la maison, et habitaient en dessous. Ils le nourrissaient et lui fournissaient les livres dont il avait besoin pour étancher son insatiable soif de connaissances. Dans le reste du monde, seule une infime poignée d'individus étaient au courant de son existence.

C'est pour cette raison qu'il fut complètement pris de court quand ils vinrent le chercher.

Il n'eut même pas le temps de voir les gens qui firent irruption dans sa chambre cette nuit-là. Tout se passa dans le noir. Il dormait, et quand il se réveilla il avait un bandeau sur les yeux et un bâillon puant lui recouvrait la bouche.

Il n'aurait su faire le compte des voix qui chuchotaient autour de lui. Ce qu'il savait, c'est que la plupart étaient des voix de femmes et qu'il avait très peur. Il fut arraché de son lit, jeté à terre, puis hissé sur la table qui lui servait de bureau. Pendant ce temps-là, les voix répétaient, en une espèce de mélopée ininterrompue : « *Il Diavolo… Il Diavolo… Il Diavolo…* »

Il entendit les hurlements de sa gardienne, la signora Vellucci, qui leur criait de le laisser tranquille, les menaçait de terribles représailles, mais ils ne firent pas attention à elle.

On lui ôta brutalement sa chemise de nuit, on le palpa, on le tâta, on l'examina sous toutes les coutures, comme des maquignons auraient fait d'un bestiau. La mélopée cessa un instant, et une voix de femme cria : « *Ce l'ha il padre, deve averlo anche lui.* » (Son père en était, il doit en être aussi.)

Une autre femme, qui écartait ses cheveux pour en examiner les racines, dit à mi-voix que le fils d'Emil Sarotzini avait des cheveux aussi diaboliques que les siens.

Il sentit qu'on lui introduisait un doigt dans le rectum. Le doigt s'enfonça sans ménagement, lui arrachant un cri de douleur que le bâillon étouffa. Le doigt se retira, aussi brutalement, une voix fit remarquer que ce n'était pas contagieux, et cette remarque fut saluée d'un éclat de rire général.

Puis ce fut le silence.

Un demi-siècle plus tard, il se souvenait encore de ce silence.

Il se souvenait des mains qui s'étaient refermées comme autant d'étaux sur ses poignets, ses chevilles, ses cuisses. Un bras lui serrait le cou, lui collant le visage contre le plateau de la table. C'est tout juste s'il arrivait à respirer.

Il se souvenait des doigts qui lui avaient saisi le sexe, le tirant vers son nombril. Il se souvenait de la panique qui s'était emparée de lui quand les doigts lui avaient entouré le scrotum, d'une autre voix de femme qui disait : « Nous n'avons pas le droit de le tuer, mais nous pouvons faire en sorte que la lignée des Sarotzini s'arrête avec lui. Il sera le dernier ! »

Il se souvenait de la douleur entre ses jambes, l'atroce douleur de la lame du couteau. Et de ce que cette douleur lui avait ravi.

Il se souvenait de la Dixième Vérité : « L'homme qui n'éprouve pas le désir de se venger ignore ce qu'est la souffrance. » Ces paroles, il se les remémorait chaque fois qu'il pensait aux événements de cette nuit-là.

Dans le village d'Ajane d'Annunzzi, pas un seul enfant n'était né depuis 1947. Le village était en voie d'extinction. On l'appelait « le Village des Damnés ». Personne ne comprenait les raisons de ce phénomène. Était-il dû aux produits toxiques déversés par l'usine pharmaceutique qui se trouvait en amont du fleuve, ou aux champignons dont les villageois faisaient une grosse consommation ? Nul n'en savait rien. Des médecins et des chercheurs préoccupés par la multiplication des cas de stérilité à travers le monde s'étaient penchés sur ce cas d'école. La publication de leurs recherches dans des revues médicales avait valu une large notoriété au village, mais ils en étaient toujours réduits aux conjectures.

C'est à quoi pensait M. Sarotzini tandis qu'il regardait Kündz, assis de l'autre côté de son bureau.

Il fallait qu'il y pense. C'était indispensable.

— À quoi ressemblait ta vie avant que je t'aie trouvé, Stefan ? demanda-t-il.

— Je n'avais pas de vie.

— Comment t'ai-je trouvé ?

— La Voix, dit Kündz. La Voix que vous avez entendue.

— Que m'a dit la Voix ?

— Elle vous a dit où j'étais. Elle vous a dit que vous me trouveriez dans un village de Tanzanie, en Afrique. J'avais cinq ans.

— Que faisais-tu dans ce village ?

— J'apprenais à traquer le gibier.

— Et quoi encore ?

— C'est tout.

— D'où venais-tu, Stefan ?

— Je n'en sais rien.

— Une sœur missionnaire violée par un garde-chasse ?

— Je ne sais pas.

— Pourquoi le garde-chasse a-t-il violé la nonne ?

— Je n'en sais rien.

— Qu'est-ce que tu sais, Stefan ?

— Je sais que vous êtes venu me chercher.

— Pourquoi suis-je venu te chercher ?

— C'est la Voix qui vous guidait.

— Pourquoi me guidait-elle ?

Kündz fixa l'épais tapis persan à ses pieds.

— Parce que vous aviez besoin de moi. Parce que vous aviez besoin d'un gène dont je suis porteur. Un gène très rare.

— Est-ce que la Voix te guide, Stefan ?

— C'est vous qui me guidez.

— Dis-moi ce que tu es, Stefan.

— « Un petit enfant qui pleure dans la nuit, implorant qu'on lui donne la lumière, sans autre langage que ses pleurs. »

— Qui a composé ces vers, Stefan ?

— Tennyson.

— Et qui est ta lumière, Stefan ?

— Vous.

— Alors pourquoi me désobéis-tu ? Pourquoi as-tu flanché ? Parce que tu es amoureux ? Les plaisirs de la chair ? Ces plaisirs te font dévier de ta route, tu y penses tout le temps, tu te laisses mener par eux, ils t'obsèdent, pas vrai ?

Kündz ne savait que répondre.

— Pourquoi as-tu laissé Susan Carter s'enfuir en Amérique, Stefan ?

— Je n'ai fait que suivre vos instructions.

— Et tu m'obéis toujours ? Es-tu mon chien de Pavlov ? Salives-tu dès que j'agite ma clochette ?

Kündz hésita, bien qu'il sût que son hésitation le mettait en danger.

— Oui, dit-il.

— Salives-tu quand tu penses à Susan Carter ?

De nouveau, Kündz hésita.

— Je t'ai donné Susan Carter, Stefan, et tu l'as laissé s'enfuir en Amérique.

— Je n'avais pas tous pouvoirs, rétorqua Kündz. Je ne peux pas l'empêcher de se déplacer.

Une lueur de courroux traversa le regard de M. Sarotzini.

— Si tu avais passé un coup de fil à l'aéroport pour les prévenir qu'elle était enceinte de huit mois, ils ne l'auraient pas laissé monter à bord de l'avion. Ce n'était pas si sorcier.

Kündz baissa la tête, honteux.

— Regarde-moi, Stefan. Ton amour t'affaiblit.

Kündz releva les yeux et regarda M. Sarotzini en face, sans lui répondre. M. Sarotzini aurait pu le féliciter d'avoir eu assez de présence d'esprit pour expédier Miles Van Rhoe aux États-Unis sur-le-champ, à bord d'un jet privé qui était arrivé avant même que l'avion de Susan n'ait atterri. Mais le moment n'était guère propice aux louanges.

—Cet enfant aura besoin d'un père, Stefan, tu l'as bien compris ?

Kündz avala sa salive. Il était dans ses petits souliers.

—Oui, dit-il.

—N'ai-je pas tenu parole ?

—Si.

—N'as-tu pas trouvé cela agréable ?

—Si.

—Aussi agréable que dans tes rêves ?

Kündz répondit par une citation :

—Virgile dit que le sommeil a deux portes. L'une est en corne, et les esprits de la vérité la franchissent aisément. L'autre est en ivoire, et les dieux s'en servent pour envoyer au ciel des rêves trompeurs.

—Par laquelle de ces portes es-tu passé pour t'introduire dans Susan Carter ?

Kündz réfléchit un instant, car les questions de M. Sarotzini étaient toujours piégées.

—La porte en corne, dit-il.

M. Sarotzini eut un sourire.

—Te rappelles-tu la Quinzième Vérité, Stefan ?

Kündz la lui récita :

—« Réaliser son rêve est une force. Le répéter, une faiblesse. »

M. Sarotzini ouvrit l'un des tiroirs de son bureau, en sortit un rasoir à main et le tendit à Kündz.

—Est-il aiguisé comme il faut ? demanda-t-il.

Kündz testa le tranchant de la lame du pouce, et répondit que oui.

M. Sarotzini prit un cigare dans la boîte de havanes posée sur son bureau, mais ne l'alluma pas.

— Personne d'autre ne connaît la vérité que toi et moi, Stefan. La vérité, c'est cet enfant.

Après avoir examiné la bague du cigare, il regarda Kündz droit dans les yeux.

— Nous avions pris un engagement mutuel. J'ai tenu ma promesse, à toi de tenir la tienne. Es-tu prêt à te purifier, Stefan ? À te protéger définitivement contre la tentation ? À me prouver que je me trompe, et qu'au lieu de t'affaiblir ton amour t'a rendu plus fort ?

Kündz s'efforçait de résister à la panique qu'il sentait monter en lui. Il n'avait pas envie de faire ça. Il n'en avait aucune envie, pourtant il fallait qu'il obéisse. Il devait prouver à M. Sarotzini que son amour ne l'avait pas affaibli. Il fallait à tout prix qu'il se calme. C'était nécessaire. Il avait confiance en M. Sarotzini. M. Sarotzini ne lui aurait pas imposé une telle épreuve sans nécessité. Il allait souffrir, mais sa souffrance était nécessaire. Et puis il avait donné sa parole.

Il poussa un soupir et déclara :
— Je suis prêt.

M. Sarotzini se dirigea vers le meuble à télévision et en ouvrit la porte. Lorsqu'il alluma le magnétoscope, Kündz ne put réprimer un frisson. Il savait ce qui l'attendait, et se serait volontiers passé de ce spectacle. Cependant il n'avait pas le choix, il était obligé de le regarder.

Claudie apparut sur l'écran. Elle était nue. Le côté gauche de son corps était d'une blancheur de lait, de cette blancheur voluptueuse et molle que Kündz avait toujours trouvée tellement excitante. Mais à présent, tout le côté droit en était rose, d'une texture bien différente, et le sein droit n'avait plus de téton.

Claudie était maintenue par cinq chaînes qui l'écartelaient. Une qui lui tirait la tête vers le plafond, deux fixées à ses chevilles qui la clouaient au sol, deux autres lui écartant les bras. Elle était tournée vers l'objectif, et son visage exprimait une épouvante sans nom. Elle hurlait, suppliait, les yeux agrandis par l'horreur.

Kündz se vit lui-même à l'écran. Il entra dans le champ, s'approcha de Claudie. Il tenait à la main un couteau à désosser, aussi effilé qu'un rasoir, avec lequel il allait maintenant achever le travail qu'il avait commencé plusieurs jours auparavant. Il y était contraint, il ne pouvait agir autrement.

En arrivant à la hauteur de Claudie, il avait essayé de lui faire comprendre qu'il regrettait de devoir lui infliger ça, qu'il ne le faisait pas de son plein gré. Il fut soulagé de constater que la caméra n'avait pas enregistré cette légère défaillance.

Il se vit pratiquer une petite incision horizontale au-dessous de l'omoplate gauche, en prenant soin de ne pas entamer la chair. En se voyant achever sa tâche macabre, Kündz ne put réprimer un frisson d'horreur. On l'avait forcé à l'écorcher vive.

Au bout de quelques minutes, M. Sarotzini arrêta le magnétoscope et lui demanda :

—Aimerais-tu entendre Susan Carter hurler ainsi ?

Kündz répondit que ça ne lui plairait pas du tout, et il était sincère.

—Une fois que tu auras accompli ton devoir, je tiendrai mon autre promesse, Stefan, lui dit M. Sarotzini. Susan Carter sera à toi pour de bon.

Kündz le regarda au fond des yeux, et la confiance qu'il avait en lui resta inébranlable. C'était un devoir sacré, il ne pouvait s'y soustraire.

Le rasoir à la main, il se dirigea vers le cabinet de toilette qui jouxtait le bureau de M. Sarotzini, y entra et ferma la porte. D'un geste preste, il déboucla sa ceinture et laissa glisser son pantalon à terre. Ensuite il baissa son caleçon en coton.

Claudie était morte à présent, elle ne souffrait plus. Mais Susan Carter était bien vivante. Si jamais Susan le faisait flancher encore une fois, si elle essayait encore une fois de le séduire, si elle manifestait d'autres velléités de fuite, M. Sarotzini l'obligerait à la punir comme il l'avait obligé à punir Claudie. Il le savait, et l'idée lui en était insupportable. Il aimait trop Susan pour lui infliger ça. Il devait la sauver.

Il testa une dernière fois le tranchant du rasoir en l'effleurant du pouce puis, pour étouffer sa peur, ses hésitations et ses doutes, se dit que M. Sarotzini avait lui-même éprouvé cette souffrance jadis, et qu'en se l'infligeant il sauverait la vie de Susan Carter. C'est peut-être de ce geste qu'était née, au moins en partie, l'extraordinaire force mentale de M. Sarotzini. Si Kündz voulait devenir aussi fort que lui, il fallait qu'il en passe par là.

Il le comprenait à présent, M. Sarotzini n'avait fait que le mettre sur la voie. Il allait être initié. C'était merveilleux.

Et la vie de Susan serait épargnée.

Plein d'un sentiment de gratitude extatique envers M. Sarotzini, Kündz empoigna son scrotum, et serra ses testicules contre la base de la verge. C'était douloureux, mais la douleur n'était rien en comparaison de celle qu'il éprouva quand la lame du rasoir trancha la peau, puis le cartilage, laissant jaillir un flot bouillonnant de sang qui lui ruissela sur la main et forma une flaque rouge sur le carrelage.

Kündz se mordit les lèvres et serra les dents pour réprimer un hurlement. Il tremblait de tous ses membres ; ses yeux n'étaient plus que deux fentes. Luttant contre la douleur, transpirant à grosses gouttes, il fit un effort surhumain pour continuer à tenir le rasoir d'une main ferme. Il était loin d'être arrivé au bout de ses peines, et il le savait. Il se concentra de toutes ses forces, en se répétant comme un mantra : *Je te sauve la vie, Susan, je te sauve la vie, Susan.* Malgré lui, des gémissements lui échappèrent. Il serra les dents encore plus fort. Son corps entier était secoué de spasmes. Ses genoux fléchissaient, se redressaient.

Il ne fallait pas crier.

Un poignard lui fouillait les entrailles, une lame aiguë lui transperçait la cervelle, éclatant en milliers de coups d'épingle dont il ressentait les insupportables piqûres dans tout le corps. Il se plia en deux, poussa un terrible rugissement de bête blessée, qui se mua aussitôt en gémissement d'agonie, et tout à coup la bourse sanguinolente se détacha et lui resta dans la main. Ivre de douleur, il la jeta dans la cuvette des W.-C. et tira la chasse. L'eau ensanglantée tourbillonna un instant sur l'émail blanc, avant de disparaître. Kündz vit le sang qui lui ruisselait le long des cuisses, s'écoulant sur le carrelage. Il arracha plusieurs feuilles de papier hygiénique du distributeur, et en fit une boule qu'il pressa sur son entrejambe.

Terrassé par la douleur, il finit par tomber à genoux et appuya son front brûlant au frais carrelage blanc du mur. De violents hoquets le soulevèrent. Il était incapable de les contenir. Il avait conscience de sa faiblesse, et elle l'effrayait. M. Sarotzini ne serait pas content. Il fallait qu'il soit fort, qu'il trouve des réserves d'énergie en lui. Il faisait attendre M. Sarotzini. Cela n'avait que trop duré. Il devait lui montrer qu'il était fort.

Il se remit à hoqueter, puis il vomit. Cela lui éclaircit un peu les idées. Il se redressa en chancelant, sortit le briquet Dunhill en or de sa poche et en souleva le couvercle. Se récitant mentalement les Trente-Quatre Vérités l'une après l'autre, il retira la boule de papier ensanglantée et approcha la flamme de sa blessure. Il eut atrocement mal, et une odeur de chair brûlée lui envahit les narines, mais les Vérités le stimulaient. Il continua à se les réciter, une à une, les enchaînant, en une espèce de psalmodie jusqu'à ce que la plaie soit cautérisée et que la douleur ait reflué, cédant à une sourde pulsation.

Il passa ses pans de chemise tachés de sang sous le robinet, se lava les mains, rajusta sa cravate, et regagna le bureau de M. Sarotzini. Chaque pas lui coûtait, et il marchait très lentement. Il annonça à M. Sarotzini qu'il venait d'accomplir sa promesse.

Ce n'était pas encore assez, apparemment. M. Sarotzini hocha la tête, mais son air contrarié ne le quitta pas.

— Explique-moi une chose, Stefan, dit-il. Comment se fait-il que tu n'aies pas encore fait payer à Susan Carter sa visite à l'obstétricien Harvey Addison ?

Kündz n'avait pas d'explication à fournir. Il avait la cervelle en feu, l'horrible douleur était en train de renaître. Il n'osait pourtant rien en laisser paraître.

— Ta faiblesse nous met tous en péril, Stefan. Tu ne vois donc pas le danger ?

Kündz déglutit, puis fit signe que si.

— Es-tu en colère, Stefan ?

Kündz, encore une fois, fit signe que oui. Il aurait voulu s'asseoir, et même s'allonger, se couvrir le bas-ventre de ses mains, se plier en deux, vomir de nouveau, mais il ne pouvait se conduire ainsi devant M. Sarotzini.

— Es-tu en colère contre ta propre faiblesse ? Ou contre Susan Carter ? Il faut diriger ta colère, Stefan, il faut qu'elle ait une cible précise. As-tu apporté la photographie ?

Kündz sortit de sa poche la photographie de Casey.

M. Sarotzini hocha la tête. Kündz s'arma du Dunhill en or, et s'en servit pour enflammer un coin de la photo. Le banquier avança la main, s'en empara, et usa de la flamme pour allumer son cigare. Ensuite il la laissa tomber dans son grand cendrier en cristal, et ils la regardèrent se consumer ensemble.

— As-tu sur toi un objet personnel de Susan Carter, Stefan ? demanda M. Sarotzini.

Kündz présenta le minuscule mouchoir brodé d'un *S* bleu qu'il avait chapardé dans le panier à linge de la salle de bains des Carter. Susan ne s'était jamais aperçue de sa disparition.

M. Sarotzini jeta un coup d'œil à sa montre, porta le cigare à sa bouche et en tira une longue bouffée.

— Es-tu reconnaissant, Stefan ? M'es-tu reconnaissant de tout ce que j'ai fait pour toi ?

Kündz n'osait pas ouvrir la bouche, craignant que sa souffrance ne soit perceptible dans sa voix. M. Sarotzini venait de le surprendre en flagrant délit de faiblesse. Il eût été peu avisé de le montrer une deuxième fois. M. Sarotzini jouait avec lui, il le savait. Il essayait de le faire trébucher. Au milieu de son atroce souffrance, sa voix intérieure lui criait un avertissement. Elle lui criait la Douzième Vérité : « La gratitude est une faiblesse. »

— Je suis conscient d'être privilégié, mais je le dois à ma naissance, et non pas à la charité.

M. Sarotzini eut l'air enchanté.

— Bravo, Stefan ! Excellente réponse ! À présent, nous allons avoir besoin d'énergie. À toi de tenir le mouchoir ; le contact s'établira plus facilement à travers toi. Ferme les yeux. Concentre-toi sur le mouchoir. Fais-le parler.

Kündz vit une chambre, une toute petite chambre d'enfant, des peluches alignées sur une étagère, une poupée habillée en gitane dans un cylindre de Cellophane. Dans le lit, une femme endormie. Susan Carter.

Il était midi trente-cinq, heure locale. Trois heures trente-cinq du matin à Los Angeles.

Chapitre 55

Casey avait pris de l'avance. Elle courait le long du sentier de grande randonnée qui sinuait entre les hauts talus de terre rouge et les énormes rocs couleur brique, l'étincelant soleil du Colorado accrochant des reflets à ses cheveux d'un blond de lin. Susan et ses parents avaient peine à la suivre.

Tout à coup, Casey s'arrêta et se retourna vers eux, un large sourire aux lèvres.

— Dépêchez-vous un peu! leur cria-t-elle. Vous allez rater le début du spectacle!

Elle dégringola l'une des rampes qui permettaient d'accéder aux gradins, et se hissa sur la scène centrale de l'amphithéâtre désert. Campée sur le proscenium, en jean, chaussures de tennis et sweat-shirt à l'effigie de Greenpeace, les mains aux hanches, elle se mit à crier à tue-tête à l'intention de Susan, de ses parents et des dix mille sièges vides:

— Mesdames et messieurs, à titre tout à fait exceptionnel, la grande Casey Corrigan a accepté de se produire à l'amphithéâtre des Rocs rouges! Oh, yeeeeeaaaaaaah!

Usant d'un bout de bois qu'elle avait ramassé en guise de micro, elle se lança dans une interprétation débridée du Time After Time de Cyndi Lauper, en tournoyant sur elle-même *comme une toupie. Elle embraya sur* What's Love Got To Do With It? *en singeant les attitudes de Tina Turner. S'arrêtant au milieu d'un couplet, elle s'écria :*

— *Allez, chantez avec moi ! Papa, maman, Susan ! Au refrain avec moi... Susan, Susaaannn, Susaaaaannnnnn, Susaaaaaaarinnnnnn.*

Susan se réveilla en sursaut, désorientée. L'écho de la voix de Casey lui résonnait encore dans la tête. La chambre était trop petite, le lit n'était pas orienté dans la bonne direction. Où était passé John ?

Et là, elle se souvint. Elle était chez ses parents, dans sa petite chambre d'enfant. Elle était trempée de sueur, morte d'angoisse. À cause de Casey.

Pourquoi pleures-tu, Casey ?

Casey ne se sentait pas bien.

Je suis arrivée de Londres hier.

La douleur de son ventre avait augmenté depuis la veille. Elle avait mal au dos, en plus. À cause du lit, probablement. Un lit d'enfant n'est pas conçu pour recevoir une femme enceinte jusqu'aux yeux. Elle alluma la lampe de chevet et consulta sa montre. Elle indiquait 3 h 35.

Les Rocs rouges. Elle se souvenait de cette journée avec une clarté particulière. Elle remontait à dix ans, peut-être même douze. Ils étaient partis faire une excursion en famille dans les montagnes Rocheuses. Casey, qui venait juste d'avoir quinze ans, avait joué les boute-en-train pendant tout le voyage. Extérieurement, elle était déjà une jeune femme ravissante, mais elle avait gardé son tempérament d'enfant primesautière, un peu tête folle et toujours intrépide.

Susan se revit debout au milieu de l'amphithéâtre vide, Denver et son immense plateau étalés à ses pieds. Tandis qu'elle regardait sa sœur, l'angoisse s'était emparée d'elle. Elle avait eu du mal à chanter, car le pressentiment d'un épouvantable malheur lui serrait la gorge. Il lui semblait tout à coup que Casey était trop gentille, trop adorable, que le monde était bien trop tordu pour tolérer l'existence de quelqu'un qui avait autant de cœur, qu'il allait forcément la happer dans ses tentacules, la corrompre, la transformer, la rabaisser à son niveau.

Trois semaines plus tard, Casey avait avalé la pilule d'ecstasy et en avait été transformée à jamais.

Ce n'était pas la première fois que Susan avait une prémonition au sujet de Casey. Quand elles étaient petites, elle savait presque toujours ce que Casey éprouvait, même lorsqu'elles étaient loin l'une de l'autre. Un jour, à l'école, son bras droit s'était soudain mis à lui faire mal, et en rentrant à la maison elle avait appris que Casey s'était cassé le bras droit lors d'une chute de bicyclette.

Les jumeaux sont souvent télépathes, Susan ne l'ignorait pas. La télépathie est plus rare entre deux sœurs ou deux frères ordinaires, mais les exemples n'en manquent toutefois pas. Même pendant les années qu'elle venait de passer en Angleterre, il lui arrivait de capter les pensées de sa sœur ou de sentir qu'elle essayait de lui faire parvenir un message.

C'est ce sentiment qu'elle avait maintenant, et il était d'une force insolite. Casey était terrorisée, elle en était sûre.

Bobosse s'était réveillé, lui aussi. Il lui donnait des coups de pied. Il s'agitait en tous sens, manifestement très énervé. On aurait dit qu'il essayait de lui communiquer quelque chose, on aurait dit que lui aussi avait pressenti l'angoisse de sa tante.

Dehors une sirène se mit à hululer dans la nuit. Susan repoussa les draps et posa les deux pieds sur le sol. Elle étira les bras aussi loin qu'elle le pouvait au-dessus de son gros ventre, en direction des orteils, puis se redressa brusquement pour essayer de soulager son mal de dos. Elle regarda le lit qui, avec sa valise sur le sol, suffisait à remplir presque tout l'espace exigu de la minuscule chambre. Il était nettement affaissé en son milieu.

Les peluches alignées sur l'étagère au-dessus du lit la contemplaient de leurs yeux vides. La danseuse de flamenco, dans son tube de Cellophane intact, arborait un sourire figé sous sa tignasse noire. Elle lui avait été offerte Dieu sait combien d'années auparavant par une cousine éloignée qui revenait d'un voyage en Espagne.

Elle s'approcha de la fenêtre et écarta les rideaux pour regarder dehors. Le jardin était illuminé par la pleine lune et le reflet diffus des réverbères. On aurait pu y lire un livre sans autre éclairage. Un animal sauta par-dessus la clôture. Susan ne distingua qu'une silhouette confuse. C'était peut-être un chat, voire un coyote ou un raton laveur.

Tout à coup, la nausée l'envahit et la tête se mit à lui tourner, vertigineusement. Elle s'accrocha des deux mains au rebord de la fenêtre pour ne pas tomber, et ce réflexe la sauva de l'évanouissement. Elle se dit qu'à tout prendre il valait mieux vomir dans le jardin, se pencha en avant, passa la tête au-dehors et ferma les yeux.

Au bout de quelques instants, l'air nocturne la ranima, et son haut-le-cœur reflua. Elle resta un moment de plus dans cette position, inhalant l'air salé venu de l'océan, attendant que le vertige la quitte, puis retourna s'asseoir sur le lit. Elle était complètement réveillée à présent. Sa montre indiquait 3 h 40. À Londres, il était midi moins vingt. Il n'y avait donc rien d'étonnant à ce que le sommeil l'ait fuie ainsi. Pour elle, c'était la fin de la matinée.

Que faisait John à cette minute précise ?

Il devait être à son bureau, en train de téléphoner à leurs amis et connaissances dans l'espoir de retrouver sa trace. L'espace d'un instant, Susan sentit sa résolution fléchir. Elle aurait voulu que John la prenne dans ses bras, elle aurait voulu entendre sa voix, l'entendre protester qu'il n'était pas de mèche avec M. Sarotzini et Miles Van Rhoe. Elle le souhaitait de toutes ses forces. Elle aurait voulu qu'il lui en donne solennellement sa parole en la regardant droit dans les yeux.

Mais John ne pouvait pas lui en donner sa parole, puisqu'il était de mèche avec eux. Elle se remémora sa première rencontre avec M. Sarotzini, dans la salle à manger de son club. C'était un piège, c'était l'évidence même. Le dîner à l'Hôtel de Ville, au cours duquel John était censé avoir fait la connaissance de M. Sarotzini, n'avait sans doute servi qu'à la convaincre que tout cela était purement fortuit. Et dire qu'elle était tombée dans le panneau !

Depuis combien de temps John était-il en relation avec M. Sarotzini ? Susan repensa aux innombrables soirées qu'elle avait passées à attendre le retour de John, alors qu'il était prétendument retenu par ses affaires, aux nuits où il avait découché. Était-ce pour se rendre à des sabbats ou à des séances de spiritisme ?

Elle s'efforça de réfléchir d'une manière plus rationnelle. Si John avait toujours été sataniste, comment se faisait-il qu'il ne lui en ait jamais parlé, qu'il n'ait jamais essayé de faire du prosélytisme avec elle ? Peut-être qu'il ne s'était engagé dans ces pratiques qu'en dernier recours, pour sauver DigiTrak de la faillite, et qu'il n'avait pas osé le lui avouer.

Zak Danziger, qui faisait peser une grave menace sur l'existence même de la firme, était mort peu après que M. Sarotzini en était devenu le principal actionnaire. Mais comment expliquer la mort de Harvey Addison ? Où pouvait être le rapport ? Fergus s'était montré trop curieux, et sa curiosité lui avait coûté la vie. Susan avait fait part à John des soupçons de Fergus, John en avait parlé à M. Sarotzini, et celui-ci l'avait fait tuer. Il avait suffi que M. Sarotzini acquière des parts pour que DigiTrak devienne soudain extraordinairement prospère.

D'après ce que lui avait dit John, il décrochait pratiquement tous les contrats qui l'intéressaient.

Les adeptes des sciences occultes, par quelque nom qu'on les désigne – adorateurs de Satan, organisateurs de messes noires, ou Dieu sait quoi encore –, sont capables d'influencer les gens à distance. Susan l'avait appris par le livre sur ce thème dont elle avait assuré la publication, par d'autres lectures aussi, par des films qu'elle avait vus. Ils peuvent les manipuler, leur faire du mal, leur ôter l'usage de leurs membres, ou la vue, les tuer même, par la seule force de la pensée, sans avoir le moindre contact physique avec eux. Exactement comme les adeptes du vaudou, qui enfoncent des épingles dans une poupée.

John était-il membre de leur société, ou avait-il simplement passé un marché avec eux ? Ils le renflouaient, son affaire devenait florissante grâce à leurs pratiques occultes, et en échange il leur donnait un bébé qu'ils pourraient sacrifier sans éveiller les soupçons.

Il n'a pas osé m'en parler.

Elle repensa au rêve – ou à l'hallucination – qu'elle avait eu à la clinique. Le technicien des télécoms. Les inconnus aux visages masqués. Et si ce n'avait été ni un rêve ni une hallucination ? Si ça lui était vraiment arrivé ? Peut-être que John était l'un des inconnus masqués, peut-être qu'elle ne l'avait pas reconnu.

D'après Fergus, Emil Sarotzini était le diable en personne.

Mais Emil Sarotzini devait avoir au moins cent dix ans.

Pourquoi le diable n'aurait-il pas cent dix ans ? Le diable a l'éternité devant lui.

Une autre idée lui vint, encore plus folle. Et si Archie Warren avait appartenu à la bande ? Quand John et lui se retrouvaient le mardi soir, était-ce réellement pour jouer au squash ?

Et leurs amis, se pouvait-il qu'ils aient aussi partie liée avec eux ? Susan n'avait jamais rencontré aucun des parents de John, qui avait rompu les ponts avec sa famille. Était-il possible que tous ses amis londoniens fassent partie de la conspiration, qu'ils l'aient envoyé aux États-Unis pour en ramener une petite Américaine naïve et crédule ? Qu'il la leur ait livrée pieds et poings liés ? Qu'il ne lui ait raconté ces fadaises sur son refus de mettre des enfants au monde que pour gagner du temps, pour la garder intacte afin qu'elle puisse jouer son rôle de jument reproductrice ?

Où vas-tu chercher des idées pareilles, ma pauvre fille ?

« Susaaaaannnnnnnnn ! »

Elle frissonna. L'appel lui semblait proche, comme si Casey avait été dans la chambre avec elle. Bobosse se mit à lui donner des coups de pied. On aurait dit que lui aussi avait entendu, et qu'il lui disait d'une voix pressante : « Casey a besoin de toi ».

Elle enfila sa robe de chambre, ouvrit doucement la porte et, comme au temps de son enfance, passa devant la porte de ses parents sur la pointe des pieds et descendit l'escalier à pas de loup. Dans la cuisine, elle décrocha le téléphone mural et composa le numéro de la clinique des Cyprès, à Pacific Palisades. À la quatrième sonnerie, une voix enregistrée lui annonça que le standard n'ouvrait qu'à 7 heures.

Plus angoissée que jamais, elle appela les renseignements et demanda si la clinique n'avait pas un numéro d'urgence. L'opératrice lui dit que non.

Sentant que la nausée allait la reprendre, Susan jeta un coup d'œil à la pendule de la cuisine. Elle indiquait 3 h 45. Trois longues heures à passer avant que la clinique se décide enfin à lui répondre.

Elle raccrocha, et une nouvelle vague de nausée monta en elle. Il y en eut une seconde, encore plus violente, et elle sentit qu'elle allait vomir. Elle se précipita jusqu'à l'évier et rendit tripes et boyaux. Il lui semblait qu'un tisonnier chauffé à blanc lui retournait les entrailles. Elle vomit une deuxième fois, en pleurant à chaudes larmes. Elle aurait voulu que ses parents se réveillent, que sa mère descende dans la cuisine et lui tienne le front comme dans son enfance quand elle vomissait. Mais depuis l'accident de Casey, ses parents prenaient des barbituriques tous les soirs, et leur sommeil était lourd et comateux.

Elle vomit encore une fois. Ses jambes étaient en coton et elle avait peine à tenir debout. Son estomac ne contenait plus rien, et à présent elle ne rendait plus que de la bile verdâtre et aigre. Une quinte de toux la secoua. Elle avait les poumons brûlants, et voyait trouble. Au bout d'un moment, la nausée reflua et la douleur qui lui déchirait le ventre devint plus diffuse.

Après s'être rincé la bouche et avoir récuré l'évier, elle se sentit un peu ragaillardie. À présent, elle mourait de soif. Elle ouvrit le réfrigérateur, remplit un verre d'eau glacée et le vida d'un trait. Ensuite elle entreprit de remonter à l'étage. L'escalier lui fit l'effet d'un Himalaya. Quand elle posa enfin le pied sur le palier, un accès de douleur la plia en deux. Un long moment, elle fut incapable de se mouvoir. Quand la douleur reflua, elle se traîna jusqu'à sa chambre et s'affala sur le lit.

Son front était brûlant et elle en déduisit qu'elle avait de la fièvre. Elle se dit que ça devait être grave, et la peur la prit. Elle avait eu tort de mettre une si grande distance entre elle et Van Rhoe. Tout sataniste qu'il fût, c'était un excellent médecin. Il aurait su quoi faire, lui.

Peut-être que je vais accoucher prématurément.

Elle n'avait aucun des symptômes annonciateurs que Van Rhoe lui avait décrits. Pas de contractions, à moins que ses spasmes douloureux aient été des contractions. Pas de saignements. Pas de mucosités obturant le vagin.

Elle s'allongea et ferma les yeux, mais elle avait la tête trop agitée pour pouvoir s'endormir. *Casey, Casey, Casey.*

Casey l'appelait au secours.

Aurait-elle la force d'y aller en voiture ? Elle aurait pu appeler un taxi. Mais sa nausée était en train de renaître. Dans son état, elle n'aurait pas été capable du moindre déplacement. Elle consulta sa montre : 4 h 05. *Dans trois heures, je pourrai t'appeler. Je demanderai à papa ou à maman de me conduire jusqu'à toi, dès la première heure. Tranquillise-toi, je suis là, à Los Angeles, je suis tout près, je te verrai dans quelques heures. Je t'aime.*

Au fond de sa valise, il y avait un livre. Elle se mit à genoux, farfouilla dans ses affaires entassées pêle-mêle, et finit par le retrouver. Exténuée par ce modeste effort, elle se hissa maladroitement dans le lit avec son trophée.

Elle avait fait l'acquisition de deux livres sur les sciences occultes dans une librairie spécialisée de Covent Garden. Elle avait lu le premier dans l'avion ; celui-ci était une encyclopédie, destinée à parfaire ses connaissances sur des points qui l'intéressaient particulièrement.

Elle le feuilleta, s'arrêta sur l'article « Amulettes et talismans », et se plongea dans sa lecture.

D'après l'éminent égyptologue E. H. Wallis Budge, « il existe une importante distinction entre l'amulette et le talisman. L'amulette exerce une protection continue sur son détenteur et l'environnement immédiat de celui-ci, alors que le talisman ne sert qu'à des fins de protection ponctuelle. La possession d'objets... »

Susan interrompit sa lecture. Le doigt enveloppé de velours qu'ils avaient découvert au grenier était-il une amulette ou un talisman ? La suite de l'article lui confirma que les os, les dents, les cheveux, les sécrétions corporelles pouvaient constituer des amulettes et des talismans très efficaces.

Elle sentit que les mains de Bobosse lui appuyaient sur le ventre. Il fit un tour sur lui-même, appuya de nouveau et tout à coup l'image du technicien des télécoms lui apparut.

— Que me voulez-vous ? s'écria-t-elle.

Elle se mordit les lèvres, car elle avait hurlé.

La fièvre me fait délirer.

« *Susaaaaaaaannnnnnnnnnnnnn.* »

Bobosse fit un autre tour sur lui-même.

« *Susaaaaaaaannnnnnnnnnnnnn.* »

Casey l'appelait au secours, et ses appels n'avaient rien d'imaginaire.

— Ne t'en fais pas, Casey, dit-elle à mi-voix, je serai là bientôt.

Elle sauta en bas du lit et remit le pantalon de coton lâche et le sweat-shirt qu'elle portait au moment de quitter Londres, glissa ses pieds dans ses escarpins à talons plats, enfila son pardessus en poil de chameau et empoigna son sac à main.

— J'arrive, murmura-t-elle. Calme-toi, je serai là dans un petit moment.

Elle sortit de sa chambre, passa de nouveau devant la porte de ses parents à pas de loup et descendit l'escalier. Les marches grinçaient un peu, et elle craignit que le bruit les réveille. Par bonheur il n'en fut rien. Elle n'aurait pas aimé se trouver dans l'obligation d'expliquer à ses parents les raisons de ses actes. À en juger par la façon dont ils avaient accueilli son récit hier soir, ils devaient se poser des questions sur son état mental.

Elle leur avait fait promettre de taire sa présence à John si jamais il les appelait. Un peu avant minuit, alors qu'ils venaient de se mettre au lit, le téléphone avait sonné. Susan s'était précipitée hors de sa chambre, avait collé l'oreille à la porte de ses parents et entendu son père répondre que ni sa mère ni lui n'avaient eu de ses nouvelles depuis quelque temps.

Après avoir refermé la porte de devant en faisant jouer sa clé pour étouffer le claquement du pêne, elle s'installa au volant de sa voiture de location.

En temps normal, le trajet aurait pris quarante minutes, mais à cette heure-là les rues étaient désertes. Susan ne mit pas plus d'un quart d'heure à atteindre la limite du comté d'Orange. Roulant à tombeau ouvert, elle s'engagea sur la route qui menait au canyon. La pluie avait cessé depuis un bon moment, mais l'asphalte était encore luisant.

Soudain, elle aperçut des gyrophares dans son rétroviseur. Il y en avait tout un chapelet. On aurait dit qu'un vaisseau spatial roulait sur l'autoroute derrière elle, rattrapant inexorablement son véhicule. Elle se serra contre le bord de la route et ralentit.

Un convoi de voitures de pompiers la dépassa dans un grondement de tonnerre, suivi de deux voitures de police et d'une armada d'ambulances.

Oh non, pas ça! gémit-elle en son for intérieur, voyant la direction qu'ils prenaient. Loin devant, elle venait d'apercevoir une lueur qui ne pouvait pas être celle d'un feu rouge. Elle était trop intense.

Au comble de l'angoisse, elle enfonça la pédale de l'accélérateur et se lança aux trousses du convoi. L'aiguille du compteur atteignit cent cinquante à l'heure, puis cent quatre-vingts. Elle gagna rapidement du terrain, et quatre kilomètres plus loin elle s'engagea à leur suite sur une rampe de sortie, emprunta à toute allure la route à quatre voies qui traversait le bourg. D'autres véhicules équipés de gyrophares la doublèrent, brûlant le feu rouge. Susan le brûla aussi, car à présent elle était bien au-delà de ce genre de soucis. Une terreur épouvantable l'habitait. Elle avait la gorge nouée. Elle remarqua que la route avait beaucoup changé depuis l'an dernier. De nouveaux gyrophares apparurent dans son rétroviseur. Elle passa devant un lotissement qui semblait construit depuis peu. Est-ce que, par Dieu sait quel miracle, ils se seraient trompés de route ? Elle l'espérait du fond du cœur.

Soudain le convoi bifurqua vers la gauche. N'en croyant pas ses yeux, Susan freina et se mit à crier :

— Non, attendez ! Vous vous trompez de route !

Brusquement, elle se tut.

Ils ne s'étaient pas trompés.

Leur destination n'était pas la clinique.

Ils se dirigeaient vers une autre partie du canyon. Susan se souvint tout à coup que de ce côté-là, à deux kilomètres de la route, se trouvait un grand entrepôt de bois. C'est là qu'ils allaient.

Elle baissa sa vitre pour faire entrer un peu d'air frais dans la voiture, et reprit de la vitesse. Tout allait bien. Il n'y avait pas le feu à la clinique. Casey n'était pas en danger. Loin au-dessus d'elle, les sirènes continuaient à hululer à qui mieux mieux, comme une meute de bêtes furieuses. Elle était inondée de sueur.

— Je serai là dans un instant, Casey, dit-elle. Je suis près du portail, à présent.

Les deux grandes colonnes doriques, portant chacune une inscription gravée dans la pierre qui annonçait « CLINIQUE DES CYPRÈS », n'étaient plus qu'à une trentaine de mètres sur sa droite. Elle mit son clignotant, puis s'arrêta pour laisser sortir une voiture dont les phares l'éblouirent au passage. Elle se dit que ça devait être un médecin ou une infirmière de nuit. Elle s'engagea dans la longue allée bordée d'arbres, le pied au plancher, cahotant fortement sur les ralentisseurs disposés tous les cinquante mètres.

La clinique était un élégant bâtiment de deux étages, de construction récente. Il était situé sur la ligne de crête, et pendant la journée offrait un agréable panorama, sur l'océan d'un côté, le chaparral de l'autre. C'était une petite clinique privée, assez luxueuse, spécialisée dans la chirurgie esthétique, dont une aile était réservée aux patients de long séjour comme Casey.

La clinique était encore plongée dans le noir, à l'exception du hall du rez-de-chaussée et de quelques fenêtres éparses. Lors de ses visites précédentes, Susan avait eu du mal à trouver une place au parking, mais il ne contenait à présent qu'une infime poignée de véhicules.

Elle se gara sur un emplacement vide, sortit de la voiture et chercha anxieusement des yeux la fenêtre de la chambre de Casey. C'était une fenêtre du premier étage, reconnaissable à la jardinière abondamment garnie de fleurs que leur mère entretenait avec amour. Une légère odeur de bois brûlé flottait dans l'air, et le hululement lointain des sirènes déchirait le silence nocturne.

Susan s'avança d'un pas aussi vif que possible jusqu'à l'entrée principale, mais la porte vitrée ne s'ouvrit pas automatiquement à son approche. Elle portait un écriteau indiquant : « APRÈS 22 HEURES, FAIRE USAGE DE LA SONNETTE SVP ».

Susan appuya sur le bouton et, comme rien ne se produisait, appuya une deuxième fois. Au bout de ce qui lui parut une éternité, un vigile en uniforme qui devait peser dans les cent vingt kilos s'approcha de la porte d'un pas nonchalant, inspecta la visiteuse du regard, et s'éloigna sans hâte. Au bout d'un long moment, les deux battants vitrés se décidèrent enfin à s'écarter.

Susan entra dans le hall, et trouva le vigile assis derrière son comptoir, plongé dans un magazine spécialisé dans les armes à feu.

— Vous désirez ? demanda-t-il.
— Je voudrais voir ma sœur.

Le vigile haussa les sourcils comme pour lui signifier que ce n'était pas l'heure des visites.

— Elle est où, votre sœur ?

— Chambre 214, longs séjours.

Il appuya sur une touche de son ordinateur.

— Nom ?

— Le sien ou le mien ?

Il prit une mine accablée et répondit :

— Le sien.

— Casey Corrigan.

— Et vous, vous vous appelez comment ?

— Susan Carter.

Le vigile étudia son écran, tapota sur son clavier. Avec un vrombissement sourd, l'imprimante posée sur le comptoir cracha un laissez-passer. Il l'inséra dans un étui en plastique et tendit le tout à Susan.

— Vous connaissez le chemin ?

— Oui, merci, dit-elle en fixant le laissez-passer au revers de son manteau.

— Pas de quoi, dit-il. Amusez-vous bien.

Il se replongea dans la lecture de son magazine.

Le décor rappelait fortement celui de la clinique londonienne sur laquelle la banque Vörn avait dirigé Susan. L'architecte d'intérieur qui l'avait conçu s'était donné beaucoup de mal pour qu'il évoque un hôtel plutôt qu'un hôpital. Les murs lambrissés à mi-hauteur étaient ornés de grandes tapisseries, et de confortables fauteuils flanqués de plantes vertes en pots et de vases de fleurs étaient groupés çà et là sur le carrelage en marbre. Comme à Londres, seule la forte odeur d'antiseptique trahissait la véritable destination des lieux.

La montée en ascenseur fit renaître la nausée de Susan, et un début de vertige la prit. En arrivant dans le couloir moquetté de peluche bleu ciel, elle fut obligée de s'appuyer au mur et de fermer les yeux un instant. *Ne tourne pas de l'œil*, se dit-elle, *ce n'est pas le moment*.

La porte de l'ascenseur se referma derrière elle avec un sifflement assourdi. Dans le corridor désert, elle ne percevait plus d'autre son que le battement de son propre cœur, l'imperceptible vibration des climatiseurs et un bruit qui rappelait le « bip-bip » régulier d'un téléphone sonnant occupé.

Elle ouvrit les yeux et considéra l'interminable couloir qui s'étendait devant elle. Chaque porte était munie d'une étiquette nominative insérée dans un petit porte-étiquette en laiton. Cet étage était réservé aux longs séjours. Tous les patients y étaient dans un coma prolongé, comme Casey. Tandis qu'elle avançait dans le couloir d'un pas chancelant, Susan déchiffra machinalement les noms sur les portes, qui lui étaient tous familiers. « D. Perlmutter. Sally Shulman. Bob Tanner. Casey Corrigan. »

Au-dessus de la porte de Casey, une lampe rouge clignotait.

Le cœur au bord des lèvres, Susan se précipita en avant et poussa le battant. La chambre était plongée dans une obscurité complète. On ne distinguait que les pâles lueurs orange et vertes des trois moniteurs qui maintenaient Casey en vie, et contrôlaient en permanence son souffle, les battements de son cœur et l'activité de son cerveau. Trois minuscules ampoules rouges clignotaient, et un signal sonore produisait un pépiement aigu.

Susan chercha le commutateur à tâtons et alluma la lumière. La lueur blanche du plafonnier l'éblouit un instant, puis elle aperçut Casey, allongée dans son lit, comme d'habitude. Mais elle était trop immobile. Le respirateur artificiel était branché, et pourtant la poitrine de Casey ne se soulevait pas comme elle aurait dû.

Elle était rigoureusement inerte.

Sous le tube naso-gastrique qui servait à l'alimenter, son visage était d'une pâleur inaccoutumée. En temps normal, elle avait un teint de rose, seul aspect positif de ce long repos forcé. Là, ses joues avaient perdu leur beau carmin. Elles avaient l'aspect d'un vieux chewing-gum desséché.

Susan leva les yeux sur les écrans des moniteurs, et s'arrêta sur celui de l'électrocardiographe. Les zigzags habituels avaient fait place à une ligne verte toute droite, et l'écran du moniteur voisin annonçait en clignotant : « coupure d'oxygène ! ».

Le regard de Susan se posa sur le respirateur artificiel, et elle vit aussitôt d'où provenait la panne. L'embout qui reliait le tuyau de la machine au tube qui permettait à Casey de respirer avait sauté, et le tuyau crachait son oxygène dans le vide.

Tout en appelant au secours, Susan essaya de remettre l'embout en place. Luttant contre l'air puisé qui s'échappait du tuyau, elle finit par y parvenir mais, dès qu'elle le lâcha, il sauta de nouveau. Il aurait fallu l'attacher avec quelque chose.

—AU SECOURS ! hurla-t-elle. Je vous en supplie, venez m'aider !

Elle se rua dans le couloir, hurlant toujours, mais personne ne se montra. Que faire ? Son cerveau tournait à toute vitesse. Quelqu'un allait forcément venir, il devait y avoir une infirmière de garde. En attendant, il fallait absolument rétablir l'alimentation en oxygène. Depuis combien de temps était-elle coupée ?

Elle réintégra la chambre, et remit l'embout en place en le maintenant à la force du poignet. Au bout d'un instant, la poitrine de Casey se souleva imperceptiblement. Sa respiration semblait avoir repris. Susan contempla son merveilleux visage et la longue chevelure dorée qui l'encadrait. Elle avait toujours jalousé le teint de sa sœur, et à présent son visage était livide et gris, on aurait dit du plomb.

Elle tendit le bras en avant et lui effleura la joue. Elle était froide, comme de la pâte à modeler. Jamais Susan n'avait touché une peau aussi froide.

Continuant à maintenir l'embout en place, elle se remit à hurler :

— AU SECOURS ! J'ai besoin d'aide ! Oh, venez, venez, je vous en supplie !

Et là-dessus, la douleur s'abattit. On aurait dit qu'un cercle d'acier se refermait sur elle, l'écrasait, lui déchiquetait les entrailles. Elle ne put réprimer un gémissement, et se plia en deux, mais parvint Dieu sait comment à maintenir le tube en place, à concentrer son énergie sur ce geste salvateur. La douleur était intolérable. Une grande lame au tranchant effilé tournait à toute allure dans son ventre, lui déchirant les organes. Il lui semblait que sa tête se détachait de son corps, qu'une pression épouvantable lui faisait éclater les tympans.

Hurlant de douleur, elle supplia une fois de plus qu'on vienne au secours de Casey. Le plancher se soulevait, les murs tourbillonnaient autour d'elle. Elle luttait pour ne pas perdre pied.

Son visage entra en contact avec la moquette, et le contact fut douloureux.

Elle resta allongée par terre, incapable de bouger, la figure pressée contre la moquette, aspirant à plein nez l'odeur ammoniaquée du produit avec lequel on l'avait nettoyée.

L'atroce douleur lui déchirait toujours les entrailles. La bile lui remontait dans la gorge, elle résistait de toutes ses forces à l'envie de vomir.

Ravalant sa bile tant bien que mal, elle marmonna entre ses dents :

— Au secours, venez m'aider, je vous en supplie !

Mais elle avait continué à maintenir l'embout en place, comme si ç'avait été le dernier fil qui la reliait au monde.

Tiens bon, Casey, ne meurs pas, je t'en supplie, ne meurs pas.

La douleur explosa en elle avec la force d'une déflagration dont la violence la vida d'un coup de son énergie.

Elle ne voyait plus rien, son cerveau n'était plus qu'un trou noir. Elle se sentit entraînée dans un gouffre de souffrance sans fond.

Quand elle rouvrit les yeux, tout était flou. Elle vit un visage de femme qu'elle ne reconnut pas, une femme aux cheveux noirs brillants, vêtue d'un uniforme blanc, avec au-dessus de la poche poitrine un badge annonçant : « Pat Caulk, infirmière en chef ».

— Casey, murmura-t-elle d'une voix pressante.

L'infirmière lui saisit le poignet, sans doute pour lui prendre le pouls. En effectuant ce geste, elle plaça son bras droit en travers du visage de Susan, et la manche de son uniforme lui couvrit la bouche, étouffant ses paroles.

— Casey, articula-t-elle une dernière fois. Je vous en supplie…

Elle n'eut pas la force d'en dire plus, et perdit connaissance.

Chapitre 56

John aurait dû déjeuner avec un client, mais il s'était décommandé car la disparition de Susan lui occupait trop l'esprit. Il resta claquemuré dans son bureau, composant le numéro de la maison toutes les demi-heures, dans l'espoir que Susan serait de retour ou qu'elle aurait au moins laissé un message sur le répondeur.

Ce matin-là, il n'y eut que trois messages. Le premier de Joe, le charpentier, s'expliquant à perte de vue sur les achats de matériel qu'il avait à faire, le deuxième de Liz Harrison qui voulait inviter Susan à déjeuner. Le troisième, pratiquement inintelligible tant il était entrecoupé de larmes, était de Pilar.

John appela sur-le-champ le standard de l'hôpital et demanda le service de réanimation. On lui passa une infirmière, à laquelle il se présenta comme étant le frère d'Archie Warren, afin qu'elle lui donne de ses nouvelles.

Elles n'étaient vraiment pas bonnes. Archie n'était pas sorti du coma et le diagnostic était toujours aussi incertain. Seul point positif, les médecins étaient sûrs à présent qu'il ne s'agissait pas d'une congestion cérébrale, et spéculaient sur un mystérieux virus. Cependant, aussi longtemps qu'ils n'auraient pas identifié la cause de son état, tout traitement était impossible. Il ne restait plus qu'à attendre. Soit l'état d'Archie s'améliorerait, soit il resterait stationnaire, soit il se détériorerait.

John raccrocha, au comble de l'accablement. Si Harvey Addison n'était pas mort, il aurait pu l'appeler pour lui demander d'intervenir auprès du meilleur neurologue d'Angleterre afin qu'il accepte d'examiner Archie. Il contempla d'un air morose le gobelet de café qui refroidissait devant lui. Il se sentait complètement dépassé et effroyablement seul.

Aucun de leurs amis n'avait vu Susan. Elle n'était pas non plus chez ses parents. Ou bien elle avait complètement craqué et errait sans but dans les rues, ou bien elle se cachait dans un hôtel. Il restait une dernière possibilité, à laquelle il avait du mal à croire, celle que M. Sarotzini l'ait fait enlever.

À 17 h 30, alors que John venait de raccrocher après avoir appelé chez lui sans résultat pour la énième fois et se demandait s'il ne vaudrait pas mieux signaler la disparition de Susan à la police, Gareth Noyce entra dans son bureau avec une épaisse liasse de listings d'ordinateur.

— Tu ne m'as jamais demandé de faire ça pour toi, d'accord ? dit-il d'une voix surexcitée.

— De quoi parles-tu ? dit John, et tout à coup il comprit. Tu as trouvé le code ?

— Pas moi personnellement. Tu dois une fière chandelle à un certain buveur d'ale artisanale de Gloucester. C'est passible de prison, tu sais. Secret d'État ! En échange, j'ai promis à mon copain de lui filer une maquette de notre CD-Rom sur l'alimentation saine pour ses gamins. Il était fou de joie.

John s'empara des listings et les parcourut. Il éprouva aussitôt une vive déception. Ils ne contenaient que de longues colonnes d'opérations boursières. C'était un simple registre, sur lequel on avait reporté toutes les transactions effectuées pour le compte de la banque Vörn au cours des sept derniers mois. Chaque rubrique comportait le nom d'une société (certains noms étaient familiers à John, d'autres ne lui disaient rien), suivi d'une date, de la quantité d'actions acquises, du total des actions émises, du pourcentage du total que détenait la banque, de la cote du jour et du minimum et du maximum que la cote avait atteints depuis un an.

— Merci, Gareth, dit John avec un entrain forcé. Tu me tires une sacrée épine du pied.

— Bon, à plus, lui répondit son associé avant de disparaître.

John se frotta les yeux, et entreprit de lire soigneusement les noms alignés sur la première des quinze feuilles, dans l'espoir d'y déceler un indice quelconque. « Crédit Suisse. First National Bank of Boston. IBM. Glaxo Welcome. Dai Ichy Kan. Espirito Santo. Cunard Line. »

En arrivant au douzième feuillet, il ne faisait plus que parcourir la liste, et il s'en fallut de peu qu'il ne rate le nom : « CLINIQUE DES CYPRÈS ».

Il l'avait dépassé, mais son œil l'enregistra machinalement et il revint en arrière, éberlué, pour s'assurer qu'il ne s'agissait pas d'une méprise. D'après le registre, la banque Vörn avait acquis la totalité des actions de la clinique des Cyprès le 7 septembre de l'année précédente.

John relut encore une fois la même ligne, lentement, pour être sûr qu'il n'avait pas la berlue. Non, il n'y avait pas de confusion possible. C'est bien de la clinique des Cyprès qu'il s'agissait. Une clinique qu'il connaissait parfaitement, l'ayant lui-même maintes fois visitée. Il sentit naître en lui un trouble étrange.

C'était la clinique de la petite sœur de Susan.

Chapitre 57

Des visages fermés. Une rangée d'yeux. Une lumière aveuglante.

Et la douleur.

Il lui semblait que deux hommes essayaient de la déchirer en deux en la tordant. La torsion s'accentua, la douleur rugit en elle comme une chaudière qui s'embrase. Elle se redressa brusquement, poussa de pitoyables cris, agita les bras en tous sens, délirante, pour essayer d'y échapper. Des mains douces mais fermes la repoussèrent. Elle avait de la bave au coin des lèvres.

Une autre onde de douleur la traversa, et dans un soudain débordement d'énergie elle cria au secours. Elle était prête à tout, même à mourir. Tout plutôt que d'endurer ça plus longtemps.

Puis elle entendit une voix dont la sonorité lui était familière :

— Essayez de vous calmer, Susan. Nous allons vous injecter un sédatif, et au réveil vous n'aurez plus mal.

C'est un Anglais, se dit-elle confusément. *En tout cas quelqu'un qui a l'accent anglais.* Elle chercha des yeux l'homme qui venait de parler, fixa son regard sur lui et réfléchit. De grands yeux noirs. Une voix douce et mielleuse. *Je le connais*, se dit-elle. Et tout à coup, elle se souvint. *Mais oui, bien sûr!* Elle les connaissait, ces grands yeux noirs. Avec un tressaillement de terreur, elle parvint enfin à raccorder le visage avec la voix.

Miles Van Rhoe.
Non, non, non!
Pitié, mon Dieu!
Pas Miles Van Rhoe!

Van Rhoe était debout au-dessus d'elle. Comment était-il arrivé en Californie?

Susan se mit à marmotter des paroles incompréhensibles et implora les autres visages du regard. *Aidez-moi. Je vous en supplie, venez à mon secours.*

Une nouvelle onde de douleur la traversa, accompagnée d'une affreuse nausée, qu'elle ne put que subir en serrant les dents.

— Je vous en prie, hoqueta-t-elle. Il faut que vous m'écoutiez! Cet homme veut me prendre mon enfant, il veut le sacrifier pendant un rituel sataniste, il pratique la magie noire, je vous jure que c'est la vérité. La police anglaise a tout un dossier sur lui, vous n'avez qu'à téléphoner à Scotland Yard. Appelez-les, je vous en conjure. Il faut me croire!

Van Rhoe lui sourit d'un air apitoyé.

— Susan, c'est du délire, voyons. Vous ne savez pas ce que vous dites. Nous ne ferons aucun mal à votre enfant. C'est un enfant exceptionnel, le plus exceptionnel qu'on ait jamais vu, et c'est vous qui allez le mettre au monde, vous devriez en être fière.

— Il ment! Ne l'écoutez pas, dit Susan en regardant les autres visages un à un. Ne le laissez pas me faire ça, je vous en supplie! Appelez la police!

Ils la regardaient tous d'un air vaguement inquiet, tels des étudiants en médecine rassemblés autour d'un patient atteint d'un mal vraiment bizarre. L'un des visages était celui d'une femme que Susan avait vue il y a peu, mais elle n'arrivait pas à se rappeler quand ni à quel endroit. Le badge ! Cette femme avait un badge au-dessus de sa poche poitrine. Soudain, le nom inscrit sur le badge lui revint à la mémoire. Pat Caulk. C'est cette femme qui s'était penchée sur elle tout à l'heure dans la chambre de Casey. « Pat Caulk, infirmière en chef ».

— Où suis-je ? demanda Susan.

— À la clinique des Cyprès, à Pacific Palisades, lui dit Van Rhoe. Dans votre état, vous n'auriez pu rêver mieux. Si vous aviez eu cette attaque ailleurs, vous ne seriez peut-être plus de ce monde.

— Casey ? balbutia Susan. Comment va…

Une autre onde de douleur déferla en elle, effaçant ce qui l'entourait.

Dans son brouillard, elle discerna la forme d'une aiguille hypodermique. Elle sentit un picotement aigu à son poignet droit, aperçut la bande de sparadrap. On était en train de lui poser un cathéter.

— Attendons-le, dit Van Rhoe à mi-voix. Il tient à être présent.

Était-ce de John qu'il parlait ? Était-ce lui qu'ils attendaient ?

La douleur de Susan refluait, mais sa terreur augmentait sans arrêt. Elle fit une nouvelle tentative, en évitant de regarder Van Rhoe :

— Écoutez-moi, je vous en supplie ! Il va donner mon enfant à M. Sarotzini. Ils sont tous de mèche avec lui. Ce sont des adorateurs de Satan ! Je sais que ça paraît incroyable, pourtant c'est la vérité. *Ces gens-là tuent des bébés !*

Ils la contemplaient d'un œil bovin. Étaient-ils sourds ? N'avaient-ils pas entendu ses paroles ?

Elle sentit qu'un liquide lui pénétrait dans le bras.

Êtes-vous des êtres humains ou des mannequins de cire ? Ohé, vous m'entendez ?

Tout à coup, un calme étrange l'envahit. Elle se sentait merveilleusement lasse. Elle regarda tour à tour chaque visage. *Ça vous est égal, alors ? Eh bien, tant pis pour vous ! Le sort que M. Sarotzini s'apprête à faire subir à mon bébé ne vous préoccupe pas ? Eh bien, ça m'est égal, vous n'aurez qu'à vous débrouiller avec votre conscience. Moi, je n'y suis pour rien.*

Elle leur sourit, mais ils ne lui rendirent pas son sourire.

Bande d'abrutis, se dit-elle. *Bande d'empaillés. Ce que vous pouvez avoir l'air bête, si vous vous...*

— Combien de temps va-t-elle tenir ? demanda une voix, tout bas.

— Il faut qu'on la maintienne en vie jusqu'à ce qu'il arrive, répondit une autre voix, sur le même ton.

Ensuite, ce fut le silence.

John arriva chez lui en plein désarroi. La banque Vörn avait acheté la clinique des Cyprès six mois plus tôt, mais pourquoi ?

Pourquoi ?

Quel besoin pouvait avoir une banque suisse d'une clinique de la grande banlieue de Los Angeles ? Il n'y avait qu'un motif possible : si la clinique les intéressait, c'est uniquement parce que Casey s'y trouvait. Il ne pouvait pas s'agir d'un pur hasard. Il y a parfois des coïncidences extraordinaires, là c'était simplement trop.

Pourquoi acquérir la clinique où Casey était traitée ? Apparemment, ça ne rimait à rien, pourtant il devait y avoir une raison. M. Sarotzini n'était pas du genre à faire n'importe quoi.

Après avoir écouté le répondeur, il inspecta la maison avec soin, au cas où Susan serait passée, ne serait-ce que pour prendre quelque chose, mais ne décela rien de suspect.

Il se prépara un scotch, s'installa à la table de la cuisine et alluma une cigarette. Peut-être que Susan se cachait chez une amie à qui elle avait fait promettre le secret. À moins que…

Tout à coup, une idée lui vint. Il se changea en toute hâte, enfila un jean crasseux et un vieux sweat-shirt, alla chercher l'escabeau et la torche électrique dans le garage et gagna l'étage. Il plaça l'escabeau sous la trappe et monta au grenier.

Se guidant du faisceau de sa torche et de la lueur chiche de l'unique ampoule, il se glissa dans l'étroit passage qui menait à la partie du grenier que Susan lui avait fait visiter quarante-huit heures plus tôt, et où il avait lui-même emmené le sergent Rice. Un petit animal – une souris sans doute – détala dans l'obscurité à son approche.

Le faisceau de la torche illumina les fragments de mousse isolante qui pendaient du toit comme des chauves-souris endormies, et John examina encore une fois, avec une grimace dégoûtée, les symboles occultes qui ornaient les panneaux dénudés. Il dirigea ensuite sa torche sur les solives, et examina aussi ceux que l'on avait peints à l'horizontale.

Il étudia le boîtier métallique que Susan avait pris pour un transformateur. Il faisait dans les huit centimètres de long, et portait le logo de British Telecom. Les fils grêles qui en sortaient avaient l'aspect de fils de téléphone ordinaires. John les suivit le long de la bordure du toit ; ils aboutissaient à une boîte de raccordement en plastique de modèle courant.

Ne poussant pas plus loin ses investigations, il revint sur ses pas, se mit à genoux, plaça la torche en équilibre sur une solive et entreprit d'arracher ce qui restait de la mousse isolante.

Au bout de cinq minutes de ce travail épuisant, les doigts pleins de minuscules fragments de laine de verre qui picotaient désagréablement, il trouva enfin ce qu'il cherchait. Le fil courait en travers du plancher, maintenu par de l'adhésif noir que l'on avait camouflé avec du mastic pour lui donner l'aspect d'une innocente traînée d'enduit de rebouchage.

John tira dessus, mais il résista. C'était du travail de professionnel. Le fil avait été placé dans une rainure creusée à cet effet et fixé au bois par des agrafes. En le suivant, John constata qu'on s'était donné énormément de mal pour le poser. Il traversait les solives par de petits conduits méticuleusement percés, et aboutissait à un objet encastré dans du plastique dissimulé dans le plafond, juste au-dessus de la chambre à coucher de la tourelle.

John retourna au rez-de-chaussée pour chercher un jeu de tournevis, une pince isolante, et un ruban de toile adhésive. D'abord, il sectionna le fil et entoura les extrémités dénudées d'adhésif. Ensuite, il dévissa la plaque qui maintenait en place le casier en plastique et il en extirpa, non sans mal, l'objet bulbeux qu'il contenait.

L'objet pesait un certain poids, en dépit de ses dimensions réduites – il mesurait à peine cinq centimètres de long – mais le minuscule objectif qui le surmontait ne laissait aucun doute quant à sa destination. John le contempla d'un œil ébahi. C'est un micro qu'il s'était attendu à découvrir, pas une caméra vidéo miniature.

Il redescendit du grenier, gagna la chambre à coucher, alluma la lumière et examina le plafond. Il n'eut pas de mal à comprendre comment il se faisait qu'il n'ait jamais rien soupçonné. L'orifice au-dessus du lit était à peine plus gros qu'un trou d'épingle, et dissimulé en outre par une fissure d'apparence banale.

John retourna au grenier, et suivit le fil dans l'autre sens, en arrachant l'isolant à mesure qu'il avançait. En quelques minutes, il arriva à l'autre bout, et découvrit un boîtier de métal noir laqué, d'une trentaine de centimètres de long sur vingt de large et dix de profondeur, encastré entre deux solives et dissimulé entre deux lattes de bois non équarri.

La nature de cet objet n'était pas des plus évidentes, mais John avait déjà sa petite idée là-dessus. Le laissant là pour l'instant, il se mit en devoir de suivre jusqu'au bout les onze autres fils qui sortaient du boîtier. Un vrai travail de bénédictin. Il découvrit une deuxième caméra au-dessus de la chambre que Susan destinait à l'enfant, d'autres au-dessus de chacune des chambres d'appoint. Les autres fils, à l'exception d'un seul, aboutissaient à une moulure cannelée destinée, semble-t-il, à les diriger vers les étages inférieurs. Il y avait vraisemblablement des caméras dans toutes les pièces de la maison.

Le dernier fil était aussi le plus gros. En le suivant, John s'aperçut qu'il était raccordé au compteur électrique.

Quand John redescendit du grenier, la lourde boîte en métal noir sous le bras, il tremblait de rage. Il était indigné de cette intrusion inadmissible dans sa vie privée, mais en même temps terriblement secoué. Il composa le numéro personnel de Gareth Noyce et tomba sur le répondeur. Il fit le numéro de son portable, en se disant qu'il le trouverait probablement dans le pub de Camden Town où il avait ses habitudes.

Quand Gareth répondit, il perçut un brouhaha de voix à l'arrière-plan et comprit qu'il avait vu juste.

— Gareth, tu m'entends ? Tu es au *Duke's* ?

— Ce soir, on goûte à toutes les ales de la région, répondit Gareth, hilare. Celle que je suis en train de déguster s'appelle la « Tue-Cochon ». Huit degrés d'alcool ! C'est pas croyable, non ?

— Sirote-la, tu veux ? J'ai quelque chose à te montrer. Te bourre pas la gueule avant mon arrivée, d'accord ?

— T'as intérêt à te magner.

John se précipita dehors, monta à bord de la BMW et entama l'interminable traversée de Londres en espérant sans trop oser y croire que son associé serait encore lucide quand il arriverait à Camden Town.

D'une main mal assurée, Gareth démonta l'un des panneaux du boîtier à l'aide d'un tournevis emprunté au patron du *Duke's*.

Plissant les yeux pour se protéger de la fumée de la cigarette fichée entre ses lèvres, il scruta le mécanisme intérieur, et un large sourire lui écarta les lèvres.

—Oh putain, dis donc, c'est un 851, je n'en reviens pas. Intéressant, comme montage. Les gars qui ont fait ça sont vraiment fortiches!

John ne dit rien. Gareth continua son examen, en le commentant au fur et à mesure.

—C'est du gros calibre. Beaucoup trop perfectionné pour toi. Tu sais comment ça marche, ces trucs-là?

—Non, dit John d'une voix patiente, c'est pour ça que je suis venu te voir.

Il but une gorgée de la pinte de Tue-Cochon que Gareth avait tenu à lui payer sans tenir aucun compte de ses protestations.

—C'est la première génération qui peut se passer d'un wok, dit Gareth.

—C'est quoi, un wok?

—Une antenne parabolique. C'est de l'iridium, tu comprends? Avec ça, pas besoin d'antenne.

John fronça les sourcils.

—Ça émet des signaux qui peuvent être retransmis par des satellites artificiels.

—Quels genres de signaux?

—Tous les genres. Audio, vidéo, électroniques. N'importe qui disposant d'un récepteur peut les capter, de n'importe quel point du monde. Ce sont des engins absolument formidables. J'ai lu des articles dessus, mais c'est la première fois que j'en vois un. Je voulais justement te suggérer d'en équiper DigiTrak. Ça ressemble un peu aux téléphones mobiles, en beaucoup plus perfectionné.

Gareth continua à ausculter les entrailles de l'émetteur du bout de son tournevis, tel un enfant découvrant un jouet neuf, sans s'apercevoir que John s'était abîmé dans un silence morose.

Quand John arriva chez lui, une heure et demie plus tard, l'effet lénifiant de la bière s'était dissipé et il était habité d'une terreur sans nom. Si ces caméras avaient été placées sur l'ordre de M. Sarotzini, il devait être au courant de tout ce qui s'était passé dans la maison depuis plusieurs mois. Harvey Addison avait-il décelé quelque chose d'insolite en examinant Susan ? Si tel était le cas, de quoi pouvait-il s'agir ? Et pourquoi ne leur en avait-il rien dit sur le moment ?

Fergus était mort le lendemain du jour où il était allé voir Susan pour lui parler d'une mystérieuse conspiration tramée par des occultistes. Pourquoi ? Avait-il courroucé M. Sarotzini ? Lui avait-il fait peur ? À présent, c'est Susan qui avait disparu. Avait-elle gagné le maquis ? John en doutait. Étant donné ce qu'il savait maintenant, il pensait plutôt que M. Sarotzini, pris d'affolement, avait décidé de la faire enlever.

Le bout de papier sur lequel le sergent Rice avait griffonné son numéro de téléphone était embroché sur l'un des crochets de l'étagère à vaisselle. John s'en empara et décrocha le téléphone mural. Quand il le mit en phase, la tonalité lui apprit qu'il avait un message. D'un doigt mal assuré, il enfonça la touche d'écoute.

Le message lui avait été laissé par son beau-père, qui l'appelait de Los Angeles, aux cent coups.

Chapitre 58

Quand Susan ouvrit les yeux, il n'y avait plus personne dans la pièce. Les gens qui faisaient cercle autour d'elle avaient disparu. Les avait-elle imaginés ?

Non. Ils étaient tout ce qu'il y a de plus réel. La panique s'empara d'elle. *Mon bébé ? Est-ce qu'ils m'ont pris mon bébé ? Est-ce qu'ils l'ont… ?*

Bobosse appuya des deux mains sur la paroi intérieure de son ventre, et aussitôt son angoisse se dissipa.

— Je ne les laisserai pas faire, murmura-t-elle. Ils ne t'auront pas, mon Bobosse, je t'en donne ma parole. Je ne les laisserai pas te…

L'onde de douleur la prit au dépourvu. Elle ne l'avait même pas sentie venir. Elle serra les dents, bien décidée à ne pas hurler. Cette fois aussi, elle passerait au travers. *Saloperie de douleur, tu vas me lâcher, oui ? Merde de merde de merde ! Pitié ! Arrête !*

ARRÊTE, JE TE DIS !

Elle hoquetait, cherchant l'air. Elle avait un goût de métal et de sang dans la bouche, et de grosses larmes lui roulaient sur les joues. Mais la douleur avait cessé.

Il n'y avait personne. Elle était seule dans une pièce vide, qui ne contenait rien d'autre que des appareils de soin et des étagères en tôle couvertes de cartons pleins de seringues, de fioles, de flacons, de gants en latex, de rouleaux de papier absorbant.

Elle voulut se lever du lit – ou du chariot – sur lequel elle était étendue, mais ses jambes refusaient de lui obéir. Elle agrippa le rebord métallique du chariot à deux mains, et redressa péniblement le buste. Elle sentit l'air au-dessous d'elle, puis plongea dans le vide la tête la première. Elle tendit la main droite en avant d'elle, se protégea le ventre du bras gauche, et s'écrasa sur le sol en granito en poussant un grand cri.

Son bras droit formait un angle bizarre au-dessus de sa tête, et l'espace d'un instant elle crut qu'il était cassé. Ensuite elle comprit que le tube du goutte-à-goutte le tirait en arrière, tel un poisson ligoté par un fil de Nylon.

Elle arracha le tube de son poignet, puis se palpa le ventre pour s'assurer que l'enfant n'avait rien. Bobosse remuait tout à fait normalement. Soulagée, Susan se redressa tant bien que mal et se hissa debout en prenant appui sur la barre métallique du chariot. Dès qu'elle lâcha la barre, ses jambes s'effacèrent sous elle et elle retomba.

— Excuse-moi, murmura-t-elle à l'intention de Bobosse, je ne l'ai pas fait exprès.

Avec la force du désespoir, elle se mit à ramper vers la porte.

— Je vais te sortir de là, Bobosse, ne t'en fais pas.

Elle saisit la poignée à deux mains, tira un bon coup, et la porte s'ouvrit, découvrant un couloir désert, à l'extrémité duquel un panneau signalétique annonçait : « SALLE D'OPÉRATION ». Elle perçut un bruit de pas précipités, accompagnés d'un roulement sonore. Avant qu'elle ait eu le temps de refermer la porte, deux brancardiers qui poussaient un patient sur un chariot passèrent devant elle sans la voir.

Au prix d'un suprême effort elle parvint à se remettre debout, et cette fois ses jambes ne la trahirent pas. Elle se retint à la barre métallique du chariot pendant un court moment et, dès qu'elle se sentit un peu plus assurée, la lâcha. Son cœur battait à tout rompre. Était-ce son cœur ou celui de l'enfant ? Elle n'en était pas sûre, mais ça lui était égal. Elle n'avait qu'une idée en tête : sortir de là.

Elle s'aperçut alors qu'elle n'était vêtue que d'une mince chemise d'hôpital et qu'elle était pieds nus.

Je suis là depuis combien de temps ?

Elle voulut consulter sa montre, mais on la lui avait ôtée. À l'autre bout du couloir, elle avisa le judas qui permettait de voir ce qui se déroulait dans la salle d'opération. Elle regarda d'un côté et de l'autre, puis s'avança dans cette direction d'un pas mal assuré, en priant le ciel que ses jambes la soutiennent jusqu'au bout. L'horloge murale indiquait 2 h 20.

Elle s'efforça de calculer, se mélangea dans les fuseaux horaires. Elle était arrivée à la clinique aux alentours de 4 heures du matin. S'il était 2 h 20, ça devait être l'après-midi, à moins qu'on soit déjà le lendemain.

Elle sentit qu'une nouvelle onde de douleur allait la prendre. Des voix s'approchaient. Il fallait fuir. Elle chercha désespérément une issue. Des deux côtés, le couloir semblait s'étendre à l'infini, et il n'y avait rien d'autre en vue que des salles d'opération. D'un pas titubant, elle se mit à courir dans la direction opposée à celle d'où venaient les voix. La douleur montait en elle, mais elle n'en avait cure, il fallait absolument qu'elle résiste. Longeant une salle où une opération était en cours, elle entrevit par le judas des uniformes verts, une lumière jaune très intense, un fragment de corps dénudé.

Au croisement de deux couloirs, elle avisa une porte avec un panneau « VESTIAIRE » et se précipita à l'intérieur. Le vestiaire, à son grand soulagement, était désert. Des blouses vertes étaient empilées sur des étagères, il y avait plusieurs armoires pleines de sabots blancs, et des patères où pendaient des vestons. Au moment où Susan allait décider de la conduite à tenir, elle eut la sensation que la flamme d'un chalumeau à acétylène lui perforait le ventre.

Réprimant un cri, elle s'affala sur un banc, pliée en deux, la bave aux lèvres. *Non, non, ne-crie-pas-tu-ne-dois-pas-crier.* Elle lutta contre la douleur, grinçant des dents, les yeux exorbités, les ongles enfoncés dans les paumes. Elle avait les entrailles en feu, la flamme du chalumeau s'intensifiait inexorablement. La douleur allait gagner ce round. Elle se sentait fléchir, elle allait perdre connaissance.

Je ne dois pas perdre conscience.

Le plancher se précipita sur elle.

Elle le repoussa.

Sa tête tournait follement, essayant de se détacher de son corps, d'échapper à l'atroce souffrance. Elle agrippa un veston accroché à une patère, se cramponna à lui de toutes ses forces et, miraculeusement, elle terrassa la bête qui la dévorait, l'obligea à battre en retraite, la renvoya dans son antre. La flamme se mit à trembler, diminua, puis s'éteignit.

Susan se remit debout en titubant. Les murs dansaient autour d'elle. Allait-elle tourner de l'œil ? Non, elle tiendrait bon.

Une pile de blouses vertes se pencha sur elle, mais elle fit un bond en arrière. *Pour éviter l'évanouissement, placer sa tête entre ses jambes*, lui avait-on appris, elle s'en souvint brusquement. Elle essaya de mettre la leçon en pratique, mais avec l'enfant c'était impossible. Elle inspira fortement, plusieurs fois de suite, et cela la remit un peu d'aplomb. Ses forces lui revenaient, elle allait s'en sortir.

Elle s'empara d'une blouse verte, l'enfila, en attacha les cordons, puis se chaussa de sabots blancs. Ils étaient trop grands de plusieurs pointures, mais peu lui importait. Elle tira un masque aseptique d'un distributeur en carton, s'en recouvrit le bas du visage, en noua le cordon derrière sa nuque. Dans un autre distributeur elle prit un bonnet ajustable et s'en coiffa.

Elle se regarda dans la glace, qui lui renvoya l'image d'une infirmière au teint blafard. C'était parfait. Jetant un coup d'œil anxieux en direction de la porte, elle tâta l'un après l'autre les vestons accrochés, en quête d'un renflement révélateur. Dans la poche poitrine du quatrième, elle trouva ce qu'elle cherchait : un téléphone portable.

Elle enfonça la touche d'appel, qui s'alluma aussitôt, en émettant une tonalité rassurante. Sur ces entrefaites, la porte s'ouvrit.

Susan s'immobilisa.

Deux hommes en costume-cravate firent leur entrée. Des médecins, probablement. Ils étaient en pleine conversation. L'un des deux lui adressa un vague salut de la tête, l'autre ne la regarda même pas. Elle les contourna et sortit dans le couloir. Dès qu'elle y eut posé le pied, elle aperçut un groupe de personnes qui se dirigeaient vers la pièce dont elle s'était enfuie.

Elle leur tourna le dos et se précipita dans la direction opposée. Ses pieds glissaient dans les sabots trop grands. Tout au bout du couloir, un panneau lumineux indiquait « SORTIE DE SECOURS ». Elle se mit à courir maladroitement, atteignit la porte, appuya sur la barre transversale.

La porte s'ouvrit et elle se retrouva dehors.

Il faisait jour et il tombait un léger crachin. La porte donnait sur ce qui semblait être une zone de déchargement, à l'arrière de la clinique. De l'autre côté de la cour cimentée, il y avait un bâtiment bas, en béton, muni d'une bouche d'aération d'où s'échappait une épaisse vapeur.

Derrière elle, plusieurs fenêtres donnaient sur la cour. Susan se rencogna contre le mur pour ne pas risquer d'être aperçue, puis elle essaya de composer le 911 sur le portable.

Comme ses doigts tremblaient trop, elle se trompa de numéro. Elle perdit de précieuses secondes à chercher la touche d'effacement et recommença l'opération à zéro.

Au moment où elle allait appuyer sur la touche « envoi », une porte s'ouvrit à l'autre extrémité du bâtiment, et une silhouette en émergea. C'était une infirmière en uniforme. Elle jeta un coup d'œil en direction de Susan, lui sourit et sortit quelque chose de sa poche. En voyant que ce n'était qu'un paquet de cigarettes, Susan se rasséréna. L'infirmière se ficha une cigarette entre les lèvres et l'alluma.

Susan lui tourna le dos et s'éloigna en s'efforçant de prendre un air dégagé, comme si elle venait de griller une cigarette elle aussi. Elle tourna à l'angle du bâtiment, essayant de rassembler les souvenirs que ses visites à Casey lui avaient laissés de la topographie du parc. La longue allée qui conduisait à la route mesurait environ cinq cents mètres. En dehors de la route, il n'y avait rien d'autre que le chaparral, à des kilomètres à la ronde.

Elle essaya d'extirper l'antenne de son orifice, mais ne parvint à la tirer qu'à moitié. Elle enfonça quand même la touche « envoi », se colla le téléphone à l'oreille, et l'instant d'après entendit la voix de la standardiste de Police Secours.

—Vite, lui dit-elle, envoyez-moi quelqu'un !

Entendant des cris dans son dos, elle se retourna et vit deux hommes qui venaient vers elle au pas de course. Un individu en blouse verte, masqué et coiffé d'un bonnet, jaillit du bâtiment à son tour et lui décocha un regard venimeux avant de se lancer aux trousses des deux autres.

Susan se débarrassa des sabots, et se mit à courir, pieds nus. Au bout de quelques pas, une nouvelle vague de douleur l'assaillit mais, restant stoïque, elle prit de la vitesse, traversa une plate-bande en piétinant les fleurs, enjamba maladroitement une haie de buissons bas, se tordit le pied, faillit tomber, se rattrapa de justesse et s'engagea en titubant dans une rocaille. Elle parvint à accélérer l'allure, courant à grandes foulées malgré le pesant fardeau qui l'alourdissait. De toute sa vie, elle n'avait jamais couru aussi vite. Elle courait comme une gazelle, sans même déraper sur le gazon ras détrempé qui lui picotait la plante des pieds.

Quand elle atteignit l'allée goudronnée, sa course se fit plus assurée. Quelque part près d'elle, une voix répétait : «Allô ? Vous m'entendez ? Répondez-moi, madame ! » Sa confusion était telle que, l'espace d'un instant, elle se demanda d'où elle venait.

Elle tourna la tête et vit que ses trois poursuivants gagnaient du terrain. Elle approcha le portable de sa bouche et, d'une voix essoufflée, éructa :

— Venez à mon secours, je vous en supplie, vite ! Je suis à la clinique des Cyprès, à Pacific Palisades. Venez vite, ils veulent tuer mon bébé !

Elle n'avait pas vu le dos-d'âne. Quand son pied le cogna, elle éprouva simplement une vive douleur, et s'étala de tout son long, couvrant instinctivement son ventre de ses bras repliés. Le téléphone lui échappa et ricocha sur l'asphalte.

En entendant les pas des trois hommes s'approcher, elle fut prise d'une panique aveugle et, en une sorte de roulé-boulé, parvint à rattraper le téléphone et à se remettre debout. Ils n'étaient plus qu'à quelques mètres, à présent. L'homme masqué était en tête, il s'approchait d'elle à toute allure. Tout en courant, il la héla. Le timbre de sa voix lui était familier.

— Arrêtez, Susan ! Écoutez-moi !

Au moment où Miles Van Rhoe allait l'empoigner par les épaules, elle projeta brutalement le bras en direction de son visage et, à sa complète horreur, lui plongea l'antenne du téléphone portable dans l'œil droit.

Elle vit ce qui suivit au ralenti, comme dans les instants qui précèdent l'arrêt sur image quand on se projette un film en vidéo. Un épais flot de sang recouvrit ses doigts toujours crispés sur le téléphone. Le masque de Van Rhoe glissa, découvrant ses lèvres tordues par une affreuse grimace. Puis ses genoux ployèrent, et il s'affaissa. Susan lâcha le téléphone portable, qui resta grotesquement planté dans son orbite droite.

Poussant des gémissements de terreur, elle essaya de s'enfuir mais, comme cela arrive parfois dans les cauchemars, ses jambes refusaient de lui obéir. Le premier des deux hommes fit mine de vouloir la ceinturer, et elle lui expédia un direct du gauche qui l'atteignit à la mâchoire. Il se cramponna à sa blouse, elle le frappa de nouveau, le mordit sauvagement au poignet et parvint à se dégager. Ses jambes étaient sorties de leur engourdissement. De nouveau l'homme attrapa sa blouse, mais elle tira dessus avec une telle force qu'elle se déchira, fit quelques pas titubants en avant et se remit à courir. La route était maintenant dans son champ de vision, de l'autre côté d'une rangée d'arbres.

La distance n'était pas très grande.

Oui, la route était à sa portée.

Sans regarder ni à droite ni à gauche, elle jaillit d'entre les deux colonnes blanches, agitant follement les bras, criant à tue-tête. L'image de Miles Van Rhoe en train de s'écrouler, le téléphone planté dans l'œil, le visage ruisselant de sang, l'obnubilait tellement qu'elle ne voyait pour ainsi dire plus rien. La route était déserte. Sans marquer le moindre temps d'arrêt, Susan tourna à gauche et partit à toutes jambes le long de la déclivité. Elle entendit des pas qui la rattrapaient. Une main se posa sur son épaule. Rassemblant toute son énergie, elle parvint à redoubler de vitesse. La main se posa de nouveau sur son épaule.

Une sirène se mit à hululer.

Loin en avant d'elle, Susan aperçut un reflet métallique.

Elle eut alors une vision merveilleuse : une voiture de patrouille venait de surgir du virage, juste en face d'elle. Elle pila dans un grand hurlement de pneus. Avant même que le policier qui la conduisait ait eu le temps d'ouvrir sa portière, Susan l'avait rejoint, collant son visage à la vitre. Le policier lui sourit. C'était un homme ventripotent, avec de bonnes joues rondes.

Susan eut l'impression qu'une main invisible actionnait un immense levier à l'intérieur d'elle, obturant tous ses sens. Elle se cramponna à la portière qui s'ouvrait, et le policier la rattrapa, l'enserra entre ses bras protecteurs.

Elle sentit que la douleur allait la reprendre.

Son regard accrocha celui du flic.

— Aidez-moi, je vous en supplie, murmura-t-elle. Ne les laissez pas me ramener à la clinique.

La douleur explosa. Elle se lova sur elle-même, ferma les yeux. Elle entendit les voix comme de très loin. Ça lui était égal, à présent. Elle était hors de danger, Bobosse était hors de danger, ils n'avaient plus rien à craindre ni l'un ni l'autre, la police était là. Son enfant était sauvé, il n'y avait plus que la douleur à affronter, la douleur et rien d'autre. Une voix disait :

— C'est une de nos patientes. Sa sœur est morte hier soir et le choc lui a fait perdre les pédales.

Une autre voix disait :

— Elle est atteinte de manie de persécution. Elle délire. Elle se figure que nous allons lui prendre son bébé pour le sacrifier au diable.

La première voix ajouta, très calmement :

— Son état est très grave, pauvre femme. Elle est atteinte d'un kyste gangrené qui a provoqué une péritonite, d'où les hallucinations. Si nous ne l'opérons pas sur-le-champ, elle risque le pire.

Une troisième voix, amicale et ferme à la fois, intervint à son tour :

— Vous m'entendez, madame ? Vous m'entendez ? Écoutez bien ce que je vais vous dire. Vous êtes malade, vous vous êtes blessée à la main. Ces messieurs, qui sont de très braves gens, vont vous raccompagner à l'intérieur. Vous ne pourriez pas mieux tomber, alors calmez-vous, d'accord ? Quand on est patraque, y a pas de meilleur endroit que celui-là dans tout le comté d'Orange ! Vous verrez, vous serez bien soignée. Votre bébé aussi, ils le soigneront comme il faut.

Chapitre 59

—John ? Merci de m'avoir rappelé aussi vite, dit Dick Corrigan. Quelque chose de…

Il y eut un long silence. John attendait la suite avec impatience.

—Quelque chose de… Oh, John, je ne peux pas… Je ne sais pas comment vous le dire.

Corrigan fondit en larmes.

John fut pris d'un début d'affolement.

—De quoi s'agit-il, Dick ? Que vous est-il arrivé ?

Il jeta un coup d'œil à sa montre : 22 h 40. Soit 2 h 40 à Los Angeles. L'effet des deux Tue-Cochon qu'il avait absorbées une heure auparavant achevait de se dissiper. Plus rien ne le protégeait de la dure réalité.

—Vous comprenez, John, nous sommes…

Son beau-père avait beaucoup de mal à maîtriser son élocution.

John n'essaya pas de le bousculer. Il avait toujours éprouvé une vive sympathie à son égard, peut-être parce qu'il ressemblait comme deux gouttes d'eau à une des idoles de sa jeunesse, le merveilleux Henry Fonda. La ressemblance n'était pas seulement physique. Il émanait de la personne de

Dick Corrigan la même sorte de dignité tranquille. C'était une honte qu'un homme pareil ait échoué dans la carrière d'acteur, John se le répétait souvent.

— Il nous est arrivé un terrible malheur, John. Je... Oh, bon Dieu...

Corrigan se remit à sangloter de plus belle.

Une terreur glaciale s'empara de John. Qu'est-ce qui avait pu se passer? *Je vous en prie, mon Dieu, faites que Susan n'ait rien.*

— Qu'est-il arrivé, Dick? demanda-t-il d'une voix pressante.

— Je... Excusez-moi, c'est...

Il y eut un autre long silence.

— Casey, articula Dick. Casey est morte.

John resta un moment sans voix. Il lui semblait qu'un noir linceul venait de s'abattre sur lui. Il s'était attendu à tout, sauf à ça.

— Oh, mon Dieu, dit-il. Je suis navré, Dick. Ça me fait énormément de peine.

Pourtant en dépit du choc, il éprouvait au fond de lui-même un intense soulagement. Ce n'est pas à Susan qu'il était arrivé malheur. Il s'efforça de ne rien en laisser transparaître dans sa voix.

— Comment est-ce arrivé? demanda-t-il.

Il y eut un silence interminable, puis Dick Corrigan se décida enfin à dire:

— Susan l'a tuée.

John fut à deux doigts de laisser échapper le téléphone. La manière dont Dick le lui avait annoncé, de but en blanc, lui donnait la chair de poule.

— Quoi? Qu'est-ce que vous dites? Je ne comprends pas, Dick.

— Elle a… le respirateur. Susan lui a… elle lui a arraché son respirateur. Je… Oh, mon Dieu, John, comment est-ce possible ?

De nouveau, il fondit en larmes.

Toutes sortes d'idées confuses se bousculaient dans la tête de John. La banque Vörn était propriétaire de la clinique. M. Sarotzini y était-il pour quelque chose ? Était-ce encore un de ses subterfuges ?

— Susan est en Angleterre. Comment aurait-elle pu… ?

Son beau-père venait de se ressaisir.

— John, je vous ai menti au téléphone hier soir. Je vous ai dit que je n'avais aucune nouvelle de Susan, mais elle était ici, avec nous. Elle… euh… elle nous avait suppliés de ne pas…

— Susan est chez vous ? À Los Angeles ?

Tout en parlant, John s'agitait sans arrêt. Il posa une fesse sur le bord de la table, se releva, marcha jusqu'à l'évier, s'appuya d'une main sur le rebord, se retourna vers la fenêtre, contempla son reflet dans la vitre. Il était hagard et il avait les traits tirés. Il avait l'air d'un fantôme.

— Elle est chez vous ? répéta-t-il.

Une ombre de malaise perça dans la voix de Dick Corrigan.

— Non, dit-il, elle est à la clinique. Ils se sont montrés très compréhensifs avec elle. Elle n'a plus toute sa raison, c'est l'évidence même.

— Que voulez-vous dire ?

John entendit la voix de Gayle, sa belle-mère, qui parlait à l'arrière-plan.

— Hier soir, en arrivant ici, elle était… elle était vraiment dans un sale état. Sa mère et moi, nous avons…

Une fois de plus, il s'interrompit.

— Je vais vous passer Gayle, elle vous racontera tout ça mieux que moi.

John perçut une suite de bruits discordants, puis Gayle se substitua à Dick. À en juger par sa voix, elle éprouvait une peine aussi terrible que son mari, mais elle était plus cohérente que lui.

—Allô, John ? dit-elle. Je vous en prie, donnez-nous des explications.

—C'est affreux, ce qui est arrivé à Casey. Toutes mes condoléances, Gayle.

Il y eut un silence puis, d'une voix bizarrement compassée, elle lui répondit :

—Merci. Si vous saviez ce que nous souffrons.

John explora ses poches de sa main libre. Il avait grand besoin d'une cigarette.

—C'est vrai, ce que m'a dit votre mari ? Que Susan a débranché l'appareil de sa sœur ?

—Susan a tué sa sœur, John. Je n'arrive pas à y croire. Elle l'aimait, pourtant. Elle l'aimait plus que…

Sa voix s'étrangla.

John attendit un instant puis il demanda :

—Vous lui avez parlé ?

—Elle est inconsciente.

—Où est-elle ?

—À la clinique. Apparemment, sa grossesse a mal tourné. Ils m'ont fait signer un papier. Ils ne pouvaient pas opérer sans mon consentement. Ils vont tenter une césarienne.

John avait du mal à s'y retrouver.

—Comment se fait-il qu'elle soit encore à la clinique ? Personne n'a appelé… ?

—La police ?

—Oui.

John perçut dans la voix de Gayle une espèce de gêne, semblable à celle qu'avait trahie la voix de son mari un peu plus tôt.

— Nous avons eu une entrevue avec le médecin-chef, dit-elle. Il s'est montré très compréhensif. La clinique ne tient pas plus que nous à ce que l'affaire s'ébruite.

Quelques instants auparavant, sa belle-mère lui avait demandé de lui expliquer ce qui se passait. À présent, c'est plutôt lui qui aurait dû poser cette question. Susan, tuer sa sœur ? C'était invraisemblable. Jamais elle ne lui aurait fait le moindre mal. Ça n'avait ni queue ni tête.

— Écoutez-moi bien, Gayle, dit-il. Il faut que Susan sorte de cette clinique sur-le-champ. Si j'essayais de vous expliquer pourquoi vous ne pourriez pas y croire, et du reste je ne peux pas en parler au téléphone. Faites-le pour Susan, c'est tout. Faites-la transporter dans un autre hôpital, celui que vous voudrez, ça n'a pas d'importance. Écoutez-moi, je vous en conjure.

Il y eut un autre long silence, puis Gayle Corrigan lui répondit :

— John, c'est la meilleure clinique de toute la Californie. Ils sont parfaitement équipés pour gérer ce genre de situation. Ça ne résoudrait rien de la transporter ailleurs. Nous avons tout intérêt à ce qu'elle reste là.

John était à bout d'arguments.

— Je vais sauter dans le premier avion, dit-il. Je serai là dans quelques heures. Je vous en supplie, Gayle, ne la laissez pas une minute de plus dans cette clinique. Il faut absolument la tirer de là. Sinon ils la tueront aussi !

Il y eut un déclic, et John regarda le téléphone d'un œil incrédule.

Sa belle-mère lui avait raccroché au nez.

Chapitre 60

Le boucher posa le morceau de viande sur le billot et leva sa longue lame effilée. Susan vit alors ce qu'il s'apprêtait à découper. Ce n'était pas de la viande, oh non.

Elle se précipita vers lui en hurlant :

— Non ! Pas mon bébé ! Ne faites pas ça ! Épargnez-le, je vous en supplie !

La lame s'enfonça dans la chair, clouant le bébé au billot. Un petit geyser de sang éclaboussa la lame d'acier luisant, et le bébé poussa un cri épouvantable.

Le cri se transforma en bref sanglot, puis en gargouillis. À son tour, le gargouillis se mua en râle d'agonie.

Susan entendit le halètement d'un respirateur. Quelqu'un cherchait l'air en hoquetant. Quelqu'un suffoquait.

Casey.

Casey se tordant sur son lit.

Susan tendit le bras dans sa direction, et là-dessus la vision s'effaça. En se volatilisant, Casey lui adressa un sourire radieux. Elle semblait incroyablement heureuse.

La vision se dissolvait dans les ténèbres qui l'enveloppaient peu à peu. Susan fit tout ce qu'elle pouvait pour l'empêcher de se dissoudre, mais la douleur formait un écran. La douleur n'était plus la même. C'était une sensation de brûlure au fond de son ventre, et bien qu'augmentant elle restait supportable. C'était plutôt une gêne qu'une véritable douleur.

Un long frisson la parcourut.

Elle venait de revoir Miles Van Rhoe s'écroulant, un téléphone portable planté dans l'œil, un flot de sang jaillissant de sa blessure, la bouche tordue par une grimace hideuse.

Une sueur glacée lui couvrit le corps.

Elle courait à toutes jambes. Van Rhoe la poursuivait.

Qui sait, peut-être qu'elle l'avait tué ?

Comment Van Rhoe l'avait-il retrouvée ? Qui l'avait averti de sa présence ? Ça ne pouvait être que John. John avait téléphoné à ses parents, il s'était arrangé pour leur tirer les vers du nez et il avait prévenu Van Rhoe. Qui avait forcément mis M. Sarotzini au courant.

Elle perçut une espèce de rougeoiement à travers ses paupières fermées. Ouvrant les yeux, elle s'aperçut qu'elle était allongée sur le dos, sous un plafond blanc hérissé des petites têtes en métal d'un système d'extinction automatique. Un visage entra dans son champ de vision, occupant tout l'espace. Celui d'une femme qu'elle ne connaissait pas. Une infirmière en blouse blanche, jolie, avec des cheveux blonds tirés en arrière et des pommettes saillantes. Elle souriait. Susan la regarda, hébétée.

— Félicitations, Susan, vous êtes la maman d'une petite fille.

Susan ne parut pas comprendre.

— Votre bébé, dit l'infirmière. C'est une fille.

En entendant le mot « bébé », Susan se ranima tout à coup.

— Une fille ? balbutia-t-elle, perplexe.

Bobosse était un garçon. Elle en était absolument certaine.

— Où… où est-elle ? Je peux la… ?

La mémoire lui revint brusquement et une terrible angoisse s'empara d'elle.

— Casey ? Comment va Casey ?

Une ombre d'hésitation passa dans les yeux de l'infirmière.

— Casey ?

— C'est ma sœur. Où suis-je ?

— À Pacific Palisades, clinique des Cyprès.

— Comment va ma sœur ?

L'infirmière avait retrouvé le sourire.

— Casey Corrigan est votre sœur ?

Susan fit « oui » de la tête.

— La ravissante jeune femme qui est à l'étage des longs séjours ? C'est votre sœur ?

Susan se sentit rassurée. Vu la façon dont l'infirmière disait cela, Casey ne pouvait qu'aller bien.

— Comment vous sentez-vous ?

Et Van Rhoe, comment se sentait-il ? Avait-elle rêvé ? Sans doute, puisque cette femme ne lui en parlait pas.

— Encore endolorie ?

Susan essaya d'y réfléchir, mais elle avait la tête trop cotonneuse. Sa position était inconfortable. Être allongée ainsi, à plat sur le dos, lui donnait une sensation de pesanteur dans l'estomac. Elle le fit observer à l'infirmière.

— C'est normal que ça vous tire un peu. Je vais vous injecter un analgésique.

— Mon bébé... Je croyais que c'était un garçon.

— Beaucoup de jeunes mamans ont des surprises de ce genre, vous savez. Elles se mettent en tête qu'elles vont avoir un garçon, et c'est une petite fille qui naît. C'est une très jolie petite fille, Susan.

Mensonges. C'est un garçon qu'elle avait eu, et ils le lui avaient volé.

— Je peux m'asseoir ?

— Reposez-vous encore un peu. Quand l'effet de l'anesthésie se sera dissipé, je vous conduirai à votre chambre et je vous amènerai votre fille.

Ma fille, se dit Susan. L'idée d'avoir une fille ne lui déplaisait pas. Elle l'emplissait même d'une certaine fierté. Quelque chose lui piqua la cuisse. La sensation de piqûre diminua vite, sans toutefois s'effacer complètement. *Ma fille*, pensait-elle brumeusement.

Tu as accouché.
D'une fille.
Bobosse était un garçon.

Plus ses idées s'éclaircissaient, plus elle avait peur. Et si l'enfant qu'ils allaient lui montrer était celui de quelqu'un d'autre ? Était-ce un stratagème ? Comment le savoir ? Qu'est-ce qui prouvait que M. Sarotzini ne lui avait pas déjà pris son bébé pour le sacrifier ? Peut-être que la cérémonie avait lieu en ce moment même. D'après l'un des livres qu'elle avait lus, les rituels satanistes prêtent un pouvoir particulier aux nouveau-nés, parce qu'ils symbolisent l'innocence.

Elle avait essayé de s'échapper. Ils l'avaient rattrapée. Elle avait crevé l'œil de Miles Van Rhoe.

Tant mieux. Van Rhoe était un sataniste. Il l'avait mérité.

Elle essaya de se redresser sur son séant, et retomba aussitôt en poussant un grand cri. Une douleur atroce lui déchirait le ventre. Elle tourna la tête à gauche, puis à droite, mais ne vit qu'un goutte-à-goutte, des écrans de contrôle, des murs nus et une pendule qui marquait 7 h 10. Pas de sonnette, ni de téléphone, en tout cas pas à sa portée.

Elle resta immobile, rongeant son frein, pensant à son bébé, à ce qui s'était passé hier soir dans la chambre de Casey, à Van Rhoe. Pourquoi le respirateur de Casey était-il débranché ? Était-ce un accident ? Avait-il simplement sauté ? Pourquoi avait-on laissé Casey sans surveillance ? Que se serait-il produit si Susan n'était pas arrivée à point nommé pour… ?

Elle s'efforça de reconstituer les événements. La douleur. L'infirmière aux cheveux noirs. Van Rhoe. Elle essayait de leur échapper. Une voiture de police était venue. Tout lui semblait à la fois réel et irréel.

Ça devait être un rêve.

Au bout de ce qui lui parut une éternité (alors que, d'après la pendule, il ne s'était écoulé que vingt minutes), l'infirmière blonde refit son apparition, accompagnée de deux aides-soignants. Ils poussèrent son chariot le long d'un couloir, pénétrèrent dans une chambre et l'installèrent dans un lit.

Cette fois, on la laissa s'asseoir. Les aides-soignants lui calèrent le dos avec des oreillers. Autour d'elle, il y avait une impressionnante batterie d'appareils compliqués. Des portants, des machines de pompage, toutes sortes de compteurs et de jauges qui clignotaient comme des arbres de Noël. Elle avait un tube de goutte-à-goutte fiché dans un poignet, une canule de cathéter dans l'autre, un drain inguinal pour évacuer ce qui suppurait de son ventre.

D'après le badge épinglé à sa poitrine, l'infirmière s'appelait Greta Dufors. Un large sourire aux lèvres (était-ce son unique expression?), elle annonça à Susan qu'elle allait lui amener sa fille.

On avait placé à côté d'elle un minuscule lit d'enfant muni de draps roses et d'une couverture en coton de la même couleur. De la fenêtre de sa chambre, Susan avait vue sur le canyon. La porte de la salle de bains attenante était grande ouverte. L'ameublement consistait en une télévision à écran extra-large, deux fauteuils confortables et un grand vase de fleurs. Les murs étaient ornés de peintures modernes aux couleurs éclatantes. Mais il n'y avait pas de téléphone.

Susan entendit des pleurs, puis la blonde Greta entra dans la pièce en émettant des bruits apaisants avec la bouche. Elle tenait dans ses bras un être minuscule vêtu d'un gilet rose et d'une couche blanche, au visage rouge et convulsé.

— Regarde qui est là, pépia l'infirmière. C'est maman !

Dès que les yeux de Susan se posèrent sur la petite créature aux membres convulsés, tous ses soupçons s'évanouirent d'un coup. Le bébé semblait tellement vulnérable, tellement désarmé.

Et tellement beau aussi. D'une beauté confondante.

Instinctivement, elle tendit les bras et s'en empara. Il ne lui en fallut pas plus. Elle reconnut aussitôt l'être merveilleux qui gigotait dans ses bras. C'était Bobosse. C'était l'enfant qu'elle avait porté en elle pendant huit mois. Lui déposant un léger baiser sur le crâne, elle dit :

— Bonjour, ma chérie. Tout va bien maintenant, calme-toi.

Le bébé cessa brusquement de pleurer et émit un gargouillis satisfait.

— Voilà qui est mieux, dit l'infirmière. Vous lui faites un sacré effet.

— Qu'elle est belle ! s'exclama Susan. C'est le plus beau bébé que j'aie jamais vu ! Hein que tu es belle, ma chérie ?

L'infirmière dégrafa le devant de la chemise de Susan, qui plaça la bouche du bébé sur son mamelon. Elle éprouva une brève sensation de brûlure, puis les gencives du bébé se refermèrent et il se mit à téter. Elle était au bord des larmes. Quelle incroyable sensation ! Cet être minuscule était son enfant, sa petite fille à elle, et *elle lui donnait le sein*. Elle n'arrivait pas à y croire, c'était trop merveilleux.

— Elle tète ! s'écria-t-elle. Elle boit mon lait !

L'infirmière hocha la tête, souriant jusqu'aux oreilles.

— Quelle jolie petite fille vous avez, dit-elle.

— C'est vrai, dit Susan. C'est le plus joli bébé du monde.

Du bras gauche, elle berçait l'enfant, qui sentait le talc et le savon, admirait son visage fripé, ses mains minuscules qui battaient l'air. Une quantité étonnante de cheveux lui tapissait le sommet du crâne. Ils étaient épais, brillants, d'un roux éclatant.

— C'est vrai que tu es belle, ma chérie ! Tu es d'une beauté extraordinaire, est-ce que tu t'en rends compte ?

Elle était impatiente de la montrer à ses parents, à John, à Kate Fox, à Liz Harrison et à ses autres amies. Elle ne se lassait pas de l'admirer, d'admirer ses mains, d'admirer son visage. *Tu es mon bébé*, pensait-elle. *Mon bébé à moi ! Je sais que c'est toi ! Ça ne peut être que toi ! Tu m'as fait beaucoup souffrir, tu sais, mais ça en valait la peine.*

Elle se pencha sur l'enfant pour lui embrasser le front, et quand elle releva les yeux l'infirmière s'était éclipsée, la laissant seule dans la chambre avec son bébé. Tout à coup, le plus inexplicablement du monde, un nom lui vint à l'esprit et elle le prononça à voix haute :

— Verity, dit-elle.

Comme si elle avait reconnu ce nom, la petite fille leva brusquement les yeux sur elle, et Susan eut l'impression qu'elles étaient en parfaite communion toutes les deux.

— Il te plaît, ce prénom, hein ? Moi aussi, je l'aime beaucoup, il est vraiment très beau. Eh bien soit, tu t'appelleras Verity.

Verity se mit à téter avec une vigueur redoublée. On aurait dit qu'elle voulait lui signifier qu'elle s'en fichait comme de l'an quarante, que seul son lolo lui importait.

— C'est un prénom qui a du poids, dit Susan. Sauras-tu t'en montrer digne ?

Susan resta longtemps plongée dans la contemplation de ce petit être merveilleux qu'elle tenait dans ses bras, admirant à n'en plus finir sa bouche menue, ses menottes, son bout de nez. Quand elle se décida enfin à relever les yeux, M. Sarotzini était debout au pied de son lit.

Un frisson de terreur lui glaça l'échine et elle agrippa Verity avec plus de force encore, bien décidée à ne la lâcher sous aucun prétexte.

M. Sarotzini lui souriait.

— À la bonne heure, dit-il. Comment vous sentez-vous, Susan ?

Sans lui rendre son sourire, elle répondit :

— Bien.

M. Sarotzini avança d'un pas.

— Quelle jolie petite fille, dit-il. D'après ce que l'on m'a dit, son poids est plus que satisfaisant pour un prématuré. En plus, elle se porte comme un charme, c'est évident.

— Oui, elle se porte bien, dit Susan, en serrant le bébé contre elle encore plus étroitement et en baissant de nouveau les yeux sur lui. Hein que tu es un beau bébé ? lui dit-elle. Et tu le sais, va, je le vois dans tes yeux.

Quand elle releva la tête, elle vit que M. Sarotzini souriait toujours, et un autre frisson glacial la parcourut. *Il va me parler de Van Rhoe*, se dit-elle. Mais M. Sarotzini n'en fit rien. Sans cesser de lui sourire, il lui annonça qu'il reviendrait la voir le lendemain matin, tourna les talons et s'esquiva.

Susan fit passer Verity de son sein gauche à son sein droit. Peu après, l'infirmière refit son apparition, lui montra comment il fallait s'y prendre pour faire faire son rot au bébé, lui mit une couche propre, le posa dans son berceau et le borda soigneusement.

Susan se retrouva seule. Tout en écoutant la respiration du bébé, elle tournait et retournait dans sa tête la dernière phrase qu'avait prononcée M. Sarotzini. « *Je reviendrai vous voir demain matin.* »

Si c'était vraiment son intention, il fallait en déduire qu'il n'essaierait pas de lui prendre Verity ce soir.

En outre, il n'avait même pas mentionné le nom de Miles Van Rhoe. Si elle avait réellement crevé un œil à Van Rhoe, quelqu'un lui en aurait parlé. C'est donc qu'elle l'avait rêvé. Elle avait fait un cauchemar.

Peut-être qu'au fond de moi-même je le déteste, se dit-elle. D'après Freud, l'inconscient se sert du rêve pour donner libre cours aux émotions que le surmoi vous oblige à refouler. Peut-être qu'elle avait inconsciemment envie de tuer Van Rhoe pour lui faire payer la douleur qu'elle avait endurée, ou sa duplicité, ou les deux à la fois.

Du reste, elle l'aurait tué sans l'ombre d'une hésitation s'il avait fait mine de vouloir lui enlever Verity. Elle était prête à tout, et ça lui faisait peur.

Elle se pencha sur le petit être endormi. Il était tellement fragile. Tellement innocent.

—Je ne les laisserai pas faire, dit-elle. Ils ne t'auront pas, je t'en donne ma parole.

Chapitre 61

Susan fut réveillée par des bruits de pas, auxquels se mêlait le son grêle et lointain d'un instrument de musique. Une flûte.

Elle ouvrit brusquement les yeux. La porte était entrebâillée et un flot de lumière venu du couloir éclairait la chambre. Une silhouette indécise venait dans sa direction. La silhouette s'arrêta à la hauteur du lit d'enfant, et elle discerna son visage. C'était M. Sarotzini.

La porte se referma et il ne fut plus qu'une ombre chinoise.

Susan l'observait, le cœur battant, sans oser esquisser le moindre geste, de crainte qu'il s'aperçoive qu'elle s'était réveillée. Elle se ramassa silencieusement sur elle-même, prête à bondir s'il faisait mine de s'emparer de Verity. Quelle heure pouvait-il être ? Elle s'efforça de calculer. Quand elle avait donné le sein au bébé, il était un peu plus de minuit. Ensuite, l'infirmière l'avait changé et mis au lit.

M. Sarotzini se pencha au-dessus de l'enfant et se mit à psalmodier une espèce de prière. Sa voix était si basse que Susan avait du mal à en saisir les paroles. Elle tendit attentivement l'oreille, et s'aperçut alors qu'il s'exprimait dans une langue qu'elle ne connaissait pas. La sonorité rappelait un peu celle du latin, mais ce n'était pas du latin, langue que Susan avait étudiée au lycée.

Que disait-il ? À quoi rimait cet étrange cérémonial ? La scène était tellement bizarre qu'elle se demanda si ce n'était pas un rêve. Un sentiment d'indignation l'envahit. Cet homme avait fait intrusion dans sa chambre et il ne respectait pas le sommeil de son enfant.

Rassemblant son courage, elle s'écria :

— Qu'est-ce que vous faites ?

Sans lui prêter la moindre attention, M. Sarotzini continua à psalmodier. Puis, sans accorder un regard à Susan, il tourna les talons et sa silhouette se fondit dans les ténèbres. Quand la porte s'ouvrit, elle le vit en pleine lumière l'espace d'un instant. Le son de la flûte était proche à présent. M. Sarotzini inclina respectueusement le buste pour prendre congé de Verity, puis la porte se referma et Susan se retrouva dans le noir.

Mais elle n'était pas seule.

Elle perçut un froissement de tissu, et vit une deuxième ombre s'approcher du lit de Verity. Susan avala sa salive. Elle avait la gorge nouée. S'agissait-il d'une sorte de répétition, en prévision de quelque rituel ?

D'une voix mal assurée, mais beaucoup plus forte que la première fois, elle demanda :

— Qui êtes-vous ? Qu'est-ce que vous faites ?

De nouveau la porte s'ouvrit, et dans le rai de lumière venu du couloir elle vit une femme debout au-dessus du berceau. C'était une dame d'une cinquantaine d'années, avec un visage sévère, d'aspect nettement slave, creusé de rides profondes. Elle portait un pull noir à col roulé, était couverte d'horribles bijoux criards, et dégageait une entêtante odeur d'encens, à moins que ce soit de la myrrhe. Quelqu'un d'autre entra dans la pièce et la porte se referma.

— Qu'est-ce que vous faites ? demanda Susan, dont la terreur ne cessait d'augmenter.

Comme M. Sarotzini, la femme ne prêta aucune attention à Susan et se mit à psalmodier tout bas, dans la même langue étrange. Au bout d'un moment, elle tourna à son tour les talons, ouvrit la porte, esquissa une révérence et s'en alla.

Un autre homme s'approcha du berceau. À l'instant où il l'atteignait, la porte s'ouvrit encore une fois et le rai de lumière éclaira son visage. Cette fois, Susan eut la certitude qu'elle rêvait. L'homme ressemblait d'une manière frappante au technicien des télécoms, celui-là même qui lui était déjà apparu dans la bizarre hallucination qu'elle avait eue à la clinique WestOne, lorsqu'on l'avait anesthésiée pour procéder à l'insémination artificielle.

Il psalmodia plus longtemps que les deux autres, et quand il eut achevé sa prière, au lieu de se retourner vers la porte, il s'avança vers Susan et se pencha au-dessus d'elle, plaçant son visage à quelques centimètres du sien. Son haleine était tiède et mentholée, comme s'il venait de se brosser les dents, il sentait le savon, et sa respiration faisait un bruit étrange. Il aspirait lentement, profondément, comme pour inhaler une substance. On aurait presque dit qu'il sniffait de la cocaïne à même la peau de Susan.

Regardant avec des yeux écarquillés ce visage qu'elle ne discernait que confusément, elle se rencogna contre le matelas. *Je rêve. Ça ne peut être qu'un rêve. Je vous en prie, mon Dieu, faites que ce ne soit qu'un rêve.*

Son corps frissonnait et son pouls battait à tout rompre. Était-ce le début du Grand Rite, la cérémonie sataniste dont elle avait lu la description, celle qui est toujours couronnée par un sacrifice humain ?

Si elle s'était levée tout à coup, la surprise aurait peut-être joué en sa faveur. Elle aurait pu s'enfuir à toutes jambes, en attrapant Verity au passage.

Elle ne savait même pas où étaient ses vêtements. Elle était en chemise, pieds nus. Où sa fuite l'aurait-elle menée? Dans les bras du même policier?

L'inconnu se décida enfin à s'éloigner. Il ouvrit la porte et il resta un long moment sur le seuil à la contempler, un étrange sourire aux lèvres. Ensuite il disparut à son tour.

De nouveau la porte s'ouvrit et un très vieil homme fit son entrée, assis dans un fauteuil roulant que poussait une femme en blouse blanche. Susan la reconnut. C'était Pat Caulk, l'infirmière en chef. Les yeux du vieillard étaient mi-clos, comme ceux d'un aveugle, et un plaid lui recouvrait les épaules. La porte se referma derrière eux et le fauteuil roulant s'approcha du berceau dans le noir.

La voix du vieillard était faible et un peu chevrotante, mais en l'entendant Susan fut prise d'une terreur sans nom. Elle était chargée des sentiments les plus vils, haine, amertume, méchanceté, cruauté, orgueil, et il en émanait une autorité stupéfiante. Cette voix impérieuse sortant d'un corps ravagé par l'âge et la maladie fit surgir dans l'esprit de Susan la vision maléfique d'Hitler discourant à Nuremberg, et elle en conçut une profonde horreur.

Elle voulait que cet homme s'en aille, qu'il ne reste pas un instant de plus dans la même pièce que son bébé. Il ne fallait pas qu'il parle à Verity, qu'il communie avec elle. Elle ouvrit la bouche pour lui ordonner de sortir, mais ne parvint à émettre aucun son. Elle se contenta de le regarder, impuissante, en tremblant comme une feuille.

Là-dessus, la porte s'ouvrit encore une fois, et quelqu'un entra dans la chambre. Le visage du vieillard fut brièvement éclairé, et Susan s'aperçut qu'il était plus âgé qu'elle ne l'avait cru. Il avait au moins cent ans. Sa peau flasque, tavelée de taches hépatiques, sillonnée d'innombrables rides, pendait lamentablement sur ses joues, et ses lourdes paupières étaient rabattues sur ses yeux à la façon de celles d'un saurien qui se chauffe au soleil. Seuls ses cheveux avaient conservé un semblant de jeunesse. Ils étaient proprement coupés et soigneusement peignés en arrière, un peu comme ceux de M. Sarotzini.

Ses gencives s'étaient affaissées comme celles d'un cadavre, et ses lèvres minces étaient gluantes de bave. Un cadavre à demi putréfié psalmodiait au-dessus du berceau de sa petite fille.

Sortez d'ici, allez-vous-en, partez, vous n'avez, rien à faire ici!

Mais les paroles de Susan n'étaient audibles que dans sa tête. L'horrible vieillard continua à marmonner sa maléfique litanie, qui s'échappait tel un flot de bave d'entre ses dents gâtées.

Sortez d'ici, allez-vous-en, allez-vous-en!

Soudain, le vieil homme se tourna vers elle. Un frémissement lui parcourut les paupières. Susan crut qu'elles allaient s'ouvrir, et elle se recroquevilla sur elle-même, morte de peur. Elle ne voulait pas voir les yeux de cette créature. Elle ne voulait pas rencontrer son regard. À cet instant précis, la lumière disparut, la terreur explosa en elle avec la force d'une éruption volcanique, elle se sentit happée dans le vide, tomba en tourbillonnant dans un torrent de lave bouillonnante qui l'entraîna jusqu'à un lac de ténèbres agité de brûlantes vagues.

Chapitre 62

Verity pleurait.

Susan ouvrit les yeux. Les rideaux étaient fermés. Il faisait encore noir, mais moins que tout à l'heure. Dehors, une aube indécise s'était substituée à la nuit.

Verity était encore là, Dieu soit loué.

Une terreur indéfinissable, sans objet précis, lui remuait toujours les sangs. Ces gens étaient-ils vraiment entrés dans sa chambre, ou avait-elle fait un cauchemar ? Elle leva le bras, trouva le commutateur, l'actionna, et une vive lumière l'éblouit. Les pleurs de Verity redoublèrent.

— Tout va bien, ma chérie, maman est là.

Susan se redressa, sans prendre garde à la douleur que ce mouvement lui causait, et regarda Verity avec des yeux pleins d'amour. L'horloge murale indiquait 4 h 20. Elle se pencha sur le berceau et prit le bébé dans ses bras.

— Ce n'est rien, murmura-t-elle d'une voix lasse. Tu as l'estomac dans les talons, c'est tout. Tout va bien. On est en sécurité, toutes les deux.

Quand Susan émergea de nouveau du sommeil, il faisait grand jour, mais elle décela aussitôt quelque chose d'anormal.

Verity ne faisait aucun bruit.

Elle se redressa brusquement, tirant sur les points de suture de sa césarienne, et la douleur la fit grimacer. Ce matin, sa plaie l'élançait nettement plus. Elle se pencha sur le berceau, pleine d'appréhension.

Verity avait les yeux grands ouverts. Des yeux magnifiques, avec des pupilles noires et rondes entourées d'iris pervenche.

En voyant qu'elle était toujours là, Susan éprouva un immense soulagement. Malgré la douleur, elle pencha le buste en avant et lui effleura la tête d'un baiser. Verity se mit aussitôt à brailler.

—Quoi, tu as encore faim? Qu'est-ce que tu peux être goulue, alors! Enfin, je dis que tu es goulue, mais je ne suis peut-être pas très qualifiée pour en parler, puisque je n'ai encore jamais été mère. Je n'ai jamais été mère, tu n'as jamais été bébé, tout ça est aussi nouveau pour moi que pour toi, pas vrai?

Susan jeta un coup d'œil à l'horloge. Huit heures dix.

—Si je comprends bien, ton cycle fait exactement quatre heures, dit-elle.

En guise de réponse, Verity ne fit que brailler de plus belle. Malgré la douleur, Susan la souleva et la berça tendrement dans ses bras.

—Non, non, ce n'était pas une critique, mon bébé joli, dit-elle d'une voix câline.

Dégrafant le devant de sa chemise, elle guida la bouche de Verity vers son téton gauche.

Verity s'y cramponna avec tant d'allant que Susan, surprise, s'exclama :

—Ouille! Vas-y doucement! Moi aussi, je suis fragile, il faut me ménager un peu.

Verity s'apaisa et téta avec délice. Susan la regardait d'un œil attendri. Tout à coup, sa gorge se serra. Elle étudia le petit visage rose du bébé qui la tétait avec application, le cœur gonflé d'un mélange de terreur et d'amour.

Je ne laisserai personne me la prendre, se disait-elle.

Quand Verity fut repue, Susan la replaça dans son berceau. La fillette se pelotonna et s'endormit aussitôt.

Ensuite, allongée sur son lit, Susan réfléchit à sa situation. Le moindre mouvement la faisait atrocement souffrir ; les tubes fixés à ses poignets et son drain inguinal lui interdisaient de se déplacer. Elle souleva sa chemise pour examiner l'incision qui lui barrait l'abdomen. Le spectacle n'était pas des plus réjouissants. Elle risquait d'en garder une vilaine cicatrice, mais pour l'instant elle avait d'autres chats à fouetter.

Il fallait à tout prix qu'elle joigne quelqu'un, des gens susceptibles de la croire. Ses parents ! Il fallait leur téléphoner, leur demander de venir la chercher avec un avocat. Elle leur dirait de se faire conseiller par SOS-Mères porteuses, qu'ils sachent exactement de quels recours ils disposaient, peut-être même de contacter Elizabeth Frazer, la juriste qu'elle avait vue à Londres, qui avait sans doute des correspondants en Californie.

Où trouver un téléphone ?

Sa chambre était équipée d'une prise, mais bien entendu on ne lui avait pas laissé l'appareil.

Ses yeux s'emplirent de larmes et elle serra les poings. Elle était folle de rage, mais totalement impuissante.

Quelques minutes plus tard, la blonde Greta, toujours aussi souriante, lui apporta son petit déjeuner. Elle débarrassa Susan de ses tubes et de son drain et l'aida à faire les quelques pas qui la séparaient de la salle de bains.

—Vous étiez de garde cette nuit ? lui demanda Susan.

— Non, j'ai quitté mon service à minuit, juste après la première tétée de votre petite fille, dit-elle. Vous lui avez trouvé un prénom ?

Susan faillit le lui dire, mais décida finalement de le garder pour elle. Aucun employé de cette clinique ne lui inspirait confiance.

— Pas encore, répondit-elle. Je croyais que ce serait un garçon, vous comprenez.

— C'est très courant, vous savez. Beaucoup de futures mamans s'imaginent qu'elles vont avoir un garçon, et quand elles accouchent, patatras !

— Ça m'a prise au dépourvu, je l'avoue. Je ne sais pas pourquoi je m'étais mis cette idée en tête.

— Les petites filles sont plus faciles à vivre, dit la blonde infirmière d'une voix enjouée.

— Il n'y a pas de téléphone dans ma chambre, dit Susan en s'asseyant sur la cuvette des W.-C. Si vous pouviez m'en apporter un, ça me rendrait un grand service.

Le visage de l'infirmière se renfrogna imperceptiblement.

— Comptez sur moi, répondit-elle.

— Il y a un autre service que je voudrais vous demander. J'aimerais que ma sœur Casey voie l'enfant. Est-ce que vous pourriez m'accompagner jusqu'à sa chambre ?

Greta se détourna.

— Je vous y accompagnerai volontiers, mais un autre jour. Quand vous aurez repris des forces.

Après avoir aidé Susan à sa toilette, elle la reconduisit à son lit, puis se dirigea vers la porte. Au moment où elle sortait de la chambre, Susan lui dit de ne pas oublier le téléphone et elle promit qu'elle s'en occuperait toutes affaires cessantes.

Bien qu'elle n'eût aucun appétit, Susan se força à avaler une tranche de pain grillé, qu'elle arrosa de thé et de jus de pomme. Comme l'infirmière ne revenait pas avec le téléphone promis, elle appuya sur la sonnette d'alarme encastrée dans le mur au-dessus de son lit. Puis la fatigue eut raison d'elle et elle s'assoupit.

Quand elle rouvrit les yeux, son père était assis à son chevet et sa mère, debout au-dessus du berceau, posait sur Verity un regard étrangement fixe. Susan éprouva un intense soulagement, et elle se mit à sourire.

— Dieu soit loué! soupira-t-elle.

Sa mère lui jeta un rapide regard et dit:

— Elle a les yeux de ta grand-mère.

Malgré son soulagement, Susan se sentit soudain mal à l'aise. Peut-être son imagination lui jouait-elle des tours, mais il lui semblait que l'attitude de ses parents avait quelque chose de guindé. On aurait dit qu'ils posaient pour un tableau de Van Eyck. Et la voix de sa mère sonnait faux.

— Alors, elle vous plaît, votre petite-fille? demanda-t-elle.

Il était 10 h 25 à l'horloge murale. Elle disposait de plus d'une heure et demie avant la prochaine tétée. Il fallait en profiter. D'une voix presque chuchotante, elle ajouta:

— Les gens dont je vous ai parlé sont ici, ils m'ont retrouvée, ils vont me prendre mon enfant, il faut que vous m'aidiez, il faut que vous nous aidiez à sortir de là.

Son père la regardait sans rien dire. L'expression de son visage était indéchiffrable, et sa pomme d'Adam tressautait nerveusement. Il portait comme toujours un jean élimé et une chemise à carreaux en gros coton; pourtant, contrairement à son habitude, il n'était pas rasé. Il était livide, hagard, et il avait les traits tirés. Quand Susan était petite, la force de son père l'impressionnait. Aujourd'hui, il lui paraissait faible, chétif. Il avait l'air d'un vieillard. L'idée lui vint qu'il était peut-être malade.

Puis elle se rendit compte que sa mère aussi avait l'air exténuée, comme si elle n'avait pas fermé l'œil de la nuit. Et subitement elle comprit: ils avaient peur.

— Elle a le nez de ton père, dit sa mère avec le même enjouement forcé que tout à l'heure, en s'efforçant de faire dévier la conversation. Tous les Corrigan ont ce nez-là. Il est un peu en trompette, tu vois ?

Elle s'éloigna du berceau et se mit à aller et venir dans la pièce en se tordant les mains et en lançant des regards implorants en direction de son mari.

— Il faut me sortir d'ici, dit Susan d'une voix encore plus pressante. Je vous ai parlé de ces gens, vous vous souvenez ? Le personnel de la clinique est de mèche avec eux. Il faut nous tirer de là, Verity et moi, Casey aussi, on ne peut pas la laisser plus longtemps dans cet...

Elle se tut en voyant le regard fugace que ses parents venaient d'échanger, et tout lui revint brusquement : le bourdonnement du système d'alarme, le teint terreux de Casey, le respirateur débranché.

— Est-ce que quelque chose ne va pas avec Casey ? demanda-t-elle d'une voix soupçonneuse.

Les yeux de son père se reposèrent sur elle. Les tressautements de sa pomme d'Adam trahissaient une grande agitation intérieure.

— Casey va très bien, bredouilla-t-il.

Sa mère sortit de la chambre et referma la porte derrière elle. Susan eut l'impression que la langue de son père allait tout à coup se délier, mais il se leva, s'approcha de la fenêtre et dit simplement :

— Tu as une sacrée belle vue, dis donc.

Susan n'arrivait pas à y croire. Terrorisée, elle s'écria :

— Papa, ils vont me prendre Verity ! Il faut me croire !

Comme il ne réagissait toujours pas, elle se mit à hurler, sans se soucier de réveiller l'enfant :

— Papa ! Il faut me sortir de là ! Je t'en supplie, écoute-moi ! PAPA ! Pour l'amour du ciel, il faut m'écouter !

La porte s'ouvrit, et la blonde Greta fit son entrée, suivie de la mère de Susan, qui avait les yeux rouges, comme si elle avait pleuré.

— Votre fille est à bout de nerfs, dit l'infirmière en s'adressant aux époux Corrigan. Elle se met dans tous ses états pour des riens. Mieux vaut la laisser se reposer à présent, vous reviendrez la voir demain.

Le père de Susan hocha la tête.

— Non ! s'écria Susan d'une voix implorante. Ne me laissez pas ! Emmenez-moi avec vous ! Vous ne…

Incrédule, elle les regarda sortir de sa chambre, aussi dociles que des moutons. Son père s'arrêta sur le seuil et la fixa une dernière fois des yeux avec un mélange de perplexité, de compassion et de reproche. Ensuite, ils disparurent.

La blonde Greta se posa un doigt sur les lèvres et, du ton enjoué qu'elle avait d'habitude, lui dit :

— Allons, Susan, calmez-vous ! Vous allez réveiller votre petite fille !

— Je vous en prie, écoutez-moi, dit Susan en essayant de se lever.

L'infirmière lui posa une main sur l'épaule et la repoussa en arrière, doucement mais fermement.

— Il faut vous reposer, dit-elle. Vous en avez autant besoin l'une que l'autre.

Susan la dévisagea. C'était une femme d'environ trente-cinq ans, plutôt jolie, malgré le chignon sévère qui tirait ses cheveux blonds en arrière. Accepterait-elle de lui venir en aide ?

— Je vais vous dire quelque chose, mais il faut que cela reste entre nous…, commença-t-elle.

L'infirmière lui tendit deux pilules blanches et un mini-gobelet en papier.

— Avalez ça, lui dit-elle. Vous vous sentirez tout de suite mieux.

Susan la considéra d'un œil méfiant.

— Qu'est-ce que c'est ? demanda-t-elle.
— Un analgésique léger.

Susan n'y crut pas une seconde. Elle prit les pilules, les mit dans sa bouche et fit semblant de les avaler. Ensuite, elle dit :

— Je ne veux pas rester ici, je veux qu'on me transfère ailleurs ou qu'on me laisse rentrer chez moi.

L'infirmière fronça les sourcils.

— Pourquoi voulez-vous qu'on vous transfère, Susan ? C'est la meilleure clinique de toute la Californie.

Susan hésita. Si elle lui racontait tout, y croirait-elle ? Voilà sans doute ce qui expliquait l'étrange comportement de ses parents : ils ne la croyaient pas. Ils se figuraient qu'elle avait perdu la tête. Est-ce John qui les en avait persuadés ?

— Pourquoi est-ce que vous ne m'avez pas apporté un téléphone ?

La blonde Greta retrouva le sourire.

— Je vais vous le chercher de ce pas, s'exclama-t-elle.

Dès qu'elle fut sortie de la chambre, Susan recracha les pilules qu'elle avait placées sous sa langue et les cacha entre le matelas et l'alèse. Elle se pencha encore une fois au-dessus du berceau de Verity, qui dormait à poings fermés. Ensuite, elle se recoucha, ferma les yeux et tendit l'oreille, à l'affût des pas qui lui signaleraient le retour de Greta.

Chapitre 63

Au grand soulagement de John, l'avion décolla à l'heure et atterrit à Los Angeles à 12 h 45, avec vingt minutes d'avance sur l'horaire prévu. Pourtant, quand il se retrouva enfin au volant d'une Chevrolet bleue de location sur l'autoroute qui menait à Pacific Palisades, il était près de 14 heures.

Tout au long des onze heures de vol, bouillant d'une rage continuelle, il avait balancé entre deux options. Soit se rendre chez les parents de Susan pour essayer de leur faire comprendre qu'elle était réellement en danger, soit foncer directement à la clinique et prendre les mesures que la situation lui imposerait.

Vu ce que Dick Corrigan lui avait dit au téléphone au sujet du respirateur débranché, il ne pouvait être question de faire intervenir la police. En fin de compte, il avait renoncé à voir ses beaux-parents. Il fallait d'abord qu'il parle à Susan, qu'elle lui donne sa version des événements. Comment aurait-elle pu faire du mal à sa sœur ? C'était impossible, il n'arrivait pas à y croire. À moins que…

Cette idée s'était nichée au creux de sa cervelle, et il n'arrivait plus à l'en déloger. À moins que, dans son délire,

Susan se soit dit qu'en tuant Casey elle se libérerait d'une obligation financière trop lourde et que cela lui permettrait de résilier unilatéralement le contrat qu'elle avait passé avec M. Sarotzini et de garder l'enfant.

Avait-elle perdu la tête pour de bon ?

Il avait du mal à y croire. Il connaissait Susan comme sa poche. Susan avait la tête sur les épaules. C'était une battante. La mort de Fergus Donleavy et celle de Harvey Addison l'avaient traumatisée, certes. Et les révélations de Donleavy sur les liens qu'entretenaient Van Rhoe et Sarotzini avec les milieux satanistes l'avaient sans doute beaucoup perturbée. Mais avait-elle sombré dans le délire au point de sauter dans un avion pour aller assassiner sa sœur ? Non, ça ne tenait pas debout.

Il faisait chaud, mais la voiture était climatisée. En approchant des colonnes doriques blanches qui marquaient l'entrée de la clinique, John ralentit, puis reprit délibérément de la vitesse, peu désireux de se jeter dans la gueule du loup. Le portail était ouvert et, apparemment, les nouveaux propriétaires de la clinique n'avaient pas pris de mesures de sécurité particulières. Une rangée d'arroseurs rotatifs projetait une brume de gouttelettes sur les pelouses, et un jardinier chicano poussait une brouette le long d'un sentier.

Au-delà de la clinique, la route s'élevait en sinuant vers la crête du canyon. John parcourut encore cinq cents mètres, fit demi-tour, se rangea sur le bas-côté, coupa le contact, alluma une cigarette et la fuma en réfléchissant. Malgré le voyage qu'il venait d'effectuer, il avait la tête parfaitement claire, et cela l'étonnait un peu. Il faut dire que, depuis quelques jours, il n'avait pas bu une goutte d'alcool et ne s'était restauré que très occasionnellement.

La clinique des Cyprès appartenait à la banque Vörn depuis six mois.

Les responsables de la clinique avaient dit aux Corrigan que Susan avait tué sa sœur, mais qu'ils ne l'ébruiteraient pas.

« Nous avons eu une entrevue avec le médecin-chef. Il s'est montré très compréhensif. La clinique ne tient pas plus que nous à ce que l'affaire s'ébruite. »

Qu'ils veuillent éviter un scandale, il voulait bien le croire. Toutefois, les caméras de Sarotzini observaient tous leurs faits et gestes depuis... Depuis quand, au fait? Depuis qu'ils s'étaient installés dans la maison? Donc, il savait forcément que Susan était de moins en moins disposée à lui remettre l'enfant. Peut-être avait-il décidé de monter cette machination par mesure de précaution. Quand on est soupçonné de meurtre, on n'est guère en position de se pourvoir devant les tribunaux.

Tout ça n'était-il pas un peu trop tiré par les cheveux? Mais John commençait à se dire que, s'agissant de M. Sarotzini, il valait mieux ne pas se demander si les choses étaient plausibles ou non.

Quand Susan se réveilla, M. Sarotzini était dans la chambre, assis à son chevet, et contemplait le berceau d'un œil assez détaché. Il avait plus l'air d'un homme admirant un tableau dans un musée que d'un père émerveillé par son enfant. Était-il là depuis longtemps? Susan n'en avait pas la moindre idée.

— Bonjour, Susan. Comment vous sentez-vous?

Elle médita cette question un moment. Son ventre l'élançait horriblement, elle avait le dos bloqué, des fourmis dans les cuisses, elle mourait de soif et elle avait mal au crâne.

— Bien, répondit-elle d'une voix sèche, sans faire aucun effort d'amabilité.

Puis la mémoire lui revint et elle ajouta avec mauvaise humeur:

— J'irais encore mieux si on se décidait à m'apporter un téléphone.

M. Sarotzini désigna la table de nuit de l'index. Un téléphone était posé dessus. Il n'était pas là simplement pour décorer. Il était bel et bien branché.

— Il valait mieux pour vous que nous l'enlevions, dit M. Sarotzini d'une voix aimable.

— Que voulez-vous dire ?

— Auriez-vous oublié ? Hier, votre comportement était – comment dirais-je ? – un tantinet bizarre.

— Qu'avait-il de bizarre ?

D'un signe, M. Sarotzini lui fit comprendre qu'il ne voulait pas épiloguer là-dessus.

— Comment va Verity ce matin ? demanda-t-il.

— Qui vous a dit son nom ? demanda Susan, surprise.

— Un joli prénom, qui lui va à ravir.

— Qui vous l'a dit ? répéta-t-elle, butée.

Il haussa les sourcils.

— Peut-être que je vous connais trop bien, Susan.

Elle secoua la tête.

— Non, vous ne me connaissez pas, vous ne savez rien de moi.

Elle lança un coup d'œil inquiet en direction de Verity, qui dormait sur ses deux oreilles.

Le sourire de M. Sarotzini ne s'effaça pas.

— Je suis si fier de vous, dit-il. Vous faites une mère magnifique. Exactement comme je l'avais prévu.

— Que s'est-il passé la nuit dernière ? lui demanda Susan d'une voix coupante. Qui étaient ces gens ? Pourquoi vous êtes-vous introduits dans ma chambre ? Qui jouait de la flûte ?

M. Sarotzini joignit les mains et posa sur Verity endormie un regard un peu rêveur.

— Ce n'était qu'une petite cérémonie destinée à bénir le nouveau-né.

— Comment osez-vous parler de bénédiction ? dit Susan d'une voix cinglante.

M. Sarotzini se tourna vers elle et la regarda dans les yeux.

— Ma chère Susan, vous avez vraiment beaucoup de choses à apprendre. Vous serez surprise de l'étendue de votre ignorance.

Susan soutint son regard sans ciller.

— Monsieur Sarotzini, Verity est mon enfant. Je suis sa mère, et en tant que telle j'ai voix au chapitre, il faut vous le mettre dans la tête. Si jamais l'envie vous reprend de venir faire la fiesta dans ma chambre au beau milieu de la nuit avec votre bande de branquignols, il faudra d'abord me demander l'autorisation, compris ?

Le regard de M. Sarotzini se tourna de nouveau vers Verity puis revint se poser sur Susan.

— Je sais que vous avez étudié la loi sur les mères de substitution, dit-il, que vous êtes même allée consulter une juriste spécialisée, mais, croyez-moi, vous n'avez rien à craindre. Je voulais seulement être sûr que vous étiez capable d'aimer cet enfant de tout votre cœur, et vous m'en avez donné la preuve.

Susan fut sidérée de l'entendre dire ça. Comment savait-il qu'elle était allée voir l'avocate ? Qui l'avait mis au courant ? John ?

Bien sûr que c'était John, puisqu'il était de mèche avec eux.

— Où voulez-vous en venir ? demanda-t-elle.

— J'ai un autre marché à vous proposer, dit M. Sarotzini. Notre accord initial prévoyait que vous mettriez simplement l'enfant au monde. Je crois qu'à présent nous pouvons en passer un autre qui vous permettra de la garder.

Susan le regarda, incrédule. Indéniablement, c'était M. Sarotzini en personne qui était assis là ; ce visage patricien, ces cheveux poivre et sel, ce complet élégamment coupé, cette cravate de bon ton, tout cela ne pouvait être qu'à lui. Quand sa stupeur fut passée, elle se fit soupçonneuse.

— Vous allez me laisser Verity ? Je pourrai la garder ?

— La place d'un nourrisson est auprès de sa mère, Susan.

— Mais votre femme ?

Il fit comme s'il n'avait pas entendu la question.

— Jusqu'où va votre amour pour Verity, pouvez-vous me le dire ?

— Je n'en sais rien, balbutia Susan. Comment pourrais-je le mesurer ? Je l'aime du fond du cœur, c'est tout ce que je peux vous dire.

— *Si parva licet componere magnis*, répondit M. Sarotzini. « Si l'on peut mesurer les petites choses par les grandes », *Géorgiques*, chant IV.

Il posa sur Verity un regard à la fois affectueux et étrangement distant.

— Il reste le problème de votre mari, dit-il. Comment allez-vous le régler ?

Susan le regarda, méfiante. Qu'avaient-ils encore tramé, John et lui ?

— Quand John verra ma fille, je suis sûre qu'il…

Incertaine, elle laissa sa phrase en suspens.

— Il suffit d'imaginer une chose pour la faire exister, dit M. Sarotzini.

Susan fronça les sourcils, toujours méfiante.

— Vous voulez dire que si j'imagine que John va aimer Verity, il l'aimera forcément ? dit-elle avec une pointe de sarcasme dans la voix. Ce serait aussi simple que ça ?

— Bien sûr.

En un éclair, Susan comprit tout. Comment ne l'avait-elle pas compris plus tôt ? C'était l'évidence même.

— Quand nous nous sommes vus pour la première fois à Londres, vous nous avez dit que vous vouliez avoir un enfant, mais que l'état de santé de votre femme l'interdisait. C'était un fils qu'il vous fallait, n'est-ce pas ? Un héritier ? C'est pour ça que vous ne voulez pas de Verity ?

Il y eut un long silence. Susan ne quittait pas M. Sarotzini des yeux, mais l'expression de son visage n'avait rien de fuyant. Il semblait plutôt triste.

— Susan, j'ai une confession à vous faire, dit-il à la fin. Je vous ai un peu menti.

Il demeura silencieux un moment, puis il ajouta :

— Je n'ai pas de femme. Je n'ai jamais été marié.

Susan entendit ses paroles, mais son cerveau mit un temps fou à les assimiler. Elles restèrent en suspension dans l'air, tournant sur elles-mêmes comme un écho qui se répète à l'infini. Le visage du banquier s'était figé dans une immobilité de marbre. On aurait dit qu'il essayait de faire taire toute émotion en lui, mais son regard exprimait une insondable tristesse.

— Vous n'êtes pas marié ? balbutia Susan. Vous n'avez pas de femme ?

Dans sa stupeur, elle ne pouvait s'empêcher d'éprouver une certaine commisération envers lui. En même temps, elle se sentait flouée, et de plus en plus perplexe.

— Vous appelez ça mentir *un peu* ? dit-elle.

M. Sarotzini semblait avoir vieilli de dix ans. Ses épaules s'étaient affaissées, ses mains se tordaient et son front plissé était barré de rides profondes. Quand il reprit la parole, sa voix n'était plus celle d'un banquier cynique et puissant. C'était la voix d'un vieillard malade de solitude.

— C'est difficile à expliquer, Susan, dit-il. C'est une longue histoire.

— Je ne m'y retrouve plus. À quoi ça rime, tout ça ? Je n'y comprends plus rien.

— Je vais tâcher d'y remédier. Je suis le dernier descendant d'une très ancienne famille. Notre généalogie remonte à vingt-cinq mille ans avant la naissance de Jésus-Christ – qui pour nous est le Grand Imposteur. Je dois perpétuer ma lignée, Susan, c'est mon devoir sacré. Je ne peux pas la laisser s'éteindre. Surtout pas maintenant, puisque nous vivons un moment crucial dans l'histoire du monde (il lança un regard en direction de Verity), le moment où notre plus vieux rêve se réalise enfin.

— De quel rêve parlez-vous ?

Il se tut un moment, avant de répondre :

— Il s'agit de ma religion.

Susan éprouva un frisson glacé au creux de la nuque. Fergus Donleavy avait-il dit vrai ? Ses paroles lui revenaient. « Le diable en personne », avait dit Fergus. Était-ce le diable qui était assis en face d'elle ? Et cet enfant – son enfant – était-il sa progéniture ?

Le père de son bébé était l'assassin de Fergus.

Cet enfant qu'elle avait porté en elle, qui était sorti de son ventre, était-il né de la semence du diable ?

Elle regarda Verity, puis M. Sarotzini. Elle avait la chair de poule. Il émanait de cet homme une noire puissance, aussi palpable qu'un courant électrique. Se pouvait-il qu'il soit le « diable en personne ? » Fallait-il prendre ce qu'avait dit Fergus au pied de la lettre ? Était-il démon, ou dément ? N'était-il pas simplement un homme trop riche et assoiffé de pouvoir, qui se prenait pour le maître du monde ?

Assez fou et assez influent pour avoir fait tuer Zak Danziger, Harvey Addison et Fergus Donleavy ?

Elle regarda le bébé endormi, qui était l'image même de l'innocence, puis ses yeux se reposèrent sur M. Sarotzini.

— Quelle religion ? dit-elle. Êtes-vous un adorateur de Satan ?

Il eut un sourire. Son assurance lui était revenue, et son magnétisme naturel reprenait le dessus.

— Vous adorez bien vous-même le Grand Imposteur, Susan. Celui qui nous a imposé le fardeau du péché originel, qui prétend que nous naissons mauvais et corrompus, et que le salut ne peut nous venir que de la grâce divine – à condition de glisser le plus de pièces possible dans des troncs d'églises.

Il avait retrouvé sa bonne humeur, à présent.

— Regardez votre fille. Regardez Verity. Est-elle mauvaise ? Est-elle corrompue ? Est-elle née ainsi ? Est-ce cela que vous voyez quand vous la regardez, quand vous la tenez dans vos bras, quand vous lui donnez le sein ? Est-elle un monstre de malfaisance et de corruption, Susan ?

— Ce n'est pas aussi simple.

— Vous avez raison, dit-il d'une voix pensive. Ce n'est vraiment pas simple, et il faudra que nous en discutions ensemble. C'est une discussion qui risque de nous prendre de longues journées. Mes arguments ne vous convaincront peut-être pas, mais je suis sûr que vous comprendrez la validité de mon point de vue. Et que vous serez d'accord pour élever Verity suivant nos coutumes, en observant la religion de mes aïeux.

Susan secoua la tête.

— Je regrette, mais j'entends élever mon enfant suivant mes coutumes à moi, et dans ma religion à moi. Vous ne pouvez pas vous immiscer dans ma vie et m'imposer vos croyances en me soudoyant. Je ne suis pas à vendre. Inutile d'insister, vous perdez votre temps.

M. Sarotzini hocha la tête, sans rien dire. La tête de Verity remua et ses yeux s'ouvrirent. Le banquier lui effleura la main, se pencha sur elle et lui fit des grimaces, en s'efforçant de la faire sourire. En observant son manège, Susan sentit un début de colère monter en elle. Il lui semblait qu'il faisait intrusion dans son intimité.

Baissant la voix, comme pour ne pas être entendu de l'enfant, M. Sarotzini lui dit :

— Je peux gâcher définitivement votre vie, Susan. Il me suffira de passer un coup de fil.

Susan se sentit prise d'une peur panique. Pas à cause de ses paroles ni de la façon dont il les avait prononcées. À cause de ce qu'elle lisait sur son visage. Pour la première fois, il dévoilait devant elle toute sa puissance, immense, ténébreuse. Son assurance l'abandonna d'un coup. Elle était comme envoûtée.

—Je ne comprends pas, bredouilla-t-elle.

—Vous a-t-on informée du décès de votre sœur Casey ?

Elle le regarda avec de grands yeux, persuadée que ce n'était qu'un jeu, qu'il ne disait cela que pour lui faire perdre contenance.

—Que... ? Que dites-vous ?

Sa voix s'étrangla.

—Casey est... ?

Non, ce n'était pas un jeu. Un froid glacial lui envahit les entrailles, et le visage de M. Sarotzini se brouilla.

—Casey est morte ?

Non, ce n'est pas possible. Il y a erreur sur la personne. Je vous en supplie, mon Dieu, faites que ce soit une erreur.

—On ne vous l'a pas dit ?

Elle chercha un signe quelconque sur ce visage dont les traits flous dansaient devant elle, quelque chose qui aurait pu lui donner ne serait-ce qu'une lueur d'espoir. Comment Casey aurait-elle pu mourir ? C'était impossible.

—Casey n'avait rien, coassa-t-elle. Aucune lésion. Elle ne...

—Je sais que vous aimiez beaucoup votre sœur, Susan.

Il était d'un calme olympien. Casey était morte, et ça ne lui faisait ni chaud ni froid. Susan avait envie de se jeter sur lui, toutes griffes dehors, en hurlant. Elle se contint et, d'une voix blanche, lui demanda :

—Pourquoi dites-vous cela ? Pourquoi dites-vous que Casey est morte ?

Il la regarda sans rien dire.

Non, ça ne tenait pas debout. Casey ne pouvait pas être morte. Elle était entrée dans sa chambre. Elle l'avait vue. Le respirateur était débranché, mais… Elle sentit qu'elle était en train de perdre contact avec la réalité. Ses yeux se remplirent de larmes, et un sanglot la secoua.

— L'infirmière m'a… m'a dit que Casey allait bien…

— Elle est morte, Susan, dit M. Sarotzini, subitement glacial. Vous voulez voir le corps ?

Susan se couvrit la bouche de sa main et ferma les yeux. Elle tremblait de tous ses membres.

— Non, ce n'est pas vrai ! Dites-moi que ce n'est pas vrai !

— Elle est morte.

— Quand ? Quand est-ce arrivé ?

— Vous le savez très bien, Susan. Hier, on vous a trouvée dans sa chambre à 4 heures du matin, le tube de son respirateur à la main.

Elle comprit ce que cela laissait supposer. Ruisselante de larmes, elle secoua farouchement la tête, niant de toutes ses forces.

— Non, non ! s'écria-t-elle. Vous n'y êtes pas du tout !

M. Sarotzini resta impassible.

— J'aimais ma sœur ! protesta Susan en pleurant.

Ses sanglots redoublèrent, et l'espace de quelques instants elle fut incapable de parler.

— Je l'aimais de tout mon cœur. Si j'ai accepté votre proposition, c'était pour elle, pour qu'elle puisse continuer à séjourner dans cette clinique.

Elle chercha un mouchoir à tâtons et s'en tamponna le visage.

— J'aimais ma sœur, monsieur Sarotzini. Jamais je n'aurais pu lui faire de mal, je…

De nouveau les sanglots étouffèrent sa voix.

Sensible à sa détresse, Verity se mit à pleurer à son tour. M. Sarotzini la souleva et la plaça dans les bras de Susan.

La petite fille se rasséréna aussitôt, et son contact eut un effet apaisant sur Susan. Elle regarda M. Sarotzini d'un air implorant.

— Dites-moi que ce n'est pas vrai, supplia-t-elle.

— Je suis sûr que vous n'aviez pas l'intention de lui nuire, Susan, dit M. Sarotzini. Vous n'étiez pas dans votre état normal, sans quoi vous n'auriez pas agi de la sorte. Seule la confusion mentale a pu vous pousser à le faire.

— Je... je ne l'ai pas tuée. Je n'ai rien fait. Quand je suis entrée dans sa chambre, son respirateur était débranché. L'infirmière en chef vous le dira, elle a tout vu, vous n'avez qu'à lui demander.

M. Sarotzini la regarda avec un air de profonde commisération.

— Croyez-vous que je vous confierais mon enfant si je pensais que vous avez fait cela volontairement ? Vous n'avez agi que par désespoir, dans un accès de folie passagère. Moi, je le crois, mais un jury y croirait-il ?

Sa voix se durcit de nouveau et il continua :

— Un simple coup de fil, et les policiers seront là. Si je leur remets la déposition écrite que j'ai obtenue de Mme Caulk, vous passerez les dix prochaines années de votre vie à aller et venir entre une cellule de prison et une salle d'audience.

Susan n'en croyait pas ses oreilles, et son chagrin lui obscurcissait les idées.

— Comment pouvez-vous croire que j'ai tué ma sœur ?

— Vous vous souvenez de ce que vous avez fait hier après-midi, Susan ? Votre comportement était-il celui d'une personne saine d'esprit ?

Susan se souvenait d'avoir couru. De s'être débattue. Elle revit Miles Van Rhoe s'écrouler, un téléphone portable planté dans l'œil. Était-ce ce dont il parlait ? Était-ce arrivé hier après-midi ?

Ainsi, elle ne l'avait pas rêvé.

— N'oubliez pas une chose, Susan. Si je passe ce coup de fil, vous ne reverrez plus jamais Verity. Je deviendrai automatiquement son tuteur légal. Il y a un point très important pour notre avenir à tous deux. Le code pénal californien ne prévoit aucune prescription en cas d'homicide. Même si je ne passe pas ce coup de fil maintenant, je pourrai le passer dans dix ans, ou dans vingt. Vous seriez passible de la peine de mort, ou d'une condamnation à perpétuité, à moins qu'on décide de vous incarcérer dans une institution spécialisée pour les fous criminels. Il se pourrait aussi qu'on vous acquitte, évidemment. On ne peut exclure aucune hypothèse.

— Taisez-vous, je vous en prie, dit Susan.

Elle tremblait comme une feuille, et s'efforçait de reconstituer mentalement ses faits et gestes de la veille. Qu'avait-elle fait en arrivant à la clinique ? Était-il possible qu'elle soit coupable ?

Casey est morte.

Était-il possible qu'elle l'ait tuée ? Que M. Sarotzini dise vrai ?

Et Miles Van Rhoe ? Était-il gravement blessé ? Pourquoi n'était-il pas venu la voir ? L'avait-elle tué aussi ?

Si Van Rhoe n'était pas venu la voir, c'est parce qu'il était retourné en Angleterre, voilà tout. D'ailleurs, l'Angleterre, l'avait-il seulement quittée ? *Hier après-midi.* De nouveau, elle n'était plus sûre de rien. « *Vous souvenez-vous de ce que vous avez fait hier après-midi, Susan ?* »

Tremblante, elle serra Verity avec encore plus de force, comme si l'enfant avait été le dernier fil qui la reliait à la réalité. Au fond de sa tête, une voix hurlait : *Non ! Ce n'est pas vrai, tu n'as pas tué Casey.*

Pourtant elle se souvenait de ses discussions persistantes avec ses parents et les médecins, sur ce qu'il conviendrait de faire si l'état de Casey devenait alarmant. Susan penchait pour l'interruption de tout traitement. Sa mère s'était battue pied à pied pour qu'on la mette sous respirateur. Susan avait lu plusieurs études très sérieuses sur les comas prolongés, et ses lectures l'avaient convaincue que le respirateur n'était pas nécessaire. L'activité mentale de Casey était réduite à néant. Tant qu'elle était capable de respirer seule, le jeu en valait la chandelle. Mais si elle perdait ces réflexes-là, la maintenir artificiellement en vie n'aurait aucun sens.

Au début, Susan avait souhaité que Casey s'éteigne, elle l'avait souhaité de tout son cœur. Son père partageait ses sentiments, et il leur arrivait de se dire qu'ils pourraient peut-être faire quelque chose pour l'y aider. Mais ils en auraient été incapables. Ils l'aimaient beaucoup trop.

En outre, il y avait toujours l'espoir d'un miracle, d'une découverte qui aurait subitement fait accomplir un pas de géant à la neurochirurgie. Tant que Casey était vivante, tout restait possible. Il était possible qu'un jour elle réapprenne à sourire et même à rire aux éclats, qu'un jour elle remonte sur la scène de l'amphithéâtre des Rocs rouges pour singer Cyndi Lauper.

« *Vous souvenez-vous de ce que vous avez fait hier après-midi, Susan ?* »

M. Sarotzini fit un pas en avant et effleura de l'index la tête de Verity.

— Vous savez, Susan, ça me fendrait vraiment le cœur d'être obligé de vous faire subir pareille épreuve. Sans parler du mal que j'aurais à trouver une autre mère pour cet enfant. Mais si vous m'y contraignez, il faudra que je m'y résolve, je n'aurai pas le choix.

— Alors faites-le, dit-elle en désignant le téléphone de la tête. À quoi bon attendre ?

Il la considéra d'un œil grave.

— Vous devriez y réfléchir, dit-il.

— C'est tout réfléchi, répondit-elle. Vous n'avez qu'à téléphoner.

— Ils vont vous mettre en état d'arrestation, Susan. J'ai sur moi des documents qui établissent d'une manière irréfutable que je suis légalement le père de Verity. Je prendrai l'avion pour la Suisse avec elle dès cet après-midi, et vous ne la reverrez plus jamais.

Il caressait toujours la tête de Verity, qui à présent s'était endormie.

Puisque Casey était morte, plus rien n'avait d'importance pour Susan. Tout lui était égal. Elle était lasse, elle se sentait vidée de toute énergie. Ils n'avaient qu'à la tuer aussi. Elle s'en fichait. Comme pour protester, Verity ouvrit soudain les yeux et la regarda en battant des cils, puis se rendormit. C'était un peu comme si elle lui avait dit : « Et moi alors ? Je compte pour du beurre ? »

Susan en fut galvanisée. Serrant sa fille contre son cœur, parlant entre ses dents, elle dit avec une résolution terrible dans la voix :

— Je n'élèverai pas ma fille comme vous le souhaitez, monsieur Sarotzini. Je ne la vouerai pas au culte de Satan, je ne la laisserai participer à aucun de vos rituels déments. Jamais. Alors, passez votre coup de fil et qu'on n'en parle plus.

M. Sarotzini décrocha le téléphone et pria l'opératrice de lui passer le Q.G. de la police de l'État. Susan le regarda faire, comme de très loin. Des idées confuses se bousculaient dans sa tête. Casey était morte. Il y avait un lien entre sa mort et la naissance de Verity, mais lequel ? Casey inerte sur son lit, la chambre plongée dans le noir, le respirateur débranché. Elle revoyait la scène dans ses moindres détails.

N'en manquait-il pas un ?

— Le service des enquêtes criminelles, je vous prie, fit la voix de M. Sarotzini.

Susan ferma les yeux et l'entendit dire ensuite :

— Bonjour, monsieur, je suis l'un des administrateurs de la clinique des Cyprès, à Pacific Palisades. Il semblerait que l'une de nos patientes ait été victime d'un homicide volontaire.

M. Sarotzini se tut pendant quelques instants, puis il dit :

— Oui, oui, bien entendu…

Il y eut un nouveau silence, puis sa voix fit :

— Oui, bien sûr… La patiente en question s'appelle… *Casey Corrigan*.

Il commença à épeler le nom.

Tout à coup Susan craqua, et elle s'écria :

— Non ! Arrêtez, je vous en prie !

Verity ouvrit des yeux inquiets. Susan était secouée de sanglots irrépressibles.

— Ne faites pas ça, je vous en prie ! Je n'ai pas tué ma sœur ! Je ne l'ai pas tuée ! Ne me prenez pas Verity aussi ! Laissez-la-moi, je vous en supplie ! Je serai la meilleure des mères, je vous le promets.

Les yeux fermés, elle sanglotait en serrant son enfant sur son cœur.

Il y eut un long silence.

Comme le silence se prolongeait, Susan ouvrit les yeux. M. Sarotzini lui tendait le téléphone. Elle le prit et se mit l'écouteur à l'oreille, ne sachant trop ce qu'il voulait qu'elle dise. Et elle comprit.

Le téléphone n'était pas branché.

Avec un sourire glacial, M. Sarotzini lui reprit le combiné des mains et raccrocha.

— J'ai jugé préférable de procéder d'abord à une petite répétition. J'en ai été bien avisé, n'est-ce pas ?

Susan ne dit rien.

D'une voix nettement plus aimable, M. Sarotzini conclut :

— La Dix-Neuvième Vérité nous enseigne que la parfaite lucidité ne nous vient que lorsque nos pires craintes se réalisent.

Chapitre 64

Après avoir franchi le dernier ralentisseur, John roula à toute allure jusqu'au bout de l'allée centrale. Devant la clinique, le parking réservé aux visiteurs était quasi vide, comme à l'accoutumée. La clinique n'était jamais très animée. Au cours de ses précédentes visites, il n'y avait pas vu grand monde en dehors des membres du personnel.

C'est peut-être à cette apparence de calme permanent que l'établissement doit sa notoriété, se dit-il en bouclant la Chevrolet et en franchissant la porte automatique de l'entrée principale, sous l'œil attentif d'une caméra vidéo, pour pénétrer dans le luxueux hall lambrissé, à l'atmosphère soigneusement contrôlée. Aujourd'hui, ce calme le mettait mal à l'aise.

— Vous désirez, monsieur ?

Le réceptionniste était un Noir d'une quarantaine d'années, d'une politesse raffinée.

— Je voudrais voir ma femme, Susan Carter.

— Votre prénom, je vous prie, monsieur Carter ?

John lui dit son prénom, l'homme le tapa sur le clavier de son ordinateur, et l'instant d'après l'imprimante cracha un laissez-passer numéroté à son nom, qui indiquait l'heure de sa visite. Le vigile le glissa dans un étui en plastique muni d'une petite pince et le tendit à John. Ensuite il décrocha son téléphone, enfonça une touche et annonça d'une voix enjouée :

— Un visiteur pour Mme Susan Carter, chambre 201. C'est M. John Carter.

Il raccrocha et gratifia John d'un sourire rayonnant.

— On va venir vous chercher dans un instant, dit-il, puis désignant un groupe de fauteuils il ajouta : En attendant, prenez donc un siège.

— Je peux y aller seul, je connais la maison. Vous n'avez qu'à me dire à quel étage elle est.

Le vigile prit un air navré.

— Je regrette, monsieur Carter, mais tous les visiteurs doivent être accompagnés. C'est le règlement.

— À ma dernière visite, ce règlement n'existait pas encore, dit John avec irritation.

Il resta debout et se mit à faire les cent pas. Il prit sur un guéridon un petit livret publicitaire vantant les mérites de la clinique et le feuilleta. Il contenait des photos de chambres, de salles d'opération, du parc, du panorama alentour. Le nom des nouveaux propriétaires n'était mentionné nulle part.

— Monsieur John Carter ? fit une voix dont l'accent guttural lui évoqua aussitôt l'Europe centrale.

John se retourna et se retrouva nez à nez avec un colosse aux cheveux taillés très court qui le regardait d'un air sévère. Avec son costume en mohair gris anthracite, sa cravate noire et ses mocassins noirs impeccablement cirés, il détonnait un peu au milieu de ce décor. Il avait plus l'air d'un garde du corps que d'un infirmier.

— C'est moi, dit John, un peu sur ses gardes.

— Ayez l'obligeance de vouloir me suivre, dit l'homme.

Sa démarche contrastait avec son physique imposant. Il marchait avec peine, en boitillant un peu, comme s'il avait eu mal aux jambes. John le suivit jusqu'à la porte de l'ascenseur et, pendant qu'ils attendaient, il se rendit compte que son compagnon l'examinait à la dérobée, avec beaucoup d'attention.

— Est-ce que ma femme va bien ? demanda-t-il, un peu gêné de se sentir soupesé ainsi, comme à un conseil de révision.

L'homme se crispa, comme si John lui avait posé une question inconvenante, puis, d'une voix compassée, lui répondit :

— Son état donne satisfaction.

Les portes de l'ascenseur coulissèrent, et John pénétra dans la cabine, qui était assez profonde pour accueillir un chariot. Sans le quitter des yeux, l'homme appuya sur le bouton du troisième.

Les portes se refermèrent lentement, avec de petits à-coups. Puis l'ascenseur démarra. L'état de Susan donnait «satisfaction». Qu'est-ce que ça voulait dire ? Sa chambre était-elle surveillée ? Sans doute. Était-ce pour protéger les autres malades ? N'était-ce pas plutôt pour l'empêcher de s'enfuir ?

John sentait toujours le regard de l'homme posé sur lui, et l'examen auquel il était soumis le plongeait dans un grand embarras.

— Il n'est pas rapide, cet ascenseur, fit-il observer, essayant de rompre la glace.

Pour toute réponse, l'homme plissa les yeux et l'observa avec encore plus d'intensité. John vit alors qu'il serrait les poings avec tant de force que ses jointures en étaient blanches. Son visage tendu frémissait légèrement, comme celui de quelqu'un qui a du mal à refouler sa rage.

Inquiet, John amorça un discret mouvement de retraite, mais au bout de deux pas il se retrouva le dos au mur. Le chiffre trois apparut sur l'indicateur digital, et l'ascenseur s'arrêta avec un soubresaut, mais les portes ne s'ouvrirent pas.

L'homme regarda les portes fermées, jeta un coup d'œil au tableau, appuya sur le bouton. Sans résultat. Il appuya une seconde fois, mais rien ne se produisit. Pris d'une fureur subite, il frappa la porte du poing, deux fois de suite, de toutes ses forces.

John le regarda piquer sa crise sans piper mot. Quelque chose lui disait que, s'il avait le malheur d'ouvrir la bouche, ce type serait fichu de passer sa colère sur lui. Il avait des yeux de fou. Ça devait être un psychotique.

Sans prononcer un mot, l'homme abattit son poing sur la porte pour la troisième fois, avec une telle violence que le métal céda et qu'un rai de lumière apparut en son centre. L'homme continua à cogner, à coups redoublés, produisant un fracas métallique qui évoquait celui d'un tambour géant. La cabine se mit à tressauter si violemment que John craignit qu'elle se détache, les entraînant dans sa chute.

L'homme arrêta de frapper et appuya de nouveau sur le bouton. La cabine s'ébranla lourdement, monta de quelques centimètres, s'immobilisa, et la porte se décida enfin à coulisser.

Les oreilles sonnantes, râlant intérieurement, John sortit de l'ascenseur à la suite de son guide. Ils longèrent un couloir, et pénétrèrent dans une antichambre occupée par une secrétaire qui ne leva même pas le nez de son ordinateur à leur entrée. Derrière elle, il y avait une porte ouverte, que l'homme désigna à John d'un geste.

John se retrouva dans un bureau spacieux, élégamment meublé, où flottait un vague relent de cigare. En reconnaissant son occupant, il s'arrêta net. De l'autre côté de la table de travail en acajou, devant la fenêtre munie d'un store vénitien, un gros ordinateur à sa droite, Emil Sarotzini trônait.

John regarda le banquier, stupéfait. Sa présence en ces lieux le prenait complètement de court. Dans son dos, la porte se referma avec un déclic assourdi.

M. Sarotzini se leva, un sourire bienveillant aux lèvres, et lui tendit la main.

— Monsieur Carter, quel plaisir de vous revoir ici, à l'autre bout du monde. Asseyez-vous, je vous en prie.

John lui serra la main sans beaucoup d'effusion, et resta debout.

— C'est Susan que j'ai demandé à voir, pas vous.

— Chaque chose en son temps, dit le banquier.

— Je veux la voir tout de suite. Comment va-t-elle ?

— Je la quitte à l'instant. Elle va très bien.

— Ce n'est pas ce qu'on m'a dit.

— Elle va bien, monsieur Carter, je peux vous l'assurer.

— Vos assurances, on sait ce qu'elles valent.

Sans rien perdre de son flegme, M. Sarotzini répondit :

— Dois-je vous rappeler la valeur que vous leur accordiez il y a un an, quand j'étais votre unique planche de salut, monsieur Carter ?

— Ce n'était pas très malin de ma part, mais il est vrai que j'ignorais encore que vous aviez de tels dons d'ubiquité.

Le banquier le regarda d'un air perplexe.

— C'est sans doute pure coïncidence que votre banque ait acquis la clinique où était traitée la sœur de Susan, dit John d'une voix sarcastique.

Il plongea une main dans la poche de sa veste, en sortit une caméra vidéo miniature et la jeta sur le bureau.

— Cet objet vous appartient, je crois.

M. Sarotzini prit la caméra entre ses longs doigts osseux et l'examina.

— Je regrette, monsieur Carter, mais cela ne m'évoque rien. Qu'est-ce que c'est ? Une lampe de poche ?

— N'essayez pas de noyer le poisson. J'en ai trouvé douze semblables dissimulées sous les combles de ma maison, ainsi qu'un émetteur ultraperfectionné. C'est vous qui les avez posées. Pour nous espionner, Susan et moi. Ça vous excitait, de nous regarder faire l'amour ? Vous n'avez pas honte ?

Le banquier s'assit et fit signe à John de l'imiter. Celui-ci ignora son geste. Après avoir dévisagé John d'un air pensif pendant quelques instants, il déclara :

— Les événements ont prouvé que cette surveillance était une sage précaution, admettez-le, monsieur Carter.

— Je n'aurais jamais cru que vous étiez porté sur le voyeurisme, monsieur Sarotzini. Allez savoir pourquoi, je vous prenais pour un gentleman. Vous n'avez même pas de remords ?

— Au contraire, monsieur Carter. Je pense même que vous devriez féliciter mon collaborateur, M. Kündz, de s'être montré si prévoyant.

M. Sarotzini eut une légère inclinaison de la tête et John se rendit soudain compte qu'il y avait quelqu'un d'autre dans la pièce. Il virevolta brusquement, et se retrouva face à l'homme qui l'avait conduit jusqu'au bureau. Il formait barrage entre lui et la porte, et une lueur moqueuse brillait dans son regard.

Le ton de M. Sarotzini se fit glacial.

— Monsieur Carter, pouvez-vous m'expliquer ce qui a incité votre femme à désobéir aux instructions pourtant très précises du docteur Van Rhoe et à sauter dans un avion pour Los Angeles, en prenant des risques insensés, dont l'enfant aurait pu gravement pâtir ?

— Vous le savez très bien, dit John. Ça fait des mois que vous écoutez toutes nos conversations. Susan s'est affolée, et il y avait de quoi. Zak Danziger, Harvey Addison, puis Fergus Donleavy sont tous passés de vie à trépas, et il n'y avait qu'un seul lien entre eux : vous, monsieur Sarotzini. En outre, elle apprend que le merveilleux obstétricien que vous lui aviez recommandé, le docteur Van Rhoe, est fiché comme sataniste à Scotland Yard. Ensuite, voilà que mon meilleur ami, Archie Warren, se retrouve dans le coma, victime d'une attaque au moment même où il cherchait à rassembler des informations sur votre compte. Là-dessus, j'apprends que la banque Vörn a racheté cette clinique, que la sœur de Susan est morte subitement, que…

John s'apprêtait à mentionner le criminel de guerre nommé Emil Sarotzini que l'on donnait pour mort depuis 1947, mais quelque chose le retint d'en parler.

M. Sarotzini ne semblait pas désarçonné le moins du monde.

— Ce sont des accusations très graves, monsieur Carter, dit-il, flegmatique. Se pourrait-il que le stress dont souffre votre femme vous ait gagné? Le voyage a sans doute été très fatigant. Que diriez-vous d'un petit rafraîchissement? Une tasse de café, peut-être?

— Je veux voir Susan. Je veux qu'elle me donne sa version des événements. Ensuite, vous me donnerez la vôtre.

Le banquier écarta les bras, mains largement ouvertes.

— Cela va de soi. Vous la verrez incessamment. Au préalable discutons un peu vous et moi, pour apprendre à mieux nous connaître.

John secoua vigoureusement la tête.

— Non, je veux la voir sur-le-champ, dit-il. Je veux voir ma femme toutes affaires cessantes. Et une fois que je l'aurai vue, soit je serai satisfait de ses explications et je reviendrai m'entretenir avec vous, soit je n'en serai pas satisfait et j'appellerai la police.

M. Sarotzini appuya sur une touche de son ordinateur et fit pivoter le moniteur vers John, qui vit sur l'écran, en couleurs, l'image de Susan sur un lit, donnant le sein à un nourrisson. Au-dessus du lit, une horloge murale, parfaitement visible, montrait qu'il ne s'agissait pas d'un enregistrement, que la scène avait lieu en ce moment même.

Quel soulagement! Susan était indemne. Bien vivante, et apparemment en bonne santé. *Merci, mon Dieu!*

Profondément ému, John colla le nez à l'écran et scruta l'image avec attention.

— Quand a-t-elle accouché ? demanda-t-il.

— Hier soir. D'une petite fille, qui est en excellente santé. Elles se portent le mieux du monde toutes les deux. Je comprends très bien que vous désiriez lui parler ; auparavant j'ai cependant des choses importantes à vous dire. Asseyez-vous, je vous en prie. C'est une assez longue histoire.

John hésita, regarda par-dessus son épaule. L'homme de main se tenait toujours en travers de la porte, l'air farouche. Depuis qu'il avait vu Susan, sa colère était un peu retombée. À la fin, il s'assit face à M. Sarotzini et son regard se posa de nouveau sur l'écran. Susan contemplait son enfant avec un air de tendresse infinie, qu'il trouva à la fois touchant et inquiétant. Si séparation il y avait, elle aurait du mal à s'en remettre.

— On vous a annoncé le décès de la sœur de Susan, monsieur Carter ?

Les yeux de John se posèrent sur le banquier.

— Son père m'a raconté une histoire absurde au téléphone. Il prétend que Susan a tué Casey. C'est inconcevable. Jamais Susan n'aurait fait du mal à sa sœur.

M. Sarotzini hocha la tête comme s'il était enclin à la même opinion, puis il dit :

— Hélas ! monsieur Carter, les dégâts ne se sont pas arrêtés là. Non contente de tuer sa sœur Casey, votre femme a mutilé le docteur Van Rhoe. Elle lui a crevé un œil et gravement endommagé le lobe frontal droit. Il est atteint d'hémiplégie et ne pourra plus exercer son métier.

— Van Rhoe ? s'écria John, incrédule. *Miles Van Rhoe ?* Son obstétricien ? Susan l'a blessé ?

— Hélas !

Tout cela n'avait ni rime ni raison. John se disait qu'on lui jouait une mauvaise farce, ou qu'on le soumettait à une espèce de test absurde. Son regard se posa de nouveau sur l'écran. Susan était en train de faire passer le bébé de son sein droit à son sein gauche. Il faillit éclater de rire.

— Vous me faites marcher, dit-il.

Le banquier ne se dérida pas.

— Jamais je n'aurais cru votre charmante épouse capable de tomber dans de tels excès, dit-il. Mais tout le monde a sa part de mystère.

Le banquier enfonça une autre touche, et l'image de Susan fut remplacée par celle d'un bâtiment, vu de l'extérieur. John se dit qu'à en juger par l'architecture il devait s'agir de la clinique, bien que cette partie lui en fût inconnue. Une porte s'ouvrit, et une silhouette masquée, vêtue d'une blouse verte de chirurgien, coiffée d'un bonnet, un téléphone portable à la main, en jaillit. La caméra zooma et l'objectif cadra le visage en gros plan.

Les yeux seuls ne suffisaient pas à identifier la personne en cause, mais elle semblait du sexe féminin. Était-ce Susan ? Tandis qu'elle composait un numéro sur son téléphone portable, elle abaissa son masque, et John n'eut plus aucun doute à ce sujet. Tout à coup, elle jeta un rapide coup d'œil en arrière et se mit à courir.

Plusieurs autres caméras la saisirent ensuite sous des angles différents. Elle piétina les fleurs d'une plate-bande, traversa une pelouse et se retrouva dans l'allée. Trois hommes apparurent dans son sillage, la pourchassant. Deux étaient en costume de ville, le troisième en blouse, masqué.

Sous les yeux horrifiés de John, Susan trébucha sur un ralentisseur et s'étala de tout son long sur l'asphalte. Elle rampa jusqu'au téléphone qu'elle avait laissé échapper, le récupéra et se remit debout. L'homme en blouse de chirurgien, qui venait de la rattraper, lui posa une main sur l'épaule. Un contre champ découvrit son visage : il n'était plus de la première jeunesse, et visiblement à bout de souffle. Dans la seconde qui suivit, le bras droit de Susan décrivit un arc, lui plongeant l'antenne du téléphone portable dans l'œil.

Blême d'horreur, John vit l'homme – qui logiquement devait être Miles Van Rhoe – tomber à genoux, puis s'affaisser sur le flanc, le téléphone planté dans l'œil. L'objectif cadra son visage en gros plan. Un flot de sang lui ruisselait sur la joue. Il ne bougeait plus.

M. Sarotzini arrêta le film. Ensuite, d'un geste très lent, comme s'il avait tout son temps, il posa les coudes devant lui, joignit les doigts et regarda John par-dessus le dôme qu'ils formaient.

John soutint le regard du banquier, mais les images qu'il venait de voir tournaient et retournaient dans son esprit, et il avait le cœur au bord des lèvres.

— Pourquoi la poursuivait-il ? demanda-t-il d'une voix un peu tremblante.

— Le docteur Van Rhoe essayait de faire son travail, c'est tout. Susan était sur le point d'accoucher. Bien qu'elle n'ait tenu aucun compte de ses instructions, et qu'au lieu de rester à Londres comme il le préconisait elle se soit enfuie à Los Angeles, il n'a pas hésité à sauter lui-même dans un avion pour venir lui prêter assistance.

— Une sacrée chance qu'elle se soit retrouvée dans une clinique qui vous appartient.

M. Sarotzini ne releva pas cette petite pique.

— À ce qu'il semble, les nerfs de Susan avaient craqué, monsieur Carter. Son comportement était pour le moins extravagant.

— On ne peut pas lui jeter la pierre, dit John. Si j'étais une femme enceinte et que je m'aperçoive que mon obstétricien est fiché comme sataniste à Scotland Yard, je prendrais mes jambes à mon cou. Pas vous, monsieur Sarotzini ?

John pencha le buste en avant et scruta le visage du banquier.

— Peut-être le saviez-vous. Peut-être que c'est justement pour cette raison que vous teniez à ce que Van Rhoe soit l'accoucheur de Susan.

M. Sarotzini se redressa brusquement, l'air indigné.

— Vous vous méprenez sur mon compte, monsieur Carter, protesta-t-il. J'admets que j'ai fait placer votre femme sous surveillance électronique, chose que du reste la loi anglaise autorise, comme vous le savez sans doute. Mais en dehors de cela, que pouvez-vous trouver à redire à ma conduite vis-à-vis de vous ou de votre femme ?

John le regarda sans rien dire. N'étant pas entièrement sûr de son fait, il hésitait à répondre. Se pouvait-il qu'il ait fait entièrement fausse route, que les accusations qu'il avait proférées envers cet homme aient été sans fondement ?

— Monsieur Carter, je vous ai sauvés de la ruine, et je ne me suis pas immiscé plus qu'il n'était nécessaire dans la vie de votre ménage. Nous avons passé un accord, et pour ma part je m'y suis rigoureusement tenu. Par malheur, cela n'a pas été le cas de votre femme. Elle a appelé au secours des groupes d'entraide qui sont listés sur Internet, elle a sollicité des conseils juridiques, elle n'a pas respecté les consignes que lui avait données son médecin, elle a clairement manifesté l'intention de résilier unilatéralement notre accord afin de garder l'enfant. C'est ce qui explique sa présence en ces lieux, et c'est pourquoi, dans un accès de démence, elle a tenté de s'enfuir de la clinique et sauvagement agressé le Dr Van Rhoe, ainsi que vous l'a montré l'affligeant extrait de film que vous venez de voir.

Une colère subite contracta les traits de M. Sarotzini.

— Et voilà qu'à présent vous avez le front de vous livrer à je ne sais quelles insinuations au sujet de trois personnes qui sont décédées et d'une quatrième qui est, paraît-il, dans le coma, en laissant entendre par-dessus le marché qu'il y aurait un rapport entre le rachat de cette clinique par notre établissement et le décès de la sœur de votre femme.

Il pointa le doigt vers le téléphone.

— Appelez donc la police, monsieur Carter. Vous serez plus à l'aise, et moi aussi. Demandez aux représentants de l'ordre de venir sur-le-champ. Dites-leur que vous avez une déposition à faire.

Le banquier baissa les yeux un instant, puis son regard vint se reposer sur John et il ajouta :

— Les responsables de la clinique ont également une déposition à faire, n'oubliez surtout pas de les en informer.

Il poussa le téléphone vers John.

— Allez-y, décrochez, demandez à la standardiste de vous passer le 911.

John avait les mains jointes sur son giron. Il les crispa machinalement, et s'aperçut qu'elles étaient moites. Il était moite de partout. Il avala sa salive. M. Sarotzini continuait à pousser le téléphone vers lui. Il fixa l'appareil des yeux. Il comportait deux colonnes de touches mémoire, chacune pourvue d'une fenêtre plastifiée avec un nom tapé à la machine. Le téléphone s'approcha encore, en faisant crisser le bois verni du bureau.

Il n'arrivait pas à en détacher son regard. Quelque chose l'empêchait de relever les yeux, de les reposer sur M. Sarotzini. Il lui semblait que la scène atroce de la chute de Van Rhoe blessé se jouait et se rejouait dans le plastique gris luisant de l'appareil.

— Faut-il que je passe ce coup de fil pour vous ? demanda M. Sarotzini.

John releva les yeux, anéanti. Si Susan avait tenté de s'enfuir, c'est qu'elle devait être aux abois. Une confrontation entre elle et M. Sarotzini avait pourtant peu de chances de tourner à leur avantage. Elle avait (supposément) tué Casey, mais la police n'en avait pas été informée. Elle avait bel et bien mutilé Van Rhoe, et là non plus personne n'avait appelé la police.

M. Sarotzini protégeait-il Susan ?

Ou se protégeait-il lui-même ?

— Je veux d'abord parler avec Susan, dit John. Je ne déciderai qu'ensuite de la conduite à tenir.

M. Sarotzini esquissa un geste de la main.

— M. Kündz va vous conduire à sa chambre, dit-il. Toutefois, je me dois de vous mettre en garde. Surveillez vos paroles en présence de votre femme. Elle est dans un état d'extrême fragilité mentale. Elle est consciente d'avoir provoqué le décès de sa sœur en débranchant son respirateur, quoiqu'elle ait encore du mal à y croire tout à fait. Par contre, elle semble avoir perdu toute mémoire du traitement qu'elle a infligé au Dr Van Rhoe. Par chance, cet incident n'a eu pour témoins que des gens en qui nous pouvons avoir toute confiance.

Il hocha la tête et regarda John d'un air entendu.

— En somme, ça vous arrange bien, dit ce dernier.

— Dans l'état actuel des choses, je doute que Susan ait la force d'affronter un interrogatoire en règle. Vous ne tenez sans doute pas plus que moi à ce qu'on l'inculpe de meurtre. D'autant qu'elle serait passible d'une seconde inculpation pour coups et blessures. La confusion mentale dont elle souffre l'empêche pour l'instant de distinguer le réel de l'imaginaire. À force de soins, et en la ménageant beaucoup, nous arriverons sans doute à la guérir de sa psychose. Mais si vous la mettiez au courant de l'infirmité du Dr Van Rhoe, sa raison risquerait de basculer définitivement.

John médita un instant là-dessus. Cela faisait déjà plusieurs semaines que le comportement de Susan l'inquiétait lui-même, quoiqu'il ne l'eût admis pour rien au monde devant M. Sarotzini.

— Au bout de huit mois de souffrances continuelles, il n'y a rien d'étonnant à ce que…

Il n'alla pas plus loin. M. Sarotzini, ouvrant largement les paumes dans un geste compréhensif, abonda dans son sens :

— Qui sait ? dit-il. Peut-être que c'est l'effet conjugué de la douleur et du stress. Personnellement, je serais enclin à le croire. Susan doit vivre un véritable enfer. Mettre un enfant au monde en sachant d'avance que l'on devra le céder à un tiers et qu'on ne le reverra plus jamais... Quelle terrible épreuve !

— À qui le dites-vous, dit John.

M. Sarotzini le regardait d'un drôle d'air.

— Susan aime cet enfant de tout son cœur, dit-il.

— Je sais, répondit John. À mon avis, vous devriez emmener la petite tout de suite. À chaque minute qui passe, l'idée de devoir se séparer d'elle devient un peu plus insupportable pour Susan. Prenez l'enfant, monsieur Sarotzini, et rendez-moi ma société, rendez-nous notre maison. C'est tout ce que je vous demande. Emmenez-la, et rendez-nous notre vie.

M. Sarotzini dévisagea John en silence pendant un long moment. Comme tout à l'heure, il avait formé un dôme de ses mains jointes devant son visage, et il le regardait au-dessus de ses dix doigts alignés, droit dans les yeux, comme s'il lisait en lui un texte long et compliqué. Au bout de ce qui parut une éternité, il dit enfin :

— Je crois que vous pouvez aller voir Susan, à présent.

Chapitre 65

Quand John ouvrit la porte, Susan leva sur lui des yeux apeurés, se rencogna contre le montant du lit et entoura d'un bras protecteur le bébé qui continuait à la téter avidement, comme si de rien n'était.

Il lui sourit et n'obtint pour toute réponse qu'un regard méfiant. Elle était pâle et avait les traits tirés.

— Bonjour, Susan, dit-il d'une voix mal assurée. Comment vas-tu ?

Il referma la porte derrière lui, certain que M. Sarotzini n'en perdait pas une miette, évitant de lever les yeux vers l'endroit où devait se trouver la caméra, ce qui n'aurait fait qu'ajouter inutilement à l'angoisse de Susan. Il haussa les épaules, lui adressa un autre sourire et insista :

— Alors, comment vas-tu ?

La chambre était imprégnée d'une odeur fade, un peu écœurante, mixture de talc pour bébé, de linge frais, et d'autre chose encore, une chose que John avait toujours associée aux nouveau-nés, mais qu'il n'arrivait pas à identifier précisément.

Il regarda avec curiosité le nourrisson, son petit visage fripé, ses mains minuscules. Son nez était la parfaite réplique en miniature de celui de Susan, et il avait les mêmes cheveux d'un roux flamboyant. John en fut étonné car il s'était imaginé que l'enfant ressemblerait à M. Sarotzini – sans doute parce que la situation aurait été plus facile à gérer si cela avait été le cas.

Ému jusqu'au fond de l'être, il s'approcha du lit, se pencha sur Susan et lui effleura le front d'un baiser. Elle n'eut aucune réaction.

— Elle est adorable, dit-il. C'est toi tout craché. Elle a ton nez, tes cheveux.

Il avait envie de toucher le bébé, dont la ressemblance avec Susan était encore plus frappante de près, mais un signal d'alarme se déclencha dans sa tête et il se contint. Il valait mieux éviter les excès d'épanchement.

Susan baissa les yeux sur sa fille.

— Elle s'appelle Verity, déclara-t-elle d'une voix étrangement lointaine.

Sur le même ton détaché, presque dépourvu d'inflexion, elle ajouta :

— Casey est morte.

— Je sais, dit John.

Il hésita, indécis, ne sachant trop quoi dire.

— Je suis absolument navré, ma pauvre chérie, balbutia-t-il.

Il esquissa un geste vers elle, comme pour la réconforter, mais elle ne détacha pas ses yeux de l'enfant. Il lui effleura l'épaule puis la joue du bout de l'index, elle ne réagissait toujours pas.

— Il dit que je l'ai tuée, déclara-t-elle.

John resta un instant sans rien dire, puis demanda :

— Qui dit ça ?

— Il dit que j'ai tué Casey. Que j'ai débranché son respirateur.

Une larme unique roula lentement le long de sa joue, suivie d'une deuxième et d'une troisième. John sortit son mouchoir de sa poche et lui en tamponna le visage. Il lui semblait que Susan n'était pas sa femme, qu'il était entré par erreur dans la chambre d'une inconnue.

— Qui a dit ça ? demanda-t-il.

— L'infirmière en chef. Pat Caulk. C'est elle qui a raconté ça à M. Sarotzini.

Les yeux toujours baissés, elle ajouta :

— Ce n'est pas vrai, je n'ai pas...

De nouvelles larmes lui jaillirent des yeux, et John les essuya.

— Mes parents aussi sont persuadés que je l'ai tuée, mais ce n'est pas vrai, John. Les gens peuvent dire ce qui leur plaît, penser ce qui leur plaît, est-ce que ça change quelque chose à la vérité ?

— Non, dit John.

— J'aimais Casey plus que tout au monde.

La chambre était équipée de deux chaises à dossier droit. John en approcha une du lit et s'assit dessus. Cette dernière remarque l'avait peiné, mais il n'en laissa rien paraître.

— Je sais. Tu te serais fait couper le bras pour elle. Elle avait de la chance d'avoir une sœur comme toi.

Il se remit à contempler le bébé, sa petite bouche qui tétait avidement, ses cheveux roux en tout point semblables à ceux de Susan, son minuscule nez en trompette.

Aucun des traits de son visage ne rappelait, même de loin, ceux de M. Sarotzini. On aurait dit Susan en modèle réduit. On aurait dit un clone de Susan. Ou c'est ce qu'il voulait se faire croire.

— Tu étais dévouée à ta sœur, dit-il. Tu as fait tout ce qui était en ton pouvoir pour l'aider. Sans toi, sa vie n'aurait été qu'une...

Il se tut et frissonna. L'image de Susan plongeant l'antenne du téléphone portable dans l'œil de Van Rhoe venait de lui traverser l'esprit. M. Sarotzini avait raison. Il valait mieux ne pas lui en parler. Elle était déjà assez secouée.

Il se pencha soudain sur elle, et sans se soucier d'éventuelles écoutes, lui murmura à l'oreille :

— Moi, je n'y crois pas. Je sais que tu n'as pas tué Casey. Je t'aime, ma chérie, je t'aime de tout mon cœur.

L'espace d'un instant, elle releva les yeux sur lui, puis les reposa sur le bébé.

John la regardait, le cœur gros. Comment avait-il pu l'entraîner dans cette galère ? Tout à coup, il éprouva une bouffée de haine envers le nouveau directeur de sa banque. C'était la faute de ce satané Clake, avec sa satanée Bible. S'il lui avait fichu la paix, les affaires de DigiTrak se seraient arrangées d'elles-mêmes et rien ne serait arrivé.

À présent sa femme était détenue contre son gré dans cette clinique, on l'accusait d'avoir tué sa sœur et mutilé un homme, et elle donnait le sein à un bébé dont il n'était pas le père.

Qu'est-ce qui l'avait pris d'accepter la proposition insensée de ce Sarotzini ? Pourquoi n'avait-il pas trouvé la force de l'envoyer paître ? Ils s'en seraient sortis, d'une manière ou d'une autre. Ils auraient perdu la maison, perdu DigiTrak, mais ils auraient fait front ensemble, au lieu de se retrouver pris dans ce cauchemar qui les détruisait peu à peu l'un et l'autre.

Susan releva les yeux, et le regarda un peu plus longuement avant de les reposer sur le bébé. D'une voix très calme, elle lui dit :

— M. Sarotzini a accepté de me la laisser.

John la regarda, bouche bée.

Elle releva sur lui des yeux pleins d'appréhension et demanda :

— Tu veux bien ?

Chapitre 66

Les premiers visiteurs se présentèrent le lendemain après-midi, un peu après 14 heures. Un vieux couple, d'apparence un peu miteuse, dont les vêtements de bonne qualité, mais très élimés, semblaient provenir d'une vente de charité.

Selon son badge d'identification, la vieille dame s'appelait Mme M. Lebovic. Elle portait du rouge à lèvres rubis, des bijoux criards, et ses cheveux bleutés étaient surmontés d'un chapeau cloche vert. M. S. Lebovic tenait à la main un feutre à larges bords ; sa cravate d'une couleur indéfinissable était très usée, et il semblait d'un naturel craintif. *Ils doivent être hongrois*, se dit John. *À moins que ce soient des Polonais ou des Roumains.*

Sans accorder le moindre regard à Susan ou à John, la vieille dame se dirigea droit sur le berceau, et s'écria :

— Elle est d'une beauté merveilleuse !

Son accent de Brooklyn était à couper au couteau. Le mari s'approcha à son tour de Verity avec une expression de ferveur et d'humilité. Ils se mirent tous deux au garde-à-vous devant le berceau, comme s'il s'était agi d'un autel, fermèrent les yeux et prièrent silencieusement.

La scène rappelait étrangement à Susan celles auxquelles elle avait assisté la nuit où M. Sarotzini et ses amis – dont l'horrible vieillard en fauteuil roulant – avaient fait intrusion dans sa chambre.

— Êtes-vous des amis de M. Sarotzini ? interrogea John, surmontant à grand-peine son antipathie instinctive.

Le vieux monsieur sortit de la poche de son imperméable un objet emballé dans du papier journal et, sans prêter la moindre attention à John, le tendit à Susan qui le regardait d'un œil méfiant.

— Prenez ceci, je vous prie, dit-il. C'est un cadeau pour l'enfant.

Le paquet était d'un poids surprenant, et Susan fut à deux doigts de le laisser tomber. Elle retira l'élastique et écarta le papier journal, découvrant une statuette d'un vert sombre. C'était l'effigie d'une créature ni tout à fait humaine ni tout à fait animale, une quelconque idole dont l'aspect n'avait rien de particulièrement aimable. Elle bredouilla un vague remerciement.

— C'est son héritage, précisa le vieux monsieur avant d'emboîter le pas à sa femme, qui était déjà à la porte.

— Attendez, dit Susan. Quels sont au juste vos liens avec… ?

Ils s'étaient déjà esquivés, comme s'ils craignaient d'être devenus importuns.

Elle adressa à John un regard qui semblait dire : « Qui sont ces gens ? »

— Ils s'appellent Lebovic, tu l'as vu comme moi, dit-il en lui prenant la statuette des mains. Sans doute des amis – bon Dieu, ce truc pèse une tonne ! –, des amis de M. Sarotzini, ou des cousins à lui. Tu l'as entendu ? « C'est son héritage ? » Qu'est-ce que ça veut dire ?

Susan jeta un coup d'œil à Verity, qui dormait sur ses deux oreilles.

— C'est peut-être un de ces objets que l'on se transmet de génération en génération dans certaines familles.

John tournait et retournait la figurine entre ses mains, cherchant un indice susceptible de l'éclairer sur sa provenance. Bien que l'archéologie ne fût pas son fort, la matière lui rappelait quelque chose. Oui, ça devait être de la malachite. La statuette semblait très ancienne, elle était lisse et polie comme une amphore qui a longtemps séjourné au fond de l'océan. Elle représentait une créature à jambes de cheval, avec un torse d'homme et une tête qui ressemblait un peu à celle d'un griffon, à cela près qu'elle était couverte d'écailles. Elle ne lui inspirait aucune répugnance, mais guère de sympathie non plus. Pour tout dire, son aspect était assez sinistre.

— Si j'avais hérité ce truc-là de ma famille, je ne serais pas mécontent de le repasser à mon successeur, dit-il.

— Il est dans ta famille à présent, lui fit remarquer Susan.

Leurs regards se croisèrent, et John se détourna aussitôt. Susan avait les nerfs à fleur de peau, il valait mieux éviter de faire de l'humour avec elle. Il se remit à examiner la figurine en se demandant si elle avait une signification occulte ou mystique, mais se garda de formuler sa question à voix haute.

La nuit dernière, il avait dormi dans la chambre attenante à celle de Susan. Depuis leur explication orageuse de la veille, il ne s'était entretenu qu'une seule fois avec M. Sarotzini. Le banquier lui avait dit que ses affaires l'obligeaient à retourner en Europe. Il espérait que Susan et lui profiteraient de son absence pour mettre au point une position commune. Après lui avoir précisé qu'il pourrait résider à la clinique aussi longtemps qu'il le désirerait, M. Sarotzini l'avait exhorté à demeurer auprès de Susan jusqu'à ce qu'elle fût suffisamment d'aplomb pour regagner l'Angleterre, et John en avait fermement l'intention.

Ce matin-là, Susan avait reçu la visite de son nouvel obstétricien, le Dr Freitag, un Suisse courtois et taciturne. John l'avait pressé de questions, et il leur avait expliqué qu'après la césarienne il avait procédé à l'ablation d'un petit kyste ovarien. Susan se portait très bien, et rien ne l'empêcherait d'avoir d'autres enfants.

Le nom de Miles Van Rhoe n'avait pas été mentionné, et John s'était dit que cela valait mieux, en tout cas pour l'instant. Il serait toujours temps de rafraîchir la mémoire de Susan quand son état mental serait devenu moins fragile.

Ce matin, John avait eu droit une fois de plus au récit circonstancié de ce qui s'était passé quand Susan était entrée dans la chambre de Casey. Il ne demandait qu'à la croire, et sa sincérité ne faisait aucun doute. Il restait tout de même un sérieux point d'interrogation.

Puisque Susan avait perdu tout souvenir de la blessure atroce qu'elle avait infligée à Van Rhoe, qu'est-ce qui prouvait que le meurtre de Casey ne s'était pas effacé de son esprit de la même manière ?

Se pouvait-il que Sarotzini ait dit vrai ?

Elle avait un mobile : la mort de Casey la délivrait d'une obligation matérielle qui lui eût interdit toute possibilité de s'enfuir avec Verity. Mais Susan aurait-elle accordé plus de prix aux sentiments que lui inspirait son futur bébé qu'à la vie de sa sœur ? Dans son état normal, elle n'aurait jamais raisonné de cette manière. Cependant, si elle avait craqué, si elle avait eu l'esprit gravement perturbé... de quoi aurait-elle été capable ?

En outre, il soupçonnait Susan de lui dissimuler quelque chose. Il sentait qu'elle ne lui faisait pas entièrement confiance.

Dix minutes après le départ des Lebovic, un deuxième couple de visiteurs se présenta. M. et Mme Stone avaient dix bonnes années de moins que les Lebovic, et ils étaient beaucoup mieux habillés. Eux aussi étaient originaires d'Europe centrale, en tout cas John en eut l'impression. Comme les Lebovic, ils ne s'intéressèrent qu'à Verity, et firent à peu près comme si John et Susan n'existaient pas, du moins jusqu'au moment de leur remettre leur propre offrande, soigneusement empaquetée et entourée d'un ruban de satin noir. Le paquet contenait un calice en or massif, absolument splendide, qui devait valoir une fortune, et qui laissa John éberlué.

Les visites, irrégulièrement espacées, se poursuivirent durant l'après-midi. Craignant qu'elles soient épuisantes pour Susan, John s'en ouvrit au Dr Freitag, et lui demanda sinon d'interdire, du moins de contingenter les visites, jusqu'à ce qu'elle ait repris un peu de forces. L'obstétricien refusa sèchement, en lui disant que ces gens étaient des admirateurs du grand Emil Sarotzini et que certains d'entre eux avaient traversé toute l'Amérique pour venir présenter leurs respects au nouveau-né. Les proscrire eût été une véritable insulte.

Trois semaines durant, le flux des visiteurs continua sans désemparer. Ils venaient chaque après-midi, et se montraient invariablement polis, quoique réservés. Dans la plupart des cas, ils échangeaient quelques mots avec Susan, mais faisaient comme si John n'était pas là. Chacun apportait son offrande. De temps à autre, les femmes y allaient de leurs conseils sur les soins à donner au bébé, la diététique, les postures recommandées pour dormir, la température idéale pour sa chambre et l'eau de son bain. Susan reçut des potions contre la grippe, des tisanes fortifiantes pour les os, des conseils sur les vitamines qu'il conviendrait d'ajouter au lait quand elle passerait de l'allaitement naturel au biberon.

Les visiteurs étaient tous d'un certain âge, parfois même d'un âge avancé. Certains semblaient prospères, d'autres moins. S'ils comptaient parmi eux des représentants de presque toutes les races, la plupart étaient blancs et semblaient originaires d'Europe centrale, à en juger par leur aspect, la sonorité de leurs patronymes, et quelquefois aussi par leur accent.

Au début, John restait dans la chambre. Il observait leur manège d'un œil attentif, échangeant de temps en temps des regards effarés avec Susan. Toute fatiguée qu'elle soit, Susan semblait avoir recouvré au moins en partie son sens de l'humour.

Les cadeaux étaient le plus souvent des objets anciens, en malachite, en bois ou en marbre, parfois en or ou en bronze. Les couleurs dominantes étaient le noir et le vert. Les emballages étaient fréquemment enrubannés de satin noir. Le plus important, du point de vue des dimensions, fut un berceau en bois laqué noir orné de moulures tarabiscotées, offrande solennelle d'un vieux couple qui leur déclara qu'il était dans leur famille depuis des siècles. Après le départ des deux vieux, Susan et John se regardèrent d'un air accablé. Susan dit qu'elle ne pouvait pas garder une horreur pareille dans sa chambre. John le remisa dans le coffre de sa voiture et, lors d'une de ses incursions dans la grande banlieue de Los Angeles, finit par en faire don à un couple de petits-bourgeois qui avaient organisé un vide-grenier dans le jardin de leur pavillon.

Ils reçurent quantité d'encensoirs, de creusets et autres récipients, des monceaux de bijoux anciens, quelquefois somptueux, pas toujours du meilleur goût. Plusieurs visiteurs leur apportèrent des parures de lit ou de la lingerie, cadeaux que Susan apprécia par-dessus tout, car le tissu en était d'une finesse incomparable. Quand les cadeaux avaient un caractère occulte trop prononcé, elle demandait à John de les retirer de la chambre, car ses parents venaient la voir chaque matin et elle ne tenait pas à leur infliger ça.

John effectua un certain nombre de démarches pour le compte de DigiTrak, rendit visite à quelques-uns de ses clients réguliers de la région de Los Angeles et s'efforça de nouer de nouveaux contacts, mais il n'avait pas vraiment le cœur à travailler. Il passait le plus clair de son temps à réfléchir, à essayer de comprendre ce qui leur arrivait, à observer Susan, à parler avec elle dans l'espoir que renaisse leur ancienne intimité. Mais Verity faisait barrage entre eux, telle une brique gisant au milieu des débris fracassés de leur amour.

Susan persistait à affirmer que M. Sarotzini avait consenti à lui laisser garder Verity, et John n'essaya pas de la détromper. Si le banquier lui avait effectivement accordé cette concession, il devait avoir ses raisons. Peut-être voulait-il simplement préserver la santé mentale de Susan, et avait-il décidé de le lui faire croire jusqu'à ce qu'elle soit redevenue assez solide pour affronter une pénible séparation. Cependant John le soupçonnait d'avoir une autre idée derrière la tête, car il était bien trop cruel pour se laisser fléchir par des sentiments de cette nature.

Il trouvait quant à lui que M. Sarotzini avait eu tort de vouloir temporiser ainsi. Plus Susan s'habituerait à la présence de Verity, plus elle aurait du mal à se séparer d'elle. John sentait lui-même son attachement grandir chaque fois qu'il s'attardait un peu trop auprès du bébé, qu'il le prenait dans ses bras pour faire plaisir à Susan, lui parlait, s'amusait avec lui. Il ne se sentait pas vraiment plus proche de Verity, mais l'enfant commençait à le reconnaître et l'amour débordant que lui portait Susan le gagnait malgré lui, au point qu'il lui arrivait d'oublier qu'il n'en était pas le père. Verity n'était plus pour lui un objet lointain, sans réalité tangible. C'était un bébé minuscule et fragile, aussi humain que lui-même, sans défense, innocent, qui accordait sa confiance à ces deux êtres imparfaits, Susan et John, qui formaient son univers.

Tous les deux jours, il appelait Pilar à Londres pour s'enquérir de l'état de santé d'Archie, lequel ne s'améliorait pas. Il en était profondément affligé, et il pensait tout le temps à l'orageuse explication qu'il avait eue à ce sujet avec M. Sarotzini et à la manière dont le banquier était monté sur ses grands chevaux quand il avait laissé entendre qu'il pouvait exister un lien entre ce qui était arrivé à Archie et les décès successifs de Zak Danziger, Harvey Addison et Fergus Donleavy.

Il reconstituait en esprit les moindres mimiques du banquier, se demandant comment un innocent aurait réagi à sa place, et concluait invariablement que son attitude trahissait une certaine duplicité. Après avoir tenté de noyer le poisson, il s'était drapé dans son honorabilité, puis l'avait mis au défi d'appeler la police : tout cela n'était pas très net.

Mille questions se bousculaient dans sa tête. Susan était allée consulter Harvey Addison, et le gynécologue était passé de vie à trépas le soir même. Officiellement, il avait succombé à une trop forte dose de cocaïne, mais qui sait si sa mort n'avait pas été maquillée de propos délibéré ? Ensuite Fergus avait déballé à Susan ce qu'il savait sur le compte de Sarotzini et de Van Rhoe, et le soir même il s'était étouffé dans son propre vomi après avoir pris une cuite mémorable. Là aussi, rien ne prouvait qu'on ne lui avait pas forcé la main. Zak Danziger était mort d'une overdose dans un hôtel new-yorkais. L'avait-on piégé, lui aussi ?

Archie Warren était allé à son bureau à une heure indue, lui avait transmis des informations sur la banque Vörn par courrier électronique et, aussitôt après, avait été victime d'une attaque qui l'avait laissé dans un coma dont il ne semblait pas près d'émerger. Une idée communément répandue prête à ceux qui pratiquent la magie noire la faculté d'infliger les pires maléfices à leurs ennemis rien qu'en pensant à eux ou en enfonçant des épingles dans leur effigie. Est-ce un sortilège de ce genre qui avait eu raison d'Archie ?

Était-il possible d'y croire ?

Et si c'était vrai, comment l'expliquer ? Dans le cas de Zak Danziger, il y avait au moins un mobile évident : sa mort avait soulagé DigiTrak d'un grand poids. Mais pourquoi aurait-on tué Harvey Addison ? Simplement parce que Susan était allée le consulter ? Ou parce qu'il avait découvert quelque chose qu'il n'aurait pas dû savoir à propos de l'enfant ?

Harvey était un coureur de jupons invétéré et il abusait de la cocaïne. Rien n'excluait que sa mort ait été accidentelle. Il en allait de même pour Fergus Donleavy. Susan s'était plus d'une fois inquiétée devant John de ses excès de boisson. Il se pouvait aussi qu'Archie n'ait fait que payer le prix de sa surcharge pondérale et de sa tabacomanie.

À supposer que Sarotzini soit capable d'assassiner et de maquiller ses crimes en accidents, la vie de Susan – et celle de John – n'était-elle pas en danger ?

Que pouvait-il attendre d'eux, en réalité ?

Susan lui avait appris que Sarotzini n'était pas marié, qu'il s'était inventé une femme. Il avait mentionné devant elle sa religion, qui traitait le Christ de « Grand Imposteur ». De quelle religion s'agissait-il ? Susan ne le savait pas au juste. Elle avait exhorté John à lire les deux traités sur les sciences occultes qu'elle avait laissés chez ses parents, au fond d'une valise.

Il les avait lus. Il y avait trouvé l'explication des graffitis du grenier, et un chapitre entier traitait de la signification symbolique des nouveau-nés. Ces découvertes l'avaient profondément troublé, et les visiteurs qui leur apportaient chaque jour une nouvelle moisson de figurines le troublaient tout autant, car leur nombre semblait prouver qu'il n'avait peut-être pas tort de s'attendre au pire.

La hantise de Susan s'était révélée sans fondement, puisqu'on ne lui avait pas arraché l'enfant pour l'offrir en sacrifice aussitôt après sa naissance. Tout danger n'était pas écarté pour autant. Peut-être qu'ils n'avaient pas besoin que la victime soit un nouveau-né. Peut-être que Sarotzini gardait Verity en réserve pour une des dates-clés qui étaient énumérées dans le livre. Pour la nuit de Walpurgis, par exemple, qui n'était plus très loin, puisqu'elle tombait le 30 avril. Ou pour le 21 juin, nuit du solstice d'été. Ou pour le Lammas, la nuit du Grand Sabbat, qui a lieu le 31 juillet. Ou l'équinoxe d'automne, ou le Samhain. Ce n'étaient pas les fêtes païennes qui manquaient.

Ils étaient pris au milieu d'un vaste imbroglio, sans aucun point de repère.

Comment s'en sortir ? Il ne pouvait plus être question de se défaire de Verity, à moins d'obtenir au préalable l'assurance que sa vie ne serait pas en danger, ce que personne n'était en mesure de leur prouver concrètement. Et même au cas où cela aurait été possible, Susan n'aurait jamais consenti à se séparer d'elle.

Il se garda de lui faire part de ses craintes, et ne s'en ouvrit pas non plus à ses parents. Dick et Gayle Corrigan n'avaient déjà que trop de mal à se remettre de la perte de Casey, la chambre de Susan était truffée de micros et de caméras, et l'on ne pouvait pas exclure que leur maison peut-être même leurs véhicules aient été placés sous surveillance.

John éprouvait un sentiment d'impuissance semblable à celui qui s'était emparé de lui un an plus tôt dans le bureau de M. Clake. Mais il y a un an il avait au moins eu une vague idée de la conduite à tenir, et des amis qu'il pouvait appeler à la rescousse.

Il était dans le plus complet désarroi.

Chapitre 67

Le jet privé s'élança sur la piste, et l'accélération subite provoqua de violents cahots. Effrayée, Verity ouvrit la bouche, et Susan lui fit un câlin pour l'apaiser. Les moteurs rugirent, la carlingue trembla, puis l'avion s'éleva dans les airs et le panorama de Los Angeles s'éloigna d'eux en tourbillonnant.

Susan eut l'impression que ses tympans éclataient. Elle se pinça le nez, souffla un bon coup et là-dessus Verity se mit à brailler. Ses oreilles devaient lui faire mal, à elle aussi, mais Susan ne savait comment y remédier. Elle se tourna vers John et lui demanda :

—Chéri, ton CD-Rom n'explique pas ce qu'il faut faire pour déboucher les oreilles de Verity ?

John souleva son attaché-case, le posa sur ses genoux et l'ouvrit. L'inclinaison de l'avion fit refluer vers lui tous les papiers qu'il contenait. Il en sortit son ordinateur portable, l'alluma et inséra dans la fente de lecture l'un des CD-Rom derniers-nés de DigiTrak qu'il s'était fait expédier de Londres, *Les Mille et Un Conseils du docteur Addison pour les jeunes mamans*. Il en étudia le sommaire, la méthode à employer pour dépressuriser les tympans d'un bébé n'y figurait pas.

Les pleurs de Verity redoublèrent. M. Sarotzini, assis en face d'eux, y alla de sa suggestion.

— Donnez-lui donc le sein, Susan. La succion lui débouchera les oreilles.

Susan le regarda avec animosité. À chaque jour qui passait, elle avait un peu plus de mal à accepter l'idée que M. Sarotzini était le père de sa fille, et même ce simple conseil lui faisait l'effet d'une intrusion dans son intimité. Est-ce qu'il se figurait vraiment qu'elle allait dégrafer son soutien-gorge et donner le sein à Verity devant lui?

Un soupçon naquit en elle. Comment savait-il ce qu'il fallait faire? Avait-il déjà eu d'autres bébés, obligeamment fournis par d'autres juments poulinières?

— Ne vous inquiétez pas, répondit-elle. Elle va se calmer. C'est le bruit des moteurs qui l'a énervée.

Verity braillait à tue-tête, la bouche tordue, le visage congestionné. Dès que l'avion eut atteint sa vitesse de croisière, Susan détacha sa ceinture et, d'un pas un peu titubant, transporta Verity jusqu'à l'une des minitables de conférence qui occupaient le fond de la cabine et s'y installa.

Elle dégrafa son soutien-gorge, dénuda son sein gauche et guida la bouche de la fillette vers le téton. Au bout de quelques secondes, ses hurlements se calmèrent et elle se mit à téter. Une expression de satisfaction se peignit sur son petit visage, et Susan éprouva un élan de tendresse, auquel succéda presque aussitôt de la colère. M. Sarotzini avait vu juste, et ça la mettait hors d'elle.

— On va en Angleterre, murmura-t-elle. On rentre à la maison. Ça te fait plaisir, au moins?

John tourna la tête pour s'assurer que tout se passait bien avec l'enfant mais, ne voyant pas Susan, il se concentra de nouveau sur son portable et cliqua la rubrique «Introduction», sachant que Harvey Addison y tenait la vedette.

L'instant d'après, Harvey apparut sur l'écran et souhaita la bienvenue aux jeunes mamans qui avaient eu la bonne idée de consulter son incontournable guide. Pour John, c'était une vision poignante. Il avait supervisé le tournage de cette séquence un an plus tôt, et il se souvenait de la séance dans ses moindres détails.

Levant les yeux, il s'aperçut que M. Sarotzini l'observait. Le banquier était revenu spécialement à Los Angeles pour les ramener personnellement en Angleterre à bord de son jet privé. John avait d'abord hésité à accepter. Si Sarotzini voulait se débarrasser de Susan et de lui, rien ne l'empêchait de les liquider en plein ciel, au-dessus de l'Atlantique. Pourtant en y réfléchissant, John s'était dit qu'il aurait tout aussi bien pu le faire à la clinique. Sarotzini et ses complices s'étaient arrangés pour dissimuler le décès de Casey, ils n'auraient pas eu plus de mal à faire disparaître Susan et John.

« Les avions de ligne sont de véritables foyers d'infection », lui avait expliqué M. Sarotzini. Il fallait qu'ils acceptent, la santé de Verity était en jeu. Voyager en jet privé était une nouveauté pour John et il devait admettre que cela ne manquait pas d'agrément. La cabine, aussi spacieuse que celle d'un avion ordinaire, était équipée de vrais lits. À l'aéroport de Los Angeles, lorsqu'on les avait fait entrer dans la salle d'attente réservée aux VIP, John avait éprouvé un sentiment d'exaltation. Cela l'excitait de pénétrer, ne serait-ce qu'un instant, dans l'univers exceptionnel où évoluaient les riches et les puissants. Il n'en avait pas perdu toute lucidité pour autant.

— Monsieur Carter, dit M. Sarotzini d'une voix douce, vous avez eu trois semaines pour réfléchir à mes conditions. Qu'avez-vous décidé ?

— Ah, parce que vous m'avez posé des conditions ? demanda John avec humeur.

Le banquier le regarda avec un air de reproche.

— J'en ai fait part à Susan. Je pensais que vous aviez eu tout le temps d'en discuter entre vous.

— Susan est traumatisée. Elle aurait besoin d'être conseillée par un psychologue, peut-être même d'une longue thérapie. Pour l'instant, elle ne fait confiance à personne. Elle est persuadée que nous sommes de mèche, vous et moi, et que nous tramons Dieu sait quoi. Elle n'est pas rationnelle. C'est une fille très courageuse, elle se débrouille bien, mais on ne peut pas lui en demander plus. Elle fait tout ce qu'elle peut pour être une bonne mère, c'est déjà beaucoup. Alors, si vous avez des conditions à nous poser, c'est à moi qu'il faut vous adresser.

— J'ai décidé de lui laisser l'enfant. Elle vous en a parlé?

— Pour elle, ça a l'air d'aller de soi. Apparemment, ce que j'éprouve ne compte pas.

— Vous êtes son mari, monsieur Carter. Vous êtes parfaitement libre de refuser. Je le comprendrais.

John regarda le banquier, son visage à l'expression hautaine, son costume impeccablement seyant, ses souliers bien cirés, sa coûteuse cravate. Même enfoncé dans son fauteuil moelleux, il était sur le qui-vive, tel un saurien qui se chauffe au soleil.

— Quelle grandeur d'âme! dit John, sarcastique.

Il reposa les yeux sur l'écran de son ordinateur. À présent, le visage de Harvey Addison était figé dans une immobilité de statue.

Harvey Addison n'existait plus.

— Jusqu'à quand autoriserez-vous Susan à garder l'enfant?

M. Sarotzini leva les mains.

— Susan est la mère de Verity. Sépare-t-on une mère de son enfant?

Il pencha le buste en avant et joignit les doigts, formant devant son visage son sempiternel dôme.

— Bien sûr que je vous comprends, monsieur Carter. Ce n'est pas facile pour vous.

— Je discuterai de tout cela avec Susan quand elle se sera remise d'aplomb. J'ai des conditions à vous poser, moi aussi.

Le banquier haussa les sourcils, comme amusé par l'outrecuidance de John.

— Tiens donc? dit-il. Je vous écoute.

— *Primo*, j'exige que Susan soit suivie dorénavant par des médecins de notre choix.

Le banquier resta de bois.

— La suite?

— Je ne veux plus aucune surveillance. Ni micros, ni caméras.

— Si vous ne me donnez aucun motif d'inquiétude, la surveillance n'aura plus de raison d'être, monsieur Carter.

— Susan s'est enfuie parce qu'elle avait peur que vous lui preniez son enfant.

— Elle n'a plus aucune raison de le craindre, à présent.

— Cesserez-vous de nous espionner?

— Accordé, monsieur Carter.

Était-il vraiment sincère? John le regarda droit dans les yeux, et n'en tira aucune certitude.

— *Tertio*, je ne veux plus qu'il arrive malheur à personne.

En disant cela, John surveillait attentivement les traits du banquier, qui ne broncha pas.

— Vous voulez un garde du corps pour assurer votre protection et celle de l'enfant?

— Ce n'est pas à ça que je pensais, dit John, et cette fois il lui sembla que M. Sarotzini tiquait imperceptiblement. J'exige aussi que vous me donniez un numéro où il me sera possible de vous joindre à tout moment. Je veux que vos visites à Verity soient programmées d'avance. Je veux savoir si nous sommes censés lui révéler ou pas l'identité de son père, et si vous contribuerez financièrement à son éducation.

Il hésita un instant avant d'ajouter :

— Je veux également que vous m'expliquiez ce qui se passe. Pourquoi teniez-vous tant à avoir cet enfant ? Pourquoi avez-vous renoncé à la garder ? Qu'est-ce que ça signifie ? Je n'y comprends rien.

— Dans votre Bible, il y a une phrase très éloquente, monsieur Carter. Je crois qu'elle se trouve dans la première épître de Paul aux Corinthiens. « Aujourd'hui, nous voyons obscurément, comme à travers un miroir. Bientôt, nous verrons clair. » Vous connaissez cette phrase ?

— Je l'ai déjà vue mentionnée, mais ce n'est pas *ma* Bible. Je ne suis pas croyant.

— Je ne vous en demandais pas tant, monsieur Carter. Je voulais simplement vous dire que, même si vous ne comprenez pas pourquoi j'ai décidé de laisser Verity à sa mère, vous le comprendrez un jour. On n'a pas besoin de tout comprendre. Les hommes ont passé mille siècles sur cette planète sans rien comprendre à l'univers qui les entoure. Les raisons qui me poussent à vouloir qu'une petite fille reste auprès de sa mère ne représentent qu'un problème bien modique à côté, vous ne pensez pas ?

— Vos raisons ne sont peut-être pas si cosmiques que ça, rétorqua John. Peut-être que vous espériez un garçon, et qu'une fille ne répond pas à vos desseins. À moins qu'elle soit atteinte d'une maladie dégénérative rare d'origine génétique qui risque de la tuer ou de la laisser infirme, et que vous ne teniez pas à vous retrouver avec une handicapée sur les bras.

M. Sarotzini regarda John d'un air de profonde tristesse, comme si ses paroles l'avaient énormément peiné.

— N'y a-t-il donc aucune place dans votre cœur pour la compassion la plus élémentaire, monsieur Carter ? N'allez-vous pas un peu vite en besogne en me jugeant incapable de tout sentiment humain ? Vous figurez-vous que le fait d'être riche me met hors d'atteinte des émotions qui sont le lot du commun des mortels ?

Il y avait tant de peine dans la voix du banquier que John en fut désarçonné. Il était au bord des larmes. Sa douleur semblait sincère. Ne sachant que dire, John resta muet.

— J'ai fait tout ce qui était en mon pouvoir pour vous aider, vous et Susan, reprit M. Sarotzini. Je vous ai sauvé de la faillite, j'ai fait en sorte que vous conserviez votre maison, j'ai été jusqu'à risquer le déshonneur et même la prison pour éviter à Susan une éventuelle inculpation pour meurtre. Vous ne voyez donc pas que je l'ai prise en affection, que je ne puis supporter l'idée de la voir malheureuse ? Si je lui prenais sa fille, sa raison déjà chancelante pourrait succomber. Pour satisfaire la lubie d'un vieillard ? Non, cela n'en vaut pas la peine.

Touché au cœur, John sentait sa résolution fléchir. Il n'était cependant pas certain que M. Sarotzini lui disait toute la vérité.

— Pourquoi nous avoir menti au sujet de votre femme ? demanda-t-il. Vous avez avoué à Susan que vous n'aviez jamais été marié.

M. Sarotzini baissa les yeux.

— Susan aurait-elle accepté si elle avait su la vérité ? J'en doute. Je ne suis qu'un vieil homme solitaire, qui rêvait de laisser une trace sur cette planète après sa mort.

Il hocha la tête à plusieurs reprises, sans relever les yeux.

— Grâce à vous et à Susan, j'y suis parvenu. Susan s'occupera mieux de l'enfant que toutes les nourrices ou les gouvernantes que je pourrais engager. Avec vous deux, elle aura de vrais parents, et son enfance sera plus heureuse que celle que je pourrais lui offrir. Ça s'arrête là, monsieur Carter. Je ne vous dissimule rien. Je vous ai dit toute la vérité.

Il releva les yeux. Il était pitoyable.

John était au comble de la perplexité. S'était-il trompé sur le compte de cet homme ? S'était-il laissé gagner par le délire de Fergus ? Avait-il tiré des conclusions trop hâtives des graffitis du grenier ? Peut-être que M. Sarotzini était bel et bien un adepte des sciences occultes, que la religion qu'il pratiquait s'y apparentait d'une manière ou d'une autre ; pourtant les occultistes ne font pas tous le mal. Il existe de bons sorciers, qui emploient une autre forme de magie, celle qu'on appelle justement la « magie blanche ».

Est-ce ainsi que Sarotzini avait amassé son immense fortune ? En ayant recours à des manipulations occultes ? À des sortilèges ?

C'était une idée absurde. Mais il nageait en pleine absurdité. N'était-il pas absurde de se retrouver à bord d'un jet privé, comme s'il était le sultan de Brunei ? N'était-il pas absurde que sa chère et tendre épouse ait trucidé sa propre sœur et crevé un œil à son obstétricien ? N'était-il pas absurde qu'ils rentrent au bercail avec un enfant qui n'était pas de lui, et dont il devrait se faire passer pour le père jusqu'à ce que... ?

Jusqu'à quand ?

Jusqu'à ce que M. Sarotzini vienne réclamer son dû ?

— Êtes-vous prêt à me restituer vos parts de DigiTrak et le titre de propriété de ma maison ? demanda John.

La question parut prendre M. Sarotzini au dépourvu.

— Monsieur Carter, notre accord prévoyait que vous me remettriez l'enfant le jour de sa naissance, et qu'en échange je vous restituerais tout cela. Mais vous ne m'avez pas remis l'enfant, et je ne peux quand même pas vous faire une confiance aveugle. Qu'est-ce qui me prouve qu'en arrivant en Angleterre vous ne déciderez pas par exemple de confier Verity à une agence d'adoption ?

— C'est ridicule ! s'écria John.

— Je vous l'accorde, dit M. Sarotzini d'une voix parfaitement posée. Cependant, comme vous l'avez vous-même admis, Susan ne jouit plus de toutes ses facultés. Qui sait ce qu'elle peut avoir en tête ?

— Susan n'a aucune intention de se séparer de Verity. Elle l'aime plus que tout au monde. Mille fois plus qu'elle ne m'aime, moi.

M. Sarotzini eut un sourire.

— En ce cas, tout va pour le mieux dans le meilleur des mondes. Vos biens ne sont pas en danger.

— Quand me les restituerez-vous ?

— Quand vous m'aurez convaincu, dit le banquier.

Il eut un autre sourire et se laissa aller en arrière dans son siège. Ensuite il désigna l'ordinateur de John et ajouta :

— Continuez votre travail, je vous en prie. Cet intermède n'a que trop duré.

John le fixait du regard, frémissant de fureur, certain à présent qu'il ne s'était nullement mépris sur son compte. Pour un peu, il se serait jeté sur lui et l'aurait pris à la gorge, mais il se contint. Donner libre cours à sa rage n'aurait pu que lui nuire.

Il posa les yeux sur l'écran de son ordinateur, où le visage de Harvey Addison était toujours figé dans une immobilité marmoréenne. Il appuya sur quelques touches et fit disparaître l'image en essayant de se rasséréner. Peu à peu, sa fureur se mua en désespoir. Il en avait assez d'être la marionnette de M. Sarotzini, il en avait assez que ce type le fasse danser au bout d'un fil. Au moment où ils avaient mis le doigt dans cet engrenage, il voyait une issue au bout du tunnel. Un mois plus tôt, il se disait encore que, dès que Susan aurait accouché, ils seraient tirés d'affaire.

Apparemment, ce qu'il croyait être la fin de leurs ennuis n'en avait été que le début.

Ils approchaient de Heathrow. Susan rêvait. Verity, pelotonnée dans ses bras, la panse remplie de lait, dormait à poings fermés. Dans son rêve, Susan se tenait dans une pièce qu'elle ne connaissait pas, une immense pièce. Elle y était seule avec M. Sarotzini et un autre homme à demi dissimulé dans l'ombre, au fond. Un très vieil homme, assis dans un fauteuil roulant.

— *Ma chère Susan, disait M. Sarotzini, il est temps que vous sachiez qui je suis.*

— *Qui êtes-vous ? demandait-elle.*

— *Je ne suis qu'un instrument. Je ne suis que l'instrument d'une puissance supérieure, Susan. Son humble serviteur, rien de plus. Je ne suis qu'un messager, un simple maillon d'une vaste chaîne, qui n'a d'autre fonction que de passer le relais pour que la chaîne se perpétue. Le relais en question est un code génétique qui renferme un savoir vieux comme le monde, un savoir qui contient toutes les Vérités. Un savoir dont le moment est venu, ma chère Susan.*

Avec une pointe d'amertume dans la voix, il poursuivait :

— *Malheureusement, je suis physiquement incapable de passer le relais, moi-même. Mon Maître m'a chargé de trouver deux personnes porteuses de ce gène. Comme il n'en existe qu'une infime poignée sur la Terre, ma tâche n'a pas été facile. Il y a vingt-cinq ans, j'ai enfin découvert mon premier filon. La tombe d'un vieil homme enterré en Bavière m'a mené jusqu'au mâle, un garçonnet qui vivait alors en Afrique.*

— *Ce garçonnet porteur du gène est-il le père de Verity ? lui demandait Susan. Est-ce le technicien des télécoms ?*

Elle avait l'impression d'être un enfant perdu, le Petit Poucet, ou Alice au pays des merveilles. Sa voix se répercutait sur les murs de cette vaste pièce, comme si elle avait été au fond d'une grotte.

— *Est-ce lui qui est venu dans ma chambre le jour où on m'a inséminée ? Qui est le père de Verity ? Est-ce vous, ou cet homme ? Ce petit garçon que vous avez découvert en Afrique ?*

— *Cela n'a aucune importance.*

— *Si, c'est important. Plus important que tout. Je veux savoir. Dites-moi la vérité.*

— *Vous êtes la mère de Verity, ma chère Susan, et c'est tout ce qui compte.*

— *Mais le père ? Qui est le père ? Est-ce le technicien des télécoms ? L'homme que j'ai vu dans ma chambre à la clinique WestOne ?*

— *Il y a des choses qu'il est préférable de ne pas savoir.*

— *Je veux la vérité.*

— *Les Vérités sont innombrables.*

— *Ne jouez pas à ce jeu-là avec moi, je vous en prie.*

— *Selon la Vingt-Huitième Vérité, la croyance vaut parfois mieux que le savoir. Et la Trente-Quatrième dit que la réalité se fonde sur la croyance, non sur le désir de croire.* (Il eut un sourire.) *Elles se ressemblent tant, et pourtant elles s'opposent. Il incombe à chacun d'entre nous de trouver les Vérités qui lui conviennent le mieux et de régler sa vie sur elles. Et vous en avez le devoir plus que personne d'autre, Susan, car un jour votre enfant changera le monde.*

— *Pourquoi moi ? Pourquoi mon enfant ?*

— *Parce que vous êtes porteuse du gène vous aussi. Vous ne devez en concevoir aucune crainte. Au contraire, vous devez en être fière.*

— *Qu'a-t-il de particulier, ce gène ? Et comment savez-vous que j'en suis porteuse ?*

— *Pendant vingt-cinq ans, nous avons cherché une femelle porteuse de ce gène. L'année dernière, notre quête a abouti. À Los Angeles, nous avons trouvé la tombe d'une femme qui s'appelait Hannah Katherine Rosewell.*

— *Hannah Rosewell ? Ma grand-mère ?* s'écria Susan, stupéfaite.

— *Nous avons pratiqué des tests d'ADN sur sa dépouille.*

— *La dépouille de ma grand-mère ?*

— *Dans le monde entier, il n'existe qu'une infime poignée de gens qui sont porteurs de ce gène, Susan, et ils ont été tenus à l'écart les uns des autres par des forces qui n'ont rien de naturel. L'Apo-E-AA. C'est le gène de ma tribu.*

—De votre secte !

Sans relever cette remarque, M. Sarotzini continuait :

—Les porteurs de ce gène sont d'une longévité exceptionnelle. Ils vivent un siècle, même plus. De tous les gènes de l'espèce humaine, c'est le plus durable, le plus résistant. Nous en avons trouvé la trace dans votre famille en enquêtant parmi les centenaires. Votre grand-mère, Hannah Rosewell, a vécu jusqu'à l'âge de cent un ans. Être porteur de ce gène est un privilège, Susan, et si l'union de deux porteurs de ce gène se réalise, l'enfant qui en naîtra sera un être d'une puissance extraordinaire. Cela fait plusieurs milliers d'années que l'humanité n'a pas vu un être semblable.

—Pourquoi ?

Le visage de M. Sarotzini était contre le sien à présent, et son sourire exprimait une ferveur intense.

—Parce que les adeptes du Grand Imposteur l'ont interdit, Susan. Voilà deux mille ans que le monde est sous le joug d'une conspiration maléfique. Les gens de ma tribu ont été traités de toutes sortes de noms : gnostiques, sorciers, hérétiques. On les a traqués, persécutés, torturés, massacrés.

Quand les roues de l'avion entrèrent en contact avec le tarmac, le choc réveilla Susan, et Verity du même coup. M. Sarotzini la regardait fixement. Susan détourna les yeux et, quand elle les tourna de nouveau vers lui, il l'observait toujours. Elle se sentait bizarrement désorientée.

Dehors, c'était dimanche matin, et il faisait un temps radieux. Londres était en fleurs. C'était le printemps mais, quand le pilote coupa les moteurs et que la climatisation s'arrêta, on se serait plutôt cru en été à l'intérieur de l'avion.

Puis l'hôtesse de l'air ouvrit la porte, et le vent fit irruption dans la cabine, un vent impétueux, coupant, qui semblait venir d'ailleurs, de l'autre bout du monde, et cette bourrasque glaciale donna la sensation à Susan qu'elle était au cœur d'un hiver arctique.

Chapitre 68

Le hall de réception du cabinet d'avocats était spacieux et décoré dans le style Bauhaus tardif. En revanche, le bureau d'Elizabeth Frazer était de dimensions modestes et d'allure spartiate. Le seul ornement était un dessin à la plume représentant le pont des Soupirs, très simplement encadré au mur. Sur le bureau, à côté d'un vase de fleurs, il y avait la photographie d'un homme et de deux garçonnets, chaussés de skis, au pied d'un téléphérique. Il y avait aussi deux étagères couvertes de livres de droit. Hormis cela, la pièce ne contenait que des piles de dossiers – certaines posées par terre, derrière le bureau, d'autres entassées sur l'appui de la fenêtre qui ouvrait sur un immeuble de bureaux – et un ordinateur.

D'après Susan, maître Frazer était la spécialiste numéro un du droit des enfants. Interrogé à ce sujet, l'avocat de John le lui avait confirmé.

Elizabeth Frazer avait entre trente-cinq et quarante ans. Elle était grande, mince, robuste. Ses cheveux bruns et bouclés, ses petites lunettes à la John Lennon, son jean noir et sa chemise de travail bleu pâle lui donnaient un peu l'allure d'une gauchiste attardée. Quoique plutôt aimable, sa physionomie avait un côté anguleux qui mettait John mal à l'aise.

Une secrétaire apporta du café, et l'avocate en versa une tasse à John.

— Quand votre femme est venue me consulter au mois de mars, la situation était différente, dit-elle.

— Vous étiez persuadée qu'un tribunal lui donnerait forcément raison.

— C'est exact, mais vous venez de me faire part d'un certain nombre de faits nouveaux, monsieur Carter. Quand le donneur n'est pas anonyme, la loi lui accorde diverses protections, c'est assez complexe. Au mois de mars, j'avais suggéré à votre femme que le mieux serait sans doute d'introduire une procédure en référé de façon à empêcher toute action intempestive de la part du père putatif.

— Ce qui veut dire que M. Sarotzini recevrait un avis d'huissier ?

— Évidemment.

— Ce serait extrêmement fâcheux. J'aimerais mieux qu'il ne soit pas au courant.

— Si on ne l'avise pas qu'il n'a pas le droit de vous prendre votre fille, qu'est-ce qui l'en empêchera ? dit-elle d'une voix coupante.

John ne sut que répondre.

L'avocate jeta un coup d'œil à ses notes.

— Ce qui me gêne aux entournures, c'est que votre femme souffre de troubles mentaux. Vous n'avez pas voulu me préciser quels actes répréhensibles elle a commis, mais il faudra que vous m'éclairiez à ce sujet si nous devons aller en justice. Si je vous ai bien compris, ce Sarotzini disposerait toutefois d'assez de preuves pour la traîner devant une cour d'assises ?

— C'est exact.

— Est-elle coupable ?

— Bien sûr que non, dit John.

Il hésita un instant avant de continuer :

— Dans un cas, ça ne tient pas debout. Dans l'autre... tout est affaire d'interprétation. Elle était en état de légitime défense. Elle a un peu perdu la tête.

— Le déséquilibre mental dont souffre votre femme, vous le jugez sérieux ?

John eut une grimace.

— Elle ne va pas bien du tout, je dois l'admettre. Durant les deux dernières semaines de sa grossesse, elle a frôlé la dépression nerveuse. Notre médecin de famille l'a examinée hier, et il a diagnostiqué un syndrome postnatal typique.

— De quelle nature ?

— Il parle d'une psychose puerpérale.

— Donc, c'est grave.

— En effet.

— A-t-elle des bouffées délirantes ? Des hallucinations ? Est-elle suicidaire ? Très déprimée ?

— Oui, elle nous fait le grand jeu. Le médecin lui a prescrit des antidépresseurs et il a pris des dispositions pour qu'une infirmière spécialisée en psychiatrie passe la voir régulièrement. Il m'a également suggéré d'engager une nourrice à plein temps, pour que quelqu'un soit prêt à prendre le relais au cas où il faudrait l'hospitaliser d'urgence.

L'avocate consulta de nouveau ses notes.

— Verity est née il y a vingt-quatre jours, c'est ça ?

— Oui.

— Nous aurons peut-être du mal à obtenir le retrait du droit de garde. Si votre femme accuse le père putatif de pratiquer le satanisme et la magie noire, jamais un juge ne sera enclin à trancher en sa faveur, à moins qu'elle puisse lui fournir des éléments de preuve. Les magistrats savent qu'il y a des gens qui pratiquent ce genre de rituels mais, pour eux, ils ne servent qu'à dissimuler des pratiques sexuelles honteuses. Quelles preuves concluantes pouvons-nous avancer ? Monsieur Carter, croyez-vous vraiment que Verity est en danger d'être ensorcelée ?

— En toute honnêteté, je n'en sais rien, dit John.

— Vous avez trouvé des graffitis bizarres dans votre grenier, et vous ne savez pas comment ils sont arrivés là. Que pouvez-vous me dire de plus ?

— Rien, dit John. En tout cas, rien de tangible.

— Se pourrait-il que les craintes de votre femme soient la conséquence du déséquilibre mental dont elle souffre ? Qu'elle soit victime de simples fantasmes ?

— Susan va tellement mal qu'on ne peut pas l'exclure ; pourtant je ne peux rien affirmer sur ce point.

L'avocate ouvrit l'un des tiroirs de son bureau, en sortit un petit distributeur en plastique et d'une pichenette discrète fit tomber deux sucrettes dans sa tasse de café.

— La meilleure solution serait peut-être de placer Verity sous tutelle judiciaire, en arguant de la détérioration mentale de votre femme.

— Ce qui voudrait dire ?

— Que le juge deviendrait officiellement le gardien de Verity, et qu'il pourrait agir *in loco parentis*. Qu'il la prendrait entièrement en charge et déciderait de son avenir. Qu'elle ne pourrait plus quitter le sol de l'Angleterre sans son consentement.

— Cela m'obligerait-il à déclarer devant un tribunal que Susan est mentalement inapte à s'occuper de sa fille ?

— Non. C'est l'expertise psychiatrique qui le déterminera.

— M. Sarotzini en sera-t-il avisé ?

— Forcément, puisqu'il est le père biologique.

John secoua la tête.

— C'est ce qui me fait hésiter. Je crains qu'il réagisse mal.

— N'est-ce pas justement cette crainte-là qui vous a incité à venir me consulter ?

John hocha la tête d'un air sombre.

— Ce n'est pas aussi simple.
— Je ne sais pas si vous vous en rendez compte mais, si nous allons en justice, vous risquez de tomber de Charybde en Scylla. Que ferez-vous si le tribunal décide que M. Sarotzini est plus apte à élever l'enfant que vous et votre femme ?

Chapitre 69

Le révérend Ewan Freer marchait d'un bon pas sous le soleil printanier. On était samedi, jour où normalement il prenait ses aises, mais ce samedi-là n'était pas comme les autres.

Au lieu de son habituelle soutane, il était vêtu d'un complet et n'avait même pas mis de col en Celluloïd blanc. Rien ne permettait de reconnaître en lui un ecclésiastique. On aurait pu le prendre pour un cadre supérieur un peu trop corpulent, grisonnant et digne, dont un imperméable plié sur le bras droit en dépit du temps radieux trahissait le tempérament foncièrement pessimiste.

Il transpirait en abondance, mais le soleil n'y était pour rien. Il avait peur. En son for intérieur, il tremblait comme une feuille, bien que sa physionomie exprimât une résolution farouche.

L'imperméable dissimulait un couteau à découper à la lame très effilée.

Il devait le faire. Il n'avait pas le choix. Il fallait agir, et vite. À chaque jour qui passait, la nouvelle de l'arrivée de cet enfant, de ce monstre, de ce démon, faisait croître en force et en arrogance ses adorateurs.

Il aurait pu emprunter la filière habituelle, solliciter une intervention du Saint-Siège, mais toute cette bureaucratie était lente à mettre en branle. Ça aurait pris des années, et la haute hiérarchie de l'Église était truffée d'espions à leur solde. Du reste, que pouvait faire le Saint-Siège ? Prononcer un dérisoire anathème ? Lancer un avertissement au monde ? Invoquer les secours du ciel ? Quelle prise avait l'Église sur tout cela ?

Cette décision, il avait dû la prendre seul. Dans ses prières, il avait demandé à Dieu de le guider, et il était au moins sûr d'une chose : l'acte qu'il s'apprêtait à commettre bénéficiait de Son approbation pleine et entière.

Approbation qui lui suffisait.

Une brusque rafale souleva une branche de saule qui fouetta l'air à quelques centimètres de son visage en sifflant à la façon d'un serpent. Un vent glacial lui plaquait les cheveux sur le crâne, un vent chargé de haine qui s'insinuait sous sa peau et se répandait dans ses veines. Le vent secouait chaque tendon de son corps, lui hurlait dans les oreilles, gelait la sueur qui lui sourdait par tous les pores.

Il continua pourtant d'avancer, d'un pas décidé, jusqu'à l'extrémité de la rue. C'était un quartier de Londres qu'il connaissait mal, et il n'avait jamais pénétré de sa vie dans cette venelle bordée d'arbres. Cependant, il l'avait reconnue sans même avoir besoin de lever les yeux sur la plaque qui annonçait son nom. Il avait senti la présence de la Bête.

Il ne s'arrêta que lorsqu'il eut atteint la maison surmontée d'une tourelle.

Dans le jardin, il faisait plus de vingt degrés. Beaucoup trop chaud pour Verity. Après son biberon de midi, Susan l'avait remontée dans sa chambre, et à présent elle était dans son berceau, endormie.

Allongée sur un transat, Susan sommeillait. Caroline Hughes, la nurse qu'une agence spécialisée leur avait envoyée trois jours auparavant, était assise à la table du coin barbecue, et installait le mobile d'animaux de basse-cour que Kate Fox avait apporté pour Verity le matin même.

Caroline était une accorte jeune femme d'une trentaine d'années, solidement bâtie, avec des cheveux châtains coupés à la garçonne, vêtue d'un chemisier de couleur crème et d'une jupe bleu marine. Elle restait en contact permanent avec la chambre de Verity grâce à l'Interphone portatif fixé à sa ceinture. Aucun bruit inquiétant n'en parvenait. Elle n'entendait que le souffle régulier de l'enfant endormie.

Du jardin d'à côté, le chuintement d'un arroseur rotatif parvenait à Susan. Leurs vieux voisins étaient morts tous les deux, à quelques jours d'intervalle, et de nouveaux locataires les avaient remplacés. Susan l'avait appris de Lom Kotok, le patron du restaurant thaïlandais, qui était toujours au courant des potins du quartier. D'après lui, ils avaient trouvé la maison dans un triste état. Susan n'avait encore jamais aperçu leurs nouveaux voisins.

Elle était à bout de forces. Les médicaments que lui avait prescrits le docteur Patterson la réduisaient à l'état de zombie. Ce matin, sourde aux objurgations de John, elle avait refusé de prendre sa dose quotidienne parce qu'elle voulait garder les idées claires, mais son état d'abrutissement avait persévéré. Son cerveau était toujours obscurci par les mêmes obsédantes images, les mêmes terreurs. Casey. Le respirateur débranché crachant son oxygène dans le vide. Elle était descendue de voiture, s'était précipitée dans la chambre de Casey, et avait découvert le tuyau par terre. Sa mémoire la trahissait-elle ? Se pouvait-il qu'elle ait… ?

Elle frissonna. On aurait dit qu'une zone entière de son esprit lui était devenue inaccessible. Elle se voyait sortant de sa voiture, puis écroulée sur le sol de la chambre de Casey, essayant de rajuster le tuyau. L'intervalle entre les deux restait coincé quelque part dans cette zone opaque, avec une partie de l'épisode Miles Van Rhoe. Elle courait, et tout à coup Van Rhoe s'effondrait, un téléphone portable planté dans l'œil droit. *Personne ne m'a encore rien expliqué à ce sujet.* Chaque fois qu'elle prononçait le nom de Van Rhoe, John blêmissait et se mettait à parler d'autre chose. La veille, elle avait appelé son cabinet et sa secrétaire lui avait dit d'un ton pincé que le docteur Van Rhoe était en voyage.

S'il était en voyage, c'est qu'il devait être valide, non ?

Néanmoins, elle sentait que John essayait de la protéger de quelque chose, le soupçonnait même de vouloir lui cacher quelque chose. Essayait-il de lui dissimuler la vérité ?

Quelle vérité ?

Ne faisait-il que l'amadouer pour gagner du temps ? Était-il le complice de M. Sarotzini ? Quand viendraient-ils chercher Verity ? Aujourd'hui ? Demain ? La semaine prochaine ?

Mardi, John était allé voir l'avocate, Elizabeth Frazer. En revenant de son rendez-vous, il lui avait dit qu'ils étaient pieds et poings liés, parce que s'ils engageaient une action en justice ils seraient obligés de la notifier à M. Sarotzini. Quand Susan était allée consulter Elizabeth Frazer, il n'en avait jamais été question.

John mentait-il ?

Et ses parents ? Étaient-ils entrés dans le complot, eux aussi ? À chacune de leurs visites, elle leur avait raconté point par point ce qui s'était passé dans la chambre de Casey (du moins la partie dont elle se souvenait), et bien qu'ils l'aient écoutée avec des hochements de tête compatissants, il lui avait semblé qu'ils échangeaient des regards furtifs, des regards de connivence qui ne lui disaient rien de bon.

Parfois, dans les moments où elle voyait tout en noir, Susan se demandait si ces regards n'avaient pas eu un autre motif que celui qu'elle leur attribuait. *Et si je l'avais fait ?* Si j'avais vraiment perdu la tête ?

Est-ce que j'ai perdu la raison ?

Elle avait la gorge terriblement sèche. Son verre de citronnade était posé à ses pieds, sur le gazon, mais elle n'avait même pas la force de tendre le bras pour l'attraper.

Le flot de visiteurs n'avait pas diminué, et cela l'épuisait. Depuis trois jours, ils étaient venus aussi nombreux qu'en Californie et, comme là-bas, semblaient pour la plupart – mais pas tous – originaires d'Europe centrale. Tous étaient extrêmement polis. Ils allaient s'incliner devant l'enfant, déposaient leurs offrandes, et s'en allaient. Pourtant ils n'inspiraient toujours pas confiance à Susan. À chaque visite, elle montait la garde à côté du berceau, suivant des yeux chacun de leurs mouvements.

Verity avait été tellement comblée de cadeaux qu'ils ne savaient plus où les entreposer. Les deux chambres d'appoint étaient déjà pleines à craquer. Susan entendit la sonnette de l'entrée, et en conclut qu'il devait être plus de 14 heures. Les visiteurs ne se présentaient jamais plus tôt. Ils avaient au moins la décence de lui laisser ses matinées. Se disant que John et Caroline se débrouilleraient très bien sans elle, elle s'abandonna à un sommeil tourmenté.

John avait répandu tout le contenu de son sac de golf sur le plancher de l'entrée dans l'espoir de mettre la main sur la carte magnétique sans laquelle il ne pouvait accéder aux vestiaires de son club. Il était en retard, et d'une humeur de chien. Il ouvrit la porte et se trouva face à un monsieur trop corpulent, d'allure distinguée. Il avait un imperméable sur le bras et il était en nage. Sa figure avait quelque chose de vaguement familier, et tout à coup John comprit d'où lui venait cette impression : il ressemblait à Robert De Niro.

— Bonjour, dit l'inconnu d'une voix affable. Je suis le docteur Freer. J'étais un ami de Fergus Donleavy.

— Ah bon, fit John, surpris que cet homme-là puisse être médecin. C'est affreux, ce qui lui est arrivé.

— C'est même plus qu'affreux, dit Freer. Une véritable tragédie. Fergus était un type formidable, d'une intelligence exceptionnelle. Un authentique érudit.

John n'était pas d'humeur à s'appuyer une oraison funèbre. Du reste, il avait toujours jugé un peu louche l'affection de Susan pour Fergus Donleavy.

— Vous avez rendez-vous avec ma femme ?

— Non, non. Je passais dans le quartier, alors je me suis dit... Peut-être qu'elle n'est pas... ?

— Susan fait la sieste. Elle est très fatiguée, vous comprenez.

Freer, enchanté de l'apprendre, s'efforça pourtant de n'en rien laisser paraître.

— Entrez donc, dit John. Je préfère ne pas la réveiller, vous pouvez l'attendre si vous voulez.

— Je ne vous dérange pas, au moins ?

John jeta un coup d'œil à sa montre. Treize heures vingt, déjà. Il fallait qu'il se dépêche. Il alla jusqu'à la porte du jardin et fit signe à la nurse de venir.

— Caroline, lui dit-il quand elle l'eut rejoint, le docteur Freer veut voir Susan. Il va attendre son réveil. Pouvez-vous vous occuper de lui ?

— Volontiers, monsieur Carter, dit la jeune femme.

Elle se tourna vers l'ecclésiastique.

— Voulez-vous attendre au jardin ?

Freer se tamponna le front avec son mouchoir.

— Si ça ne vous ennuie pas, j'aimerais mieux rester dans la maison, au frais.

— À votre guise, dit Caroline.

Du regard, elle appela John au secours.

— Il ne fait jamais trop chaud dans le salon, dit John.

Tandis que Caroline menait Freer au salon, John se remit à genoux et fourra hâtivement ses affaires dans son sac. Il entendit Caroline demander à Freer s'il voulait boire quelque chose. L'ecclésiastique la pria poliment de lui apporter un verre d'eau.

Ewan Freer s'installa sur un divan moelleux, et la jeune femme revint de la cuisine avec un verre d'eau fraîche.
— Vous voulez que je l'accroche au portemanteau ? demanda-t-elle.

Freer plaça un bras protecteur sur l'imperméable soigneusement plié à côté de lui et répondit en souriant :
— Merci, ce n'est pas la peine.
— Je retourne au jardin, lui dit-elle. J'avertirai Mme Carter de votre présence dès qu'elle sera réveillée.

Il la remercia et but une gorgée d'eau fraîche. La porte de devant s'ouvrit, puis se referma. Quelques instants plus tard, il entendit une voiture démarrer. La voiture s'éloigna, et ce fut le silence.

Freer se leva et s'approcha de la fenêtre. Une femme vêtue d'une robe en coton imprimé était assoupie sur une chaise longue. Il se dit que ça devait être Susan Carter. À quelques pas de là, la jeune femme qui lui avait apporté un verre d'eau était assise à une table, et enfilait avec application une fine cordelette dans les passants d'un objet qui semblait être un mobile. Il n'y avait pas trace de l'enfant. Il était sans doute dans sa chambre.

Parfait.

Il récupéra son imperméable, gagna l'entrée et se pétrifia sur place, retenant son souffle, l'oreille dressée. Il gravit l'escalier d'un pas aussi silencieux que possible. Il arriva au palier hors d'haleine et dégoulinant de sueur. Il avait les nerfs à fleur de peau.

Il s'arrêta, écouta. Son cœur battait la chamade et il avait la gorge nouée. Il inspecta le rez-de-chaussée, le couloir en face de lui. Il faisait froid et une étrange léthargie flottait dans l'air. Au bout du couloir, une porte était entrebâillée.

Sa voix intérieure l'exhorta à renoncer à ce plan absurde, à redescendre l'escalier, à quitter cette maison, à solliciter un rendez-vous de l'évêque afin de régler l'affaire par les voies appropriées.

Ce serait tellement plus facile, lui disait sa voix. *Laisse tomber. Déguerpis d'ici.* Hier, quand il avait conçu son plan, ça lui avait paru simple comme bonjour. Il avait dormi du sommeil du juste, et à son réveil sa détermination était plus forte que jamais et il se sentait plein de bravoure. Pourtant, maintenant qu'il était sur place, son courage le fuyait.

Et puis s'arroger le droit de prendre une vie, quelle qu'elle soit…

S'il prenait l'Ancien Testament au pied de la lettre, cela lui était permis, certes, mais…

Il ferma les yeux et pria.

— Je vous en supplie, mon Dieu, donnez-m'en la force.

Ensuite, à pas de loup, il s'avança le long du couloir, pénétra dans la chambre et referma la porte derrière lui.

Il faisait si froid qu'il en eut le souffle coupé. Son haleine formait un plumet blanc devant sa bouche. Il chercha des yeux un climatiseur, mais n'en vit pas trace. Les rideaux étaient tirés et la pièce était plongée dans une demi-pénombre. À sa droite, contre le mur, se dressait un berceau tout simple, drapé de lin blanc brodé. Au pied du berceau, il y avait un tapis de petites dimensions. Hormis ce tapis, le parquet était entièrement nu.

Il s'approcha du berceau sur la pointe des pieds et, tremblant comme une feuille, regarda à l'intérieur. Le bébé dormait, expulsant par la bouche un mince panache de vapeur blanche. Comment un enfant si petit pouvait-il supporter un froid pareil ?

Le cœur battant à tout rompre, il observa pendant un long moment le menu visage fripé, que la blancheur des draps faisait paraître encore plus rose. L'enfant avait des cheveux d'un roux flamboyant, ses minuscules lèvres étaient étroitement serrées, et l'une de ses petites mains agrippait la couverture en coton.

Il avait du mal à croire que cette minuscule créature paisible et innocente puisse être un monstre. Pourtant, il sentait la hideuse puissance qui en émanait. Ce qui en irradiait, c'était la malfaisance à l'état pur. Il ne fallait pas qu'il flanche, il ne fallait pas qu'il mollisse, il fallait qu'il écarte de son esprit jusqu'au moindre soupçon de doute.

Claquant des dents, autant à cause de sa terreur qu'à cause du froid, il se mit à réciter le Notre Père d'une voix chuchotante, à peine audible. Aux dernières paroles de la prière, il laissa glisser l'imperméable à terre, et leva le couteau à découper au-dessus de sa tête, tenant le manche entre ses mains que la transpiration rendait glissantes.

Tout à coup, il entendit un épouvantable sifflement, qui n'était que le bruit de son sang courant dans ses veines.

On aurait dit que toutes les écluses de son corps s'étaient levées d'un coup, que tous les robinets en étaient grands ouverts, que son sang s'était mué en un flot torrentueux. Son cœur palpitait furieusement, tambourinait contre sa cage thoracique, et des ondes de douleur irradiaient de sa poitrine vers ses membres. Il lui sembla que sa tête allait éclater. Sa vision se brouilla. Le couteau lui échappa et heurta le parquet avec un bruit métallique.

Un hoquet étranglé s'échappa de ses lèvres.

Réveillée en sursaut par le cri de la nurse, Susan jaillit brusquement de sa chaise longue. Caroline, affolée, s'était déjà précipitée dans la maison. Susan gravit l'escalier à sa suite en hurlant le nom de John.

En voyant la porte fermée, son inquiétude monta encore d'un cran. Caroline, qui avait une longueur d'avance sur elle, courut jusqu'au bout du couloir, ouvrit la porte à la volée et s'immobilisa sur le seuil.

Regardant par-dessus son épaule, Susan aperçut un homme qu'elle ne connaissait pas – sans doute un de ces satanés visiteurs – agenouillé par terre, avec un imperméable étalé sur le sol à côté de lui. L'inconnu leva les yeux sur elles. Son visage était pâle et humide de sueur. Le cœur de Susan bondit dans sa poitrine et elle se précipita vers le berceau. À son grand soulagement, Verity dormait sur ses deux oreilles.

— Qu'est-ce que vous faites là ? demanda Caroline d'une voix pleine de reproche.

L'inconnu, qui avait visiblement du mal à respirer, balbutia :

— Je... je suis... vraiment désolé, je...

Est-ce qu'il avait eu une crise cardiaque ? Susan s'agenouilla à côté de lui, en fouillant désespérément dans sa mémoire pour se rappeler des gestes qu'elle avait appris au temps où elle préparait son brevet de secouriste. Elle lui prit le poignet, chercha son pouls. Elle frissonna. Il lui semblait qu'il faisait très froid dans la chambre, mais ce n'était sans doute que l'effet de l'émotion.

L'homme lui adressa une grimace d'excuse, leva les yeux sur Caroline et répéta la même mimique.

— Je voulais seulement... voir l'enfant. C'est la chaleur, je...

Susan avait trouvé le pouls. Elle le mesura en s'aidant de sa montre. Il était nettement trop rapide.

— Ce n'est rien, dit l'homme en jetant un coup d'œil anxieux en direction de son imperméable. C'est la chaleur. Tout va bien à présent, ne vous inquiétez pas.

Susan lui lâcha le poignet et se tourna vers la nurse, qui lui avait posé la main sur le front pour voir s'il avait de la fièvre.

— Vous devriez appeler une ambulance, dit-elle. Ça paraît sérieux.

L'homme secoua négativement la tête.

—Merci, ce n'est pas la peine, bredouilla-t-il.

Il tendit maladroitement le bras vers son imperméable, le ramassa et l'enroula plusieurs fois sur lui-même, comme du linge sale. Ensuite il le fourra sous son bras et se releva.

—C'est la chaleur, dit-il. Il fait un temps… Je ne m'étais pas rendu compte que le soleil tapait si fort.

—Vous êtes glacé, dit Caroline. Vous avez des problèmes cardiaques ? De la tension ?

—Pas que je sache, non.

—Il vaudrait mieux vous asseoir cinq minutes, dit Susan. Vous croyez que vous aurez la force de descendre l'escalier ?

—Oui, tout va bien à présent, merci.

Susan le précéda dans le couloir, la nurse fermant la marche. Pendant la descente de l'escalier, elle resta à ses côtés, prête à le rattraper s'il faisait mine de s'effondrer. Elle le mena au salon, et il se percha sur le bord du canapé, tenant l'imperméable roulé en boule sur son giron.

—Vous voulez boire quelque chose ? demanda Susan.

—Non, je…, dit-il en cherchant autour de lui. Il y a encore de l'eau dans mon verre.

Il porta le verre à sa bouche. Sa main tremblait tellement qu'un filet d'eau lui coula le long du menton.

—C'est votre mari qui m'a dit de le faire attendre ici, expliqua la nurse à Susan.

—Qui êtes-vous ? demanda Susan.

—Je suis Ewan Freer. Le docteur Ewan Freer. Fergus a dû vous parler de moi.

—Fergus ? dit-elle, étonnée.

—Nous étions très liés, lui et moi.

—Fergus Donleavy ?

—Oui.

Il but une autre gorgée d'eau, claquant ses dents contre le bord du verre.

— Un homme remarquable. Sa mort est une grande perte pour l'humanité.

— Vous êtes le professeur de théologie ? Le chanoine honoraire d'Oxford ?

Il fit « oui » de la tête.

— Fergus m'a parlé de vous, en effet, dit Susan d'une voix radoucie. Je serais bien allée à ses obsèques, mais j'étais… en voyage. Sa mort a été un coup terrible pour moi. C'était tellement…

Freer jeta un coup d'œil soupçonneux en direction de la nurse, et demanda :

— Qui est cette jeune personne ?

— Caroline Hughes, notre nurse.

— J'aimerais vous parler en tête à tête, madame Carter, si vous le voulez bien. Ça ne sera pas long.

— Je vais monter voir ce qui se passe avec Verity, dit la nurse avant de sortir discrètement de la pièce en refermant la porte derrière elle.

L'ecclésiastique leva les yeux au plafond et se mit à parler tout bas, comme s'il craignait d'être entendu.

— Madame Carter, Fergus a dû vous parler de votre bébé. Que vous a-t-il dit au juste ?

Susan s'assit dans un fauteuil en face de lui.

— Il est venu me voir le jour de sa… de son décès. Il est passé ici dans l'après-midi, et il est mort pendant la nuit.

Elle s'interrompit, le temps de rassembler ses idées. Elle avait la tête claire tout à coup. Sa lucidité semblait lui être brusquement revenue. La présence du prêtre avait un effet rassérénant sur elle.

— Il était dans un état de grande agitation. Il m'a dit que mon obstétricien, le docteur Van Rhoe, était fiché à Scotland Yard, que c'était un sataniste qui sacrifiait des nouveau-nés pendant des messes noires. Il m'a dit aussi qu'un homme qui portait le même nom que le père putatif de ma fille, Emil Sarotzini, avait été un occultiste célèbre dans l'entre-deux-guerres. D'après lui, ce Sarotzini était le diable en personne.

Freer hocha la tête.

Un souvenir revint à Susan.

— Il m'avait dit une chose étrange, l'année dernière. Un jour que nous déjeunions ensemble, il m'a demandé à brûle-pourpoint si par hasard je n'étais pas enceinte. Ça avait l'air de le tracasser beaucoup.

— Que lui avez-vous répondu ?

— Je lui ai menti. J'ai prétendu que non, et ça l'a aussitôt calmé. J'avais accepté de porter l'enfant de quelqu'un d'autre, vous comprenez. Je ne sais pas si vous… ?

— Je suis au courant, dit Freer.

Pris d'une subite angoisse, il leva de nouveau les yeux vers le plafond. Il aurait pu faire une nouvelle tentative. Tuer cette créature, et mettre fin à ses jours ensuite. En aurait-il le courage ? Il aurait pu se ruer hors du salon, remonter à l'étage, bousculer la nurse, et faire ce qu'il avait à faire.

Il aurait dû.

Mais il avait échoué la première fois. Est-ce Dieu qui avait retenu sa main ? Dieu avait-il voulu lui faire comprendre que ce n'était pas la bonne solution, qu'il en existait une meilleure ? Ou peut-être que le courage lui avait manqué, simplement. Il poussa un soupir et, d'une voix qui était à peine plus qu'un murmure, il dit :

— Susan, Fergus vous a-t-il expliqué ce qui se dissimulait sous votre toit ?

Perplexe, Susan fronça les sourcils.

— Votre enfant doit être placé sous la protection de l'Église. Vous aussi. Votre mari aussi.

— Quelle protection ?

—C'est une tâche très dure qui nous attend, vous, votre mari et moi. Nous aurons besoin d'être soutenus. Votre mari fréquente-t-il l'église ?

—Non. De quelle tâche parlez-vous ?

Freer but encore un peu d'eau. Sa main tremblait toujours.

—Ce que Fergus vous a dit était vrai. Mais il ne s'agit pas de protéger votre enfant d'un sacrifice. La protection dont je parle est d'une nature différente.

—De quelle nature ?

—Il vaut mieux que nous n'en parlions pas ici. Il faut que vous m'ameniez l'enfant, vous et votre mari. Je vais d'abord la baptiser. Il ne faut pas attendre, le temps presse. Vous êtes baptisée vous-même ?

—Oui, mais expliquez-moi, je vous en prie. Que va-t-il lui arriver ?

Une fois de plus, Freer leva les yeux vers le plafond.

—Peut-être qu'elle nous écoute, dit-il. Il vaut mieux que vous veniez me voir, vous et votre mari. Chez moi, nous pourrons parler sans crainte.

Susan commençait à se demander s'il avait toute sa tête. Il avait les yeux hagards.

—Verity n'a que trois semaines, dit-elle. Comment vous écouterait-elle ?

—Il ne faut pas la sous-estimer, madame Carter. Ne commettez jamais cette erreur. Dans les années à venir, il faudra toujours vous en souvenir.

La sueur qui lui perlait au front se mit à lui ruisseler sur le visage ; il l'essuya avec son mouchoir.

—Votre mari est allé jouer au golf ?

—Oui.

—Il sera de retour en fin d'après-midi ?

Susan hocha affirmativement la tête.

— Il faut que vous passiez me voir ce soir. Seuls. Ça doit pouvoir s'arranger. Le bébé n'a qu'à rester ici avec la nurse. Nous devons commencer notre travail le plus vite possible. C'est très important. Votre fille devient plus forte de jour en jour. Sa capacité de résistance augmente sans cesse.

Serrant l'imperméable contre sa poitrine, il se leva.

Mille questions se bousculaient dans la tête de Susan.

— Non, attendez, dit-elle. Pourriez-vous me dire si...?

— Je dois m'en aller, dit-il, lui coupant la parole. Si je m'attardais, cela pourrait s'avérer néfaste. Je vous aiderai, vous et votre mari, mais il faut que vous me fassiez confiance. Est-ce que... Je peux appeler un taxi?

— Pour aller où?

— Brompton Road. C'est dans le centre.

— Je peux appeler la borne, si vous voulez. Ça vous coûtera moins cher, et ce sera plus rapide.

— Merci, dit l'ecclésiastique.

Susan passa dans la cuisine, et composa le numéro inscrit sur la carte qui était punaisée au mur. Elle était tellement malade de peur qu'elle bredouilla en donnant son adresse. Fergus lui avait toujours parlé d'Ewan Freer avec le plus grand respect. Ça ne pouvait être un maniaque.

Quand elle retourna dans le salon, il s'était rassis sur le divan et les mains jointes, les yeux fermés, priait silencieusement. Elle resta sur le seuil pour ne pas le déranger, et attendit qu'il ait terminé en songeant à Fergus, à l'air anxieux qu'il avait eu quand ils avaient déjeuné ensemble un an plus tôt, à l'état d'agitation dans lequel il était quand elle l'avait vu pour la dernière fois.

On sonna à la porte. Était-ce le taxi, déjà? Comment avait-il fait pour arriver si vite? Elle alla ouvrir. Une Ford bleue avec une antenne sur le toit était garée le long du trottoir, moteur tournant au ralenti. Susan voulut faire demi-tour pour chercher Freer, mais il était déjà dans l'entrée, serrant contre sa poitrine son imperméable chiffonné.

— C'est mon taxi ? demanda-t-il.

— On dirait, oui.

Il lui tendit sa carte de visite et la regarda d'un air implorant.

— Voici mon adresse et mon numéro de téléphone. Vous viendrez me voir ce soir, votre mari et vous ?

Elle espérait que John ne se ferait pas trop tirer l'oreille.

— Je ne sais pas à quelle heure il va rentrer, dit-elle.

Tout à coup, elle se rappela.

— La nurse doit aller à un concert avec un copain ce soir. Je lui ai donné sa soirée.

— Vous n'aurez qu'à passer chez moi après, l'heure importe peu. Vous viendrez ?

Elle fit « oui » de la tête.

— Je lui en toucherai un mot. Peut-être qu'elle connaît quelqu'un qui pourra la remplacer.

— Bonne idée.

Susan jeta un coup d'œil à la carte de visite.

— Docteur Freer, vous avez dit que la résistance de Verity augmentait sans cesse. Qu'entendez-vous par là ? Sa résistance à quoi ?

— Je vous l'expliquerai ce soir, quand nous serons seuls, répondit-il.

Après avoir jeté un dernier regard angoissé en direction du palier, il sortit, dévala l'escalier du perron et se dirigea vers le taxi.

Susan le regarda ouvrir la portière et se hisser sur la banquette arrière. Quand le chauffeur se retourna pour le saluer, la bouche fendue par un large sourire, elle entrevit brièvement son visage.

Cette vision l'abasourdit.

— Oh non, fit-elle entre ses dents. Non, non, non !

Avant même que la portière ait eu le temps de se refermer, le taxi démarra en trombe en faisant hurler ses pneus.

Secouée de terribles frissons, Susan descendit quatre à quatre les marches du perron et se mit à courir.

—Arrêtez! hurla-t-elle. Arrêtez! Docteur Freer, descendez de cette voiture! Je vous en prie, descendez!

Elle avait beau courir à fond de train, la voiture s'éloignait inexorablement. En arrivant au bout de la rue, elle ralentit l'espace d'un instant, puis bifurqua à droite et disparut.

—Arrêtez! hurlait Susan, sachant d'avance que c'était peine perdue. Pour l'amour de Dieu, descendez de cette voiture!

Elle s'effondra au beau milieu de la chaussée et resta à genoux, secouée par des sanglots impuissants. Le visage du chauffeur la hantait. Son visage, et son sourire.

Il avait eu exactement le même sourire quand elle lui avait ouvert la porte, le jour où il était venu réparer leurs téléphones. Et quand il s'était avancé vers elle, à la clinique WestOne. C'était lui. Il n'y avait pas l'ombre d'un doute.

Le technicien des télécoms.

Chapitre 70

John avait joué comme un dieu.

Cela faisait des semaines qu'il ne s'était pas senti aussi détendu. Il avait sifflé deux petites bières, entendu quelques blagues inédites. L'espace de quelques bienheureuses heures, ses démêlés avec Susan et Sarotzini étaient passés à l'arrière-plan. Au moment de s'engager dans sa rue, il rejouait en esprit son coup d'approche du quatorzième trou. La balle avait touché le drapeau, et ça lui avait valu un eagle, grâce auquel il avait gagné la partie. Quand il se gara devant la maison, il y pensait encore avec délectation.

Quelque chose ne collait pas.

La voiture de Susan n'était pas à sa place.

Il crut d'abord qu'elle avait été volée, car depuis leur retour des États-Unis Susan refusait de toucher à un volant. La petite Clio n'avait pas bougé depuis des semaines.

John se précipita à l'intérieur de la maison, et se retrouva nez à nez avec la nurse qui descendait l'escalier d'un pas pressé. Caroline était maquillée, et arborait sa tenue de fête – pantalon blanc et blazer. En voyant son expression, John comprit qu'il se passait quelque chose d'anormal.

—Ah, c'est vous ? dit-elle. Je croyais que Mme Carter était peut-être de retour.

—Elle est sortie ? Elle a pris sa voiture ?

—Elle est partie avec Verity, dit Caroline, l'air embêté.

—Où sont-elles allées ?

—Je n'en sais rien, monsieur Carter.

—Quoi, vous n'en savez rien ? aboya-t-il.

Regrettant aussitôt de s'être énervé, il ajouta :

—Excusez-moi, Caroline.

Elle lui sourit d'un air compréhensif.

—Mme Carter m'a envoyée faire des courses aussitôt après le départ de ce monsieur. Vous savez, le prêtre. À mon retour, elle était partie avec Verity.

—Quelle heure était-il ?

—Vers les 14 heures, 14 h 30.

—Elle ne vous a pas avertie de son départ ?

—Non.

John consulta sa montre. Il était 19 h 20.

—Ça m'a un peu tourneboulée, dit Caroline. Je me disais : si ça se trouve Verity est malade, et elle l'a emmenée chez le médecin, ou à l'hôpital.

Puis, s'efforçant de prendre une voix rassurante, elle ajouta :

—Vous en faites pas, elles ne vont pas tarder à rentrer.

—Elles sont parties depuis cinq heures ? Qu'est-ce qu'il voulait, ce prêtre ?

—Je n'en sais rien, répondit-elle.

Visiblement, elle était sincère.

—C'est le monsieur qui est arrivé juste avant que je m'en aille ?

—Oui.

—Vous n'avez pas entendu de quoi il parlait avec ma femme ?

—Il a demandé à lui parler en tête à tête.

— Il ne vous a rien dit, à vous ?
— Non.
— Personne n'a téléphoné ? Il n'y avait pas de messages sur le répondeur ?
— Non, aucun. Il y a des gens qui sont venus pour voir Mme Carter et le bébé, je leur ai dit de repasser un autre jour.

Elle avala sa salive.

— Il s'est pourtant passé un truc bizarre, mais je ne sais pas si ça a de l'importance. Quand le prêtre est parti, Mme Carter a couru après son taxi. Avait-il oublié quelque chose ? Je n'en sais rien mais, quand elle est revenue, elle avait l'air bouleversée.

John fronça les sourcils et réfléchit.

— Freer. Le docteur Freer. C'est bien comme ça qu'il s'appelait ?
— Oui, je crois que c'est le nom que vous m'avez dit.

Dehors, une auto klaxonna. Caroline fit mine de se diriger vers la porte, mais John y arriva avant elle. Une vieille deux-chevaux Citroën toute déglinguée était arrêtée devant la maison, moteur tournant au ralenti. Le garçon assis au volant avait l'air d'un étudiant.

— C'est mon copain, dit la nurse. Je vais lui dire que je ne peux pas sortir avec lui ce soir. J'ai essayé de le joindre au téléphone, mais il avait un match de cricket.
— Vous allez à un concert, c'est ça ?
— Je comptais l'annuler de toute façon, monsieur Carter. Je ne voulais pas sortir tant que votre femme n'était pas rentrée.
— Allez-y, dit John. À quoi bon gâcher votre soirée ?

Elle semblait indécise.

— Vous ne croyez pas qu'il vaudrait mieux que je… ?
— Allez-y, répéta-t-il. Prenez donc un peu de bon temps.
— Vous êtes sûr que ça ne vous embête pas ?

— Certain.
— Oh, merci ! s'écria-t-elle, ravie.

Elle agita gaiement le bras à l'intention du conducteur de la deux-chevaux, courut chercher son sac puis, après avoir promis à John qu'elle ne rentrerait pas trop tard, elle s'éclipsa.

John alla prendre son sac et son chariot de golf dans la voiture, et les remisa dans le placard en dessous de l'escalier. Les idées tournaient à toute vitesse dans sa tête. Il ne pouvait pas s'agir d'un kidnapping. Si Sarotzini les avait enlevées, il ne les aurait pas emmenées à bord de la voiture de Susan. Où avait-elle pu aller ?

Était-elle retournée aux États-Unis ?

Non, ce n'était guère plausible.

Où, alors ?

Il entra dans la cuisine, décrocha le téléphone et composa le numéro des renseignements. Quand il obtint enfin une réponse, il demanda si un certain docteur Freer figurait dans l'annuaire, en suggérant toutes les orthographes possibles.

Le préposé lui donna deux numéros. Le premier correspondait à une adresse de Brompton Road, l'autre au département de théologie de l'université de Londres. Il essaya d'abord le premier, et tomba sur un répondeur. Il laissa un message priant le docteur Freer de le rappeler de toute urgence. Ensuite, il composa le numéro de l'université.

Cette fois, il n'y avait même pas de répondeur.

Un silence quasi surnaturel régnait dans la chambre protégée des bruits extérieurs par un double vitrage. Dehors, il faisait un temps splendide : les dernières traînées du soleil couchant teintaient le ciel de Londres d'un camaïeu de roses.

Verity tétait avidement. Derrière elle, la télévision était allumée, mais Susan n'avait pas mis le son. Elle zappait d'une chaîne à l'autre avec la télécommande, distraitement. Dans sa tête, ses pensées suivaient à peu près le même mouvement, machinal et détaché.

Elle pleurait. Elle avait pleuré tout l'après-midi. Elle pensait à Ewan Freer. Que lui était-il arrivé ? La même chose sans doute qu'à Fergus, à Harvey, à Zak Danziger, voire à Archie Warren. Elle avait appelé chez lui bien des fois, revenant à la charge toutes les demi-heures, dans l'espoir insensé qu'il était rentré, qu'il était indemne, que le chauffeur de taxi n'était pas le technicien des télécoms, que c'était simplement son imagination qui lui jouait des tours.

Elle ne pleurait pas que sur Freer. Elle pleurait aussi sur Fergus. Il avait fait tout ce qu'il avait pu pour la mettre en garde, mais elle ne l'avait pas entendu. Ou en tout cas n'avait pas entendu ce qu'il voulait qu'elle entende.

« Susan, Fergus vous a-t-il expliqué ce qui se dissimulait sous votre toit ? »

« Votre enfant doit être placé sous la protection de l'Église. Vous aussi. Votre mari aussi. »

Tout en tétant, Verity lui tripotait gentiment le sein de ses doigts minuscules. Susan baissa les yeux sur elle. Elle aimait cette petite fille de toute son âme. Elle se sentait incroyablement proche d'elle. Elle avait porté cette petite créature dans son corps, et à présent son corps la nourrissait. C'était un sentiment exaltant.

« Il ne faut pas la sous-estimer, madame Carter. Ne commettez jamais cette erreur. Dans les années à venir, il faudra toujours vous en souvenir. »

Elle était si mignonne, si innocente, si adorable dans sa barboteuse de coton blanc à col marin. Susan n'arrivait pas à s'imaginer qu'elle changerait un jour.

Le technicien des télécoms. S'il revenait, est-ce que sa présence la ferait changer ?

Ses idées devenaient de plus en plus vagues. Dehors, le ciel rose s'assombrissait.

Fergus avait essayé de l'avertir, et elle ne l'avait pas écouté. Il avait essayé de l'avertir de ce qu'elle risquait de mettre au monde, et elle n'avait pas voulu l'entendre.

— Je ne les laisserai pas faire, chuchota-t-elle. Ils s'imaginent qu'un jour ils pourront venir te prendre pour te faire participer à leurs sabbats. Ils se trompent. Je ne le leur permettrai jamais. Je t'en ai donné ma parole quand tu n'étais encore qu'une petite bosse de rien du tout dans mon ventre, tu te rappelles ?

Quand Verity fut repue, Susan ouvrit son sac et en tira le bout de papier sur lequel elle avait noté le numéro que lui avait donné M. Sarotzini, ce numéro où il lui avait assuré qu'elle pourrait le joindre de jour comme de nuit.

Elle le composa.

Il décrocha à la deuxième sonnerie.

— Monsieur Sarotzini ? dit-elle. Susan Carter à l'appareil.

Il y eut un court silence puis, d'une voix très aimable, il répondit :

— Bonsoir, ma chère Susan. Comment allez-vous ?

— Écoutez-moi très attentivement. Je suis au quatorzième étage du Hilton de Londres. Verity est dans mes bras. Si vous n'acceptez pas mes conditions, je me jette par la fenêtre. Avec elle.

Chapitre 71

— Laissez-moi lui parler, dit Kündz.

Il était venu seul à Heathrow à bord de la limousine Mercedes, car il voulait être présent lors de la rencontre entre M. Sarotzini et Susan.

— Pour l'instant, tout ce que je te demande, c'est de m'emmener au Hilton. C'est sur Park Lane, tu connais ?

M. Sarotzini avait pris place à l'arrière de la limousine. Comme il faisait noir à l'intérieur de la voiture, Kündz ne discernait pas ses traits dans le rétroviseur, et cela le mettait d'autant plus mal à l'aise que M. Sarotzini était de mauvaise humeur. Kündz aurait voulu qu'il se déride un peu, car cette humeur-là n'augurait rien de bon quant à ce qui allait se passer avec Susan. Susan prenait des risques inconsidérés. Il fallait absolument qu'il lui parle, qu'il l'avertisse de ce que la colère de M. Sarotzini pouvait lui coûter.

Oh, ma Susan bien-aimée, pourquoi as-tu fait ça ?

Comme tous les samedis soir, il y avait des embouteillages. Il leur fallut trois quarts d'heure pour arriver en ville, et il était près de 23 heures quand la Mercedes s'arrêta devant l'entrée du Hilton. Un groupe de fêtards en tenue de soirée sortait de l'hôtel par la porte à tambour.

M. Sarotzini, qui n'avait pas prononcé un mot pendant le trajet, se décida enfin à ouvrir la bouche.

— Attends-moi ici, dit-il.

La portière arrière s'ouvrit. L'oreille exercée de Kündz perçut le froissement d'un billet de banque qui passait de main en main, puis le portier se matérialisa en avant de la voiture, et le guida jusqu'à un emplacement libre sur le parking bondé. Dans son rétroviseur, Kündz vit M. Sarotzini franchir la porte à tambour et il eut un pincement au cœur. Puis il leva les yeux. Il y avait beaucoup de fenêtres éclairées. Susan était dans l'une de ces chambres, mais il ne savait pas laquelle.

Sois raisonnable, ma Susan, je t'en prie. Je ne veux pas être obligé de te châtier.

Kündz pensait au bébé chaque jour. Il avait beau essayer de s'en empêcher, rien n'y faisait. M. Sarotzini lui avait promis qu'un jour ils seraient réunis, lui, Susan et Verity, qu'ils formeraient une famille, une trinité, comme un seul être. Il aurait tant voulu prendre dans ses bras cette enfant, cette minuscule créature qui avait hérité des cheveux roux flamboyants de Susan. Oui, prendre sa fille dans ses bras, qu'elle le regarde dans les yeux, tende ses petites mains vers lui et s'écrie : « Papa ! »

Mais c'est John Carter qui prenait Verity dans ses bras.

Depuis un mois, Kündz était la proie d'émotions qu'il n'avait encore jamais éprouvées, et qui le désorientaient. Il ne voyait plus le monde de la même façon. Désormais, le monde ne tournait plus autour de sa propre personne, c'est l'enfant qui en occupait le centre. Comme il aurait voulu pouvoir serrer Susan contre sa poitrine, la couvrir de baisers passionnés, lui dire que M. Sarotzini n'était pas le père de Verity, que le père de Verity, c'était lui, Kündz, qu'il ne les quitterait plus jamais, qu'il les protégerait, qu'elles n'auraient plus rien à craindre de personne ! Comme il aurait voulu pouvoir lui dire que M. Sarotzini approuvait leur union !

Oh, Susan, sauras-tu un jour combien je t'ai aimée ? Et ton enfant – notre enfant – le saura-t-elle ? Tu dois te montrer raisonnable, ma bien-aimée. Il ne faut pas jouer à ce jeu-là avec M. Sarotzini.

Il en va de notre futur bonheur.

Emil Sarotzini sortit de l'ascenseur au quatorzième étage et, se repérant sur les numéros de chambre, prit à gauche, suivit le couloir et s'arrêta devant la chambre 1401. Sans tenir compte de l'écriteau « NE PAS DÉRANGER » accroché à la poignée de la porte, il sonna.

Personne ne vint lui ouvrir.

Il sonna une deuxième fois, plus longuement. Toujours pas de réponse. Il sonna une troisième fois.

Quelqu'un se décida enfin à décrocher la chaîne de sécurité. Il y eut un cliquetis de serrure, la porte s'ouvrit et M. Sarotzini se retrouva nez à nez avec un gros type barbu, vêtu d'un peignoir de bain blanc. Derrière lui, sur le lit, une fille blonde se dressait sur son séant. Le sol était jonché de vêtements en cuir noir.

— Qu'est-ce que tu veux, ducon ? grommela l'homme avec un fort accent irlandais.

M. Sarotzini garda son sang-froid.

— Je cherche Susan Carter, dit-il, flegmatique.

— Qui c'est celle-là ? fit le gros homme.

Son étonnement n'était visiblement pas feint.

— Susan Carter, répéta M. Sarotzini.

— C'est pas ici, dit l'homme en lui claquant la porte au nez.

Susan avait observé toute la scène par l'œil-de-bœuf de la chambre 1402, juste en face. M. Sarotzini tourna les talons et s'éloigna. Verity, repue, dormait sur ses deux oreilles.

— Pourquoi n'as-tu pas vérifié, Stefan ? Pourquoi ne t'es-tu pas assuré que Susan Carter était bien à l'endroit où elle prétendait être ?

— Ce n'est pas le seul Hilton de Londres, dit Kündz. Peut-être que…

— Non, c'est impossible, dit M. Sarotzini, lui coupant la parole. Elle a été on ne peut plus précise. Chambre 1401, hôtel Hilton de Park Lane. Il n'y a pas de Susan Carter sur le registre. D'après le concierge, aucune femme seule avec un enfant en bas âge ne figure parmi les clients de l'hôtel.

Kündz fut heureux d'apprendre que Susan n'était pas là. Il avait craint le pire car, quand M. Sarotzini était en colère, il était capable de tout. Susan étant absente, M. Sarotzini n'avait pu s'en prendre à elle ; elle était donc indemne. Mais la colère de M. Sarotzini avait grossi par la même occasion, si bien qu'elle était encore plus en danger qu'avant. C'était une victoire à la Pyrrhus.

Je suis tellement fier de toi, Susan. Sauve-toi, prends tes jambes à ton cou, ne te montre surtout pas. Sauve-toi, et sauve ton bébé, sauve notre fille !

Tout à coup, Kündz se mit à concevoir un plan dans sa tête. S'il trouvait Susan, il l'aiderait à se cacher. Il empêcherait M. Sarotzini de lui mettre la main dessus.

Évidemment, ce serait faire preuve de déloyauté envers M. Sarotzini. Jamais encore Kündz ne l'avait trahi. En était-il seulement capable ? Il n'en était pas sûr. La seule idée de trahir M. Sarotzini l'effrayait.

Mais l'idée de ce que M. Sarotzini allait l'obliger à faire subir à Susan pour la punir l'effrayait encore plus. Parfois, lorsqu'il fermait les yeux, il se souvenait des hurlements de Claudie, et ça l'affligeait énormément. Si Susan avait hurlé ainsi, sa peine aurait été encore plus grande. Son courage risquait de l'abandonner. Serait-il capable d'aller jusqu'au bout ? Il avait de graves doutes à ce sujet.

— Je la retrouverai, dit-il en arrêtant la Mercedes devant l'entrée du club de M. Sarotzini.

— Ne te fatigue pas, Stefan. Susan me recontactera d'elle-même. Elle est mentalement perturbée. Les gens qui souffrent de perturbation mentale doivent être traités avec beaucoup de ménagements, il faut te le mettre dans la tête. Regagne ton appartement d'Earl's Court. Je te téléphonerai demain matin.

Pour la première fois de sa vie, Kündz désobéit aux consignes de M. Sarotzini. Au lieu de rentrer chez lui, il mit le cap sur le sud de Londres, pénétra dans la rue où habitaient les Carter et se gara le long du trottoir, à distance respectueuse de la maison.

La BMW de John Carter était garée devant chez eux, mais il n'y avait pas trace de la Clio de Susan. Au moment où il coupait le contact, Kündz se sentit noué par une terreur subite. M. Sarotzini savait-il qu'il lui avait désobéi ? S'il l'apprenait, comment réagirait-il ?

Kündz connaissait la réponse à cette question. Mais M. Sarotzini n'avait aucun moyen de savoir ce qu'il était en train de faire. À moins qu'il capte sa terreur à distance. Kündz se dit qu'il avait tort de s'inquiéter. Ce soir, le risque était minime. M. Sarotzini venait d'effectuer un long voyage, il était fatigué, il n'allait pas tarder à s'endormir.

Et si risque il y avait, il valait la peine d'être couru. C'était le moment de jouer son va-tout.

Il resta à bord de la Mercedes, tous les sens en éveil. Le seul aléa, c'était la nurse. Elle pouvait revenir à tout moment. Peut-être même était-elle déjà rentrée. Ce n'était guère probable, puisque sa voix ne s'était pas fait entendre une seule fois dans la maison depuis son départ pour le concert, à 19 h 30. Par acquit de conscience, Kündz forma son propre numéro sur son portable et se repassa la bande d'écoute. Elle ne lui révéla rien de renversant. John avait passé un long moment à téléphoner à tous ses amis pour leur demander s'ils n'avaient pas vu Susan. Ensuite il avait appelé le commissariat pour avertir la police que sa femme souffrait de dépression nerveuse et qu'elle s'était enfuie avec leur bébé.

Soit John Carter ignorait où se trouvait Susan, soit il jouait très bien la comédie.

Kündz aurait voulu fournir une nurse de son propre choix à Susan, mais M. Sarotzini ne le lui avait pas permis. M. Sarotzini tenait à ce que Verity soit élevée dans les conditions les plus normales possible. Il avait rappelé à Kündz le texte de la Vingt-Troisième Vérité, qui disait : « En entendant j'oublie ; en voyant je me souviens ; en agissant je comprends. »

M. Sarotzini voulait que la compréhension vienne à Verity par l'expérience. Il souhaitait qu'elle vive une existence banale afin de mieux comprendre le monde. Son initiation ne commencerait que quand elle serait plus grande. En attendant, ils devaient se borner à assurer sa protection.

Kündz avait mis à profit les trois semaines d'absence de Susan et John Carter. Il avait si bien dissimulé ses écoutes et ses caméras espions qu'il aurait fallu démolir la maison pierre par pierre pour les détecter, et même là ça se serait sans doute révélé difficile. Kündz était fier d'avoir été si ingénieux.

Il ouvrit la porte de devant avec sa clé, la referma sans bruit et traversa le hall d'entrée à pas de loup. Il se posta à l'ombre de l'escalier, de façon à être invisible de la porte de la cuisine aussi bien que de celle du salon. John parlait à quelqu'un au téléphone. Sa voix venait du salon.

Kündz resta figé dans une immobilité de statue, humant les odeurs corporelles de Susan, s'en imbibant avec délice. Il ne les avait pas senties depuis si longtemps. Il lui semblait que la maison revenait à la vie. Elle lui avait paru tellement vide quand Susan était en Amérique. Désormais, elle était de nouveau imprégnée de sa présence. Kündz la devinait autour de lui, et il en éprouvait une joie sans mélange.

Il lui semblait être revenu chez lui.

Une âcre odeur de whisky et de tabac lui envahit les narines. À contrecœur, il se coupa des senteurs de Susan et se concentra sur ce qu'il avait à faire. Il se glissa sans bruit jusqu'à la porte entrebâillée du salon, et risqua un œil à l'intérieur.

La télé était allumée, mais le son n'était pas mis. John Carter, assis sur un canapé, le dos à la porte, parlait au téléphone. À en juger par ce qu'il disait, c'est un hôpital qu'il avait au bout du fil.

Pendant que Kündz attendait, la haine qu'il éprouvait envers cet homme ne cessait d'enfler en lui. De seconde en seconde, elle devenait plus forte. Comme si un démon avait pris possession de lui, il se sentit propulsé en avant et, l'épaisse moquette étouffant ses pas, franchit les quelques mètres qui le séparaient de John. À la télé, deux hommes assis à côté d'un feu de camp grillaient des cigarettes en devisant. Bien que l'image fût muette, Kündz savait de quoi ils parlaient, car il avait déjà vu le film. Ces deux idiots philosophaient à n'en plus finir, leur dialogue inepte l'avait déjà exaspéré la première fois, et sa colère en fut encore augmentée.

Il attendit que John eût terminé sa conversation et, quand il raccrocha, lui dit :

— Bonsoir, monsieur Carter.

John se retourna, et Kündz lui assena une manchette de karaté au-dessous du menton. Le coup le fit basculer au sol, mais il n'était pas assez fort pour le tuer. Kündz voulait faire durer le plaisir.

John resta un moment à plat ventre, le souffle coupé, les oreilles bourdonnantes, le crâne vrillé par d'insupportables élancements, levant des yeux effarés sur le colosse debout au-dessus de lui qui le dominait de toute sa hauteur. Quand il eut recouvré ses esprits, il essaya de se redresser en prenant appui sur ses mains, mais le pied de Kündz se détendit brusquement, et le cueillit au menton, lui fracassant la mâchoire et l'envoyant rouler sur le dos.

Hébété, au-delà de la douleur, John essaya de discerner le visage de Kündz, mais il voyait flou. Tant bien que mal, il s'efforçait de rassembler ses idées. Qui était cet homme ? Un fou ? Un cambrioleur ? Qu'est-ce qu'il lui voulait ? Dès qu'il vit un peu plus clair, un déclic se produisit dans son esprit. Il avait déjà vu ce visage. À la clinique des Cyprès, à Pacific Palisades. C'était celui du malabar qui l'avait conduit jusqu'au bureau de M. Sarotzini le jour de son arrivée.

Debout au-dessus de John, les mains enfoncées dans les poches, Kündz dit :

— Où est Susan, monsieur Carter ? J'ai besoin de le savoir.

John essaya de parler, mais sa mâchoire lui faisait si mal qu'il ne put réprimer un cri de douleur. Il porta une main à son menton, et s'aperçut qu'il était couvert de sang.

— J'en sais rien, parvint-il à articuler.

Il essayait de remettre de l'ordre dans ses pensées. Est-ce Sarotzini qui lui avait envoyé cet homme ?

Kündz contemplait John étalé à ses pieds, bouillant d'une telle haine qu'il se sentait sur le point d'éclater. *Alors, monsieur Carter, vous vous amusez bien ? Aussi bien que quand vous tringlez votre femme ?*

Kündz se repaissait d'avance de tout ce qu'il allait lui faire subir. L'éventail des tortures possibles était si vaste qu'il ne savait par où commencer.

— Je vais vous faire souffrir, monsieur Carter. Vous allez avoir très mal. J'ai des raisons pour cela, vous savez lesquelles ?

John le regarda. Il était dans le plus complet désarroi.

— Je ne sais pas… Elle… Elle est partie cet après-midi… Sans me dire…

— Vous ne me suivez pas très bien, je crois, monsieur Carter, dit Kündz en souriant.

Il voulait que John Carter se calme. Il voulait que John Carter l'écoute. Il voulait qu'il sache pourquoi il le punissait. Il voulait que John Carter lui soit *reconnaissant.* « La gratitude sincère ne peut naître que du châtiment », dit la Treizième Vérité. John lui serait reconnaissant s'il arrivait à lui faire comprendre, à lui faire *vraiment* comprendre ce que représentait l'enfant que sa femme avait mis au monde.

Soudain, prenant Kündz complètement au dépourvu, John empoigna la table basse, qui était lourde et massive, et de toutes ses forces la lui projeta dans les tibias.

Avec un cri de surprise, Kündz recula en titubant et s'affala sur l'accoudoir du sofa. John Carter se releva d'un bond, passa la porte du salon et détala dans l'entrée. Ivre de rage et de douleur, Kündz se lança à sa poursuite en claudiquant.

John atteignit la porte de devant, et actionna la poignée, mais elle ne lui répondit pas. La targette de sécurité était enclenchée. Sa main tremblait tant qu'il eut un mal de chien à la soulever. Il essaya de nouveau la poignée et la porte s'ouvrit, mais se bloqua au bout de dix centimètres. La chaîne de sûreté! Elle était mise aussi.

Frénétiquement, il referma le vantail, et essaya de décrocher la chaîne avec des gestes convulsifs. Qui avait pu mettre cette satanée chaîne? Avant qu'il soit parvenu à ses fins, une main se referma sur ses cheveux et le tira sauvagement en arrière. Un terrible coup de pied lui faucha les jambes, et avec un sanglot d'agonie il s'écroula en arrière et se retrouva allongé de tout son long sur le plancher.

Avec une fureur aveugle, Kündz écrasa la rotule droite de John sous son talon, la faisant éclater en mille morceaux.

Le choc fut si violent que John se redressa sur son séant telle une marionnette. Il poussa un terrible hurlement et s'effondra de nouveau, se tordant de douleur, remuant la tête en tous sens, faisant de grands gestes désordonnés, frappant le parquet de ses poings. Il roulait sur lui-même en gémissant, et il lui semblait que des lames chauffées à blanc lui fouillaient le corps. *Oh, mon Dieu, faites que je meure*, se disait-il. *J'aime mieux mourir, tout plutôt que cette torture, tuez-moi, je vous en prie, tuez-moi.* Il agrippa un coin du tapis, mordit dedans, pleura, bredouilla des paroles incohérentes. Il lui semblait qu'il avait la tête prise dans un étau, que ses tympans éclataient, que ses yeux allaient jaillir de leurs orbites.

Une main puissante le retourna sur le dos, et l'homme l'épingla au sol en lui appuyant sur la gorge avec sa semelle.

John avait les yeux exorbités, le visage dégoulinant de sueur. Il hoquetait comme un perdu, cherchant sa respiration, le gosier obstrué par son propre sang. Kündz lui sourit.

— Monsieur Carter, la Première Vérité nous enseigne que l'amour véritable naît de la douleur. J'aimerais que vous méditiez un peu là-dessus. Je voudrais aussi que vous compreniez que c'est pour Susan que je fais tout ceci. Si vous saviez les risques que je prends pour lui venir en aide, vous éprouveriez envers moi un immense élan d'amour, monsieur Carter. Faites un effort à présent, et dites-moi où elle est.

Il appuya très fort avec son pied. Beaucoup trop fort. Il y eut un craquement, et un os se brisa. Les yeux de John Carter s'agrandirent encore, et un horrible gargouillis s'échappa de sa gorge. Kündz diminua la pression, imperceptiblement.

— Ssssshais pas, balbutia John. J'en sssssshais rien, je vous jure.

Kündz sortit un canif de sa poche, et en déplia la lame.

— Ça ne me plaît pas que vous fassiez l'amour à votre femme, monsieur Carter. Je vais faire en sorte que l'envie vous en passe.

Un pied toujours appuyé sur la gorge de John, Kündz plia les jambes et pencha légèrement le buste. Son tibia gauche lui faisait un mal de chien. Il empoigna John à la ceinture, et d'un geste brutal déboutonna le haut de son pantalon.

John poussa un affreux hurlement. Il tremblait de tous ses membres, et faisait des moulinets désordonnés avec les bras.

Sur ces entrefaites, Kündz entendit un bruit derrière lui et se retourna.

La porte d'entrée était ouverte, la chaîne de sûreté tendue au maximum. Une voix de femme cria : « Monsieur Carter ? Vous êtes là ? » Kündz reconnut cette voix. C'était celle de la nurse. Il bâillonna John de sa paume.

— J'arrive ! cria-t-il. Refermez la porte, que je puisse décrocher la chaîne.

La porte se referma. Kündz réfléchit à toute vitesse, puis il s'empara du poignet droit de John, entailla la veine avec son canif, et d'un geste rapide fit de même avec le poignet gauche. Ensuite il passa prestement dans la cuisine, prenant le temps de rincer son canif ensanglanté sous le robinet de l'évier.

Il tira le verrou de la porte de derrière, sortit dans le jardin, escalada la clôture et, dissimulé par les ombres du parc, regagna discrètement la Mercedes.

Comme il s'était garé à une distance prudente de la maison, la nurse, bien visible dans la lumière du perron, ne fit guère attention à lui lorsqu'il démarra. Du reste, toute son attention était tournée vers la porte. Elle l'ouvrit de nouveau et poussa, cette fois encore la chaîne la bloqua au bout de dix centimètres.

Quand Kündz arriva chez lui, vingt minutes plus tard, il trouva un message de M. Sarotzini sur son répondeur : « J'ai rendez-vous avec Susan demain matin à 10 heures. Viens me prendre à mon club à 9 heures. Cette fois, elle ne me fera pas faux bond. »

Chapitre 72

Le temps était pluvieux, ce dimanche matin. Une averse d'été, abondante, s'abattait sur la campagne du Buckinghamshire. Kündz se maintenait à une vitesse de cent dix à l'heure, et la grosse Mercedes avalait les kilomètres le long de la route large et sinueuse. Elle était à trois voies à cet endroit-là, sa double ligne blanche brisée à intervalles réguliers de hachures qui permettaient de doubler à l'aise. La pendule du tableau de bord indiquait 9 h 50.

Seules de rares voitures roulaient dans ce sens-là. Sur la voie opposée, en direction de Londres, la circulation était plus dense. Un énorme camion les croisa, faisant tanguer la limousine et soulevant une gerbe d'éclaboussures qui aveugla momentanément Kündz. Il augmenta la vitesse des essuie-glaces.

M. Sarotzini n'avait pas évoqué une seule fois les événements de la veille, et Kündz en conclut que son acte de désobéissance était passé inaperçu. Néanmoins, il craignait une mauvaise surprise.

Ce matin il s'était réveillé abattu, en proie à un profond malaise. Au lieu de se sentir exalté par ce qu'il avait fait à John Carter, il était à plat. Il se sentait sale, comme s'il avait eu besoin de prendre un bon bain. Il s'était douché, pourtant. Dès qu'il reverrait Susan, tout irait mieux, ça le ragaillardirait.

L'humeur de M. Sarotzini l'effrayait. Elle était plus noire encore que la veille. Jamais il n'avait vu M. Sarotzini avec une mine aussi sinistre. Il avait peur de ce que M. Sarotzini lui ordonnerait de faire subir à Susan.

— Tu sais, Stefan, hier soir…, dit M. Sarotzini.

Kündz se raidit, mais ne dit rien.

— Hier soir, quand Susan Carter m'a téléphoné la seconde fois…

Kündz lui jeta un regard à la dérobée dans le rétroviseur, craignant qu'il l'interroge au sujet de John. Le banquier regardait par la fenêtre en se caressant pensivement le menton. Il resta silencieux un bon moment avant de reprendre :

— Tu sais ce qu'elle m'a expliqué, Stefan ? Elle m'a dit qu'elle voulait être sûre que je viendrais la voir seul. C'est pour ça qu'elle m'a mis à l'épreuve hier.

M. Sarotzini parlait avec de la solennité dans la voix, et Kündz savait que ça n'augurait rien de bon. Son anxiété augmentait sans cesse.

— Elle t'a vu, Stefan. Quand tu as emmené en voiture ce petit curé répugnant, le docteur Freer. *Elle a vu ton visage*.

Kündz le savait, ayant vu une lueur passer dans les yeux de Susan quand son regard s'était posé sur lui.

— C'était une erreur de ma part, dit-il.

Ça ne l'inquiétait pas. Lorsqu'il se retrouverait en face de Susan, il n'aurait aucune peine à lui faire comprendre. Ce prêtre n'était qu'une crapule minable. Un ver de terre. Pas de quoi verser une larme.

— Tu fais trop d'erreurs, Stefan. Je crois que ton amour pour cette femme obscurcit ton jugement.

La voix de M. Sarotzini était sèche, sévère, et Kündz sentit un frisson lui remonter le long de l'échine. Sans lui laisser le temps de protester, M. Sarotzini continua :

— Tu n'arrêtes pas de faire des erreurs, Stefan. Tu en as tant fait ces temps derniers que je n'arrive même plus à les compter. Tu as laissé Susan Carter s'enfuir aux États-Unis. Tu as laissé ce prêtre pénétrer seul dans la chambre de Verity. Et à présent, tu me désobéis. Hier soir, tu n'es pas rentré directement chez toi, à Earl's Court. Tu as fait un détour par la maison des Carter.

Kündz était transi de terreur. Son regard rencontra brièvement celui de M. Sarotzini dans le rétroviseur, puis se reposa sur la route. Comment l'avait-il appris ? Comment ?

Puis il comprit, et se sentit plus glacé que jamais. C'était l'évidence même ! *La nurse.* M. Sarotzini ne lui avait pas permis d'en choisir une lui-même. Il lui avait dit qu'il fallait laisser cela au hasard. Mais M. Sarotzini ne laissait jamais rien au hasard. C'était l'être le plus méthodique du monde.

M. Sarotzini n'avait pas seulement chargé cette femme de veiller sur Verity. Il l'avait aussi chargée de le surveiller, lui.

— L'instabilité mentale de Susan Carter nous met tous en péril, Stefan. Au téléphone, elle m'a rappelé que j'avais promis à son mari qu'il n'y aurait plus de meurtres, et qu'ils ne seraient plus espionnés. Elle menace de s'en prendre à l'enfant. De se suicider et de l'entraîner dans la mort. Elle dit que si jamais elle te revoit, elle tuera Verity.

— Je lui expliquerai tout, dit Kündz d'une voix tremblante. Je la calmerai, vous verrez, elle comprendra.

— C'est un risque que je ne peux pas me permettre de prendre, Stefan, dit M. Sarotzini.

Sa voix avait un accent fatidique.

Kündz continua à conduire en silence.

— C'est toi qui nous as mis dans cette situation, Stefan, aussi je te laisserai choisir la manière de la régler. Il n'y a qu'une alternative. Ou bien tu tues Susan Carter, ou bien tu ne te montres plus jamais devant elle.

—Je ne peux pas la tuer, dit Kündz d'une voix tranquille.

Un camion qui roulait à une vitesse d'escargot leur barrait le passage. Kündz amorça une manœuvre pour le doubler mais, comme un flot de voitures venait dans l'autre sens, il se rabattit.

—Alors tu ne te montreras plus jamais devant elle.

—Je dois enseigner les Vérités à ma fille, dit Kündz. C'est mon devoir.

—Verity les connaît déjà, Stefan. Elle est née avec ce savoir. C'est son apanage. C'est en cela qu'elle est unique. Elle n'a pas besoin qu'on lui inculque les Vérités. En grandissant, elle les connaîtra, voilà tout. Elles seront pour elle comme une seconde nature. Beaucoup d'autres facultés aussi.

—Vous m'aviez promis que Susan serait à moi pour toujours.

—La Vingt-Septième Vérité nous enseigne que rien n'est éternel en ce monde. C'est l'entropie qui veut ça. Avec le temps, le désordre est naturellement enclin à s'accroître. Rien n'est éternel, Stefan. Même pas les promesses.

Kündz continua à conduire en silence. Il essaya de s'imaginer tuant Susan, mais il n'y arrivait pas. Il essaya de s'imaginer vivant jusqu'à la fin de sa vie sans la revoir une seule fois. Il n'y arrivait pas non plus.

Que deviendrait Susan s'il n'était plus là pour la protéger ? Elle était trop fantasque, trop têtue. Un jour ou l'autre elle provoquerait le courroux de M. Sarotzini. Et là…

L'écho des hurlements de Claudie lui résonnait dans la tête.

Il fit une nouvelle embardée vers la droite pour voir si la voie était libre. Un très gros camion venait vers lui en sens inverse, mais il était encore loin. S'il avait mis le pied au plancher, il aurait eu le temps de passer.

Pourtant, il se rabattit. En regardant M. Sarotzini dans le rétroviseur, il déclara :

— Je n'ai pas été à la hauteur. Je suis impur. La Cinquième Vérité nous enseigne que la vraie purification passe par l'éradication.

Kündz braqua brusquement. La Mercedes décolla de l'arrière du camion, et s'engagea dans la voie de droite.

Le seize tonnes arrivait à toute allure dans l'autre sens.

Susan, ma bien-aimée, c'est pour toi que je le fais, je t'aime tant, je t'aime plus que tout au monde.

Une fois de plus, Kündz entendit les hurlements de Claudie. Et pour la première fois de sa vie, il entendit M. Sarotzini crier.

Ce fut pour lui une joie suprême.

Le seize tonnes heurta la Mercedes de plein fouet, arrachant son toit comme une coquille d'œuf, puis traîna sa carcasse écrabouillée sous ses énormes roues sur deux cents mètres, avant de quitter la chaussée en dérapant et de piquer du nez dans un fossé.

Le chauffeur eut juste le temps de sauter hors de la cabine. Quelques secondes plus tard, le réservoir de la Mercedes explosa, et l'incendie se communiqua instantanément au camion.

ÉPILOGUE

« Ping-ping. Ping-ping. Ping-ping. »

Ce bruit exaspérait Susan. Étant censée remettre son manuscrit corrigé dans une semaine, elle avait travaillé dessus pendant tout le week-end. C'était une anthologie des meilleurs textes de Fergus Donleavy, dont elle avait eu l'idée. Elle avait même réussi à persuader Magellan Lowry d'en confier la responsabilité à un journaliste scientifique particulièrement brillant (qui quelques années auparavant avait du reste fait paraître un article très fouillé sur la vie et les travaux du docteur Ewan Freer).

L'anthologie leur avait coûté cinq années de travail, mais Susan ne le regrettait pas. Elle avait le sentiment d'avoir pleinement rendu justice à Fergus, de lui avoir érigé le monument qu'il méritait.

« Ping-ping. Ping-ping. Ping-ping. »

Le bruit se répercutait à travers le plafond. La responsable en était Buzzy, la gerboise que John et elle avaient offerte à Verity quinze jours plus tôt, pour son cinquième anniversaire. Cette maudite bestiole n'arrêtait pas de faire tourner la roue de sa cage. Parfois, Susan avait l'impression que Verity prenait un malin plaisir à l'y encourager. Chaque fois qu'elle se mettait au travail, la gerboise se lançait dans une de ses séances d'aérobic.

Elle était en train de se colleter avec la partie la plus ardue du livre. Celle dans laquelle Fergus exposait ses réflexions complexes sur la temporalité. Susan s'était déjà beaucoup cassé la tête sur ce même passage au temps où elle travaillait sur le dernier manuscrit, celui qu'ils avaient publié à titre posthume. La critique l'avait très bien accueilli, mais il n'avait pas rencontré le succès de vente que Susan espérait. Elle en avait été consolée par l'idée que Fergus l'eût sans doute préféré ainsi : la reconnaissance de ses pairs comptait plus à ses yeux que le nombre d'exemplaires vendus.

« Le temps n'est pas une ligne droite, c'est une courbe. Le temps linéaire n'est qu'une illusion. Nous vivons dans un continuum spatio-temporel. »

Par moments, Susan aurait voulu que ce soit vrai, que le temps ne soit qu'une illusion, que les gens ne cessent pas d'exister purement et simplement le jour de leur mort, que tous les êtres continuent à exister à jamais. Pourtant cet espoir n'était pas universel. Elle aurait voulu que Fergus soit encore là. Que Harvey Addison soit encore là. Mais M. Sarotzini ne lui manquait pas.

Elle conservait dans l'un des tiroirs de son bureau une coupure de journal rapportant les circonstances du décès de M. Sarotzini. Il lui rappelait constamment qu'il était bel et bien mort. Ce n'était qu'un entrefilet minuscule, dont le texte on ne peut plus concis indiquait simplement qu'un banquier suisse, Emil Sarotzini, et son chauffeur, Stefan Kündz, avaient trouvé la mort sur une route du Buckinghamshire quand leur Mercedes était entrée en collision avec un semi-remorque.

Aucune nécrologie de M. Sarotzini n'était parue dans la presse. Susan en avait été un peu surprise, mais cela ne lui avait fait aucune peine.

« Ping-ping. Ping-ping. Ping-ping. »

Elle jeta un coup d'œil à son bracelet-montre. Il était 16 heures tapantes. Dans une heure, John rentrerait de sa partie de golf et il faudrait qu'ils se préparent pour leur sortie de ce soir. Il jouait avec Archie Warren, qui s'était entièrement remis de son attaque et se portait comme un charme, quoique son médecin lui eût conseillé de renoncer définitivement au squash.

« Ping-ping. Ping-ping. Ping-ping. »

Excédée, Susan leva les yeux vers le plafond et cria :

— Verity ! Fais taire cette maudite bestiole !

Le bruit s'arrêta instantanément, et ce fut le silence, un silence béni !

Verity n'avait rien d'une enfant bruyante, au contraire. Elle était même si taciturne que, par moments, cela en devenait inquiétant. Elle était de tempérament solitaire, et ne frayait guère avec les enfants de son âge. Elle préférait rester dans sa chambre à dévorer des livres ou à jouer des heures entières avec son ordinateur. À l'école, ses professeurs la trouvaient très en avance pour son âge. Au dire du principal, cela tenait sans doute au fait qu'elle était fille unique, avec une mère travaillant dans l'édition.

Cela faisait trois ans que John et elle essayaient de lui donner un petit frère ou une petite sœur mais, jusqu'à présent, leurs efforts étaient restés vains. Ils avaient subi toutes sortes de tests, qui n'avaient rien décelé d'anormal. Cela ne s'était pas produit, tout simplement. En tout cas pour l'instant.

Susan avait tout fait pour se persuader que John était le père de Verity. C'était une chose qui lui tenait vraiment à cœur. John n'aimait pas en parler, mais quelquefois, quand elle le regardait discuter avec Verity, ou jouer avec elle, il lui semblait qu'il y croyait lui-même. Et après tout, comme elle se le répétait tout le temps, c'était possible.

Toute prématurée qu'elle ait été, Verity avait été un bébé d'une taille plus que respectable, et elle avait fait preuve d'une robustesse étonnante. Qui sait ? Peut-être qu'elle avait été conçue un mois plus tôt qu'on ne le croyait, et que par conséquent John était bel et bien son père.

Tous les deux ou trois mois, Susan faisait le même étrange rêve. Elle voyait M. Sarotzini assis à son chevet, un sourire mélancolique aux lèvres, lui disant : « Susan, selon la Vingt-Huitième Vérité, la croyance vaut parfois mieux que le savoir. »

Il y avait un souvenir que Susan chérissait particulièrement. C'était celui de la conversation qu'elle avait eue avec M. Sarotzini dans sa chambre de la clinique des Cyprès, juste après la naissance de Verity. M. Sarotzini lui avait dit : « Regardez votre fille. Regardez Verity. Est-elle mauvaise ? Est-elle corrompue ? Est-elle née ainsi ? Est-ce cela que vous voyez quand vous la regardez, quand vous la tenez dans vos bras, quand vous lui donnez le sein ? Est-elle un monstre de malfaisance et de corruption, Susan ? »

Pour elle, ça ne faisait aucun doute, elle en était persuadée du fond du cœur : Verity était née pure et innocente, comme n'importe quel autre bébé. Les enfants se transforment en grandissant, mais l'influence de leurs parents contribue à les façonner autant que leurs gènes. Si John et elle donnaient à Verity ce qu'il fallait d'amour, de soins, de tendresse, d'humanité, l'effet des gènes malfaisants dont elle avait hérité en serait annulé. Et les projets que M. Sarotzini avait conçus pour elle se verraient réduits à néant, quels qu'ils puissent être.

C'est pourquoi Susan avait décidé de ne pas engager de nurse et de travailler au coup par coup, chez elle. Elle était décidée à ne pas quitter Verity un instant. Elle voulait être la meilleure mère du monde.

Peu après 17 heures, elle entendit la porte de devant qui s'ouvrait, les clubs de golf qui s'entrechoquaient, le bruit sourd du sac que John laissait tomber par terre. Puis John entra dans son bureau de son pas claudiquant, et l'embrassa sur le front. Il était bronzé et il avait une mine superbe.

—Salut, dit-il.

Par bonheur, la sauvage agression dont il avait été victime ne lui avait laissé d'autre séquelle que cette légère claudication. D'après les médecins qui l'avaient traité, c'est la prompte intervention de la nurse qui lui avait sauvé la vie. La police n'avait jamais retrouvé la trace de l'agresseur, et s'était perdue en conjectures sur ses mobiles. John n'avait pu en fournir qu'une description assez vague, mais Susan l'avait reconnu sans peine. Elle avait dit à John que c'était un des hommes de main de M. Sarotzini. En revanche, elle ne lui avait jamais parlé de ce qui s'était passé la nuit où on l'avait inséminée.

—Bonsoir, chéri, répondit-elle. Tu t'es bien amusé ?

—Je me suis pas mal défendu.

—Tu as gagné ?

—Non, Archie a fait un putt du tonnerre au dix-huitième trou. Je vais prendre une douche en vitesse. On y va toujours ?

—Bien entendu, dit-elle en le toisant.

—Bon d'accord, alors je vais me préparer. Où est Verity ?

—Dans sa chambre. Elle joue avec son ordinateur. Elle a passé des heures sur ton nouveau CD-Rom, celui sur les espèces menacées.

—Elle l'aime bien, on dirait.

—Oui, je crois.

Comme Verity n'était guère loquace, Susan n'était pas toujours très sûre de ce qu'elle pensait.

—Elle devrait aller un peu au jardin, par ce beau temps.

—Ça vaut aussi pour moi, dit Susan avec un sourire. Je devrais lui donner l'exemple. Je vais lui dire de se préparer.

Susan monta au premier et suivit le couloir jusqu'à la chambre de Verity. Sa porte était fermée, comme d'habitude. Elle la poussa et trouva Verity assise, en jean et tee-shirt, face à son écran d'ordinateur. Son visage encadré de longs cheveux d'un roux flamboyant arborait une expression d'intense concentration. Elle tapait sur son clavier, faisait aller et venir sa souris. Un barrissement d'éléphant retentit.

— Tout va bien, ma chérie ? demanda Susan.

Verity leva une main pour lui imposer le silence.

— Chut ! dit-elle. Je guide les éléphants vers un nouveau point d'eau.

Susan s'approcha de la cage de la gerboise et jeta un coup d'œil à l'intérieur.

— Salut, Buzzy. Qu'est-ce que tu peux faire comme tapage quand…

La gerboise était allongée sur le flanc au fond de sa cage, inerte.

Susan regarda Verity à la dérobée. S'en était-elle aperçue ? Elle ouvrit la porte de la cage avec circonspection (Buzzy avait des dents acérées et l'avait mordue cruellement huit jours plus tôt) et effleura la bestiole du bout de l'index.

Elle était toute raide.

Verity était toujours absorbée par son CD-Rom. Susan souleva la gerboise, la posa au creux de sa paume et l'examina. Elle fronça les sourcils. Sa tête formait un angle bizarre. Elle appuya dessus et constata qu'elle pendait, comme si elle ne tenait plus que par la peau. Puis elle s'aperçut que son museau et ses petites incisives pointues étaient tachés de sang.

Un frisson glacé lui remonta le long de l'échine.

— Verity, qu'est-il arrivé à Buzzy ? dit-elle d'une voix anormalement aiguë.

— Elle est morte, dit Verity négligemment tout en déplaçant sa souris et en tapant sur clavier.

— Comment est-ce arrivé ?

— Elle t'énervait, alors je lui ai tordu le cou. C'est la méthode la plus efficace.

Elle se pencha en avant pour regarder son écran de plus près.

Susan ne savait trop quelle contenance adopter.

—Tu as tué Buzzy ? Tu as tué ton petit compagnon ? Mais je croyais que tu l'aimais.

Verity rejeta ses cheveux en arrière, puis elle regarda sa mère droit dans les yeux et lui déclara :

—La seule vraie douleur est de faire souffrir ceux qu'on aime.

—Quoi ? s'exclama Susan, stupéfaite.

Verity lui tourna le dos et se replongea dans son jeu.

Susan s'approcha d'elle et lui entoura les épaules d'un bras.

—Qu'est-ce que tu as dit, chérie ?

Verity se retourna vers elle et se dégagea de son étreinte avec une brutalité qui la surprit.

—Laisse-moi tranquille !

—Il est près de 17 h 30. Il faut que tu t'habilles pour aller à l'église.

—J'irai pas ! Je veux pas aller à l'église. On y va tous les dimanches, ça me casse les pieds, je veux plus y aller.

Elle fondit en larmes et se mit à hurler :

—J'irai pas ! J'irai pas !

John fit son apparition.

—Qu'est-ce qui se passe ?

Il s'arrêta net en voyant la gerboise dans la main de Susan et la résolution farouche qui brûlait dans ses yeux.

Susan s'agenouilla et, de sa main libre, arracha la fiche de l'ordinateur de sa prise murale. Puis elle se redressa, empoigna Verity par le col de son tee-shirt et la souleva de sa chaise.

—Tu t'habilles et on va à l'église, ma petite fille, dit Susan d'une voix guillerette.

BRAGELONNE – MILADY, C'EST AUSSI LE CLUB :

Pour recevoir le magazine *Neverland* annonçant les parutions de Bragelonne & Milady et participer à des concours et des rencontres exclusives avec les auteurs et les illustrateurs, rien de plus facile !

Faites-nous parvenir votre nom et vos coordonnées complètes (adresse postale indispensable), ainsi que votre date de naissance, à l'adresse suivante :

**Bragelonne
35, rue de la Bienfaisance
75008 Paris**

club@bragelonne.fr

Venez aussi visiter nos sites Internet :
**www.bragelonne.fr
www.milady.fr
graphics.milady.fr**

Vous y trouverez toutes les nouveautés, les couvertures, les biographies des auteurs et des illustrateurs, et même des textes inédits, des interviews, un forum, des blogs et bien d'autres surprises !

Achevé d'imprimer en août 2010
N° d'impression L 73945
Dépôt légal, septembre 2010
Imprimé en France
81120413-1